KB157521

중국장편소설선 ①

중국색시

中国媳妇

問玄 허련순

중국색시

中国媳妇

問玄 허련순

서문

여기, 태어날 때부터 원죄와도 같은 상처를 지닌 채 이방인으로 태어난 슬프도록 아름다운 여자가 있다. 아직 어섯눈도 뜨지 못한 아이 단(丹)이는 어머니를 따라갔던 점술집에서 "부모를 잡아먹을 액운을 가지고 태어난 아이라는" 말을 듣게 된다. 그때 단이는 여섯살이였고 점쟁이의 말을 다 이해할 수는 없었지만 그 말이 지닌 서늘한 기운은 그녀의 삶의 전반을 지배했다.

인간은 진정한 관계들 속에서만이 온전히 자신일 수 있다. 단(丹)은 한족(汉族)아버지와 조선족 어머니의 사이에서 태어나 늘 소속감이 없었고 정체성의 혼란을 겪는다. 한족과 조선족이라는 경계지대에서 그녀는 매일매일 평범한 눈으로는 볼 수 없는 인과율의 어긋난 모순된 세계를 보면서 불안하게 성장한다.

한족들에게는 "꼬리빵즈"라 불리고 조선족에게는 "싼뚱빵즈라" 불리고 두 집단에게는 공통으로 "짜중"(잡종)이라 불리웠던 그녀는 누구일가?

이것도 저것도 아니었던 그녀는 고장난 시계추처럼 늘 한곳에 멈추어 있었고 수레바퀴 자욱에 고인 빗물처럼 누구도 보이지 않는 곳에서 스스로 잦아드는 존재였다.

타고난 운명이라 여겼지만 멀리 도망치고 싶었다.

그래서 한국남자와 맞선을 본다. 50대 1의 맞선 상대를 물리치고 뛰어난 미모로 도균이란 한국 남자한테 구원처럼 낙점되었지만 첫날 밤, 한 다리로 자신의 몸 위로 돌진하는 남자를 보고 그만 실신한다. 남자에게는 한쪽 다리가 없었다….

그 뒤 그녀의 운명은 어찌 되었을까?

이 책을 쓰는 내내 냉정하게 흥분했다. 정말 내 생애 마지막 소설이 될 것이라고 믿었다. 하지만 지금은 그 믿음이 시무룩해져 버렸다. 다행이다. 쇠가 뜨겁게 달구었다가 다시 찬물에 식혔다를 반복하면서 자기 삶을 살아내듯 나는 내 마음속의 뜨거운 불길을 지폈다가 다시 식히면서 그 힘으로 내 삶을 버텨 낸다.

슬프지만 아름답고 따뜻한 소설을 쓰고 싶었다. 소설속의 주인공인 단이, 도균이, 경호, 그리고 찬이와 함께 하는 동안, 벼랑 끝까지 내 몰린 최대치의 위험과 고통을 가까스로 통과한 연후에야 비로소 얻을 수 있는 순화된 진실에 다가서게 되었고 이로하여 나도 조금은 더 깊고 따뜻한 사람이 되지 않았나 싶다.

이 소설을 쓰면서 제가 누렸던 기쁨을 독자 여러분들과 함께 나누고 싶다. 그리고 이 책의 출판을 흔쾌히 수락해주신 국학자료원 새미출판사 정구형 대표님께 깊은 감사를 드리며 편집담당자의 노고에도 깊은 감사를 드린다.

이책을 한국에 있는 모든 "중국색시"들에게 바친다!

2016년 6월 18일

중국 연길에서 허련순

목차

제1부 맞선

1.

단이는 그날 맞선을 보기로 했다.

맞선 장소가 정해진 커피숍을 찾느라고 주택가의 작은 골목길에서 그녀는 한참이나 헤매고 나서야 겨우 식당 뒷골목 길을 찾아냈다. 연기에 거뭇거뭇하게 그을린 골목은 마치 오랫동안 어둠에 방치된 비좁은 골짜기처럼 칙칙했다. 그녀는 재 가루가 날릴 것 같은 우중충한 골목 사이를 조심스럽게 걸어 들어갔다. 골목을 벗어나자 놀이터를 형성하려다 만 것 같은 어수선한 공터가 보였다. 여기저기 모래와 굳어진 시멘트덩어리들이 있었고 이름 모를 각종 풀들이 제멋대로 자라있었다. 공터가 끝나는 곳에 낡은 상자를 쌓아 놓은 듯 한 오래된 건물이 기역자로 막혀있었는데 건물 벽의 하얀 타일이 듬성듬성 뜯겨나가 마치 오래된 나병 환자의 부스럼 딱지처럼 보기 흉했다.

낡은 건물에 어울리지 않게 맨 아래층 끝자락에 "약속다방"이란 간판이 걸려 있었는데 붉은 색의 글자가 여자의 깊은 속살처럼 야릇한 느낌을 주고 있었다.

"아, 찾았다!"

마침내 맞선장소를 찾은 단이는 회심의 미소를 지었다. 아파트 골목이란 대개 비슷해서 벌써 두 시간째 다람쥐 쳇바퀴 돌듯 같은 곳에서 왔다 갔다 했었다. 시골에서 올라와 도시 지리에 밝지 못해 어려웠던 것만은 아니었다. 특징적인 건물이 아니고 뒷골목의 작은 다방을 찾는 것은 도시에서만 살아온 사람들에게도 어렵기는 매한가지였을 것이다.

다방 앞에서 그녀는 가벼운 현기증을 느꼈다. 겁 없이 여기까지 왔지만 정작 그 문을 열어야 할지 말아야 할지 주저 되었다. 마음 한구석에 자꾸 저녁의 어스름과 같은 그림자가 갈마들었다. 불길한 예감이었다. 그녀는 예감을 두려워한다. 좋은 예감은 맞은 적이 없었고 불길한 예감은 늘 빗나가지 않았기 때문이다. 여자들은 한 남자를 만날 때 인생의 전부를 건다. 자기의 미래에 자신이 없는 여자일수록 더욱 남자에 매달리게 되는데 그것은 남자에게 자신의 운명이 걸려있다고 생각하기 때문이다.

그녀는 남자를 알고 있지 못했다. 다만 한국남자라는 말만으로 맞선자리에 나왔다. 누군가를 만난다는 것은 두려운 일인 것은 분명하다. 그의 과거와 현재와 그리고 미래와 통째로 만나는 일이기 때문이다. 그가 가진 아픔과 그가 가진 그리움과 남아있는 상처까지도 바라보아야만 한다. 상대의 과거와 현재를 모르면서 미래를 도모한다는 것은 사실상 거의 불가능해 보인다. 하지만 불가능한 일에 매력을 느끼거나 목을 매는 사람들이 의외로 많다는 사실에 새삼스럽게 놀랄 필요는 없는 듯싶다. 맞선 장소에 나오는 여자가 그녀 한사람뿐이 아니었다. 그녀를 포함하여 자그마치 이

십여 명이라고 했다. 이들은 모두 맞선남이 한국남자라는 이유만으로 나오는 여자들이다. 그런 그녀들에게 다른 조건은 필요 없어 보였다.

중국의 개혁개방이후 외국과 문호를 개방하면서 중국여자들의 국제결혼은 막을 수 없는 흐름이 됐다. 50만 인구도 채 안 되는 연길이란 작은 변방 도시에서만 해도 무려 천 단위를 웃도는 국제 혼인 소개업소가 생겨나기도 했다. 등록을 하지 않고 집에서 사사롭게 영업하는 업소까지 합치면 그 수를 가늠할 수 없다. 이들 업소는 평소에는 서로 경쟁관계이지만 일단 맞선이 잡히면 서로 공생하는 관계가 된다. 남자를 유치한 업소에서 여자를 유치하고 있는 업소와 연락을 하고 여자를 데리고 오게 하고 맞선이 성공하여 남녀가 결혼에 골인하면 이윤을 나누어 가진다. 이윤을 나눌 때도 남자를 보유한 업소에서 이윤의 3분의2를 가지고 여자를 댄 업소에서 3분의 1을 가진다. 만약 준비된 여자들 중에도 한국 맞선남의 마음에 드는 여자가 없으면 또 다른 업소에 연락을 하여 바로 다른 여자들을 지원받는다.

사실 중국에 와서 맞선을 보는 한국 남자들 대부분이 한국에서는 상대적으로 결혼하기 어려운 조건을 가진 사람들이다. 육체적으로 하자가 있거나 직업이 원만치 못하여 경제력이 없거나 형제가 많은 맏이거나 아무튼 우월한 조건은 아니었다. 그런 맞선남한테 결혼소개소는 만족 할 때까지 여자를 알선해준다. 맞선과정은 더욱 기상천외한 정경이다. 조선시대의 춘향전에서나 나오는 변사또가 중국에서 되살아 난 착각이 들 정도이다. 한명의 한국남자를 위하여 숫자에 구애되지 않은 많은 수의 여자들을 미리 대기시켜놓고 한사람씩 남자에게 얼굴을 보여준다. 기다리는 여자들은 이런 방식이 불합리하다고 느끼기는 하지만 그래도 인내하면서 늦은 시간까지 차례를 기다려 맞선을 보고서야 자리를 뜬다. 선택권은 당연히 남자에게 달려있다. 여자에게는 남자에게 선택받을 권한만 있고 남자를 선택할 권한은 없는 듯 보였다. 남자가 좋다고 선택하면 여자는 생면부지의 남자를 따라 한국으로 간다. 위험천만한 일이였다.

그들은 점점 그리스의 신화에서 나오는 최초의 여자, 판도라를 닮아가고 있는 듯 했다. 판도라는 "상자를 절대 열어서는 안 된다."고 한 제우스의 약속을 지키지 못하고 자신의 욕망을 못 이겨 결국 판도라의 상자를 열었다. 상자 속에 갇혀있던 온갖 불행과 재앙이 인간세상으로 마구 쏟아져 나왔다. 급기야 판도라가 상자를 닫아버렸지만 그때는 이미 늦었다. 인간 세상에는 그녀의 실수로 이미 불행과 재앙이 온 역신처럼 퍼진 뒤였다. 결국 판도라는 인간 세상에 불행과 재앙을 퍼뜨린 최초의 여자라는 오명을 쓰고 말았다. 과연 판도라가 상자 속에서 역경과 질병과 불행이 쏟아져 나오리라는 것을 미리 알았더라도 상자를 열었을까? 아마 질병보다 더 무서운 죽음이 도사리고 있다고 해도 결코 상자를 포기하지 않았을 것이다. 인간이란 욕망을 충족하기 위해 존재하는 동물이니 말이다.

어제 밤, 늦은 시간에 단이는 혼인소개소 오원장의 전화를 받았다. 막 잠자리에 들려던 참이었다. 한국에서 '김도균'이란 남자가 맞선보러 왔는데 신청자가 많아서 늦으면 아마 차례가 없을지도 모르니 일찍 오는 게 좋을 것이라고 했다. 그제야 그녀는 자신 말고도 맞선 볼 사람이 또 있다는 사실을 알게 되었다. 왠지 속았다는 기분이 들었다.

"선보는 사람이 저 말고도 또 있단 말씀임까?"

"당연하지."

"그 남자는 저 보러 온다하지 않았슴까?"

"말이 그렇다는 거지. 한국 남자들은 한 여자만 보고 결정하기를 원하지 않아. 한국 한끝에서 많은 교통비를 써가면서 왔으니 왔던 김에 여러 여자들을 만나보고 마음에 드는 여자를 고르고 싶겠지. 우리의 입장에서는 혼사가 성사 될 때까지 맞선 상대를 바꿔줄 수밖에 없어. 그게 열 명이든 스무 명이든."

"어째 남자의 사정만 봐주고 여자들의 사정은 봐주지 않씀까? 이게 공평하다고 보심까?"

"공평? 공평을 따지려거든 오지 않으면 돼. 한국에 시집가려는 처녀는 많고 데려가려는 남자는 적으니 남자의 요구가 우선이 될 수밖에 없어. 미안하지만 이것이 이 바닥의 생리야. 한국에 시집가려면 솔직히 이만한 것은 감수해야 되는 거 아니야?"

따지고 드는 듯 한 오원장의 짱짱한 말투에는 자신의 입장만 주장하는 그릇된 힘과 거만이 느껴졌다. 자기들의 이익을 위해서는 다른 사람들의 수치심이나 굴욕 따위는 아무 상관도 없다고 여기는 듯 했다. 개나 돼지에게 짝을 골라주어도 족보를 따지는데 사람의 짝을 찾는 일이 어찌 이리 경망스러울 수 있단 말인기? 단이는 모멸감이 구취처럼 솟구쳤다.

하지만 하루라도 빨리 집을 떠나고 싶은 그녀로서는 불평스러운 상황이라고 해서 나가지 않을 수 없었다. 한국남자를 만나기 위해 결혼소개소에 등록을 해놓고 기다린 지가 벌써 반년이 지났다. 이번 기회를 놓치면 또다시 몇 달을 더 기다려야 할지 모른다. 단이는 하루가 급했다. 그녀에게는 어떤 남자를 만나는 일보다 남자를 통하여 집을 떠나야 하는 일이 더 절실했다.

2

여섯 살 적에 그녀는 어머니를 따라 점술 집에 갔던 적이 있다. 그 시절 아버지가 자주 집을 나갔고 한번 나가면 짧아서 반년, 길면 일 년씩 집에 들어오지 않아서 어머니가 무척 속을 끓였다. 말로는 장사를 하느라고 그런다고 했지만 솔직히 별로 팔고 사는 물건도 눈에 띄지 않았고 게다가 돈을 집에 가져다주는 일도 없었다. 장사하는 것이 맞는다면 밑질 땐 밑지더라도 어쩌다 한번이라도 돈 구경을 해야 될게 아닌가?

그 무렵, 마을에서는 그녀의 아버지인 '조치운'이 밖에서 살림을 차렸다는 소문이 파다했다. 남자가 밖으로만 도는 것은 십중팔구가 숨겨둔 여자가 있어서라고 했다. 그런데 일부 사람들은 달리 해석했다. 여자가 있어서 집으로 돌아오지 못 하는 것이 아니라 그가 다른 사람의 돈을 사기쳐서 빚쟁이들을 피하느라 집으로 돌아오지 못 하는 것이라고 주장했다. 온갖 유언비어들이 난무하였다. 그가 왜 그렇게 많은 날들을 집에 마음을 잡지 못하고 밖으로만 돌아다니는지, 어머니는 속 시원히 답답함을 풀고 싶었을 것이다. 물론 그날도 계획하고 점집에 간 것은 아니었다. 앞마당에 오이모와 가지모를 심으려고 며칠 전부터 벼르던 차에 마침 일요일이

여서 겸사겸사 마음먹고 시장에 갔던 길이었다.

시장입구에 들어서자 야채 썩는 냄새와 상인들의 땀 냄새가 뒤범벅이 되어 구리텁텁했다. 구정물과 섞여 막 튀겨낸 닭 날개가 수북이 쌓여 있는 닭집 주위에는 이른 봄인데도 파리떼가 농성을 부렸다. 어디를 가나 시장 입구엔 작은 행상들이 길을 만든다. 진열된 좌판과 좌판들 사이로 자연스럽게 길이 쭉 뻗어나가고 있었다. 거무튀튀하고 때가 꼬깃꼬깃 끼여 있는 손으로 야채를 다듬고 있는 늙은 할머니 옆에 검은 솜옷을 입은 한족 노인이 고추모를 손질하고 있었다. 어머니가 반색을 하면서 다가앉았다.

"오이모와 가지모는 없씁니까?"

"있죠. 있구 말구요.. 고양이 뿔 외엔 무엇이든지 죄다 있어요."

한족 노인이 농담을 하면서 나무 상자위에 씌워진 솜이불을 거두어냈다. 원래는 하얀색이었을 테지만 이미 더러워져 검은 색이 되어 버린 솜이불은 구질 맞고 볼품이 없었다. 그것이 그렇게 색이 변할 정도로 돈을 벌었다는 증거이기도 했다. 장사에는 한족을 당하지 못한다. 그들은 외형은 초라하고 꾀죄죄해도 내실은 굳건하다는 것을 알만한 조선족들은 다 안다. 반대로 조선족들은 겉멋을 좋아하지만 내실은 한족들처럼 탄탄하지 못하다.

한족노인의 말대로 상자 안에는 별것이 다 있었다. 오이모는 물론이고 고추, 가지와 양배추, 그리고 고구마와 참외, 수박모도 있었다. 어머니가 오이모와 가지모를 골라서 한쪽 편에 놓고 돈을 계산하려고 지갑을 찾는데 한족 노인이 갑자기 허겁지겁 금방 골라놓은 물건을 다시 상자 안에 쓸어넣더니 상자채로 걷어안고 바람처럼 사라졌다. 순식간에 일어난 일이라 어머니는 영문을 몰라 주위를 두리번거렸다. 이때 회색 중산복(인민복)을 입은 중년남자가 나타나더니 한족노인의 뒤를 쫓아가고 있었다. 왜 그러냐고 닭고기 꼬치를 파는 조선족 아주머니한테 물었더니 "왜는 왜겠소. 장세를 내지 않으려고 도망가는거지" 라고 대답했다. 어머니는 단이의 손을 이끌고 한족노인을 찾았다. 시장 골목을 벗어나자 한적해 보이는 골목길 안쪽에서 노인이 상자를 내려놓고 숨을 고르고 있었다. 그녀가 다가가자 노인이 상자를 열고 방금 골라놓은 오이모와 가지모를 내여 주면서 투덜거렸다.

"십년감수했네."

"장세를 내면 편안하게 장사할 수 있겠는데 어째 도망 다니세요?"

"누가 그것을 모르나. 하루 종일 팔아도 이 상자 안에 것이 다 팔리지도 않네. 팔다 남는 것은 시들고 뿌리가 상하면 버려야 하고…장세까지 내다 보면 남는 게 쥐뿔도 없네."

노인은 불안한지 말을 하면서도 슬금슬금 시장 쪽을 살폈다. 장사를 하지 않으면 안했지 장세는 기어이 낼 수 없다고 생각 하는 듯 했다. 그러는 노인을 안타까워하면서 그들은 자리를 떴다. 만물상 앞을 지나다가 어머니는 쭈그리고 앉으며 진열된 물건을 구경했다. 숟가락, 빗자루, 수세미, 때수건, 행주, 솔, 주걱, 바가지, 쓰레받기, 채칼 등 없는 것이 없었다. 참으로 물건들이 다양했다. 얼마 전까지만 해도 시장은 별로 흥성하지 못했다. 중국이 개혁개방을 하면서 시장이 확 달라진 것이다. 그녀는 굵게 갈아지는 채칼과 가늘게 썰어지는 채칼을 집어 들고 이리저리 비교해 보다가 가는 것으로 골라 보따리에 넣고 돈을 치렀다. 닭 꼬치집 앞을 지날 때는 이십 전을 주고 아이한테 닭 꼬치 하나를 사주었다.

그리고 시장 후문으로 나오다가 골목 옆에서 <점술집> 이라고 쓴 간판을 보더니 발걸음을 멈추고 이윽히 그 앞에 서있었다. 낮은 초가집이었다. 문은 열려 있었지만 긴 문발이 드리워져 있어 안이 잘 보이지 않았다. 어머니가 문발을 가르려고 손을 들었다가 아쉬운 듯 천천히 내리웠다. 그 손길이 무엇인가 한없이 갈망하는 것 같기도 하고 무엇인가 만류하기도 하는 듯 간절해 보였다. 그녀가 가던 길을 가려고 돌아설 때 집안에서 쇳소리처럼 카랑카랑한 목소리가 발목을 잡았다.

"왔으면 그냥 가지 말고 들어오게나."

목소리만 들어서는 여자인지 남자인지 짐작할 수 없었다. 그녀는 귀신한테 홀린 듯 빠르게 몸을 돌려 문발을 들어올렸다. 그리고는 안으로 성큼 발을 들여놓았다. 마치 들어오라는 말이 떨어지기를 기다리고 있는 사람 같았다. 아이는 닭고기 꼬치를 먹고 남은 빈 꼬챙이를 혀로 핥으면서 멋도 모른 채 줄레줄레 따라 들어갔다.

밖은 따뜻한 봄인데 신당 안은 깊은 동굴처럼 서늘하여 마치 허벅지에 차가운 얼음덩이 하나를 집어넣은 듯 몸이 오싹했다. 눈에 보이지 않는

초자연적인 존재가 집안 곳곳을 스멀스멀 거리거나 흐느적거리며 돌아다니는 듯 음산한 기운이 돌았다. 그녀는 무서웠다. 신을 믿지 않는 사람에게는 신이 두려움의 대상이다. 그런 마음을 들키지 않으려고 그녀는 두 손을 가슴 앞에 꼭 모아 쥐고 마음을 다잡았다.

하얀 치마저고리를 입고 이마에 흰 천을 두른 늙은 무당이 성냥을 그어 대신상 위에 있는 촛대에 불을 달았다. 그리고는 입으로 불지 않고 천천히 손을 흔들어 성냥개비의 불을 꿨다. 파르스름한 연기가 서서히 피어오르는가 싶더니 금세 흩어졌다. 촛대에 불이 켜지면서 촛농 냄새가 집안 곳곳에 스며들었다. 신당 안은 더욱 신비스럽고 기괴해졌다. 그 정경이 낯설었는지 단이는 겁을 집어먹고 어머니의 치마폭으로 눈을 가리었다. 무당이 다짜고짜 그랬다.

"보나마나 남편이 속을 썩이는구만…"

어떻게 알지? 허를 찔린 여자가 소스라치듯 눈을 하얗게 키웠다. 무당은 그의 사정을 꿰뚫고 있는 듯 했다. 온몸에 소름이 확 돋았다. 그녀는 더듬거렸다.

"그, 그것을 어떻게 아셨습니까?"

무당이 한심 하다는 듯 혀를 끌끌 차더니 입귀를 삐쭉했다.

"모르고 온 모양이네. 이래 봬두 난, 이 바닥에서 소문난 쪽집게 무당이네. 별명이 쪽집게거든."

"아, 그런 거 같습니다. 사람을 보자마자 바로 알아맞히는 것을 보니."

"그만한 신통력도 없으면 무당이라 할 수 있겠나."

무당이 시뚝거리며 어깨를 으쓱했다. 솔직히 이런 것쯤은 조금만 눈치가 빠른 사람이면 누구나 맞힐 수 있는 것이다. 젊은 여자가 아이를 데리고 왔는데 여자와 아이는 문제없어 보인다면 누구 때문에 왔겠는가. 십중팔구는 남편의 문제일 것이다. 그리고 세상 어느 집 남편이 속을 썩이지 않겠는가? 정도의 차이는 있겠지만 세상에 남편 때문에 속을 썩이지 않는 여자는 거의 없다. 결혼한 여자가 찾아왔을 때 남편이 속 썩일 거라고 말하면 백퍼센트 맞아떨어진다. 점쟁이들은 절반은 눈치로 산다.

점을 보러오는 사람들은 일반적으로 자신의 생각에 갇혀있는 사람들이다. 그들은 다른 사람의 말을 듣고 싶은 것이 아니라 자신들의 생각을 확인하고 싶어서 이곳에 온다. 때문에 그들의 생각을 알아내고 그것을 재확인해주기만 하면 영험하고 신통력이 있다며 입소문을 내서 다른 사람까지 데리고 온다. 그러니 점을 보기 전에 그들이 무슨 생각을 하고 있는지를 파악하는 것이 무엇보다 중요하다. 그렇지 않고 어설프게 전혀 관심없는 이야기를 해버리면 믿지 않고 그냥 가버리는 수도 있다.

"갈까? 말까? 망설였는데 들어오기를 참 잘한 것 같단 생각이 듭니다."

"여부가 있겠나."

"저의 남편은 일 년치고 절반 이상을 밖에서 삽니다. 왜 그러는지 그 이유를 알 수 없겠는지요?"

"당연히 알 수 있지."

"왜죠? 그 사람이 왜 그리 밖으로만 나돌죠?"

무당이 그녀를 힐끔 보고나서 덤덤하게 말했다.

"신령님께 무엇을 가지고 오셨나?"

무당이 눈을 가느스름히 뜨고 여자를 보았다.

복채를 두고 하는 소리인지를 알아들은 그녀는 지갑을 열었다. 지갑에는 5원짜리 지전 두 장이 들어있었다. 그녀는 잠깐 갈등을 했다. 한 장을 놓을까, 아니면 두 장을 놓을까? 망설이고 있는 여자의 마음을 읽기라도 한 듯 무당이 넌지시 한마디 얹었다.

"복채는 얼마를 놓든 자기마음이야. 신에 대한 믿음과 성의지. 하지만 신은 적덕積德이 많은 자에게 더 가까이 가시지."

그 말을 들으면서 그녀는 재빨리 5원짜리 두 장을 뽑아서 대신상 위에 올려놓았다. 그리고 자기 자리에 가서 단정하게 앉았다. 그녀는 복채를 많이 놓는 것이 적덕을 쌓는 일이라고 생각했다. 얼마를 놓는 것이 많은지는 알 수 없지만 몸에 지니고 있는 전부를 내여 놓았으니 당연히 신이 성심을 다해서 잘 봐줄 것이라고 생각했다. 복채가 놓이자 기다렸다는 듯이 무당이 대신상 위에 놓여있는 찹쌀 그릇에서 쌀을 한 움큼 꺼내더니 대신상 위에 뿌렸다. 공중에 뿌려진 쌀알들이 마치 슬로우모션으로 움직이듯 천천히 교차하더니 모두 자기 역할이 따로 있는 듯 제가끔 자기의 자리를 향해 착지를 했다. 늙은 여자가 쌀이 떨어진 위치를 꼼꼼히 살피더니 쌀알을 헤아리기 시작했다. 쌀알을 다 세고 나서 눈을 감고 잠시 깊은 숨을 고르는가 싶더니 갑자기 눈을 번쩍 뜨고 말했다.

"남편이 밖에 여자가 있네."

"네? 그게 정말입니까?"

"눈치를 전혀 채지 못한 것도 아니면서 새삼스럽게 왜 그리 놀래나?"

무당이 차갑게 대답했다.

"밖에 여자가 있을 것이라고 의심은 했지만 설마 그게 사실일 줄은 몰랐습니다."

"알면서도 인정하고 싶지 않았겠지."

"그랬는지도 모르겠습니다."

이슥히 고개를 떨어뜨리고 잠자코 있던 여자가 고개를 들었다. 그리고 다소 격앙된 목소리로 물었다.

"그 여자가 도대체 어떤 여자입니까?"

"그걸 알아서는 뭘 하겠는가? 찾아가기라도 할 건가?"

"여자가 있다는 것을 알면서 모른 척할 수는 없지요."

"그럴 필요는 없네. 여자가 있긴 하지만 걱정할 것 없어. 자네한테는 비길 수도 없이 부족한 여자야. 그러니 가만히 기다리면 스스로 돌아올 걸세."

"돌아와요? 돌아온다고 누가 받아준답니까?"

여자는 마치 무당이 남편인 듯 대들었다.

무당이 공중부양을 하듯 오른손을 들어 올리더니 여인의 옆구리에 매미처럼 붙어있는 아이를 가리켰다.

"이 아이의 아비가 그리 떠돌아다니는 것은 다 이 아이 때문이네."

그 서슬에 겁먹은 아이가 어머니 뒤에 더욱 깊게 숨어버렸다.

"이 아이 때문이라니요? 그게 무슨 소립니까?"

"이 아이가 외로울 사주를 가지고 태어났어."

"세상에 외롭지 않게 태어난 사람이 어디 있겠습니까? 누구나 다 외롭고 고달프지요."

무당이 고개를 설레설레 흔들면서 다시 혀를 찼다.

"이렇게 말귀를 못 알아 들어서야 원. 이 아이에게는 어려서 부모를 여읠 기운이 있네."

"부모를 여읠 기운이라니요? 그럼 부모 중에 누가 죽는단 말씀입니까?"

"죽거나, 집을 나가거나, 같은 이치지."

"죽는 거나 나가는 것이 어찌 같은 이치란 말입니까?"

그녀가 대들 듯 언성을 높이자 무당이 더 큰소리로 말했다.

"부모가 아이 가까이에 없다면 죽은 거나 나가는 것이 뭐가 다르겠는가. 만약 이 아이의 아비가 밖으로 돌지 않았으면 벌써 죽었을지도 모르네. 알고 보면 그 사람도 참 불쌍한 사람이야."

"그러면 집에 있으면 죽고 나가야만 산다는 소린가요?"

"그렇지. 참 딱한 사주로구먼. 의지할 지푸라기 하나 없이 물위에 둥둥 떠 있는 한 무더기의 외로운 불이로구먼. 밖으로 나돌아서 그나마 숨통이 트인 사주네. 그러니깐 그 양반도 죽지 않고 살고자 그리 밖으로 떠돌고 있는 거니깐 너무 나무람 하지 말게."

"정말로 이 아이 때문에 그 양반이 집을 나갔단 말씀입니까?"

"틀림없네. 이 아이로 해서 나간 것은 틀림없어."

"그렇다면 어찌하면 좋습니까?"

"물론 지푸라기라도 던져 줘야 하겠지. 하지만 복이 없는 놈은 계란을 먹으려고 해도 뼈가 생긴 계란에 걸린다네. 그 양반과 딸아이의 사주는 같은 외로운 불이네. 너무 많이 닮았어. 그러니 함께 있으면 서로가 다쳐. 서로 상극인 게지. 자석이 극이 같으면 서로 밀치는 것과 같은 이치네."

"함께 있으면 다친다니요? 서로 한 피를 물고 나온 부모와 자식사이에 어찌 그런 사주가 있을 수 있단 말씀입니까?"

"왜 그런 말을 들어본 적이 없는가?"

"무슨…"

"세속에서는 이런 경우를 흔히들 '자식이 부모를 잡아먹는 사주'라고 말하거든."

그 말에 여자의 얼굴이 대뜸 새파랗게 질렸다. 그녀는 두 손으로 아이의 양쪽 귀를 틀어막았다. 그리고 혀가 목안으로 감겨드는 소리로 안타깝게 말을 이었다.

"어찌 그런 끔찍한 소리를 아이 앞에서 그렇게 아무렇지 않게 하실 수 있습니까?"

"미안하지만 여기는 사주를 보는 곳이지, 인정사정을 보는 곳이 아니네. 듣고 싶은 말만 듣고 싶거든 이런 곳에 올게 아니라 거울을 보고 물어보는 게 나을 뻔했네. 사람이 사는 것은 모두 운명대로, 사주대로 사는 걸세. 누구는 자식을 두고 일찍 죽고 싶어 죽나? 그리고 부모와 자식사이에 왜 화목하지 않고 싸우거나 이별을 하는가? 누구는 그러고 싶어서 그러나? 사람들은 그런 것을 천륜을 어겼다고 하지만 그게 다 사주팔자대로 사느라고 그러는 거네."

말을 마친 무당은 사주학이라고 쓴 두터운 책을 펼치면서 믿지 못하겠으면 어디 한번 여기를 보라는 듯 손가락으로 꾹꾹 짚으면서 이게 바로 그것을 증명하는 학술적인 근거라고 했다. 그리고는 눈이 잘 보이지 않는지 책을 멀찍이 하고 카랑카랑한 목소리로 그 근거라는 내용을 내리 읽었다.

"육친관계에서 나를 생 한자는 인성印星 이라고 하는데 즉 어미를 지칭한다. 나를 생하면서 자식과 어미가 음양이 같으면 편인偏印이라고 하고 음양이 다르면 정인正印이라고 한다. 정인은 나와 음양이 같지 않으므로 나와 정이 두텁고 편인은 음양이 같으므로 정이 박한 법이다. 음과 양은 서로 당기는 힘이 있고 음과 음, 양과 양은 서로 밀치는 성질이 있다. 그러니 부모와 자식의 관계라고 해도 서로 이로운 관계가 있고 서로 해하는 관계가 있게 되는 것이다. 사주에 보면 인성 즉 어머니가 필요한 자식은 효자에 가깝고 인성이 필요 없는 자식은 그렇지 않다. 그러니 효자, 불효자가 되는 것은 태어날 때부터 타고난 운명에 의해서 결정이 되는 것이다."

책을 다 읽고 나서 무당은 더 말할게 없다는 듯 탁 소리 나게 책을 덮었다.

"그렇다면…"

여자가 무슨 말인가 물으려다가 두려운 듯 말끝을 흐렸다.

"저 아이와의 관계가 편인인가 정인인가 물으려다 그만둔 게 아닌가?"

"알고 싶지만 모르는 게 나을 것 같습니다."

"왜 그렇게 생각하는가?"

"모르고 사는 게 마음이 더 편할 것 같아서요."

무당이 혀를 끌끌 찼다.

"어미가 되가지고 그리 무심하니깐 집안이 이 꼴 이 모양이지. 알고 미리 방토를 하여 잘못된 것을 바로잡는 것이 백번 잘 하는 것이지."

늙은 여자가 흰 종이와 연필을 내어주면서 말했다.

"여기다가 자네의 사주와 저 아이의 사주를 적게."

그녀가 사주를 적어서 내밀자 무당이 육갑을 하듯 손가락을 폈다 굽혔다를 반복하더니 연신 고개를 저었다.

"왜요?"

"자네와 아이는 편인偏印이네. 음양이 같으므로 정이 박하지. 그러니 두 사람도 오래 같이 있지 않을 듯 싶네. 그리고…"

"잠깐만!"

여인이 옷자락을 잡아채듯 다급히 무당의 말을 가로챘다.

"더 이상 말씀하지 않아도 됩니다. 묻지 않은 걸로 하겠습니다."

혀를 씹는 심정으로 단호하게 말을 마친 그녀는 쫓기는 사람처럼 바삐 자리를 털고 일어났다. 더 무서운 소리를 들을까봐 두려웠던 것이다. 그녀는 아이를 재촉했다.

"단이야, 가자. 얼른 일어나."

아이가 일어나자 그녀는 아이를 앞세우고 문가로 걸어갔다. 다리가 비틀거렸다. 손 안에 든 모새가 새여 나가듯 몸이 땅 밑으로 스며드는 것 같았다.

"잠깐만 기다리게. 부적을 한 장 써 줄 테니 가지고 가게."

병 주고 약 주는 건가?

여자는 나가려던 걸음을 멈추고 돌아섰다. 아이는 겁에 질린 눈빛으로 말없이 자꾸 어머니의 팔을 밖으로 끌었다. 아이도 빨리 이곳을 떠나고 싶은 모양이었다. 부적이 효험이 있다고 생각해 본적이 없었다. 여태까지는 그랬다. 하지만 이곳에 발을 들여놓았고 이미 부적을 믿지 않겠다고 뿌리칠 수도 없었다. 모두 들어버린 그 사주란 것을 치유할 수 있는 방법은 부적뿐이라고 하니 그것을 받아가지 않을 수도 없지 않는가. 지푸라기라도 잡고 싶은 심정으로 그녀는 문가에서 안타깝게 기다렸다.

무당은 계피와 감초를 달인 물을 부어서 말린 노란종이를 너비 10cm길이, 15cm정도로 잘랐다. 그리고 붉은 빛이 나는 경면주사를 곱게 갈아서 설탕물에 개였다. 그리곤 붓으로 찍어 부적을 쓰기 시작했다. 상형 문자 같기도 하고 한자의 파자[破字]를 여러 가지로 조합을 한 것 같은 도무지 알아 볼 수 없는 추상적인 문자를 그리고 나서 부적 상단에 '칙령[勅令]"이라는 글자를 썼다. 그녀가 알아 볼 수 있는 것은 칙령이라는 글자뿐이었다. 무당이 그녀에게 부적을 건네주면서 말했다.

"부적은 복잡한 인생만큼 그 종류도 실로 많지만 크게 나누면 두 가지이네. 하나는 주력呪力을 빌려 소원성취를 가능케 하는 부적이고 다른 하나는 사邪나 액厄을 물리치는 부적일세. 자네한테 쓴 부적은 그 두 번째에 해당되네. 이것이 자네 집에 침입하는 액운을 물리쳐 줄 것이네. 부디, 마음가짐을 바르게 하고 액운을 물리치려는 간절함과 신의 은혜를 입기 위한 적덕과 경건한 성실함을 가지고 부적을 출입문 위쪽에 붙여두게. 그러면 반드시 액운은 물러가고 신의 은혜를 입을 거네. 내말을 명심하게. 원하는 것은 믿음에서만 나오네. 믿지 않으면 아무 것도 얻지 못 할 거네."

그녀는 부적을 받아서 지갑 속에 넣고 쫓기듯 점집을 나왔다. 그리고 고개를 꼿꼿이 하고 앞만 보고 잰걸음을 놓았다. 뒤돌아보거나 행동이 흐트러지면 점집에서 느낀 그 음산한 기운이 쫓아오기라도 할 것처럼 자세가 경직 되어 있었다. 그녀는 이곳에 들린 것을 사무치게 후회했다. 혀를 깨물고 싶었고 사랑을 위하여 가시나무에 가슴을 찔려 피를 흘리는 가시나무새처럼 가슴에 비수를 박고 피를 토하고 싶었다.

부모를 여읠 팔자라니, 그녀는 두려웠다. 이것이 과연 어린 딸의 운명이란 말인가. 단이가 어린 아이일적에 유달리 많이 울었다. 울기시작하면 누가 말려도 소용이 없었다. 너무 울어서 온 동네가 다 알았다. 그때 사람들이 '아이가 저리 우는 것은 일찍 부모를 여읠 징조다'라고 수군거렸다. 그때는 무식한 사람들이 아무렇게나 하는 소리로 넘기고 별로 신경을 쓰지 않았다. 하지만 오늘 무당의 말을 들으니 심난했다. 무당의 말인만큼 다 믿을 수 없지만 믿지 않을 수도 없었다. 무당의 말을 믿을 수 없다고 여기는 그 생각자체가 또 다른 불행을 불러오는 것은 아닌지 하는 걱정이 또 다른 걱정을 만들었다.

그녀는 아이가 무당의 말을 들었을까봐 두려웠다. 들었다면 그것이 그 아이의 앞으로의 삶을 얼마나 힘들게 할까? 한참 말없이 뒤따라오던 아이가 그녀를 불렀다.

"엄마!"

"왜?"

"그 할머니 이상함다."

"뭐가?"

아이가 자기의 기억에 대하여 말하고 싶어 했다. 그녀는 두려웠다. 아이가 자신이 두려워하는 것을 알아차렸을까봐서 말이다. 그래서 아이가 말을 하지 못하게 다른 말을 하고 싶었다.

"단이야!"

"네?"

아이가 말똥말똥한 눈으로 그녀를 쳐다보고 있었다. 딸의 천진한 눈빛을 보면서 여인은 목이 메었다. 뜨거운 것이 목구멍을 막으면서 금세 눈물이 쏟아 내렸다. 단이를 데리고 점집에 들어가지 말았어야 했다. 아무리 힘들어도 아이를 데리고 이런 곳에 온 것은 실책이었다. 이 아이가 오늘

일을 어떻게 기억할지 두려웠다. 제발 아무것도 기억하지 말기를 바랐다.

"단이야!"

"왜, 자꾸 이름만 불러?"

무슨 말인가 하고 싶었지만 정작 아무 말도 할 수 없었다. 혀가 자꾸 목구멍으로 갈마드는 것 같았다. 아이한테 너무 미안했다.

"단이야, 엄마가 널 사랑하는걸 알지?"

"나도 엄마를 사랑함다."

"그런데 엄마가 단이한테 미안해."

"뭐가?"

"그냥 모든 게 다."

"그 이상한 할머니 땜에 그램까?"

"네가 그걸 어떻게 알았어?"

그녀는 깜짝 놀랐다.

"엄마가 그 할머니를 싫어하는 것을 다 암다. 나도 그 할머니 싫씀다."

그녀는 철렁 내려앉는 가슴을 가다듬으면서 아이를 달랬다.

"싫었니? 그럼 우리 그 할머니를 만난 일을 없던 일로 하자."

이거야 말로 가능하지 않은 일이다. 있던 일을 없다고 생각하면 없어지는가. 하지만 계속 없었던 일이라고 우기면 여섯 살짜리 아이한테는 혹시 먹힐 수도 있겠다고 그녀는 생각했다. 그렇게라도 아이의 기억을 지우고 싶었다.

"있은 일을 어떻게 없던 일로 함까?"

아이가 우울하게 대답했다.

"할 수 있어. 오늘 우리가 본 그 할머니는 실제로 만난 것이 아니고 꿈에서 보았던 할머니다, 그렇게 생각하면 돼. 그렇게 생각할 수 있지? 엄마는 그렇게 생각할거다."

"엄마가 그렇게 한다면 나도 그렇게 하겠습다."

단이가 고개를 까딱까딱했다.

"아이고, 우리 단이 착하기도 해라."

그녀가 아이를 으스러지게 껴안았다. 마치 아이가 당장 품에서 떠나버리기라도 하듯이 말이다.

"엄마!"

단이가 갑자기 심각한 표정을 지으면서 씩씩거렸다.

"내가 부모를 잡아먹씀까? 사람이 어떻게 사람을 잡아먹씀까?"

아이 나름 분노한 듯 콧날이 미세하게 벌름거렸다. 그녀가 가장 두려워했던 말을 아이가 이미 기억하고 있었다. 그녀는 울상을 하고 억지로 얼굴에 웃음을 담았다.

"그러게, 사람이 어떻게 사람을 잡아먹어? 호랑이도 아니고?"

"그 이상한 할머니가 그랬씀다."

"그러니 그 할망구가 실수한 거야. 세상에 그런 말이 어디 있어?"

"그렇지? 사람이 사람을 잡아먹을 수는 없죠. 그 할머니 너무 이상함다."

"그래. 나도 그 할머니가 이상했어. 어디 아프지 않고서야 어찌 그런 말도 안 되는 말을 한단 말이니?"

"머리가 돌았나봄다."

아이가 갑자기 까르르 웃었다. 그러자 그녀도 따라서 웃었다. 하지만 그녀는 웃는 게 웃는 것이 아니었다. 오늘은 웃고 있지만 세월이 지나 아이는 '부모를 잡아먹는 아이란' 말 때문에 괴로울 것이다. 그것은 어떤 방법으로도 지울 수가 없는 트라우마로 남아서 아이의 인생을 어둡게 할 것이다. 아이한테 그런 험한 경험을 하게 만든 자신의 경솔함을 그녀는 땅을 치도록 후회했다. 그녀는 단이를 품에 꼭 끌어안고 눈물을 흘렸다.

"엄마, 왜 움까? 나 때문에 엄마가 죽는 검까?"

"아니야. 엄마가 왜 죽어. 엄마는 계속 네 곁에 이렇게 붙어있을 거야."

"그럼 아부지가 죽씀까?"

"아부지가 왜 죽어? 아무도 안 죽는다."

"그 할머니가 나는 부모를 일찍 여읠 거라고 했씀다. 여읜다는 게 죽는다는 말이라는 것을 나도 다 암다."

"네가 그…그것을 어떻게 알아?"

그녀가 혀를 접친 듯 말을 더듬었다.

"룡이 오빠가 그랬씀다. 여읜다는 말은 죽는다는 거라구. 오빠네 엄마가 알려주었담다. 정말임다. 믿지 못하겠으면 오빠네 엄마한테 물어보세요."

"이 여편네가 아이들한테 이런 말까지 했어?"

여인이 갑자기 발끈 소리를 질렀다. 그러자 단이가 깜짝 놀란 토끼처럼 올롱한 눈을 크게 뜨고 그녀를 바라보았다. 그녀는 룡이 엄마가 왜 이런 말을 했을 거라는 것을 금방 알아차렸다. 단이가 어렸을 때 너무 울어서 동네사람들로부터 아이가 너무 울면 어시를 여윈다는 말을 들었다. 단이는 여윈다는 말이 무슨 말인가 알고 싶어서 룡이한테 물었을 것이고 룡이는 자기 어머니한테 물었을 것이다.

"그 할머니가 말한 말은 모두 사실이 아니야. 미신이야! 미신! 절대 믿어서는 안 되는 미신이라구! 알겠어?"

여인은 자신의 혀가 모두 닳아 없어지도록 미신이라고 외치고 싶었다. 딸의 머릿속에 들어박힌 기억을 희석시킬 수 만 있다면 자신의 혀를 잘라낸다고 아쉽겠는가! 무슨 일이든 하고 싶었다. 그저 어떻게 해야 되는지를 몰라서 답답할 뿐이었다. 그녀는 몹시 화가 나있었다. 어머니가 왜 그렇게 화났는지 단이는 알 수 없었다. 그리하여 그저 눈을 내리깔고 가는 다리를 흔들거리며 어머니를 따라 걸어갔다. 이렇게 화난 어머니의 얼굴을 종래로 본적이 없었다. 점술집에서 들은 점괘에 대하여 그 뜻을 전부 알아들은 것은 아니지만 어머니의 불안한 표정에서 그것이 불길한 점괘인 것을 막연하게나마 느낄 수 있었다. 만일 어머니가 아무렇지 않은 듯 의연하게 행동했더라면 단이의 마음이 그처럼 불안하지 않았을지도 모른다. 하지 말라면 더 하고 싶은 유혹처럼 잊어버리고 지워버리라는 어머니의 당부 때문에 오히려 그것들이 단이의 머릿속에 가시처럼 박혀 버린 것 같았다.

집에 돌아오자마자 여인은 부적에 밥알을 꾹꾹 눌러서 문질렀다. 그리고 등발 위에 올라서서 부적을 출입문 위에 붙였다. 믿지는 않지만 믿어 보기로 했다. 그녀는 아이에게 이것이 아버지를 집으로 돌아오게 하는 부적이며 다시 집을 나가지 못하게 하는 부적이라고 설명했다. 그리고 이 부적은 우리 집안의 모든 액운을 쫓아내고 악귀들로부터 우리 식구들을 지켜줄 것이니 이제부터는 부모를 여윌 걱정 같은 것은 하지 않아도 된다고 했다. 아이는 그것으로 모든 근심걱정은 끝나게 될 것이라고 믿었다. 하지만 부적을 붙이고 나서도 아버지 조치운은 밖으로만 나돌았다. 변한 것은 아무것도 없었다. 어머니는 여전히 수심에 잠겨있었고 밤이면 불면증에 시달렸다. 단이는 잠결에 어머니의 깊은 한숨소리를 자주 들었다. 아이는 부적이 효험이 없음에 화가 났다. 그것을 떼어버리고 싶었다. 어머니가 한숨을 짓는 것이 그 부적 때문인 것 같아서 말이다.

그러던 어느 하루, 아이는 자기 몸보다 몇 배는 더 큰 등발(발판)을 사랑칸에서 끌어냈다. 그리고 그 위에 올라섰다. 하지만 키가 작아서 손이 부적에까지 미치지 못했다. 아이는 어떻게 하나 부적에 손을 떼어 보려고 등발 위에서 까치발을 하고 안간힘을 썼다. 등발이 흔들렸다. 하지만 그만둘 수 없었다. 아이는 기어이 부적을 자기 손으로 뜯어내고 싶었다. 그러면 어머니의 수심과 걱정도 사라질 것이다. 손이 닿지 않자 아이는 등발에서 팔짝 팔짝 뛰었다. 그러다 몸의 중심을 잡지 못해 등발 위에서 허망 굴러 떨어지고 말았다. 순간 눈앞에 불꽃이 튕기면서 숨이 넘어가는 것 같았다. 아이는 어머니를 부르면서 대성통곡을 했다. 텃밭에서 고추나무를 베고 있다가 아이의 울음소리를 듣고 황급히 뛰어온 어머니는 등발

밑에 새우등처럼 몸을 웅크리고 일어나지 못하고 있는 단이를 보고 새된 소리를 질렀다.

"왜 그래?"

"등발에서 떨어졌씀다."

단이가 기어 드는 소리를 했다.

"거기는 왜 올라간 건데?"

"부적을 뜯어버리려구…"

그 말에 어머니가 깜짝 놀라며 당황해했다.

"왜 시키지도 않은 짓을 하고 그러니?"

"부적을 붙이면 아버지가 돌아온다더니 어째 아버지가 돌아오지 않씀까?"

그녀가 한숨을 짓더니 아이에게 말했다.

"종이 한 장이 무슨 힘이 있어서 아버지를 오게 하겠니."

"그럼 어째 붙였는데?"

"그것을 믿고 기다리는 내 자신의 마음을 믿는 것이지. 그런 믿음도 없으면 이렇게 힘든 하루하루를 엄마가 어떻게 견디겠니. 너는 어려서 이해하지 못하겠지만."

그러고 보니 그녀는 부적을 믿는 것이 아니라 부적을 믿는 자신의 마음에 의지하고 있은 것이었다. 차츰, 아이는 부적에 대하여 까맣게 잊은 듯 다시는 그날 일을 입 밖에 내지 않았다. 전부 잊은 듯이 보였다.

3

단이 자신도 그 일을 모두 잊은 줄로 알았다.

그런데 열여섯 살 때 갑자기 어머니가 돌아가시자 "부모를 잡아먹을 사주를 가졌다"던 무당의 말이 되살아났다. 어쩌면 기억하고 싶지 않아서 잊었다고 믿고 있었던 것인지도 모른다. 여섯 살 적에 보았던 무당의 말과 그날 무당이 입었던 옷 색갈이며 표정까지 모두 기억하고 있었다. 그 자신도 깜짝 놀랐다. 어떻게 십년 전의 일을 그토록 생생하게 기억하고 있는지 말이다. 가만히 생각해보니 꿈이라고 사실이 아니라고 지우라고 했던 어머니의 그 간절함 때문에 더 지우지 못했던 것 같았다. 아무렇지도 않은 일처럼 지나쳤더라면 오히려 잊었을지도 모른다. 우연의 일치인지는 모르나 결국 무당의 말은 맞아 떨어진 셈이다. 그는 어머니를 여의게 되었고 어머니를 잡아먹은 자식이라는 운명의 굴레에 갇히게 되었다. 이 무슨 얄궂은 운명이란 말인가.

사람은 누구나 태어나서 죽을 때까지 타고난 사주팔자의 지배를 받으며 후천적으로 적용되는 하나하나의 운運 속에서 살아가게 된다고 한다. 명命은 선천적으로 주어진다고 하지만 운은 후천적인 것이기에 사람들은 매일매일 그날의 좋은 운을 기다리며 운세를 보기도 한다. 운을 기다린다는 것은 어쩌면 삶이 잡고 있는 동아줄 같은 것이며 사람이 살아가면서 품고 있는 희망인지도 모른다. 그런데 단이는 이미 운에 기대하지 않았다. 너무 일찍 자신의 운명을 알아비렸기 때문이다. 어머니가 그렇게 거짓말이라고 잊으라고 했던 사실이 현실이 되어버린 마당에 자신의 운명을 믿지 않을 수도 없었다.

어머니는 스스로 목숨을 끊었다. 어디까지나 단이와는 연관이 없는 죽음이다. 헌데도 단이는 자신의 험한 사주가 결국 어머니로 하여금 죽음을 맞이하게 했다고 자책했다. 단이가 그날 무당한테서 들은 이야기 중에는 이런 내용이 있었다. 물론 어릴 적 기억이라 확실치는 않지만 정리하면 대략 이러했다.

세상에 모든 어머니에게는 두 얼굴이 있다고 했다. 자식을 보살펴야 하겠다는 마음과 자식을 애물단지라고 여기는 두 마음을 가진 얼굴 말이다. 그래서 목숨을 걸고 자식을 보살피는 어머니가 있는가하면 자식을 버리고 떠나는 어머니도 있다고 했다. 어머니를 꼭 필요로 하는 사주를 가진 자식이 있다면 그 어머니는 어떤 역경이라도 절대 도망을 가지 않고 자식의 곁을 지키지만 어머니를 필요로 하지 않는 사주를 가진 자식이 있다면 그 어미는 핏덩이 아이라도 버리고 떠날 수 있다고 했다. 단이는 자신이 만약 어머니를 필요로 하는 자식으로 태어났더라면 어머니가 죽지 않았을 것이라고 믿었다.

어머니가 돌아가시고 나서 한때 단이는 정서불안에 시달렸다. 학교에 가면 집에 가고 싶고 집에 있으면 또 밖으로 뛰쳐나가고 싶었다. 잠시도 한곳에 조용히 머물러 있을 수 없었다. 조용히 있을까 싶으면 가슴속 깊은 곳에서 종잡을 수 없는 광기가 소용돌이치면서 좀처럼 자신을 가만 나두지 않았다. 그리하여 어둠이 내린 깊은 밤이 되면 들개처럼 아무도 없는 들판을 헤매다가 새벽이면 온 몸이 젖은 채로 돌아오곤 했다. 그렇게 일 년 가까이 허허벌판에서 방황을 하다가 결국 단이는 어머니가 데리고 갔던 그 점술집을 다시 찾아가게 되었다.

과연 신이 존재해 있는지, 그녀는 알지 못했다. 믿는 것도 아니었다. 그런데 왜 또 무당을 찾았을까. 옆에 아무도 의지할 곳이 없고 죽을 만큼 삶이 힘들고 고달픈데 그래도 죽지 못하고 살아있어야 되는 절실한 상황이 오면 사람들은 신에 의지하고 싶어 한다. 그것은 도저히 자신의 문제를 사람의 힘으로는 어쩔 수 없다고 여기기 때문이다.

단이가 찾아간 점술 집은 예전보다 초라했다. 집은 입김에도 날아갈 듯 곰삭아있었고 무당도 파싹 소리가 날 지경으로 늙고 야위어 있었다. 단이가 여섯 살의 기억으로만 이곳을 찾을 수는 없었을 것이다. 그의 기억은 십년이란 세월이 흐르는 동안 내내 이곳을 잊지 않고 있었던 것이다. 그녀에게 운명이라는 것을 알게 해주었고 그것을 막아주는 부적이 이곳에서 만들어졌는데 어찌 이곳을 잊을 수 있었겠는가. 이곳에서 보고 들은 모든 것은 그녀의 인생전부를 지배할 만큼 무거운 짐이었다. 그 무거운 굴레에서 벗어나기 위한 몸부림이 어쩌면 그녀의 어린 시절의 전부였는지 모른다. 그랬는데 또다시 그 벗어나고 싶었던 기억을 찾아 그 앞에 서 있다. 이 또한 그녀의 피할 수 없는 운명인 것이다.

무당의 얼굴은 마치 주름투성이 뇌 모형에다 쇳물을 부어 본떠낸 듯 깊은 주름으로 가득했다. 십년 세월동안 아무것도 하지 않고 얼굴에 주름만 새겨 넣은 듯싶었다. 단이는 어렸을 때 두려웠던 그 기억을 잊지 못한 채 조심스럽게 입을 열었다.

"저를 알아보시겠씀까?"

늙은 여인은 뿌옇게 흐려진 눈을 가늘게 쪼프리며 흘러가버린 세월을 반추하듯 이윽히 뜯어보는가 싶더니 실눈을 하고 교활하게 웃었다.

"알지, 그럼 모를 줄 알았어?"

"진짜 안단 말임까?"

믿을 수가 없었다. 알아보시겠냐고 물은 건 그저 인사치례였지 진짜로 알아보리라고 믿은 것은 아니었다. 여섯 살짜리였던 계집아이가 열여섯이 되어 찾아 왔는데 어떻게 알아볼 수 있단 말인가. 하지만 늙은이는 기억한다고 우겼다. 하긴 기억하지 못해도 기억한다고 해야 할 것이다. 무당이라는 사람이 그것도 못 맞춘다면 누가 그를 신뢰하고 자기 운명을 점치겠는가?

"십년이란 세월이 흘렀는데도 절 기억함까? 그때 전 겨우 여섯 살짜리 꼬마였씀다."

"그래, 그때 넌 여섯 살이었지. 아주 똘망똘망하고 이쁜 여자아이였지."

단이는 고개를 갸웃거렸다. 믿을 수 없었다. 그러자 늙은 무당이 혀를 끌끌 차더니 냉소하듯 차갑게 말을 던졌다.

"왜! 믿지 못하겠어? 그래서 신을 시험해 보려는 겐가?"

늙은이가 서슬이 퍼런 눈으로 단이를 째려보았다. 시선이 섬뜩하여 가슴 한편이 뭉청 베여져 나가는듯했다. 저런 섬뜩함이 신기神氣라는걸까? 단이는 몸이 으스스 했다. 무서웠다. 괜히 신을 시험한다고 벌을 받을지도 모른다는 생각이 들어서 두 손을 내저으면서 황급히 변명을 했다.

"아이, 아님다. 난 그저 시간이 너무 오래돼서 혹시 기억하기 어렵지 않겠나 하는 생각이 들어서 말임다."

"내가 기억하나? 신령님께서 기억하지."

늙은이가 화가 풀리는 듯 목소리가 한결 부드러워졌다.

"아, 그건 그렇지요."

단이가 연신 고개를 끄덕여 공감을 하는 척 했다. 신이 기억하는지 늙은 여인이 기억하는지 알 수는 없지만 거역하거나 시비하고 싶은 마음은 없었다. 일단 이곳에 들어왔으면 무조건 믿는 것이 신상에 좋을 것이라고 생각했다.

"십 년 전에 내가 했던 말이 다 맞았지?"

늙은 무당이 지나가는 말처럼 슬쩍 던지는 듯 했지만 은근히 조심스러워 보였다. 혹시 틀릴지도 모르는 자신의 점괘에서 다시 빠져나갈 다른 변명거리라도 미리 생각하고 있는 듯한 표정이었다.

"네. 다 맞았씀다."

"그럼 뭘 더 알고 싶어서 또 온 겐가?"

"어머니가 돌아가셨씀다."

"결국 그렇게 되었구나."

무당이 미리 알고 있었다는 듯 한숨을 내쉬었다. 단이는 그때 써주었던 부적이 액운을 막아준다고 했는데 왜 아무 소용이 없었냐고 따지고 싶었지만 그 말을 하지 않았다. 괜히 신하고 시비 건다는 말을 듣고 싶지 않아서였다. 그런 것을 따지고 싶었다면 아마 이곳에 오지 않았을 것이다. 다만 앞으로 자신이 어떻게 하면 좋은지 그것을 묻고 싶었을 뿐이다.

"엄마가 돌아가시고 나서 아버지께서 집으로 돌아오셨씀다. 이제는 더 이상 밖으로 나돌지 않씀다."

"한 생명이 가면 밖에 있던 생명이 다시 들어오게 되는 법이다."

"그런데 혼자 들어온 것이 아니라 밖에서 여자와 아이까지 데리고 왔씀다."

"내가 밖에 여자가 있다고 하지 않았나? 그래서 그게 어쨌다는 건가?"

"저는 도저히 그 여자랑 한집에서 살 수 없씀다. 그 여자만 보면 어머니 생각이 나서 참을 수 없씀다. 그래서 집을 나가고 싶씀다."

"너와 너의 아버지의 인연은 아버지가 처음에 집을 나가실 때부터 이미 끝난 거다. 끝난 인연에 매달리는 건 아무 소용이 없어. 마치 빈집에 불을 지피는 거나 같은 이치지."

"그렇다고 제가 당장 집을 나가 혼자 살 처지도 아니고 어떻게 하면 좋겠씀까? 그 여자와 같이 살지 않는 방법이 없겠씀까?"

"함께 살고 혼자살고는 상관없다는 이야기야. 산다는 것은 말이야, 함께 있다고 함께 사는 것이 아니고 혼자 있다고 혼자 사는 게 아니야. 너는 함께 있어도 이미 혼자였어. 마음이 이미 떠났다는 거지. 문제는 넌 이제부터는 부모님과의 인연으로 사는 게 아니니 자신의 운으로 살아가야 한다는 거지."

"내 운이요?"

"그렇지."

늙은 여자가 고개를 끄덕였다.

"내 운이 뭘까?"

"여자는 일생에서 큰 운이 두 번 있는데 부모에게서 태어날 때의 운과 남자를 만나서 결혼해서 사는 운이야. 너에게는 부모가 준 운은 다했으니 이제 남자를 만나서 결혼하는 운이 남았어. 앞으로 남자를 만나면 절대 가까운 곳에서 남자를 구하지 말고 먼 곳에서 남자를 구하도록 해라. 나이가 너보다 많을수록 좋아. 좋기는…."

무당이 갑자기 말을 멈췄다. 그러더니 눈을 가늘게 뜨고 다시 한 번 단이의 얼굴을 유심히 뜯어보고 있었다. 그 눈길이 너무 음산해서 마치 살점이 아프게 할퀴거나 닳아 떨어지는 것 같았다.

"좋기는, 홀아비가 좋아. 재혼자리 말이야. 그래야만 액운을 면할 수 있어."

이 무슨 해괴한 소린가. '부모를 잡아먹을 팔자'란 소리를 저주처럼 듣고 살았는데 그것도 모자라서 나이 많은 홀아비라니, 어찌 또 이런 시련을 준단 말인가. 이것은 또 다른 운명의 굴레였다. 어머니를 일찍 여윈 것으로도 부족하여 아직도 더 털어내야 할 액운이 남아있었던 모양이다. 이제 얼마나 많은 액운을 더 털어버려야 불행한 운명에서 자유로울 수 있는지 단이는 억울한 나머지 퉁명스럽게 쏘아붙였다.

"도대체 신이 있기는 함까?"

늙은 여자가 어이없어하며 이슥히 단이를 노려보았다. 신당 앞에서 신이 있느냐고 질문하는 사람은 거의 없었다. 신을 부정하면서 신의 은혜를 입으려고 하다니, 얼마나 많은 부정을 더 타려고 이리도 경거망동 한단 말인가? 늙은 여인은 단단히 화가 난듯했다. 그런데 단이는 늙은 여인이 말문이 막혀서 대답을 하지 않는 것이라고 단정하고 질문 공세를 이어갔다.

"신을 봤씀까? 보았다면 신은 어떻게 생겼씀까? 머리가 있씀까? 없씀까?"

그러자 늙은 여자가 노기가 등등하여 호통을 쳤다.

"닥치지 못할까! 어디서 함부로 그 더러운 주둥아리를 놀리는 거냐? 당장 나가."

단이가 자기에게 하듯 중얼거렸다.

"신이 있다면 보았을 게 아니에요. 보았으면 보았다고 하면 될 것을 뱀은 어째 내심까?"

늙은 여자가 한층 누그러진 목소리로 말했다.

"신은 보여지는 것도 만져지는 것도 아니야. 사람과 신은 오직 영적으로만 통하는 거지. 사람에게 신의 존재는 오직 믿음 안에서만 존재하는 거야. 믿음으로 보고 믿음으로 통하고 믿음으로 움직이는 거지. 믿음이 모든 것을 움직이고 생명을 가지게 하는 거야. 물론 세상은 오직 과학만이 지배한다고 믿는 사람들은 신을 믿지 않겠지. 과학은 경험과 논증으로 신이 없다고 말하니깐. 과학이라는 것은 육신의 고달픔을 편안하게 해주기 위해 있는 거고 신은 영적인 고달픔을 달래주기위해 존재하는 거야. 신의 세계에는 믿음만이 존재할 뿐이다."

늙은 여자의 말은 아주 그럴 듯 했다. 단이는 절대 뿌리칠 수 없는 강렬한 기운이 느껴졌다. 그것은 맹목적이지 않고 조리 정연한 근거를 가지고 있어 반박할 여지가 없었다. 믿고 싶지 않아도 믿지 않을 수 없다는 생각이 들었다. 그래도 다행스러운 것은 이제부터는 부모와의 인연이 아니라 자신의 운으로 살아야 한다는 말이었다. 더는 어머니의 죽음에 대한 굴레에 갇혀있지 않아도 될 것 같았다. 아버지와 아버지가 데리고 온 여자와 그 여자의 아들인 찬이와의 누더기 같은 인연도 털어낼 수 있을 것 같았다. 그것만으로도 한결 해방된 느낌이 들었다.

무당이 가늘게 실눈을 하고 말했다.

"내 말을 명심해라. 어딘가에 너를 지켜줄 운명의 남자가 있을 거다. 그 남자를 만나면 기필코 잘 살 거다."

4

과연, 한국 남자가 그녀의 운명일가?

단이는 그것이 궁금하지 않았다. 운명 같은 것은 믿지 않은지 오래다. 그녀는 다만 두려워하고 있을 뿐이다. 두려워서 도망갈 대안을 찾기 위해 점집을 찾은 것인지도 모른다. 자신의 운명을 믿는 사람들은 절대로 점집 같은 데를 찾지 않는다. 그것은 마치 사랑을 믿지 않는 사람이 사랑 행위에 몸을 버리고 바람을 피우는 것과 같은 행동이다. 이것은 역설이다.

단이는 운명을 믿지 않았을 뿐만 아니라 운명이 무엇인지도 몰랐다. 그녀가 믿어왔던 것은 아무리 불리한 상황이 닥치더라도 현재의 상황보다는 더 이상 나쁘지 않을 것이란 믿음이었다. 그처럼 그녀의 당시 상황은 최악이었다. 그래서 한 번도 보지 못한 한국남자를 선택하는 일에 주저하지 않았다. 단이가 한국남자와 결혼하려했던 결정적인 이유는 먼데서 남자를 구하라고 했던 무당의 말 때문만은 아니었다. 그가 서둘러 이런 선택을 했던 결정적인 사건은 또 있다.

이른 여름밤의 어느 날, 단이는 룽이를 만나려고 그의 집으로 찾아갔다. 룽이가 그녀에게 결혼을 하자고 졸랐지만 단이는 대학시험을 치고 나서 답을 준다고 미뤄 왔다. 룡이는 어릴 적부터 그녀를 무척 따랐던 사람이다. 솔직히 단이도 룡이가 나쁘진 않았다. 하지만 그와 결혼해서 한평생 이 동네에서 사는 것은 자신이 없었다. 되도록이면 동네를 뜨고 싶었다. 하지만 대학시험에 낙방하여 대학에 가지 못하게 되었으니 더 이상 룡이의 청을 거절할 이유도 없게 되었다. 오늘 밤에는 정식으로 룡이에게 고백을 할 생각이었다.

그녀가 룡이네 대문으로 들어서자 활짝 열려있는 창문으로 룡이 어머니의 목소리가 흘러나왔다. 심기가 불편한지 목소리가 격앙 되어있었다.

"당신은 입이 붙었수? 왜 말이 없소?"

"나더러 뭘 말하라는 건가?"

"이때까지 말하는 거 어디루 들었소? 저 아이가 단이랑 결혼을 하겠다는게 이게 제정신인지 어디 한번 말을 해보란 말씀이꼬마."

"그 아이들은 어릴 적부터 서로 좋아하는 사이가 아니었소? 아이들이 좋다면 그만이지 왜 새삼스럽게 반대요?"

"아이 적에 좋아 하문 다 결혼함 둥? 그 아이가 어떤 아임 둥?"

"어떤 아인데?"

룡이 아버지가 버럭 역정을 냈다.

"그 아이 엄마가 왜 죽었수? 남편 몰래 바람피다가 들켜서 그리 된 게잖소? 그리고 그 애비는 어떻고? 밖에서 아이까지 낳아서 데리고 왔수다. 그런 집안에서 그 아이가 뭘 보고 배웠겠수?"

"우리 룡이가 좋다고 하지 않소?"

룡이 아버지의 말에 어머니가 와들랑 했다.

"그놈이 미친놈이지요. 옛날부터 며느리를 데려올라문 그 엄마를 보라고 했쓰꼬마. 아들은 아버지를 보면서 배우고 딸은 엄마를 보고 배운다는 말도 있쓰꼬마. 그 에미에 그 딸이지, 얼굴만 반반하면 뭐하게유? 얼굴을 뜯어먹구 산답디까? 내 눈에 흙이 들어가기 전에는 난 반대꼬마."

"그렇게 혼자서 북 치고 장구 치고 다하면서 나더러 왜 말을 하라고 했소!"

담배 재떨이가 날아가는지 와당탕 소리가 들려왔다. 그녀는 소리 없이 룡이네 대문을 빠져나왔다. '그 어미에 그 딸이라'던 말이 바람소리처럼 귓가에서 맴돌았다. 얼굴이 화끈거렸다. 나이를 먹으면서 그녀는 엄마를 닮았다는 말을 가장 싫어했다. 그 말에는 외모뿐만 아니라 엄마의 수치까지도 포함되어 있었기 때문이다. 자식의 잘못이 부모의 죄가 되는 것처럼 부모의 잘못은 자식의 수치가 될 수 있다. 그렇더라도 부모는 자식을 부끄러워하지 않지만 자식은 부모를 부끄러워한다. 그것이 자식과 부모 사이이다. 그 어미에 그 딸이라는 말이 떠오를 때마다 그녀는 아무도 모르는 곳으로 가버리고 싶은 충동에 휘말리곤 했다. 그것은 하루 한시가 새롭다고 여겨졌다.

단이는 잡념을 털어버리고 <약속다방>문을 밀고 안으로 들어갔다. 다방 안은 어둑스레했다. 가게 천장에 홀쭉한 전등 하나가 거꾸로 매달려 있을 뿐 전체적으로 조명이 어두웠다. 복도를 중심으로 양쪽에 방 두개씩 나뉘어져 있었고 홀 중앙에 차탁 두개가 놓여있었는데 젊은 여자들이 양쪽에 나뉘어 앉아서 차를 홀짝거리고 있었다. 눅거리 녹차향이 칙칙하게 가게를 뒤 덮고 있었다.

문소리가 나자 여자들은 일제히 그녀를 쳐다보았다. 보는 시선들이 그다지 곱지 않았다. 그녀들도 맞선을 보러온 아가씨들이었다. 단이는 커다란 자석에 이끌려온 쇠붙이처럼 어색하게 문가에 서있었다. 마땅히 앉을 자리도 없었고 그렇다고 계속 서있기도 머쓱해서 주위를 두리번거렸다. 여자들 쪽에서 수군거리는 소리가 귓속을 파고들었다.

"재는 뭐야? 선을 보러 온 거야?"

"설마, 아직 스무 살도 안돼 보이잖아. 시집을 갈 나이는 아닌 것 같은데?"

"어린데다가 곱기까지 하네. 우리 같이 늙은 여자들은 게임도 안 되겠네"

"저런 게 고와? 아직 채 발달이 되지 않아서 비리비리 하구만. 진짜 여자의 향기는 우리처럼 적당히 나이를 먹어야 나는 거라구!"

오랜 맞선에 지쳤던 모양이다. 맞선 여자들은 자조와 질투가 섞인 평을 마구 쏟아냈다.

어림짐작으로도 서른은 넘어 보이는 여자가 자리에서 일어나더니 단이에게 손짓했다.

"거기 그냥 그렇게 서 있을 거니? 이리로 와 앉아라."

고마웠다. 단이는 뚜벅뚜벅 그녀 쪽으로 걸어갔다. 여자가 안쪽으로 몸을 옮기면서 단이에게 옆자리를 내어주었다. 단이는 엉덩이만 살짝 걸쳐 놓았다. 되도록이면 자리를 적게 차지하고 싶어서였다. 여자들의 시선이 일제히 그녀의 얼굴에 날아왔다. 송곳인양 박아보는 그 시선에 단이는 얼굴이 화끈거렸다. 그녀들은 단이에게 적의를 품고 있는 듯했다. 단이는 자신이 그녀들에게 공공의 적임을 알아챘다. 하지만 기죽을 일은 없었다. 그녀들에게 죄를 지은 것도 없지 않는가. 그들보다 나이가 어리다는 것이 죄가 되는 것은 아니니깐. 단이는 그렇게 생각하면서 주위를 둘러보았다. 거기에 앉은 여자들 거개 혼기가 꽉 찼거나 혼기를 훨씬 넘겨보였다. 인생을 화려하거나 순탄하게 살다 온 여자들 같지는 않았다. 그들은 무슨 걱정거리가 있는 듯 초조하고 불안해 보였다. 여유라곤 전혀 없어보였다. 그만큼 결혼이 절실한 사람들인 듯 했다.

"나이가 몇이지?"

옆에 앉은 여자가 웃으면서 물었다.

"스물 둘임다."

"스물 둘?"

그녀가 깜짝 놀랐다. 아직은 맞선을 보고 시집을 서두를 나이는 아니지 않느냐는 표정이었다.

"오늘 선보는 남자가 그쪽하고는 띠 동갑 하고도 세살은 더 많다는 것은 알어?"

남자가 나이가 많다는 것은 알았지만 서른일곱이라는 것은 지금 듣고 처음 알았다. 하지만 나이 차이가 많은 것은 그녀가 바라던 터라 별로 놀랄 일은 아니었다. 차라리 잘 된 것이 아닌가 싶었다. 단이는 소리를 내지 않고 입귀만 움직여 살짝 웃었다.

"어머? 알고 있는 눈치네."

나이든 여자가 입으로 허, 하고 바람이 새여 나가는 소리를 냈다. 좌석이 한참 부산스럽게 들썽거렸다. 어린 나이에 시집을 가면 마치 도덕적인 하자라도 있는 듯이 여기는 것 같았다.

이때 카운터 안쪽에서 누군가 그녀한테로 걸어왔다. 오원장이였다.

"왔어?"

"네."

"왜 이렇게 늦었어?"

너무 늦으면 차례가 없을지도 모른다던 오원장이 말이 생각나서 그녀는 바짝 긴장을 했다.

"일찍 출발을 했는데 커피숍을 찾느라고 거리에서 한참 헤맸씁다. 너무 늦었습까?"

"지금 막 끝내려던 참이었어."

그 말을 증명이라도 하듯 복도의 안쪽 방문이 열리면서 키에 비해 살집이 좋은 여자가 걸어 나왔다. 그녀는 뚱뚱해보였지만 하얀 피부에 들 고양이 같은 눈동자를 가졌고 앞가슴을 깊이 판 원피스 때문인지 육감적이면서도 도발적이었다.

"어떻게 됐어?"

오원장이 눈을 크게 뜨며 물었다. 그러자 들 고양이 눈을 닮은 여자가 울상을 짓고 징징거렸다.

"모르겠어요."

"아니, 여자가 돼가지고 남자가 자기한테 관심이 있는지 없는지, 그렇게 눈치를 몰라?"

“대화는 기분 좋게 했어요. 말을 하면서 남자는 계속 나한테서 눈길을 떼지 않았고요. 그것을 보아선 관심이 있는 것 같기도 하고… 그런데 나올 때 한 말이 걸려요.”

“나올 때 뭐라고 했는데?”

고양이 눈을 닮은 여자가 대답하기 저어되는 듯 아래 입술을 깨물었다. 말하기 거북해 하는 것 같았다. 여자들이 숨을 죽이고 그녀의 입만 쳐다보고 있었다. 단이 역시 그녀의 말에 신경을 곤두세웠다. 만약 이 여자가 남자의 마음에 들었다면 단이의 맞선 기회는 없어지게 되기 때문이다.

“여기서 말하기 어려운 말이야?”

오원장이 다그치자 그녀가 주저하다말고 입을 열었다.

“저보고 다이어트 좀 해야 쓰겠대요. 한국남자들은 못생긴 건 봐줘도 뚱뚱한 여자는 못 봐준다고 하더라고요. 이게 관심이 있단 말이에요? 관심이 없단 말이에요?”

“내 생각에는 관심이 있다는 말인 것 같은데. 관심이 없으면 왜 다이어트를 하라고 했겠어?”

나이든 여자의 말에 고양이 눈을 닮은 여자가 눈살을 찌푸렸다.

“한국 남자들은 미운 건 봐줘도 뚱뚱한건 못 봐준다고 했단 말이에요. 이게 뚱뚱해서 싫다는 말이 아닌가요?”

“만약 그 말만 하면 그리 해석할 수 있지. 그런데 다이어트를 하라는 말을 했잖아. 이것은 다이어트만 하면 봐준단 뜻 일수도 있다는 게지.”

“그런가?”

고양이 눈을 닮은 여자가 금세 얼굴을 활짝 펴면서 웃었다.

"하긴 남자가 그러더군요. 내 눈이 고양이 눈을 닮아서 귀엽대요. 남자들은 고양이를 닮은 여자를 좋아한다면서."

여자가 어깨를 으쓱했다.

하지만 그 여자는 남자가 한 가지를 말하지 않은 것을 모르고 있었다. 남자들은 고양이 눈을 닮은 여자를 좋아하지만 관상용으로만 좋아하지 고양이의 예민하고 불안하고 차가운 속성은 꺼린다. 강아지는 밥을 먹여주고 키워주는 주인을 무조건 따르지만 고양이는 적당한 거리를 두고 주인을 관찰하며 언제든지 주인을 떠날 준비를 하는 냉정한 동물이다.

"원장님, 저 희망이 있는 거예요?"

고양이 눈을 가진 여자가 눈을 빨았다.

"한사람이 남았으니 마저 보고 말을 하지."

오원장의 말에 그녀는 발끈했다.

"남자한테 먼저 확인하는 게 순서 아닌가요? 이미 저를 마음에 두었다면 다음 여자를 볼 필요가 없잖아요?"

고양이 눈을 닮은 여자의 말에 맞선녀들이 막대기로 벌 둥지를 들 쑤셔놓은 듯 일제히 떠들어댔다.

"그 말이 맞아요. 마음에 있는지 먼저 물어보는 게 좋겠어요. 여기 온 사람들의 얼굴을 다본 후에 결정 하겠다는 것은 너무 불공평해요. 이건 맞선이 아니라 조선시대의 기생점고妓生點考 하고 다를 바 없어요. 시대적 퇴보라고요."

"시대적 퇴보? 싫으면 가. 억지로 붙잡는 사람 없어. 지들이 좋아서 왔으면서 무슨 말들이 그리 많아."

오원장이 말에는 찬바람이 쌩하고 일었다. 여자들이 일제히 입을 다물어버렸다. 한동안 어색한 침묵이 흘렀다. 그리고 그 침묵을 깬 사람은 또 다시 고양이 눈을 닮은 여자였다.

"그래도 이건 너무하지 않아요? 남자 한명에 여자 이십 명이라니요? 이건 우리 스스로 우리들의 가치를 떨어뜨리는 것이라고요. 이제라도 일대일로 제대로 된 맞선을 봅시다."

"지금 일대일로 맞선을 보지 않았나? 한사람, 한사람씩 들어가서 일대일로 보았지, 한 번에 이십 명이 우르르 쓸어가 단체로 맞선을 본 건 아니잖은가?"

"그게 그거지 뭐가 다릅니까?"

"뭐가 같아?"

"당연히 다르죠. 한쪽은 이십 명에서 하나를 뽑고 다른 한쪽은 이십 명이 한사람에서 한사람을 뽑고 …그게 같아요?"

"같다더니 또 달러? 싫으면 조용히 가면 돼."

매정하게 말을 마친 오원장이 고양이 눈을 닮은 여자에게 등을 보이고 단이에게로 돌아섰다.

"안 들어가?"

"어디메로 말임까?"

단이가 자다 깬 사람처럼 어정쩡하게 물었다.

"어디긴 어디겠어. 남자 방이지."

오원장의 목소리에 짜증기가 묻어있었다.

"저— 혼—자 들어감까? 원장님은 아이 들어 감까?"

단이가 긴장한지 말을 더듬었다.

"맞선은 니가 보지 내가 보니? 들어 가믄 남자가 다 알어서 물어 볼거야. 그러니 긴장할 것 없이 물어보는 대답이나 잘 하면 돼."

말을 마친 오원장이 엉덩이를 흔들면서 카운터 쪽으로 쩽쩽 걸어갔다. 그녀는 언제나 도도했다.

단이는 짧게 심호흡을 하고나서 남자가 있는 방 쪽으로 걸어갔다. 왠지 구름 위를 걷는 듯 발밑이 허전했다. 발걸음을 옮길 때마다 몸이 좌우로 흔들리는 것 같았다. 오른 발이 나갈 때 오른 팔이 나가고 왼발과 왼팔이 함께 나갔다. 뒤에서 여자들이 소리를 죽이고 웃는 듯 했다. 단이는 너무 떨리고 긴장했다. 그녀는 맞선이 생전 처음이었다. 남자의 방문 앞에서 그녀는 침착함을 잃지 않으려고 잠깐 숨을 고르고 나서 조심스럽게 문을 열고 안으로 들어섰다. 남자의 시선이 뜨거운 입김처럼 그녀에게로 날아왔다. 순식간에 그녀의 아래위를 스캔이라도 하듯이 재빨리 훑어 내리는 것을 그녀는 보지 않으면서도 봐버렸다. 여자들은 남자의 눈에 담긴 욕망의 무게에 민감하다. 긴장한 나머지 단이는 자신의 몸을 어디에다 두어야 할지 몰라 망설이다가 열려진 미닫이문을 닫는 척 남자를 외면하고 돌아섰다. 하지만 불에 덴 듯 멈칫했다.

남자와 단 둘이만 있는 공간에서 문을 닫고 있어야 하는지, 아니면 열고 있어야 하는지 몰라 고민되었다. 문을 닫으면 뭔가 은근히 원하는 게 있는 듯이 보일까봐 저어되고 문을 열어두면 센스가 없거나 조심성이 없는 여자로 보일까봐 걱정되었다. 그렇다고 언제까지 남자를 등지고 서 있을 수도 없어 망설이고 있는데 그녀의 속내를 빤히 읽고 있는 듯 남자가 말했다.

“문을 닫고 이리와 앉아요.”

목소리가 가볍지 않고 신중하고 서글서글했다. 그제야 여자는 용기를 내여 문을 닫았다. 그리고 탁자를 사이에 두고 남자와 마주 앉았다. 남자의 눈빛이 잡아채듯 성큼 일어서더니 강렬하게 빛났다. 남자는 여자의 미모에 사로잡힌 듯 단이의 얼굴에서 눈길을 떼지 못했다. 살짝 포개진 듯한 입술이며 그린 듯이 섬세한 눈이며 코, 길고 가는 목이며 마치 금방 구워낸 도자기 같이 정교했다. 남자가 뚫어지게 쳐다보자 단이는 고개를 들지 못했다. 다소곳이 숙인 그녀의 이마위로 자연스레 앞머리가 흘러내려 한쪽 볼을 가렸다. 남자는 저도 몰래 움찔 내밀려는 손을 거두어 들렸다. 머리를 쓸어 올려 주려고 했지만 초면에 가볍게 생각할 수도 있겠다 싶어서 말이다. 그야말로 한국에서도 보기 드문 미모였다. 잘 다듬지 않아서 서툴렀지만 아름다웠다.

‘이런 멋에 다들 중국에 와서 국제결혼을 하는 거로구나.’

남자는 몰래 입가에 흐뭇한 미소를 지었다.

5

남자는 중국여자에 대한 안 좋은 기억을 가지고 있었다. 일 년 전에 그는 친구 경석 군과 함께 북경에 여행을 다녀간 적이 있었다. 낮에는 관광을 하고 밤에는 술집을 간다고 친구가 말했다. 서른여섯이 되도록 장가를 가지 못한 남자에게 여자의 냄새라도 맡게 한다고 경석 군이 가이드한테 특별히 부탁을 해두었던 모양이다. 경석은 무슨 일이든 주도면밀하고 특히 다른 사람에 대한 배려심이 깊은 친구였다. 남자는 거꾸로 만약 자신이 친구 경석 군이었다면 그처럼 하지 못했을 거라고 생각했다. 경석군은 그에게 가족 같은 사람이었다. 가이드가 조선족이 운영하는 술집에 가면 조선족 아가씨가 있다고 하여 그곳으로 가기로 했다. 중국에까지 와서 굳이 조선족 아가씨가 있는 술집을 찾은 것은 의사소통 때문이었다. 솔직한 마음으로는 중국아가씨가 있는 술집으로 더 가고 싶었지만 말이다.

불빛이 이따금씩 보이는 교외로 차가 두어 시간 달리다가 도저히 술집이라곤 있을 것 같지 않아 보이는 깜깜한 흙길을 또 한참이나 달렸다. 한국처럼 깊은 산속 어딘가에 대단한 비밀 요정이라도 있는 모양이라고 잔뜩 기대를 하고 있는데 차가 갑자기 게트림을 하듯 부르르 차체를 떨며 멈추었다. 차고장인가 싶어서 운전기사의 눈치를 살피는데 가이드가 차에서 내렸다. 목적지에 도착했다고 하는데 전혀 믿어지지 않았다. 사방팔방에 불빛이라곤 없이 캄캄했다. 이런 곳에 무슨 술집이 있단 말인가. 덜컥 겁이 났지만 남자는 친구를 따라서 차에서 내렸다. 한사람이 겨우 걸을 수 있을 만큼 좁은 골목길이었다. 그들은 가이드를 따라 한 줄로 서서 비틀거리면서 골목 안으로 들어갔다. 어둠에 쌓여 음산하게 엎드려있는 골목길은 죽은 짐승의 창자처럼 꼬불꼬불하고 길었다. 한참 걸어서 안쪽으로 들어가니 골목이 끝나가는 곳에 높은 대문이 바람벽처럼 우중충하니 서있었다. 대문밖에도 대문 안에도 불빛이라곤 없이 먹물을 부어 놓은 듯 캄캄했다. 사람이 사는 집 같지 않았다. 마당에 피어있는 라일락 향기가 대문 밖까지 풍겨와 그나마 위로가 되었다. 라일락 향기만 아니었어도 귀신이 나올지도 모른다는 생각을 했을 것이다.

가이드가 대문에 달린 쇠 손잡이를 잡고 흔들었다. 안에서는 아무 동정도 없었다. 세 번, 네 번, 다섯 번째 흔들어서야 집안에서 전등이 켜졌다. 그리고 한참 후 옷차림이 부스스 한 오십대 중반의 여인이 나오더니 물었다.

"뉘시오?"

가이드가 여기까지 온 사연을 말하자 여인이 대문을 열어주었다. 여인은 남자와 친구의 아래위를 깐깐하게 훑어보았다.

"진짜 한국사람 맞아요?"

"맞습니다. 한국 사람이 아니고야 누가 이런 곳까지 오겠습니까?"

가이드의 말에 중년여인이 고개를 끄덕여 들어오라고 했다. 말 그대로 일부러 가이드가 알고 찾아 왔으니 그렇지 모르는 사람은 절대 찾아올 수 없는 곳이었다. 이런 곳에 술집이 있다는 것을 상상도 못할 일이었다. 이 집은 전문적으로 한국 사람만 상대하는 술집인 모양이었다. 여인을 따라 들어간 곳은 주방과 거실이 붙어있고 방4개가 딸린 보통 주택이었다. 누가 보아도 개인 주택으로 생각하지 술집이라고는 상상을 할 수 없었다. 겉으로는 주택이고 속은 술집이었다. 중국 정부에서 아가씨를 데리고 영업하는 술집에 대한 단속이 심해서 이런 식으로 교묘하게 영업을 한다고 가이드가 알려주었다. 보기에는 작은 규모이지만 여행사와 연계하고 전문 한국남자들만 상대하는 술집이어서 장사가 꽤 잘 된다고 했다. 가이드가 주인과 쑥덕거리더니 돈을 건네받았다. 손님을 끌어오면 소개비를 받는 모양이었다.

가이드가 밖으로 나가자 주인 여자가 친구와 남자를 각각 다른 방으로 안내 했다. 그리고 거실의 전등을 껐다. 거실의 전등만 끄면 밖에서는 사람이 없는 집처럼 보였다. 남자가 배정받은 방은 넓고 깨끗했다. 한쪽에 킹사이즈 침대가 있고 다른 쪽에 벽걸이 텔레비전과 소형 냉장고가 있었다. 샤워시설과 위생시설도 제법 잘 갖추어져 있어 한국의 프라자 호텔만큼이나 고급스럽고 정갈했다. 우중충하고 귀신이 나올 것 같던 바깥 정경과는 사뭇 대조적이었다. 남자는 참대나무로 엮어 만든 등받이 의자에 몸을 싣고 눈을 감았다. 딱딱하기는 해도 서걱거리는 참 대숲 냄새가 나는 듯해서 시원하고 편안했다.

이때, 노크소리가 났다. 남자가 미처 들어오라는 말을 하기도 전에 몸집이 산만하게 큰 여자가 불쑥 들어왔다. 그의 손에는 술과 마른안주를 담은 차 판이 들려있었다. 접대하는 아가씨 같지 않고 술집에서 허드레 일을 하는 아줌마인 듯 했다. 여자가 술병과 안주를 탁자에 옮겨 놓고 있었다. 여기서는 일하는 아줌마가 술상을 차려주는 모양이지? 남자는 여자를 신기하게 바라보았다. 그런데 술상을 차려놓고 나가겠지 했는데 여자가 실실 웃으면서 남자의 앞으로 걸어왔다.

왜 이러지? 팁을 달라고 그러는 건가? 남자가 팁을 주어야 하나, 말아야 하나 고민하고 있는데 여자가 그의 손을 덥석 잡았다. 그리고 그윽하게 웃었다.

"손님이 먼저 씻겠씀까? 아니면 제가 먼저 씻어도 되겠씀까?"

남자가 기겁을 하며 손을 털었다.

"아, 아줌마 뭐하세요?"

그는 너무 갑작스럽고 당혹스러워서 말을 더듬었다.

"아줌마가 아니고 아가씨거든요."

여자가 눈을 흘기면서 남자의 말을 시정했다.

"아가씨요?"

"네."

"혹시 술집에서 아가씨란 말, 무슨 뜻인지 모르는 거 아니에요?"

남자의 말에는 빈정거림과 깐죽거림이 역역했다.

"설마 그런 뜻도 모르고 여기서 일하겠씀까? 사람을 뭘로 보구 그램까? 어서 우티(옷) 나 벗어서 주십쇼. 전 오늘 밤 손님을 모실 최모란임다. 화끈하게 모시겠씀다."

"최모란? 모란꽃이란 그 모란?"

"네. 그렇습니다."

여자가 당연한 듯 대답했다. 그리고는 남자의 와이셔츠를 벗겨주려고 태연하게 다가왔다. 덩치가 어찌나 큰지 마치 큰 바위가 앞을 가로 막는 것 같았다. 숨이 콱 막혔다. 남자가 셔츠 단추를 푸는 그녀의 손을 매정하게 뿌리쳤다. 그리고 속으로 비웃었다.

'최모란이라구? 네가 모란이면은 난 김장미다.'

그는 풀려진 셔츠의 단추를 신경질적으로 도로 잠갔다. 그리고 두 손을 탁탁 털었다. 그녀와의 손 접촉도 싫다는 눈치였다.

'깔끔을 떨긴. 너도 남잔데 언제가지 버티나 어디 보자.'

여자는 남자의 잔에 술을 부었다. 그리고 잔을 들어 남자의 입에 넣어주려고 했다. 그러자 남자가 냉정하게 손을 저었다.

"아, 됐어요."

"됐긴 뭐가 됐시요? 술집에 왔으면 당연히 아가씨가 술을 먹여주는 법입다."

"일 없어요. 나 혼자 마실게요."

"참, 손님 두, 술은 장모님이 따라줘도 여자가 따르는 술이 더 맛있다 하잼까."

"됐다는데 왜 이렇게 찰거머리처럼 들러붙어요!"

나름 완벽한 거절이었다. 그런데 여자는 눈치가 없는 건지 아니면 알면서도 모르는 척 하는 건지 조금도 서운한 기색이 없었다. 그녀는 끊임없이 눈웃음을 치고 있었다. 마치 남자를 기쁘게 해야 하는 술집아가씨의 소임을 끝까지 다하려고 애쓰는 듯 했다.

"웃지 마요. 징그러워요!"

그예 남자는 참고 있던 말을 뱉어냈다.

"징그럼씀까?"

"네?"

"내가 무슨 벌렘까?"

여자가 드디어 화가난 듯 얼굴이 수수떡처럼 붉어졌다.

"난 눈치 없는 여자가 딱 질색이요. 그쪽은 눈치가 없어도 너무 없어요."

"나도 그쪽이 나를 싫어 한다는 거 암다. 특히 손님같이 깐죽거리고 까탈스러운 남자가 오면 재수가 없어서 당장 상을 엎어버리고 이곳을 뛰쳐나가고 싶은데 안간힘을 쓰면서 참고 있는 판임다."

"참지 않아도 돼요."

"돈을 벌어 먹을려니깐 싫어도 참아야지 어찌겠씀까? 아무리 천한 직업이라도 직업 도덕이라는 게 있잼까? 손님을 상대해서 돈을 벌면서 손님을 괄시해서 되겠시요?"

표현이 거칠기는 하지만 너무 솔직하여 측은하고 안돼 보였다. 남자는 자신이 지나쳤다는 생각이 들었다. 그리하여 그녀에게 잔을 건넸다.

"잔을 받아요."

"고맙습니더."

아가씨가 단숨에 술 한 잔을 입안에 털어넣었다. 덩치로 보아선 고양이 귀보다도 작은 술잔에 마셔선 술이 간에 기별도 안 갈 것 같다는 생각이 들었다. 또 다시 술을 따라주면서 남자가 누그러진 목소리로 물었다.

"아가씬 고향이 어디예요?"

"연길임다."

"연길이 어딘데?"

"그것두 모름까? 연길은 연변에 있씀다."

"연변 한끝에서 이 노릇을 하려고 여기까지 왔단 말이에요?"

"세상 천지에 조선족이 없는데가 어디 있습네까."

"그건 그렇고. 아가씬 왜 이런 곳에 왔습니까?"

"돈을 벌려고 왔지, 어째 왔겠씀까?"

"그래서 돈은 많이 벌었어요?"

"벌긴 뭐 벌어요? 그날그날 먹고 쓰면 개뿔도 없씀다."

"그럼 이런 곳에서 시간을 낭비하지 말고 차라리 다른 직업을 찾는게 더 빠를텐데?"

"제가 못생겼다고 나무리는 겜까?"

"뭐, 꼭 그렇다는 말은 아니지만 솔직히 이런 곳에 어울리는 타입은 아니죠."

여자가 주제를 모르는듯하여 대놓고 상처를 주고 싶었는데 그 자신이 못 생긴 것을 알고 있는 것 같아 괜히 딱한 마음이 들었다. 하지만 여자는 생각보다 당당했다.

"요즘은 이 바닥에 저만한 조선족 처녀도 찾기 힘듭다. 얼굴이 반반한 처녀들은 죄다 한국가고 없시요. 저야 뚱뚱해서 흠이지만 대신 때 묻지 않은 처녀이지요. 그게 저의 장점 아니겠시요?"

술집에서 자신을 때 묻지 않은 처녀라고 자랑을 하는 것이 과연 자랑인가? 남자는 어처구니없어 적당히 풀어진 눈으로 여자를 바라보았다. 그것을 남자의 욕망이라고 여겼던지 여자가 해시시 웃으면서 남자에게 다가오더니 한 팔로 남자의 목을 감고 남자의 입에 술을 부어 넣었다. 남자는 마치 중량급 역도선수한테 목덜미를 잡힌 듯 조여 드는 힘을 느끼며 꼼짝하지 못하고 술을 받아마셨다. 말을 듣지 않으면 당장이라도 주먹으로 내리치기라도 할 듯 여자의 굵은 팔뚝엔 힘이 들어가 있었다. 여자의 자부심은 대단했다. 일부러 기죽지 않으려고 강한 척 하는 것인지 아니면 진짜로 자신에 대해 자부심을 가지고 있는 것인지 알 수 없었다.

씁쓸했다. 외모와는 전혀 어울리지 않는 화류계 일자리를 만들어 낸 중국 개혁개방의 변화에 감탄하며 왠지 모를 서글픔에 남자는 도수 높은 배갈을 계속 입 속으로 털어 넣었다. 여자는 잔이 조금만 내려가도 그 위에 다시 따랐다. 그렇게 첨잔을 하다 보니 도대체 몇 잔을 마셨는지 종잡을 수 없었다. 문뜩 이렇게 마시다가는 여자한테 잡혀서 일어나지 못할 수도 있겠다는 생각이 들었다. 남자는 지갑에서 모택동 주석의 얼굴이 있는 백원짜리 인민폐 다섯 장을 술상위에 놓고 자리를 털고 일어났다. 사실 이

상황에서 돈을 얼마를 내야 하는지는 상관하지 않았다. 그저 뒤탈 없이 이 자리를 떠나고 싶어 넉넉히 낸다고 낸 것이다. 여자의 손목도 잡지 않았고 안주에도 손을 대지 않고 소주만 마셨으니 그것이면 충분하다고 여겼다. 여자가 술상위의 돈을 냉큼 집어서 손가락에 침을 발라가면서 세더니 재빠르게 호주머니에 집어넣었다. 그것을 일별하고 남자가 방을 나오려는데 여자가 갑자기 남자의 팔을 낚아채듯 덥석 잡았다.

남자가 깜짝 놀라며 긴장하게 여자를 돌아보았다. 여자의 눈빛은 알 수 없는 욕망으로 번뜩이었다.

"왜 그래요? 혹시 돈이 적어서 그러는 거예요?"

남자의 말에 여자가 발끈 하며 노려보았다.

"사람을 뭘루 봄까? 내가 지금 돈 때문에 이러는 줄 암까?"

남자는 덜컥 겁이 났다. 차라리 돈 때문이면 돈을 주면 그만이다. 그런데 그것이 아니라니, 그럼 도대체 왜 이런단 말인가? 남의 나라에 와서 괜히 봉변을 당하는 건 아닌가싶은 생각이 들었다.

"그럼 도대체 왜 이러는 겁니까?"

여자가 길게 숨을 몰아쉬더니 격앙된 목소리로 대답했다.

"손님, 사실 손님은 제가 이곳에 온 후 처음 모신 손님임다. 손님한테는 제가 아무것도 아닐 테지만 저는 손님을 잊지 못할껌다."

술기운인지 여자가 눈물을 흘렸다.

이 무슨 황당 시츄에이션이란 말인가? 남자는 어이없어 연신 입으로 바람이 새는 소리를 냈다.

"그래서, 도대체 어쩌자는 건가?"

"절 데려다 주쇼!"

"뭐라구요? 데려가라고 했어요?"

남자는 잘못 들은게 아닌가 싶어서 되물었다.

"네. 절 데려다 주쇼."

"어디로 말입니까?"

"한국이지 어디메겠씀까?"

황당했다. 그리고 어이없었다. 처음 만난 남자한테 한국에 데려가 달라니, 이런 막무가내가 어디 있단 말인가. 50~60년대에 한국에도 미국 군인들과 하룻밤을 자고나서 미국에 보내달라고 무조건 매달리는 여자들이 있었다. 남자는 이 여자와 자지 않기를 잘했다는 생각이 들었다. 자기라도 했으면 영락없이 여자에게서 벗어나지 못 했을 거란 생각이 들었다. 그런 일이 없어서 참으로 다행이었다.

"책임질 일도 하지 않았는데 제가 왜 아가씨를 데려가야 합니까?"

"꼭 책임질 일을 해야만 맛임까? 이런 곳에서 남자와 여자로 만나서 술을 마시는 자체가 특별한 인연 아임까? 여기에 있던 다른 아가씨들도 모두 하룻밤 함께 있었던 한국 남자들이 수속을 해주어서 한국에 갔씀다. 물론 한국에 가서도 초청해준 남자의 애인으로 살고 있고요. 이렇게 하는 게 서로 윈윈하는 게 아니겠씀까? 저도 만약 손님 덕에 한국에 가면 손님이 만나자고 하면 인차 만나드릴 수 있씀다. 정말임다."

"됐습니다. 전 아가씨의 그런 성의를 사양하겠습니다."

남자는 벌레를 털어버리듯 여자의 손을 밀어냈다. 그리고 성큼성큼 술집을 나섰다. 그나마 씨알만큼 남았던 동정심마저 사라졌다. 등 뒤에서 여자가 고시랑거리는 소리가 들려왔다.

"집을 사달라는 것도 아니고 그까짓 초청장 한 장 해달라는데 뭐가 그리 어렵다고 거절이야. 내가 남자라면 해달라는 여자마다 죄다 해주겠구만. 제털 뽑아 제구멍에 넣을 속 좁은 인간 같으니라구! 차고있는거 개나 떼어주거라."

남자는 못 듣는척하고 집을 나왔다. 대문 밖에 친구 경석이가 먼저 나와 기다리고 있었다. 남자를 보자 경석이가 물었다.

"어땠어? 재미는 좀 봤는가?"

친구가 신비스럽게 웃었다.

"재미는 무슨."

남자가 입이 쓰거운지 쓴 웃음을 지었다.

"왜? 아가씨가 별루였나?"

"아가씨가 덩치가 얼마나 크고 산만한지 씨름꾼 같아. 주인도 한심하지, 무슨 그런 여자를 믿고 술집 할 생각을 다 하냐? 중국스타일인가?"

"그럴 리가? 중국아가씨들이 얼마나 이쁜데? 조선족 아가씨를 찾느라고 여기까지 온 게 아닌가? 요즘은 조선족 아가씨를 찾기가 어렵대. 이쁜 아가씨들은 모두 외국에 가서 말이야."

경석이가 스스로도 자기 말이 우스운지 허허 웃었다. 김도균도 따라서 웃었다.

"내 방에 들어왔던 아가씨도 그러더군. 얼굴이 반반한 조선족 아가씨들은 모두 한국에 가고 없으니 자기만한 아가씨를 만난 것을 고맙게 생각하라고 말이네. 기가 막혀서."

"맞는 말인데 왜 그러나?"

경석이가 어깨까지 들썽거리면서 웃고 나서 말했다.

"그나저나 이걸 어쩌나? 덜먹 총각을 장가보내려고 일부러 이 먼 곳까지 끌고 왔는데 괜히 비위만 상하게 했네 그려."

"차라리 잘됐어. 그 여자를 품기라도 했더라면 큰 덤터기를 쓸 뻔했어."

"무슨 덤터기 말인가? 아는 사람이 소개하는 술집이라 덤터기 같은 건 없네."

"없긴 뭐가 없어?"

"무슨 일이 있었나?"

"내 방에 들어온 아가씨 말이야. 나 그 여자 손목도 잡지 않았어. 그 여자가 내 손목을 잡긴 했지만 나는 맹세코 잡지 않았어. 정말이야. 그런데 나올 때 한국에 데려다 달라고 내 팔을 잡고 늘어지는 거야. 완전 어이 상실이었어."

"하하하!"

"자네 왜 웃나?"

"차라리 이참에 한국에 데려다가 콱 살아버리는 게 어떤가?"

친구가 재밌게 웃었다.

"어지간해야 그럴 생각이라도 하지."

"그렇게 아니었나?"

"자네가 보지 못해서 그래. 완전 바위 만해. 남자역도선수 뺨 치겠더라구."

"자네가 비실비실한데 마누라가 든든하고 힘이 좋으면 좋지 않겠나? 이게 혹시 운명적인 만남일수 있네. 자네 진지하게 다시 한 번 생각해보게. 뒷마무리는 내가 다 책임지고 처리할거니깐."

친구의 말에 남자가 버럭 했다.

"운명은 무슨 개뿔! 그 여자와 사는 거면 차라리 머리 깎고 산속에 들어가서 땡중이 되는 게 낫겠네."

그러자 친구가 웃음을 거두고 진지하게 물었다.

"자네, 아직도 외모지상주의인가?"

"왜, 난 그러면 안 되는가?"

"나이를 생각해야지, 낼 모레면 사십이야. 그러다가 장가를 못가는 수가 있네."

"그렇다고 아무데나 갈수는 없지 않은가?"

"적당히 하라구, 살아보니깐 외모가 전부가 아니더라구. 자네도 나를 통해서 실감하고 있지 않은가."

"자네, 지금도 냉전중인가?"

"냉전이 아니라 별거중이네. 남남이나 같다구."

"자네야말로 어지간히 하게."

"남자들은 어지간히 할 수 있지만 여자들은 그게 아니네. 한번 아니라고 마음먹으면 돌아오지 않는다네."

"그래서 내가 겁이 나서 장가를 안가는 거라구. 여자를 믿을 수가 있어야지."

"아무나 믿는 것은 위험하지만 아무도 못 믿는 것은 더욱 위험해."

"부처님 같은 자네도 조절이 안 되는데 나 같은 외고집이 무얼 잘 할 수 있겠는가."

"그거면 되네. 자네처럼 자신이 뭐가 문제인지 아는 사람은 적어도 같은 문제는 일으키지 않네. 나 같은 사람이 문제지. 보는 사람마다 다 좋다고 하고 본인도 자신에게 문제가 없다고 믿고 있으니깐 문제가 생기면 타인만 원망하게 되는 거지. 그래서 완벽해 보이는 사람이 오히려 문제가 더 많을 수 있네. 결혼해서 살아보니까 이제 좀 알 것 같네."

"뭘 말인가?"

"어떤 사람을 만나야 잘살 수 있는지를 말이네. 자네 결혼에서 조건이나 외모보다 더 중요한 게 뭔지 아나?"

"결혼해보지도 않은 내가 그걸 알리가 있겠나?"

"동감同感이라는거네. 어느 만큼의 같은 생각과 같은 느낌을 가질 수 있느냐 하는 것 말일세. 우리 부부가 서로 좋은 조건을 가지고도 잘 살수 없는 것은 바로 그게 부족해서야. 그러니 자네는 자신과 같은 생각을 하는 사람을 찾게나."

"나와 같은 생각을 하는 사람이 어디에 있을까나?"

"그런 사람을 내가 꼭 찾아줄테니 기다려보게."

"됐네. 이 사람아, 자네는 자네 동감이나 붙잡으세."

"원래 중이 자기 머리를 못 깎는 법이네. 그러니 내가 내 동감을 찾는데는 실패했지만 자네의 동감은 찾아 줄 자신이 있다네."

"자신이 있으면 한번 믿어보지."

"밑져 본전인데 함 믿어보게."

두 사람은 차안이 들썽하게 큰 소리로 웃었다.

6

경석의 성의를 도균은 뿌리칠 수 없었다.

북경에서 돌아오자마자 경석은 국제 결혼센터에 남자의 이름을 등록하여주었다. 그것이 발단이 되어 남자가 중국에 맞선보러 오기는 했지만 크게 기대하지는 않았다. 조선족 술집에서 보았던 여자를 생각하면 아직도 큰 산에 눌리는 듯 숨이 차오른다. 그랬던 남자에게 단이의 출현은 기대 이상이었다. 단이는 너무 풋풋하고 신선했다. 그리고 다소곳하고 부드럽고 진솔한 표정은 금방 헹구어 놓은 하얀 빨래처럼 순수하고 뽀송뽀송해 보였다.

단이를 쳐다보는 남자의 얼굴은 몸속에 등불이라도 켜진 것처럼 반짝반짝 빛났다. 역시 남자들은 자기의 감정을 감추는데 약했다. 자기소개를 하는 남자의 얼굴에는 간신히 참았던 웃음이 주책없이 비실거렸다.

"나는 김 도균이라고 해요."

남자가 손을 내밀었다. 인상이 반듯했다. 다소 깐깐하고 빈틈없어 보이기는 했지만 그것이 오히려 단단하고 신뢰감이 있어보였다.

"조 단임다."

여자는 흔들리는 테이블에 유리컵을 살짝 걸쳐놓는 듯 한 불안한 어투로 말하면서 엉거주춤 남자의 손을 잡았다. 남자가 그 손을 뺏기지 않으려는 듯 꽉 잡았다. 그리고 웃었다.

"조-단? 이름이 재밌네요. 농구계의 살아있는 전설 마이클 조단이 생각나네요."

"아버지는 단단이라고 부르셨고 어머니는 단이라고 불렀씀다."

"무슨 단자예요?"

"붉을 단자임다."

"붉을 단이라, 이름이 참 좋네요. 이름을 누가 지었어요?"

"아버지가 지었씀다."

"아, 그렇군요. 조선족들은 영자, 명자, 춘자, 그런 이름이 많던데 조선족 이름 같지 않고 외국사람의 이름 같네요."

"아버지가 한족임다."

"네? 한족이요?"

"네."

"그럼 조선족이 아니고 한족이란 말인가요?"

남자의 안구가 금세 와그르르 쏟아져 나올 듯 확장되었다. 크게 벌어진 입도 한식경이나 닫히지 않았다. 그리고 눈빛이 급속히 무너져 내렸다. 아버지가 한족이라는 말에 크게 실망한 듯 했다. 머쓱해진 단이는 슬그머니 손을 빼면서 변명처럼 말했다.

"그렇지도 않씀다. 어머니가 조선족이니깐요."

"아버지가 한족이라면서요?"

"어머니는 조선족이라니깐요."

"어머니가 조선족이라고 아버지가 한족이란 사실이 달라지나?"

남자가 믿을 수 없다는 듯 연속 고개를 설레설레 저었다. 단이는 입을 다물고 아무 말도 하지 않았다. 남자의 말은 틀리지 않는다. 어머니가 조선족이라고 아버지가 한족이란 사실이 달라지는가. 둘 사이에 신중한 머뭇거림과 같은 긴 침묵이 흘렀다. 참고 견디기가 힘들었다. 끝났다는 생각이 들었다. 본격적으로 대화를 해보지 못하고 시작하자마자 끝났다는 사실이 안타까웠다. 아버지의 민족 문제가 발목을 잡을 줄은 미처 생각지 못했다. 이런 상황을 미리 짐작하지 못한 것이 못내 후회스러웠다. 좀 더 친해진 다음에 아버지에 대한 말을 꺼냈어도 상황이 달라졌을지도 모른다는 생각이 들어 아쉬움이 크게 남았다.

긴 침묵이 어색했던지 남자가 연이어 마른기침을 했다. 더 이상 할 말이 없을 때 어색한 기분을 억지로 털어내기 위한 위선인 것 같이 공허했다. 그것이 그녀를 부끄럽게 했다. 환경에 따라서 침묵이라는 것이 부끄러움이 될 수 있다는 사실을 그녀는 처음으로 깨달았다. 누가 비웃기라도 하듯 단이는 스스로 얼굴이 달아올랐다. 마음속 깊은 곳에서 불덩이 같은 것이 불쑥 치밀면서 오기를 유발시켰다.

'아버지가 한족인 게 뭐가 어째서. 우리 아버지가 알았으면 당신이 한국인이라고 나무랄지도 모르는데 말이야. 당신이 내가 한족이라고 께름칙한 것처럼 나도 당신이 한국인이라는 것이 그리 좋지만은 않아.'

그녀는 남자가 싫다는 말이 떨어지기 전에 먼저 일어나야겠다고 마음먹었다. 그렇게 하는 것이 최소한의 자존심을 지키는 방법이라고 생각 되었다. 괜히 꾸물거리다가 구차하게 매달리는 것처럼 보일수도 있을 것이다. 여자는 옆에 놓인 가방을 당겨다 무릎위에 놓았다. 그리고 먼저 일어난다고 말을 하려고 고개를 드는데 그 순간에 남자가 불쑥 입을 열었다.

"어머니는 조선족이라구요?"

"네."

왜 같은 말을 반복하는지 몰라 단이는 어정쩡한 시선으로 남자의 얼굴을 빤히 쳐다보았다.

“그렇다면 한 가지만 물어볼게요. 단이 씨는 자신을 한족이라고 생각해요? 아니면 조선족이라고 생각해요?”

그 질문은 의외였다. 이 남자가 도대체 왜 이런 질문을 하는 것일까? 관심일가? 아니면 침묵을 견디지 못해서 그냥 던져보는 말일까?

남자의 눈은 더 이상 처음처럼 빛나지 않았다. 관심이거나 미련이 남아있는 것은 아닌 듯 했다. 시작하자마자 끝나는 게 민망하여 체면유지로 마지못해 물어보는 것이 아니면 그냥 궁금증을 풀고 싶은 듯 했다. 단이는 아무 대답도 하지 않고 일어섰다. 그러자 남자가 빠르게 말했다.

“아직 대답을 주지 않았습니다.”

“대답을 할 이유가 없다고 생각함다.”

“왜요?”

“저의 아버지가 한족이라고 실망이 크신 것 같은데 제가 더 이상 무슨 말을 해야 함까?”

“저는 단이 씨가 자신이 조선족이라 생각한다고 말해주기를 바랬습니다.”

남자의 말에 단이는 속으로 비웃었다. 어리석은 남자군.

“제가 그렇게 대답한다고 뭐가 달라짐까?”

“아무것도 달라질 것이 없다는 것은 저도 압니다. 다만 그렇게 해서라도 우리 두 사람 사이에서 동감을 찾고 싶었던 것 같습니다. 그쪽이 한족이라는 말에 갑자기 우리 둘 사이가 강을 건넌 사이처럼 느껴져서요. 솔직하게 그쪽과 가까워지고 싶은 이유를 찾고 있었는지 모르겠습니다.”

남자는 처음에 짧고 단정 짓는 말투를 썼던 것과는 달리 길고 자신 없는 말투를 쓰고 있었다.

단이가 혼자 말처럼 중얼거렸다.

“한국 사람은 좀 다를 줄 알았는데 전혀 다르지 않네 뭐.”

“뭐가요?”

남자가 물었지만 단이가 단호하게 일축했다.

“그쪽하고 한 말이 아입다.”

“여기, 나 말고 또 다른 사람이 있었습니까?”

“저한테 한 말입다. 그러니 신경 쓰지 마쇼.”

“글쎄 뭐가 다르지 않다는 거예요? 저는 궁금한 것은 못 참습니다.”

예의 바르고 단정한 태도와 말씨에도 불구하고 그녀는 남자와 더 이상 이야기를 나누고 싶은 생각이 없었다.

그녀는 나가려고 일어섰다. 그러자 남자가 몸을 일으키면서 여자의 가방끈을 잡았다.

“아직 이야기가 끝나지 않았어요.”

생각보다 남자는 집요한데가 있었다. 여자는 흔들렸다. 그녀는 자신의 생각을 타인에게 쉽게 드러내는 성격이 아니었다. 늘 혼자 생각하고 혼자서 말을 하면서 살아왔다. 하고 싶은 말을 해 득이 되었던 적이 결코 없었다. 말을 하고나면 늘 그 말 때문에 피해를 입을까봐 전전긍긍했다. 차라리 자기 같은 사람은 말을 하지 않고 있는 듯 없는 듯 사는 게 다른 사람으로부터 자신을 지킬 수 있는 확실한 처세라고 여겨왔다. 그런데 오늘은 그녀답지 않게 자꾸 자신의 마음을 드러내고 싶은 충동을 억누를 수 없었다.

맞선을 보는 자리여서 그랬던 모양이다. 맞선이란 선을 보기도 하고 보이기도 하는 자리임이 분명한데 왠지 부당하게 일방적으로 선을 보이기만 하는 것 같다는 생각이 들어서 말이다. 상대방은 심사관 같고 자신은 면접을 보러 온 사람처럼 피동적으로 묻는 말에나 대답하는 그런 입장은 공평하지 않을뿐더러 비굴한 느낌마저 들게 했다. 그래서 그녀는 시원하게 자기가 하고 싶은 말을 다 하고 싶었다. 남자한테서 무엇인가 바라는 게 있어서가 아니었다. 이 사람은 여기서 나가면 두 번 다시 보게 될 사람이 아니다. 그런 사람한테 무엇을 바라겠는가. 그저 더러워진 손을 닦고 버리는 일회용 물티슈처럼 유감없이 스트레스를 풀어내면 그만이었다.

그녀는 일어났던 자리에 도로 주저앉았다. 그리고 도발적으로 남자의 얼굴을 빤히 쳐다보았다. 아무 미련도 없으니 주저하지 않아도 되었다.

"사실 어릴 때부터 전 그런 질문을 수도 없이 들었씀다. 한족이라고 생각하나 아니면 조선족이라고 생각 하냐는 질문 말임다. 그런데 사람들은 그게 왜 그리 궁금한지 그때도 그랬지만 지금도 전 잘 모르겠씀다. 제가 한족인지, 조선족인지가 다른 사람들에게 왜 그리 중요함까? 저는 살면서 내가 한족이다, 조선족이다 그런 생각을 하지 않았씀다. 그냥 아버지는 내 아버지여서 좋았고 엄마는 내 엄마여서 좋았씀다. 그리고 아버지 어머니의 자식이여서 좋았씀다. 한족이고 조선족이고는 자식이 선택할 일은 아이잖씀까? 저는 그저 아버지 어머니의 자식일 뿐이니깐요… 저의 몸에는 아버지의 피도 흐르고 어머니의 피도 흐름다. 그러니깐, 저는 한족이면서도 조선족이고 거꾸로 한족도 아니고 조선족도 아임다. 그런 저는 무엇임까?"

여자가 갑자기 말을 멈추었다. 왠지 그 대목에서 목이 메면서 눈물이 쏟아졌다. 전혀 예상치 않은 돌발적인 상황이었다. 그런데 전혀 부끄럽거나 수치스럽지 않았다. 스물두 살을 먹도록 타인과 이렇게 길게 말을 해 보기는 처음이었다. 별로 나쁘지 않았다. 차라리 후련했다. 마치 깊은 수림 속에서 오랜만에 목청을 놓아 소리를 질렀을 때 되돌아오는 메아리를 듣는 그런 벅참이 있었다.

남자가 말없이 여자의 찻잔에 물을 따라주었다. 여자는 잔을 만지작거리면서 다시 입을 열었다. 말을 시작하니 물이 흐르듯 줄줄 흘러나왔다. 그 자신도 신기했다.

"저는 제가 다른 아이들이랑 어떻게 다른지 몰랐씁다. 제가 아버지와 있을 때는 중국어를 하고 엄마하고는 한국어를 했씁다. 그런데 아이들이 왜 그러냐고 물었씁다. 자기네들은 모두 조선족 언어 한 가지만 쓴다고 했습다. 그때까지 나는 다른 애들도 당연히 나처럼 사는 줄 알았씁다. 차츰 아이들이 내가 자기들과 다르다고 '짜구배'라고 놀렸씁다. 나는 그저 다른 사람들이랑 똑같은 사람이고 싶은데 왜 저를 짜구배라고 하는지 전 정말 싫었씁다. 죽을 만큼 말임다. 그 말은 저의 어린 시절의 아픔이고 상처이고 슬픔이었씁다. 지금 생각해보면 그 말이 저의 출신에 가장 잘 어울리는 말이라는 생각이 듬다…. 그 말 정말 싫지만 그것이 저의 정체성인 것을 어떻게 하겠씁까? 저의 운명을 탓해야하지 않겠습까? 달리 답을 드리지 못해서 죄송함다."

여자의 목소리가 갑작스럽게 양철 지붕위에 쏟아져 내리는 소낙비처럼 남자의 생각을 마구 들쑤셔놓았다.

"짜구배요? 그게 도대체 무슨 뜻인가요?"

"그 말을 처음 들어 봄까?"

"그렇습니다."

"잡종이란 뜻임다. 사전을 보니 그렇게 해석을 했씀다. 저는 그 뜻이 싫어서 혹시 그것보다 나은 해석은 없을까 해서 서점에 가서 거기 있는 사전이란 사전은 다 뒤졌씀다. 그런데 잡종이란 뜻은 변함이 없었씀다."

그녀는 대수롭지 않게 말하는 듯 했지만 당금이라도 또다시 울음을 터뜨릴 듯 눈시울이 붉어져있었다.

아, 남자가 짧게 탄식을 했다. 그리고 눈시울을 빨갛게 물들였다.

"잡종이라니? 이런 제기랄, 사람이 어찌 그렇게 잔인할 수 있답니까? 너무 속상했겠네요."

그는 마치 자신이 잘못하기라도 하듯이 소심하게 두 손을 마주 비비면서 어쩔 바를 몰라 했다. 깍쟁이처럼 깐깐하고 빈틈없어 보이던 남자한테 이렇게 약한 모습이 있다니. 단이는 저으기 놀랐다. 남자의 그런 모습이 오히려 더 인간적이었다.

"미안해요. 제가 아픈 상처를 건드렸군요. 제가 어떻게 하면 위로가 되겠어요?"

남자가 물었다.

"괜찮씀다. 어릴 적에 귀에 딱지가 앉게 들어나서리 지금은 아무렇지도 않씀다. 그때는 죽을 만큼 괴로웠는데…이래서 시간이 약이라고 하나 봄다."

여자가 얇은 미소를 지었다. 그것은 사회의 편견에 대한 항의인 듯도 하고 자신의 운명에 대한 체념인 듯도 했다. 그 웃음이 울음보다 더 처량하고 쓸쓸했다. 차라리 눈물을 흘렸다면 그다지 슬프지는 않았을 것이다. 눈물이란 아직 다 버리지 않고 바라는 것이 있을 때 생기는 것이고 웃음은 슬픔마저 떠올릴 필요를 느끼지 않는 체념의 상태를 말해준다. 그래서 눈물보다 웃음이 약한 것 같지만 사실 더 강하고 철저하고 무서운 것이다. 오랜 시간동안 힘들고 어려운 일들을 많이 겪어온 그녀는 함부로 타인에게 눈물을 보이는 것은 필요 없는 동정을 바라는 걸로 오해를 받을 수 있다는 것을 알고 있었다.

"남한테 이런 말까지 하기는 쉽지 않았을 텐데 나한테 솔직히 말해줘서 고마워요."

남자가 진심으로 고마워했다.

"사실을 있는 대로 말씀드렸을 뿐임다. 뭐."

"아무리 있는 사실이라고 해도 누구나 다 말하지는 않지요. 단이씨는 솔직한 사람인 것 같아요."

"아, 그렇씀까? 중국에는 자신의 허물을 벗어던지는 자는 누구든 죽지 않는다는 말이 있씀다. 저는 그 말을 믿씀다. 늘 그렇게 살아왔고 그렇게 사는 게 편했씀다."

단이는 늘 그랬다. 자신의 허물을 남의 입을 통하여 말해지는 것보다 스스로 말해버림으로써 적게 상처받으려 애썼다. 그리고 아무 일도 아닌 척 하면서 자신을 숨겼다. 약할 때는 강한척하고 강할 때는 약한척하면서 한 번도 진정으로 자신을 가져보지 못한 채 늘 자신을 먼저 버렸다. 이기려고 발톱을 세우면 타인의 공격을 받지만 먼저 알아서 도망가는 자는 누구도 건드리지 않으니까 그렇게 한 것이다.

초등학교 시절과 중학교 시절, 그녀는 아이들한테서 짜구배란 말을 듣지 않으려고 무진 애를 썼다. 그 말을 듣는 것은 죽는 것보다 더 싫었다. 부끄럽고 치욕스러웠다. 그런데 피하면 피할수록 아이들은 더 짓궂게 그녀를 쫓아다니면서 놀려주었다. 하학하고 학교에서 집으로 돌아올 때면 아이들의 놀림을 받기 싫어서 일부러 학교 화장실에서 시간을 보내다가 아이들이 모두 갔다고 생각되면 나오곤 했다. 그런데 일부 짓궂은 아이들은 화장실에까지 쫓아와서 놀려대곤 했다. 상황에 따라서 그를 놀려주는 말은 조금씩 달랐다. 한족아이들은 "꼬리빵즈"라고 놀렸고 조선족 아이들은 "산동빵즈"라고 놀렸다. 그리고 조선족 아이들과 한족아이들이 섞여 있을 때는 조선족 아이들은 "짜구배"라고 놀렸고 한족아이들은 "얼찬즈"라고 놀렸다. 아이들은 늘 그녀를 다르게 보았지만 그 자신은 그렇지 않았다. 조선족 아이들 속에서는 자신이 한족이라는 생각을 가지지 않았으며 한족들 속에서는 조선족이란 생각을 가지지 않았다.

단이는 하고 싶은 말을 다 털어놓고 보니 속이 한결 개운했다. 마치 오래 동안 몸에 걸치고 있던 누더기를 벗어 놓은 듯한 느낌마저 들었다. 알 수 없는 안도나 쾌감이 식욕처럼 빠르게 전신을 가르고 지나간다. 그제야 그녀는 자신이 진정 원한 것은 남자와 말을 하고 싶었던 것이 아니라 오래 동안 가두어 두었던 자기 안의 자신의 목소리를 끌어내고 싶어 했다는 것을 비로소 알게 되었다. 남자가 어찌 생각할지는 상관없었다. 남자가 미안함을 털어버리려는 듯 괜히 큰 소리로 웃었다. 그것은 헛된 메아리처럼 공허하게 울렸다. 하지만 그녀는 괜찮았다.

"하하하. 그럼, 단이 씨는 중국어와 한국어를 모두 잘 하겠네요?"

물어보나마나한 질문인 것을 알면서도 여자는 성의 있게 대답했다.

"중국어는 어렸을 때 배운 것이 전부임다. 학교에 다니면서부터는 외할머니와 함께 살다보니 중국어는 별로 쓰지 않았씀다."

"외할머니랑 살았어요?"

"어머니께서 제가 어릴 적에 돌아가셨씀다. 그래서 아마 외할머니와 함께 살았지 않았나 싶씀다."

그녀는 자기의 이야기를 하면서 마치 다른 사람의 그것을 이야기 하듯 무심했다.

7

남자가 갑자기 자세를 고쳐 앉았다.

그리고 정색을 하고 사뭇 진지한 표정으로 물었다. 이제부터 본격적인 질문을 시작하려고 하나 하는 생각이 들었다.

"단이씨는 왜 한국 사람한테 시집 가려고 하세요? 의도가 뭐죠?"

"의도란게 뭐임까? 그게 무슨 말임까?"

"의도란 뜻 몰라요?"

"모르는 게 아니라 맞선을 보다 갑자기 의도를 물으니까 놀랐씀다."

단이는 남자의 질문이 갑작스러웠고 부당하다는 생각이 들었다. 일부 중국 여자들이 한국에 입국하기 위하여 결혼이란 형식을 이용한다고 하더라도 대놓고 이런 질문을 하는 남자가 야비하다는 생각이 들었다. 남자 같으면 한국에서 장가가지 못하고 왜 먼 중국까지 와서 맞선을 보고 있는지 물으면 대답하고 싶겠는가. 맞선 상대가 중국 여자가 아니고 같은 한국 여자였다면 아마도 그런 질문은 존재하지도 않았을 것이다. 남자는 한국남자를 만나려고 하는 중국 여자들의 동기가 불순하다고 여기는 듯 했다. 여자의 진정한 결혼 의도를 확인받아두어야 나중에라도 그에 따른 피해를 줄일 수 있다고 생각하는 것 같았다.

단이는 한국남자와 만나는 이유에 대해서 특별히 의미를 두지 않았다. 말하자면 한국남자를 만나서 좋은 환경에서 살고 싶다거나 돈이나 실컷 쓰고 싶다거나 아니면 가난한 친정의 형편을 돕고 싶다거나 그런 생각을 전혀 하지 않았다. 단이는 머릿속에서 쥐가 나는 느낌이 들었다. 중국까지 와서 선을 보는 한국남자나 고향을 버리고 다른 나라의 남자와 결혼을 하고 싶어 하는 중국여자들의 입장이나 모두 자기만의 사정이 있다. 하지만 그 사정을 털어놓기가 쉽지 않다. 그것은 다른 사람에게 자신의 치부를 보여주는 일이기도 하니까 말이다.

단이는 솔직하게 털어놓고 싶었다. 그것이 그 남자가 원하는 대답이 아닐지라도 말이다.

"저는 그쪽이 한국 사람이라서 이 자리에 나온 게 아닙다. 그러니 한국남자와 맞선을 보는 특별한 의도 같은 것은 없씀다."

남자의 얼굴이 대뜸 하얗게 질렸다. 자존심에 상처를 입은 듯 했다. 자신이 한국 사람이라는 것에 우월감을 느끼고 있었던 듯 했다. 남자는 순간이나마 당황했던 표정을 수습하면서 애써 태연한척 했다. 한참을 뜸을 들이더니 목소리를 가다듬고 물었다.

"한국남자와 맞선을 보면서 한국남자라서 만나는 게 아니라니 이 무슨 비논리적인 말인가요?"

남자는 잠깐이나마 실추되었던 자신의 처지를 바로잡으려는 듯 똑바로 여자를 쳐다보았다. 단이는 그의 시선을 피하지 않았다.

"저는 그저 멀리 떠나고 싶어서 한국남자를 선택했을 뿐임다."

"그게 무슨…?"

남자가 허, 하고 실소를 했다. 뭐, 이런 대답이 다 있나. 진실이 아니더라도 더 좋은 문화적 환경에서 좀 더 나은 삶을 살고 싶다던가 하는 듣기 좋은 말이 많았을 텐데 고작 멀리로 떠나버리고 싶어서라니, 내가 뭘 자기의 도피처라는 건가 뭔가?

"결혼이 무슨 도피처입니까? 실망이네요."

"실망시켜서 미안하지만, 전 진실을 말했을 뿐임다. 저는 당장이라도 이곳을 떠나야만 하는 절실한 사정이 있씀다. 생판 모르는 남자를 따라나서야 할 만큼의 절실한 사정말임다."

남자의 마음은 심란했다. 살던 곳을 떠나버려야 할 만큼의 과거가 복잡하거나 사연이 많은 여자인가? 살던 곳을 떠나야 하는 사람은 결코 행복한 사람은 아니다.

이 질문은 남자가 오늘 만난 모든 여자들에게 똑같이 던졌던 질문이다. 대답은 다양했지만 좀 더 나은 환경에서 살고 싶었다는 대답이 제일 많았다. 그녀의 대답도 당연히 거의 비슷할 것이라 여겼는데 의외였고 생뚱맞았다. 일순간 당혹하기는 했지만 마음을 추스르고 생각해보니 바보스러울 정도로 거짓을 말할 줄 모르는 그녀의 순수하고 단순한 성격이 그리 나쁘지만은 않았다. 다른 여자들의 말을 듣고 있으면 듣기는 좋았지만 뭔가 포장하는 듯한 느낌이 들어 믿음은 안 갔다.

이 여자는 거짓말을 시켜주어도 따라하지 못할 사람처럼 보였다. 남자는 고민이 깊어졌다. 이 여자를 선택하지 않는다면 일생동안 후회할지도 모른다는 생각이 들었지만 그와 못지않게 여자의 아버지가 한족이라는 조건이 걸렸다. 솔직히 조선족 여자와 결혼하여야겠다고 마음을 먹는데도 오랜 시간이 걸렸다. 한족 여자랑 맞선을 본다는 생각은 단 한 번도 해 본적이 없다. 단이는 오늘 맞선을 본 여자들 중에서 제일 좋은 조건과 제일 나쁜 조건을 함께 가지고 있는 셈이다.

"그 절실한 사정이라는 게 무엇인지 물어도 되겠습니까?"

"나중에 말씀드려야 될 일이 있게 되면 그때에 가서 다시 얘기하겠씁다."

두 사람이 인연이 되면 말하겠다는 소리였다. 하지만 남자는 말하지 않는 여자의 이야기를 기어이 듣고 싶었다.

"저는 그 이야기를 지금 듣고 싶은데요."

"지금은 아닌 것 같씁다."

"왜요?"

"이곳에서 나가면 우린 다시 보지 않을 테니깐요."

남자는 집요하고 여자는 단단했다.

"하지만 …"

남자의 말을 여자가 가져갔다.

"제가 한국에 가려고 했던 것은 돈을 벌기 위해서가 아니라 죽지 않고 살기위해 어쩔 수 없이 내린 최선의 선택이었다는 것만 믿어주셨음 좋겠씁다."

순간 남자는 소스라치듯 몸을 흠칫했다. 마치 자신의 몸속 어딘가에 깊이 숨겨두었던 바람소리를 듣는 것 같았다. 그는 흔들리지 않으려는 듯 고개를 저었다. 남자는 한때 살 용기가 없어서 죽고 싶었던 적이 있다. 누군가는 죽을 용기가 있다면 살수 있다고 했지만 그는 거꾸로 죽는 일보다 사는 것이 더 두려웠다.

승용차의 급발진 사고로 공사현장의 구덩이에 차와 함께 처박힌 적이 있다. 그 사고로 아버지와 어머니를 잃고 혼자만 구사일생으로 살아났지만 오래 동안 그의 삶은 사고현장의 웅덩이 속에 고여 있었다. 남자는 여자를 보면서 슬펐던 자신의 과거를 보는 것 같았다. 아픈 기억이 있는 사람은 그 아픔이 있었던 시간을 지워버리고 싶어 한다. 그것은 처절한 상황에 놓여 보았던 사람만이 안다. 그는 자신의 과거를 잠깐 떠올리는 것만으로도 식은땀이 흐르고 전신의 힘이 모두 빠져버리는 것 같았다.

"왠지, 그쪽을 보니 저의 또 다른 모습을 보는 것 같아요. 제가 비로소 동감을 찾은 것 같은 기분이 드네요."

그의 목소리가 목구멍에서 끓는 것처럼 잦아들었다.

뜬금없이 이건 무슨 소린가? 남자의 말이 여자한테는 전혀 울림이 없었다. 남자가 왜 갑자기 센치한 기분에 빠졌는지 도무지 알 수 없었다. 남자가 자신한테 마음이 없으면서 싫다는 말을 못해서 필요 없는 말로 시간을 끌고 있다는 생각이 들었다. 이제는 정말 일어설 때가 된 것 같다. 여자는 자리에서 일어섰다. 남자는 아직 할 말이 더 남아있었다. 어쩌면 이제 시작이라고 생각하고 있는지 모른다. 그런데 여자가 먼저 상황을 종결해 버리는 듯한 그 장면에 남자는 얄밉기도 하고 화도 났지만 더 이상 말리지 못했다. 자신의 힘이 미치는 범위 밖으로는 결코 벗어나지 않으려는 여자의 고지식

함과 단단함이 남자에게는 얄미움이면서도 끌림이기도 했다.

여자는 남자에게 가볍게 머리를 숙여 인사를 하고는 밖으로 나가서 조용히 문을 닫았다. 그리고 카운터 쪽으로 걸어갔다. 게임은 이미 끝났다고 생각됐다. 아버지가 한족이라고 했을 때 무너지던 남자의 눈빛을 잊을 수 없었다. 그 눈빛은 그녀에게 충분히 굴욕적이었다. 미련은 없었다. 깨끗이 잊어야 했다.

홀에서 기다리던 여자들이 우르르 일어나서 그녀를 에워쌌다. 오원장이 고양이 눈을 닮은 여자에게 했던 질문을 똑같이 했다.

"어떻게 됐어?"

단이는 대답대신 고개를 숙였다. 그러자 오원장이 눈빛을 반짝 빛내면서 탁! 소리 나게 두 손을 마주쳤다.

"됐지?"

"아임다. 아이 됐씀다."

단이가 단호하게 고개를 저었다.

"아니야?"

"네."

"후에 다시 만나자는 말도 안 해?"

"그런 말 없었씀다."

"이 사람이 도대체 장가를 가자는 거야 말자는 거야?"

오원장이 잔뜩 짜증난 얼굴을 하고 화를 내더니 맞선녀들한테 말했다.

"다들 가지 말고 여기서 잠깐만 기다려. 내가 남자한테 확실하게 물어보고 올꺼니깐."

말을 마친 오원장이 신경질적으로 몸을 흔들면서 남자가 있는 방 쪽으로 걸어갔다. 이십 명의 여자와 맞선을 보고도 한명도 선택을 하지 않는 것은 의도적으로 퇴짜를 놓기로 마음을 먹지 않고서는 있을 수 없는 일이였다. 여태 이런 상황은 없었다. 보통 첫날에 선택을 하고 이튿날부터는 중국내에서의 결혼 수속에 돌입하게 된다. 오원장은 단 한 번의 실수도 없었다. 그만큼 치밀하고 수완이 좋았다. 한건이라도 성사시켜야 커미션을 받을 수 있다. 그렇지 못하면 하루 종일 종아리가 당기도록 고생을 해도 헛물만 켜게 된다. 그러니 오원장은 김도균이란 남자도 어떤 방법으로든 필사적으로 성사시키고 말 것이다. 그녀에게는 남자와 여자가 만나서 잘살고 못 살고는 상관이 없었다. 오직 수입만이 그녀의 관심사였다.

남자의 방에 들어간 오원장이 한식경이 지나도 나오지 않았다. 한마디면 끝날 일을 왜 이리 질질 끄는 것인지 맞선녀들은 그 이유를 알 수 없었다. 날은 저물기 시작했다. 단이는 조급했다. 마지막 버스까지 놓치면 택시를 타야하는데 시골까지 갈려면 택시비가 얼마나 나올지 짐작할 수 없다. 밤에 택시를 타면 미터기가 상관없이 기사가 달라는 대로 주어야 한다. 단이는 머리로는 어서 일어나야지 하면서도 몸은 계속 자리에 못 박혀있었다. 자신이 선택될 것이라는 기대는 품지 않았다. 그런데 기대하지 않는 일에도 미련은 있는 모양이었다.

더 이상 기다릴 수 없다며 당장 갈 것처럼 설쳐대던 다른 여자들도 모두 죽치고 앉아서 일어날 생각을 하지 않고 있었다. 단이는 차라리 오늘 결정되지 말았음 좋겠다는 생각을 했다. 그렇게 되면 적어도 이 자리를 떠나는 순간에는 누구도 딱지를 맞은 여자가 아닐 것이기에 말이다. 그제야 자신이 안 될 것을 알면서도 여직 버티고 있는 것이 그 남자의 여자가 되어야 한다는 마음보다는 딱지를 맞은 여자가 되기 싫은 마음이 더 컸다는 것을 알았다. 그것은 거기에 남아있는 다른 여자들도 마찬가지였을지 모른다.

이때 오원장이 남자의 방에서 나왔다. 왠지 남자는 계속 방에만 있었다. 왜 남자는 얼굴을 보이지 않는지, 누구도 그것을 의심하는 사람은 없었다. 여자들은 오원장이 자신의 이름을 호명해주기를 바라면서 저마다 기대에 찬 시선으로 오원장의 입만 바라보고 있었다.

"오늘은 늦었으니 이만 돌아들 가고 내일 또 선을 볼 마음이 있는 사람은 다시 이곳으로 나오도록 하오."

"내일 또 봐요?"

"왜요?"

"아직 결정하지 못한 모양이지 뭐."

벌 둥지를 쑤셔놓은 듯 여자들이 중구난방 떠들어댔다. 하루 종일 종아리에 쥐가 올라올 지경으로 인내하고 기다렸는데 그것도 모자라서 내일 또 나오라니 그럴 만도 했다.

"사람을 뭘루 보구 씨. 시집을 가지 못하면 말지, 이 수모는 참을 수 없어."

고양이 눈을 닮은 여자가 툴툴거렸다. 누구보다 더 화를 터뜨리는 것을 보아서 아마도 그녀는 자신이 꼭 될 것이라고 믿고 있었던 것 같다. 오원장이 그녀를 가소롭게 흘겨 보고나서 말했다.

"내일은 다른 남자와의 맞선이 있을 거야! 김도균씨와의 맞선에서는 누군가가 이미 선택이 되었어."

"이미 선택이 되었다구요? 그게 누구예요?"

고양이 눈을 가진 여자의 얼굴에 다시 활기가 넘쳤다.

"다른 사람까지 알아야 할 필요가 없으니 여기서 공개하기는 그렇고 전화로 당사자에게만 알려주겠네."

여자들은 서로의 얼굴을 쳐다보았다. 마치 다른 사람의 얼굴에 답이 씌여 있기나 한 듯이 말이다.

맞선을 보고 집에 돌아오자마자 단이는 오원장으로부터 자신이 선택됐다는 소식을 전해 들었다. 운이 좋아도 억세게 좋은 셈이었다. 하지만 그녀는 전혀 기뻐할 수 없었다. 좋은 일이 생기는 것에 익숙지 않아서였다. 자신보다 우월해 보였던 여자들을 젖히고 자신이 선택되었는지 도무지 믿을 수 없었다. 실수로 이름을 잘못 기억했거나 아니면 오원장이 자기와 장난치고 있는 것은 아닌지 의심스러웠다. 혹시 농담하시는 건 아니냐고 단이는 물었다. 그러자 오원장이 정신을 차리라며, 한바탕 웃고 나서 내가 무슨 할 일 없는 사람인줄 아나? 싱겁게 장난질이나 하게? 하더니 수속이 끝나는 대로 한국에 나갈 준비를 서둘러! 라고 했다.

그제야 단이는 이것이 사실임을 실감했다. 하지만 마냥 좋아할 수도 없었다. 좋은 일은 늘 불행을 달고 다니는 듯 그녀한테는 좋은 일이 생길 때마다 안 좋은 일이 따르곤 했다. 이미 결정된 일이라고 해도 남자의 마음이 변하지 않는다는 보장이 어디 있겠는가. 남자의 마음이 변하여 어느날 갑자기 자신이 아닌 다른 여자로 바뀌었다는 소식이 전해올지 모른다고 여자는 걱정했다. 다행히 수속을 마치고 비자를 발급받은 후에도 아무 일도 일어나지 않았다. 하지만 그녀는 시름을 놓을 수 없었다. 중국의 속담에 '관을 보고 울지 말고 시체를 보고 울어라'는 말이 있듯이 한국에 가서 남자를 만나기 전에는 시름을 놓을 수 없었다.

제2부 엄마의 외도

8

이듬해 봄이었다.

맞선을 보고나서 정확히 8개월이 지났다. 강원도 원주에 있는 <장미여관> 앞에서 차를 세우고 남자는 이곳이 우리가 살 집이라고 말했다. 단이는 자기 귀를 의심했다. 혹시 잘못 들은 것이 아닐까 하는 생각이 들어 다시 물었다.

"여기는 여관이 아님까?"

"그래 맞아, 여관이야."

"그런데 어째 우리가 살집이라고 하는겜까?"

"참, 내가 여관업을 한다는 말을 하지 않았던가?"

단이는 처음으로 듣는 소리였다. 그리하여 그저 고개만 저었다.

"여기서 사는 게 불편하겠지만 당분간만 참어. 돈을 벌면 다른데 집사고 나가자구."

단이는 눈이 휘둥그레졌다. 여관건물은 4층으로 되어 있었다. 새 건물은 아니지만 크기나 규모로 이만한 재산을 가지고 있다면 재벌가는 못 되어도 재산가는 되지 않을까하는 생각이 들었다. 이 건물이 남자의 것이란 말인가. 여자는 궁금해서 물었다.

"그럼 이 건물이 다 도균씨 거란 말임까?"

남자가 한참 생각하다가 말했다.

"그렇지. 그런 셈이지."

단이는 믿어지지 않았다. 이리 큰 건물을 가지고 있다면 한국에서도 결혼할 수 있었을 텐데 하필이면 어째서 먼 중국까지 가서 여자를 데려올 생각을 했을까? 그런 의문이 들었지만 그녀는 묻지 않았다. 남자도 자기처럼 다른 사람에게는 말하기 어려운 사정이라는 것이 있을 것이다. 그것이 무엇이든 본인이 말하기 전에 물어보는 것은 실례라고 여자는 생각했다.

단이는 남자를 따라서 여관 안으로 들어갔다. 정문으로 들어서자마자 카운터가 있었다. 카운터 오른쪽 편 제일 안 쪽방으로 남자는 여자의 짐을 가져갔다. 그리고 여자에게 말했다.

"이 방을 쓰도록 해요."

방은 네 평 남짓했다. 방 한쪽에 침대가 있고 출입문 쪽 벽 한 면에 거울이 있었다. 그리고 그 아래 책상위에 스킨로션과 헤어 에센스가 비치되어 있고 그 옆쪽에 얌전하게 접은 하얀 타올 두 장이 놓여있었다. 방 한쪽 구석에 소형 냉장고와 텔레비전도 있었다. 침대머리 위쪽 벽에 액자가 걸려 있었는데 액자 속에는 몸에 실오라기 하나 걸치지 않은 여인의 뒷모습이 그려져 있었다. 여자의 허리는 날씬한데 엉덩이 부분이 유달리 둥그랬다. 그 유달리 크고 둥그런 엉덩이에 흘림체로 "권태"라고 쓰여 있었다. 작품 제목인 모양이었다.

그것을 보고 있던 단이가 웃음을 참지 못하고 피씩 웃었다.

"왜 웃어?"

남자가 정색을 하고 물었다. 하지만 여자는 웃기만 하고 대답을 피했다. 그러자 남자가 따졌다.

"혹시 나를 비웃는 거야?"

"비웃긴 어째 비웃겠슴까?"

"나체를 좋아하는 변태 같은 인간이다 혹시 그렇게 생각하는 건 아니지?"

"아임다. 그게 절대 아임다."

"그럼 왜 웃었는데?"

그녀는 자신의 생각을 다른 사람에게 말하는 것에 익숙하지 않았다. 그래서 말을 하지 않으려고 했던 것뿐이다. 그런데 남자가 오해를 하고 있어서 할 수 없이 말했다.

"저 그림을 보는 순간에 여자의 나체에 권태란 제목이 너무 잘 어울린다는 생각이 들었씀다. 그래서 아예…"

여자가 말을 하다 말고 남자의 눈치를 살폈다.

"아예 뭐! 왜 말을 하다말고 그래. 답답하게?"

"나체를 아예 권태로 부르면 좋겠씀다."

남자는 놀랐다. 불쑥 같은 느낌, 같은 생각을 하는 사람을 찾으라던 친구의 말이 떠올랐다. 중국에서 온 이 어린 여자가 그림에 대하여 자신과 똑같은 감각과 느낌을 가지고 있는 것이 놀랍고 신기했다. 자신도 처음에 이 그림을 접했을 때 그녀와 똑같은 생각을 하면서 웃었던 적이 있다. 나체를 나체로 하지 말고 권태라고 사전에 올리면 그렇게 불러도 전혀 이상이 없겠다고 말이다. 우연이라도 이런 우연이 있을 수 있을까. 남자는 한껏 들뜬 기분으로 물었다.

"완전 공감이야! 나도 처음에 저 그림을 볼 때 그런 생각을 했거든. 너무 신기해. 어떻게 우리가 같은 생각을 할 수 있지?"

"그러게 말임다. 너무 신기함다. 그러니 이렇게 만난 게 아니겠씀까?"

"우리가 만난 게 운명적이라고 생각하나?"

단이는 고개를 끄덕였다.

"운명이 아이믄 그 많은 인연을 제치고 제가 여기서 그쪽이랑 마주 앉아 있겠씀까?"

"운명을 믿는가?"

"사람은 운명대로 산다고 믿씀다."

"벗어날 수 없다고 생각해?"

"벗어날 수 있다고 생각하는 것은 그러고 싶어 하는 사람들의 마음 때문인 것 같씀다. 사실 우리는 어떤 것이 운명을 벗어나는 것이고 어떤 것이 벗어나지 못한 것인지를 잘 모르겠씀다."

"그래 맞아. 된다, 안 된다라고 여기는 것은 모두 인간의 욕망이 만들어 놓은 변명들이야. 나는 대학교 때 철학을 전공했어. 특별히 니체를 좋아했거든. 어떤 경우에도 삶을 사랑하며 내세나 초월을 생각하지 말라는 "운명애" 가 니체가 가지는 가장 긍정적인 요소라고 생각해. 한마디로 죽음 앞에서 노래한 삶의 찬가라고 할 수 있지. 그럼에도 불구하고 그에 대한 평가를 보면 "삶을 사랑한 철학자" 와 "삶을 증오한 철학자" 로 극명하게 엇갈린 평가를 받고 있어. 어떤 사람들은 그의 철학을 "신성"하다했고 어떤 사람들은 "사악"하다고 했지. 그의 진실이 어떤 것인지는 상관이 없고 남아 있는 것은 살아있는 사람들의 해석뿐이지. 그는 "존재하는 것은 없다. 존재하는 것들은 사람들의 생각뿐이다"는 유명한 철학적 명제를 남겼어. 어쩌면 우리가 믿고 있는 모든 존재는 있지도 않은 것 일수도 있어. 존재하는 것은 우리가 있다고 믿는 생각일 뿐일 수도 있지."

"잘은 모르겠지만 도균씨 말을 듣고 보니 운명이 도대체 있는지 없는지도 모르겠다는 생각이 듭다. 제가 믿고 있는 것이 그냥 그렇게 믿고 싶은 저의 생각이지 않을까 하는 막연한 생각이 듭다."

"맞선볼 때 단이를 보는 순간에 이게 운명이 아닐까 하는 생각이 들었어. 왠지 나의 반쪽을 보는 것 같았거든."

"그래서 저를 선택했씀까?"

"그래. 내 친구 경석이가 가장 중요한 것이 동감을 찾는 것이라고 했거든. 나와 같은 생각을 하는 사람을 찾으란 소리지."

"서로 같은 생각을 하는 사람을 만나는 것은 쉽지 않다고 생각함다."

"그래서 운명이라고 하는 거지. 아까 권태와 나체에 대한 이야기를 할 때 난 소름이 돋았어. 나랑 너무 닮아서 말이야. 권태가 나체란 생각이 들었던 특별한 계기라도 있었나?"

"저는 한시기 심한 권태를 느낀 나머지 살고 싶지 않았을 때가 있었씀다. 모든 것이 귀찮고 시들해서 손가락 하나 까딱 움직이고 싶지 않았씀다. 지어 몸에 한 오리 천 조각을 걸치는 것조차 귀찮았씀다. 자꾸 옷을 벗고 싶었씀다."

남자가 지긋이 눈을 감았다. 그리고 생각했다. 이 예민한 감성을 어찌 할까? 그것이 너를 앞으로 얼마나 더 힘들게 할까? 자신과 너무 닮은 사람을 만난 이 상황을 기뻐해야 할지, 슬퍼해야 할지 모르겠다. 그런 자신의 마음을 들키지 않으려고 남자는 눈을 감은채로 여자한테 왜 그런 생각을 하게 되었는지 그 상황을 말해달라고 재촉했다.

단이는 쑥스러운 듯 고개를 숙였다.

9

하얀 햇살이 쏟아져 내리는 나른한 봄날, 아버지가 산동 여자를 집에 데리고 왔다. 어머니가 돌아가신지 일 년이 지난 뒤였다. 아직 어머니를 잊지 못해 슬퍼하는 사춘기 소녀에게 아버지는 산동 여자를 데리고 와서 엄마라 부르라고 했다. 어머니를 잃은 상실감보다 다른 여자를 엄마라 불러야 하는 상실감이 더욱 컸다.

산동 여자는 몸집이 크고 얼굴이 붉은 편이였다. 그녀는 마을에 오자마자 파지를 줍는다고 손수레를 밀고 온 동네 쓰레기를 파헤치고 다녔다. 파지 줍던 손으로 라면도 끓이고 만두도 빚었다. 만두를 빚느라 가루 묻은 손으로 거리낌 없이 머리를 벅벅 긁어댔고 그럴 때마다 며칠씩이나 감지 않은 머리에서 비듬이 떨어지기도 했다. 그리고 손톱눈에는 늘 까만 때가 봄날의 권태만큼 두껍게 차있었다. 그 손으로 자기 등허리를 긁다가 시원치 않으면 남편에게 벗은 등을 들이민다. 조치운은 여자의 생살을 보고 좋아 싱글벙글하면서 마누라의 등을 빡빡 긁었다. 등허리에 지렁이가 지나가듯 붉은 선이 쭉쭉 그려진다. 그러면 여자가 아프다고 소리 지르며

됐다고 소리치며 목 부위까지 올라간 옷을 끌어내리느라 낑낑거린다. 때를 놓칠세라 남편은 여자의 커다란 유방을 움켜잡는다. 여자는 "불난 집에 도둑질이냐"며 남편을 저질이라고 욕을 퍼붓는다. 부부간에 그런 멋도 없으면 무슨 부부냐며 남편이 여자에게 호통을 치고 여자는 남자들이란 개의 엉덩이를 봐도 침을 흘리는 개보다도 못한 짐승이라고 대든다. 처음에는 농담처럼 으르렁 거리다가 결국은 서로 머리끄덩이까지 서슴지 않고 부여잡는다.

싸울 때는 다시는 얼굴을 보지 않을 것처럼 볼 것 안볼 것을 다 보여주며 싸우다가도 언제 그랬냐싶게 금세 머리를 맞대고 파지 판돈을 손가락에 침을 묻혀가면서 세곤 했다. 두 사람은 싸우지 않으면 하루도 배기지 못했다. 마치 싸우기 위해 사는 사람들 같았다. 싸우고 화해하고 화해하고는 또 싸우고, 그런 일상의 반복은 단이에게 삶의 버거움과 동시에 허무를 일찍 가르쳐줬다. 세상에 소중한 것은 아무것도 없는 것 같았다. 시간이 아무리 흘러도 추호도 달라질 것이 없는 답답한 현실, 숨을 쉬고 싶어도 숨구멍이 막혀서 들숨만 있고 날숨이 없는 이 후덥지근한 공기, 지금 당장 모두 사라져도 아깝지 않고 소중하지 않는 것들의 존재들, 그 속에 어쩔 수 없이 나쁜 공기처럼 끼여서 함께 떠다니는 게 싫었다. 시들하고 지루하고 시시해서 아무것도 하지 말고 누워있는 그대로 땅속에 스며들어 없어졌으면 좋을 것 같았다. 길고 지루한 권태로움이었다.

그런 생각을 하면서도 아침이면 일어나서 밥을 먹고 밥을 먹으면 화장실에 가야하고 그리고 산동 여자의 돼지 멱을 따는 듯한 거북한 호통소리를 들어야 하고 도무지 알아들을 수 없는 모자란 찬이의 어어어, 우우우,

하는 기이한 외계 어를 들어야 했다.

권태는 대부분 건강한 몸으로 삶을 향유하는 한가한 사람들에게서 나타난다고 한다. 고통을 받는 사람은 권태를 느낄만한 여유도 없고 그들은 죽음을 삶의 한 요소로 받아들이며 삶을 더 사랑한다고 한다. 단이의 경우는 그렇지 않았다. 고통이 극에 달하고 정신의 붕괴가 오자 권태가 왔다. 그녀는 인생이란 고통이 아니면 권태라고 생각했다.

그날은 바람 한 점 없이 건조했다. 며칠째 고열에 시달려 아무것도 하지 못했다. 죽물도 넘기지 못했고 할 수 있는 것은 오로지 눈을 편히 뜨고 자리에 누워있는 것뿐이었다. 그런데 집안에 가만히 누워 있으려니 갑자기 숨이 막히고 갑갑해서 죽을 것 같았다. 그녀는 몸에 걸친 모든 것을 벗어버리고 싶었다. 그리고 알몸으로 거리에 뛰어나가고 싶었다. 그래야만 살 것 같았다. 그것은 심한 갈증에 목이 타들어가는 사람의 광기와 진배없었다. 벗고 싶은 마음을 걷잡을 수 없었다. 그것을 참는 것은 물샐틈없이 막혀버린 나무 상자 속에 결박당해 있는 그런 숨 막히는 답답함이었고 화재 속에 갇혀서 뛰쳐나가지 않으면 숨이 끊길 것 같은 절박함이었다. 순간적으로 아무 생각도 할 수 없고 다만 뛰쳐나가야만 산다는 강박관념의 지배를 받게 되었다. 그녀는 누군가 부르는 듯이 집을 뛰쳐나갔다. 몸에 아무것도 걸치지 않은 상태였다. 마당에서 울바자를 손질하고 있던 아버지가 그녀를 붙잡아 방에 가두었다.

"미쳐도 곱게 미쳐라. 옷을 벗는 것은 가문의 망신이다."

그녀는 그때를 생각하면서 쑥스럽게 웃었다.

"아버지는 제가 미쳤다고 했지만 저는 그때 전혀 미치지 않았씁다. 정말임다. 오히려 다른 때보다 정신이 더 말짱했던 것 같씀다. 제가 그처럼 옷을 벗고 싶었던 것은 나를 감싸고 있는 허위적이거나 답답한 것을 벗어버리고 싶었던 것 같씀다. 그때 전 처음으로 내가 내 자신 같았씀다."

남자는 그녀에 대하여 무어라 형언할 수 없는 사랑을 느꼈다. 무엇인가 통할 수 있을 것 같았다. 조금 격앙된 어조로 남자가 여자에게 말했다.

"인간이란 두 가지 부류가 있지, 옷을 입고자 하는 사람과 벗고자 하는 사람 말이야. 옷을 입고자 하는 삶은 무거움이요, 옷을 벗고자 하는 삶은 가벼움이야. 무거움과 가벼움 중에 어떤 것이 옳은가. 니체의 영원한 재귀는 무거움이야. 하지만 기원전 6세기 파르메니데스는 가벼운 것이 긍정적인 것이고 무거운 것이 부정적이라고 했어. 어느 것이 맞을까? 알고 있나?"

여자가 고개를 저었다.

"모르겠씀다."

"모르는 게 정상이지. 사실 맞고 틀리고가 어디 있겠나. 어떤 대답이든 그저 그 사람의 선택과 판단일 뿐이지. 나는 니체를 좋아하지만 니체의 무거움보다 파르메니데스의 가벼움이 좋은 것 같아. 내가 살아온 시간들이 너무 무겁고 힘들었어. 숨을 쉴 수 없을 만큼 말이야. 그래서 이제부터는 좀 가볍게 살고 싶어. 왜냐하면 벗고자 하는 것이 좀 더 솔직함에 가깝다고 여겨져서 말이야. 하지만 가끔씩 내가 좋아하는 그 가벼움이 너무 가벼워서 권태로울 때가 있거든. 그래서 여기 여관에는 방마다 권태를 의미하는 나체만 걸어두었어."

남자는 철학을 공부한 사람이여서 그런지 사고방식이 남달랐다. 그의 말을 들으면 철학이라는 것이 사람을 명석하게 하면서도 끝없는 미궁에 빠져드는 듯한 아득한 느낌을 주었다. 그녀는 인간에게는 옷을 입고자 하는 사람과 벗고자 하는 두부류가 있다는 말이 상당히 상징성이 있는 해석이라고 여겨졌다. 자신의 경험으로 보면 껴입는 것은 고통이고 벗는 것은 권태인 듯 했다. 자신의 경험을 말하려다가 남자가 웃을까봐 그만두었다.

여관방은 아직 이른 봄이라서 그런지 아니면 난방이 제대로 되지 않은 것인지 싸늘한 기운이 돌았다. 그런데다가 건물이 오래 되어 퀴퀴한 냄새가 불순물처럼 떠있어서 꺼림칙했다. 피아노 한대가 창문 밑에 놓여 있는 것이 이색적이었다. 가뜩이나 작은 방이 더욱 꽉 차 보였다. 마치 피아노가 방을 지고 가는 것 같았다. 피아노를 치려고 거기에 놓은 것 같지는 않고 그렇다고 보관하기 위해 놓은 것은 더더욱 아닌듯했다. 나른한 봄날에 작은 방에 들어 앉아있으니 그야말로 답답하고 권태로웠다. 단이는 액자에 눈길을 주었다. 이제부터 권태로울 때마다 여자의 나체가 떠오를 듯싶다.

단이는 하품을 했다. 인천공황에 내리자마자 세 시간 가까이 버스를 타다보니 피곤하고 혼곤했다.

"피곤하면 누워!"

남자의 말에 여자는 다급히 머리를 저었다.

"아니, 괜찮씁다."

단이는 일어나서 창문을 열었다. 그리고 그 옆에 있는 피아노를 손끝으로 만졌다. 어머니 생각이 났다. 진 소학교에서 음악을 가르쳤던 어머니는 풍금을 칠 때가 가장 행복해 보였다. 몸을 좌우로 흐느적이면서 노래를 부를 때면 천사가 따로 없었다. 엄마에 대한 생각을 하자 금세 눈가가 촉촉해졌다. 어머니가 계셨더라면 이곳에 이러고 있는 딸을 보면서 무슨 말을 했을까? 어머니가 계셨더라면 아마도 이곳에 올 이유도 없었겠지. 눈가에 고였던 눈물이 미처 어쩔 사이 없이 아래로 흘러내렸다.

남자가 놀라며 자리에서 일어났다.

"왜 그래? 어디 아퍼?"

"어머니 생각이 나서 그럽다. 어머니는 발 풍금을 잘 치셨씁다."

"아, 그럼 피아노도 잘 치셨겠네."

"피아노가 있었다면 그러셨을 지도 모르겠씁다. 유감스럽게 집에는 피아노가 없었씁다. 도균씨는 피아노를 잘 침까?"

"전혀 아니야."

"그럼 이 피아노는 누구검까?"

"어머님의 유품이야."

"어머님의 유품말임까?"

"그래. 어머니께서 이놈으로 피아노 레슨을 해서 자식 공부시켰거든. 어머님의 분신 같은 물건이지. 이것까지 없으면 내가 어머니를 잊어버릴까 두려워서 어디를 가든 이렇게 모시고 다니는 거야. 왠지 이것이 가까이에 있으면 마음이 든든해. 어쩌면 나를 보호해주는 부적 같은 존재인지도 몰라."

어머니의 생각을 하는 듯 남자의 눈가가 불그스레해졌다. 남자는 어머니의 체취를 의식하려는 듯 피아노를 조심스레 어루만졌다. 아픔에 절은 비릿한 슬픔이 전해졌다. 그것은 앞니가 빠졌을 때 혀로 느꼈던 그 진하고 비릿한 통증과 비슷했다. 단이는 부끄러웠다. 남자는 어머니를 잊을까봐 어머니가 쓰시던 피아노를 분신처럼 가지고 다니는데 자신은 어머니를 잊으려고 애쓰면서 살아왔다. 그녀가 어머니를 용서하지 못한 것은 어머니가 체육선생님과 좋아했던 사실 때문만은 아니다. 죽음이란 산자의 짐이다. 살아있는 자가 짊어지고 가야 할 고통이고 슬픔이다. 어린 자식에게 그리 큰 짐과 고통을 주고 간 어머니가 단이는 용서가 안 되었다. 그리하여 늘 마음속으로 용서 못해, 용서 못해를 외우면서 살았지만 그렇게 용서 못해서 마음이 아팠던 그 내면에는 어머니에 대한 그리움이 너무 컸다.

"어머니께서 살아계신다면 오늘 같은 날에 틀림없이 단이한테 멋있는 연주를 들려주었을 텐데 그러지 못해서 아쉽군."

미안한 듯 남자는 그녀의 손을 잡았다. 목소리에 물기가 있었다. 말수는 적지만 정이 많은 남자인 듯 했다.

"어머님은 어떻게 돌아가신 검까?"

그제야 생각이 난 듯 단이가 물었다.

"나중에 다 말해줄 거니깐 오늘은 이런 슬픈 이야기를 하지 말자구."

남자가 여자를 끌어다 침대모서리에 앉히고는 다정하게 손을 잡았다. 그리고 가만히 그녀의 눈을 들여다보았다.

"단단!"

남자가 그녀를 불렀다. 아버지가 부르던 식으로 말이다. 뜻밖이었다. 여자가 놀란 눈길로 예민하게 그를 쳐다보았다.

"왜 그렇게 부름까? 저를 그렇게 부른 사람은 아버지밖에 없씀다."

"그냥 단이 아버지처럼 한번 불러보고 싶었어."

남자가 비죽이 웃었다. 아마도 남편이면서도 아버지 같은 사람이 되고 싶었던 모양이다.

"그래서 느낌이 어쨌씀까?"

"괜찮은데. 앞으로도 계속 이렇게 부를까?"

"그냥 단이라고 부르쇼. 어머니가 그렇게 불렀씀다."

"단이는 아버지보다 어머니를 더 좋아했나보지?"

"외할머니가 그러는데 저는 어머니를 닮았답다. 외모도 그렇고 성격까지 어머니 판박이랍다. 아버지를 닮은 곳은 한군데도 없답다."

"그렇다고 아버지의 딸이 아닌감."

"저를 한족이라고 하고 싶어서 그러는 게 아임까?"

단이는 맞선 볼 때의 일이 생각나서 입을 비쭉했다.

"아냐. 그런 뜻은 절대 아니야. 그런데 가끔씩은 그런 생각이 들어. 그분을 만나면 어떻게 대화를 하지? 내가 중국어를 몰라서 걱정하는 거지 뭐."

"걱정 안 해도 됨다."

"왜?"

"만나게 될 일은 없을 테니 말임다."

"무슨 소리야?"

"차츰 알게 될 겜다."

남자가 바싹 붙어 앉자 여자가 경계하면서 그의 손을 뿌리쳤다.

"우린 부부야. 부부는 이렇게 손을 잡아도 돼. 이보다 더한 것도 해야 되는데?"

남자가 두 손을 맞잡고 비볐다. 그의 손안에서 불에 대한 나무의 욕망 같은 간절함이 일고 있었다. 불같이 달구어진 손으로 남자는 여자의 손을 잡았다. 손아귀가 너무 단단하고 억세다. 도저히 빠져 나갈 수 없는 강압적인 기운 같은 것이 느껴졌다.

정말 우리가 부부일가? 손을 잡히고도 당하는 것 같은 이 거부감은 뭐지? 갑자기 단이는 한국이란 이 낯선 땅에서 자신은 오롯이 혼자라는 생각이 들었다. 맞선을 보고 따라온 이 남자가 갑자기 살인자로 돌변 한다 해도 당해줄 수밖에 없을 터, 자신은 피할 수 있었던 위험들을 스스로 선택하고 그 위험 속에 자신을 함부로 던져버린 꼴이니 망가지는 것은 시간문제이며 어쩌면 그것은 당연한 결과일지도 모른다는 생각이 들었다.

"이젠 나한테 말해줄 수 있지?"

당장 무슨 일이라도 벌일 듯 용을 쓰던 남자가 손에 힘을 풀고 여자의 손을 놓아주었다. 여자는 여전히 경계하는 눈으로 남자를 쳐다보면서 조심스럽게 물었다.

"무스거 그램까?"

남자한테 너무 뜨겁지도 너무 차갑지도 않게 대하고 싶었다. 사실은 천천히 시간을 가지고 남자를 알아가고 싶었다. 다 알아가기 전에 몸을 주는 일은 절대 만들고 싶지 않았다.

"나한테 했던 약속 벌써 잊었어?"

"무스거 그러는지 모르겠씀다. 나는 우정(일부러) 속인 거 없씀다."

단이는 갑자기 불안해졌다.

"야, 이거 배신감이 드는데? 우리가 맞선을 볼 때 그랬잖아. 기회가 되면 다 말해준다고 했던 그 죽고 싶을 만큼 잊고 싶었던 과거를 말이야."

"아, 그거 그램까?"

그제야 단이는 편안하게 숨을 내 쉬었다.

"제가 하는 말을 들으시면 듣지 않았을 걸 하고 후회하게 될 검다. 저는 듣지 말아야 할 말을 들었고 그 말의 굴레에 스스로 갇혀서 불안하게 살아왔씀다. 그래도 들어야 되겠씀까?

"그보다 더한 거라도 들어야겠어. 왠지 알아? 나는 당신의 남편이야. 당신이 과거에 어떻게 살았는지, 무슨 생각을 하고 있었는지도 모르면서 어찌 남편이라고 하겠어. 나는 진정한 자기 남편이 되고 싶어."

"정 그러시다면 말씀드리겠씀다."

10

단이는 두 손을 자기 무릎위에 가지런히 놓았다.

그리고 이윽히 자기 손끝을 내려다보았다. 마치 자기가 하고 싶은 이야기가 모두 자신의 손끝에 놓여있는 듯이 말이다. 남자도 여자의 손끝을 내려다보았다. 채 영글지 않은 옥수수 알 같이 말랑말랑한 수조手爪가 수줍음을 타듯 붉은 빛을 띠고 있었다. 그녀는 고개를 들지 않은 채 천천히 입을 열었다.

"그날은 비가 많이 내렸씀다. 번개치고 우레가 울고…"

비릿하고 습습한 비 내음이 방안에 가득 퍼지는 것 같았다. 여자는 아직도 빗소리가 들리는 듯 가만히 창밖에 귀를 기울이는 듯 했다. 그날은 아침부터 폭우가 쏟아졌다. 반주임 선생님은 장마 비 때문에 오전 수업만 끝내고 아이들을 일찍 집으로 돌려보냈다. 단이는 책가방을 메고 어머니의 교무실로 향했다. 거기서 숙제를 하면서 기다리다가 어머니가 수업이 끝나면 함께 집으로 갈 생각이었다. 단이는 교무실 문을 살그머니 열었다. 어머니를 놀래주려고 다람쥐처럼 교무실문을 열고 들어왔는데 우중충한 바깥 날씨처럼 어둑스레한 사무실에는 아무도 없었다. 어머니가 어디 갔을까? 단이는 한동안 숨을 죽이고 문가에 서있었다. 서재가 막혀서 출입문 쪽에서는 잘 보이지 않는 안쪽에서 바스락 거리는 소리가 들려왔다. 수군거림이나 간지러움과 같은 은밀하면서도 달짝지근한 그런 느낌의 소리가 계속해서 들려온다. 단이는 발뽬 발뽬 소리 나는 쪽으로 걸어갔다. 서재 안쪽에 형체모를 두 사람이 서로 부둥켜안고 있었다. 단이는 살금살금 그들 가까이로 걸어갔다. 엄마와 체육 선생님이었다.

"엄마! 여기서 뭐함까?"

그제야 단이를 발견한 두 사람은 뿌리치듯 서로 떨어져나갔다. 단이는 눈이 똥그래서 두 사람을 노려보았다. 체육선생은 부끄러운 듯 계속 벽을 향해 서있고 어머니가 당황한 표정으로 고개를 완강히 저었다.

"아무것도 아니야!"

"내가 다 봤씀다!"

"네가 잘못 본거야!"

"엄마는 거짓말하고 있씀다!"

엄마는 무엇인가 숨기고 싶어서 안달하고 있었다. 그게 무엇인지 알 수는 없지만 분명히 해서는 안 되는 일이라는 것은 짐작할 수 있었다. 그녀는 팔을 벌리고 단이 곁으로 다가오면서 안으려고 했다. 그러자 단이는 두 주먹을 불끈 쥐고 교무실에서 뛰쳐나갔다.

"단이야! 단이야!"

뒤에서 어머니가 불렀지만 아랑곳하지 않고 단이는 폭우가 쏟아지는 거리를 질주했다. 폭우는 금세 급류가 되어 길가에 있던 모든 것을 휩쓸어가고 있었다.

용서 할 수 없어. 절대 용서 못해! 단이는 어머니를 원망했다. 아버지에게만 해야 하는 일을 왜 다른 사람과 한단 말인가. 엄마가 그렇게 해주어야 하는 사람은 체육선생님이 아니라 아버지여야 했다. 단이는 철이 들어서 아버지와 어머니의 다정한 모습을 본 기억이 거의 없었다. 어머니는 말이 결혼이지 거의 혼자서 살았다. 그러다보니 어머니는 밤이면 불면증에 시달리곤 했다. 자다가도 눈을 뜨면 어머니는 자지 않고 앉아서 책을 보거나 뜨개질을 하고 어떤 때는 어두운 창가에 서서 몇 시간씩 밖을 내다보기도 했다. 유리를 깨고 유리 밖의 세상으로 나가고 싶어서 어떻게 하면 나갈 수 있을까 그 방법을 생각하고 있는지 모른다는 생각이 들 때는 어린 가슴이 철렁 내려앉곤 했다. 어머니가 아버지처럼 훌쩍 집을 떠나 버릴까봐 단이는 자지 않아도 자는 척 하면서 어머니를 지켰다. 그렇게 산 날이 그러지 않은 날보다 훨씬 많았다.

집으로 가는 길은 이미 폭우에 잠겨버렸다. 산을 끼고 흐르던 강이 불어서 강둑을 넘쳐흐르는데다가 산위에서 쏟아져 내리는 산사태가 좁은 길위를 범람을 해서 어느 것이 길이고 어느 것이 강인지 분간하기 어려웠다.

세상은 물소리와 빗소리로 꽉 차있다. 온통 물의 세계였다. 단이는 산 밑에 찰싹 달라붙어서 걸었다. 그런데 몇 발자국 가기도 전에 골물에 휘감기여 넘어갔다. 황급히 일어나려고 허둥거렸지만 거센 물살에 떠밀려 오히려 강 쪽으로 더 깊게 쓸려갔다. 부러진 나뭇가지들과 각종 쓰레기들과 함께 단이는 힘없이 떠내려갔다. 깔깔한 모래흙이 눈과 코와 입과 귀에 사정없이 흘러들었다. 깊고 깊은 굴속으로 한정 없이 빠져드는 듯 한 아득함, 그것은 며칠 굶은 짐승의 내장만큼이나 길고 어둡고 습하고 후줄근했다. 그리고 세상은 온통 깜깜한 어둠으로 변했다. 절대적인 어둠, 이게 죽음이라는 거구나… 단이는 어머니를 부르면서 의식을 잃었다. 더는 아무것도 들리지도 보이지도 않았다.

시간이 얼마나 흘렀는지 알 수는 없지만 단이는 물속에서 희미한 빛을 보았다. 그리고 아주 먼 곳에서 들려오는 듯한 작고 미미한 소리도 들었다. 풀잎에서 나는 벌레의 울음소리 같기도 하고 도란도란 흐르는 도랑물 소리 같기도 하고 고장난 라디오의 잡음 같기도 했다. 애써 정신을 가다듬자 소리가 점점 가까이로 다가오는 듯 했다. 누군가가 슬프게 흐느끼고 있었다.

"미안해! 엄마가 미안해!"

"진정하세요. 물을 다 토해냈고 맥박도 호흡도 다 정상으로 돌아왔으니 조금만 기다리면 괜찮아질 것입니다."

남자의 목소리였다. 아버지가 돌아오신 건가? 평소에 아버지에 대하여 별로 좋아하지 않았지만 어머니가 체육선생님과 부둥켜 안고 있는 것을 봐서 그런지 갑자기 아버지가 그리웠다.

"아빠!"

단이가 아버지를 부르면서 눈을 떴다. 집안에 연기가 자욱한 듯 아무것도 보이지 않다가 차츰차츰 집안의 풍경이 뚜렷이 보이기 시작했다. 엄마가 울고 있고 누군가 어머니의 어깨를 다독이면서 열심히 엄마를 달래고 있었다. 그는 아버지가 아니라 체육 선생님이었다.

"아빠는?"

단이가 서운해 하며 물었다. 아버지일줄 알았는데 체육선생이라서 김이 새는 모양이었다.

"아빠는 아직 오지 않았어."

"분명히 아빠 목소리였는데…"

"네가 아빠가 보고 싶었구나."

체육선생님의 입에서 아버지에 대한 말이 나오자 단이가 날카롭게 체육선생을 노려보았다. 아버지의 자리를 훔치려고 했던 사람이 천연덕스럽게 아빠의 이름을 입에 올리는 것이 몹시 거슬렸다.

"저의 아버지가 되고 싶씀까?"

단이의 갑작스러운 질문에 체육선생은 어색하게 웃었다.

"그런게 아니야."

"아님 뭠까?"

"그래 내가 미안하다. 내가 너한테 미안해. 내가 너한테 어떻게 할까? 어떻게 하면 너의 마음이 편안하겠니?"

단이는 눈을 감아버렸다. 속으로는 그랬다. 아무것도 하지 말고 그저 엄마와 나의 앞에서 사라져버려요. 하지만 그 말은 차마 할 수 없었다.

"체육선생님께서 너를 구해줬어. 그렇지 않았으면 넌 벌써 죽었을 게다. 그러니 선생님한테 그러지 말아."

"내가 언제 살려달라고 했씀까? 차라리 죽게 내버려두지 그랬씀까?"

"단이야!"

그녀가 발끈했다.

"목숨을 가지고 그렇게 함부로 말하지 말아. 너를 구하시다가 하마터면 선생님께서 목숨을 잃을 뻔했어."

사실이었다. 단이가 뛰쳐나오고 나서 엄마와 체육선생이 인차 따라 나갔다. 그런데 그들이 강가에 도착했을 때 단이는 벌써 강물 속에 휘말리고 있었다. 체육선생이 조금도 망설이지 않고 사품치는 강물에 뛰어들었고 물살에 떠밀리는 단이를 강역으로 밀어냈다. 하지만 그 자신은 나오지 못하고 계속 물살에 밀려가다가 떠내려 오는 통나무를 잡고서야 겨우 목숨을 부지할 수 있었다.

아직도 그 무서운 장면에서 벗어나지 못한 듯 어머니는 세차게 어깨를 흔들며 흐느끼고 있었다.

"단이가 이렇게 깨여났으니 이제 그만 우시고 진정하세요."

남자가 흐느끼는 어머니의 어깨를 가볍게 다독였다. 그러자 어머니가 남자를 바라보며 고개를 끄덕였다. 그러는 남자와 어머니는 몹시 다정해 보였다. 끈적끈적하게 달라붙는 듯한 이런 느낌은 무얼까? 단이는 생소하면서도 불안했다.

"전 이만 가보겠습니다."

남자가 일어나려고 하자 이번에는 어머니가 남자의 팔을 붙잡았다.

"날도 어둡고 폭우로 길도 끊겼을 테니 여기서 자고 내일 아침에 가세요. 밤에 가다가 또 무슨 봉변을 당하면 어떻게 하려고요."

그제야 아이는 전등이 켜져 있는 것을 보았다. 그러고 보니 온 오후 혼수상태에 빠져있었던 모양이다. 남자는 마치 기다리기나 한 듯 말했다.

"그럼 하루 밤을 신세지겠습니다."

"아이고 선생님이 무슨 신셉니까? 우리 아이의 생명을 구해주었는데 신세는 우리가 졌지요."

어머니는 단이가 들으라는 듯 말끝마다 선생님이 생명의 은인이라고 추켜세웠다. 생명의 은인이기에 함부로 대하지 말았으면 하는 어머니의 암묵적인 부탁임을 아이는 알았다. 어머니가 체육선생님의 잠자리를 편다고 방으로 들어가자 남자가 혼자 앉아있기 머쓱한지 금세 방으로 들어갔다. 옷장에서 이불내리는 소리와 바닥에 펴는 소리가 들렸다. 그것은 바람에 낙엽이 스치는 소리처럼 가볍고 짧게 들렸다. 그리고 이윽히 아무 소리도 들리지 않았다. 아이는 온 신경을 방에 기울였다. 왠지 그 이상한 질긴 조용함이 불안하고 두려웠다. 당장 무슨 일이라도 일어날 것 같아 아이는 겁에 질린 강아지처럼 조마조마했다. 그때 소리 높낮이를 조절하는 성능이 고장난 라디오처럼 갑자기 어머니의 목소리가 크게 들려왔다.

"쉬세요."

한참이나 침을 고이고 있던 조용함치고는 너무 큰 소리여서 중뿔나고 난데없어 보였다. 어머니가 방에서 나오면서 무엇인가 뿌리치는 듯 손을 털었다. 남자가 나가지 말라고 엄마의 손을 잡았고 그 손을 어머니가 뿌리쳤다고 아이는 생각했다.

왜, 어머니는 그 체육선생님에게 친절한 걸까? 그리고 체육선생님은 왜 어머니의 손을 잡는 거고? 이런 친절은 어머니가 아버지한테만 해야 되는 거 아닌가? 그런데 왜 다른 사람한테 하는 거지?

어머니가 아이의 옆에 누웠다. 그리고 손으로 아이의 이마에 흘러내린 머리를 말없이 쓰다듬었다. 그리고 속삭였다.

"아직도 화났어? 엄마를 한번만 봐주면 안돼?"

"한번만 봐줄게."

"고마워."

"대신 엄마도 약속해. 어떤 일이 있어도 집을 나가지 않는다고…"

어머니가 단이를 으스러지게 끌어안았다. 목이 멨다. 단이는 아버지가 다른 여자를 사귀어 집을 나가듯이 엄마도 그럴까봐 두려워하고 있었다. 엄마가 울면서 절규처럼 같은 말을 되뇌었다.

"미안해. 엄마가 미안해."

"뭐가 미안해?"

"그냥, 모든 게 다 미안해."

아이는 웃었다. 아버지가 있어도 늘 밖으로 떠돌고 있어 외로웠던 아이는 어머니마저 떠날까봐 노심초사했다. 잠을 잘 때도 어머니의 머리를 손가락에 돌돌 말고 잤다. 그래야만 어머니가 자기를 떠나지 않을 것이라고 믿고 있었다.

11

어머니가 옆에 없는 것을 발견한 것은 꽤 늦은 시간이었다.

오줌이 마려워서 아이는 눈을 떴다. 그런데 옆자리가 허전했다. 만져보니 옆에 어머니가 없었다. 유리창으로 흘러들어오는 달빛이 어머니의 빈자리를 공허하게 비추었다. 어머니가 어디 갔지? 이때 방에서 이상한 소리가 들렸다. 신음소리 같기도 하고 흐느끼는 소리 같기도 하고 안타까운 절규 같기도 하고 간지럼을 타는 듯 한 소리 같기도 한 종잡을 수 없는 소리가 어떤 때는 느리게 어떤 때는 빠르게 아이의 귀로 거침없이 들려왔다. 단이는 갑자기 심장이 마구 뛰었다. 자리에서 일어나 살그머니 방으로 통하는 미닫이문을 열어보았다. 그런데 이게 웬일인가? 어머니와 체육 선생이 레슬링이라도 하는 것처럼 서로 뒤엉켜서 방바닥을 굴러다니고 있었다.

불에 된 듯 단이는 미닫이문을 닫아버렸다. 그리고 황망히 자기 자리로 돌아왔다. 심장이 벌렁벌렁 뛰고 얼굴이 화끈거렸다. 온몸으로 송충이가 기여 다니는 듯 오글거렸다. 방안에서는 이상한 숨소리가 계속 흘러나왔다. 이대로는 더는 참을 수 없었다. 그리하여 단이는 단발마적으로 소리 질렀다.

"엄마!"

그 소리에 방안에서 들려오던 이상한 소리가 뚝 끊겼다. 그리고 어머니가 허둥지둥 방에서 나왔다.

"엄마가 왜 거기서 나옴까?"

단이가 자리에서 일어나면서 시비를 걸었다. 어머니는 아마 단이가 아무것도 보지 못했다고 생각하는 것 같았다.

"선생님이… 선생님이… 물을 마시고 싶다하여 물을 떠다 드렸어."

평소 같지 않게 어머니는 심하게 말을 더듬었다. 이 상황이 무엇을 의미하는지 단이는 잘 몰랐다. 하지만 숨기고 싶어 하는 어머니의 부자연스러움을 통하여 그녀의 수치심과 죄의식을 읽었고 분위기를 대충 짐작할 수 있었다. 단이는 엄마가 낯설었다. 난생 처음으로 엄마가 불결하게 느껴졌다. 역겨운 생각마저 들었다. 단이가 자리에 누웠다. 그러자 어머니가 안도하면서 큰 숨을 몰아쉬었다. 아무 일도 없이 잘 넘어갔다고 여기는 모양이었다. 단이가 등을 돌린 채로 입을 열었다.

"엄마!"

"왜?"

"나, 할 말이 있씀다."

금방 방에서 일어난 일 다 보았다고 말하고 싶었다. 그래야만 어머니는 더 이상 아무것도 아니라고 변명을 하지 못할 것이다. 하지만 그 말만은 끝까지 하면 안 된다는 것을 단이는 알고 있었다. 자신의 모든 것을 자식이 보았다는 것을 알면 어머니는 자식보기가 부끄러워서라도 집을 떠나고 싶어질 것이다. 그것은 단이가 바라는 바가 아니었다.

"불러놓고 왜 말이 없어?"

"아무것도 아님다."

"싱겁긴."

"엄마, 난 눈을 감을 때마다 내 곁에 엄마가 없어질까 봐 두려워. 그러니 내가 잠이 들더라도 어디 가지 말고 내 곁에 있어줘."

그것은 방에 들어가지 말라는 말인 것을 어머니는 알아들었다.

"걱정하지 말고 자라. 엄마는 아무데도 가지 않을 테니까"

하지만 단이는 잘 수 없었다. 장밤 뜬 눈으로 어머니를 지켰다. 그러다가 새벽녘에 단잠이 들었다가 눈을 떴을 때는 이미 해가 중천에 떠있었다. 어머니가 부엌에서 파를 다듬고 있고 체육선생은 보이지 않았다. 단이가 자리에서 냉큼 일어나 방안을 들여다보았다. 거기에는 아무도 없었다.

"체육선생님은?"

"체육선생님이라니?"

"어제 밤에 우리 방에서 주무셨재임까?"

"네가 또 꿈을 꿨구나."

"내가 꿈을 꿨다구?"

"체육선생님은 어제 밤에 집으로 갔어. 우리 집에서 잔 일이 없어."

어머니가 무우를 자르다 말고 의아하게 단이를 쳐다보았다. 그 놀라고 어리둥절한 표정에 단이는 정말 자신이 꿈을 꾸고 있는 것 같았다. 그런데 그것이 꿈이라기에는 그 기억을 담고 있는 자신의 의식이 너무도 생생했다. 어머니가 체육선생님의 잠자리를 방에 펴준다고 방으로 들어갔던 일도, 어머니가 방에서 나오면서 선생님의 손을 뿌리치듯 손을 뒤로 젖히던 모습도, 방에서 들려오던 이상한 신음소리도, 그리고 두 사람이 서로 부둥켜안고 뒹굴던 장면도 이 모든 것이 뇌에 활자처럼 뚜렷이 찍혀있어 지우고 싶어도 지울 수 없었다. 그런데 이게 사실이 아니라니, 믿을 수 없었다. 자신의 기억이 잘못되었거나 아니면 어머니가 거짓말을 하고 있는 것이다. 그녀는 어머니가 거짓말을 한다고 생각했다. 그래서 어머니에게 큰 소리로 따졌다.

"엄마는 왜 거짓말을 함까?"

"니가 무엇을 보고 그러는지는 모르겠지만 가끔씩 사람은 자기가 보고 싶은 것만 보거든. 그러다보면 아닌 일도 그렇게 보일 때가 있어. 그런 것을 헛것을 본다고 하는 거야."

엄마가 아무리 숨기고 싶어 해도 그 이상한 행동과 이상한 소리를 기억하고 있는 자신의 기억은 너무도 생생하고 빤했다. 지금도 남자가 방안에 있을 것 같은 기분이 들었다. 단이는 다시 방문을 열었다. 암만 눈을 비비고 보아도 방안에는 다른 사람이 자고 간 흔적이 없었다. 남자가 덮었을 이부자리도 없었고 남자의 머리카락 한 올 없이 깨끗하게 정리되어있었다. 이불장의 이불과 베개가 올려 진 순서조차도 예전과 다를 바가 없었다. 달라진 것은 아무것도 없었고 어디에도 남자의 자취를 찾을 수 없었다. 혹시 베개에 남자의 머리카락이 붙어있지 않나 베개를 내리워 이리저리 훑어보았지만 아무것도 없었다. 아무리 감추고 싶다고 해도 이렇게 완벽하게 감출 수는 없을 것이다.

정말로 내가 헛것을 본 것인가? 사람은 자기가 믿고 싶은 것을 믿고 자기가 기억하고 싶은 것만 기억한다는 어머니의 말처럼 내가 기억한 것이 내 머리 속에서 만들어진 환각이었단 말인가?

단이는 자신의 기억으로 현실을 증명할 수 없음에 화나고 안타까웠다. 기억이라는 것은 그저 기억일 뿐, 시간이 지나면 다시 더 이상 현실이 될 수 없는 모양이다. 그 이후 단이는 가끔씩 환청이 들렸다. 자기 집 방안에 누군지 모를 타인이 오래전부터 살았을 것 같은 느낌이 들었다. 시도 때도 없이 방에서 누군가의 소곤거리는 소리가 들리는 것 같기도 하고 간지럼을 타는 듯 한 수렁거리는 인기척이 들리기도 했다. 정주칸에서 숙제를 하다가도 그 소리를 들었고 가끔씩 수업시간에도 들렸다. 그럴 때 마다 심장의 격렬한 떨림과 두근거림과 불안감에 숨쉬기조차 어렵고 이어 천만마리의 벌레가 골수를 파먹는 듯 한 심한 두통을 느끼곤 했다. 마치 주기적으로 간질을 일으키는 환자마냥 한 번씩 그 증세를 일으키고 나면 얼굴이 하얗게 질리고 식은땀이 흐르고 온 몸에 힘이 한 톨도 남아있지 않아 속이 빈 수수깡처럼 헐거워져 바람에라도 나부낄 것 같았다.

어머니는 전보다 더 많은 시간을 방에 머물렀다. 무엇을 하는지 궁금해서 들여다보면 늘 걸레로 방바닥을 문지르곤 했다. 단이가 찾고자 하는 진실을 지우고 싶어서 그러는 건지 아니면 누군가가 그리워서 그러는 건지는 알 수 없었다. 방바닥을 문지르면서 그녀는 가끔씩 누군가와 대화를 하듯 혼자서 중얼거리기도 했다. 무슨 이야기를 하나 가만히 엿들으면 그 눈치를 아는지 금세 아무 말도 하지 않았다.

제3부 방안에 누가 살고 있는 걸까

12

여름방학이 시작되었다.

그해 단이는 열여섯 살이었다. 단이는 학교에서 오는 길에 먼저 마을 남산에 있는 양록장에 들렀다. 며칠 전에 양록장집 아들인 룡이한테 꽃사슴이 새끼를 낳았다는 소식을 들었다. 그것도 한꺼번에 두 마리나 낳았는데 한마리가 암컷이고 한마리가 수컷이라고 했다. 단이가 헐씨금 헐씨금 가쁜 숨을 몰아쉬면서 양록장에 도착하자 마침 룡이가 사슴떼를 이끌고 사육장에서 나오고 있었다.

"룡이 오빠!"

"오, 단이구나."

"오빠 사슴이 새끼를 낳았다며?"

"응!"

"어서 보여줘. 어딨어?"

룡이가 갑자기 두 손을 나팔처럼 입에 대고 높은 소리로 외쳤다.

"단이야! 단, 어딨어? 어서 와."

그러자 단이가 말했다.

"어째 자꾸 내 이름 불러?"

"나, 널 부른 게 아니다."

룽이가 시물시물 웃었다.

"그럼 누구를 불러?"

"내 암 사슴을 부른 거야."

아닌게 아니라 눈이 고운 새끼 사슴 한마리가 룽이 앞에 와 서서 초롱초롱한 눈으로 쳐다보고 있었다. 아직 다리에 힘이 없는지 뒷다리가 자꾸 꼬이면서 무너지려 했다.

"얘가 단이거든! 어때, 예쁘지 않니?"

"와! 완전 귀엽다. 그런데 왜, 내 이름이야?"

"생각해보았는데 니 이름보다 더 예쁜 이름은 없더라. 그래서 단이라고 이름을 달아줬어. 어때? 괜찮지?"

"괜찮지 않아!"

단이가 시무룩하게 대답했다.

"왜?"

"난 내 이름이 별루야. 단이가 뭐야? 한족 이름도 아니고 조선족 이름도 아니고."

"임마, 원래 자기 이름이 마음에 안 드는 법이야. 남이 볼 때 니 이름이 얼마나 예쁜데."

"또 한 놈은?"

"그놈은 니가 지어야지."

"룡이가 어때?"

"그건 안돼."

"왜 안돼? 내 이름은 되는데 어째 니 이름은 안돼?"

단이가 볼이 부어서 소리쳤다.

"내가 맨날 그놈의 이름을 불러야 하는데 내가 내 이름을 부르면 이상하지 않겠니? 내 이름 말고 다른 이름 없니?"

"핸섬보이 어때?"

생각도 안하고 불쑥 단이가 내뱉었다.

"핸섬보이? 그래 그게 그놈의 이미지랑 딱 맞아."

"그놈이 그렇게 멋있어?"

"응."

룡이가 씽하니 달려가더니 어미 사슴 옆에 꼭 붙어 다니는 새끼를 안고 왔다. 눈이 까맣고 주둥이가 하얗다.

"이놈이야, 어때? 잘 생겼지?"

단이가 새끼사슴을 안으면서 눈을 빛냈다.

"진짜 잘생겼다. 그럼 얘 이름을 핸섬보이라고 하는 거다."

"알았다."

룡이가 수컷사슴의 콧등을 손가락으로 살짝 튕겼다.

"오늘부터 네 이름은 핸섬보이야. 알겠니?"

"누나가 지어주었어. 그러니 누나 잊으면 안 된다."

단이의 말에 룡이가 씩 웃었다.

"가자!"

"어디?"

"나 너에게 보여줄게 있다."

"뭔데?"

"가보면 안다."

룡이가 새끼 사슴을 땅에 내려놓더니 갑자기 단이를 이끌고 산비탈 쪽으로 뛰어갔다. 단이 사슴과 핸섬보이 사슴이 비틀거리면서 그들의 뒤를 따라왔다. 보라색 오동나무 꽃이 나불나불 거리고 있는 그 아래서 룡이는 단이의 손을 놓았다. 그리고 땅에 벌러덩 드러눕더니 두 손을 깍지 끼어 머리 밑에 고였다.

"너도 이렇게 누워봐."

"왜?"

"묻지 말고 어서!"

"뭐 하려고?"

"글쎄, 누워!"

룡이가 단이의 손목을 끌어당겼다. 단이는 얼떠름한 채로 룡이 옆에 누웠다.

'왜 이러지?'

단이는 가슴이 두근두근 거렸다. 이상한 느낌이 들었지만 싫지는 않았다. 단이는 흘낏 룡이를 건너다보았다. 룡이는 자못 상기된 표정이었다.

"하늘을 봐."

불쑥 룡이가 입을 열었다.

"왜?"

생뚱맞은 룡이의 주문에 단이는 순간 김샌 느낌이 들었다. 뭔가 바랬던 것이 있었던 것은 아닌데 말이다.

"뭐가 보여?"

룡이는 단이의 기분 변화를 느끼지 못한 듯 여전히 들뜬 표정이었다. 단이는 무심히 하늘을 쳐다보았다. 햇볕이 어른거리는 나무 가지에 새들이 지저귀고 흰 구름이 한가롭게 하늘을 거닐고 있었다.

"하늘에 뭐가 있겠어. 흰 구름이 보이네."

"구름 모양이 뭐 같으냐고?"

"글쎄, 난 잘 모르겠어."

"잘 봐! 그리고 상상력을 발휘해봐!"

룡이는 낭만적이고 싶어 했다. 하지만 단이는 그러는 룡이가 웃겼다. 남자들은 여자의 마음을 따라오지 못하는 것 같다는 생각이 들었다.

"상상력을 발휘하라고?"

단이는 별로 재미없는 이 상황을 빨리 종료시키고 싶었다.

"그래. 이제 뭐가 보이는 것 같아. 우리 외할머니가 손수레를 이끌고 가는 것 같아."

"그리고 또 없어?"

룡이는 머리 밑에 고였던 손을 풀고 몸을 일으켰다. 그는 무엇인가 듣고 싶은 대답이 있는 것 같았다. 단이는 그것을 느꼈다. 듣고 싶은 대답이 있으면 말을 하든지 아니면 힌트라도 주어야지 한사코 묻기만 하면 내가 네 속을 어떻게 알아.

"그럼 오빠가 말해. 오빠 눈에는 뭐가 보여?"

"난 말이야, 너울을 쓴 신부와 예복을 입은 신랑이 마차를 타고 가는 것 같아."

"치, 그건 아니야."

"그런데 왜 나한테는 그렇게 보이지? 내가 하루에 한 번씩 이렇게 하고 보는데 내 눈에는 계속 그렇게만 보여. 그래서 하늘나라에서 누군가 장가를 가는 게 아닌가 생각했지."

"오빠 마음이 그걸 원하는가 보지 뭐. 우리 엄마가 그러는데 사람은 자기가 믿고 싶은 것만 믿고 자기가 원하는 것만 기억한대. 그것이 진실이 아닐지라도."

"그것이 진실이 아니더라도 괜찮아. 내가 생각하는 것이 내 진실이니깐."

"오빠의 진실이 뭔데?"

한참 뜸을 들이고 나서 룡이가 말했다.

"커서 어른이 되면 너하고 손잡고 결혼식장에 들어가는 거다."

말을 마친 룡이가 쑥스러운지 키득키득 웃었다. 단이도 따라서 웃었다.

이때, 핸섬보이 사슴이 종잇장 같이 얇은 혀로 단이의 볼을 핥고 있었다. 간지럽다. 단이는 소스라치듯 몸을 움츠려뜨렸다. 사슴이 다시 그녀의 귀를 핥고 있었다. 순간 귓가에서 갑자기 간지럼을 타는 듯 한 정체모를 소리가 들려왔다. 두 손으로 귀를 막아보았지만 환청은 계속 울렸다. 그것은 풀잎에서 우는 찌르레기 소리보다 더 쟁쟁하고 더 질기게 들렸다. 단이는 벌떡 몸을 일으켰다.

"오빠, 나 집으로 가야겠어."

"왜 그래? 단이야! 조금만 더 놀다가자!"

단이는 뒤도 돌아보지 않고 집 쪽으로 향해 뛰어갔다. 오늘은 방안에 누군가가 분명히 숨어있을 것 같은 예감이 들었다. 그게 누구일가? 체육선생님일가 아니면 다른 누구일가? 갑자기 체육선생님의 얼굴과 룡이 아버지의 얼굴이 겹친다. 단이는 고개를 가로저었다. 룡이 아버지는 왜 갑자기 떠오른 것일까. 평소에 단이는 룡이 아버지를 큰 아버지라 불렀다. 아버지가 밖으로만 나돌다보니 여름에 밭을 갈거나 가을에 타작을 하고 낟알주머니를 메여들이거나 김치움을 파고 집이영을 얹는 등 남자가 하는 일은 거의 모두 룡이 아버지가 도와주었다. 룡이 아버지가 일손을 거들어 주는 날이면 어머니는 시장에 가서 돼지고기와 술을 사다가 술상을 준비하곤 했다. 단 한 번도 어머니와 룡이 아버지가 단둘이서 식사를 하거나 술을 마신 적이 없었다. 늘 룡이 엄마가 함께 있었다. 룡이 아버지는 단이 어머니에게 깍듯이 존대를 썼고 어머니도 그랬다. 두 사람은 한 번도 다른 사람에게 흐트러진 모습을 보인 적이 없었다. 하지만 단이는 그 일만은 내내 잊을 수 없었다.

그날은 일요일이었다. 학교앞마당에 꽃을 심는다고 일요일인데도 학교에 나갔다가 돌아온 단이는 집에 어머니가 없는 것을 보고 당황했다. 단이는 집안 여기저기 찾아다니다가 아랫집인 룡이네 집으로 달려갔다. 거기에 어머니가 계실 것이라는 생각은 하지 않았다. 그 며칠은 룡이 어머니께서 친정어머니가 편찮으셔서 본가에 가고 집에 없다는 것을 알고 있기에 어머니가 그 집에 갔을 리는 없었다. 하면서도 단이가 룡이네 집으로 뛰어갔던 것은 어쩌면 예감 때문이었는지도 모른다.

단이가 문을 열고 들어갔을 때 어머니와 룡이 아버지가 일정한 간격을 두고 마주 앉아있었는데 어머니는 고개를 숙이고 있었고 룡이 아버지가 무슨 말을 하고 있었다. 무슨 말을 하고 있었는지는 알 수 없었지만 분위기로 보아선 심각한 말이 오고간 것은 분명했다. 단이를 발견한 어머니는 고개를 번쩍 들더니 대뜸 일어섰다. 손에는 플라스틱 반찬통이 들려있었고 왠지 얼굴이 빨갛게 상기되어 있었다.

어머니가 반찬통을 들어 보이면서 묻지도 않은 말을 했다.

"벌써 학교에서 왔니? 룡이 엄마가 외가에 가고 없어서 엄마가 반찬을 만들어서 가져오느라고 왔다."

변명 같기도 하고 발뺌인 것 같기도 했다. 룡이 아버지는 아무 말도 하지 않고 서있었다. 왠지 얼굴이 조금 경직되어 있었다. 두 사람이 손을 잡은 것도 아니고 다른 무엇을 한 것도 아니고 그저 말을 하고 있었는데도 단이는 그때의 그 분위기 때문에 그 장면을 잊을 수 없었다.

룡이네 양록장을 벗어난 단이는 집까지 내처 달렸다. 룡이는 나이 들어서 단이와 함께 결혼식장에 들어가는 것이 자신의 진실이라고 했다. 그렇다면 자신의 진실은 무엇일가? 그것은 혹시 방안에서 들려오는 정체를 밝히는 것일까? 아니면 그 정체모를 환청에서 벗어나는 것일까? 단이는 도대체 무엇이 자신의 진실인지 알 수가 없었다. 왜 그토록 방안 소리에 집착하는지 말이다. 그것을 밝혀서 어머니를 밀어내려는 것인지, 아니면 다른 남자들로부터 어머니를 지키려는 것인지, 어느 것이 자신의 참 마음인지 알 수 없었다. 단숨에 집까지 뛰어온 단이가 대문에 기대여 숨을 고르는데 집안에서 남자의 목소리가 대문 밖에까지 들려왔다. 심장이 다시 벌렁벌렁 뛰기 시작했다. 단이의 불길한 예감은 언제나 남자의 목소리에서부터 시작했다.

13

남자의 목소리가 귀에 익었다.

단이는 도둑고양이마냥 대문을 소리 나지 않게 열고 들어와 바자굽에 몸을 숨기고 가만히 엿들었다. 오늘은 어떻게 해서든 방안의 진실을 알아내고야 말 것이라 다짐했다.

"오늘은 솔직하게 털어놓는 게 좋을 것이야."

"무엇을 털어 놓으라는 건데?"

"그놈하고 무슨 사이냐고?"

"당신이 믿고 싶은 대로 믿어. 난 아무래도 괜찮으니깐."

"이러니깐 내가 니네 꼬리빵즈를 믿지 못하는 거라고."

남자가 어머니를 '꼬리빵즈'라고 불렀다. 어머니를 그렇게 욕하는 사람은 아버지밖에 없다. 그제야 단이는 아버지가 돌아왔음을 알아차렸다. 아버지가 돌아오는 날이면 신고식을 치루 듯 매번 크게 싸웠다. 싸우지 않는 날은 어쩌다가 한두 번 있었을 뿐이다. 예전에 싸울 때는 어머니가 아버지에게 어떤 여자들과 붙어 다니냐고 따지곤 했는데 오늘은 아버지가 어머니에게 그 남자와 무슨 사이냐고 따지고 들었다. 어머니에게 남자가 생긴 모양이다. 두 사람은 자신들의 문제가 아니라 늘 다른 여자 아니면 다른 남자에 대한 문제로 싸웠다. 그들 사이에는 언제나 다른 여자와 다른 남자가 끼여 있었다. 마치 둘이 아니라 넷이 사는 것처럼 말이다.

단이는 처음 어머니가 아버지에게 밖에 여자가 있느냐고 따질 때부터 그것이 사실일거라는 예감이 들었다. 밖에 여자가 없다면 어떻게 그렇게 오랜 시간동안 밖으로만 돌아다니겠는가. 하지만 아버지에게 다른 여자가 있다고 해도 그것은 단이에게 하늘이 무너지는 것과 같은 큰 충격은 아니었다. 단이에게는 어머니만 있으면 되었다. 그녀에게 어머니는 하늘이고 땅이며 숨을 쉬고 사는 전부의 이유였다. 그런 어머니에게 다른 남자가 생겼다면 그것은 지구 종말을 맞는 것과 같은 큰 충격일수밖에 없다. 그렇기 때문에 그 사실을 받아들이는 것은 쉽지 않았으며 그만큼 분노도 컸다.

"여기는 내 집이야. 그런데 감히 다른 놈팡이를 내 집에 끌어들여? 오늘 내 눈에 띄지 않았으면 끝까지 아니라고 우겼겠지?"

놈팡이를 끌어들이다니? 그렇다면 진짜로 집에 누가 왔다 갔단 말인가? 그게 누구일가? 혹시 체육선생님? 아니면 룡이 아버지?

"학교에서 보는 것도 부족해서 집에까지 끌어들여? 그렇게 한시도 떨어지면 죽고 못 살겠어?"

학교라는 말이 나오는 것을 보니 십중팔구 체육선생님이 맞았다. 어머니는 될 대로 되라는 듯 아무 대꾸도 하지 않았다. 왜 아무 말도 하지 않으시지? 체육선생님은 나를 구해준 생명의 은인이라고 말하면 될 것을, 왜 그 말을 하지 않지? 나한테는 그렇게도 완강하게 부정을 하시더니, 아버지에게는 왜 그러지 않지? 단이는 답답해서 죽을 것만 같았다.

"그놈이 그렇게 좋았어? 물론 좋았겠지. 같은 꼬리빵즈끼리 좋지 않을 리가 있었겠나? 나는 네 민족이 아니어서 항상 남의 바가지로 물을 떠먹은 기분이었겠지. 그래, 같은 꼬리빵즈끼리 재미있던가?"

"자꾸 꼬리빵즈, 꼬리빵즈하지마! 찌질한 싼동빵즈인 주제에 누구를 꼬리빵즈래? 그 사람은 집 이영을 도와준다고 온거지 다른 목적으로 온게 아니야. 뭐 눈에는 뭐만 보인다더니."

어머니가 악을 쓰고 덤볐다.

조치운은 싸울 때마다 그녀에게 '꼬리빵즈'라고 욕했다. 그녀가 그 욕을 제일 참지 못해하고 치욕스러워 한다는 것을 알고 일부러 치욕을 꼬드기는 것 같았다. '꼬리빵즈'란 말은 중국 사람들이 조선족을 싸잡아 욕하는 말인데 굳이 그 뜻을 풀이하면 고려년들, 혹은 고려놈이란 뜻으로서 조선인을 비하하는 말이다. 한족들은 조상을 욕하는 말을 가장 나쁜 욕이라고 믿는 듯 했다. 그녀도 다른 욕은 다 참아도 조상을 조롱하고 비난하는 것은 참을 수 없어했다. 그것은 자신의 뿌리를 부정하는 일이기 때문이었다. 그래서인지 그 말만 들으면 다시는 서로 바로 볼 수 없는 강 양쪽에 갈라선 기분이 들었다. 그리고 이름 할 수 없는 모멸감과 찌질함과 분노의 도가니에 빠져드는 듯 하여 스스로를 억제하지 못했다. 조치운한테 그것은 화날 때 습관적으로 내뱉는 욕일뿐이었는지 모른다. 그는 매번 과잉반응을 보이는 그녀를 이상하게 여겼고 소수민족의 열등의식이라고 했다. 조치운의 말이 맞을지도 모른다. 이민의 역사가 있는 민족에게는 확실히 콤플렉스가 있기 마련이다. 소수자로서의 피해의식내지 열등감에 의한 자격지심 같은 것 말이다. 그녀는 남편이 '꼬리빵쯔'라고 욕하는 것은 한족의 우월주의에 의한 과시라고 생각했다. 그녀는 내세울 것이 하나 없는 남편의 그런 맹목적인 한족 우월주의가 죽도록 싫었다. 그래서 악을 쓰고 덤비는 것이다. 같은 민족끼리는 가문을 욕하는 것이 가장 큰 욕이 되지만 다른 민족끼리는 민족을 욕하는 것이 가장 큰 욕이 된다.

갑자기 집안에서 아버지의 발작적인 괴성이 흘러나왔다.

"죽어! 차라리 죽어! 죽어버리란 말이야!"

이어 어머니의 비명이 짧게 들리다가 금세 사라졌다. 물속 같은 고요가 긴장하게 흘렀다. 현기증 비슷한 느낌이 들었다. 답답한 공기 속에 부지불식간에 미세한 죽음의 냄새가 풍기는 듯 했다. 단이가 문을 걷어차고 집안으로 뛰어 들어갔다. 집안 꼴은 그야말로 아수라장이었다. 밥상은 뒤집혀서 다리가 위로 향해있었고 음식 그릇들이 깨진 채 여기저기 나뒹굴었다. 간장 고추장이 장판이며 벽에 휘휘 벌겋게 뿌려져있었고 아버지가 두 손으로 어머니의 목을 조이고 있었다. 어머니는 눈을 까뒤집고 있었다. 숨이 넘어가기 일보직전이었다. 단이가 아버지에게 덮치면서 있는 힘을 다하여 그의 손을 깨물었다. 아버지가 손을 풀면서 소리쳤다.

"단단, 너 미쳤니?"

단이가 아버지 앞에 철썩 무릎을 꿇었다.

"빠야! 베쩌양!(아버지! 이러지 마세요.) 체육선생님은 어머니와 그런 사이가 아닙다. 그분은 저를 살려준 생명의 은인입다. 정말입다. 태풍이 불었던 날 제가 강에 밀려들어가는 것을 그분이 구해주셨습다. 그분이 아니었다면 저는 지금 살아있지 못했을 검다. 어머니는 그저 그분이 고마워서 잘 대해 주었을 뿐입다. 그렇지? 엄마! 어서 그렇다고 대답해! 엄마!"

어머니는 아무 대답도 하지 않았다. 그러는 어머니가 단이는 이해되지 않았다. 그렇게 결사적으로 딸에게 세뇌를 시켰을 때는 언제고 지금은 아예 상관없다는 태도다.

"엄마 그렇다고 어서 대답해. 왜 대답을 하지 않아?"

어머니가 감고 있던 눈을 뜨더니 이윽히 단이를 바라보았다. 유리파편에 긁힌 단이의 무릎에서 피가 흐르고 있었다.

"단이야, 미안하다. 엄마가 너한테 이런 꼴을 보여줘서."

어머니는 치맛자락을 찢어서 단이의 무릎을 싸매주었다. 묵묵히 움직이는 손길이 애절하고 비통했다. 단이는 흐느끼면서 엄마를 마구 흔들었다.

"엄마, 그런 게 아니라고 했잖아. 그런데 왜 아버지한테는 그렇게 말하지 않는 검까?"

"아버지가 엄마를 믿지 않는 것은 괜찮아. 너만 그렇지 않다고 생각하면 돼."

"엄마, 난 엄마 믿씀다. 엄마 말을 진실이라고 믿는단 말임다."

"그럼 됐어. 아버지가 안 믿어도 괜찮아. 난 너만 믿어주면 돼! 그럼 됐어. 누구도 네 엄마를 함부로 모욕할 권리는 없어. 더구나 아버지는 그럴 권리가 없어. 엄마를 사랑하고 미워해도 되는 사람은 내 딸뿐이야. 내 하나뿐인 딸에게만 그럴 권리가 있어. 다른 사람은 아무도 그럴 권리가 없어. 내 딸이 나를 용서하면 세상이 나를 용서한 거야."

어머니가 같은 말을 곱씹었다. 그것은 귓가에 속삭이는 은밀한 신탁 같았다.

"육갑을 떨고 있네. 좌우지간 딸년이 불쌍해서 오늘은 이만 참는 줄 알아."

조치운이 손을 털며 일어났다. 딸 앞에서 이런 모습을 보이는 것이 부끄럽고 속상한 모양이었다. 분을 참지 못해 한참이나 씩씩거리던 조치운은 찬장에서 술병을 꺼내더니 병 채로 꿀꺽꿀꺽 들이켰다. 술 힘을 빌리지 않는다면 이런 상황을 도저히 넘길 수 없을 것 같아서였다. 화가 날 때

마신 술은 더욱 큰 화를 불러오는 모양이었다. 술기운이 오르자 조치운은 더욱 기고만장해져서 듣기 민망한 욕을 마구 퍼부었다.

"더러운 초샌주 같으니라고, 딸을 키우는 어미가 오입이나 하고 그러고도 네가 어미냐?"

아버지는 중국어로 마구 욕설을 퍼부었다. 죽은 듯이 눈을 감고 있던 어머니가 기여서 일어나더니 두 손으로 자기 앞에 꿇어앉아있는 단이의 귀를 틀어막았다. 그리고 단발마적으로 소리 질렀다.

"말끝마다 초샌주, 초샌주하지 말아. 한족인 너는 그리 도덕적이어서 마누라와 어린 자식을 버려두고 삼백육십오 일을 밖에서 돌아다니냐? 그렇게 떠돌아다니다가 겨우 집에 찾아와서 남편행세를 하려고 들어? 남편의 의무도 못하면서 남편의 행세를 하는 너야말로 천하에 나쁜 놈이야."

"흐흐흐! 새끼가 무섭긴 무서운 모양이지?"

그가 어금니 사이에 끼인 웃음을 질겅거리며 짐승처럼 웃었다. 결사적으로 단이의 귀를 막고 있는 어머니가 가증스러웠던 모양이다.

"자식이 부끄러운 것을 알면 그런 짓을 하지 말아야지. 그리 부끄러우면, 너희들 백제 삼천궁녀가 백마강에 뛰어들 듯이 너도 어디 한번 마음 먹고 두만강에나 뛰어들어보지. 그러면 혹시 모르지. 두만강이 마르지 않는 한 네년의 혼백이 오래오래 남아서 꼬리빵즈의 영예를 빛내줄지."

조치운은 취했는지 난데없이 노래를 부르기 시작했다. 혀가 꼬여서 가사는 전혀 알아들을 수 없었다. 흥얼거리는 곡조로 미루어보아서 한국의 가요 <백마강>을 부르는 듯 했다.

백마강 달밤에 물새가 울어
잊어버린 옛날이 애달프구나
저어라 사공아 일엽편주 두둥실
낙화암 그늘에 울어나 보자.

이 노래는 평소에 단이 어머니가 즐겨 부르던 노래였다. 결혼 초에 그녀는 이 노래를 남편한테 배워주면서 백제시대에 당나라 연합군의 공격으로 부여 낙화암에서 백마강에 뛰어내린 삼천궁녀와 의자왕의 이야기를 들려주었다. 그리고 임진왜란 때 왜장을 껴안고 도도히 흐르는 남강에 뛰어내린 논개論介의 이야기도 들려주었다. 한족인 남편에게 백제와 조선의 여인들의 굳은 절개와 아름다운 지조를 알려주고 싶었다. 그때는 남편이 엄지를 내두르면서 중국말로 그랬다.

"당신의 민족은 정말 대단한 민족이야. 백마강의 삼천궁녀와 논개의 이야기는 슬픈 이야기지만 너무 아름다워. 호우! 호우! 팅 호우!"

조치운은 특히 논개의 양군인 최경회崔慶會장군이 순국 전에 읊은 시를 좋아해서 친구들이랑 술을 마시는 자리에서 꼭 한 번씩 읊조리곤 했다. 최경회 장군이 경상우도慶尙右道 병마절도사兵馬節度使로 진주성晉州城에서 왜군을 맞아 싸울 때 논개는 낭자군娘子軍을 조직하여 치마폭에 돌멩이를 나르고 가마솥에 물을 끓여 성벽을 기어오르는 적병에 퍼부으면서 진주성을 지키기 위해 싸웠다. 진주성이 함락되고 왜군이 성안으로 들이닥치자 최경회 장군은 나른 장수들과 모여 성을 지켜내지 못한 책임을 통감하여 자결을 결의하고 진주촉석루晉州矗石樓에 올라 임금이 계시는 북쪽을 향해 절을 하고 미리 준비했던 임종시를 읊었다.

촉석루에 마주 앉은 세 장사(將士)들은
한잔 술에 웃으면서 남강(南江) 물을 가리키네
남강 물은 밤낮으로 쉬지 않고 흘러가니
강물이 마르지 않는 한 넋도 없어지지 않으리.

이 시를 읊고 세 장수는 장렬하게 남강에 투신했다. 왜놈들이 칠월칠석날 촉석루에서 승리를 자축하는 연회를 열기위해 기생을 소집한다는 방榜을 보고 논개는 곱게 화장을 했다. 화려한 옷을 입고 열손가락에 가락지를 끼고 연회에 참석한 논개는 왜장을 대취大醉시킨후 남강이 내려다보이는 높은 바위로 유인해 반지를 낀 손으로 왜장을 껴안고 강물에 뛰어내렸다. 후세에서 이 바위를 논개바위라고 하기도 하고 의암義巖이라고 하기도 한다.

단이 아버지가 아내에게 두만강물이 마르지 않는 한 네 년의 영혼이 없어지지 않을 것이라고 한 말은 바로 최경회 장군의 임종시를 흉내 낸 것이었다. 한평생 씻기지 않을 모욕을 안겨주고 조치운은 저녁 해가 질 때 다시 집을 나갔다.

14

그가 집을 나가는 일은 새삼스럽지도 않았다. 거의 습관적이었으니까.

두 사람은 어쩌면 처음부터 만나지 말았어야 할 운명인지도 모른다. 조치운과 그녀는 출생과 처한 환경부터가 너무 달랐다. 조치운은 초중을 중퇴하고 군대에 갔고 어머니는 대학생이었다. 물론 문화 대혁명 때문에 끝까지 다니지 못하고 대학을 중퇴했지만 말이다. 지주라는 성분만 아니었다면 조치운이라는 남자를 만날 이유가 전혀 없는 사람이었다. 그녀로서는 어쩔 수 없는 선택이었다.

그녀의 아버지는 조선 삼봉에서 가난한 집안의 다섯 번째 아들로 태어났다. 아들을 먹여 살릴 수 없게 된 외조부께서는 명줄이나 보존하라고 열두 살짜리 막내를 강 건너에 있는 백지주네 집에 양자로 보냈다. 다 큰 아이를 남의 집에 보내는 것은 아니었다. 아이는 집 생각이 나면 하루에도 몇 번씩 강을 건너서 집으로 찾아오곤 했다. 거의 매일 강을 건너오고 건너가다 보니 아이의 몸은 늘 젖어있었다. 외조부는 젖은 아이의 옷을 갈아입히지도 않고 선 자리로 돌려보내곤 했다. 한번 받아주면 두 번 받아주게 되고 그러다가는 아이가 양부모한테 마음을 붙이지 못할까 봐서였다. 아버지 어머니 형님들이 그리워서 찾아왔지만 구들에 올라가지도 못하고 쫓겨날 때마다 아이는 서럽게 울었다. 아이가 울면서 집을 나갈 때마다 외조부는 가슴에 커다란 구멍이 뚫리는 것 같았다. 그리고 아이가 섰던 자리에 흘러내린 물기가 다 마를 때까지 눈물을 흘리곤 했다.

1940년에 열여덟 살이었던 그는 광복되기 전까지 양부모의 뒷배로 개산툰 교두 근처에서 사진관을 운영했다. 광복이 나던 해에 사진관에서 일하면서 만난 여자와 결혼을 했다. 이듬해에 조선에 계신 아버지 회갑연에 간다고 두만강을 건너고 나서 다시 돌아오지 않았다. 중국에 혼자 남은 단이의 외할머니는 혼자서 사진관을 경영하면서 일 년 정도 밖에 함께 살지 못한 남편을 기다렸다. 토지개혁 무렵에 외할머니는 남편이 두고 간 재산 때문에 지주성분으로 획분이 되었고 사진관은 몰수되었다. 문화혁명 기간에 그녀는 잡귀신으로 몰려 낮에는 똥통을 어깨에 메고 다니면서 이 집 저 집의 화장실을 비워야 했고 저녁에는 생산대 회의실에서 <지주계급을 타도하자>는 글을 쓴 고깔모자를 쓰고 밤늦도록 투쟁을 받았다.

당시 고문은 그야말로 잔인했다. 책상을 놓고 책상위에 걸상을 쌓아놓고 그 위에 결박을 당한 사람을 세워놓았다. 피고문자가 미처 준비도 없는 상태에서 고문자가 뒤에서 갑자기 걸상을 빼버리면 피고문자는 공중비행을 하면서 땅바닥에 태쳐진다. 외할머니는 고문 중에 팔다리가 부러져 정신을 잃기도 했다. 그러면 사람들이 물이 담긴 양동이에 그녀의 머리를 처박았다. 인간은 동물 중에서 가장 잔인한 동물임에 틀림없다. 문화혁명은 그것을 증명했다. 사람들은 경쟁이라도 하듯 매일매일 더 잔인한 방법을 고안해냈다.

외할머니는 고통과 치욕을 참지 못해 사랑 칸에서 목을 맸다. 그것을 제일 먼저 발견한 사람은 단이 어머니였다. 목을 매고 늘어진 어머니의 모습을 목격한 그녀는 정신없이 달려가 어머니의 다리를 붙잡았다. 그녀의 새된 비명에 마을 사람들이 달려왔고 가까스로 외할머니는 살아났다. 하지만 그 질긴 목숨이 나중에 더 엄청난 고통을 몰아올 줄은 그때 누구도 몰랐다.

외할머니는 당과 인민에 반항하고 사회주의 중국을 뒤엎고 지난날 호의호식했던 지주계급이 살판 치는 세상을 번안[翻案]하고싶어 자살을 시도했다고 비판을 받았다. 농장의 무산계급 영도소조에서는 외할머니를 더욱 엄하게 감시하였고 투쟁대회는 더욱 가혹해졌다. 그 시기 단이 어머니는 생산대의 스피커가 켜지면 제일 무서웠다. 스피커 소리만 들어도 투쟁대회의 주먹질과 고함소리가 귀에 들리는 듯 했다. 스피커는 음악이란 가면을 쓴 소음을 아침부터 밤중까지 쉴 새 없이 토해냈다. 그것은 자연의 소리와 개인의 삶의 소리를 모두 잠식시켜버리는 절대적인 소음이었다. 마치도 사람들의 고막을 물어뜯으려고 뒤쫓는 개떼같이 끊임없이 악을 썼다.

15

유복녀遺腹女로 태어난 단이의 어머니는 한 번도 아버지를 보지 못했다. 그녀는 키가 늘씬하고 피부가 특별히 하얗다. 타고난 곱슬머리는 파마를 하지 않아도 웨이브가 많아 따로 드라이를 하지 않고 맨손으로 대충 빗어서 넘겨도 자연스럽고 묘한 섹시함과 운치가 있었다.

조치운은 그 반대였다. 조씨의 고향은 원래 산동성이다. 조씨는 키가 작고 몸집이 왜소하며 피부가 까무잡잡했다. 그에게는 외모에 대한 콤플렉스가 있었다. 그것을 극복하기 위해 그는 군대에 가려고 했다. 군대에 가는 것만이 자신의 못생긴 조건을 보완시켜주는 유일한 선택이라고 생각했다. 당시 중국에서는 참군하는 것이 남자들의 로망이었다. 그때까지만 해도 군대에 가면 정치적 자본을 얻게 되며 제대하고 돌아오면 직업을 마련해주어 공직자 생활을 할 수 있었다. 못생긴데다가 왜소했던 그에게는 군 입대에 대한 열망이 누구보다 높았다. 하지만 그는 신체검사에서 체중미달로 떨어져 참군하려던 꿈을 접지 않으면 안 되었다.

조치운은 자신을 이리 못나고 왜소하게 낳아준 부모님을 원망했다. 그의 아버지는 못생기고 키가 작아도 나는 결혼을 하고 자식들을 낳았다며 뭐가 대수냐고 자기의 가슴을 탕탕 쳤다. 그 서슬에 아버지의 웃옷 가슴 편에 달려 있던 빨간 모주석 마크가 흔들렸다. 조치운이 눈빛을 빛내며 손뼉을 탁하고 소리 나게 쳤다. 좋은 묘안이 떠올랐던 것이다.

“아버지, 집에 있는 모주석 마크를 모두 가져다주세요. 당장이요. 아버지가 달고 있는 그것두요. 많으면 많을수록 좋아요.”

“그거는 왜?”

아버지가 영문을 몰라 내켜하지 않자 조치운이 발을 동동거리면서 다그쳤다.

“얼른요. 시간이 없어요. 시간이 없다니까요.”

아버지가 마누라를 건너다보며 어처구니 없어했다.

“이놈이 또 무슨 사단을 일으키려고 이런다우?”

그러자 마누라가 말을 말라며 연신 손을 흔들었다.

“내비두. 그놈이 원래 그리 극성스러운 놈인 것을 모르우? 말린다고 들을 놈도 아니오.”

“사고를 칠까봐 그러지. 저놈이 이렇게 설쳐댈 때면 무슨 사단이라도 일으킬까봐 가슴이 철렁 내려앉곤 하오.”

조치운의 아버지가 근심스러운 표정을 지었다.

“사고는 무슨. 다 큰 놈이 사고를 친다고 죽기야 하겠수.”

“당신이 왜 잊었소? 저놈이 회충약을 먹고 죽을 뻔한 일을?”

“그것을 어찌 잊겠소. 그때 저놈이 다 죽은 것을 겨우 살려냈지. 살아있는 것을 감사하게 여겨야 할 놈이 애비 어미하고 못생기게 낳아주었다고 타발이나 하니 천하에 몹쓸 놈이 아니요?”

조치운이 조바심이 나서 소리쳤다.

"쓸데없는 소리를 그만하시고 빨리 모주석 마크나 찾아오라니깐요."

아버지가 자기 앞가슴에 있는 것을 떼여주면서 말했다.

"나는 이 하나밖에 없다."

"하나가지고는 안돼요. 없으면 옆집에 가서 빌려서라도 오세요."

"이놈이 불충을 저지를 소리를 하네. 모주석 마크를 누가 빌려준다고 그런 말을 해."

"그놈이 회충약을 처먹고 아직 정신을 차리지 못했나 보네유."

어머니가 빈정거리자 조치운이 괴성을 질러댔다.

"이젠 그 회충약에 대한 말은 그만하시유. 너무 들어서 내 귀에 회충이 기여 다니는 것 같아유."

아버지와 어머니가 모주석 마크를 찾으려고 방에 들어갔다. 서랍도 열어보고 옷걸이에서 자기의 옷을 벗겨서 이리저리 뒤져보기도 했다. 그 시기 전 국민이 모택동께 충성하는 마음으로 모주석 마크를 가슴에 달고 다니는 것이 유행이었다. 어떤 사람들은 지어 애기를 낳자마자 애기의 배냇저고리에까지 모주석 마크를 달아주어 충성심을 표현했다. 처녀 총각이 약혼식을 올리고 서약을 하는 증거물도 반지나 목걸이 같은 것이 아니라 모주석 마크나 모주석 어록이나 모주석 저작이었다. 결혼식에 신랑이 신부 집에 보내는 함에도 당연히 모주석 마크와 저작이 필수혼수품으로 들어가 있었다. 노래를 해도 모주석의 노래를 불렀고 춤을 추어도 모주석을 노래하는 춤을 추었다. 모주석 마크는 많이 달고 다닐수록 충성심이 높아 보였다. 사람들은 모자에 달고 앞가슴에 달고 가방에 달고 이래저래 달만한 곳에는 모두 달았다.

서랍을 뒤지던 조치운의 아버지가 아내에게 불쑥 물었다.

"저 미친놈이 설마 모주석 마크를 맨살에 꼽으려고 하는 건 아니겠지?"

그 말에 아내가 키드득 웃었다.

"그럴지도 모르지유. 저놈의 머리에는 온통 이상한 생각만 득실거리니 무슨 짓거리를 하려고 그러는지를 그놈의 속을 누가 알겠수. 그날도 그랬지유. 누가 저놈이 온 집식구들이 먹을 회충약을 혼자 처먹을 줄을 알았겠수. 아무리 철이 없기로서니 어찌 회충약을 혼자 먹을 생각을 한단 말이유. 아무리 내 속에서 나온 새끼라 해도 가끔씩 무서울 때가 있다니까유."

조치운의 어머니가 그날의 일을 생각하고 몸서리를 쳤다.

60년 초봄이었다. 전국적으로 회충 병을 퇴치하는 운동이 일어났다. 촌위생소에서 위생원들이 촌민들의 집집을 돌아다니면서 일인당 한 알씩 회충약을 나누어 주었다. 그날 집에는 조치운이 혼자 있었다. 위생원은 그에게 회충약 여섯 알을 주면서 식구들이 오면 한사람이 한 알씩 먹으라고 일러주었다. 회충약은 노란색의 사탕종이에 삼각형 모양으로 예쁘게 포장되어 있었다. 먹음직스러웠다. 조치운이 한 알을 냉큼 입안에 가져갔다. 사탕처럼 달콤하고 새콤하니 맛있었다. 집이 가난하여 사탕이라고는 먹어보지 못한 조치운은 그것이 사탕이라고 여겼던 모양이다. 형들과 아버지 어머니가 돌아오기 전에 그는 혼자서 여섯 알을 모두 먹어버렸다. 아버지와 어머니가 돌아와서 위생원이 가져다준 회충약을 어디다 두었는가 물어보면 자기는 회충약을 받은 적도 없으며 회충약이 어떻게 생긴 건지 보지 못했다고 딱 잡아떼면 될 것이라고 생각했다. 그런데 회충약 여섯 알을 먹는 동안 열심히 생각해두었던 거짓말을 할 번거로움은 없게 되었다. 혼자서 회충약을 맛있게 먹고 입맛을 다시는데 갑자기 속이 메슥메슥하더니 어지러움과 함께 복통과 구토를 일으켰다. 집안 식구들이 돌아왔을 때는 조치운이 이미 거품을 물고 사경을 헤매고 있었다. 다행이 일찍 발견하고 공사 병원에 가서 위세척을 했기에 그는 살아날 수 있었다. 그 일이 있은 한동안 형들은 조치운을 조회충이라고 불렀다.

아버지가 예상했던 대로 조치운은 모주석에 대한 자신의 남다른 충성심을 표현하기 위해 맨 살에 마크를 달 모양이었다. 그는 가슴에 알콜을 문질러 소독을 했다. 그리고 마취도 하지 않고 모주석 마크를 하나씩 맨살에 꿉기 시작했다. 마크의 빈 침이 살을 찌를 때마다 빨간 핏방울이 가슴팍에 흘러내렸다. 그의 어머니가 혀를 차면서 그렇게까지 해서 군대에 가려는 목적이 무엇이냐고 눈살을 찌푸렸다. 조치운은 나처럼 못생기고 키도 작고 돈도 없는 놈은 군대에 갔다 와야만 마음에 드는 색시한테 장가라도 가지 그렇지 않으면 한평생 장가도 못가고 보톨이로 살다 죽게 될 것이라고 했다. 그가 군대에 가려는 것은 정치적 자본을 얻기 위함이었다. 그리고 그 정치적 자본을 얻어야 하는 목적은 예쁜 색시를 얻기 위함이었다.

이튿날, 조씨는 위에 품이 너른 옷을 걸치고 아침 일찍이 징병모집 장소를 찾아갔다. 조치운이 나타나자 전날 그에게 퇴짜를 놓았던 수장首長이 큰소리로 호통을 쳤다.

"왜 또 왔나?"

"절 군대에서 받아주슈."

"안된다고 하지 않았나?"

"제발 받아주슈."

조치운은 아예 바닥에 들어 누울 기세였다.

"무리하게 이러면 업무 방해죄로 제재하겠다."

"저는 목숨으로 모주석을 보호하겠슈. 저의 마음을 그리도 모르시겠슈?"

"이자를 당장 끌어내!"

수장이 하관에게 명령했다.

하관이 군령을 하고 득달같이 달려와서 조씨의 팔을 잡고 소리쳤다.

"일어낫! 제 발로 나가지 않으면 끌고간다."

"잠깐만유."

조치운이 다급히 하관의 손을 밀어버리고 수장의 앞으로 다가갔다.

"이놈! 당장 나가지 못해!"

조씨가 나가는 척 하다가 다시 돌아서면서 천천히 웃옷을 벗었다. 갈비뼈가 앙상한 마른 가슴이 드러났고 그 위에 형형색색의 모주석 마크가 기괴한 열매처럼 달려있었다. 가슴은 부어서 갓 해산한 산모의 젖가슴처럼 퉁퉁 부풀어있었고 여기저기에 흘러내린 핏방울이 처마 밑에 거꾸로 자라는 고름처럼 말라 붙어있었다. 수장이 괴물을 본 듯 입을 벌린 채 한식경이나 아무 말도 못하고 연속 눈만 껌뻑거렸다. 장내가 술렁거렸다. 징병모집에 온 청년들 중에 누군가 선참으로 박수를 치자 수백 명이 일제히 박수를 쳤다. 이는 조치운의 군 입대를 환호하는 젊은이들의 열광이었다. 젊은이들은 조치운의 굴하지 않는 패기와 가상한 노력에 감동을 받은 것이다.

수장이 고개를 끄덕여 그의 입대를 수락했다. 참군하는 표준으로는 신체적 조건이 부족하지만 특차로 받아들인 것이다. 이 사실이 해방 군보와 인민일보에 실리면서 조씨는 일약 영웅으로 떠받들리게 되었다. 시대가 영웅을 만든다는 말은 틀리지 않는다. 그는 "맨살에 모주석 마크를 단 진정한 무산계급 전사 조치운"이란 제목으로 전군을 돌아다니면서 순회강연까지 했다.

16

70년대 초에 조치운은 제대하고 연변 지방 과수농장에 배치 받았다. 제대하여 그가 첫 번째로 한 중요한 일은 단이 어머니한테 사랑을 고백한 일이였다. 이 일은 과수농장에 큰 파문을 일으켰다. 당시에 지주의 딸에게 청혼하는 것은 감히 있을 수 없는 일이였다. 그런데 조치운은 한술 더 떠서 그녀를 자신이 추구했던 운명적인 여인이라고 말했다. 대단한 발상이었다.

사람들은 조치운을 두고 역시 군대에 갔다 온 사람은 어디가 달라도 다르다고들 했다. 당돌하고 겁이 없었다. 어떤 사람들은 조치운이 한족이었기에 가능했다고 말했다. 조씨는 자기가 얻고자 하는 것은 꼭 얻어내고야 마는 의욕이 강한 남자였다. 그는 자신이 하고자 하는 일을 이루지 못하면 물불을 가리지 않았다. 그의 광적인 집착은 가끔 다른 사람들을 질리게 하기도 했다.

그가 딸을 달라고 청을 들었을 때 그녀 어머니는 외면했다. 체격과 인물 때문이 아니라 한족이라는 것이 마음에 들지 않아서였다. 하지만 조치운은 개의치 않았다. 그는 매일같이 나타나서 물도 길어주고 나무도 패주었다. 조치운은 다른 나라에서 온 별 같았다. 그는 정치적으로 피해를 볼까봐 두려워하지 않았다. 그런 조치운이 고마워 그녀는 자신의 어머니를 설득했다.

"같은 민족이 아니어서 서운하시겠지만 처음으로 우리를 사람으로 대해준 사람입니다. 지주 딸인 저를 조선족들은 모두 꺼렸는데 한족인 그가 꺼리지 않았습니다."

서운함인지, 고마움인지 모를 눈물을 하염없이 흘리면서 그녀 어머니는 마지못해 동의하고 말았다. 그리하여 두 사람은 그해 겨울에 서둘러 결혼식을 올렸다. 조치운은 아내의 아름다운 외모를 얻었고 그녀는 남편의 제대군인이라는 정치적 자본을 얻었다. 당시 중국에서 여자들이 가장 선호하는 신랑감이 바로 제대군인이었다. 조치운은 군대에 갔다 온데다가 중국공산당 당원이여서 신랑감으로 가장 완벽한 조건을 소유한 셈이다.

두 사람은 서로 자기에게서 필요했던 조건 하나씩을 나누어 가지고 결혼을 했다. 결혼식 날 사람들은 아주 잘 어울리는 운명적인 부부라고 입을 모았다. 인물이 부족한 사람은 인물을 얻었고 정치적 배경이 결핍했던 사람은 정치적 신분을 얻었으니 말이다. 하지만 두 사람이 어울린다고 생각하는 사람은 별로 없었다.

하객들의 말처럼 이들은 운명적인 만남이었는지 모른다. 하지만 이들은 행복하지 않았다. 결혼을 하고나서야 두 사람은 서로 상대를 받아들이려는 마음이 전혀 준비되어 있지 않았음을 알게 되었다. 매일 매일의 삶은 그들에게 준엄한 시련이었다. 보통 사람들에게는 가장 사소하고 기본적인 일에도 그들은 마찰을 빚었다. 조치운은 만두를 즐겨먹었고 여자는 만두보다는 쌀밥을 즐겨먹었다. 그러다보니 쌀밥을 한 날에는 남자가 만두가 아니어서 먹을 수 없다고 투잡이를 하고 만두를 하면 여자가 쌀밥이 아니어서 먹어도 먹은 것 같지를 않다고 툴툴거렸다. 그리하여 되도록이면 쌀밥과 만두를 끼니마다 함께 하지 않으면 안 되었다.

둘은 먹는 습관도 서로 달랐다. 남자는 한손에 만두를 들고 한손에 국그릇을 들고 마을 여기저기를 돌아다니면서 먹었다. 여자는 그렇게 돌아다니면서 먹으면 상스럽다고 남자를 핀잔을 주곤 했다. 그러면 남자는 여자한테 맨날 앉아서 먹으니 조선족 아낙네들은 엉덩이만 커지는 거라고 언성을 높였다.

밤에는 잠자리에 들기 전에 발부터 씻으라는 말로 싸움이 시작됐다.

"발 구린내가 나서 도저히 잘 수 없으니 씻고 와요."

"한번만 봐줘."

"맨날 한번만 봐줘라 그러면서 매일 씻지 않잖아요. 사람이 돼지도 아니고 어떻게 하루에 한 번도 안 씻나?"

아내의 말에 조치운이 찌질하게 웃었다.

"발을 매일 씻으라고? 우리 고향에서는 태어나서 죽을 때까지 딱 세 번을 씻는단 말이야. 태어날 때 한번, 결혼해서 한번, 죽을 때 한번, 이렇게 세 번 말이야. 어때? 꽤 괜찮은 습관 아니야? 물도 절약하고 시간도 절약하고. 흐흐."

조치운의 고향은 고산지역이여서 물을 지게로 길어먹는다. 그러다보니 어른들이고 아이들이고 며칠씩 씻지 않는 것은 자연스러운 일이였다. 그렇다고 진실로 일생동안 세 번을 씻겠는가. 그것은 물이 귀해서 누군가 지어낸 말일게다.

실제로 조치운은 물을 아껴도 너무 아꼈다. 얼굴을 씻은 물에 발을 씻고 발을 씻은 물은 버리지 않고 돼지죽 그릇에 쏟아 넣었다. 요리를 할 때는 채소를 데친 물에 계란을 삼고 계란 삼은 물에 발을 담구고 그리고 그 물을 다시 돼지죽 그릇에 쏟아 넣었다.

"씻지 않는 것이 무슨 자랑스러운 전통인 것처럼 유세를 떨어요? 당신이 계속 뻐기면 난 잠자리를 따로 할 거야."

여자가 이불을 가지고 다른 방으로 옮겨가면 남편은 베개를 뿌리면서 야료를 피웠다.

"죽으면 썩을 몸을 그렇게 아꼈다가 어떤 놈한테 줄려고 그래?"

"똥 먹는 개의 눈에는 똥만 보인다더니 당신이 좋은 말을 할리가 없지."

"그래 나는 똥 먹는 개다, 이 더러운 꼬리빵즈야."

"내가 꼬리빵즈면 당신은 더러운 싼동빵즈야. 이, 더런 되놈아!"

늘 싸움은 이런 식이였다.

17

또다시 단이와 엄마만 남게 되었다.

아수라장이 된 집안에서 단이는 울면서 어머니를 향해 소리쳤다.

"왜 그랬씀까? 아니라면 될 것을! 왜 그랬씀까?"

"미안해. 엄마가 할 말이 없어."

"그러게 미안한 일을 어째서 했씀까?"

"엄마를 용서하지마. 그리구 넌 엄마처럼 살지마."

그런 말을 하고나서 어머니는 자리에서 기신기신 일어났다. 얼굴이며 팔이며 온몸이 성한데 없이 시퍼렇게 피멍이 들어있었다. 측은한 생각이 들긴 했지만 야속한 생각이 더 많았다. 어머니는 헝클어진 머리를 대충 틀어 얹고는 부서진 밥상과 깨진 그릇들을 치우기 시작했다. 흩어진 음식 찌꺼기들까지 치우고 나서 대야에 물을 떠다가 어질러진 방바닥을 문질렀다. 정주칸이 정리되자 다시 방안으로 들어가더니 이불장문을 열고 아무렇지도 않은 이불들을 와락와락 뜯었다. 거죽과 안을 따로 분리하여 플라스틱 대야에 담더니 강변으로 나갔다. 이불 세 채를 다 빠는 동안 어머니는 한마디 말도 하지 않았다.

단이는 엄마가 걱정스러웠다. 도대체 무슨 생각을 하고 있는 건지. 단이는 엄마 곁을 떠나지 않았다. 엄마는 마치 단이의 존재를 지우려고 하는 건지 아니면 아예 잊은 건지 거들떠보지도 않았다. 자신의 몸을 혹사시키는 것으로써 자기의 부끄러움을 지우려는 듯 끊임없이 일을 찾아했다.

엄마는 궤짝을 열어 그 속에 있던 옷들을 모조리 끄집어내고 제일 밑바닥에 새신문지를 다시 깔고 옷을 정리했다. 자신의 옷은 한쪽에 따로 가려 내놓고 아버지의 옷과 단이의 옷을 따로 정리하여 궤짝에 넣었다. 마치 멀리 떠날 준비를 하는 사람처럼 분주하게 서둘렀다. 씻은 이불안에 풀을 먹이고 마른 방치질을 해서 새로이 이불을 만들고 나서야 어머니가 입을 열었다.

"외할머니가 몸이 아프시단다. 내일 네가 어머니 대신 할머니 보러 갔다 오면 안 되겠니? 난 하루 쉬고 싶어."

"외할머니가 아프담까? 어디메 아프담까?"

"응."

"어디가 어떻게 아프시담까?"

"허리 병이 도졌대. 방학이니깐 네가 가서 밥도 해드리고 청소도 해드려. 원래는 엄마가 해야 하는데 엄마가 이 몰골을 해가지고 가면 외할머니께 근심만 더해드리지 않겠니."

"알았씀다."

"내일 아침에 가."

"그렇게 빨리?"

"빨리 갔다 빨리 오려무나."

이튿날, 단이는 외할머니의 댁으로 갔다. 산 고개 하나를 넘으면 외할머니 댁이다. 원래는 한집에서 살았는데 외할머니께서 오촌 이모할머니랑 한동네서 살고 싶다고 그 마을로 이사 가셨다. 사실은 사위집에 얹혀사는 것이 눈치 보였던 모양이다.

"할머니!"

단이가 마당에서 할머니를 부르자 할머니가 맨발바람으로 뛰쳐나왔다.

"아이고 내 강아지, 니가 워쩐 일인겨? 온다는 기별도 없이?"

할머니가 두 팔을 벌리고 단이를 끌어안더니 얼굴을 부비였다.

"할머니 아프다며?"

"누가 그래? 아프긴. 나 안 아파."

"어머니가 그랬씀다. 외할머니가 허리 병이 도졌다고 가서 도와 드리라고요."

"그게 언제쩍 일인데 아직 기억한다냐? 작년에 니 에미가 왔을때 내가 돼지죽 그릇을 들다가 허리를 삐끗혓거든. 그때도 니 에미가 병원으로 가자고 난리를 피웠어. 그런데 내가 병원으로 가지 않고 집에 있던 파스를 부쳤더니 금세 나은겨. 니 에미도 그 사실을 알고 있는 데 왜 새삼스럽게 허리병 타령이라니? 하여간 니 에미는 걱정이 많아서 탈이다."

외할머니는 호듯 호듯 웃었다.

"할머니 진짜 아이 아픔까?"

단이가 할머니의 팔을 잡았다. 그의 팔은 붕어 비늘을 밀어낸 자리처럼 피부가 후줄근하게 늘어져있었다.

"다 나았다니깐."

"그럼 난 내일 집에 가도 됨까?"

"오자마자 갈 소리냐? 왔던 김에 며칠 푹 놀다 가려무나."

"나 방학에 할일이 많씀다."

"네가 무슨 할일이 그리 많다고 그러냐?"

"정말임다. 룡이 오빠네 녹장에 내 이름을 가진 사슴이 있는데 그놈을 내가 하루만 보지 않아도 눈이 곪을 것 같씀다."

"할미보다 사슴이 더 좋아?"

단이는 할머니를 찔 흘기면서 퉁퉁 부은 소리로 말했다.

"그런 말이 어딨씀까? 할머니는 할머니라서 좋고 꽃사슴은 꽃사슴이라서 좋지."

"쪼꼬만 년이 말도 참 잘도 갔다 붙인다. 나는 니를 못 보면 눈이 곪을 것 같여."

"참 할머니 이걸 드쇼."

단이가 보자기에 싼 것을 불쑥 내밀면서 딴청을 부렸다.

"이게 뭔데?"

"엄마가 할머니 좋아한다고 아침에 찐 시루떡임다."

할머니가 떡을 보더니 화드드 웃었다.

"딸년은 키우면 도둑년이라고 해도 나헌테는 딸이 제일이여. 너두 이다음 어미한테 잘해야 한다. 네 어미는 너 하나밖에 자식이 없으니껴."

"할머니도 자식이 어머니 하나뿐이면서 맨날 엄마만 자식이 하나래."

"네 엄마는 할머니한테 다섯 아들 맞잡이여. 할머니한테 얼마나 잘하는디?"

"저는 더 잘 할 검다."

"더도 말고 덜도 말고 딱 니 어미만큼만 하면 돼. 그러면 효녀야."

외할머니는 치아가 없는 잇몸을 오물오물거리면서 맛있게 떡을 드셨다. 그 모습이 행복해보였다.

이튿날 아침 해가 서발이나 떠있었지만 단이는 잠자리에서 늦장을 부리고 있었다. 할머니는 밭에 가셨는지 인기척이 없었다. 열어놓은 출입문으로 커다란 검둥개가 슬슬 들어오더니 세수 대야에 담겨져 있는 물을 마시고는 소리 없이 나간다. 이윽하여 황소가 머리를 들이밀고 집안을 기웃거리다가 앞발을 문턱너머에 척하니 들여놓았다. 단이는 놀라서 자리에서 벌떡 일어나며 연신 할머니를 불렀다. 황소가 몸집이 커서 집안에 들여놓은 앞다리를 빼지도 못하고 들어오지도 못하고 한참이나 망설였다. 어찌나 큰지 당장 집을 메고 달릴 것 같은 태세였다. 단이를 빤히 쳐다보던 소가 머쓱한 듯 고개를 수긋하고 집안에 들여놓았던 앞발을 도로 걷어들이며 나갔다. 소는 단이가 반기지 않는다는 것을 눈치 챈 듯 했다. 이게 과연 가능한 일일까? 소같이 미욱한 동물이 사람의 뜻을 알아차릴 수 있다니, 참 신기한 일이였다.

이때, 외할머니가 힘없이 문지방을 넘어서더니 털썩 부엌 언저리에 맥없이 주저앉았다. 그러더니 머리에 썼던 수건을 벗겨서 눈가를 문지르면서 말했다.

"단이야, 어서 짐을 챙겨. 너의 집에 가야겠어."

빨갛게 진 묽은 할머니의 눈에서 무수한 붉은 핏줄이 안타깝게 끓고 있었다.

"할머니, 어째 그럼까?"

"아무것도 아니야."

"할머니가 울고 있잖씀까?'

불길한 예감이 단이의 뇌리를 스쳤다. 잠시 잊고 있었던 본능적인 불안함이 틈 입자처럼 무의식으로 총총하게 걸어 들어왔다. 그리고 온 몸의 세포를 하나하나 일깨우며 어둠속으로 단이를 재빨리 빠져들게 했다. 머릿속은 온통 먹통같이 새까맣게 질렸고 가슴은 쿵쿵 뛰고 숨이 가빠졌다.

"너의 엄마가…"

"어째, 엄마가 아프담까?"

"그래, 엄마가 갑자기 아프다고 기별이 왔어. 얼른 집에 갈 준비를 혀."

울음을 삼키는 소리가 할머니의 목에서 딸꾹질처럼 울렸다.

제4부 새의 발자국

18

단이는 외할머니와 같이 룡 바위골에 도착했다. 그때는 이미 해가 중천에 떠있었다. 삼복철의 불볕에 텃밭에 심은 옥수수 잎과 콩잎이며 나뭇잎들이 데워놓은 시래기처럼 힘없이 시들어있었다. 대문밖에는 사람은 없고 술상만 차려져 있었다. 단이는 수상하게 여겨졌다.

"술상이 어째 대문밖에 있씀까? 누가 먹으라고 여기다 술상을 차려 놨씀까?"

할머니가 단이를 다독였다.

"술은 누군가 드실 분이 와서 드시겠지, 우린 얼른 들어가서 엄마를 보자."

단이는 불길한 예감이 들어 술상에서 눈길을 떼지 못했다. 도대체 누가 드신다고 이렇게 밖에다 술상을 차려놓았단 말인가. 할머니를 따라 대문안으로 들어서던 단이는 더욱 수상쩍은 장면을 목격했다. 흰 두루마기를 입은 룡이 아비지가 사랑칸 지붕위에 올라서서 북쪽을 향해 어머니의 이름을 부르더니 어머니의 하얀 속적삼을 흔들면서 한번은 하늘을 향하고 한번은 앞을 향하고 한번은 땅을 향하여 세 번 소리쳤다.

"옷보! 옷보! 옷보!"

단이가 불안하게 할머니를 돌아보았다.

"룡이 아버지가 저기서 뭐하시는 검까?"

할머니가 참던 눈물을 터뜨렸다.

"허공에서 헤매는 니 어미의 혼을 부르는 거란다."

"왜 엄마의 혼을 부르는데?"

"니 어미가 오늘 새벽에 저 세상으로 떠났다는구나."

"엄마가 죽어요? 엄마가 어째 죽씀까?"

"그러게 말이다. 니 에미가 어째 죽는다냐?"

"아니야. 거짓말임다. 엄마는 어제까지도 아무 일도 없었씀다."

말을 마친 할머니가 "아이고, 아이고" 곡을 하면서 집안으로 들어갔다.

어머니가 죽다니, 왜 어머니가 죽는단 말인가? 단이는 믿을 수 없었다. 룡이 아버지가 혼을 부르는 광경도, 외할머니의 곡소리도 모두 낯설었다. 마치 자기와는 전혀 상관없는 다른 세상에서 일어나는 일 같았다. 이 모든 것은 마치 거짓으로 자기를 놀래려고 외할머니가 연극을 하고 있는 것 같았다.

단이는 직접 눈으로 확인하지 않고는 믿을 수 없어 어머니를 부르면서 집안으로 들어섰다.

"엄마!"

정주칸에 있어야 할 어머니는 보이지 않았다. 대신 방으로 통하는 중간문에 흰 광목천이 쳐져있었다.

단이는 다시 어머니를 불렀다.

"엄마!"

어머니는 대답이 없었다. 룡이 어머니가 눈짓으로 방 쪽을 가리키면서 조용하게 말했다.

"니 엄마가 저기 계셔."

하얀색이 그렇게 두려운 색인 줄을 단이는 처음 알았다. 얇은 광목천이 이승과 저승을 갈라놓고 있었다. 단이는 자신의 의식이 그 하얀 광목보다 더 하얗게 바래서 무색이 되는 순간을 목도했다. 간지러운 웃음소리와 같은 잡스러운 소리들이 벌레처럼 그녀의 귓속을 파고든다. 여자의 가장 은밀한 속살같이 부드럽고 감각적이고 육감적인 소리였다. 단이는 이승과 저승을 갈라놓은 흰 천을 걷어 올렸다. 어머니가 하얀 천을 쓰고 자는 듯이 반듯하게 누워있었다.

결국 이것이었단 말인가. 시도 때도 없이 괴롭혔던 그 간지러움과 같은 수런거림이. 방안에 누군가가 살면서 남들이 알아서는 안 되는 일을 획책하고 있다고 여겨졌던 일이 결국 어머니의 죽음이란 말인가. 그 알 수 없는 두려움과 불안함은 어머니의 죽음에 대한 예감이었다. 그러고 보면 단이는 일찍부터 어머니의 죽음을 알고 있었던 것이다.

"엄마! 여기에 어째, 이러고 있어! 일어나! 일어나란 말이야! 엄마!"

어머니를 일으키려고 단이는 차갑게 굳어진 시신 위에 덮쳤다. 그리고 마구 흔들었다. 하지만 어머니는 씨를 훑어낸 볏단처럼 흔드는 대로 가볍게 이리저리 움직일 뿐이었다. 그제야 단이는 어머니가 죽었다는 것을 인지했다. 설명할 수 없는 무시무시한 공포가 그녀를 사로잡았다. 단이는 패닉상태에 빠졌다. 솜뭉치 같은 것으로 숨구멍을 틀어막은 듯 가슴이 답답하고 숨을 쉴 수가 없었다. 두 손으로 그녀는 자신의 가슴을 마구 잡아뜯었다. 일어나라고 한참을 어머니를 향해 아우성을 치던 그녀가 시체 옆에 나무 단처럼 고꾸라졌다. 외할머니가 부르는 소리가 다급히 들리는가 싶더니 차츰 모든 소리들이 사라졌다.

몸은 어딘가 깊은 수렁으로 빠져드는 것처럼 무거웠다. 정신이 점점 몸을 이탈하여 알 수 없는 어딘가로 자꾸 도망가려고 하는 것 같았다. 그곳은 물속 같기도 하고 안개가 짙은 산속 같기도 했다. 어디선가 엄마가 부르는 소리가 아득하게 들려왔다. 엄마! 그녀가 부르자 엄마가 사뿐히 그녀 앞에 다가오더니 두 손을 벌렸다. 단이야, 엄마 손을 잡아봐. 단이는 그 손을 덥석 잡았다. 그런데 그 손은 아무 부피도 느껴지지 않았다. 그저 허상을 잡은 듯 가볍고 헐거웠다. 꽉 잡고 싶어 허우적거렸지만 지푸라기만큼도 실체가 잡히지 않았다. 엄마가 말했다.

"단이 손은 참 따뜻하구나."

그런데 단이는 엄마의 온기가 느껴지지 않았다. 엄마가 다시 물었다.

"우리 이렇게 손을 잡고 어디로 갈까?"

"엄마는 어디로 가고 싶씀까?"

단이가 되물었다.

"우리 잠자리 잡으러 가는 게 어때?"

"좋씀다."

단이의 말에 엄마가 환하게 웃었다.

"그래, 우리 오늘 마음껏 놀아보자꾸나."

감자 꽃이 하얗게 핀 이랑사이를 둘은 사뿐사뿐 걸었다. 엄마가 갑자기 목소리를 죽이고 소곤거렸다.

"잠자리야!"

등이 빨갛고 배때기에 분가루를 바른 듯 하얀 잠자리가 감자 꽃에 앉아서 졸고 있었다.

"날아가기 전에 빨리 잡어!"

엄마가 귓속말로 재촉했다. 단이는 살금살금 잠자리 뒤로 다가갔다. 그리고 손으로 탁 잠자리를 잡아챘다. 잠자리는 단이의 손에 잡히자마자 꼬리로 다급히 노란 알을 쏟아냈다. 손안에 넘치는 잠자리 알을 바라보면서 단이가 소리쳤다.

"엄마, 이게 뭘까?"

"잠자리 알이야."

어머니가 말을 이었다.

"잠자리는 사람들에게 잡히는 순간에 종족번식의 위협을 느끼거든. 그래서 죽게 되는 그 순간에 알을 낳아서 종족을 퍼뜨리려 하는 거야. 어리석은 거지. 자신이 죽으면 세상이 없다는 것을 잠자리는 모르는 거야. 그런데 사람도 죽을 때 사정射精을 한단다. 주로 목이 졸려서 죽을 때 말이야. 그것도 종족 번식을 위한 것일까? 아니면 인간으로서의 마지막 쾌감을 내지르는 것일까? 어떤 것이 진실일까? 그것을 죽어보지 못한 사람은 아무도 모를 거야. 모르지만 사람들은 모두 아는 척하지. 전자의 경우는 고상하다고 결론을 지을 것이고 후자라면 추악하다 할 것이야. 이 모든 것이 그저 생명이 소실되면서 마지막으로 내지르는 생명체의 본능이라고 보는 사람은 아무도 없을 거야. 그러니까, 진실이 무엇인지 본인 외에는 아무도 몰라. 많은 진실은 자신의 안에만 있는 거다. 사람들이 진실이라고 말하는 것들은 흔히 사람들의 의지에서 만들어내는 것이지. 넌 너의 진실을 믿고 살면 돼. 엄마는 갈 길이 멀어서 먼저 가야겠어. 나중에 보자. 단이야."

"엄마, 가지마!"

"안돼, 난 가야 해!"

왠지 엄마의 낯빛이 엄마가 덮고 있던 강목천보다 더 하얗게 질려있었다.

"같이 가 엄마!"

단이가 매달리자 갈 길이 다르다면서 어머니는 매정하게 단이의 손을 뿌리쳤다. 그리고 올 때처럼 순식간에 사라졌다.

"안돼! 엄마, 가지마! 가지마!"

단이가 소리를 지르면서 눈을 떴다. 하얀 상복을 입은 외할머니와 이모할머니 그리고 룡이 아버지와 룡이 어머니도 보였다. 다들 심히 걱정되는 표정들을 짓고 있었다.

"이제 정신이 드냐?"

핏기라곤 하나도 없던 외할머니의 얼굴에 일순 화색이 돌아났다.

"할머니!"

"응, 단이야."

"어머니는? 엄마 어디 갔씀까?"

외할머니의 얼굴이 금세 까맣게 질린다.

"엄마는 돌아가셨어. 정신 차려, 녀석아."

"어머니가 돌아가긴요. 거짓말임다. 금방까지 저와 같이 있었단 말임다. 이것 보쇼! 어머니와 함께 잡은 잠자리임다."

단이가 자기 손을 펴 보이면서 웃었다. 잠자리가 죽을 때 종족번식을 위해 알을 낳는다는 말도 하면서 이게 다 어머니가 금방 자기한테 알려준 것이라고 덧붙였다. 그리고 사람도 잠자리처럼 죽을 때 사정을 하는데 특히 목을 매고 죽을 때 더 그렇다고 어머니가 알려줬다고 하자 주위의 모든 사람들이 눈을 까뒤집고 서로 쳐다보았다. 단이 어머니가 목을 맨 사실은 단이가 모른다. 아무것도 모르는 단이 입에서 목을 매고 죽으면 사정을 한다는 말을 듣고 다들 당황하지 않을 수 없었다.

저 아이가 그것을 어찌 알았을까? 정말로 죽은 지 어머니 혼이 가르쳐 주었단 말인가?

"동상, 애가 죽은 어미를 만난 건 틀림없는 것 같네, 애가 아직 어미가 목을 맨 사실은 모르지 않는가? 혹시 동상이 말해주었던가?"

"성님, 내가 미쳤다고 아이한테 그런 말을 해주었겠수?"

"그러니깐 이상하지 않은가? 애 입에서 금방 목을 매고 죽으면 사정을 한다는 말이 나왔잖은가? 애가 그것을 어떻게 알고 그런 말을 하겠는가? 신이 내린 것이 아닌가 모르겠네. 동상, 굿이라도 한판 해야 되는 거 아닌가 싶네그려."

"너무 갑작스러운 충격으로 잠깐 정신이 오락가락 할 수도 있지 않겠어유. 산전수전 다 겪은 이 늙은것도 이리 정신이 혼미한테 어미만 의지하고 살던 연약한 아이가 왜 안 그렇겠어유. 아무렇지 않으면 그게 더 이상한거지유. 안그래유 성님?"

외할머니의 말에 이모할머니도 고개를 끄덕였다.

"그렇긴 하지. 그런데 그저 그렇게 대충 넘기기에는 너무 애가 심상치 않아서리."

"그런데 이모할머니, 사람이 목을 매면 사정을 한다는 말은 진짜인가? 나는 이 나이를 먹으면서 처음 듣는 소리라서."

느닷없이 룡이 어머니가 끼어들었다. 그러자 룡이 아버지가 눈을 흘기면서 그녀의 옆구리를 찔렀다.

"이 상황에서 그게 왜 궁금해? 하여간 주책머리가 없긴."

"죽은 지 어머니가 알려주었다 잖아요. 죽은 사람이 어떻게 가르쳐요? 당신도 안 믿죠? 그런데 말이에요. 믿지 않을 수도 없단 말이에요. 그 말을 안 믿으면 불혹의 나이를 넘어 지천명의 나이를 먹은 나도 모르는 것을 저 어린것이 어찌 알았을까, 그게 궁금해서 그러지요."

"쓸데없는 말을 할 거면 집에 가!"

룡이 아버지가 인상을 쓰자 그제야 룡이 어머니가 입을 다물었다.

19

죽음은 어떤 상황에서도 돌이킬 수 없는 것이다.

방안에서는 외할머니와 이모할머니가 시신을 습襲하고있었다. '습'이란 죽은 사람의 시체를 씻고 새 옷을 갈아입히는 것을 말한다. 이모할머니가 대야에 깨끗한 물을 들고 방으로 들어가자 외할머니가 그것을 받아 시신 가까이 놓았다. 그리고 하얀 수건을 물에 적시여 시신의 머리부터 발끝까지 차례로 내려오면서 아기를 목욕시키듯 정성스럽게 닦아주었다. 손길이 꼼꼼하고 고즈넉했다. 외할머니가 몸을 다 닦은 다음 나무 숟가락으로 물에 불군 쌀 세 숟가락을 입에 넣어주면서 첫 번째는 "백석이요" 두 번째는 "천석이요" 세 번째는 "만석이요" 하고 소리쳤다. 이것은 사망자가 저승에 가서 소비할 양식이라고 했다.

이모할머니가 흰 솜 뭉텅이를 건네주자 외할머니가 솜을 알맞게 뜯더니 시신의 입과 코 구멍, 귀 구멍을 틀어막고 두 눈에는 솜을 얇게 펴서 덮었다. 그리고 입이 잘 닫히도록 턱밑에도 솜뭉치를 둥글게 하여 고였다. 남은 솜은 납작하게 펴서 얼굴에 덮고는 붕대로 머리를 감았다. 그리고 나서 시신에 새 옷을 갈아 입혔다. 옷을 입힌 뒤 머리가 남쪽으로 향하게 하고 시상판에 모신 후, 시신의 바깥쪽에 휘장을 치고 윗방 출입문도 흰 천으로 가렸다.

이튿날 소렴装殮식에서는 초습初袭에서 시신에게 입혔던 옷을 몽땅 벗기고 수의를 갈아입혔다. 단이 어머니가 시집올 때 입었던 첫날 옷을 수의로 입혔다. 첫날 옷을 입으면 저승으로 가는 길이 확 트인다고 이모할머니가 주장해서였다. 외할머니는 장례식에서 지켜야 하는 모든 법을 이모할머니가 시키는 대로 했다. 이모할머니는 외가와 친가를 다 합쳐서 연세가 가장 많은 어른이기 때문이었다. 이모할머니는 새 순서를 시작할 때마다 조용한 목소리로 고했다.

"수의를 입힐 때 먼저 아래옷을 입히고 다음에 웃옷을 입히게. 마지막에 악수를 매고 버선과 신을 신기게."

외할머니가 이모할머니가 시키는 대로 먼저 아래 속옷을 입히고 그 위에 치마를 입혔다. 그리고 저고리를 입혔다. 묵묵히 습을 하던 외할머니가 갑자기 두 손으로 얼굴을 감싸며 목 놓아 울었다.

"이렇게 젊고 예쁜 것을 아까워서 어찌 보내누."

“동상이 이러면 애가 어찌 편히 갈 길을 가겠나. 어차피 떠나는 길인데 편히 보내도록 함세. 어서 악수를 마저 하게.”

“악수는 성님이 하슈. 내가 갑자기 생각이 나지 않아서유.”

“헝겊으로 손을 싸매면 되네. 장갑을 사용해도 되고. 내가 해도 되겠지만 단이 어미는 엄마의 손길이 그리울 거네.”

이모할머니의 말대로 혼이 살아있다면 다른 사람이 아닌 어미의 손으로 옷을 입혀주기를 바랄 것이다. 그녀는 헝겊으로 딸의 손을 싸맸다. 손은 조금 싸늘할 뿐이지 꽛꽛하지 않고 고분고분했다. 마치 자고 있는 딸의 손을 만지는 것 같은 느낌이 들었다. 이렇게 딸의 손을 만질 수 있어서 한없이 고마웠다. 처음에는 딸 먼저 죽지 않고 살아있는 것이 송구하고 죄스러웠는데 이렇게 살아서 딸을 직접 챙길 수 있어서 다행이란 생각마저 들었다. 안 그랬으면 누가 딸의 마지막 길을 이리 잘 챙겨줄 수 있었겠는가. 외할머니는 속으로 혀를 찼다. 딸을 먼저 보내려고 이리 오래 살았는지 모르겠다는 생각이 들었다. 그리고 이모할머니가 있어서 고맙다는 생각이 들었다.

“성님은 정말 대단하슈. 어쩜 그리 복잡한 절차를 일일이 기억하시는지. 성님이 아니었다면 내가 당황했을거유.”

“대단한 것이 아니라 내 운명이 박복한 거지. 남편을 일찍 저세상으로 보내고 아들과 며느리까지 앞세우다보니 몸에 밴 장례식 절차뿐인 게지.”

이모할머니의 말에 단이 외할머니는 공감했다. 이제 자신도 자식을 먼저 보내는 애달픔으로 자식의 마지막을 모두 가슴에 문신을 하듯 기억할 것이다. 하지만 두 번 다시 그 기억을 되살리는 일은 부디 이것이 마지막

이기를 바라면서 꾹꾹 창호지를 접어서 신을 만들었다. 그리고 종이신을 딸에게 신겼다. 수의를 다 입히고 나서 흰 천위에 시체를 놓고 두 손을 배 위에 올려놓았다. 외할머니가 시신의 왼손을 위에 놓자 이모할머니가 대뜸 시정을 했다.

“남자는 왼손을 위에 놓고 여자는 오른손을 위에 놓는 법이네.”

외할머니가 다시 시체의 오른손을 위에 놓고 두 손을 합장한 후 머리 쪽에 천을 접어서 얼굴과 턱밑까지 내려오게 덮고 아래 끝을 접어서 발부터 발목을 올라오면서 덮은 다음 좌우 끝을 당겨서 복판에서 조이고 아래로부터 위로 올라가며 흰 광목 끈으로 묶기 시작했다.

“매끼를 맬 때는 오르매치 (옭매다)게 하면 안되네. 오르매치면 망자가 풀지 못해 저승길을 가다가 되돌아온다네.”

외할머니는 발목부터 묶었다. 오른쪽 끝이 밑으로 내려오게 한번 맨 뒤 옭매지 않고 양쪽을 비틀어 매듭 밑에 밀어 넣었다. 똑같은 방법으로 허리와 팔꿈치, 어깨를 올라가면서 묶었다. 외할머니는 마치 인형놀이를 하는 듯 하나하나 순서를 빼지 않고 꼼꼼하게 챙겼다. 행동이 흐트러지지 않았고 하나하나의 손길에 정성이 스며있었다. 한평생 해야 할 애정을 한꺼번에 원 없이 쏟아 붓고 싶은 듯 손짓마다 절실했다.

“참 지독한 노인네야. 훗날 저 기억을 어찌 지우시려고 당신 손으로 저러시는지…”

옆에서 지켜보고 있던 룡이 엄마가 혀를 찼다.

사흘째 되는 날이었다. 천개판을 덮기 전에 상제[喪制]와 복인[服人]들에게 마지막으로 사망자의 얼굴을 보이는 작별식이 거행되었다. 할머니가 단이의 손을 이끌고 시신 앞에 무릎을 꿇어앉히고 다독이듯 말했다.

“단이야, 오늘 네 어미가 떠나는 날이다. 이렇게 떠나면 영영 볼 수 없을테니께 마지막으루다 어미 얼굴을 찬찬히 보거라.”

무릎위에 올려놓은 단이의 손이 떨리고 있었다. 그가 두려워하는 것을 알아차린 외할머니가 달랬다.

“겁내지 말어. 네 어미는 너를 보호해줄 것이여.”

외할머니가 시신을 덮은 천금天衾을 어루 쓸면서 마치 잠든 딸을 깨우듯 부드럽게 속삭였다.

“단이가 작별인사를 하러 왔네. 자네가 이 세상에 남긴 하나밖에 없는 살붙이가 아닌가. 자네는 가더라도 이 불쌍한 것을 부디 잘 살도록 굽어 살펴주게나. 자네의 이불을 열테니까 놀라지 말고 마지막으로 자네 새끼 얼굴을 찬찬히 보고 가게.”

말을 마친 외할머니가 천금 깃을 시신의 머리 쪽으로부터 천천히 조심스럽게 열었다. 시신이 들어나는 순간, 쇠파리 한마리가 윙-하고 활시위에서 날아가는 살 마냥 거친 바람 소리를 내면서 쏜살같이 천정으로 날아 올랐다. 순식간에 일어난 일이었다.

아! 외할머니가 경기를 일으키듯 얼굴이 새파랗게 질려서 열었던 천금을 도로 닫아버렸다. 이모할머니가 두 손으로 얼굴을 가리며 경직된 표정으로 탄식을 했다.

“이게 웬 쇠파린가. 어쩌자고, 어쩌자고, 이런 일이…”

그는 왠지 자꾸 같은 말을 곱씹었다. 불안해하는 그 표정에서 단이는 불길한 징조를 느꼈다. 시체에서 쇠파리가 나왔는데 왜 이리들 질겁을 하는걸까? 그러면 안 되는 무슨 이유라도 있단 말인가? 그게 대체 무엇이란 말인가?

쇠파리는 방안에서 윙윙거리며 제멋대로 날아다니고 사람들의 시선이 약속이나 한 듯 일제히 쇠파리의 동선에 따라 움직였다. 쇠파리가 단이의 머리위에 앉았다가 다시 관위에 앉았다가 그리고 할머니 어깨에 앉았다가 정주칸으로 쌩하고 날아갔다. 조문을 왔던 사람들이 쉬쉬했다.

"시신에서 쇠파리가 나왔다는구만."

"시신이 부패한 것인가?"

"시신이 부패했다 해도 그새 저렇게 큰 쇠파리가 꿸 수는 없지 않겠나. 완전 개지(강아지)만해요. 내 생전에 이리 큰 쇠파리는 처음 보았어요."

"혹시 죽은 이의 혼이 환생한건 아닐까유?"

"그럴지도 모르지요. 죽은 사람이 억울하거나 아니면 채 하지 못한 말이 있으면 그것을 전하고 싶어서 환생을 한다고들 하지. 그런데 하필이면 왜 쇠파리일가요?"

"그러게요. 쇠파리는 똥파리죠. 화장실에서 서식하는 똥파리 말이에요."

그들의 말을 듣고 있던 단이가 갑자기 무슨 생각이 드는 듯 눈빛을 반짝이며 씽하니 자리를 차고 일어났다. 그 행동이 하도 갑작스러워서 외할머니도 덩달아 일어났다.

"어째서 그러냐?"

외할머니가 물었지만 단이는 대답하지 않았다. 주위는 잊은 듯 단이의 눈빛이 쇠파리를 따라 빠르게 움직였다. 그 눈빛이 무언가에 쫓기는 것 같기도 하고 무엇인가 쫓는 것 같기도 했다. 그는 문지방에 쳐진 흰 천을 젖히고 정주칸으로 뛰어나갔다. 시선은 여전히 쇠파리만 쫓아 다녔다. 쇠파리는 솥뚜껑 위며 천장이며 여기저기 날아다니다가 선반위에 있는 밥그릇에 가 앉았다. 단이가 가까이 다가가자 다시 날아가더니 전등갓 위에 옮겨 앉았다. 단이는 그 아래에 무릎을 꿇었다. 마을 어른들이 말대로 어머니가 하지 못한 말이 있어서 쇠파리로 환생을 했을지 모른다는 생각이 들었다. 분명히 어머니의 시신에서 나오는 것을 자기 눈으로 직접 보았기 때문에 더 그런 생각이 들었을 것이다. 그는 쇠파리와 대화를 시도했다.

"엄마! 엄마 없이 제가 어떻게 살라고 이리 급히 떠나시는 검까? 책임도 지지 않고 이렇게 버리고 갈 거면서 저를 낳기는 왜 낳았씀까? 갈 거면 나를 데리고 가쇼. 안 그러면 나, 절대 엄마를 용서하지 않을 검다."

그 말을 하는 단이의 안색이 창백해지더니 실신했다. 이모할머니가 바가지에 찬물을 떠다가 입에 넣고 살살 아이의 얼굴에 뿜어주었다. 그러자 아이가 눈을 뜨고 주위를 둘러본다. 망자가 살아있는 사람을 너무 끔찍이 생각하면 가끔씩 이런 일이 생긴다며 천구迁柩식을 할 때 저 아이의 살막이를 해주었으면 좋겠다고 이모할머니가 말했다. 얼굴에 수심이 가득 찬 외할머니가 고개만 끄덕였다. 딸을 잃었는데 외손녀마저 오락가락하니 무슨 말을 할 수 있었겠는가.

20

드디어 천구식遷柩式이 시작되었다.

천구식은 령구靈柩를 집 밖으로 들어내는 것을 말한다. 집사로 책임을 진 룡이 아버지가 높은 소리로 "금이길신, 천구감고今以吉辰迁柩敢告, 이제 길일을 받아 령구를 옮기게 되어 삼가 고합니다."라고 천구식을 고했다. 그러자 령구의 양옆에 섰던 장정 넷이서 령구를 들고 방의 네 귀를 툭툭 치고는 천천히 출입문 쪽으로 옮겨갔다. 이모할머니가 따라가면서 그들의 등 뒤에 대고 낮게 주의를 주었다.

"제발, 령구를 문턱위에 놓지 않도록 조심하게. 령구를 문턱위에 놓으면 망자가 집을 나가기 싫어한다네."

령구의 머리가 출입문 위를 넘자 밖에서 기다리던 네 장정이 차례로 령구를 받아들었다. 외할머니가 단이를 령구 앞에 머리를 앞으로 향하고 무릎을 굽힌 채 엎드리게 했다. 령구가 엎드려있는 단이의 머리 위를 지나가려고 하는데 갑자기 령구가 움직이지 않았다. 네 장정은 가볍던 령구가 갑자기 그 순간에 천근무게로 무거워서 움직일 수가 없음을 느꼈다.

'어? 웬일이지?'

네 장정이 서로 마주보며 황당해했고 마을 사람들도 놀란 시선을 교환했다.

"망자가 떠나기가 아쉬우면 령구가 갑자기 무거워진다는데 아마도 단이 엄마가 저 어린것을 떼여놓고 가기가 무척이나 아쉬운가보네."

"그러게 말일세. 저 어린것을 혼자 두고 가는 마음이 오죽하겠나."

"그래도 갈 길이 다른데 저러고 버티고 있음 어떻게 한다? 큰 일 났네."

외할머니가 령구의 머리 부분을 어루 쓸면서 어린애를 달래듯 말했다.

"이 사람아, 이게 무슨 짓인가. 단이를 생각해서라도 얼른 떠나게. 단이를 생각하는 자네의 마음을 이 어미가 다 알어. 단이는 내게 맡기고 아무 걱정도 하지 말고 잘 가게나. 나도 여기 일이 잘 정리되면 금세 자네를 따라 갈 거네. 그러니 외로워하지도 말고 무서워하지도 말게. 저승에 가서 편안하게 날 기다리게나. 내가 곧 찾아갈 테니깐."

말을 마친 외할머니가 눈물을 훔쳤다. 귀신이 곡할 노릇이었다. 무겁던 령구가 가벼워지고 다시 움직였다. 령구가 떠난 자리에 단이가 쓰러져서 일어나지 못했다. 급히 달려온 의사가 단이의 인중과 팔다리에 침을 몇 대 놓고서야 정신을 차렸다. 장례식을 치룬 뒤에도 한동안 단이는 정신을 차리지 못하고 쇠파리만보면 쫓아다녔다. 갑자기 쇠파리가 눈앞에 와 앉으면 어머니가 자신에게 할 말이 있어 찾아온 것이라 여기고 쇠파리가 눈앞에서 사라질 때까지 쫓아다녔다. 그러는 단이한테 외할머니가 그러지 말라고 말렸다.

"쇠파리는 아니니다. 그러니 더 이상 쇠파리를 쫓아다니지 말아라."

"내가 어머니 시신에서 제일 마지막에 본 게 쇠파리임다. 어머니가 나한테 마지막으로 보여준 게 쇠파리라고요. 그런데도 쇠파리를 보고도 모르는 척 하란 말임까? 할머니는 쇠파리를 보고도 아무 생각도 하지 않을 수 있씀까?"

외할머니는 아무 말도 못하고 눈물만 훔쳤다. 외할머니라고 왜 아무 생각도 없겠는가. 그 역시 쇠파리를 볼 때마다 불쑥불쑥 딸의 얼굴이 떠올랐다. 단이의 말처럼 딸이 마지막으로 보여주었던 그 순간을 어찌 쉽게 있겠는가. 하지만 그것은 우연하게 일어난 일일뿐 딸이 쇠파리로 환생을 한 것이라고는 믿지 않았다.

"염을 할 때 쇠파리가 우연히 너 어미의 이불속으로 들어간 듯 싶다. 그렇지 않고야 부패하지도 않은 시신에 어찌 쇠파리가 꾈 수가 있겠니? 만약 엄마가 환생을 했다면 쇠파리가 아니라 예쁜 새로 환생을 했을 거다."

"예쁜 새 말임까? 그건 할머니가 그렇게 믿고 싶은 거겠죠. 무슨 근거가 있씀까?"

그러자 할머니가 이런 이야기를 했다.

장례식 날 어머니의 령구를 밖에 들어 내간 다음 외할머니는 령구를 놓았던 자리의 습기를 제거하려고 부드러운 재 가루를 펴놓았다고 한다. 이튿날 아침에 보니 그 재 가루에 무슨 무늬가 새겨져 있어 자세히 들여다보니 그것은 새의 발가락 모양이었다고 했다.

"내 눈으로 똑똑히 보았어. 새발 모양이었어. 옛날부터 령구를 놓았던 자리에 새발 모양이 나타나면 사망자의 혼이 새로 변하여 저승에 간 것이라고 했다. 그러니 네 어미는 분명히 새로 변화여 저승에 간 것이야."

그 이후로 단이는 더는 쇠파리를 쫓아다니지 않았다. 대신 새를 보면 한참씩 넋을 놓고 바라보군 했다. 아침에 창밖에서 지저귀는 새를 보면 "안녕, 엄마, 오늘도 행복하세요." 하고 말을 건넸고 저녁에 둥지를 찾아 떠나는 새를 보면 "좋은 밤 되세요. 내일 또 만나요, 엄마" 하고 대화를 했다. 그렇게 말을 하다보면 어머니가 돌아가셨다는 사실이 별로 슬프지 않았다. 아마도 그러라고 외할머니가 그에게 새에 대한 이야기를 해주었는지 모른다.

사실 외할머니의 새발자국 이야기를 그대로 믿은 것은 아니었다. 사람이 죽으면 령구가 있던 자리에 재를 펴놓는 것은 함경도 지역 사람들의 습관이다. 그것은 죽은 사람의 몸에서 나왔을 병균이나 오물을 제거하기 위한 소독 방법이었다. 설마 재 가루 위에 정말 새발자국 자리가 있었겠는가. 외할머니가 꾸며낸 이야기일수도 있다. 하지만 그것이 거짓말이라고 해도 괜찮았다. 단이는 진실이 여하튼간에 어머니가 새가 되어 날아갔다고 믿고 싶었다. 어머니가 그러지 않았던가. 나의 진실은 나의 안에 있다고, 그 진실을 믿고 살아가라고. 얼마나 다행인가. 새가 아니고 소로 환생했다면 어쩔 뻔했는가. 그랬다면 단이는 맨날 소처럼 고달프게 사는 어머니를 상상하면서 슬퍼했을 것이다.

물론 쇠파리를 영영 잊은 것은 아니었다. 나이를 많이 먹은 뒤에도 단이는 쇠파리를 보면 그날 어머니의 시체에서 나왔던 쇠파리의 기억을 떠올리곤 했다. 하지만 쇠파리를 쫓아다니는 일은 더 이상 하지 않았다.

제5부 남자가 숨겨둔 여자와 아이

21

늦은 오후였다.

저물녘 어둠이 새떼처럼 내려앉고 있었다. 모기떼의 성화에 전등도 켜지 않고 방안에 누워있던 단이는 누군가 대문으로 들어서는 자취를 들었다. 그것은 낙엽을 밟는 소리처럼 바스락거렸다. 마치 진액이 빠진 여자의 영혼이 우는 소리처럼 슬프게 들렸다. 그녀는 또 어머니의 허상을 만나는 것이라고 느꼈다. 어머니가 돌아간 후부터 눈을 뜨고 있어도 어머니가 보였다. 세상의 모든 소음과 기척에도 어머니가 걸어 들어오는 것 같아 소스라치곤 했다. 의사를 보였더니 몸이 허해서 헛것이 보인다고 했다.

이때 누군가 그녀를 불렀다.

"단단!"

그녀는 자신을 부르는 소리를 분명히 들었다. 일어나야 할 것 같았지만 봄이 말을 듣지 않았다. 그래서 달팽이가 집을 떠이고 있듯이 몸을 옹송그리고 누워있는 외할머니를 깨웠다.

"할머니, 밖에서 누가 부르는 거 같씀다."

외할머니가 눈을 감은채로 말했다.

"니가 또 헛것을 들은게지, 이 시간에 누가 오겠니? 올 사람이 없잖아."

"아님다. 제가 똑똑히 들었씀다. 정말임다."

이때 밖에서 또 한 번 부르는 소리가 들렸다.

"단단!"

한껏 절제되고 조심스러운 목소리였다.

"들었씀까? 할머니? 분명 누가 저를 불렀씀다."

"맞아. 나도 들었어."

외할머니가 두 손으로 바닥을 짚으면서 무겁게 몸을 일으켰다. 뚜두뚝~ 온몸에서 소리가 났다. 외할머니는 소다를 넣고 부풀린 밀가루 반죽처럼 퉁퉁 부은 다리를 뒤뚱거리며 문께로 걸어갔다. 문밖을 내다보던 외할머니가 귀신을 본 것처럼 기겁을 했다.

"자네가? 자네가? 어쩐 일인가?"

그 소리에 단이도 당황했다. 누군데 외할머니가 저리도 기겁을 하는 걸까? 혹시 어머니가 오신 게 아닐까? 하는 생각이 번개처럼 흘러지나갔다. 그런 일이 있을 수 없다는 것을 머리로는 알지만 가슴으로는 아니었다. 아직도 어머니가 죽었다는 사실을 완전히 받아들이기 힘들었다. 그래서 자그마한 인기척에도 어머니가 아닐까 하는 생각을 하군 했다.

"누굼까?"

단이가 묻자 외할머니가 혀를 찼다.

"니가 나와바라! 누가 왔는가!"

외할머니는 억이 막힌 표정을 짓고 고개를 절레절레 흔들었다. 그녀는 당황하면 채 머리를 떠는 습관이 있었다. 단이는 자리를 차고 일어났다. 그리고 집밖의 풍경에 기가 막혔다.

조치운이 여섯 살이 될까 말까한 남자아이를 휠체어에 태우고 마당 한 끝에 서있었다.

아이는 한족아이들의 전통머리인 꼭지 머리를 하고 있었는데 몸이 불편한지 휠체어를 타고도 기운이 없어 머리를 한쪽으로 힘없이 떨어뜨리고 있었다. 그리고 팔은 문어발처럼 서로 다른 방향으로 꼬여있었다.

조치운이 외할머니의 앞에 털썩 무릎을 꿇더니 이미 벗겨지기 시작한 이마를 땅바닥에 조아렸다.

"장모님, 이 못난 놈이 왔습니다."

"그러게 왜 왔나. 영 나타나지 않을 줄 알았는데."

외할머니가 노여움을 가시지 못하고 말에 뼈를 세웠다.

"제가 죽일 놈입니다. 마누라도 지키지 못한 이놈을 용서하지 마십시오."

이마가 터져서 피가 흐르는데도 조치운은 멈추지 않고 계속 땅바닥에 이마를 쪼았다. 이윽히 지켜보고만 있던 외할머니가 그를 말렸다.

"됐네. 그런다고 죽은 사람이 돌아오겠나."

조치운이 두 손으로 번갈아 가면서 자신의 귀뺨을 찰싹찰싹 쳤다.

"이 놈은 죽어도 마땅합니다. 천번 만번 죽어 마땅합니다."

그는 이미 눈물로 얼굴이 범벅이 되었다. 귀뺨을 때리는 것도 쇼가 아니고 진짜로 아프게 때리고 있었다. 때 늦은 반성이지만 진실인 듯 했다.

"장모님, 제가 단이 엄마한테 속죄하는 마음으로 장모님을 모실 수 있게 기회를 주십시오."

"나는 됐네. 늙은 게 너무 튼튼하여 죽지 않을까봐 걱정이니 모실 필요가 없네. 단이 어미한테 미안한 마음이 조금이라도 있다면 단이한테나 잘하게나."

"그러문요, 저 아이 때문에 이렇게 돌아왔습니다."

그 말에 단이는 코웃음을 치면서 냉소를 했다.

"흥!"

이때, 휠체어에 앉아있던 남자아이가 중국말로 조치운을 불렀다.

"빠야!"

"이 아이는 누구의 아인가?"

외할머니가 물었다. 조치운이 난색을 지으면서 말을 더듬었다.

"죄송합니다. 이 아이도 저의 아입니다."

외할머니는 입을 굳게 닫고 착잡한 심정으로 아이를 쳐다보았다. 순간에 그녀는 이미 그동안 밖에서 어떤 일이 일어났다는 것을 모두 알아차렸다. 그녀의 눈가가 까맣게 흐려지더니 단박에 쓰러질 듯 비칠거렸다. 조치운이 부축하려고 손을 뻗었지만 그녀는 냉정하게 뿌리쳤다. 딸이 이런 꼴을 보지 않고 죽은 것이 어쩌면 잘된 일이란 생각이 들었다. 살아있었으면 맨 정신에 어찌 이 꼴을 두 눈 편히 뜨고 볼 수 있었겠는가. 살아있어도 산목숨이 아닐 것이 분명했다.

'이 꼴을 안 보려고 일찍 간 것이야, 단이 어미는 이 모든 것을 미리 알았던 것이야…'

다리 힘이 풀리는 것을 버티려고 외할머니는 안간힘을 썼다. 손등에 굵은 힘줄이 지렁이처럼 꿈틀거렸다.

단이가 새파랗게 질린 표정으로 꼼짝하지 않고 남자아이를 쏘아보았다. 그것을 보고 조치운이 바짝 긴장해서 물었다.

"단단, 왜 그래?"

"그럼 이 아이가 내 동생이란 말임까?"

"그래. 이 아이가 네 동생이다."

남자가 휠체어에 앉아있는 남자아이를 내려다보면서 대답했다.

"찬찬, 저 누나가 너의 제제(姐姐)야."

남자아이의 이름이 찬찬인 모양이었다.

"제제!"

남자아이가 해맑게 웃었다. 햇빛이라곤 쏘여본 적이 없는 듯 아이의 피부는 하얗다못해 푸른색을 띄었다.

"쟤는 뭐야? 뭔데 나를 누나래? 누구 마음대로 누나야!"

단이가 아버지한테 버럭 대들었다.

"미안해, 단단, 이 애비 잘못이지 저 아이의 잘못은 아니야. 이제부터 이 애비가 잘할게."

"이제 잘한들 무슨 소용 있씀까? 엄마는 이미 죽었씀다. 아버지 때문에 내 엄마가 죽었단 말임다!"

"그래서 내가 잘한다하지 않니? 네 엄마한테 속죄하는 마음으로 너한테 잘할게."

"잘 하지 마쇼! 평소에 하던 대로 하쇼! 엄마가 있을 때 아버지는 밖에서 살기를 더 좋아했잖씀까? 이제 와서 이러는 거 역겹씀다! 당장 나가쇼. 저 아이 데리고 썩 나가란 말임다."

엉엉 울면서 패악질을 하는 단이를 외할머니가 달랬다.

"아서라. 이미 발생한일인 것을 받아들여야지 패악질을 한다고 있는 사실이 없어지겠니. 네 어미가 죽고 이 할미도 이미 늙어서 걱정스러웠는데 네 아비가 와서 든든하구나. 그리고 네 동생이 생겨서 서로 의지 할 수 있어서 얼마나 좋니."

터져 나오는 울음을 억지로 참고 있는 듯 했지만 외할머니의 목소리는 이미 곡소리 같았다.

"우리 엄마가 낳은 아들이 아닌데 어떻게 내 동생임까? 누구도 이집에 못 들어옴다. 이 집은 어머니 집임다!"

단이는 결사적으로 문을 막아섰다. 절대로 그들을 엄마의 집에 들일 수 없었다. 그렇게 해야만 억울하게 죽은 엄마가 덜 한스러울 것 같았다. 그러는 단이를 외할머니가 조용히 뒤로 밀어냈다. 그리고 조치운을 향해 입을 열었다.

"아이가 아픈 것 같으니 어서 집에 들어와 쉬게 하게."

"고맙습니다. 장모님, 이 은혜 절대 잊지 않겠습니다."

조치운이 휠체어에서 냉큼 아이를 들어서 집안으로 옮겼다. 아이는 팔다리가 헝겊 인형처럼 제가끔 흔들거렸다.

"어쩌다 아이가 이리 되었나?"

외할머니의 말에 조치운이 고개를 푹 떨구면서 심하게 자책했다.

"다 저의 업보이죠. 제가 잘못 살아서 죄를 입은 거지요. 그런데 죄는 내가 지었는데 벌은 왜 아이가 받아야 하는지 모르겠어요.…"

조치운의 후회는 비가 그친 후에도 벗지 못하는 비옷처럼 질척거렸다.

22

남자는 아들을 낳고 싶어서 그랬다고 했다.

하지만 그것은 핑계인지도 모른다. 그렇게 말하면 혹시 자신이 밖에서 외도한 사실이 정당화 될 것이라고 여겼던 모양이다. 한 부부가 한 아이밖에 낳지 못한다는 중국정부의 산아제한 정책이 하달되자 조치운은 밖에서 아들을 낳을 계획을 은밀히 세웠다고 했다. 아들을 낳기 위해 밖에서 외도를 하는 것은 어쩔 수 없는 선택이었던 것처럼 그는 말했다.

그동안 조치운은 연변과 산동성 두 곳에 살림을 차리고 왔다 갔다 하면서 살았다. 그런데 산동 여자의 나이가 사십을 넘은데다가 과중한 비만으로 아이가 쉽게 생기지 않았다. 조치운은 연변에서 오래 동안 생활하면서 록태鹿胎를 먹으면 임신하지 못하는 여성들이 쉽게 잉태 할 수 있다는 풍월을 얻어들었다. 그 시절에 의학이 별로 발전되지 않은 변강도시에서는 몸이 약한 기혼 여성들은 돌아가면서 록태를 사다 먹었다. 그것도 돈이 있는 사람들이 할 수 있는 일이였고 돈이 없는 사람들은 록태를 감히 쳐다보지도 못했다. 조치운은 단이 엄마의 눈을 속여서 록태고鹿胎膏를 샀다. 산동에 있는 여자한테 먹여서 빨리 아들을 낳고 싶어서였다.

그런데 여자네 마을 어귀에 들어서자마자 갑자기 왕씨네 황둥개가 뛰어나왔다. 그 서슬에 놀란 조치운은 황망히 돌을 주우려고 엎드렸고 그 틈에 가방 안에 넣었던 록태가 밖으로 튀여 나왔다. 록태고 냄새를 맡은 황둥개가 그것을 넙적 물고 미친 듯이 도망갔다. 조치운은 내 록태고를 내놓으라고 소리소리 지르면서 뒤쫓아 갔다. 하지만 황둥개는 이미 록태를 게눈 감춘 듯 먹어버리고 자기 집 뒤울안으로 사라졌다. 아들을 낳으려고 연변 한끝에서 정성을 들여 사온 록태고를 동네집 개한테 적선 잡힌 조치운은 아쉽기도 하고 화나기도 하여 왕씨네 대문을 걷어찼다.

그때 마침 울안에서 싸리 광주리를 틀고 있던 왕씨네 큰 아저씨가 인사를 했다.

"조씨, 자네 우리 집에 웬일인가?"

"아저씨네 황둥개가 내 록태고를 삼켜버렸으니 주인이 값을 치러야 하겠습니다."

한족들은 자신의 이익을 침해하지 않을 때는 절대적인 대인배이다. 어떤 일이 있어도 화를 잘 내지 않는다. 하지만 자신과 이해관계가 있으면 한 치도 양보하지 않는다. 조치운의 얼굴이 붉게 상기된 것을 보고 왕씨네 큰 아저씨가 정색을 하고 말했다.

"황둥개가 자네의 록태고를 먹었다는 증거가 무엇인가? 누가 보았는가?"

"제가 보았습니다."

"자네의 말을 증언할 제삼자가 없지 않는가? 그렇다고 우리 황둥개와 물어볼 수도 없고 이런 난감한 일이 어디 있나 그려? 허허 이리 딱한 일을 어찌하면 좋단가?"

왕씨네 큰 아저씨가 너털웃음을 웃자 약이 오른 조치운이 발끈했다.

"이집 개하고 묻지요. 못할 것도 없어요."

"개하고 묻는다고? 자네 그것이 가능하다고 믿나? 글쎄 자네가 개의 언어를 안다면 얼마든지 가능할 테지."

왕씨네 큰 아저씨가 능글거렸다.

"개의 언어를 몰라도 묻는 방법이 있수다, 어르신."

조치운이 이를 사려 물고 말했다. 그러자 왕씨네 큰 아저씨가 대인배마냥 시원하게 대답했다.

"그럼 어디 한번 물어보게나. 내가 개를 불러올 것이니, 당장 내 앞에서 물어보게."

"그러시지요, 어르신. 제가 잠깐 나갔다 올 사이에 개를 내 앞에 끌어오시지요."

"알았네."

조치운이 왕씨네 큰 아저씨를 뒤로 하고 대문을 나섰다. 그는 자기 집 사랑 칸에 들려서 도끼 한 자루와 바오라기를 들고 나왔다. 그리고 손에 침을 퉤퉤 두 번을 뱉더니 곧추 왕씨네 대문으로 들어섰다. 조치운의 손에 날이 퍼런 도끼가 들려있는 것을 본 왕씨네 큰 아저씨는 얼굴이 흙빛이 되었다.

"자네, 자네, 지금 뭐하려는 건가?"

"걱정을 붙들어 매세요. 사람을 해치려고 도끼를 가져온 것이 아니라 이집 개를 심문하려고 도끼를 가져온 것이유."

"도끼로 개를 심문한다구? 자네가 우리 집 개의 터럭 한 오리라도 건드리면은 내가 자네한테서 개 값에 벌금까지 합쳐서 두 배를 물어내라 할 거네."

조치운은 대수로워하지 않았다.

"그렇게 하세요. 그런데 개 값을 내라고 하기 전에 아저씨께서 저의 록태값을 내는 게 먼저지요. 그러니 개한테 록태를 먹었는지, 먹지 않았는지부터 물어야겠어요."

"그렇게 하게. 어떻게 묻는지 이 늙은이한테 구경 한번 시켜주게나. 덕분에 오래간만에 좋은 구경하게 생겼네 그려. 허허허."

왕씨네 큰 아저씨가 호탕하게 웃었지만 얼굴 근육은 잔뜩 경직돼 있었다.

"그럼 지금부터 개한테 묻겠습니다. 먼저 개의 배를 가르고 위를 털어서 록태고가 들어있는지 봐야하겠습니다. 먹은지 얼마 안 되는지라 아직 록태고가 녹지 않고 그대로 위에 남아 있을 것 입니다. 개를 어서 데려오세요."

"자네, 꼭 이래야 하겠나? 이보다 더 좋은 방법은 없겠는가?"

왕씨네 큰 아저씨의 목소리가 조금 누그러졌다. 조치운이 가격하게 나오는데 같은 방법으로 맞서서는 좋은 일이 없을 것이라고 계산을 한 듯했다. 그는 조치운의 성미를 잘 알고 있었다. 조치운은 한번 하려고 들면 물불을 안 가리고 끝장을 보려고 한다.

"다른 방법이 있긴 합니다만 아저씨가 믿지 않을 것 같아서 이 방법을 쓰는 거지요. 개의 위를 털어보여야 아저씨가 저의 말을 믿을거잖아요."

"그 다른 방법이라는 게 무언가?"

"이집 개가 록태고를 먹었기 때문에 좀 있으면 평소보다 온순하지 않고 기운이 뻗쳐 미쳐 날뛸 겁니다. 그러면 그것이 록태고를 먹었다는 증거이지요. 아저씨께서 그것을 믿어주신다면 내가 도끼를 쓰지 않아도 될 듯 싶은데요?"

왕씨네 큰 아저씨가 고개를 숙여 수긍했다.

"알았네. 내가 자네 말을 믿기로 하지. 그럼 며칠 두고 개의 상태를 지켜보고 다시 보세."

"그렇게 합시다."

말을 마친 조치운이 대문을 나섰다. 왕씨네 큰 아저씨는 입이 써서 쳐다보지도 않고 계속 광주리를 틀었다. 그리고 입속으로 욕을 했다.

'흥, 록태고 같은 소리를 하고 있네. 어떻게 개가 록태고를 먹는단 말인가? 돈을 얻어내려고 개수작을 부리는 거지.'

왕씨네 큰 아저씨는 조치운이 돈을 뜯어내기 위해 개가 먹지도 않은 록태고를 먹었다고 어거지를 쓴다고 여겼다. 그러니 며칠이 지나도 절대로 조씨가 바라는 그런 결과는 나타나지 않을 것이라고 생각했다. 설마 개가 록태고를 먹었다 쳐도 그것이 무슨 신선약이라고 먹자마자 약발이 나오겠는가. 왕씨는 속으로 조씨를 미련하고 맹랑한 놈이라고 비웃었다.

"우리 개가 너의 록태고를 먹었다면 내 손바닥에 장을 지진다. 퉤."

왕씨네 큰 아저씨는 침을 뱉었다.

이튿날, 날이 밝자마자 조치운은 왕씨네 대문을 두드렸다. 왕씨네 큰 아저씨가 대문도 열지 않은 채 안쪽에서 소리를 질렀다.

"자네 꼭두새벽에 웬일인가?"

"개의 상태를 살피러 왔지요."

참으로 질기고 무서운 놈이로구나, 왕씨네 큰 아저씨는 혀끝 아래로 욕을 하면서 대문을 열어주었다.

"이집 개가 어디 있어요?"

대문 안으로 성큼 들어서면서 조치운이 물었다.

"나도 모르니 자네가 찾아보게."

"그러다 물리면 아저씨가 책임을 질겁니까? 아저씨가 불러주세요."

그 말도 일리가 있는지라 왕씨네 큰 아저씨가 어슬렁어슬렁 개굴 쪽으로 걸어갔다. 그는 몸을 낮추고 휘파람을 슬슬 불었다. 그러자 개가 굴에서 나오더니 앞발을 쭉 뻗으며 기지개를 켰다. 그리고 탁탁 몸을 털더니 꼬리를 저으면서 주인한테로 다가왔다.

"보게, 개는 아무 이상이 없네."

"아직 약발이 피지 않았나보네요. 갔다가 내일 다시 올게유."

"하고 싶은 대로 하게나."

'그런다고 달라질게 없어. 미친놈 같으니라고'

왕씨네 큰 아저씨가 속으로 욕을 욱개이며 피시식 웃었다.

하루가 또 지났다. 그 하루가 조치운에게는 열흘맞잡이로 지루했다. 그는 날이 밝기 무섭게 또 왕씨네 대문을 두들겼다. 그런데 주인이 나오기도 전에 개가 먼저 뛰쳐나와 조치운을 맞았다. 개는 입에 게거품을 물고 미친 듯이 짖어댔다. 눈 안은 미친개의 그것처럼 희번뜩거렸고 힘이 뻗치는지 펄쩍펄쩍 뛰어오르는 폼이 당장이라도 사람의 키를 넘는 담장을 뛰어넘을 기세였다. 왕씨네 큰 아저씨가 집에서 나오면서 연신 소리쳤다.

"워리개, 워리개!"

개는 주인을 보고도 이빨을 들어내고 으르렁 거렸다.

"이놈이 미쳤나, 주인도 알아보지 못한 멍청이 같으니라고."

왕씨네 큰 아저씨가 삽을 들고 쫓아내자 비로소 개가 자기 굴로 들어갔다. 하지만 금세 굴속에서 뛰쳐나오더니 안절부절 못했다. 왕씨네 큰 아저씨의 말대로 개가 미쳐난 것이다. 조치운은 개가 무서워 대문 안으로 들어가지도 못하고 밖에 선채로 떠들었다.

"이제 믿겠어요? 이 개가 내 록태고를 먹고 이렇게 된거예요. 이젠 두말 없이 록태고 값을 주실거죠?"

"그나저나 록태고가 뭣 이길래 개가 저러나?"

"록태고라는 게 사슴의 태반으로 만드는 겝죠. 록태를 많이 먹으면 사람도 피가 끓어서 미친 증세를 보인다고 들었어유. 그나저나 저놈의 개를 묶어두세요. 그렇지 않으면 노인들이나 아이들을 욕보일 수 있어요."

"그게 값이 얼마인지나 알려주게."

왕씨네 큰 아저씨의 어깨가 축 처졌다. 게임에서 진 것을 인정한 것이다.

"이건 아주 귀한 연변의 특산물입니다. 연변에서만 나오는 진귀한 약재지요. 돈이 있어도 아는 사람이 없으면 사기 힘든 물건이라고요. 가격은 제가 한달 신수리해야 겨우 두 개정도 살 수 있는 것인데 이집 개가 네 개를 먹었으니 신수리 하는 사람의 두 달치 수입을 주시면 되겠습니다."

'이런 교활한 놈, 말 못하는 개라고 마구 덤터기를 씌워? 그런다고 호락호락 넘어갈 이 왕가가 아니지.'

왕씨네 큰 아저씨가 약지로 앞이마를 살살 긁었다.

"사실 자네가 내 개라고 하지만 누구도 본 사람이 없지 않는가. 개가 뭘 먹기는 먹은 것 같으니깐, 이렇게 함세. 나한테는 현금이 한 잎도 없네. 지금 틀고 있는 광주리도 시장에 내다 팔아야 돈이 되는데 그것도 몇 푼이 되지를 않네. 그러니 값을 내리우게."

"값은 한 푼도 내릴 수 없습니다. 사실 연변까지 가는 차비까지 받아야 하는데 그것은 록태값에 포함하지도 않았어요."

"그럼 나도 할 수 없네. 나한테는 그리 많은 현금이 없으니 말일세."

"그럼 법으로 할까요?"

"그렇게 하든지."

법으로 하자면 무서워할 줄 알았는데 왕씨네 큰 아저씨가 대수롭지 않게 여겼다. 고개를 갸웃거리던 조치운이 양보하는 척 한발 물러섰다.

"이웃끼리 개 때문에 법 놀음까지 할 필요가 있겠습니까? 내가 손해를 감수하고 록태고 세 개 값만 받을 테니 그것만이라도 주세요."

"네 개나 세 개나 나한테는 같네."

"그럼 두개, 두 개 값이면 되겠어요?"

사실, 록태고는 두 개였다. 그러니 선심을 쓰는 척 해도 본전이라 손해 날 것이 없었다.

"두개 값이라면 내가 받아들이도록 하지. 하지만 현금은 없어. 저놈을 잡아서 고기를 한 사발 주면 어떻겠나? 혹시 모르지 않겠나? 록태고를 먹은 개고기이니 록태고만큼 효과는 없을지라도 고양이 눈물만큼이라도 있을게 아니겠는가?"

"고양이 눈물이 아니라 황소눈물만큼 효과가 있다고 해도 개고기는 절대 사절입니다. 현금으로 주세요. 그래야 다시 록태고를 사오지 않겠어요?"

"자네가 그렇게 나오면 나도 할 말이 있네. 자네가 주의하지 않아서 내 개가 미쳐나게 되었잖은가. 그러니 자네한테서 개 값을 내라고 하면 자네 내겠나?"

그것은 혹 떼러 갔다가 도로 혹을 붙이는 격이다. 록태고 값보다 개 값이 몇 배 더 많을 테니 말이다. 조치운이 밑지는 장사를 할리가 없었다. 여기서 빨리 꼬리를 내리지 않는다면 록태고 값을 받으려다가 오히려 개 값을 물어내야 할 상황이 정말 올지도 모른다는 생각에 조씨가 왕씨의 건의에 동의했다.

"그럼 그렇게 해요. 록태고값 만큼 개고기로 값을 쳐서 주세요."

그날 저녁 무렵에 왕씨네 큰 아저씨는 약속한대로 잘게 찢은 개고기 두 근을 개기름이 누렇게 둥둥 떠다니는 국물과 함께 가져왔다. 비록 록태고는 먹지 못했지만 조치운과 그의 산동 마누라는 록태고를 먹은 개고기탕으로 만포식을 했다. 그런 일이 있고나서 산동 여자는 임신을 했다. 이것은 우연이었다. 록태고를 먹은 개고기를 먹고 임신한 것이라는 의학적인 근거는 아무데도 없다. 다만 임신 시기가 개고기를 먹은 다음이라는 이유만으로 록태고를 먹으면 불임이던 여자도 애를 밸 수 있다고 소문이 났다. 발도 달리지 않은 소문이 그 마을뿐만 아니라 이웃 마을에까지 퍼져서 아이를 낳지 못해서 고생하는 여자들이 돈뭉치를 들고 연변에 가면 록태고를 사달라고 조치운을 찾아왔다. 이것을 기회라고 생각한 조치운은 연변에서 록태고를 가져다가 산동에서 되거리 장사를 하여 한몫을 크게 챙겼다.

그렇게 태어난 찬이는 태어날 때부터 뇌성마비였다. 뇌성마비인 아들을 차마 지켜볼 수 없었던 것이었는지, 찬이 엄마는 아이를 낳고는 밖으로만 떠돌아다니기 시작했다. 끝없이 돌아다니다가 잊을만하면 돌아오고 마음을 잡았을까 싶으면 또 집을 나갔다. 자신이 지은 죄는 다른 사람을 통해서라도 돌려받게 되는 모양이었다. 조치운은 단이 엄마한테 주었던 상처와 고통을 찬이 엄마를 통하여 하나씩 돌려받고 있었다.

23

인생이라는 것은 무엇이 앞에 다가올지 아무도 모른다. 처음도 알 수 없고 끝도 알 수 없다. 다만 어느 철학자의 말대로 모든 존재의 영원한 법칙은 끝없이 되풀이 하는 회전일 뿐이다. 타인에게 내가 했던 악행을 또 다른 누군가를 통해 돌려받는 것은 억울하지만 이는 인과응보라고 해도 무방할 것이다.

단이와 눈이 마주치자 찬이가 히히 웃었다. 그러자 단이가 눈을 부릅뜨면서 찬이한테 겁을 주었다.

"웃지마! 난 너하고 웃고 싶지 않거든."

찬이는 알아듣지 못하는 듯 계속 웃고 있었다.

"낯설 텐데 아이가 표정이 너무 밝고만."

외할머니가 찬이를 칭찬했다. 그러자 조치운이 부끄러워하듯 얼굴을 붉히면서 쓸쓸하게 말했다.

"좀 있으면 아시겠지만 그 아이가 할 줄 아는 건 웃는 거 밖에 없습니다."

"다행이구만. 웃을 줄 알아서. 우는 것 보다는 낫지 않겠는가."

찬이가 뒤통수에 남은 머리카락이 목깃에 들어가서 근질거리는지 자꾸 목을 찔룩 거렸다.

"머리는 시원하게 다 깎지 한 모숨만 남겨서 애가 근질거리는 모양이네."

"저것은 베넷 머리인데 우리 고장 풍속에는 아이가 여섯 살이 되어야 다 밀어버립니다. 베넷 머리를 밀어버릴 때 전에는 외삼촌이 소를 사주었는데 요즘에는 자전거를 사주기도 하지요. 찬이는 외삼촌이 없으니 소가 아니라 토끼 한 마리도 사줄 사람이 없지만 풍속대로 여섯 살이 되면 밀어 버리려고요."

찬이의 뒤통수를 어루만지며 단이 외할머니가 말했다.

"너한테 외삼촌이 없으니 외할미가 너에게 소 대신 흑염소 한 마리를 선물해주마. 어때?"

찬이가 웃었다. 그리고 엉덩이를 들썽거리며 까부라지듯 손뼉까지 쳤다. 하지만 두 손을 마주 치는 것이 여의치 않은지 자꾸 비켜갔다.

24

단이가 한국에 온지 벌써 두 달이 지났다.

여관에서 자고 일어날 때마다 단이는 언제나 자신의 몸 안에 다른 사람의 혼이 들어와 사는 것 같은 이상한 기분이 들었다. 오래 동안 잊고 지냈던 소곤대는 소리와 간지럼을 타는 듯 한 잡소리들이 다시 들리기 시작했다. 살던 곳을 떠나면 모든 것에서 벗어날 수 있다고 생각했는데 이곳에서 다시 떠났던 것에 사로잡히게 될 줄은 몰랐다. 아마도 옆방에서 들려오는 남자와 여자들의 끊임없는 교성을 들으면서 부터였던 것 같다. 이상했다. 기억이란 잊은 듯하다가도 비슷한 환경이나 일이 생기면 다시금 떠오른다.

여관은 사랑하는 남자와 여자들이 들려서 아낌없이 교성을 지르고 가는 곳이었다. 이 눈치 저 눈치 보지 않고 마음껏 소리를 질러도 욕하는 사람이 없다. 소리를 지르는 사람에게는 그것이 즐거운 일이지만 듣고만 있는 사람에게는 고문도 그런 고문은 없었다. 그렇다고 여관을 경영하면서 그 소리가 싫다고 고객을 쫓아 낼 수야 없지 않은가.

단이는 시도 때도 없이 타인들의 오르가즘 비명에 시달렸다. 밥을 먹다가도, 화장실에서 배설을 하다가도 그리고 누군가와 전화를 하다가도 타인들의 생명의 환호와 삶의 치열한 아우성을 들어내야만 했다. 어릴 적에 방안에서 들었던 그 소리 때문에 어린 시절 전체를 한결같이 환청에 시달려야 했는데 성인이 되어서는 그 소리를 들어내면서 돈을 벌어 밥을 먹어야하는 처지가 되었다.

참을 수 없는 것은 자신도 모르게 부풀어 오르는 자신의 육신을 스스로 주체하지 못한다는 사실이었다. 옆방에서 흘러나오는 교성을 들으면서 그녀는 자기도 몰래 몸을 만지고 있는 자신을 발견한다. 이게 무슨 짓이야? 미쳤어, 미쳤어! 내가 왜 이러지?

입으로는 끊임없이 자신을 자책하면서도 몸이 스스로 하는 일을 막을 길이 없었다. 다리가 벌어지고 두 손은 스스로 가슴이며 성기를 만지며 자신의 몸에 빠져든다. 눈앞에는 고기비늘처럼 햇빛에 반짝이던 고향의 강과 꽃사슴이 뛰놀던 푸른 산이 펼쳐진다. 그리고 유리가루처럼 부드럽고 반짝이는 모래벌이 펼쳐진다. 그곳에 어른이 된 룡이가 서 있다. 두 사람은 서로 부둥켜안았다. 그리고 서로 헤어지지 말자고 끊임없이 맹세하면서 뒹굴었다. 어린 시절 방안에서 보았던 엄마와 체육선생님처럼 레슬링을 하듯 뒹굴고 또 뒹굴었다….

탕! 하고 총소리가 울리고 룡이는 눈 위에 꼬꾸라졌다. 순식간에 하얀 눈 위에 동백꽃잎 모양의 핏 자욱이 얼룩지었다.

단이가 룡이의 청혼을 거절했던 그해 겨울이었다.

단이란 이름을 가진 사슴이 우리를 뛰쳐나갔다. 아기 사슴이던 것이 벌써 어른 사슴이 되어 새끼를 가진 터라 따로 관리하던 중에 놓친 것이다. 단이 사슴은 곧추 강 쪽으로 냅다 뛰었다. 강위에는 밤새 내린 하얀 눈이 두터운 솜이불마냥 깔려 있었다. 사슴은 새끼를 배고도 사뿐사뿐 눈 위를 잘도 뛰었다.

"단, 단, 거기 서. 그쪽으로 가면 안 돼!"

룡이는 새된 소리를 지르면서 허겁지겁 쫓아갔다. 그쪽은 위험했다. 강만 건너면 다른 나라다. 그런 줄도 모르는 단이 사슴은 계속 두 나라의 경계선을 향해 뛰어가고 있었다.

건너편 초소에서 경고의 목소리가 날아왔다.

"서라, 서지 않으면 쏜다."

룡이도 비명 같은 그 소리를 들었다. 하지만 멈출 수 없었다. 또 다른 단이 마저 잃을 수가 없었다. 이제 몸을 던져 덮치기만 하면 단이 사슴의 뒷다리를 잡을 수 있다고 생각하는 그 찰라, 총소리가 울렸다. 사슴이 멈춰섰다. 그리고 놀란 눈빛으로 한참이나 룡이를 뒤돌아보았다.

룡이는 마치 포근한 눈 위에서 잠을 자는 것 같았다. 단이 사슴이 슬픈 눈빛으로 룡이 쪽으로 다가왔다. 사슴은 룡이의 얼굴을 열심히 핥았다. 그렇게 하면 룡이가 툭툭 눈을 털면서 일어날 것이라고 믿고 있는 것처럼 말이다. 하지만 룡이는 다시는 일어나지 못했다. 오리는 알에서 깨여날 때 제일 처음 본 사람을 따르고 사람은 죽기 전에 마지막으로 본 것을 눈에 담는다고 한다. 룡이는 단이 사슴을 눈에 담고 영원히 눈을 감아버렸다.

단이의 첫 사랑은 강가에서 주었다가 강가에서 놓아버린 조약돌처럼 강가에서 시작하고 강가에서 잃어버렸다. 어머니가 돌아가시고 나서도 그녀가 마을을 떠나지 않은 것은 룡이 때문이었다. 룡이가 있었기에 그곳을 견딜 수 있었다. 하지만 룡이 마저 없는 그곳은 더 이상 그녀에게 아무런 희망도 주지 못했다. 그리하여 단이는 서둘러 맞선을 보았고 찻집에서 이루어지는 어설픈 맞선으로 만난 김도균이라는 남자를 따라서 한국에까지 왔다. 하지만 이루지 못한 룡이와의 사랑은 그녀에게 있어 언젠가는 찾아서 떠나야 할 것 같은 끈질긴 욕망 같은 것이었다. 불행하게도 그녀는 결혼할 남자의 곁에서도 끊임없이 룡이의 생각을 했다. 그래야만 견딜 수가 있었다.

단이는 룡이를 생각하며 조금은 거칠게 자신의 몸을 만졌다. 온몸이 점점 알 수 없는 세계로 서서히 빠져들고 있었다. 무아지경이었다. 더 이상 아무것도 보이지도 들리지도 않았다. 죽음과 같은 전율이 온 몸을 휩싼다. 차라리 자신을 버리고 싶었다. 그동안 자신을 감싸고 있던 모든 껍데기들이 귀찮았다. 자신의 이름으로 된 피한 방울, 몸에서 떨어지는 비듬 한 톨도 남김없이 철저히 깨끗하게 버리고 싶어졌다. 그것이 이 세상 가장 고귀한 것이든 아니면 가장 천한 것이든 상관없었다.

버리지 않고 버려져도 괜찮다고 생각했다. 되도록이면 더 멀리 버려지고 싶었고 더 깊은 곳으로 던져지고 싶었다. 더 무거운 부피에 눌리고 더 비참하게 밟히고 짓이겨지고 찢기여 부서지고 망가지고 만신창이 되고 싶었다. 단이는 여태껏 자신에게 주어지지 않았던 모든 것을 상상하면서 자신이 증오하고 경멸했던 것을 즐기며 그 쾌락으로 죽고 싶었다.

그런데 아무것도 잡을 것도 없고 잡힐 것도 없는 끝없는 무게감도 부피감도 없는 허공, 지푸라기라도 있었으면 싶었다. 단이는 허공을 향해 끊임없이 몸부림을 쳤다. 무엇을 위해서 이러는지 알 수 없었다. 어쩌면 존재하지 않는 것이 살아남기를 바라는 간절함인 것 같기도 했고 살아있는 것이 죽음에까지 닿기를 바라는 간절함인 것 같기도 했다.

단이는 울부짖지 않으려고 입술을 깨물었지만 끝내 이상한 소리를 내지르고 말았다. 온몸에서 불덩어리같이 뜨거운 기운이 머리끝에서 발끝으로 쫘악 빠져나간다. 그제야 비로소 그처럼 방황했고 믿을 수 없었던 자신의 영혼에 도달한 듯한 충만감이 느껴졌다. 그리고 그녀는 뭍에 던져진 물고기마냥 숨을 헐떡이며 널브러져있었다.

오르가즘이 지나고 나면 공허감이 밀려오면서 괜히 쑥스럽고 부끄러웠다. 자신이 타인처럼 낯설게 느껴졌다. 그리고 자신이 미쳐가고 있다고 생각되었다. 이곳에 온 뒤로 이러지 않은 날이 거의 없었다. 다시는 그러지 않을 것이라고 다짐하기도 했지만 정작 옆방에서 내지르는 소리를 들으면 참을 수 없어졌다. 차츰 밤이 되면 은근히 옆방의 소리가 기다려지곤 했다.

남자는 그동안 한 번도 여자의 방에서 자지 않았다. 정식으로 결혼식을 올리기 전에는 절대 한방에서 자지 않을 거라고 말했다. 사람의 마음이란 참 간사 했다. 단이는 자다가도 깊은 밤중에 남자의 발자국 소리를 들었다. 그럴 때마다 단이는 숨을 죽이고 그 발자국소리에 귀를 기울였다. 남자가 문을 떼고 들어 올까봐 두려웠다. 하지만 자기 방 앞에까지 왔다가 되돌아가는 남자의 발자국 소리를 들으면 목구멍에서 저도 몰래 한숨소리가 뿜겨져 나가곤했다. 두려움 속에서도 은근히 남자를 기다리고 있었던 모양이다. 혼자 있는 깊은 밤이면 단이는 뜻 없이 내뱉는 탄식처럼 짧고 습관적으로 자위를 했다.

25

그러던 어느 날, 그날은 일요일이었다.

9월의 햇살이 밤하늘에 터지는 폭죽처럼 찬란했다. 꽃들은 저마다 자연의 색깔을 토해내느라 몸살을 앓고 있었다. 자연의 뜨거운 축복을 받으면서 단이와 김도균은 작은 교회에서 결혼식을 올렸다. 남자도 단이처럼 외로운 사람이었다. 결혼식에 친척이라고는 달랑 외숙모 한분이 참석하셨다. 어머니와 아버지가 차사고로 한날한시에 돌아가시고 나서 다른 친척들은 모두 발길을 끊었다고 했다. 다른 한명의 하객은 남자의 가장 가까운 친구 경석이었다. 경석은 남자가 장가가는 것이 그리 좋은지 마냥 얼굴에 미소가 가시지 않았다.

참다못해 남자가 친구에게 구박을 했다.

"입을 다물게, 날 파리가 날아들어 갈까봐 걱정이네."

"좋아서 그러네."

"그렇게 좋은가?"

"좋지 그럼!"

"모르는 사람들이 보면 자네가 장가드는 줄 알겠네."

"내가 너무 오버했나? 미안하네."

짐짓 미안해하면서 경석이 머리를 긁적였다.

"미안하긴, 내가 고맙지. 자네가 아니었음 내가 장가갈 궁리나 했겠나? 혼자 살다 총각귀신이 되어서 죽어서도 구천을 떠돌았을 불쌍한 내 영혼을 자네가 구해 주지 않았나."

남자가 친구의 어깨에 손을 얹으면서 진심어린 표정으로 말했다.

외숙모가 그들의 곁에 와서 서며 한껏 들뜬 목소리로 떠들기 시작했다.

"어디 보자, 중국샥시가 얼매나 예쁜가?"

"외숙모, 중국샥시가 뭐예요. 그렇게 부르지 마세요."

"야가 무슨 소리를 하노? 중국샥시를 중국샥시라고 하지 그럼 뭐라카노?"

"그냥 도균이 색시라고 해도 되고 새색시라고 해도 될 것을 굳이 중국색시라고 확인을 할 것은 없잖습니까?"

"니가 무라고 씨부려싸도 내는 내 마음대로 중국샥시라코 할란다. 아이고 이쁘라. 너무 이쁘데이. 중국샥시가 넘 이뻐서 눈이 다 부신다카이. 역시 인물은 한국샥시들보다 중국샥시가 훨씬 이쁘다카는 말이 맞는겨. 그렇치 않은기여?"

외숙모가 도균이 친구 경석이한테 물었다.

"동감입니다. 중국색시들이 인물이 훨씬 낫지요."

경석이 말에 도균이가 발끈했다.

"너까지 왜 그래?"

"내가 뭘?"

"중국색시가 뭐야?"

남자가 다른 사람들의 시선을 의식하는 듯 민감하게 주위를 둘러본다.

단이도 덩달아 주위를 살피게 되었다. 중국에서 왔으니 중국색시라고 해도 마땅하겠지만 이곳에서 듣는 중국색시란 이름은 왠지 거슬렸다. 꼭 차별 당하는 것 같은 느낌이 들었다.

한국의 정서에는 충주에서 오면 충주댁이라고 하고 원주에서 오면 원주댁이라고 부른다고 하지만 왠지 중국색시라는 호칭은 지역적인 의미 외에도 또 다른 의미가 덧칠되어 있는 것 같았다. 뭐라 형언하기 어렵게 묘한 기분이 들었다. 솔직히 요즘 누가 결혼하는 여자를 보고 충주색시나 원주색시라고 부르는가. 가령 그렇게 부른다고 해도 주위의 시선을 의식할 필요는 없었을 것이다. 하지만 외숙모가 단이를 중국색시라고 떠들 때마다 남자는 불편한 기색이 확연했다.

그의 심사를 눈치 챘는지 경석이가 시물시물 웃으면서 팔 굽으로 친구의 옆구리를 쿡쿡 찔렀다.

"중국색시가 어때서 그래? 그 이름 듣기 신선하고 좋기만 하구만?"

"너까지 놀리냐?"

"나, 놀리는 게 아니야. 진심이야. 중국색시란 이름으로 작품 만들어 제수씨 사진을 전시회에 내고 싶어. 어때? '중국색시', 이 타이틀이 대박 날 것 같지 않냐?"

"제발 그러지마!"

김도균이 신경질적으로 친구의 말을 잘랐다.

"왜?"

경석이가 알 수 없다는 듯 되물었다.

"챙피해?"

김도균이 단이의 눈치를 힐끗 살피더니 나직이 내뱉었다.

"챙피해!"

의외라는 듯 경석의 눈이 버안해 졌다.

"그럼 영광이니?"

김도균에게는 이 결혼이 부끄러움인 듯 했다. 경석이는 도균이 한국 사람으로서 중국여자한테 장가를 가는 것을 감추고 싶어한다는 것을 발견했다. 그래서 친구들한테도 알리지 않고 결혼식을 서약만 하는 수순에서 급 마무리 했던 모양이었다.

"후회돼? 후회되면 지금이라도 원상 복귀시키던지. 솔직히 임마, 너한테 과분한 색시야? 잘해! 안 그러면 콱, 빼앗는 수도 있으니까."

경석이가 낄낄 웃고 있었다. 김도균은 웃지 않았다. 분명히 농담인데 김도균은 정식으로 받아들이는 것 같았다. 남자는 불안해보였다. 왠지 외면하려고 애쓰는 다른 진실이 있는 듯 했다. 도대체 그게 무엇이란 말인가? 단이는 그런 김도균을 지켜보면서 자신이 이 남자에게 숨기고 싶은 존재라는 사실에 슬펐다. 주눅이 들고 떳떳치 못했다. 그리고 언짢았다.

결혼식을 모두 마치고 여관에 돌아오니 저녁 해가 느릿느릿 기울고 있었다. 석양을 품은 구름조각들이 은밀하게 붉은 속살을 포개며 수줍어하는 듯 했다. 단출한 결혼식이었지만 아침 일찍부터 서둘렀던 탓에 단이는 몹시 피곤했다. 그녀는 한복을 벗어서 벽걸이에 걸어놓고 속치마만 입고 침대에 누웠다. 남자를 기다렸지만 남자는 방으로 들어오지 않았다. 채 마무리 짓지 못한 일이 있나보다고 생각하다가 단이는 혼자서 잠이 들었다.

갑자기 잠에서 깨어났을 때는 밖이 새까맣게 어둠에 쌓여 있었고 방에는 여전히 혼자였다. 그제야 이상한 생각이 들었다. 남자는 어디로 간 것일까? 찾아야 하나? 아니면 그냥 기다려야 하나? 조용히 일어나서 방의 등을 켰다. 어둠속에 묻혀있던 방안의 정경이 드러났다.

옷을 갈아입으려다가 단이는 그만두고 다시 누웠다. 여관이 조용했다. 오늘은 결혼식을 올리는 날이라 손님을 받지 않았다. 불을 밝히면 좀 나을 줄 알았는데 여전히 외로움은 컸다.

이때, 출입문 쪽에서 방울소리가 딸랑딸랑 울리더니 무거운 발자국 소리가 그녀 방 쪽으로 뚜벅뚜벅 다가오고 있었다. 남자일 것이었다. 방문앞에서 문뜩 발자국 소리가 멈춰버렸다. 남자가 방으로 들어서기를 망설이는 듯했다. 왜지? 혹시 결혼을 후회하는 것일까? 단이는 한국에서 남자와 만난 이래로 그가 단 한 번도 자신에게 마음을 온전히 연적이 없다고 기억하고 있었다.

한 10분이 지났을까. 남자가 방으로 들어서더니 말없이 그녀의 앞에 서 있었다. 서늘하게 식은 눈이 그녀의 불안한 마음 탓인지 더 서늘해 보였다. 그러고 보니 오늘 하루 종일 남자가 웃는 모습을 보지 못했던 것 같다. 후회하고 있는 것 같기도 하고 무엇인가 감추고 싶어 하는 사람 같기도 하고 감추고 싶은 것을 털어놓지 못해 안타까워하는 사람 같기도 했다.

엉거주춤 단이가 자리에서 일어났다.

"도대체 어째 그럽까? 결혼한 거 후회함까?"

"후회를 할 거면 결혼을 했겠어?"

"그럼 도대체 어째 자꾸 저를 피함까?"

"내가 언제 피했다고 그래?"

김도균의 눈은 다른 곳을 보고 있었다. 분명히 뭔가 감추고 있다고 단이는 생각했다.

"하루 종일 저와 한 번도 눈을 마주치지 않았씀다."

"우리 오늘 따로 자자!"

뜬금없이 남자가 돌아서 나가려고 했다.

"도대체 어째 그럼까? 무슨 문제가 있씀까?"

단이가 비꼬듯 말했다. 그러자 남자가 발끈했다.

"문제? 문제라고 했어? 그럼 내가 비정상이라는 거야? 뭐야?"

김도균이 단이를 노려보았다. 그의 눈에는 독기가 서려있었다. 공포스러운 그 시선을 그녀는 감당할 수 없어 고개를 돌려버렸다. 가슴에 비수가 꽂히는 것처럼 섬뜩했다. 남자는 분명히 무슨 문제가 있어보였다. 결혼한 첫날밤에 따로 잠자리를 하자는 것도 그렇고 갑자기 필요이상으로 화를 내는 것도 이해 할 수 없었다. 혹시 성적 장애가 있는 것인가?, 아니면 성격적 장애가 있는 것인가? 두 가지 중에 어느 한가지라고 해도 앞으로 함께 사는데 큰 문제가 될 것이었다. 두려움이 진통처럼 몰려와서 온몸을 가루처럼 부서트리는 것 같았다.

단이는 주저앉아서 어린애처럼 엉엉 소리를 내어 울었다. 거의 통곡을 하는 수준이었다. 남자가 당황해했다.

"울어? 왜 울어?"

남자는 여자가 왜 우는지를 몰랐다. 여자는 더욱 서럽게 울었다. 남자가 쩔쩔매면서 어쩔 줄을 몰라 하더니 급 사과를 했다.

"미안해, 내가 괜히 신경이 예민해서 그래. 내가 잘못했어. 그러니 울지 말어."

남자는 여자의 눈물을 두려워하는 것 같았다. 하지만 그가 두려워하는 것은 여자의 눈물이지 여자의 아픈 마음을 헤아리는 것은 아닌 듯 했다. 남자가 눈살을 찌푸리고 두 손을 마주 비볐다. 그것은 미안함이 아니라 안타까움이고 짜증이었다. 단이는 아무리 애쓰고 노력해도 영원히 같은 곳을 바라볼 수 없을 것 같은 철저한 단절을 느꼈다. 숨통이 조여졌다. 죽을 것만 같았다.

제6부 남자는 다리가 없었다.

26

창가에서는 가로등 불빛이 비쳐 들어오고 있었다.

단이가 울음을 그치고 조용해지자 김도균이 창가로 걸어갔다. 그는 빛이 새여 들어오는 것을 꺼리는 듯 창문커튼을 닫았다. 한 오리의 빛도 허용하지 않겠다는 듯 철저하고도 꼼꼼하게 커튼을 여몄다. 그리고는 실내등도 껐다. 강렬하게 비추던 흰색 조명이 꺼지자 조도가 낮은 붉은 전구 두 개가 남아서 피멍이 든 눈빛처럼 남자와 여자를 쏘아보고 있었다. 방바닥에는 온통 빨간 물감을 엎질러놓은 듯 붉은 물이 들어있었다. 남자가 천천히 여자에게 가까이 다가갔다. 붉은 빛 속에서 남자는 현실감이 없어 보였다. 마치 만화영화에서 나오는 날개를 달고 하늘에 날아다니는 불사조 같았다.

남자는 여자의 어깨를 감싸 안으면서 말했다.

"그래, 우리는 부부야. 그렇지?"

남자의 목소리가 갑자기 떨어지는 빗방울 소리처럼 어색했다. 그의 말은 전혀 스며들지 않고 겉돌았다. 왠지 말을 섞는 것이 오히려 가볍고 어색할 듯싶어 여자는 대답을 하지 않고 잠자코 있었다. 그러자 남자가 따지고 들었다.

"왜 대답을 하지 않지?"

남자의 시선에서 무엇인가에 다다르려는 안간힘이 보였다. 꼭 확인을 받아내야만 하는 어떤 이유라도 있는 것 같았다.

'이 사람이 어째 이러지?'

당연한 것을 왜 그리 진지하게 따지는지를 여자는 알 수 없었다. 유치하고 웃긴다는 생각이 들었다. 결혼을 할 때 남자들은 여자들보다 두려움이 크다고 한다. 결혼사실을 기피하고 싶어서 첫날밤에 색시와 있지 않고 친구들과 보내는 사람도 있다더니 이 사람도 아마 첫날밤 공포증이 있는 모양이라고 생각되었다. 여자가 속으로 실소를 했다.

"유치하게 시리 왜 이럼까?"

"당신한테는 유치할지 모르지만 나에게는 아주 중요한 일이야."

대답을 하지 않으면 끝이 없을 것 같아서 하는 수 없이 그녀는 고개를 끄덕였다.

"네, 우리 부부 맞씀다."

"어떤 일이 있어도 헤어지지 않는다고 약속할 수 있지?"

"참, 결혼하자마자 어째 헤어진단 소리 함까? 재수없게스리."

"그렇지."

그제야 남자가 여자를 껴안았다. 그리고 조용히 침대에 눕혔다. 오래 동안 참아온 듯 남자의 눈빛이 절실했다. 그의 숨결이 조금씩 달아오르기 시작했다. 남자가 여자의 옷을 벗겼고 그동안 여자는 거의 움직이지 않았다. 남자가 여자의 몸을 더듬자 마치 하프의 화음처럼 여자의 몸이 바르르 진동했다. 그리고 목 너머로 깊은 숨을 몰아쉬면서 몸을 틀었다. 굳게 닫고 있던 여자의 몸이 서서히 열리기 시작하면서 자그만하던 가슴이 풍선처럼 탱탱하게 부풀어 올랐다. 남자는 음 이탈이라도 생길까봐 두려워하는 악사처럼 섬세하고 꼼꼼하게 여자의 입술이며 목선이며 가슴이며 하얀 배며 그 아래 은밀한 곳까지 구석구석 만지기 시작했다. 단이는 남자의 손이 머무르는 부위에 따라 다른 소리를 냈다. 남자의 손길이 더욱 빠르고 격렬하게 움직였다. 여자의 입에서 걷잡을 수 없는 환성이 터져 나왔다.

서서히 천국으로 빨려 들어가는 강렬한 느낌이 그녀를 휩싸였고 더 이상 아무것도 보이지도 들리지도 않았다. 팽팽하게 부풀었다가 한꺼번에 까만 씨를 터치는 무르익은 석류처럼 여자는 곧 터지고 말듯한 쾌감을 주체 할 수가 없어 거대한 괴성을 내질렀다. 그렇게 소리를 지르면서도 그녀는 그 소리가 자신의 것이 아니라 다른 세상 어딘가에서 들려오는 타인의 소리처럼 들렸다. 한 번도 그렇게 마음대로 소리를 질러본적이 없어서 그것이 자기의 소리라고 믿을 수 없었다. 너무 낯설었다. 하지만 상관이 없었다. 그녀는 부끄럽지 않았다. 지금 이 시각이야말로 진실한 자신과 만나는 것 같아서 오래간만에 기뻤다. 자신의 몸속에 이렇게 큰 희열과 아름찬 에너지가 고여 있을 줄은 생각도 못했다.

단이는 자신을 음지의 독 있는 식물처럼 가는 곳마다 불운을 몰고 다니는 운명을 타고난 존재라고 여겼다. 하여 목소리도 크게 내지 못하고 움츠리고 만 살았었다. 오늘 밤 그녀는 즐거운 비명을 지르는 것이 아니라 마치 악을 쓰는 것 같았다. 움츠리고 살았던 자신의 지난 과거에 대한 한풀이 같기도 하고 이 세상 모든 잡음을 소거하고, 존재하는 모든 시간을 걷어 들이며, 혼과 육체의 털끝만큼의 이탈도 허용하지 않겠다는 광기 같기도 했다.

27

갑자기 남자가 여자를 더듬던 손을 멈추었다.

터지기 일보 직전의 은밀한 힘을 비축하고 있던 차였다. 바야흐로 숨가쁜 절정을 오르던 여자가 그만 타이밍을 놓치고 말았다. 바람이 샌 풍선처럼 멋없이 기운이 빠진 여자가 아쉬운 눈빛으로 남자를 노려보았다.

'이게 뭐야? 약 올리는 것도 아니고?'

남자는 여자의 마지막 함성을 남겨놓고 싶었는지도 모른다. 그는 참을 수 없었던지 급기야 옷을 벗기 시작했다. 언덕으로 오르는 황소처럼 바쁜 숨을 몰아쉬면서 와이셔츠를 벗어 던지더니 런닝마저 벗어버렸다. 그리고 벨트를 풀었다. 남자의 목에는 빨간색 넥타이만 남아서 고추잠자리가 그네를 뛰듯 건들거렸다.

드디어 남자가 바지를 벗었다. 그리고 팬티까지 마저 벗어버리더니 자신의 몸에서 한쪽 다리를 쑥 빼서 침대아래에 내려놓는다. 한쪽 다리가 떨어져나간 반 토막의 남자의 육신이 장승처럼 여자의 눈앞에 서있었다.

꿈을 꾸고 있는가 싶어 여자는 숨을 죽인 채 눈을 동그랗게 뜨고 지켜보고만 있었다. 붉게 상기된 절반짜리 육신이 꼬리 잘린 도마뱀처럼 그녀의 몸 위에 오르려고 기신기신 기어 오고 있었다. 소름이 돋고 오바이트를 할 것처럼 심한 구역질이 일었다. 남자가 여자의 몸 위에 포개지려고 하는 순간에 여자가 벌레를 털어버리듯 치를 떨며 벌떡 자리에서 일어났다. 그 서슬에 남자는 침대 아래로 물건처럼 내동댕이 쳐졌다. 남자의 몸과 그 몸의 일부인 한쪽 다리가 망가진 장난감처럼 제각기 분리된 채 서로 다른 곳에 구겨 박혀있었다. 여자는 도망가려고 침대에서 내려섰다. 그런데 그만 남자의 벗어놓은 한쪽다리에 걸려서 나가넘어졌다. 벗어놓은 남자의 다리가 여자를 안걸이를 한 셈이다. 일어나려고 바둥거렸지만 허리를 접쳤는지 극심한 통증으로 일어날 수가 없었다.

남자가 침대를 짚고 한 다리로 일어섰다. 처참했지만 부끄럽지는 않았다. 여자로 부터 당한 치욕과 굴욕에 대한 분노가 너무 커서 잠시 모든 부끄러움을 잊을 수 있었다. 그리고 이미 볼꼴을 다 보인 마당에 더 이상 감추고 할 것도 없었다. 그는 상처 입은 짐승처럼 으르렁거리며 구석에 구겨진 채 신음을 하고 있는 여자를 향해 몸을 움직여 갔다. 한손에는 자신을 부끄럽게 하였던 의족義足을 무기처럼 쳐들고 있었다. 남자는 속으로 부르짖었다. 네가 나한테 준 굴욕과 치욕을 모두 되갚아주고 말 것이야.

"무섭게서리 왜 이럼까? 이러지 마쇼. 제발…"

여자가 두 손을 비비면서 사정했지만 소용이 없었다. 남자는 입귀를 비틀어 트리며 푸르슴한 미소를 내비쳤다. 그리고는 한발로 우악스럽게 여자의 몸을 가로타고 앉았다.

"감히 네가 날 괴물 취급을 해? 더러운 짱깨인 주제에? 어디 괴물한테 당하는 심정이 얼마나 처참하고 슬픈지 내가 그 맛을 보여줄게."

'더러운 짱깨'라는 말을 듣는 순간에 단이는 이미 강을 건넌 느낌이 들었다. 이 사람과는 끝이라는 생각이 들었다. 눈이 따갑고 무릎이 후들거렸다. 어머니를 더러운 '꼬리빵쯔'라고 하며 목을 놓이던 아버지의 혼이 살아 돌아온 듯 싶었다. 그리고 그 치욕을 참을 수 없어 치를 떨며 오열을 했던 것이 어머니가 아니라 바로 자신이었지 않았나 혼동이 왔다. 어쩌면 이리도 명백히 똑같은 일이 엄마와 딸한테 되풀이 될 수 있단 말인가.

남자는 두 팔로 여자의 손을 위로 찍어 누르고 자신의 하신을 여자의 하신과 포갰다. 여자가 풀려나려고 사력을 다하여 저항했지만 독을 품은 남자의 괴력을 당해낼 수가 없었다. 남자는 이를 사려 물고 한 다리로 결사적으로 버티면서 힘 있게 여자를 찧었다. 살과 뼈가 분리되고 뼈가 다시 가루가 되고 살이 다시 물이 될 때까지 천 번이고 만 번이고 멈추지 않을 태세였다.

남자의 몸은 이미 불붙은 화염병이었다. 스스로 타서 재가 되기 전에는 절대 꺼지지 않을 것이었다. 여자를 가지기 위한 사투인지 여자를 버리기 위한 발악인지 그 자신도 알 수 없었다. 시간이 많이 흐르고 나서 남자가 후줄근해진 몸을 바닥에 떨어뜨렸다. 온몸의 힘줄을 모두 뽑아버린 듯 전신에 아무 힘도 없이 나른했다. 여자에 대한 보복을 한 것인가? 일단은 그래 보였다. 통쾌할 줄 알았는데 별로 통쾌하지 않았다. 치한이 된 것 같은 이 더러운 기분은 무엇일가? 남자는 갑자기 발길질 하듯 쏟아지는 빗방울 같은 웃음을 쏟아냈다.

흐! 흐! 흐!

그것은 어두운 동굴 속에서 들려오는 짐승의 울음소리 같았다. 단이는 온몸에 소름이 돋았다. 그녀는 넝마처럼 너덜너덜해진 자신의 육신이 부끄러웠다. 쑤셔나지 않는 곳이 한곳도 없었다. 남자는 여자에게 물샐틈없는 철두철미한 능욕과 치욕을 안겨주었다. 아무것도 모르고 남자를 따라온 여자의 영혼과 연약함, 그리고 한국이란 이 험한 세상을 살아가기엔 턱없이 부족한 그녀의 처지를 비웃고 있는 듯 남자는 끊임없이 짐승 같은 웃음을 쏟아내고 있었다.

치부를 들켜버린 자의 체념 섞인 여유는 지독하게도 잔인했다. 그것은 여자에게 죽이고 싶은 광기와 독기를 품게 했다. 철두철미한 배신이었다. 자신이 남자에게 선택되었단 소식을 들었을 때 느꼈던 그때의 불길한 예감은 이렇게 맞아 떨어진 것이다. 그녀는 완성된 퍼즐의 마지막 한 조각을 보는 듯 했다.

맞선을 보았던 것은 단이가 유일하게 세상을 향해 쉽지 않게 열었던 문이다. 하지만 그 문은 그녀에게 또 한 차례 기만과 배신으로 돌아왔다. 그것은 그녀에게 죽음과도 같은 암담한 현실을 만들어주었다. 이것이 무슨 얄궂은 운명이란 말인가? 단이는 살고 싶지 않았다. 누군들 이런 상황에서 살고 싶겠는가? 털끝만치도 살고 싶은 마음이 없었다. 죽을 수만 있다면 죽고 싶었다. 죽는 것이 사는 것보다 훨씬 쉬워보였다.

문뜩 단이는 죽음을 택할 수밖에 없었던 어머니의 마음을 이해할 것 같았다. 세상에는 죽음보다 더 아픈 삶의 현실이 있으며 오직 죽음으로만 치유 받을 수 있는 현실이 있다는 생각이 들었다. 수도 없이 어머니의 죽음을 원망했다. 어머니가 다른 남자와 좋아했다는 사실보다 어린 자식의 마음에 대못을 박고 무책임하게 죽은 것에 더 분노했고 참을 수 없었다.

하지만 이 순간에 단이는 알 수 있을 것 같았다. 어머니는 아버지로부터 받은 수치를 참을 수 없는 것이 아니라 자식이 자신의 치부를 알아버렸다는 사실에 참을 수 없어 결국 목숨을 끊었다는 것을.

"엄마!"

단이가 어머니를 불렀다. 목이 메온다. 어머니가 손만 뻗으면 잡힐 듯 가까운 곳에 있는 것처럼 느껴졌다. 김도균이란 남자를 따라 한국까지 온 것이 어머니를 이해하기 위한 여행이 아닐까 하는 생각이 스쳐 소스라쳤다. 그녀는 한때 어머니를 닮을까봐 두려워했었다. 그래서 어머니를 닮았다는 말을 제일 싫어했다. 하지만 이미 어머니를 너무 많이 닮아버렸음을 알게 됐다. 딸은 어머니의 팔자를 닮는다고들 하지만 이 정도까지 같게 될 줄은 미처 몰랐다. 벗어버릴 수 없는 운명의 굴레가 너무 한스럽고 처참했다.

28

체면이 없어서였을 것이다.

이튿날, 남자는 여자의 얼굴을 똑바로 쳐다보지 못했다. 잠시나마 이성을 잃었음을 부끄러워하며 멋쩍어했다. 여자도 남자를 쳐다보지 않기는 마찬가지였다. 남자가 다리가 없다는 사실이 충격적이었지만 그보다도 더 참을 수 없는 것은 이렇게 큰일을 속여 온 남자의 비정함이었다. 여자는 전혀 눈치 채지 못했었다. 그러고 보니 중국에서 맞선을 볼 때도 한 번도 남자가 서있는 모습을 본적이 없었다. 한국에 와서도 그랬다. 멀리 나갈 때면 차를 끌고 다녔고 둘이 함께 걸을 때도, 층계를 오를 때도 남자는 늘 여자를 앞에 세웠다. 그것을 단이는 여자에 대한 남자의 배려이고 매너라고 여겼지, 단 한 번도 의족을 숨기려는 의도적인 행동이라고 의심해본 적이 없었다. 어찌 그렇게 끔찍한 일을 숨길 거라고 상상이나 했겠는가?

지금 와서 돌이켜보면 의심스러운 행동이 여기저기 있긴 했었다. 평소에 남자는 한쪽 바짓가랑이를 무릎 위까지 걷어 올리는 습관이 있었다. 적당히 희고 길게 쭉 빠진 잘 생긴 다리였다. 섹시했다. 그 다리를 보면서 다른 한쪽 다리가 없을 거란 끔찍한 상상을 할 수 있는 사람은 극단적으로 비관적인 사람들이나 가능할 일이다. 당연히 그녀는 남자의 다른 한쪽 다리도 드러낸 다리와 똑 같이 희고 매끈하고 섹시할 것이라고 생각했다. 그러고 보니 그런 행동 역시 남자의 치밀한 없는 다리 숨기기 전략이었거나 아니면 잃어버린 다리에 대한 무한동경이 아니었나 싶었다.

그리고 또 있었다.

두 달 넘게 함께 여관에 있으면서도 남자는 한 번도 여자와 잠자리를 가지지 않았다. 그것 역시 없는 다리를 숨기기 위해서였을 것이다. 그리고 잠자리를 가지기 전에 끝없이 부부가 맞느냐? 확인을 하고 어떤 일이 있어도 헤어지지 않을 것이란 확답을 받아내려고 모지름을 썼던 일도 모두 이처럼 엄청난 비밀이 들어나게 된 후를 대비하기 위해서였을 것이다.

철저하고 완벽하게 자신의 의족을 숨겨왔지만 남자는 늘 불안해했었다. 자주 허공을 떠도는 남자의 눈에서 그녀는 남자가 자신을 외면하려 애쓰는 야릇한 비통함을 느끼곤 했다. 다만 그것이 다리가 없는 것에 대한 비통함 인줄을 알지 못했을 뿐이었다.

이제 어떻게 해야 하는지.

여자는 머릿속이 텅 빈 채 아무 생각도 떠오르지 않는다. 남자의 곁에 계속 머무르는 것도 끔찍하고 그렇다고 무작정 떠나가는 것도 막연했다. 아는 사람이라곤 한사람도 없는 서울은 여자에게 있어 곡예사가 구명줄이 없이 허공을 걷는 것처럼 위태로웠다.

어딘가를 떠나야 했다. 하지만 그게 도대체 어디란 말인가?

단이는 방에 꼼짝 않고 누워서 자신의 앞날을 생각해보았다. 갈 곳은 없었다. 중국에 다시 돌아갈까 생각해보았지만 거기에도 자신을 그리워할 사람도 안타까워할 사람도 없었다. 이렇게 험한 꼴을 당했는데도 이 상황을 하소연할 사람도, 가슴을 쓸어내리면서 들어줄 사람도 없다는 것이 너무 슬펐다. 하지만 분명한 것은 떠날 곳이 없다는 것을 알면서도 떠나야 한다는 사실이었다. 삶에 마련해 둔 것이 없다고 생각하고 있었으므로 떠나는 것은 쉬웠다. 자신의 과거를 잊으려고 아무것도 모르는 남자를 따라 무작정 왔듯이 또 다른 누군가를 따라 가는 일인들 어렵겠는가.

그날 밤, 남자가 또다시 여자의 방에 들어왔다. 남자는 아예 의족을 빼 버리고 비워 있는 한쪽 바짓가랑이를 후줄근하게 드리운 채 양쪽 옆구리에 목발을 하고 있었다. 처음 보는 남자의 모습이었다. 목발을 하고 있는 남자를 보니 단이는 마치 누군가가 미지의 언어로 말을 걸어오는 것과 같은 이질감과 불편함을 느꼈다. 완전히 생소하고 낯설었다. 남자가 침대 가까이에 다가오자 여자가 경기를 일으키듯 온몸을 떨었다. 전날 밤의 공포가 되살아났다. 단이는 온몸에 식은땀이 흘러내렸다.

"한쪽 다리가 없다는 사실을 미리 말 하지 못한 것은 미안해."

남자의 목소리가 절규처럼 울렸다. 여자는 눈을 감고 두 귀를 막았다. 아무 말도 듣고 싶지 않았다. 남자가 하는 매 한마디의 말은 악마가 내는 소리 같았다. 이제 와서 이런 말이 무슨 소용인가. 미안하다는 말로 모든 것을 제자리로 돌려놓을 수 있다면 사과를 받아들여도 무방하다. 하지만 이미 엎지른 물이고 그녀의 인생은 돌이킬 수 없게 되었다. 어떤 말로도 위로가 될 수 없었다.

"처음부터 말을 하지 않으려고 한건 아니야. 적당한 기회에 말하고 싶었는데 차마 그러지 못했어. 그럴 자신이 없었거든."

그런 말을 하는 남자가 비굴해보였다.

"뭐라고 말을 해! 아무 말이라도 하라고! 차라리 욕을 해! 죽어라고 하든지, 죽이겠다고 하든지…"

계속하여 귀를 막고 있는 단이한테 남자가 버럭 소리를 질렀다.

갑자기 어머니의 목을 조이면서 "죽어라!"며 악을 쓰던 아버지의 목소리가 이명처럼 귓가에서 울렸다. 그제야 여자가 귀를 막고 있던 손을 풀었다. 그리고 자신의 혀를 토해내듯 침통하게 말했다.

"그래, 죽어. 죽으란 말이야!"

그러자 남자가 다소 안심을 하는듯한 편안한 표정을 지었다.

"그래, 네 말처럼 난 죽었어야 했어. 죽어서 나 한사람의 불행으로 끝났어야 했다고. 그랬더라면 당신의 운명까지 이리 비참하고 불행하게 만들지는 않았을 텐데 말이야. 살아있어서 정말 미안해. 솔직히 나는 죽고 싶었어. 죽으려고 손목도 그어보고 목도 조여보고 약도 먹었어. 정말 죽고 싶었거든. 그런데 죽지 못했어. 왠지 알아?"

"그딴 거 알고 싶지 않으니깐 나가 주쇼!"

단이는 다시 귀를 틀어막았다. 정말이지 듣고 싶지 않았다. 들을 이유도 없었다. 그저 김도균이란 사람을 없는 사람으로 취급하고 싶었다. 그의 기억을 모두 지우고 싶은데 듣고 나면 마음이 약해져서 남자의 기억에서 벗어나지 못할까봐 두려웠다.

여자 앞에 남자는 털썩 무릎을 꿇었다. 그리고 눈물을 흘리며 구슬프게 이야기를 시작했다.

"그날은 나의 대학 졸업식이 있던 날이었어. 졸업식에 참석하려고 우리 식구들은 아침 일찍 집을 나섰어. 아버지가 운전을 하시고 어머니와 나는 뒷좌석에 앉았지. 우린 행복한 가족이었어. 그날따라 부모님은 특히 기뻐하셨지. 아들이 대학을 졸업하는 것이 많이 대견스러웠나봐. 비가 추적추적 내려서 아버지는 쉴 새 없이 와이퍼를 작동시켰어. 빽빽하게 와이퍼가 움직이는 소리를 들으면서 나는 학교 캠퍼스에서 있을 졸업식을 생각했지. 비가 계속 내리면 졸업식은 강당 안에서 할지도 모르겠구나… 그런데 우리차가 갑자기 이상하게 흔들리더니 지하철 공사현장의 표지판을 무시하며 앞으로 질주했어. 승용차가 허공에서 붕 뜨는듯하다가 급기야 공사현장의 깊은 구덩이에 처박힌 거야… 급발진 사고였어."

여자는 귀를 막고 있었지만 남자의 말을 모두 듣고 있었다. 물론 한쪽 다리가 없는 것이 그녀가 화가 난 이유는 아니었다. 그런데도 다리가 없어진 사연이 마치 여자를 속인 이유나 되는 듯 남자는 사고 이야기에 열중하고 있었다.

"그 사고로 나는 다리 한쪽을 잃게 되었지. 아버지는 사고 현장에서 이미 돌아가시고 어머니는 병원에서 돌아가셨는데 운명하시기 직전에 내 손을 잡고 그랬어. '네가 살아서 정말 다행이다. 아버지와 어머니는 이 세상을 떠나지만 전혀 슬프지 않아. 너를 통해서 우리의 삶이 계속 살아진다고 생각해. 너는 우리의 분신이니까. 그러니 너무 슬퍼하지 말고 아무리 힘들고 고통스러워도 꼭 살아내야 해.'…"

남자는 고통스러운 듯 잠깐 말을 잇지 못했다. 표정이 어두웠다.

"아버지 어머니께서는 자식을 통하여 당신들의 삶이 연장된다고 생각하신거야. 그러니 내 삶은 내 것이지만 아버지 어머니의 것이기도 했어. 매번 죽고 싶을 때마다 어머니의 그 말씀 때문에 나는 죽지 못했어. 내가 나 자신을 죽게 하는 것은 내 아버지 어머니를 두 번 돌아가시게 하는 거란 생각이 들었거든…"

남자의 눈가에 눈물이 고여 있었다.

"아버지 어머니를 위해서라도 내가 살아야 되겠다고 마음먹고 다리 한쪽을 잘라 내고 의족을 했어. 하지만 한쪽 다리밖에 없는 나의 삶은 오래 동안 사고가 났던 공사장의 웅덩이 속에 빗방울처럼 고여 있었어. 오래 동안 나는 빗소리만 나면 그날의 고통이 떠올랐어. 육신이 끊임없이 굴속으로 빠져들어가 깊은 어둠속에 갇히는가하면 입속과 코와 눈, 귀속으로 흙물이 흘러들어가는 숨 막히는 환각에 빠지기도 했어. 허리가 부러져서 몸뚱이가 두 동강이 나고 다리가 따로 걸어 다니는 공포스러운 환각에 시달리기도 했지. 그 날의 기억은 그 뒤의 나의 삶을 한 순간도 놓아주지 않더군."

남자는 애써 담담한척 했다.

"노인들은 똥 무지에 굴러도 이승이 좋다고 말하지만 나는 아니었어. 살아있으면서 나는 산자의 가장 큰 고통은 죽고 싶은데 죽을 수 없는 고통이라는 생각이 들더라고. 살아있어도 살아있는 게 아니었거든. 한날한시에 부모님을 다 잃고 혼자 남아서 그것도 다리를 하나 잃은 채 병신으로 살아가는 그 삶이 과연 살고 싶었겠나? 나는 매일매일 죽고 싶다는 생각을 하면서 송장처럼 살아가다가 단이를 만나게 된 거야. 당신을 만나고 나서 나는 비로소 살아있는 것이 얼마나 잘 한일인지 알게 되었어. 단이가 나를 진실로 삶의 보람을 느끼게 해준 거지. 당신과 결혼하기로 마음을 먹으면서 이것이 당신에게 얼마나 큰 상처가 될지 생각하지 않는 것은 아니었어. 당신에게 정말 다 털어놓고 싶었거든. 하지만 그 사실을 알면 단이가 나한테서 떠날까봐 두려웠어. 한 다리가 없는 나의 곁에 누가 있고 싶겠어. 나는 당신을 놓아줄 자신이 없었어. 다리가 없는 사실을 숨겨서라도 당신을 붙잡고 싶었거든. 그렇게 해서라도 당신과 함께 있고 싶었어. 내 욕심이라는 것을 알아. 결국 내 욕심 때문에 당신의 인생까지 망쳐놓고 말았어. 이제 모든 사실을 다 털어놨으니 당신이 어떤 선택을 하든 나는 따르겠어. 마음이 정리되면 알려줘. 기다릴게."

말을 마친 남자가 목발을 짚고 일어나더니 힘들게 뚜벅뚜벅 방을 나갔다. 그녀는 화가 치밀어 남자가 나간 문 쪽을 향해 소리쳤다.

"이제 와서 나한테 이런 말을 하는 이유가 뭠까? 차라리 끝까지 아무 말도 하지 말 것이지, 이제 와서 나더러 어쩌라고. 당신이 잘못한 것을 진심으로 뉘우치면 자신의 잘못을 스스로 안고가면 그만일 것을. 왜 나더러 다시 시험에 들게 함까?"

단이는 혓바닥에 엉겨 붙은 머리카락을 떼어내는 심정으로 부르짖었다. 미칠 것만 같았다.

29

남자가 죽도록 미웠다.

그런데 남자의 고백을 듣고 나서 그를 외면하고 싶었던 그녀의 마음 한편에 또 다른 마음이 대립하고 있음을 그녀는 발견했다. 왠지 자신이 빠져나온 고치 속에 다시 들어가 버린 기분이 들었다. 그래서 화가 났다. 그녀가 과거의 슬픔이나 불행을 지우려고 결혼을 서둘렀던 것처럼 남자 역시 그랬다. 결혼을 통하여 부서진 인생의 파편을 다시 주워 모으려고 했던 것 같다. 어쩌면 이리도 닮았단 말인가. 남자는 여자가 잊고 싶었던 자신의 과거와 너무 닮아있었다. 어쩌면 자신은 남자가 잊고 싶었던 과거이고 남자는 그녀가 잊고 싶었던 과거일지 모른다. 두 사람은 서로 진심으로 사랑하지 못한 채, 자신의 세계에서만 독백을 하면서 자신에게 결핍된 무엇인가를 무수히 찾아 헤맸었다. 결국 그들이 주워 담은 것은 상대방이 버렸던 과거였던 셈이다.

남자의 이야기를 들으면서 단이는 마음이 떨렸다. 이렇게 똑같은 사람과의 만남이 운명이 아닐까 하는 생각도 잠깐이나마 들기도 했다. 하지만 다시 과거 속에 묶이는 것은 두려웠다. 괜히 남자의 시간 한편에 애매하게 섞여 있다간 그를 이해하고 말까봐 두려웠다. 누군가를 이해하면 그를 결코 미워할 수 없을 것이다. 그녀는 남자를 영원히 미워하고 싶었다. 그래야만 남자로 하여 상처를 받지 않을 것 같았다. 그래도 도덕적으로 양심의 가책을 느껴야 할 하등의 이유가 없다고 생각했다.

그녀는 자신의 마음을 다잡듯 스스로에게 말했다.

'그가 왜 다리를 잃게 되었는지는 나하고 아무 상관이 없어. 그 이유를 내가 들어야 할 이유도 없어. 내게 중요한 것은 그 사람에게 다리가 없다는 사실이고 그가 그 사실을 나한테 숨겼다는 사실이야. 이것이 나의 진실이야. 나에게는 나의 진실이 중요해. 내가 다른 사람의 진실에 잡혀 있어야 할 이유는 없어.'

그녀는 떠날 준비를 서둘렀다. 결혼하면서 남자가 사준 옷들은 그대로 두고 중국에서 올 때 입고 왔던 옷들만 트렁크에 챙겼다. 날이 밝으면 이곳을 떠날 것이다.

갈 곳이 있어서 떠나는 것은 아니었다. 있을 수 없기에 떠나는 것이다. 그녀는 우울했다.

단이 아버지가 떠돌이 생활을 접고 집에 들어오고 나서 그 이듬해에 외할머니가 갑자기 돌아가셨다. 그리고 산동여자가 단이네 집에 들어온 것은 그 다음해의 일이었다. 그해 단이는 열여덟 살이었다. 고중학생이었던 단이는 매일 오후 늦은 시간까지 학교에서 공부를 하고 날이 어두워져서야 집으로 돌아오곤 했다. 그날도 늦은 시간에 귀가를 했는데 집에 낯선 여자가 와 있었다.

얼굴이 수수 빛처럼 붉고 가슴이 풍만하고 엉덩이가 큰 여자가 두 다리를 쭉 퍼더버리고 앉아서 멀뚱멀뚱 단이를 쳐다보았다. 마주 앉아있던 아버지가 발길질로 그녀의 다리를 툭툭 걷어찼지만 그녀는 눈치를 채지 못하고 있었다. 하긴 눈치를 챘더라도 코끼리 다리처럼 굵은 다리를 가두고 얌전하게 앉는 것도 그리 만만치 않을 듯싶었다.

"찬이 엄마다."

그럴 줄 알았다는 듯 단이는 건성으로 산동여자를 한번 힐끔 쳐다보고는 그만이었다. 남자가 계면쩍어하면서 산동여자한테 말했다.

"단단이야. 내 딸."

산동 여자가 육중한 몸을 일으키더니 단이에게로 다가왔다. 그녀는 마치 오랫동안 이집에서 살았던 사람처럼 스스럼없었다.

"오, 단단이구나. 어서 올라와라."

그녀가 단이의 볼을 만졌다.

"예쁘게 생겼구나."

손끝이 차가웠다. 단이는 여자의 손을 피하려고 얼굴을 뒤로 젖혔다.

"새엄마한테 인사는 해야지."

조치운의 말에 단이는 아무 대꾸도 하지 않았다.

"고집 하고는! 딱 지 엄마 판박이군!"

"딸은 원래 에미를 닮는 법이여. 그래서 여자를 데려오려면 그 에미를 보라 그러잖소?"

산동 여자가 늘어지게 하품을 했다. 벌어진 입속으로 붉은 목젖이 지렁이처럼 꿈틀거리는 것이 보였다. 단이는 징그럽다는 생각이 들었다. 아버지는 어떻게 저런 여자가 마음에 들었을까? 단이는 고개를 절레절래 저었다. 그러는 단이를 보고 찬이가 헤벌쭉 웃었다.

'그래, 네 엄마가 왔으니 좋아 죽겠지?'

단이는 찬이를 흘겨보고는 자기 방으로 들어가 버렸다. 이제부터 저 산동 여자랑 한집에서 살아야 한다고 생각하니 진절머리가 났다. 단이는 불도 켜지 않은 방에 우두커니 서있었다. 어머니가 계실 때는 방안에 늘 타인이 사는 듯 했는데 지금은 정주칸에 타인이 살고 있었다. 그리고 자신은 그들이 살던 집에 덤으로 끼여 있는 돌쩌귀 같았다. 아버지가 저녁을 먹으라고 했지만 단이는 방안에서 꼼짝도 안했다.

30

이튿날이다.

산동 여자가 온 이튿날 아침은 그녀의 욕 소리로부터 시작되었다.

"제기랄, 이게 무슨 부엌이야. 앉아서 밥을 짓다니, 조선족은 죄다 앉은뱅인가. 서서하면 얼마나 좋아. 앉아서 뭉개다가는 며칠이 안가서 엉덩이가 산만큼 커져서 자기 엉덩이에 깔려 죽을지도 모르겠어."

그 말에 남자가 픽 하고 웃음을 터뜨렸다.

"당신의 엉덩이는 이미 산만큼 크거든."

"아직은 깔려죽을 만큼은 아니야."

산동 여자가 다리 사이에 플라스틱 대야를 끼고 밀가루 반죽을 치대면서 조선족 부엌이 마음에 들지 않는다고 끊임없이 투덜대고 있었다.

"부엌이랑 온돌은 떨어져 있는 게 상식이지, 이렇게 붙어있으니 음식 냄새 땜에 잠을 잘 수가 있어야지."

아궁이에 불을 지피던 남자가 듣다못해 꽥 소리를 지른다.

"온돌과 부엌이 붙어있으면 온돌이 식지 않고 땔나무도 절약되고 좀 좋아서 그래. 알지도 못하면서 무슨 말이 그리 많아."

"조선족 여편네와 살더니 조선족이 다 됐네. 이제부터 이 부엌을 쓸 사람은 당신의 전 마누라가 아니라 나라고. 그러니 당장 부엌을 뜯어서 중국식으로 만들어줘. 그렇지 않으면 난 이 집에서 살수 없어."

산동 여자의 고압적이고 과격한 말투는 제멋대로 살아온 그녀의 과거를 알기에 충분했다.

"이집은 구조가 한옥식이여서 중국식으로 고치기 어려워!"

"한옥 같은 소리를 하고 자빠졌네. 당장 고쳐요! 그렇지 않으면 난 당장 산동으로 갈 거야."

"가겠으면 가! 누가 무서워할 것 같애?"

조치운의 말에 산동 여자가 밀가루를 치대다말고 탕하고 소리 나게 메쳤다.

"홍. 가라면 누가 못갈 줄 알아? 당장 갈 거야."

밀가루가 사처에 흩어지면서 하얀 갈귀를 일으켰다. 여자는 당장 집을 나갈 기세였다. 제발 그렇게 되기를 바라면서 단이는 책가방만 챙겨가지고 집을 나왔다. 뒤에서 찬이가 물었다.

"누나, 어디가?"

단이가 뒤돌아보았다. 찬이가 해맑게 웃고 있었다. 아버지와 엄마가 싸우고 있는데도 저런 웃음이 나오는 걸까? 외할머니의 말처럼 찬이는 단이의 동생이 맞는 모양이었다. 그 아이는 처음부터 단이를 무척 따랐다. 눈길만 마주치면 웃었다. 단이가 눈길을 피해도 소용없었다. 단이가 집을 나갈 때마다 찬이는 "누나 어디가?" 하고 물었다. 그 말이 단이를 뒤돌아 보게 했다. 그 아이를 특별히 좋아하는 것도 아닌데도 찬이가 자꾸 머릿속에서 감돈다. 신경이 쓰인다는 증거다. 이런 것을 혈육의 끌림이라고 하는 건지. 단이는 그런 감정을 나쁘게 생각지 않았다. 단이가 학교에서 돌아오면 찬이는 좋아서 어쩔 줄 모르며 손뼉을 치고 몸을 들썽거렸다.

찬이에게는 미안한 일이지만 단이는 저녁에 집에 돌아오면 제발 산동에서 온 여자가 집에 없기를 간절히 바랬다. 하지만 그 바램은 늘 빗나갔다. 산동여자는 아무 일도 없는 듯 큰 배를 어루만지며 정주칸에 대자로 누워있었다. 당장 나갈듯이 싸우더니 어떻게 화해를 했는지 모를 일이다. 그러고 보면 싸우면서 사는 것이 두 사람만의 삶의 방식인 듯 했다. 산동여자는 싸울 때마다 다시는 이놈의 집구석을 들어오지 않는다고 큰소리를 치고 나갔지만 삼일을 못 참고 다시 기어들어왔다. 조치운으로서는 어쩔 도리가 없는 듯 보였다. 산동여자가 나가면 나가도록 내버려두고 들어오면 또 받아주었다. 마치 어머니와 살 때 어머니가 아버지에게 했듯이 말이다. 아버지가 어머니를 괴롭혔듯이 산동여자는 나갔다가 들어오기를 반복하면서 아버지를 괴롭혔다. 하루건너 싸우는 환경에서 공부할 수 없어서 단이는 이모할머니 집에서 고중을 마치고 대학시험도 보았다.

그날의 일은 죽어도 잊을 수 없었다.

예술학교 미술학부에서 입학통지서를 받았지만 대학 등록금을 낼 수가 없었다. 단이가 등록금 때문에 아버지를 찾아갔다. 대문 안으로 들어서자 아버지는 싸리가지로 울바자를 손질하고 있었고 찬이 엄마는 작은 쪽걸상을 깔고 앉아서 해바라기 씨를 까고 있었다. 찬이는 방에서 자는지 보이지 않았다.

단이가 들어서는 것을 보자 아버지가 반겼다.

"단단이구나. 워쩐 일이여?"

"찬이는?"

"잔다."

단이는 대학시험에는 떨어졌지만 자비를 내서라도 미술공부를 하고 싶었다. 하지만 그 말을 아버지에게 직접 터놓기가 말이 떨어지지 않았다.

"찬이 보려 온 거여?"

아버지가 히죽이 웃으면서 물었다. 그러자 찬이 엄마가 입을 비쭉했다.

"당신이 잘못 맞췄수. 찬이를 개 닭 보듯 하는 애가 설마 찬이 보려왔겠수? 지가 바쁜 일이 있어서 온 거겠지."

"당신이 몰라서 그렇지 단이하고 찬이가 얼마나 친한데."

"친하긴 개뿔. 찬이만 속없이 헬레레 하는거지. 저 아이는 바람이 쌩쌩이는게 너무 냉정하고 독해요."

"그런 말을 하지 마오. 당신하고 내가 먼저 죽으면 이 세상에 찬이를 돌봐줄 사람은 단단이 밖에 없다는 것을 왜 모르오."

그 말에는 찬이 엄마가 아무 대꾸도 하지 않고 우물우물 해바라기 씨만 까댔다. 한쪽 입귀로 넣으면 다른 한쪽으로 껍질이 자동적으로 흘러나왔다. 손놀림이 어찌나 빠르고 민첩한지 경이로울 지경이었다.

"아버지, 저 미술공부를 하고 싶어요."

단이의 말에 아버지가 의아하게 그녀의 얼굴을 빤히 바라보았다. 무슨 말인지 알아듣지 못한 모양이었다.

"하고 싶으면 하면 되지."

아버지가 아무렇지 않게 대꾸했다. 그러다가 갑자기 무슨 생각이 난 듯 웃었다.

"넌 어쩌면 취향도 네 엄마를 닮는다냐. 니 엄마도 미대출신이야. 문화혁명 때문에 반년밖에 다니지 못했지만."

"놀고들 있네. 미술이 좋으면 뭘 해? 그게 돈이 얼마나 들어가는데."

"단단아, 그게 정말이니? 미술을 배우는 게 다른 거 배우는 것보다 돈이 많이 들어 가냐?"

찬이 엄마가 빠르게 조치운의 말을 자른다.

"그래서 미술 대학이란 데는 돈 있는 집 애들만 들어가는 대학이라고 하지 않소?"

"당신이 그걸 어떻게 알어?"

"내가 소학교 공부도 못했다고 무시하는거요? 이래봬두 산전수전 다 겪은 사람이라우 뭘 알고 말하라구."

단이가 입을 열었다.

"그래서 말인데 등록금이 좀 비쌈다. 아빠가 도와주쇼."

"얼만데?"

"등록금과 미술용품 다 합쳐서 일 년에 2만원이야."

"뭐? 2만원? 그게 무슨 동네 집 강아지 이름이야?"

찬이 엄마가 입에 거품을 물었다.

"그런 돈이 집에 어디 있다고? 이 집 다 팔아도 그 돈이 안 돼. 아서라. 너 미술을 배웠다고 출세하는 게 아니야. 계집애가 미술은 무슨. 여자는 시집만 잘 가면 돼."

찬이 엄마는 자기네 고장에서는 여자 애들이 소학교만 졸업하면 공부를 그만두고 사회에 나가서 돈을 번다고 하면서 여자애들한테 공부를 많이 시키면 꾀만 자라서 골치 덩어리가 된다고 욕을 했다. 조치운이 어떻게 해서든 등록금을 마련해줄테니 꿈을 포기하지 말라고 하자 찬이 엄마가 손바닥으로 남편의 뺨을 찰싹 후려쳤다. 얼떨결에 여자한테서 뺨을 맞은 조치운이 다시 아내의 뺨을 찰싹 후려쳤다. 그러자 여자가 손톱으로 남편의 얼굴을 갈퀴였다. 조치운의 얼굴에는 대뜸 밭고랑 같은 이랑이 생겼고 거기서 피가 흘렀다. 조치운이 울바자를 손질하던 도끼를 손에 들자 여자가 부엌에서 쓰던 식칼을 들고 나왔다. 두 사람은 당장이라도 상대를 내리찍을 태세로 서로 노려보고 있었다. 살벌하고 무시무시했다. 단이가 기겁하여 소리쳤다.

"내가 공부를 그만하면 될 거 아임까? 그러니 그만들 하쇼!"

그제야 두 사람은 손에서 도끼와 식칼을 버리고 물러났다. 언제 그런 일이 있었냐 싶게 아버지는 울바자를 손질하고 찬이 엄마는 쪽걸상에 앉아 해바라기 씨를 깠다.

단이는 집에도 들어가지 않고 대문을 열고 나왔다.

제7부 여자의 가출

31

단이는 이른 새벽에 여관을 나왔다.

너무 이른 시간이라 그런지 거리는 음산하게 엎드려져 있었고 사람의 그림자도 보이질 않았다. 희끄무레한 새벽하늘에서 비가 쏟아지려는 참이었다. 단이는 한손에는 우산을 들고 다른 한손에는 바퀴달린 트렁크를 끌고 장평 버스정류장을 향해 걸었다. 서울에 가려면 장평버스정류소에서 고속버스를 타야했다. 누군가 뒤쫓아 오기라도 하듯 단이는 자꾸 뒤돌아보았다. 결혼을 해서 사흘 만에 도망치듯 남자를 떠나는 그녀의 머릿속은 마치 꿈을 꾸고 있는 것 같았다. 이 무슨 개 같은 인생이란 말인가? 너무 큰 꿈을 가졌던 것도 아니었다. 남편과 함께 한 지붕 밑에서 마주보면서 밥을 먹고 잠을 자고 아이를 키우면서 사는 것을 바랐었는데 그것마저도 단이에게는 이루지 못 할 꿈이었던 모양이었다. 다른 사람들이 다 누릴 수 있는 일도 단이에게는 너무 어려웠다. 세상의 모든 좋은 것이 그녀한테는 금지되어 있는 듯싶었다. 단이는 무엇을 하려고 생각하기조차 두려웠다.

어디로 가는지는 자신도 몰랐다. 그저 어딘가로 떠나야하기에 버스정류소를 향해 가고 있을 뿐이었다. 버스정류소에 도착해 슈퍼에서 빵 하나 사서 아침으로 대충 때우고 서울 가는 고속버스에 올랐다. 서울에 도착해서 어디로 갈지는 버스를 타고 가는 동안 다시 생각하기로 했다. 버스가 흔들거리며 달렸고 그녀는 그 소리를 들으면서 잠이 들었다.

목적지가 어딘지도 모른 채 마냥 흔들리면서 실려 다니는 빈 의자들과 함께 그녀는 두시간반 정도 달렸다. 그때 버스 내 안내방송에서 동서울터미널에 곧 도착한다고 알려주었다. 서울로 간다고 떠났지만 서울이 가까워 오는 것이 그녀는 두려웠다. 그냥 끝없이 이렇게 달렸으면 좋을 것 같았다.

그녀의 바람과는 상관없이 버스는 동서울터미널에 도착했고 사람들은 하나둘 짐을 가지고 내리기 시작했다. 단이도 그들의 뒤를 따라 꾸역꾸역 내렸다. 그들은 행선지가 명확한 듯 어딘가로 총총히 걸어가고 있었다. 갈 곳이 있으면 얼마나 좋을까? 단이는 그들이 부러웠다. 그녀는 우두커니 터미널 한복판에 서있었다. 어디로 가야하나? 자신이 지금 서있는 곳이 어딘지 모르겠다. 가야한다고 생각했다. 하지만 과연 어디로 갈 것인지. 그녀는 자신을 내려다보았다. 나는 도대체 누구일가? 어디서 왔고 어디로 가야하는가? 그것을 알 수 없는 자신은 근원을 알 수 없는 우주의 미아라는 생각이 들었다.

가야 할 곳이 없는 그녀에게는 어디를 가나 매한가지였다. 그래서 그녀는 사람들이 가는 곳으로 무조건 따라서 걸었다. 대합실을 빠져나온 사람들 대부분이 지하철 입구 쪽으로 가고 있었다. 그녀도 지하철 쪽으로 걸어갔다. 마치 갈 곳이 정해진 사람처럼 말이다.

지하철 에스컬레이터를 타고 내려가다가 여자는 갑자기 홍대란 단어가 떠올랐다. 한 번도 가본 적이 없고 다만 김도균의 친구 경석이가 홍대를 나왔다는 말을 들은 적이 있을 뿐이다. 홍대는 한국에서 미술대학으로 유명한 대학이라는 말을 그때 들었다. 단이는 홍대에 한번 가보고 싶었다. 왜 그런 생각이 들었는 지는 그 자신도 알 수 없었다. 특별히 가야할 곳도 없고 기억 속에 입력되어있는 곳이 거기 밖에 없어서 그랬는지, 아니면 남자의 친구가 나온 학교여서 그랬는지 아니면 자신이 아직도 미술에 대한 미련이 조금이라도 남아있었던 것인지 이유는 알 수 없었다. 그녀는 행선지가 결정되어서 기뻤다.

'그래, 홍대로 가자.'

단이는 홍대 쪽으로 가는 지하철을 타려고 지하철 층계를 내려갔다. 하지만 홍대 쪽으로 갈려면 어느 쪽 플랫폼에서 타야하는지를 몰랐다. 어느 쪽에서 타도 같은 방향으로 가는 줄로 알았던 단이는 무조건 사람들이 많이 가는 쪽으로 내려갔다. 2분도 채 기다리지 않았는데 지하철이 들어왔다. 그녀는 앞에 선 사람의 눈치를 보면서 따라서 탑승했다. 출근 시간을 넘겨서 그런지 자리가 많이 비어 있었다. 단이는 편안한 끝자리를 찾아서 앉았다. 그리고 트렁크가 넘어지지 않도록 다리사이에 바짝 끌어당겼다. 맞은편에 앉은 사람이 그녀를 뻔히 쳐다보고 있었다. 시선이 마주치자 단이는 재빨리 눈을 피했다. 낯선 사람이랑 이렇게 가까이에서 마주보고 있는 것이 어색하기 그지없었다. 그녀는 시선을 어디다 두어야 할지 몰라 당황하다가 결국 눈을 감아버렸다. 눈을 감고 있으니 마음이 평온해졌다.

이제 남자한테서 벗어났다는 안도감 때문인지 스르르 잠이 왔다. 수렁에 빠져드는 듯한 아득한 혼곤함에 시간이 얼마나 지났는지는 알 수 없었다. 하지만 해바라기 까는 소리처럼 쉴 새 없이 부시럭거리던 잡음이 사라지고 주위가 기괴하리만치 조용함에 놀래서 단이는 번쩍 눈을 떴다. 그런데 차 안에는 아무도 없고 그녀 혼자만 짐짝처럼 남겨져 있었다. 차는 혼자인 그녀를 싣고 기계음을 씩씩거리면서 어딘지 모르는 곳을 향해 숨가쁘게 달리고 있었다. 어쩔 줄을 몰라 안절부절하고 있는데 열차가 게트림을 하듯 부르르 몸을 털다가 갑자기 멈춰 섰다. 그런데 문도 열리지 않았고 창밖을 보니 무슨 역이란 글도 쓰여 있지 않았다. 밖은 터널처럼 온통 까막 나라였다. 아이 적에 빈집에서 혼자 깨였을 때 느꼈던 그 괴이하고 당황하고 두려웠던 감정이 되살아나면서 또다시 공포가 몰려오기 시작했다. 단이는 숨이 차오르고 답답하고 머리가 아프기 시작했다.

이때 어디선가 발자국 소리가 뚜벅뚜벅 들려왔다. 누군가 그녀 쪽으로 다가오고 있었다. 하지만 그녀는 그것이 반가움인지 두려움인지 알 수가 없었다. 모든 것이 공포스러울 뿐이었다. 한참 후 유니폼을 입은 중년의 남자가 나타났다. 부추가루를 살짝 뿌린 듯 머리카락이 희슥희슥한 남자가 그녀를 보고 황당해 했다.

"여기서 뭐하고 있어요?"

남자의 유니폼 위 호주머니 가장자리에 기장 아무개라는 이름이 쓰여 있었다. 그제야 단이는 마음이 조금 놓였다.

"졸다가 미처 내리지 못했씀다. 여기가 어딤까?"

"방화인데요."

"방화가 어딤까?"

"방화가 방화지 어디겠어요?"

"방화가 방화라구요? 그게 무슨 말씀임까?"

계속 꼬리잡기하는 그녀가 한심한지 남자가 나무랐다.

"한국 사람이 한국말을 못 알아들어요?"

"제가 한국 사람이 아니라서."

"한국 사람이 아니라고요?"

"네."

"중국에서 왔어요? 일본에서 왔어요?"

단이는 일본이라고 말하고 싶었다. 일본이라고 말하면 간단한데 중국에서 왔다 그러면 또 조선족이냐, 한족이냐 물을까 봐서였다. 하지만 마음과는 달리 입으로는 중국이라고 튀여 나갔다. 예상했던 대로 기장은 한족이냐, 조선족이냐고 캐물었다. 왠지 조선족이라 하기도 싫고 한족이라고 하기도 싫었다. 대답을 하지 않으면 안 될까 싶어서 기장을 힐끗 올려다보았다. 기장은 그녀의 대답을 기다리고 있는 눈치였다. 기장한테 밉보이면 안 될 것 같아서 단이가 내키지 않았지만 입을 뗐다.

"저는 한족도 아니고 조선족도 아닌 한국사람임다. 한국남자한테 시집을 왔거든요."

그러자 기장이 허허 웃으면서 단번에 그랬다.

"오, 이제 보니 중국색시로고만."

"저는 한국에 시집왔으니 한국색시지 왜 중국색심까?"

"중국에서 시집왔으니 중국색시지."

"한국은 현재보다 과거를 더 중시하는 것 같씀다."

"그런 것이 아니라 한국에는 여자들이 시집온 고향을 이름 앞에 부쳐서 부르는 문화가 있거든요."

"아, 그렇습까?"

단이는 그 문화를 이해하려고 애썼다. 한국에 왔으니 그렇게 하는 것이 맞는다고 생각했다. 기장의 말에 의하면 그녀가 탄 차는 홍대입구가 아니라 그 반대쪽인 까치산으로 향하는 것이었다고 했다. 그런데 마지막 역에서도 내리지 않고 계속 차에 실려 다니다가 여기까지 온 것 같다고 덧붙였다. 기장이 그녀를 영등포구청역에서 내려줄 것이니 거기서 2호선 홍대입구 방향으로 갈아타고 세정거장만 더 가면 홍대입구역이라고 알려주었다.

기장이 가고 나서 열차는 다시 달렸다. 열차는 영등포구청역에서 서더니 씹다 만 껌을 뱉어버리듯 그녀를 뱉어버리고는 휭하니 떠나버렸다. 영등포구청역에서 내린 그녀는 또다시 어디로 가야할지 한참 서있었다. 이미 떠나버린 열차의 꽁무니를 막연히 지켜보았다. 모든 것이 생소하고 낯설었다. 어디가 어딘지 알 수 없었다. 잘못 가다간 아까처럼 또 다른 곳으로 가버릴까 봐 겁이 났다. 기장이 알려준 말들은 들을 때뿐이지 시간이 흐르니 기억되는 게 하나도 없었다. 어쩌면 당연한 일이였다. 모두 생소한 언어들이였으니까 말이다. 언어라는 것은 그 언어의 뜻을 알고 있을 때만이 기억할 수가 있다.

단이는 또다시 길을 잃었다는 생각이 들었다. 긴장했다. 하지만 길을 잃은 것도 아니었다. 갈 곳이 없는데 잃을 길이란 없었다. 그저 갈 곳을 모를 뿐이었다. 그녀는 공포스러웠다. 홍대 쪽으로 가고 싶었던 것도 낮에 시간이 있을 때에 했던 생각일 뿐이고 지금은 이미 날이 저물었다. 어디로 다시 떠나기에는 늦은 시간이다. 잠자리를 찾아 간다면 몰라도.

어디 가서 이 밤을 보낼 수 있을까? 막막했다. 갑자기 심장이 다급하게 뛰기 시작했고 아무런 이유도 없이 손끝하나 발끝하나 꼼짝할 수 없이 전신의 힘이 빠져나가는 듯 했다. 아무 곳에라도 주저앉고 싶었다. 주위를 둘러보니 화장실이라고 쓴 한글이 보였다. 그녀는 재빨리 그쪽으로 걸어갔다. 화장실에 들어가 안으로 문을 잠그고 변기에 걸터앉았다. 눈을 감고 조용히 있을 라니 사람들의 총총한 발자국소리가 들리고 이어 그녀가 들어간 화장실을 노크하는 소리가 다급하게 들렸다. 단이는 가슴이 널뛰듯 두근거렸다. 마치 무슨 죄를 짓고 도망 다니는 사람 같았다. 그녀가 숨을 죽이고 잠자코 있자 밖에서 투덜대는 욕 소리가 들려온다.

"도대체 사람이 있는 거야? 없는 거야? 되게 오래도 싸네."

그 소리를 들으면서 단이는 더욱 깊숙이 몸을 숨겼다. 투덜거리는 소리가 다른 칸으로 옮겨갔다. 그리고 그쪽에서 변기에 물 내리는 소리가 무시무시하게 울려 퍼진다. 그 건물 전체를 지하로 빨려 들어가는 것 같았다. 좀 조용한가 싶더니 또다시 사람들의 발자국 소리가 들려왔다. 그리고 휴지 뽑는 소리, 변기에 물 내리는 소리, 사람들이 나누는 시시껄렁한 대화들이 어지럽게 들리다가 사라졌다.

그러는 동안 그녀는 안정을 되찾게 되었다. 하지만 화장실을 떠나기 싫었다. 어딘가에 가야 된다면 차라리 이곳에 있으면 어떨까 싶었다. 그런데 다급한 발자국 소리와 함께 누군가 문을 두드리더니 참을 수 없었는지 단이가 들어간 화장실 문 앞에 토를 했다. 썩는 듯 한 토사물 냄새는 화장실 냄새보다 더 지독했다. 단이는 도저히 참을 수 없어서 화장실에서 뛰쳐나왔다. 술에 취한 젊은 한국 여자가 화장실바닥에 널 부러져 있었다.

32

어딘가에서 이 밤을 보내야 했다.

그게 어디일지는 단이는 알 수 없었다. 그녀는 마치 갈 곳이 있는 사람처럼 지하철 역사 안에서 트렁크를 끌고 왔다 갔다 했다. 그냥 그렇게 시간을 보내기 위해서였다. 그렇게 움직이면서 시간을 보내면 날이 밝을 것이라고 생각했다. 그런데 역사 안에 종이 박스와 신문지를 깔고 앉아서 술을 마시던 노숙자들이 살기어린 눈으로 쳐다보는 바람에 무서웠다. 그곳도 안전하지 않은 듯 했다. 단이는 지친 몸을 이끌고 기신기신 지하철 입구를 나왔다.

지하철 입구에는 늦은 시간인데도 찐 고구마와 삶은 옥수수를 파는 아주머니가 계셨다. 구수한 옥수수 냄새가 코끝을 맴돌았다. 단이의 허기진 배에서는 연신 꼬르륵 꼬르륵 구차한 소리가 났다. 사실 결혼식을 올린 날 밤에 그 난리를 겪고 나서부터 지난 사흘 동안 온전한 밥 한 끼 먹지 못했다. 배가 고팠다.

단이는 청바지 호주머니 속에 구겨둔 천 원짜리 지폐 두 장을 꺼내어 아주머니한테 건네주고 따끈한 옥수수 하나를 집었다. 아주머니가 검은 봉지에 옥수수를 담아주었다. 단이는 사람들이 다니는 도로를 피해서 으슥한 곳으로 들어섰다. 그리고 옥수수를 먹기 시작했다. 되도록이면 천천히 먹고 싶었다. 그것을 다 먹으면 또 어디론가 떠나야하기 때문이었다. 그녀는 떠나려고 하는 사람이 아니라 떠나지 말아야 하는 이유를 찾는 사람 같았다.

단이는 옥수수 알을 하나씩 뽑아먹으면서 자신의 운명을 한탄했다. 나이 많은 보토리한테 가야 액운을 면할 수 있다던 점쟁이 말을 들은 때부터 이미 결혼에 대하여 꿈같은 것은 없었다. 그렇다고 미련까지 없는 것은 아니었다. 아무리 재수 없는 운명이라 해도 결혼 첫날밤만큼은 기대했었다. 그 하루만이라도 황홀한 신부가 되고 싶었다. 그런데 그 첫날에 지옥문까지 갔다 오는 험한 봉변을 치루고 결혼 사흘 만에 오갈 데 없는 낯선 외국땅을 걸인처럼 헤매고 다닐 줄은 꿈에도 몰랐다.

단이는 결혼이라는 것이 인간들이 합법적으로 만들어 낸 환상적인 사기일 뿐이란 생각이 들었다. 서로 잘 알아서 결혼을 한다 생각하지만 결국 속아서 하는 결혼이 될 수밖에 없다. 아무리 잘 안다고 큰 소리를 쳐도 결혼을 하고나면 딴판이란 말을 어디 한두 번을 들었는가. 어머니의 결혼도 결국 비극으로 끝나지 않았던가. 인간의 실수는 자신의 느낌을 너무 믿는 것이다. 느낌이란 원래의 진실이 아니라 자신이 믿고 싶은 환각 일 뿐이다. 그러니 우리가 믿고 있는 진실은 왕왕 우리의 착각일 수밖에 없다. 결혼은 사람을 만나는 일이다. 한 사람이 오는 것은 그의 인생의 전부가 오는 일이다. 그런데도 우리는 건방지게 한번 본 느낌으로 타인의 모든 것을 점을 친다. 느낌으로 상대방이 과거에 어떻게 살아왔으며 지금은 어떻게 사는지를 어찌 알겠는가. 그럼에도 불구하고 사람들은 내 기분대로 타인을 좋아하고 미워하면서 결혼을 결정한다.

단이는 스스로를 탓했다. 모두다 자신이 파놓은 함정에 스스로 묻힌 것이었다. 로씨아(러시아) 사람들은 바다에 나갈 때 한번 기도하고 전쟁에 나갈 때 두 번 기도하고 결혼할 때 세 번 기도한다고 한다. 바다에 나가는 것이나 전쟁에 나가는 것은 목숨을 내놓는 일이다. 목숨을 내놓는 일보다 결혼을 더 중요시 했던 것은 타인과 함께 산다는 것은 죽는 일보다 더 어렵다고 생각했기 때문일 것이다. 하지만 단이는 단 한 번도 결혼을 바다에 나가는 심정이나 전쟁에 나가는 심정으로 생각해 본적이 없었다. 그저 자신의 과거를 잊을 수만 있으면, 현실로부터 도망갈 수만 있으면 된다고 생각했었다. 하지만 당장 오늘저녁 잠자리마저 보장이 되어 있지 않은 이 순간 단이는 그토록 지우고 싶었던 고향마저 그리워했다. 여름의 긴긴 밤에 또래 친구들이랑 숨바꼭질을 하면서 허덕칸의 집가리 속에 숨겼다가 그곳에서 잠들었던 적이 있다. 지금은 그 옛날의 허덕칸이나 집가리 마저 사무치게 그리웠다. 잊고 싶어서 떠났던 곳이 이렇게 빨리 발목을 잡을 줄은 미처 몰랐다.

단이는 옥수수 한 개를 다 먹어치우고 손을 털었다. 옥수수를 다 먹었으니 이제는 어디든 떠나야 했다. 하지만 왠지 장사하는 아주머니의 옆에 계속 있고 싶었다. 그 아주머니가 장사를 마치고 자리를 뜰 때까지는 그곳이 가장 안전할 것 같았다. 단이는 아주머니가 이상하게 생각하실까봐 누군가를 기다리는 사람처럼 연신 손목에 찬 시계를 들여다보았다. 아주머니는 지나가고 오는 사람들에게만 시선을 주고 있었고 단이에게는 관심이 없어보였다. 어쩌면 다행스러운 일이였다.

33

이때였다.

아무도 보고 있지 않다고 여겼는데 그녀는 불빛이 없는 나무 밑에서 누군가 자기를 지켜보고 있다는 것을 알아차렸다. 눈이 마주치자 그 사람이 그녀 쪽으로 걸어오면서 벌씬 웃었다. 아무리 봐도 아는 사람은 아니었다. 그런데 왜 나를 향해 웃는 것일까? 그 웃음을 보노라니 그곳에서 오래 동안 자신을 지켜보고 있었거나 아니면 자기 뒤를 오래 동안 따라오지 않았을까하는 생각이 들었다.

머리를 높게 틀어 얹은 여자는 사십대 말은 되어보였다. 그녀가 먼저 입을 열었다.

"중국에서 왔죠?"

"저를 암까?"

단이가 당혹스럽게 그 중년 여인을 바라보았다.

"당연히 모르죠."

"그럼 제가 중국에서 온 걸 어떻게 암까?"

중년 여인의 말에 단이는 더욱 의아스러워졌다. 순간이나마 아는 사람인가 했는데 이곳에 자신을 아는 사람이 있을 리는 만무했다. 자신의 트렁크를 내려다 본 순간 단이는 알 것 같았다. 야심한 시각에 한국 사람이라면 절대 자기 몸을 담아도 될 만큼 큰 트렁크를 끌고 길거리에서 삶은 옥수수를 허겁지겁 먹지는 않을 테니까 말이다. 중년 여인의 시선에는 뭔가 의도하는 빛이 역역했다.

'이 여자가 왜 나를 아는 채를 하지?'

단이는 걱정스러운 마음이 들었다. 만일의 경우를 대비하여 트렁크의 손잡이를 으스러지게 잡았다. 서울에서는 이유 없이 친절하게 대하는 사람을 조심하라고 했던 김도균의 말이 불쑥 생각나서였다. 무슨 부당한 일이 일어나면 트렁크를 끌고 지하철 안으로 뛰어 들어갈 참이었다.

중년여인이 손으로 입을 살짝 가리고 웃었다. 낮지만 빠르고 정확하게 그녀가 말을 했다.

"두려워하지 말아요. 나도 중국에서 왔어요."

"아, 그렇씀까?"

순간 단이는 긴장을 풀었다. 그제야 중년여인의 아래위를 자세히 훑어보았다. 중년여인은 검정 미니스커트에 목깃에 나비 리본이 달린 화이트 블라우스를 입고 있었다. 가슴팍에는 장미모양의 브로치로 한껏 멋을 내고 있었다. 하지만 오버 된 치장과 판에 박은 듯 한 딱딱한 화장이 엄청 촌스럽게 느껴졌다. 그러고 보니 중년여인이 서울말을 하고 있었지만 다소 강한 악센트가 들렸다. 억양으로 보아서 그녀는 틀림없이 조선족이었다.

"잘 곳이 없죠?"

중년 여인이 각별히 친절하게 굴었다. 하지만 왠지 그녀의 말투가 은밀하고 수상하게 들렸다.

"그걸 어떻게 알았씀까?"

단이는 무언가 분명치 않은 찝찝한 기분이 들었다. 자신이 낯선 중년여인 앞에서 들켜버린 일기장 같다는 생각이 들었다.

"젊은 여자가 밤에 이러고 다니면 나쁜 사람들에게 이용당하기 쉬워요. 가요. 우리가게로 가서 이야기해요."

처음 만난 사람을 따라 간다는 것은 대단히 위험한 일이지만 당장 갈 곳이 없는 단이로서는 다른 선택이 없었다. 게다가 같은 중국 사람이지 않는가! 저만치에서 중년 여인이 단이의 트렁크를 끌고 앞서서 걷고 있었다. 서울에서 누구를 만나든 모르는 사람이기는 마찬가지였다. 상대가 중국에서 왔다는 말 한마디에 알량한 동질의식을 가지고 겁 없이 따라가는 것은 위험한 일이었다. 하지만 단이의 상황에서는 어쩔 수 없는 일이었다. 불안감을 떨치지 못한 단이가 급히 따라가면서 물었다.

"그런데 제가 중국 사람인 것을 어떻게 알았씀까?"

"트렁크만 보면 알지. 이렇게 큰 트렁크를 끌고 다니는 사람은 거개 중국에서 온 사람들이거든. 그쪽을 보니 옛날의 나를 보는 것 같았어요. 나도 처음에 한국에 왔을 때 아는 사람도 없고 갈 곳도 없고 그렇다고 여관에 들어가려고 해도 돈도 없고 해서 이렇게 큰 트렁크를 끌고 밤중까지 거리를 다녀본 적이 있었어요."

중년 여인이 측은한 눈길로 단이를 돌아다보았다. 그 눈길은 진심이 담겨져 있는 듯 했다. 낯선 여인의 뜻밖의 친절에 대해 품었던 의혹이 풀어지는 것 같았다.

'이 사람도 중국에서 왔다니, 설마 같은 처지에 해코지야 하겠는가. 어차피 당장 잠잘 데도 없는데 이런 것 저런 것 따지지 말고 따라가 보자.'

단이는 낯선 중년 여자의 말을 곧이곧대로 믿는 것은 아니었지만 그녀를 따라가는 것이 오늘밤엔 최선이라고 판단했다. 어차피 다른 선택은 없었다. 인생이란 한치 앞도 모르는 일이지만 그래도 순간순간 최선의 판단을 하면 후회는 없을 것이라고 생각됐다. 금방까지는 갈 곳이 없었는데 어쨌든 갑자기 갈 곳이 생겨 단이는 기뻤다. 이래서 하늘이 무너져도 솟아날 구멍이 있다고들 하는 모양이다.

34

운이 좋은 셈이었다.

단이는 그렇게 생각했다. 우여곡절은 있었지만 결과적으로 보면 말이다. 낯선 중년 여인을 따라간 곳은 수원티켓 다방이었다. 다방의 규모는 크지 않았지만 중국의 다방과는 달리 칸을 막지 않고 오픈되어있어 꽤 넓어보였다. 늦은 시간이라 그런지 한 테이블에만 손님이 있고 다른 자리는 모두 비어있어 썰렁했다. 아직 너무 늦은 시간도 아닌데 손님이 이리 없어서야 장사가 되겠는가? 단이는 은근히 걱정이 되었다. 가게라는 것이 무엇을 팔든 장사가 잘되어야 일하는 사람도 홍이 나는 법이다.

중년 여인이 카운터에 앉아있는 남자한테 말했다. 그 남자는 이마가 벗겨지기 시작했다.

"여기 따뜻한 우유 두 잔을 가져다 줘요."

말을 마친 여인은 단이에게 손짓으로 자리를 가리켰다.

"여기 앉아."

이윽고 카운터에 있던 남자가 우유 두 잔을 쟁반에 들고 왔다.

"밤에 커피를 마시면 잠을 자지 못 할까봐 우유를 시켰어. 괜찮지?"

중년여인이 어느새 말을 놓고 있었다. 단이가 두 손으로 우유 잔을 받았다. 또다시 허기가 느껴졌다.

"네. 괜찮씀다."

"따뜻할 때 마셔. 어서."

단이는 우유를 마셨다. 따뜻한 우유가 전신에 퍼지자 경직 되었던 육신이 풀어지면서 점차 나른해지는 것 같았다. 중년여인도 우유 한 모금을 마시고나서 배시시 웃었다. 젊어서는 꽤 예쁘장했을 것 같은 반주그레한 얼굴이었다.

"우리 아직 통성명을 안했네. 이름이 뭐지?"

중년여인이 물었다.

"단이라고 함다."

"단? 붉을 단丹인가?"

"네."

"나는 성이 강가야, 강마담이라고 해도 되고 그냥 강사장이라고 불러도 돼. 단이는 여기서 일할 생각은 없어?"

"제가 할 줄 아는 게 없어서리 잘 할지 모르겠씀다."

"무슨 일이든 잘하게 생겼는데? 여기 있던 직원들이 고향에 간다고 가버려서 직원이 없어서 그래. 하다가 하기 싫으면 언제든 그만둬도 돼."

"제가 뭘 하면 됨까?"

"우리 다방은 티켓 다방이야. 손님들에게 친절하고 손님들의 요구를 잘 따라주면 돼. 여기서 일하면 돈 버는 것은 잠깐이야. 먹고 자는 것은 공짜고 월급도 적지 않지만 손님들이 주는 팁은 월급보다 더 많아."

한국에 온지 얼마 안 된 단이는 티켓 다방이 무엇을 하는 곳인지를 알지 못했다. 하지만 다방이란 거기서 거기지 이름만 다르다고 생각했다. 다방에 오는 손님들에게 친절하게 차를 따라주고 커피를 풀어주고 올 때 갈 때 깍듯이 인사를 하고 가끔씩 손님들이 차 한잔하자고 하면 함께 마셔주면서 매상고를 올려주면 되지 않겠는가. 그만한 정도는 잘 할 수 있을 것 같았다. 황차 당장 먹고 자는 데가 없는 단이로서는 먹여주고 재워주고 월급도 많이 주고 팁도 많이 준다는데 이게 무슨 횡재인가 싶었다.

"하겠씀다."

"티켓 다방이 무엇을 하는 곳인 줄은 알지?"

강사장이 눈웃음을 지으면서 물었다.

"암다."

그녀는 강사장을 안심시키고 싶어서 대뜸 안다고 대답했다. 중국에 있을 때 몇 달간 다방에서 일을 했던 경험도 있고 전혀 모르는 것도 아니지 해서 말이다.

"그래, 잘 생각했어. 그럼 우유를 마시고 짐부터 풀어. 주방 안쪽에 가면 빈방이 하나 있으니 그 방을 쓰면 돼."

"짐은 천천히 풀겠씀다. 할일이 있으면 시키쇼. 무엇부터 하면 됨까?"

"오늘은 쉬어. 일단 손님이 많아지면 쉴 새도 없을 거야."

이때, 다방 문이 열리더니 나이가 육십 대는 되어 보이는 남자가 들어왔다. 강사장이 자리에서 일어나면서 얼굴에 함박웃음을 담고 반색을 했다. 금방과는 다르게 목소리에 콧소리가 들어가서 간드러지고 애교가 넘쳤다.

"마 사장님, 이 시간에 웬일이세요?"

"잠이 안와서 말일세. 잠이 잘 오게 하는 차가 있으면 한잔 주게."

"차로 해결이 되겠어요?"

"그럼 강 사장한테 좋은 수가 있단 말인가?"

강사장이 단이를 바라보며 말했다.

"단이야, 손님한테 대추차 한잔 가져다 드려."

"네."

단이가 대답을 하고는 조신하게 카운터로 걸어갔다.

마 사장이 눈짓으로 단이를 가리키면서 강 사장에게 물었다.

"웬 아가씨여?"

"새로 온 아가씨예요. 지금 막 도착했어요."

"강 사장이 재간도 좋네. 어디서 저렇게 예쁜 아이를 데려왔어?"

"중국에는 이런 성구가 있지요. '뜻이 있는 곳에 길이 있다.' 오다가다 만났어요."

이때 단이가 대추차 한잔을 마 사장의 테이블 위에 얌전하게 내려놓으면서 고개를 다소곳이 숙였다.

"대추차는 신경과 근육을 이완시키는 효과가 있어서리 불면증해소에 탁월합다. 그러니 잠이 오지 않으실 때는 대추차를 자주 드시는 게 좋씁다."

단이의 말에 강 사장이 혀를 내둘렀다.

"단이가 그걸 어떻게 그리 잘 알아?"

"어머니께서 불면증이 있어서리 밤에 잘 주무시지 못했씁다. 그럴 때마다 제가 대추차를 끓여서 대접하곤 해서리 잘 암다."

"볼수록 기특하네. 가르쳐주지도 않았는데 손님한테 차에 대한 효능을 알려드릴 생각을 다 했어?"

"금방 손님께서 잠이 오지 않으신다고 해서리."

"손님에 대한 따뜻한 마음이 배워서 오겠는가? 사람에 대한 아가씨의 배려심이 몸에 밴 것이지."

마 사장이 흐뭇한 듯 단이를 치켜세웠다.

"그런가 봐요. 다른 애들은 아무리 가르쳐도 하지 않았는데, 이 아이는 배워주지도 않았는데 알아서 하는걸 보니."

"아가씬 고향이 어디여?"

마 사장이 물었다.

"중국임다."

"아, 중국아가씨구만. 중국아가씨치고 진짜 미인이네."

마 사장이 단이한테서 눈을 떼지 않았다.

"마 사장님, 진짜 동양미인은 중국여자들이죠. 한국여자들은 게임도 안 되는 걸 모르시나 보네요?"

강 사장이 콧소리를 내면서 운을 띄웠다.

"이 아가씨를 보니 그 말을 인정하겠네. 아가씨, 나와 함께 어디 좋은데 가서 차나 한잔 하지 않을래요?"

"네? 어디메를 간담까?"

무슨 대답을 해야 할지 몰라서 단이는 강 사장을 쳐다보았다.

"마 사장님은 점잖은 분이시니 따라가도 돼. 차도 마시고, 넌 아직 저녁도 먹지 않았으니 맛있는 밥도 사달라고 해라."

"아직 저녁전이면 강 마담도 함께 가지."

"따라가면 눈치가 없다고 욕을 할 거면서 입에 발린 말은 왜 해요?"

"싫으면 말구. 강 마담이 안 오면 나야 좋지."

"그럴 줄 알았어요."

강 사장이 샐쭉 눈을 흘겼다.

"눈치 하나는 백단이네."

"이곳에서 일하면서 느는 것은 눈치밖에 없네요."

"눈치라도 늘었으니 다행이지."

마 사장이 의미심장하게 웃으면서 다방을 나갔다.

두 사람의 말을 들으면서 단이는 그 뜻을 알지 못했다.

35

승용차 안에서 마 사장은 왼손으로 운전을 하면서 오른손으로 단이의 손을 잡았다. 단이는 움찔하면서 손을 뽑았다. 얼음이 허벅지에서 녹는 듯 자지러질듯한 차가움이 느껴졌다. 불쾌했다.

"왜? 싫어?"

마 사장이 서운해 했다.

"싫다는 것보다 어색함다."

"차차 습관이 될거야. 그나저나 우리 무얼 먹을까?"

마 사장이 다시 단이의 손을 잡으면서 딴청을 부렸다.

"전 아무거나 괜찮씀다."

"상어지느러미를 먹어보았어?"

"상어지느러미를 사람이 먹씀까?"

"먹지. 맛이 아주 일품이야."

"한국 사람들은 별난 거 다 먹씀다."

"몸에 좋다는 건 아무거나 다 먹지."

마 사장이 여의도 63빌딩 차이나 레스토랑 백리향에 가면 맛있는 중국

요리를 맛볼 수 있다고 했다. 그들이 도착했을 때 빌딩주차장은 이미 만차가 돼있었다. 마 사장은 근처 한강변에 주차를 하고 단이 손을 잡고 63빌딩 입구로 들어갔다. 레스토랑 전용엘리베이터에 올라 57층에서 내리자 바로 백리향의 로비가 펼쳐졌다. 로비에서부터 고급스러운 카펫이 깔려있었고 붉은색의 은은한 조명이 건물 안 전체를 붉은 색으로 물들여 마치 중국의 고대 궁전에 들어선 기분이 들었다.

실장의 안내로 두 사람은 중형 룸에 자리를 잡았다. 유리벽으로 한강의 밤 정경이 한눈에 보였다. 불야성을 이룬 한강은 낮보다 밤의 야경은 더 아름다웠다. 차들의 불빛이 마치 별이 줄을 서서 흐르는 듯 했고 한강물은 용광로의 쇳물을 부어놓은 듯 불빛이 도도했다. 그 정경을 바라보는 단이는 마치 안면 붕대를 풀어버린 것처럼 눈앞이 황홀했다.

“와! 멋있씀다.”

마 사장이 흐뭇한 듯 단이를 건너다보았다.

손님이 많지 않은 시간이라서 그런지 실장님이 직접 나와서 주문을 받았다. 마 사장은 생선코스 2인분을 주문했다. 테이블위에는 예쁘게 꽃모양으로 묶은 냅킨이 놓여있었다. 마 사장이 무심하나 젠틀하게 냅킨을 펴 무릎위에 걸쳐놓았다. 단이는 고급 레스토랑이 처음인지라 모든 게 낯설었다. 마 사장의 눈치를 봐가면서 그가 하는 대로 따라했다.

애피타이저로 상어지느러미 수프가 올라왔다. 수프는 색깔도 향도 짙어서 수프라기보다는 차라리 소스 같았다. 그것은 중국수프의 한 종류라고 했는데 맛은 시고도 매콤했다. 바다 냄새나는 뜨거운 상어지느러미 수프를 입에 넣으니 진득하게 입천장에 달라붙으면서 스르르 녹아 천천히 목구멍으로 미끄러져 내려갔다. 마치 바다를 먹는 것 같았다. 상어지느러미 수프를 다 먹자 나비넥타이를 맨 웨이터가 빈 그릇을 가져가고 첫 번째 메인 요리인 칠리새우 요리를 들여왔다. 칠리새우는 미끈하면서 맛이 새콤 매콤했다. 다음 메인 요리로 닭고기로 만든 깐풍기가 들어오고 마지막으로 모둠 야채볶음이 들어왔다. 야채볶음은 간이 거의 안 되어 맹맹한 맛이었지만 신선했다. 주식으로 기스면이 올라왔다. 깔끔한 국물에 얇고 매끌매끌한 면발이 맛있었다. 국물도 깔끔하면서도 시원했다. 디저트로는 감서미로와 참깨 떡이 들어왔다. 달콤한 감 주스가 입안을 개운하게 해주었다. 참깨 떡은 속에 팥으로 만든 소가 들어가 있었는데 달지도 않고 담백하고 바싹했다.

음악이 흐르는 좋은 환경에서 한강의 밤경치를 마음껏 즐기면서 고급 요리를 먹는 기분은 그야말로 예술이었다. 단이는 자신이 왜 갑자기 이런 대우를 받는지를 이해할 수 없었다. 이것이 정당한 대우인지, 마 사장이 왜 자신에게 이런 친절을 베푸는 지 잘 몰랐다. 그저 얼떨떨하기만 했다. 조금 전까지 갈 곳도 없어서 길바닥에서 옥수수를 뜯어먹었는데 말이다. 단이는 생각하지 않기로 했다. 강 사장이 믿어도 된다고 해서 따라 나왔고 마 사장이 사주니깐 먹었다. 그녀는 미안한 생각보다 감사한 마음이 들었다.

돌아오는 차안에서 단이는 마 사장에게 물었다.

"이렇게 먹으면 엄청 비싸겠씀다."

"일인당 4만 8천원이야."

"그렇게 비쌈까?"

단이는 갑자기 미안해졌다. 그렇게 비싼 줄을 몰랐었다.

"미안함다. 그렇게 비싼 줄 몰랐씀다."

"비싸긴. 싼거야. 그 가격에 봉사료와 부가세 10%를 포함한 거야. 최고의 환경에서 최고의 요리를 먹었으면 그걸로 된 거야."

마 사장의 목소리에 힘이 들어가 있었다.

"오늘은 늦었느니 집에 가서 쉬고 내일은 나와 함께 경기도 파주에나 함께 가면 어때?"

"거긴 어째 감까?"

"판문점에 가면 통일전망대도 있고 통일전망대 옥상에서 자유의 다리와 임진강 모습을 보고 있으면 참 감회가 깊어. 중국에서 온 조선족들은 한국에 오면 모두 그곳에 가보고 싶어 하던데, 단이는 안 그래?"

"저도 가보고 싶씀다. 그런데 기회가 없었씀다."

"그럼 내일 가는 걸로 해."

"강 사장님께서 좋아하지 않을 겜다. 오자마자 놀러다닌다고 말임다."

"그건 걱정하지 말고. 내가 부탁하면 좋아할 거야."

"출근을 하자마자 놀러 다니는 거 제가 싫씀다."

"이렇게 놀러 다니는 것도 모두 출근하는 거야. 내가 단이씨와 함께 와서 밥을 먹고 드라이브 하는 것도 시간을 계산해서 강 사장한테 돈을 주는 거야. 그러니 단이는 미안해 할 것 없어."

"저와 함께 식사를 했는데 강 사장님한테 어째 돈을 줌까?"

"몰랐구나. 그게 티켓 다방이라는 곳이야. 말하자면 자네는 강 사장 수하에 직원이고 나는 강 사장네 직원과 함께 있었으니 그 대가로 돈을 주는 거지. 그러니 나와 함께 있어도 자네는 강 사장한테 돈을 벌어주는 것이지."

처음 듣는 소리였다. 그녀는 다방직원이면 다방에 오는 손님한테 차를 따라드리면 되는 줄 알았다. 이렇게 밖에 나와서 손님이랑 밥을 먹고 놀러 다니는 것도 출근에 포함되다니. 세상에 놀고먹고도 돈을 버는 직업도 있다 싶었다.

제8부 무덤 앞에서의 정사

36

단이는 그저 얼떨떨하기만 했다.

이튿날 오전 아홉시가 되자 마 사장이 승용차를 가지고 다방으로 찾아왔다. 단이는 오늘 마 사장과 함께 판문점에 가기로 했다. 그곳에서 구경을 하고 돌아올 때 맛있는 밥을 먹고 오면 그녀의 하루 일이 끝난다고 했다.

강 사장이 짐짓 부러워죽겠다는 표정을 지었다.

"마 사장님께서 우리 단이를 너무 예뻐하시는 거 아네요? 시샘이 나는데요."

"예뻐하지 않을 수 없구만. 얼굴이 예쁜데다가 마음씨도 착하고 행동이 조신하지, 어디 한 가지라도 나무랄 데가 있어야지. 저 아이 덕에 오랜만에 지난밤을 설치지 않고 잘 잤다니까."

"그럼 팁을 많이 주셔야죠."

"나야 그러고 싶지만 강 사장이 시샘을 할까봐 눈치보고 있는 중이야."

"그럴 리가요, 제가 어찌 저런 새파란 아이와 시샘을 한답니까? 저야 한물 간 사람 아닙니까. 이렇게라도 마 사장님께서 우리 집에 자주오기를 바랄뿐이지요."

"강 사장이 여기 있는데 의리 없이 내가 다른 데로 갈수는 없지."

강 사장은 웃고 있었지만 서글픈 기색이 역역했다. 그녀에게는 미련이 지나간 뒤의 허무와 아쉬움 같은 게 있어보였다. 그래서 우울하고 외로워 보였다. 두 사람의 대화 내용을 들어보아도 그랬다. 강 사장은 마 사장을 조심스럽게 대하면서도 말속에 가시를 숨기고 있는 듯 했고 마 사장은 그런 강 사장을 거스르려고 하지 않고 암묵적으로 이해를 해주는 듯 했다. 단이는 여자의 특유의 예민함으로 그것을 알아차렸다. 두 사람의 사이는 미묘했다. 강 사장은 단이를 마 사장한테 가까이 하라고 밀어 보내면서도 한편 그것을 꺼리고 경계하는 듯 보였다.

판문점으로 가면서 단이는 마 사장한테 부탁을 했다.

"마 사장님, 앞으론 강 사장님 앞에서 저를 칭찬하지 말아주쇼."

"그건 왜?"

"강 사장님의 눈빛이 우울해 보였씀다."

"눈치가 빠르네. 그걸 어떻게 알았지?"

"여자는 여섯 살이면 그 눈치를 다 알아차림다. 두 분이 한때는 아주 친한 사이 같씀다."

"족집게네. 돗자리를 깔아도 되겠어. 허허."

마 사장이 의미 없이 웃었다.

"그냥 느낌이 그랬씀다."

"맞아. 한때 그 사람과 난 애인사이였어. 그때 강 사장은 중국에서 온지 얼마 안됐고 아는 사람이 아무도 없어 적응하기 어려워했어. 그래서 나한테 많이 의지했었지. 강 사장도 처음에는 단이처럼 티켓 다방 아가씨였거든. 그러다가 돈을 벌게 되자 티켓 다방 사장이 된거지. 그렇게 되기까지 내가 많이 도와줬어."

"아, 마 사장님이 도와주셔서 성공했군요."

"성공은 무슨. 불쌍한 아가씨들의 등골을 빼먹고 있는 거지."

"그게 무슨 뜻임까?"

"차차 알게 될거야. 그건 그렇고 단이는 어디 가서 티켓 다방에 다닌다는 이야기는 하지마."

"어째서요?"

"한국에는 티켓 다방에 대해 안 좋게 생각하는 사람들이 많거든."

"어째서 그런담까?"

"티켓 다방이란 곳이 그런 데야. 그러니깐 아무나 같이 나가자고 하면 따라나서지 마. 무슨 일이 있으면 나한테 전화하고. 내말만 들으면 낭패가 없을 거야."

'이건 또 무슨 소리지?'

단이는 뭔가 이상한 생각이 들었다. 마 사장은 마치 무슨 기득권자인 듯 행세했다. 소속사 대표나 매니저라도 되는 듯이 말이다. 단이가 그런 부탁을 한 적도 없고 도와달라고 청을 든 적도 없다. 어제 저녁에 도착하여 저녁을 얻어먹고 오늘은 그쪽에서 먼저 파주로 가자고 해서 동행해 주는 것뿐이었다. 그런데 마 사장은 이미 자신이 마치 단이의 주인이라도 된 듯 말하고 행동했다.

파주로 가는 길가에는 여름 꽃들이 한들거리고 있었다. 논에는 벼꽃이 하얗게 피어있었다. 반세기동안이나 남북을 가로막고 있는 휴전선의 모습은 어떤 모습일까? 단이는 가는 내내 호기심과 긴장감을 동시에 품었다. 중국에 있을 때 판문점에 대한 이야기도 들었고 공동경비구역이란 영화도 보았다.

2시간의 긴 이동 끝에 영어로 "공동경비구역"이 라고 적혀있는 갈색 표지판을 볼 수 있었다. 간간히 지나가는 대한민국 장병들과 외국인 장병들을 볼 수 있었다. 마 사장의 말에 따르면 공동경비구역에서 근무하는 군인들의 90%는 한국군이고 10%만이 유엔동맹국 군인들이라고 한다. 영화에서 보았던 것처럼 공동경비구역의 긴장감이나 박진감이 흐르지는 않았다. 뜻밖에도 그곳은 아주 조용하고 평화로워 보였다. 근처에 민간인들이 살고 있는 대성동 마을이 보였다. 북한의 최남단에 위치한 선정동과의 거리는 불과 1.5km밖에 되지 않아 마치 한동네처럼 느껴졌다.

판문점에 도착해서 처음으로 본 것들은 푸른색의 건물과 회색빛의 건물이었다. 푸른색 건물은 한국이 관리하는 것이고, 회색빛 건물은 북측이 관리하는 건물들이라고 했다. 바깥쪽에는 넓이 10cm정도의 시멘트 구조물을 사이로 남과 북이 갈라져 양측의 병사들이 서로를 노려보고 있었다. 그 모습에서 팽팽한 긴장감이 전해졌다. 판문점 내의 파란색 건물은 남북한과 유엔동맹국의 대표들이 각종 군사 문제 등을 논의하는 회담장소로 쓰인다고 했다.

통일전망대 옥상에서 내려다본 임진강 모습은 무거웠다. 그리고 '돌아오지 않는 다리'도 보였다. 이 다리는 전쟁 후 포로를 교환할 때 포로들의 의사를 물어 스스로 남과 북 혹은 제3국가를 선택하게 하였는데, 한번 선택한 후에는 다시 돌아올 수 없었다하여 '돌아오지 않는 다리'라 불렸다고 한다. 오랫동안 그 다리로 사람이 다니지 못했다. 먼지가 두껍게 쌓인 모습에서 흘러간 세월의 흔적과 두께를 느낄 수 있었다. 다리가 있음에도 반세기동안 건너다닐 수 없었다는 사실은 너무나 안타깝고 슬펐다. 판문점 전체를 둘러보는 시간은 별로 오래 걸리지 않았다.

돌아오는 길에서 마 사장이 단이한테 판문점을 돌아본 소감을 물었다.

"판문점에 와보는 것이 처음이라 그랬지?"

"네."

"어땠어?"

"막연하지만 굉장히 슬프고 밸 났씁다. 같은 민족끼리 왜 이렇게 싸우면서 살아야 되는지, 도무지 이해할 수가 없었씁다."

"역시 피는 속일 수 없구만."

마 사장은 단이를 조선족이라고 여기는 모양이었다. 단이는 아버지가 한족이라고는 것을 밝히지 않았다. 한국에서는 그냥 조선족이고 싶었다. 그렇게 하는 것이 한국에서의 삶을 더 편하게 해줄 거라는 계산에서였다.

피곤해서인지 돌아오는 길에서 마 사장은 별로 말을 하지 않았다. 말없이 한 시간을 달렸을까 했을 때 포장도로 한쪽 편에서 작은 용달차를 세워놓고 참외를 파는 남자가 보였다. 마 사장은 용달차 뒤쪽에 차를 세우더니 오래 운전해 피곤하다면서 잠깐 쉬고 가자고 했다. 단이도 따라 차에서 내렸다. 마 사장이 참외 두개를 골라서 검은 비닐주머니에 담고 돈을 치렀다. 참외 파는 남자가 드시고 가시려면 저 건너편에 돗자리를 깔아놓으니 거기서 드시라면서 참외를 깎을 칼을 내어주었다.

길옆에 작은 언덕이 있었고 언덕 너머에 참대나무로 엮은 돗자리가 펼쳐져 있었다. 그리고 돗자리 바로 발치에 무덤이 있었다. 저녁노을이 무덤 위를 빨갛게 물들여 마치 무덤이 불을 뿜는 것 같았다. 단이는 무서웠다. 하필이면 왜 무덤 앞에 와서 참외를 먹자고 하는지 알 수 없었다. 마 사장이 돗자리에 털썩 주저앉았다. 올방자(책상다리)를 틀고 앉는 모습이 마치 자기 집 안방이라도 되는 듯 극히 편해보였다.

"겁내지 말고 여기 가까이 와서 앉아. 옛날부터 묘지를 쓰는 곳은 모두 명당자리였어. 그러니 이곳은 놀이터로도 명당자리인 셈이지. 봐. 여기 이 땅이 원래는 흙먼지가 펄썩펄썩 날리는 곳이었는데 사람들이 하도 많이 와서 놀고 가서 이렇게 콘크리트 바닥보다 더 잘 닦아지지 않았어?"

그의 말대로 주위가 마치 로라(롤러)로 다지듯 반질반질하게 잘 닦아져 있었다. 마 사장이 억지로 단이의 손을 잡아끌어다 옆에 앉히면서 말했다.

"오래된 무덤이라서 괜찮아. 어여 앉으라구. 옛날 풍류를 즐기는 선비들은 일부러 무덤을 찾아서 놀기도 했다네. 전해오는 말에 의하면 이 무덤은 사랑하는 남자를 잃고 슬퍼하다가 외롭게 죽은 여자의 무덤이라고 하더군."

마지못해 앉긴 했지만 단이는 무덤에서 눈길을 뗄 수 없었다. 무덤 속에서 불쑥 여자귀신이 머리를 풀어헤치고 튀어나올 것 같았다. 두려웠다. 서쪽하늘에서는 하루해가 마지막 피를 토하듯 안간힘을 쓰고 있었다. 그 때 갑자기 마 사장이 그녀를 와락 끌어안으면서 돗자리 위에 쓰러뜨렸다. 그 서슬에 검은 봉지에 들어있던 개구리참외가 발길에 채워 무덤 쪽으로 굴러갔다. 참외를 먹자고 했던 것은 거짓이었던 모양이다. 단이가 마 사장의 품에서 벗어나려고 버둥거렸다. 하지만 남자의 힘을 감당할 수 없었다.

"왜 이러심까?"

"이뻐서 그러지, 왜 그러겠나?"

"제발 이러지 마쇼."

"자네같이 이쁜 여자가 옆에 있는데 목석이 아니구야 어느 남자가 가만히 있겠나."

도깨비 같은 말을 하면서 마 사장은 단이의 치마 밑에 손을 집어넣었다. 단이는 너무도 놀라서 소리를 질렀다. 아무리 오래된 무덤이라고 해도 분명히 누군가의 조상일 것이다. 남의 조상 묘 앞에서 이런 추태라니. 무슨 벌을 받으려고. 그녀는 너무 무서워서 바들바들 떨었다.

"이러지 말라는데 어째서 자꾸 이럼까? 무덤 속에서 귀신이 나올 것 같단 말임다."

"귀신이 나오라고 해. 귀신하고도 놀아보지 뭐."

"벌을 받을 겜다."

"벌은 내가 받으면 되잖아."

마 사장은 그런 환경을 즐기는 것 같았다. 단이는 팬티를 벗기려는 남자의 손을 결사적으로 저지했다. 그러자 마 사장이 버럭 했다.

"새삼스럽게 왜 이래. 티켓 다방에서 일하려면 이런 것쯤은 감수해야지."

"티켓 다방이 이러는 곳임까? 알았다면 따라오지 않았을 겜다."

"괜히 순진한척 하지 말어. 대한민국에서 티켓 다방을 모르는 사람이 어디 있어?"

"전 한국 사람이 아니잖씀까?"

"한국에 왔으면 한국 사람이지. 어느 산에 가면 그 산에 맞는 노래를 부르는 게 맞는 거야."

단이는 부끄러운 마음을 무릎 쓰고 애원했다.

"사장님, 제발 이러지 마쇼. 전, 생리 중임다."

"거짓말인 걸 다 알아. 여자들은 하기 싫을 때는 다들 그 말을 하지."

마 사장은 막무가내였다. 아예 다른 사람의 말은 들으려고도 하지 않았다. 자신의 생각에만 빠져있는 편집적이고 광적인 패러노이크(망상성 환자) 환자 같았다. 마 사장은 두 손으로 단이의 두 팔을 머리 쪽으로 내리누르고 발로 그녀의 팬티를 끌어내렸다. 단이는 또 속았다는 생각이 들었다. 처음 인상에 마 사장은 온화하고 침착한 사람처럼 보였고 전혀 타인에게 강압적으로 자신의 의사를 종용할 사람 같지 않았었다. 마 사장의 세련된 외양과 신사적인 목소리가 그녀로 하여금 그렇게 믿게 한 것이었다.

누구를 원망하겠는가. 모두 자신의 잘못이었다. 그녀 스스로 믿고 싶은 대로 믿었으니 말이다. 단이는 죽은 듯이 돗자리에 누워있었다. 치맛자락 아래로 붉은 액체가 흘러내렸다. 그것은 저녁 어스름과 더불어 검은 색으로 변해 돗자리를 물들였다. 그녀는 자신의 몸속에서 빠져나오는 검은 액체를 바라보면서 자신의 육신은 살아있는 육체가 아니라 이미 죽은 몸이라고 생각했다. 자신은 무덤 속에서 털어낸 썩고 부식되고 말라버린 미이라가 아닐까 하는 생각이 들기도 했다. 이 무덤과 아무 연고가 없는데 어찌 이런 곳에서 이런 봉변을 당한단 말인가?

어느새 무덤 주위에 어둠이 짙어갔다. 밤도 낮도 아니었고 하늘에는 죽은 자의 방에 켜져 있는 램프 같은 창백한 달이 떠 있었다. 단이는 이대로 영원히 일어나고 싶지 않았다. 숨을 쉬고 있다는 사실이 부끄러웠다. 차에서 시동을 걸고 그녀를 기다리던 마 사장이 그녀가 오지 않자 차에서 내려서 다시 그녀 쪽으로 다가왔다.

"여기서 뭐하고 있어? 안 갈래?"

마 사장은 마치도 아무 일도 없었던 사람같이 태연했다.

단이는 눈을 감은 채 꼼짝 않고 있었다. 그의 목소리를 듣는 것조차 괴로웠다.

"무덤에서 귀신이 나올지도 몰라. 얼른 일어나."

마 사장은 일부러 기분을 내면서 농을 건넸다.

하지만 단이는 아무것도 들리지 않았다. 무섭지도 않았다. 어둠속에서 무덤이랑 나란히 누워있는 것이 오히려 편했다. 지금 그녀는 무덤이 자신을 위로하는 것 같았다.

37

무엇을 해야 할 것인지.

다행히 그것을 깨닫는데 시간이 얼마 걸리지 않았다. 단이는 판문점에서 돌아온 이튿날 아침 바로 짐을 쌌다. 갑자기 왜 이러냐며 강 사장이 짐을 싸고 있는 그녀의 손을 잡았다. 티켓 다방을 나가려고 한다고 말하자 강 사장이 대뜸 판문점에서 무슨 일이 있었냐고 물었다. 하지만 단이는 입을 굳게 닫은 채 아무 말도 하지 않았다. 아무리 돈에 환장을 했다 해도 같은 조선족 동포를 이런 나쁜 곳에 이용하여 돈을 버는 일은 하지 말아라고 말하고 싶은 것을 겨우 참았다. 절이 싫으면 중이 떠나면 그만이다.

떠나면서 괜히 나쁜 감정을 표출하는 것은 어리석은 짓이라고 단이는 생각했다. 그녀는 그에 아무 말 없이 문을 나섰다. 강 사장이 단이의 앞을 가로막으면서 대뜸 그랬다.

"혹시 무덤 앞에서 무슨 일이 있었던 거지?"

'강 사장이 그걸 어떻게 알았지?'

단이는 놀란 눈빛으로 강 사장을 쏘아보았다. 마 사장이 말했을 리는 없다. 그렇다면 강 사장도 그곳에서 마 사장한테 그런 일을 당했던 것일까? 그러지 않고야 강 사장이 그것을 알리가 없었다. 단이는 속으로 이를 갈았다. 강 사장은 모든 것을 알면서 단이를 마 사장한테 딸려 보낸 것이다. 점잖은 분이니 믿어도 된다면서 설레발까지 쳐가면서 말이다. 믿는 도끼에 발등 찍힌다고 이국타향에선 연고가 있는 사람이 더 무섭다는 생각이 들었다. 하긴 같은 중국에서 온 교포가 아니었다면 단이가 그날 저녁에 강 사장을 따라 이곳에 올 일도 없었을 것이다.

단이의 눈치를 살피고 있던 강 사장이 분노했다.

"맞구나! 그 변태 같은 영감태기가 그새 그런 일을 저질렀네. 내 실수야. 아무것도 모르는 단이를 그 변태와 함께 보내지 말았어야 했어. 내가 잘못했어. 앞으로는 절대로 그 영감태기를 만나지 않게 할 거야. 제발 가지마!"

그 영감태기를 안 만나게 한다고? 그럼 또 다른 남자를 만나게 하겠지. 여자들이 몸 판 돈을 받아 처먹고 살면서 뭐 실수라고? 아무리 돈독이 올랐기로서니 같은 고향 사람끼리 어찌 이럴 수 있단 말인가? 단이는 한국 남자들에게 중국 조선족 여자들을 팔아먹는 강 사장이 마 사장보다 백배 천배는 더 미웠다. 단이는 강 사장을 차갑게 밀어버리고 티켓 다방을 나왔다. 더러워서 눈도 마주치지 않았다. 더는 그 여자의 감언이설에 속지 않을 것이다. 티켓 다방이란 곳이 여자들이 손님과 시간을 약속하고 몸을 파는 곳이라는 것을 미리 알려주었더라면 그녀는 그곳에 따라가지도 않았을 것이고 그런 봉변을 당하지도 않았을 것이다.

강 사장이 그녀를 따라 수원 지하철역까지 쫓아왔다. 다시는 남자를 따라 가지 않고 다방 안에서만 일을 할 수 있게 해주겠다며 다시 돌아가자고 사정했다. 그야말로 한번 붙으면 기어이 살 속을 파고들고 싶어 하는 진드기 같았다. 그녀가 어떻게 티켓 다방 아가씨로부터 다방주인이 되었는지 알 것 같았다. 저런 뻔뻔함과 끈질긴 근성이 그녀를 이런 곳에서 성공하게 했을 것이다.

단이는 매표구에서 티켓을 사가지고 표를 찍고는 역사 안으로 들어갔다. 강 사장이 뒤에서 손을 흔들면서 소리쳤다.

"언제든 생각이 바뀌면 찾아와! 기다릴게!"

돈도 벌어보지 못하고 고기를 놓친 것이 퍽이나 아쉬운 모양이었다. 단이는 쓴 웃음을 웃었다.

'나 이제 아무도 안 믿어. 한번 속았으면 됐지. 나더러 그 말을 또 믿으라고."

단이는 서울행 전철에 올랐다. 차가 덜컹거리면 수원역을 떠났다.

'어디로 갈 것인가?'

또다시 목적지를 선택하여야만 했다. 하지만 그 곳이 어딘지 그녀는 알지 못했다. 가야하기에 가고 있을 뿐이었다. 머릿속에 떠오르는 곳은 막연하지만 여전히 홍대라는 이름밖에 없었다. 그녀는 시청역에서 내렸다. 2호선 열차로 갈아타고 홍대입구로 가기 위해서였다. 지난번에 잘못 탔던 경험으로 이번에는 실수 없이 목적지에 도착할 수 있었다.

홍대입구는 대학가라 그런지 거리에 젊은이들로 바글거렸다. 정오의 소음 속에서 그녀는 사람들 속을 헤집고 걸었다. 자글자글 끓는 햇빛에 현기증이 일어났다. 가끔씩 사람들과 부딪치기도 했다. 배가 고프고 기진맥진하여 음식점을 지날 때마다 유리창 안을 들여다보며 한참씩 발걸음을 멈추었다. 하지만 선뜻 들어가지 못했다. 왠지 들어가면 무조건 바가지를 쓸지 모른다는 생각이 들었다. 김밥집이 보이면 김밥 한 줄을 사먹어야겠다는 생각을 했다. 김밥 한 줄이 비싸면 얼마나 비쌀까 싶었다. 김밥 집을 찾느라고 이 골목 저 골목을 누비며 계속 앞으로 걸었다.

한옥처럼 지은 건물 앞에서 단이는 발걸음을 멈추었다. 한식 불고기 집이었는데 출입문 유리에 종업원을 모집한다는 방문이 한글로 붙어 있었다. 단이의 눈빛이 반짝 빛났다. 무엇을 하는 종업원을 구하는지는 모르지만 음식집인 만큼 티켓 다방처럼 위험한 곳은 아닐 것이라고 생각했다. 그녀가 문을 밀고 안으로 들어가자 몸집이 통통한 여자가 용수철 튕기듯 뛰어나오면서 경쾌하게 인사를 했다.

"어서 오세요."

단이 앞으로 다가오던 통통한 여자가 갑자기 동공을 키웠다. 그리고 한참이나 고개를 갸우뚱했다. 왜 그러나싶어 여자를 찬찬히 여겨보던 단이도 눈길이 머르츰 해졌다. 통통한 여자의 눈은 고양이 눈을 닮은 듯 했다. 동그랗고 말똥말똥하고 레이저가 나오듯 눈빛이 강렬했다. 이 눈빛, 분명 어디에서 본 것 같은데 갑자기 생각이 나지 않았다. 고양이 눈을 닮은 여자가 먼저 생각이 난 듯 손뼉을 탁 쳤다.

"혹시, 그때 약속 다방에서 맞선 본적이 있죠?"

"아!"

그제야 단이는 생각났다. 그 여자는 약속다방에 도착했을 때 마지막으로 선을 보고 나왔던 고양이 눈을 닮은 여자였다.

"그때 그분 아임까? 다이어트를 하라고 해서 불만이었던 그 분?"

"맞어! 그쪽은 내 다음에 맞선을 보았지."

두 사람은 반가운 나머지 누가 먼저랄 것 없이 서로 부둥켜안고 그것이 영업 중이란 사실도 잊은 채 좋아라 소리를 지르며 아이들처럼 퐁퐁 뛰었다. 기막힌 인연이었다. 중국에서 한 남자를 함께 맞선을 보았던 여자 둘이 또 서울에서 함께 만난 것이다. 식사를 하던 손님들이 정신 사납게 떠들어대는 두 여자를 이상한 눈길로 쳐다보았다. 경멸하는 눈치 같았다. 단이가 먼저 손을 풀며 소리를 낮춰 쏙닥거렸다.

"사람들이 우리만 쳐다봄다."

"참, 영업 중이지."

고양이 눈을 닮은 여자가 혀를 홀랑 내밀더니 목소리를 죽이면서 물었다.

"그런데 여긴 웬일이야? 식사하려구 왔어?"

"식사하려고 온 게 아니라…"

단이가 고개 짓으로 출입문을 가리켰다.

"종업원을 받는다고 해서 …"

고양이 눈을 닮은 여자가 눈을 치 떴다.

"일자리를 구하려구?"

"네. 좀 도와주쇼. 내가 인사를 단단히 하겠씀다."

"왜? 김도균이란 남자는 건물도 있고 부자라던데 아니었어?"

"그 이야기는 나중에 하겠씀다. 우선은 일자리가 급해서리."

"아, 알았어."

고양이 눈을 닮은 여자가 단이를 데리고 주방 쪽으로 가더니 머리가 희끗희끗한 중년 남자를 불러냈다.

"사장님, 같은 고향에서 온 친구인데 이곳에서 일하게 해주시면 안 될까요?"

"친구라고?"

주인이 말없이 단이의 아래 위를 훑어보았다.

"단이라 함다."

단이가 머리를 다소곳이 숙이면서 얌전하게 인사를 했다.

"식당일을 해 본적이 있어요?"

주인이 물었다.

"없씀다. 하지만 잘 할 수 있씀다. 시켜만 주십쇼."

"불고기 집이라는 게 맨날 불판 들고 다니고 음식 그릇 들고 다니는데 그 가는 팔목으로 당해낼 수 있겠어요?"

주인이 걱정스럽게 물었다. 단이가 자신의 혀를 씹는 심정으로 사정을 했다.

"무슨 일이든 시키는 일이면 다 하겠씀다. 시켜보고 잘못하면 그때에 나가라면 나가겠씀다."

그 말이 마음에 들었는지 주인 남자가 빙그레 웃었다. 시켜보고 마음에 들지 않으면 내보내면 그만인 것이다. 무엇보다 젊고 예쁘장한 외모가 손님들에게 좋은 인상을 줄 것 같아서 기분이 그리 나쁘지는 않았다. 한국은 음식집에서도 예쁜 여자가 대세였다.

"그럼 어디 한번 해보도록 하세요. 마음에 안 들면 언제든지 나갈 준비는 해야 할 거예요."

그 말에 단이는 굽썩 허리를 굽혔다.

"고맙씀다. 열심히 하겠씀다."

"언제부터 할 수 있어요?"

"내일부터 당장 할 수 있씀다."

"그럼 그렇게 해요. 잠자리는 있어요?"

"없씀다."

"그럼 화연이와 한방을 써요. 그리고 모르는 게 있으면 화연이한테 물어보고."

말을 마친 주인 남자가 급히 자리를 떴다. 함께 일을 하게 된 것이 고마워서 단이는 화연이의 손을 잡았다. 두 사람은 의미심장하게 웃었다.

38

단이는 눈물이 날 것 같았다.

얼마나 다행스러운 일인가? 고양이 눈을 닮은 여자의 이름은 화연이었다. 단이는 한국 한끝에서 화연이를 만난 것도 그렇고 그녀의 도움으로 일자리까지 구한 것은 운명이라는 생각이 들었다. 서로 모르는 사람이 두 번을 만나면 그 첫 번은 우연이고 두 번째는 운명이라고 했다. 한국에서 두 사람을 만나게 하려고 한 남자를 만나는 자리에 두 사람을 서게 했던 것은 아닌지. 세상에는 그냥 만나는 인연은 없다. 좀 전까지도 어디를 가야 할지를 몰라서 헤매고 다녔는데 이곳에 오고 보니 미리부터 이곳에 올 것이라 정해져 있었던 게 아닌가 싶었다. 그동안 고생한 것이 모두 이곳에 오기위해 그리 멀리 돌아다녔을 거라는 생각마저 들었다.

영업이 끝나자 주인과 종업원들이 모두 돌아갔다. 불고기집에는 화연이와 단이만 남았다. 화연이가 주방에서 밥과 반찬들을 푸짐히 챙겨가지고 방으로 들어왔다.

"금강산 구경도 식후경이라고 먹고 나서 회포를 나누자구."

화연이는 생긴 것과 같이 성격이 털털하고 거침이 없고 화통했다. 그녀가 갑자기 단이에게 나이를 물었다.

"그쪽은 몇 년생이지?"

"75년생이에요."

"나는 70년생이야, 나보다 다섯 살이나 아래이니 편하게 말을 놔도 되지?"

화연의 말에 단이는 기다렸다는 듯이 호응을 했다.

"말을 놓으세요. 전 언니라고 부르겠씁다."

"편한대로 해. 나이 차이는 있지만 우리 두 사람 모두 70년대에 태어났네."

"그러게요. 같은 년대에 태어나 좋씁다."

단이가 두 사람의 공통점을 새롭게 발견하게 된 것이 반가운지 얼굴을 발가우리하게 빛내면서 웃었다.

'70후'(70後)라는 말은 중국에서 70년대에 태어난 사람들을 가리키는 말이다. '70후'는 계속 정치만 하던 그전 세대에 비해서 처음으로 정치보다 개인을 생각하게 된 세대다. 그들은 중국의 변혁과 함께 태어났다. 하여 중국사회의 민감한 정치와 급변하는 형세를 감지하나 부모들의 세대가 겪었던 기억에 대한 두려움으로 섣불리 움직이지 않고 개성 있는 행동을 자제하면서 되도록이면 안정적인 것을 원하고 여러모로 눈치를 보는 세대라고도 할 수 있다. 그래서 덜 공격적이고 덜 개성적이고 적당히 개인적이다. 같은 년대에 태어난 두 사람은 서로 같은 것을 공감하고 느낄 수 있고 이해 할 수 있을 것 같아서 빨리 친해질 것 같기도 했다.

"단이가 그 남자와 결혼을 하고 한국에 갔다는 소식을 혼인소개소 오원장으로부터 들었어. 그때 일시적이었지만 충격이 크더라구. 그 남자가 여관을 운영한다고 해서 우리 모두 그 남자한테 목숨을 걸었거든. 대단한 부자인줄로 알았어. 혹시 거짓말이었던 거야?"

화연이는 아직도 미련이라도 있는 듯 김도균에 대하여 관심이 많았다.

"여관 건물이 있다는 것은 사실임다."

"그럼 왜? 혹시 쫓겨난 거야?"

"쫓겨난 건 아님다."

"그럼? 왜 직업을 찾으러 다녀? 돈이 없는 것도 아닐 텐데."

"도망쳤씀다."

"뭐?"

화연이는 진짜로 많이 놀란 것 같았다.

"왜 도망쳤어? 겉으로 보기에는 남자가 괜찮아 보이던데?"

"괜찮았죠. 그런데…"

"그런데 왜?"

화연이가 바투 들이 앉았다. 궁금해서 미치겠다는 표정이었다.

"그 이야기는 하고 싶지 않씀다."

단이가 더 이상 말을 하려고 하지 않자 화연이가 손에 들고 있던 밥그릇을 소리 나게 탕하고 놓았다.

"아이구 답답해. 속 시원하게 툭 털어놓고 말을 해. 괜찮은데 왜 도망 나왔는지."

"이 말을 하면 그 사람한테는 예의가 아닌 것 같아서리."

"도망 나온 마당에 무슨 예의를 따져. 이제 다시 만날 것도 아니잖아."

"그래도."

"우리 둘끼리만 하는 말인데 그 사람이 알리가 없잖아. 계속 말을 하지 않을 거야? 그럼 난 삐진다?"

단이는 화연이의 지나친 관심이 놀랍고 의아했다.

'왜 이렇게 관심을 보이지? 아직도 미련이 남아있는 걸까? 김도균 그 남자한테.'

화연이가 하도 조르니 말을 하지 않는 것이 미안한 것 같아서 내키지 않았지만 단이가 입을 열었다.

"알고 보니 그 사람한테 속았습디다."

"뭘 속아?"

"…다리가 없었씀다."

"다리? 무슨 다리?"

화연이가 놀라서 눈을 뒤집었다.

"다리를 모름까?"

화연이가 믿을 수 없다는 표정으로 자신의 다리를 툭툭 건드렸다.

"이 다리?"

"네."

단이는 체념한 듯 대답했다.

"세상에, 세상에! 생긴 거는 멀쩡해가지고 아주 나쁜 놈이네. 속일 것을 속여야지, 다리가 없는 것을 속여? 결혼하면 금방 들킬 것을?"

화연이는 마치도 자신이 당한 것처럼 흥분했다.

"얼마나 기가 막혔어? 내가 다 이렇게 열 받는데."

단이는 잠자코 있었다. 당시의 그 참담했던 기분을 되살리고 싶지 않았다. 생각만 해도 끔찍했다. 화연이는 속임을 당한 것이 마치 자신이기라도 하듯 계속하여 울분을 토해내고 있었다.

"눈을 뜨고 코를 베여갈 사람이네. 중국 사람들을 뭐로 보고? 이건 완전히 사기결혼이야. 가만있으면 안돼. 그냥 이렇게 도망해서 나올게 아니라 따져야 해!"

"따지면 뭐가 달라짐까? 없던 다리가 다시 생기는 것도 아니고…"

"그 나쁜 놈한테서 위자료를 왕창 뜯어내야 해."

"위자료요? 무슨 위자료 말임까?"

"그래. 위자료! 이것은 뜯어내는 것이 아니라 당연히 받을 것을 받아내는 거야. 무슨 수를 써서라도 받아내야 돼. 남의 인생을 망쳐놓고 나 몰라라 하면 죽일 놈이지. 변호사를 사서라도 꼭 받아내야 돼. 어땠어? 돈은 있어보였어?”

화연이가 팔소매를 걷어 부치면서 당장이라도 쫓아가서 따질 기세였다. 그러는 화연이가 고마웠다. 자기를 대신하여 진심으로 분노해주는 것 같아서 말이다. 하지만 왠지 화연이의 태도가 너무 지나친 것 같았고 은근히 부담스러웠다.

“여관을 하기는 해도 손님도 별로 없고 모아놓은 돈도 별로 있는 것 같지 않았씀다. 통장이 몇 개 있어서 보니 모두 마이너스 통장이더라고요.”

“돈이 없으면 여관방 한 칸이라도 달라하면 되지.”

“여관방 한 칸을 가지고 매일 마다 그 사람의 얼굴을 보면서 살란 말임까? 난 그건 못하겠씀다.”

“단이가 싫으면 내가 그걸 받아서 거기서 살까?”

“네? 화연언니가 거기서 산다고요? 언니도 얼굴을 알면서? 어떻게 그럼까?”

“농담이야! 순진하긴.”

화연이가 재밌다는 듯 쿡쿡 웃었다. 하지만 단이가 보기엔 농담 같지 않았다.

“뭐가 그리 재밌씀까? 남은 속 터져 죽겠는데?”

단이가 시큰둥해서 물었다.

“참, 그러고 보면 인생이란 절대적인 승자도 절대적인 패자도 없는 것 같아.”

“그건 또 무슨 소림까?”

“그날 그 남자를 선을 보았던 여자들은 다들 네가 운이 좋았다고 생각했거든. 그 나머지는 모두 맞선에서 퇴짜 맞은 패자라고 생각했지. 그런데 지금 보니 스무 명 중에서 단이가 제일 운이 나쁜 사람이었다는 거지. 네가 희생함으로서 우리 모두가 구원된 셈이고."

단이가 씁쓸하게 웃었다.

"저도 이상하다 생각했씀다. 저한테 좋은 일이 생기는 것은 나쁜 일이 생기는 것보다 더 불안한 일이었으니까요."

둘은 한동안 조용히 숟가락만 움직였다. 자기만의 생각에 빠져있는 듯 했다.

"화연언니는 어떻게 한국을 온 검까?"

단이가 침묵을 깼다.

"결혼으로 왔어."

"끝내 결혼으로 왔군요."

"그래 결혼이야. 가짜 결혼. 한국에서는 위장 결혼이라고 하지."

화연의 말에 단이는 알 수 없다는 듯 눈만 껌뻑거렸다.

"결혼에 무슨 가짜결혼이 있씀까?"

"넌 신문이나 방송도 안보니? 요즘 조선족 여자들이 한국남자들과 결혼을 하는 게 모두 진짠 줄 알어? 한국을 오기 위해서 위장결혼을 하는 사람들이 더 많어. 결혼을 하고 와서 좋으면 계속 눌러서 살고 마음에 안 들면 도망가서 돈을 벌지. 이런 것을 밑져 본전이라고 하는 거야."

"밑져 본전이라고요?"

충격을 받은 듯 단이는 아무 말도 못하고 그저 멍청하니 화연의 얼굴만 쳐다보았다.

"처음부터 위장결혼이라고 말을 하고 결혼을 하면 결혼을 해준 대가로 한국 남자한테 사례비를 주고, 잠은 같이 자지 않아도 돼. 가짜 부부니깐. 하긴 어떤 멍청한 여자들은 사례비도 주고 몸까지 준다고 하더라. 그런데 사례비를 주기 싫어서 정식 결혼처럼 하고 한국에 온 후에 도망가는 여자들도 요즘 많어."

화연의 말을 들으면서 단이는 결혼이라는 것이 신성한 것이 아니라 시궁창 같다는 생각이 들었다. 이렇게 시시한 것이 결혼이라면 결혼은 안 하는 것이 훨씬 나을 것 같았다. 왠지 결혼을 했다는 자체가 시시하고 우습게 놀아났다는 생각이 들었다. 진짜 결혼을 하고 도망을 나온 자신보다 위장결혼을 하고 여유를 부리는 화연이가 더 세련되고 당당해보였다.

39

일자리가 있고 잠자리가 있어서 살 것 같았다.

단이는 열심히 홀에서 서빙을 했다. 손님들에게 고기를 잘라 주기도 하고 손님상에 야채가 떨어지면 재빨리 리필해 주기도 하면서 조금도 쉬지 않고 뛰어다녔다. 손님들이 아무리 불러대도 절대 짜증내는 법이 없이 손님들 테이블에 다가가서 그들의 요구를 귀담아 들어주었다. 진상을 부리는 손님한테도 싫은 내색을 전혀 하지 않고 손님이 만족할 때까지 정성을 다했다. 단이는 이곳이 아니면 다시 갈 곳이 없다는 마음으로 열심히 뛰었다.

차츰 단이를 보고 오는 손님들이 늘어났다. 그들은 그녀의 서빙을 받기 위해 슬그머니 그녀에게 팁을 찔러주기도 했다. 그러다보니 단이는 하루에 받는 팁만 해도 다른 종업원들의 일당만큼이나 되었다. 단이가 온 뒤로 가게의 매상고가 전보다 한배가 뛰어올랐다. 손님들은 단이를 중국색시라고 정겹게 불렀고 지어 어떤 짓궂은 손님들은 그녀를 서시[西施]라고 부르기까지 했다. 단이의 뚜렷한 이목구비와 백옥 같은 피부, 윤기 있는 긴 머리카락이 대륙의 고전미녀인 서시를 닮았다는 것이었다. 단이가 온 뒤로 이 식당에 오는 손님들 중에는 서시에 대한 이야기가 부쩍 늘었다. 단이도 손님들을 통하여 서시에 대한 이야기를 상세히 알게 되었다. 손님들의 이야기를 모두어 보면 대개 이러했다.

서시는 중국의 4대 미인 중 한사람으로서 춘추전국시대의 월[越]나라의 여인이다. 어느 날 서시가 강변에서 거닐고 있었는데 맑고 투명한 강물에 그녀의 아름다운 모습이 투영되었다고 한다. 수중의 물고기가 그녀의 아름다운 모습에 취해서 헤엄치는 것을 잊고 강바닥으로 가라앉았다고 하여 서시는 침어[浸魚]라는 별칭을 얻게 되었다고 한다. 오[吳]나라 부차[夫差]에게 패한 월나라 왕 구천[勾踐]의 충신 범려가 복수를 위해 서시에게 예능을 가르쳐서 호색가인 오나라 왕 부차에게 바쳤다. 부차는 서시의 미모에 사로잡혀 정사를 돌보지 않고 호색에만 탐하다가 마침내 월나라에 패망하게 되었다고 한다.

한국은 잘생긴 여자들이 살기 편한 나라인 것은 틀림없었다. 홍대 불고기집에 서시를 닮은 중국색시가 왔다는 입소문이 전해지자 다른 불고기집 단골들도 이쪽으로 몰려들었다. 그러다보니 손님이 이 집 가게 앞에 길게 줄을 서서 차례를 기다리는 진풍경까지 연출되었다. 한국인들 중에는 "맛있는 음식을 먹으려면 손님이 줄을 선 음식점에 들어가면 된다."는 유행어가 있다. 하다 보니 줄이 줄을 부르게 되었고, 입소문을 듣고 오는 사람과 장사진을 친 손님 대오를 보고 오는 사람들로 하여 홍대 불고기집은 일약 홍대 명물이 되었다. 소식을 듣고 텔레비전 방송국에서까지 찾아와서 취재를 하고 맛 집이란 타이틀로 소개를 했다. 음식접이 개업을 하여 처음 누리는 호황이라면서 남자주인은 하루 종일 입을 다물지 못하고 싱글벙글했다. 주인은 '더도 말고 덜도 말고 오늘만 같아라!'는 글을 써서 편액에까지 넣어 벽에 걸었다. 그런데 좋은 일은 오래가지 못했다. 일은 늘 가까운 데서 터지는 모양이었다.

단이가 이 집에 와서 두 번째로 월급이 나오는 날이었다. 단이의 월급봉투를 건너다보던 화연이의 얼굴이 썩은 나무속처럼 까맣게 변했다. 단이의 봉투가 자신의 봉투보다 두꺼운 것을 발견했기 때문이었다. 화연이는 입술까지 바르르 떨면서 사장에게 따졌다.

"단이와 저의 월급이 왜 다르죠?"

"단이가 온 뒤에 매상이 올라서 뽀나스로 몇 장 더 넣었어."

사장이 대수롭지 않게 대답했다.

"장사는 단이가 혼자 했어요? 다 같이 매상을 올렸는데 한사람만 보너스를 받는 것은 부당하다고 생각해요."

"부당? 그래 부당 할 수 있어. 화연이 말에도 일리가 없는 것은 아니야. 장사는 다 같이 한 것은 틀림없어. 그런데 왜 다 같이 장사를 했는데 단이가 오기 전에는 매상이 오르지 않다가 단이가 온 후에 매상이 올랐을까? 손님들이 단이를 보고 온다는 사실을 화연이만 모르는 거야?"

화연이는 불복했다.

"그렇지만 저는 이해할 수 없어요. 제가 단이보다 먼저 이 가게에 들어왔는데 저보다 단이의 월급이 더 많으면 저의 체면이 뭐가 되겠어요? 우리는 두 사람 다 중국에서 온 사람들이에요. 이렇게 차별을 하는 법이 어디 있어요?"

사장이 굳은 표정으로 말했다.

"같은 중국에서 왔으니 같은 월급을 받아야 한다는 것은 중국식 사고방식이야. 자본주의는 체면을 보고 월급을 주지 않아. 속상하면 손님들한테 더 잘하든지, 아니면 다른 데로 가도 괜찮아."

사장이 자리를 뜨자 화연이는 독하게 이를 사려 물었다.

'언제는 나밖에 없다더니 단이가 오니 헌신짝처럼 나를 내쳐? 내가 당신들의 식당이 계속 돈 잘 벌게 하나 두고 봐.'

화연이는 속으로 눈물을 삼키면서 오늘의 굴욕을 어떻게 되갚아줄까 생각했다. 단이가 오기 전에는 그녀가 손님들의 사랑을 독차지했다. 오는 손님들마다 화연이를 찾았고 사장님도 그녀에게 친절했다. 그런데 단이가 오고 나서 그녀는 찬밥신세가 되었다. 손님들은 단이만 찾았고 사장님도 단이만 좋아했다. 술집이라면 여자의 얼굴을 따져서 차별시하는 것은 이해되지만 고깃집에서까지 얼굴이 예쁜 여자를 가까이에 두고 싶어 하는 한국남자들의 심리를 이해 할 수가 없었다. 화연이는 툴툴거렸다.

"참, 웃기는 나라야. 고기 뜯으려고 오는 게 아니고 여자 얼굴 뜯어먹으려고 오는 것 같애."

손님들의 말을 들어보면 일리가 전혀 없는 것은 아니었다. 불고기를 구워서 먹는 긴 시간 동안 같은 값이면 예쁜 여자가 예쁜 손으로 얌전하게 잘라서 구워주는 고기를 먹고 싶단다. 그러면 하루 종일 힘들게 회사에서 일하면서 쌓였던 스트레스와 피곤이 가신듯 풀어진다고 했다. 그러니 호주머니를 털어서 음식 값보다 더 많은 팁을 내어주면서라도 그쪽을 선택하는 것이라고 했다. 남자가 예쁜 여자를 좋아하는 것은 본능이라고 하지만 그래도 한국 남자들은 유별난 것 같다고 화연이는 생각했다. 한국남자들이 여자들을 좋아하니 한국은 여자들이 살기 좋은 나라라는 말까지 도는 게 아니겠는가.

단이가 온 뒤로 화연이는 우울하지 않은 날이 없었다. 사람들이 단이를 날씬하다고 칭찬을 해도 그녀는 자극을 받았고 서시를 닮아서 눈이 크고 초롱초롱하다고 해도 상처를 받았다. 남자들은 못생긴 여자를 통하여 스트레스를 받는다고 하지만 여자들은 잘생긴 여자를 통하여 스트레스를 받는 법이다. 화연이는 단이가 이 가게에 취직할 수 있도록 도와준 것을 몹시 후회했다. 괜히 도와주고 스트레스에 시달리고 있는 것이 화가 났다. 그녀는 어떻게 하면 단이를 밀어낼까 며칠째 그 생각만 골몰했다.

제9부 여자의 적은 여자

40

가을비가 구질구질 내리는 어느 날이었다.

비가 내려 번들거리는 앞마당으로 검은 승용차 한대가 천천히 미끄러지듯 들어왔다. 아직은 점심 식사시간으로는 이른 시간이었고 종업원들은 점심 손님을 맞을 준비로 분주했다. 승용차에서 두 명의 남자가 내리더니 한 사람은 문 앞에 서있고 한사람이 곧추 음식점 안으로 들어왔다. 숟가락과 젓가락을 정렬하여 일회용 위생 캡을 씌우고 있던 단이가 하던 일을 멈추고 손님에게로 가서 깍듯이 인사했다.

"어서 오세요. 안쪽으로 모실까요?" 단이는 제법 서울말을 흉내내고 있었다.

까만 정장차림의 남자가 음식점 안을 빠른 시선으로 훑어보더니 조용하게 물었다.

"조단이라는 분 누구십니까?"

목소리가 낮고 조용했지만 주위를 압도하는 불가항력적인 기운이 서려있었다.

"전데요? 왜 그러십니까?"

단이가 불안하여 말을 더듬었다.

"신고를 받고 나왔습니다. 저희들과 잠깐 가셔야 하겠습니다."

낯선 남자가 깍듯이 말했지만 거부할 수 없는 위엄이 느껴져 단이는 다리가 떨렸다. 주방 안에서 보고 있던 사장이 다급히 뛰어나오더니 정장을 한 남자에게 물었다.

"실례지만 어디서 오셨습니까?"

낯선 남자가 위 호주머니에서 증명서를 꺼내 보이면서 말했다.

"법무부에서 나왔습니다."

"무슨 일로 단이를 찾으십니까?"

"불법 취직 신고를 받고 나왔습니다."

"불법 취직이라니요? 뭔가 오해가 있는 것 같습니다. 단이씨는 정상 수속으로 입국한 사람입니다."

"조사해보면 알겠죠. 공무집행중이니 협조 부탁합니다."

낯선 남자가 사장에게 짧게 고개를 끄덕였다.

"제가 대신 가면 안 되겠습니까?"

"필요하면 사장님도 부르겠지만 우선 당사자인 조 단씨가 저희들과 함께 가셔야 하겠습니다."

단이가 새파랗게 질린 표정으로 그들의 앞에 다가서면서 물었다.

"신고한 사람이 누구예요?"

"그건 신고자보호법에 의하여 알려드릴 수 없습니다."

도대체 누가 신고를 했을까? 혹시 김도균일가? 김도균이라면 물론 백

번이라도 더 신고하고 싶었겠지. 하지만 김도균은 단이가 이곳에 있다는 사실을 모르고 있다. 사장이 의심스러운 눈빛으로 화연이를 바라보았다. 그러자 화연이가 황급히 두 손을 흔들었다.

"왜 그렇게 보세요? 전 아닙니다."

사장은 고개를 갸웃했다. 단이한테 보너스 명목으로 몇 푼 더 준 이후로 은근히 화연이가 단이한테 구박을 하고 심통을 부리는 것을 사장은 눈치 채고 있었다. 화연이가 아니면 이 음식점에 단이를 고발할 사람은 없다고 그는 생각했다. 그렇지만 근거 없이 단정 할 수도 없었다.

단이는 침착성을 잃지 않으려고 이를 사려 물었다. 하지만 손은 그녀의 신체의 일부가 아닌 듯 제멋대로 후들거렸다. 단이가 두려워하는 것은 아무도 모르는 이곳에서 자신을 주목하는 보이지 않는 눈이 있었다는 사실이었다. 열심히 하면 쫓겨날 일은 없을 거라고 생각하고 정말 진실로 열심히 일을 했었다. 그런데도 이처럼 쫓기는 신세가 되었다. 단이가 쓸쓸하게 등을 보이며 출입문 쪽으로 가려는데 사장이 불렀다.

"단이씨!"

그녀가 뒤돌아보자 사장이 지갑에서 수표 두 장을 꺼내어 단이의 호주머니에 넣어 주면서 위로했다.

"돈 쓸 일이 생기면 써. 그리고 겁낼 것 없어. 조사하면 금방 풀릴 것이니깐 마음을 편하게 가져."

단이가 고마워하면서 고개를 끄덕였다. 그리고 푸줏간에 끌려가는 소처럼 풀이 죽은 채 낯선 남자들이 타고 온 검은 승용차의 뒷좌석에 올랐다. 정말 되는 일이 없었다. 재수 없는 팔자는 잘해도 망하는 모양이었다.

단이는 될 대로 되라는 듯 눈을 감았다. 소리 없는 눈물이 볼을 타고 흘러내렸다.

차가 달리기 시작하여 한시간만에 목동 서울출입국관리소에 도착했다. 그녀는 함께 온 사람들에게 이끌려 심사실에 안내되었다.

심사관은 군살 하나 없이 빈틈없이 꼼꼼하게 생긴 사람이었다. 그가 서류를 펼쳐놓더니 생김새와 같이 딱딱하게 조사를 시작했다.

"이름이 뭐예요?"

심사관은 예의를 갖춰서 말을 했지만 그 말속에 차가움이 묻어있었다.

"조단임다."

"한국에는 언제 입국했나요?"

"1998년 5월 5일에 입국했씀다."

"한국에는 왜 왔나요?"

"결혼으로 왔씀다."

"남편의 이름은요?"

"김 도균임다."

"지금 주거지 주소는요?"

"식당에서 자면서 일했씀다."

"결혼으로 왔는데 왜 식당에서 자나요?"

"남편과 다투고 집을 나왔씀다."

"중국 사람들은 남편과 다투면 집을 나가나요?"

"그런 것은 아님다."

"그럼 왜 집을 나왔나요?"

"사기결혼을 당했씁다."

"어떤 사기결혼인가요?"

"…"

단이는 한참이나 아무 말도 하지 못했다. 속이고 싶어서가 아니라 어떻게 말했으면 좋을지 몰라서였다. 다리가 없어서라고 말을 해도 심사관이 믿을까, 그런 생각이 들었다. 결혼을 한 여자가 남자가 다리가 없는 것을 모르고 왔다면 그 말을 믿을 사람이 과연 몇이나 되겠는가. 가만히 생각해보니 결혼을 할 때까지 그 사실을 모른 것은 자신에게도 책임이 있는 것 같았다.

심사관이 다시 물었다.

"혹시 결혼을 빙자하여 돈벌이 하러 온 것은 아닌가요?"

"아님다."

"아니면 집을 나온 이유를 왜 말하지 못하는가요?"

"결혼을 하고보니 남자의 한쪽 다리가 없었씁다."

잠깐이나마 심사관의 눈길이 치떠지는가 싶더니 다시 온정을 찾는 듯했다.

"결혼할 남자가 다리가 없다는 사실을 결혼을 하고서 알았다는 것이 말이 된다고 생각하는가요?"

"말이 되지 않는다고 생각함다. 하지만 그것은 사실임다."

"한 치의 거짓말도 없는가요?"

"네."

"남편의 전화번호는 몇 번 인가요?"

"***-4567-3022 입니다."

심사관이 책상위에 있는 전화기의 번호를 눌렀다. 신호는 가는데 받는 사람이 없었다.

"이 번호가 틀림이 없는가요? "

"틀림이 없씀다."

"허위 결혼이 들어나면 불법입국, 불법 취업에 해당되며 그렇게 되면 강제 출국 된다는 것을 아는가요?"

"네."

사실 단이는 허위결혼을 하면 강제출국을 당할 수 있다는 것을 처음 알았다. 심사관이 벨을 길게 누르자 단이를 데려왔던 낯선 남자가 다시 들어왔다. 그리고 단이에게 짧게 말했다.

"따라와요."

단이가 남자를 따라가면서 주위를 두리번거렸다. 두려움이 드는 것을 어쩔 수 없었다.

"저를 어디로 데려가는 겜까?"

낯선 남자는 묵묵히 근처의 철문에 다가가 빗장에 달려있는 자물통을 열었다. 그 철문은 창문도 없었다. 그리고 단이에게 말을 했다.

"들어가세요. 조사가 끝나기 전까지 이곳에서 생활해야 합니다."

단이가 그 안에 들어서자 밖에서 문이 닫혔다. 덜커덩 큰 쇠 덩어리 빗장을 가로지르는 소리가 들렸고 이어 자물통이 잠기는 소리가 사정없이 들려왔다. 가슴이 철렁 내려앉았다. 단이는 비칠비칠 긴 복도를 걸었다. 복도 끝에는 안이 들여다보이는 유리문이 있었다. 그녀는 유리문을 밀고 들어갔다. 안에는 사십 여명에 가까운 조선족 여성들이 있었다. 일부는 누워있었고 일부는 끼리끼리 모여서 무슨 이야기를 나누고 있었다. 단이가 들어오는 것을 보자 모두 그녀를 쳐다보았다.

단이는 편안해 보이는 여자의 옆에 가서 조심스럽게 앉으면서 이곳이 어디냐고 물었다. 그 여자는 법무부에서 임시로 설치한 유치소라고 말했다. 한때 이곳에 잡혀왔던 조선족들이 강제출국이 두려워 화재 때 쓰는 밸브의 호스를 타고 5층에서 집단 탈출을 시도하다가 많은 사상자를 내서 뉴스에 대서특필 되었던 그 곳이라고 알려주었다.

듣고 보니 이 안에 있는 사람들은 모두 불법체류 및 불법취업으로 신고를 당했거나 아니면 길거리에서 신분 검역에 걸려서 잡혀온 조선족들이었다. 그중에 위장결혼이 들통이 나서 잡혀온 사람도 꽤 많았다. 시간이 되면 이들 모두가 손목에 수갑을 차고 비행기에 실려 중국으로 강제 출국을 당한다고 했다. 한국에 오는 수속을 위해서 전 재산을 털었거나 지어 고리대 돈마저 꿨는데 이렇게 잡혀서 돌아가면 그냥 거지로 전락할 수밖에 없다고 사람들은 모두 자신들의 운명을 한탄 했다. 이렇게 돌아갈 바엔 차라리 5층에서 떨어져 죽어버리고 싶다고 답답한 심경을 토로하는 사람들도 있었다. 재수 없으면 계란을 먹어도 뼈가 있는 계란이 차려진다고 했던 점쟁이의 말이 생각났다. 이들 모두 자신처럼 재수 없는 사람들인 모양이었다.

점심때가 되자 배식구의 작은 뙤창이 열렸다. 잡혀온 조선족 여자들은 배식구 앞에 줄을 서서 차 판에 담긴 밥과 반찬을 들고 갔다. 단이는 날개 부러진 새처럼 축 처진 몸으로 배식구 쪽으로 걸어갔다. 경찰관이 밥과 반찬이 담긴 쟁반을 배식구를 통해서 들이 밀었다. 아까 자기를 이곳까지 데리고 왔던 남자였다. 단이는 쟁반을 그대로 놓아둔 채로 기어드는 소리로 물었다.

"제가 언제까지 이곳에 있어야 함까?"

"오늘 진술한 내용이 사실로 확인되면 곧 풀려날 수 있습니다. 하지만 사실이 아니면 강제출국을 면하지 못하겠죠."

"누구한테 확인함까?"

"당연히 사건과 관계가 있는 남편 분한테 확인을 받아야겠죠."

단이는 배식 쟁반을 든 채 기운 없이 자기 자리로 돌아왔다.

김도균에게 확인한다고? 그렇다면 십중팔구는 결론이 났다고 보아야 할 것이었다. 김도균이 어떤 사람인가. 한쪽 다리가 없는 사실까지 속여가면서 장가를 간 사람이다. 그렇게 이기적이고 독한 사람이 결혼 사흘 만에 자신을 버리고 도망을 간 여자를 위하여 좋은 증언을 해줄 리가 있겠는가. 지금쯤 아마 잡아서 강제출국을 시키지 못해서 안달이 났을 것이다. 이 기회는 김도균에게 있어서 보복을 할 수 있는 절호의 기회가 될 것이다. 그가 "결혼을 빙자하여 돈벌이를 온 여자가 맞다"는 한마디만하면 단이는 수갑을 차고 중국으로 돌아가야 했다. 그야말로 손을 대지 않고 코를 풀 수 있는 절호의 기회가 아닌가. 철학을 전공한 그 좋은 머리를 가진 사람이 설마 이 기회를 마다하겠는가.

단이가 아무리 진실을 주장해도 그것을 믿어줄 사람은 한국 전체에 아무도 없을 것이었다. 한국 법은 당연히 한국인의 손을 들어줄 것이다. 그렇다면 실제로는 단이가 피해자이지만 가해자로 전락되어 강제출국 조치를 당할 수도 있을 것이다. 법이 진실로 약자를 지키는 나라가 있을까? 약자는 언제든 슬픔을 먹고 살수밖에 없다. 단이는 받아다 놓은 쟁반에 손을 대지도 않은 채 모든 것을 단념하고 자리에 들어누웠다. 그녀는 저녁 배식도 받지 않은 채 꼼짝 않고 자리에서 일어나지 않았다. 모든 것이 끝났다.

41

그곳에도 아침은 왔다.

배식구가 열리면서 아침밥을 타가라고 경찰관이 소리를 질렀다. 그 소리를 들으면서도 단이는 자리에 누운 채 까딱하지 않았다. 수용소 안은 식사를 하는 소리로 한참 시끄러웠다. 숟가락이 그릇에 부딪치는 소리와 음식을 씹는 소리가 다양하게 들려왔다. 말끝마다 "이젠 다 끝났다"고 하던 사람들이 정작 밥이 나오니 넘치는 식욕을 보였다. 그 모습이 단이는 아이러니했다.

사람들은 순식간에 밥을 먹어치우고 쟁반을 배식구에 쌓아놓았다. 그리고는 화장실을 들락거렸다. 한참 화장실의 물이 내려지는 소리가 소란스럽게 들리더니 이윽고 조용해졌다. 볼 일 볼 사람들은 다 마친 듯 했다. 배부른 사람들은 운동을 한다고 방안을 걸어 다니기도 하고 다시 들어누워 잠을 청하기도 했다. 단이는 만사가 귀찮았다.

오전 10시쯤 출입문이 열리면서 경찰관이 단이를 불렀다.

"조 단!"

"네!"

"물건을 가지고 나오시오."

단이가 주섬주섬 일어났다. 불안감이 또 한 번 밀려왔다. 벌써 조사가 끝난 것인가? 이제 집으로 쫓겨 가는 모양이다. 생각보다 진척이 빨랐다. 단이는 가방을 두룩 두룩 끌면서 긴 복도를 거쳐 철문 앞에 섰다. 어제 그 낯선 남자가 문을 열어주었다.

"아래층에서 기다리는 사람이 있습니다."

남자가 입을 뗐다.

'기다리다니, 누가 나를 기다린단 말인가?'

단이가 참지 못하고 물었다.

"정말 저를 기다리는 사람이 있단 말임까? 그게 누군가요?"

남자가 힐끔 단이를 뒤돌아볼 뿐 아무 대답도 하지 않았다. 무뚝뚝한 사람이었다. 그는 만나보면 알 것을 왜 묻는지 알 수 없다는 눈빛이었다. 단이는 남자를 따라 아래층으로 내려갔다. 층계 아래에 키가 큰 남자가 등을 보이고 서있었다. 뒷모습이 눈에 익었다. 단이가 가까이 다가가자 남자가 돌아섰다. 김도균이었다. 단이가 깜짝 놀라 소리를 질렀다.

"도균씨!"

반가웠다. 사람이 그렇게 반가울 수 있음에 놀랬다. 갇혀있으면서도 한 번도 그의 이름을 떠올린 적이 없었다. 가만히 도망을 나오는 날, 그와는 이제 다시는 만날 일은 없을 것이며 그것으로 끝났다고 생각했다. 그런데 이렇게 또 만났다. 눈물이 났다. 그동안 죽도록 미웠던 감정은 어디로 갔는지 그냥 반가운 마음뿐이었다.

"여기는 어떻게 왔씀까?"

"마누라가 잡혔다는데 오지 않을 수 있나?"

김도균이 웃었다. 푸근해 보였다.

"마누라는 무슨, 도망까지 간 사람인데…"

단이가 얼굴을 붉혔다. 진심으로 부끄럽고 미안했다.

"도망이라고 생각지 않았어. 놀란 마음을 가라앉히면 언제든 돌아올 것이라고 믿었거든."

단이는 남자가 속이 없다고 생각되었다. 사실, 그녀는 단 한 번도 다시 돌아올 것이란 생각을 한 적이 없었다. 역시 사람들이란 자기 믿고 싶은 대로 믿고 사는 모양이었다. 어찌되었든 남자가 고마웠다. 그리고 오랜만에 이 남자가 진짜 괜찮은 남자라는 생각이 들기도 했다.

"가자구."

김도균이 씨익 웃으면서 단이의 손을 끌어당겼다.

"어딜감까?"

"어디긴, 집에 가야지."

당연한 것을 묻는다는 듯 남자가 짐짓 어처구니없어하는 표정을 지었다.

"저, 강제 출국 당하는 거 아, 아님까?"

"당신이 왜 강제출국을 당해?"

"내가 당신을 두고 도망을 했으니까."

"그건 내가 잘못해서 그런 거지, 당신 잘못이 아니야."

단이는 묵묵히 김도균을 올려다보았다. 함께 있을 때 입었던 옷차림 그대로인데 이곳에서 남자는 전혀 다른 사람 같아 보였다. 그사이 마음고생을 했는지 볼 살이 야위어 있었다. 하지만 몸속에 등이 켜진 듯 남자의 얼굴에 빛이 나있었다. 단이는 목이 메고 눈물이 날 것 같았다. 김도균이 이처럼 멋있어 보이기는 처음이었다. 자기를 배신하고 도망을 간 사람을 풀어주고 다시 자기 집으로 데려갈 줄은 미처 생각지 못했다.

"혹시 당신이 날 신고한 건 아니었씀까?"

스스로도 말도 안 된다고 생각하면서도 끝내 단이는 그 말을 뱉고 말았다.

"내가 미쳤어? 그런 짓 하게?"

"그럼 도대체 누가 신고했단 말임까?"

"당신이랑 가까운 사람 중에 있겠지."

"나와 가까운 사람은 도균씨 당신인데?"

"내가 가까운 사람이 맞기나 해? 떠나면서 어디 간단 말 한마디 남기지 않고 떠났으면서?"

남자는 책망하듯 말을 했지만 이미 전부 이해하고 용서한 듯 했다.

"도망가는 사람이 가는 곳을 알려줌까?"

단이는 쑥스러워 괜히 멋쩍게 웃었다.

"하긴 그럼 도망이 아니겠지."

김도균이 따라서 피씩 웃었다.

그동안 남자가 제일 힘들었던 것은 단이가 도망을 갔다는 사실보다는 그녀가 한마디 말도 없이 떠나 버린 것에 따른 감정의 공황이었다. 자신이 얼마나 못나고 부족했으면 결혼한 여자가 집을 나가면서 쪽지 한 장 남기지 않았을까? 욕하는 글이라도 남길법한데 그러지도 않았다는 것은 그럴만한 가치조차도 없다고 생각했거나 아니면 글자 한자 남기지 않음으로써 자신과 함께했던 시간들을 흔적도 없이 모조리 지워버리고 싶어서였을 거라고 생각했었다. 평소에 말이 없고 착하고 순하게만 생각했던 그녀의 이번 일을 통하여 남자는 자기감정을 쉽게 드러나지 않는 여자일수록 일단 마음을 먹으면 더 무섭다는 것을 깨닫게 되었다.

김도균이 앞에서 걸었다. 단이는 남자가 걷는 뒷모습을 처음 보았다. 의족을 한 왼쪽 어깨가 아래로 축 처져있었다. 그녀는 고개를 숙였다. 그에게 미안한 생각이 들었다.

42

단이는 다시 장미여관으로 돌아왔다.

집을 나간 후 길을 잃고 돌아다니던 때의 일들은 생각만 해도 몸서리가 쳐졌다. 다행히 화연이를 만나서 일자리는 찾기는 했지만 하루 종일 무거운 불판을 갈아야 했고 끊임없이 손님들에게 억지웃음을 웃어야 했던 생활 역시 결코 기억하기 싫은 시간은 아니었다. 남자들은 시키지 않아도 될 일에도 굳이 그녀를 불렀다. 그리고 가끔씩 팁을 주기도 했지만 팁의 대가만큼 즐겨야 된다고 생각하는 것인지 틈만 나면 그녀의 다리나 엉덩이를 만지곤 했다. 수치스럽고 부끄러웠지만 그렇다고 눈을 부릅뜨고 싸울 수도 없었다. 그곳을 나오면 갈 곳이 없었기에 보고도 못 본척하고 만져도 느끼지 못 한척 하면서 요령껏 대처해왔다. 남의 집에서 일을 하면서 남의 돈을 번다는 일은 참으로 어려운 일이었다. 단이는 비로소 여관방이지만 자기만의 울타리가 있다는 것은 그야말로 다행스러운 일이란 생각이 들었다.

김도균과의 관계도 조금씩 좋아지기 시작했다. 단이를 위하여 남자는 밥 먹는 시간외에는 가까이 오지 않았다. 결혼 전처럼 잠자리도 다른 방에서 잤다. 되도록이면 그녀를 편하게 해주려고 하는 듯 했다. 남자는 단이 스스로 마음이 정리될 때까지 차분히 기다리려고 마음먹은 것 같았다. 김도균은 그동안에 있었던 안 좋은 기억들을 일로 털어버리려는 사람처럼 불편한 다리로 하루 종일 쉬지 않고 일만 했다. 모든 것이 평화로워 보였다. 단이가 남자의 다리로 하여 풍파를 일으키지 않으면 말이다.

어느 날 늦은 점심시간에 갑자기 화연이한테서 전화가 걸려왔다. 단이가 한식 불고기집에서 일하다가 신고당하여 그쪽 일을 그만 둔지 두 달만이었다. 왠지 화연이의 전화가 반갑지 않았다. 도균씨가 신고한 사람이 아니라는 것이 확실해진 뒤부터 단이는 자신을 신고한 사람이 화연이가 아닐까 하는 의심이 들었다. 아무래도 연고가 없는 사람이 신고했을 리는 없었다. 화연이가 가장 혐의가 컸다.

"단이야, 잘 지내니? 그날 일은 사장님한테서 들었어. 도균씨가 와서 데려갔다며? 생각보다 도균씨 진짜 괜찮은 남자인 것 같어. 도망간 여자를 집에 다시 데려가기 쉽지 않았을 텐데 말이다."

화연이는 아무 일도 없었던 사람처럼 굴었다. 단이는 언짢은 기분을 눅잦히면서 심드렁하게 대답했다.

"나도 그렇게 생각함다. 그전에 제가 몰랐던 좋은 점을 많이 가지고 있다는 것을 이번에 알게 됐씀다."

"그래서 도균씨랑 계속 살기로 마음먹은 거야?"

"아직은 잘 모르겠씀다."

"네 마음 네가 몰라?"

"두 사람 모두 기다리고 있는 중임다."

"뭘 기다린다는 거니?"

화연이는 끝없이 꼬치꼬치 캐고 들었다. 타고난 성격은 어쩔 수 없는 모양이라고 단이는 생각했다. 짜증나고 귀찮았지만 그녀는 애써 참았다.

"우리가 진실로 바라는 것이 뭐인지 그걸 찾아보기로 했씀다."

"뭐가 그리 복잡해. 대충 살면 되지. 정말, 나 물어볼게 있어서 전화했는데?"

"뭠까?"

"쉬는 날 내가 거기 놀러가도 돼? 사실 단이가 그렇게 떠나고 나서 내 마음이 너무 안 좋았어. 할 말이 너무 많아서 그래."

그 말에 단이는 당황했다. 솔직히 화연이를 다시 보고 싶지 않았다. 법무부에 자신을 신고한 당사자가 화연이가 아닐까하는 생각을 지울 수 없는데다가 아직도 어색하게 지내는 김도균과 자신과의 관계를 화연이한테 드러내 보이는 것이 께름칙했다. 단이가 대답을 하지 않자 화연이가 재차 물었다.

"왜 싫어?"

"싫다는 건 아니고…도균씨가 어떻게 생각할지 몰라말임다."

"도균씨가 왜?"

"아무래도 맞선을 보았던 사람인데 만나는 게 자연스럽지 않은겜다."

"그게 어때서. 참, 난 그런 과거가 있어서 만나는 게 더 재밌겠구만."

화연이는 김도균과 맞선을 보았던 일이 별로 대수롭지 않은 모양이었다.

'그게 정말 괜찮은 일일까?'

단이는 자신 같으면 어색해서 만나고 싶지 않을 것 같았다. 화연이가 뻔뻔스럽다는 생각이 들었다.

마침 일보러 나갔던 김도균이 들어오면서 그들의 대화를 들었는지 물었다.

"누구야?"

"접때 불고기집에서 만났던 화연이임다."

"화연이가 왜?"

"강원도에 놀려오고 싶다고 해서리."

"놀러오라고 해. 불고기집에서 일할 때 그 사람 신세가 많았다면서?"

"도균씨 괜찮겠씀까?"

"내가 괜찮지 못할 이유는 없잖아?"

"도균씨도 아는 사람인데…"

"싱겁긴, 내가 불고기집에서 일하는 여자를 어떻게 알아?"

김도균이 어처구니없다는 듯 씩 웃었다. 단이는 김도균에게 맞선에서 만났던 여자라는 사실을 할까 말까 망설이다가 남자가 괜히 어색해 할까봐 하지 않았다. 단이가 전화기에 대고 말했다.

"오구 싶으면 놀려 오쇼. 언제 오겠씀까?"

"내일 갈게."

"그렇게 빨리?"

"하루라도 빨리 가고 싶어."

누가 반긴다고? 전화를 끊고 단이는 한숨을 풀풀 쉬었다. 오겠다는 사람을 오지 말라고 할 수 없어서 오라고는 했지만 전혀 반갑지 않았다. 다리 한쪽이 없는 남자를 보는 화연이의 시선도 신경이 쓰일 것 같고 맞선을 본적이 있는 화연이를 바라보는 남자의 시선도 신경이 쓰일 것 같아서였다. 아무튼 화연에게서 느껴지는 그 석연치 않은 기분은 어릴 적에 엄마가 문 위에 붙여두었던 부적처럼 찜찜하고 거북스러웠다.

단이가 카운터를 나가려 하자 김도균이 물었다.

"어디를 가?"

"점심을 먹으려구 그럽다."

"중국집에 짜장 하고 탕수육을 주문했으니 같이 먹자."

"밖에서 식사하지 않았씀까?"

"같이 먹으려고 그냥 들어왔어."

한동안 남자는 단이를 편하게 해주려고 일부러 밖에서 식사를 하곤 했다. 그리고 들어올 때는 먹을 것을 사다가 단이에게 주었다. 둘이 마주 앉아서 밥 먹는 어색함을 피하기 위해서였다. 단이가 남자를 빤히 쳐다보았다. 그 시선이 어색했던지 남자가 자신의 뺨을 쓸어 만지며 당황해했다.

"내 얼굴에 뭐가 묻었어?"

"아님다."

"그럼 왜 그리 빤히 쳐다봐? 쑥스럽게."

"이제부터 일부러 밖에 나가서 식사하지 마쇼. 저랑 같이 먹어도 됨다."

"그럼 나야 좋지."

김도균이 어린애처럼 활짝 웃었다. 그의 눈에는 새로운 광채가 피어오르고 있었다. 그러는 그의 얼굴에서는 하늘 냄새가 나는 것 같았다. 사람의 얼굴이 하늘처럼 맑아 보일 때 그의 얼굴에서 하늘 냄새가 나는 법이다. 단이는 안도감과 동시에 묘한 상실감을 느꼈다. 자신의 마음이 어느새 남자를 용서하고 있었다. 남자는 자신의 과거를 그녀한테 들려줌으로써 자신의 동굴에서 벗어난 듯 했고 정작 그녀 본인은 어처구니없게도 남자가 벗어난 동굴 속에 서서히 갇히는 것만 같았다. 이건 아닌데? 그러면서도 그녀는 피식 웃어버렸다. 바보같이 왜 그런 순간에 웃어버렸는지 그녀는 알 수 없었다. 남자도 따라 웃었다. 그러면서 그녀의 손을 가볍게 잡았다. 늘 잡아 오던 손을 잡듯 스스럼없이 자연스럽게 말이다. 남자는 강하고 태연한척 했지만 속으로는 그녀를 많이 갈구하고 기다리고 있었다는 것을 알 수 있었다. 그러면서도 그 마음을 애써 숨기고 그녀가 다가올 때까지 묵묵히 기다려주는 것 같았다. 단이는 그런 남자가 한없이 고마웠다.

43

이튿날 정오가 지나서 화연이가 도착했다.

단이가 김도균한테 화연이를 인사시켰다. 남자가 화연이가 중국에서 맞선 때 보았던 여자임을 알아보지 못하는 듯 했다. 천만다행이라고 단이가 안도했다. 그런데 화연이가 입방정을 떨었다.

"절 모르겠어요?"

"제가 그쪽을 어떻게 알겠어요?"

남자가 덤덤하게 대답했다.

"정말 절 모르겠어요?"

화연이 남자의 턱밑에 바짝 다가서자 단이가 다급히 화연의 옷자락을 잡아챘다.

"언니!"

"그쪽은 저를 아세요?"

남자가 되물었다. 단이 때문에 머쓱해난 화연이가 괜히 뽀로통해서 고개를 저었다.

"아니에요. 혹시 우리 가게에 왔다 간적이 있나 해서요."

"전 친구가 졸업한 뒤로는 홍대 쪽에서 밥을 먹은 적이 없습니다."

남자가 맺고 끊듯이 잘라 말했다. 그러자 화연이가 몹시 서운해 하는 표정을 짓고 석연치 않게 웃었다. 그 웃음이 허전해보였다.

"그렇군요."

단이는 화연이가 하는 행동이 수상쩍어 은근히 신경이 쓰였다. 왠지 화연이는 남자한테 의도적으로 다가가고 싶어 하는 것 같았다. 점심식사를 할 때만 해도 그랬다. 처음에는 밖에 나가서 먹자고 하더니 남자가 일요일이라 대낮부터 손님이 많아서 카운터를 비울 수 없어서 두 사람이 밖에 나가서 먹으라고 하자 대번에 말을 바꾸어 중국음식을 배달해서 가게에서 셋이서 먹자고 했다. 화연이가 함께 점심을 먹고 싶은 사람은 단이가 아니라 김도균이란 남자인 것이 확실했다. 왜서일까? 그녀가 김도균한테 관심을 가지는 진정한 이유가 도대체 무엇이란 말인가?

화연이가 한사코 우기는 바람에 세 사람은 짜장면과 삼선짜장면을 배달시켜 가게에서 먹었다. 식사가 끝나고 커피를 마시면서 중국에 대해서 자신도 조금은 알고 있다는 것을 나타내고 싶었던지 김도균이 북경에서 짜장면을 먹던 이야기를 꺼냈다.

"북경에 갔을 적에 짜장면을 먹었는데 어째 한국의 짜장면보다 맛이 별로더라고요. 짜장면은 원래 중국이 종주국인데 왜 그런지 모르겠어요."

화연이는 눈가에 웃음을 가득 짓고 남자의 말에 크게 공감이라도 하는 듯 연신 고개를 끄덕였다. 그런 화연이에게 남자가 미소를 보냈다. 자기 말에 귀를 기울여줘서 기분이 좋아보였다. 갑자기 화연이가 정색을 하고 입을 열었다. 그녀가 꺼낸 말은 의외였다.

"한국에서 이만한 건물을 가지고 있으면 부자죠?"

김도균은 잠깐 어이없는 표정을 지었다. 자신의 말이 그녀에게 스며들지 않고 있었다는 것을 알아차렸다. 화연이는 아예 그의 말을 듣지 않고 있었던 것이다. 듣는 척 공감하고 있는 척 했지만 사실 아까부터 딴 생각을 하고 있었던 것이 분명했다.

화연이는 김도균의 재산에 관심을 가지고 있는 듯 했다. 남자들은 자신의 재산에 관심을 가지는 여자들에 대하여 경계한다. 돈이 있는 남자들이나 돈이 없는 남자들이나 마찬가지이다. 돈이 있는 사람들은 자기 재산을 탐내는 것을 경계하고 돈이 없는 남자들은 자존심에 상처를 입을까봐 경계한다. 화연이는 그것을 모르는 듯 했다.

김도균이 심드렁하게 대답했다.

"건물만 가지고 재산을 운운하기는 어렵죠. 한국에는 멀쩡한 건물을 가지고 있어도 은행 빚이나 개인 빚을 가지고 있는 사람들이 의외로 많으니까요. 우리도 이 건물을 지을 때 진 은행 빚이 아직 남아있어요. 장사도 보다시피 경기가 안 좋아서 손님도 별로 없고 언제 문을 닫아야 할지 모릅니다. 그러니까 부자라고 할 수 없죠."

그 말을 그냥 겸손의 소리로 받아들인 것인지 아니면 아예 남자의 말을 듣지 않으려고 작심을 한 것인지 화연이는 계속 자기가 하고 싶은 말만 하고 있었다.

"이런 건물 하나만 가지고 있으면 세만 주어도 죽을 때까지 먹고 살텐데 걱정할게 뭐가 있겠어요. 이런 건물이 있는 줄 알았다면 그때 꽉 잡는 건데…"

화연이는 솔직하다는 말이 무색할 정도로 원색적인 말을 쏟아내고 있었다. 수선스럽기 그지없었다.

"꽉 잡는다니, 그게 무슨 말이에요? "

김도균이 묻자 화연이가 바삐 말을 돌렸다.

"아니에요. 단이가 부러워서요. 이렇게 큰 건물이 있는 주인을 만났으니 이게 다 단이의 복 아니겠어요?"

화연이가 김도균에게 흠모하는 눈길을 보냈다. 마치 공개적인 구애처럼 느껴졌다. 그러자 단이가 곱지 않은 시선으로 화연이를 째려보았다. 하지만 화연이는 단이의 시선 같은 건 조금도 의식하지 않고 있었다. 그녀는 남자 쪽으로 걸상을 밀착시켰다.

"혹시 여기서는 일하는 사람을 쓰지 않나요?"

그 말에 단이가 깜짝 놀라며 하마터면 손에 들었던 커피를 옷에 쏟을뻔했다. 놀라기는 김도균도 마찬가지였다.

"왜요? 소개시킬 사람이라도 있나요?"

"제가 오고 싶어서요. 식당보다는 쉽지 않겠어요? 식당일은 너무 힘들어서 오래 있을 데가 못 되죠. 한 두 해는 괜찮은데 오래 하면 몸이 아프지 않은 데가 없다고 하더군요."

화연이의 말은 농담이 아니었다. 그녀는 간절하게 오고 싶어 했다. 단이가 남자를 쳐다보며 고개를 흔들었다. 남자가 얼굴에 미안한 표정을 지으면서 화연을 향해 말했다.

"그런데 어쩌죠? 우린 이미 청소하는 아주머니가 있어요. 여기는 서울하고는 달라서 일하는 사람을 많이 쓸 수 없어요."

"아쉽네요. 전 이런데서 일하면 아주 잘 할 자신이 있는데."

화연이 미련을 버리지 않고 실실 웃음을 쪼개면서 김도균을 쳐다보았다. 그러자 남자가 민망해서 그녀의 시선을 피했다. 이런 시선이 무척 부담스러웠다.

"여기 일도 만만치 않아요. 손님방의 침대시트를 바꾸는 일은 한 달만 하고는 모두 팔목에 풍담(풍으로 생기는 담병)이 내린다고 합니다."

"남의 집에서 일한다는 게 육체적으로 힘든 것도 있지만 정신적인 스트레스가 더 참기 어려워요. 그런데 여기는 왠지 그런 스트레스는 받지 않을 것 같아서요."

"왜 그런 생각을 했씀까? 여기도 남의 집이기는 마찬가지지 않씀까?"

뼈대 있는 단이의 말에 화연이가 신비롭게 웃으면서 대답했다.

"남은 남이지만 다른 집과는 다르지."

"뭐가 다른데?"

"단이는 알면서 왜 그래?"

화연이는 김도균과 자신이 맞선을 보았다는 사실을 강조하고 싶어하는 것 같았다. 맞선을 본 사이이니 남이 아니라는 뜻이었다. 그리고 화연이가 이토록 노골적으로 나오는 이유는 단이와 김도균과의 관계를 잘 알고 있었기 때문이었다. 화연이는 김도균에게는 자신이나 단이의 입장이 별로 다를 게 없다고 생각하는 것 같았다.

"참, 불고기집 김 사장님께서 네가 다시 오지 않겠는지 물어보라던데? 갈 생각이 있니? 김 사장은 지금도 네가 거기 있을 때 매상이 높았던 그 향수를 잊지 못하고 있어. 매일 마다 종업원들 앞에서 너의 칭찬을 하는데 듣고 있는 우리는 진짜 역겨워 죽을 지경이야."

단이가 대답을 회피하면서 남자를 쳐다보았다. 그러자 남자가 말했다.

"호의는 감사하지만 단이는 불고기집에는 다시는 안 나갈 겁니다. 당시에는 어쩔 수 없는 상황이라 거기서 일했지만 지금은 그럴 이유가 없지 않습니까? 단이씨가 말은 하지 않았지만 거기서 일하면서 많이 힘들었나 봐요. 두 달 사이 얼굴이 반쪽이 되었더군요."

화연이는 약이 오른 듯 볼이 부은 소리를 했다.

"단이는 좋겠다. 생각해 주는 사람이 있어서. 나는 생각해주는 사람이 없어서 그런지 얼굴이 반쪽은커녕 날이 갈수록 더 커져버려."

공개 구애인지 아니면 자폭인지 모를 화연의 말에 단이는 웃어야 할지 말아야 할지 그저 한심하다는 생각이 들뿐이었다.

44

"계세요?"

이때 밖에서 누가 불렀다. 단이가 자리에서 일어나서 밖으로 나갔다. 여관에 마시는 음료를 대려고 찾아온 장사꾼들이었다. 이미 거래처가 있어서 필요 없다는데도 장사꾼들이 계속 자기들의 물건이 질이 좋고 가격이 싸다며 말을 시키는 바람에 한참 입씨름을 하고 다시 자리에 돌아오니 카운터의 분위기가 이상했다. 김도균이 시선을 어디에 두어야 할지 모르는 사람처럼 당황해하고 화연이가 구렁이 담을 넘어가듯 능청스럽게 웃고 있었다. 어릴 적에 어머니와 체육선생님이 있던 방안에서 느꼈던 그 간지러움을 타는 듯 한 불결하고 수상한 공기가 감도는 것 같아 단이는 갑자기 얼굴에 뜨거운 열기가 모여드는 것을 느꼈다. 단이는 두 손으로 연신 얼굴에 부채질을 했다.

"왜 갑자기 이렇게 덥지?"

화연이가 눈웃음을 지었다.

"더워? 무슨 열 받은 일이라도 있나보지?"

"언니, 우리 방에 가서 이야기하쇼!"

단이가 화연이의 팔을 억지로 잡아끌었다.

"방이 여기보다 더 더울 텐데?"

화연이가 일어나면서 김도균의 쪽을 바라보았다. 도와주기를 바라는 듯 했지만 남자는 여자 쪽에 관심이 없는 듯 이미 시선을 다른 곳에 두고 있었다.

방에 들어오자마자 단이가 화연에게 따졌다.

"방금 전에 제가 밖에 나간 사이에 도균씨한테 무슨 말을 한 겜까?"

"아무 말도 하지 않았어."

"도균씨가 갑자기 당황해하던데 혹시 맞선 이야기를 한 거 아님까?"

"왜 하면 안 돼?"

“했구나. 그 이야기를 뭐하려고 했어요? 혹시 그 사람한테 뭘 바라는 게 있씀까?”

“뭘 바래? 내가?”

“그거야 언니가 더 잘 알 것이 아님까!”

“맞선봤던 여자도 기억하지 못하는 게 하도 한심해서 했다. 왜!”

“언니를 알아보지 못한 것은 그만큼 언니를 마음에 두지 않았단 이야기 아님까?”

단이의 말에 독기가 서려있었다.

“그래서 자존심 상해서 말했어.”

“내같으면 그 말을 직접 하는 게 더 자존심 상했을 같은데? 이제 좀 체면을 지키쇼. 추파를 던지는 것 같아 추해 보임다.”

“추파를 보내던 추해 보이던 네가 신경 쓸 일 아니다.”

“내가 신경 쓸 일이 아니라니? 우리 관계가 원활하지 못하다고 설마 우리 사이가 아무 사이도 아니고 언니가 마음대로 끼어들어도 된다고 생각하는 겜까? 언니가 뭘 착각하고 있는 것 같은데 우린 법적으로 부부임다. 언니, 이러려고 여기 온 겜까?”

전에 없이 날카로워진 단이의 모습에 화연이가 당황한 듯 살짝 꼬리를 내렸다.

“왜 그리 예민하게 그러니? 난 그저 지나간 이야기를 재밌자고 한 것뿐이야.”

“언니는 재미있을지 모르지만 난 하나도 재미없씀다. 그냥 악몽을 꾸고 있는 것 같씀다.”

"악몽이라고 생각하면 깨면 되지 않겠니? 하지만 지금 넌 계속 그 남자 옆에 있잖니? 보아하니 깨고 싶지 않은 악몽인가보지 뭐."

화연이가 빈정거렸다. 보아하니 이 여자는 김도균이란 남자와 가까워지려고 작정을 하고 온 것 같았다. 단이가 발끈하면서 물었다.

"언니, 언제 서울로 갈 겜까?"

"내일 아침에 가려구."

"내일 출근하지 않씀까?"

"출근하지 않아도 돼. 김 사장의 속을 좀 썩여서 월급을 올려주면 계속 하고 그러지 않으면 그만 두려고. 거기 아니면 일 할 곳이 없니? 일자리는 서울바닥에 쌔구버렸어. 솔직히 김 사장이 너무하다고 생각되지 않니? 내가 그 식당에 너보다 먼저 왔고 그리고 나이도 너보다 더 많은데 내 월급을 적게 주다니, 내친김에 골탕 먹이려고. 한 며칠 쉰다고 그랬으니 빨리 가지 않아도 돼. 오늘 저녁은 내가 살게."

"드시려면 혼자가쇼. 전 사양하겠씀다."

단이는 일언지하로 잘랐다. 어차피 저녁손님을 받아야 하기에 카운터를 비울수도 없었다. 그러자 화연은 함께 나갈 수 없으면 점심처럼 배달을 시켜서 먹자고 했다. 그런데 불쑥 김도균이 들어오더니 자기는 어디 볼일이 있어서 저녁은 여자들끼리 먹으라고 하고는 몸을 뺐다. 단이는 남사가 화연이를 피하기 위해 선수를 친다는 것을 알아차렸다. 남자는 눈치가 빨랐다. 아마도 단이가 싫어하는 것을 눈치 챈 모양이었다. 남자가 나가서 다른 친구들을 만나야 한다는 말을 듣고 화연이는 도균씨가 만나는 친구들이랑 함께 저녁을 먹으면 안 되냐고 물었다. 남자가 그럴 자리가 아니라고 냉정하게 거절하였다. 남자가 여관을 나서기 바쁘게 화연이가 자기 속내를 드러냈다.

"나에게 만약 이만한 큰 건물이 있다면 다른 것은 아무것도 욕심을 내지 않을 것 같애."

그 말은 마치 이런 건물이 있는 남자라면 다리가 없어도 괜찮다, 그런 말처럼 들렸다.

"언니 혹시 도균씨한테 관심이 있씀까?"

단이 말에 화연이가 찔리는 듯 눈빛이 성큼 일어서는가 싶더니 금세 장난처럼 눈빛을 무너뜨리며 웃었다.

"네가 그 자리 비워주면 관심이 생길지도 모르지."

"그 말 진담임까?"

단이가 정색을 하며 물었다.

"진담이지, 그럼 장난인줄 아니? 그러니깐 도균씨한테 잘해. 그 사람 다리 없는 거 빼고는 모두 괜찮잖아. 학벌도 너보다 훨씬 높고…다리가 있었다면 그 사람이 우리 같은 사람을 쳐다보기나 하겠니?"

"왜 우리 같은 사람이라고 함까? 도균씨가 선택한 것은 저인데 왜 언니까지 포함시켜서 말함까?"

단이도 이제 더 이상 화연이한테 사양하지 않으려고 작심을 한 듯싶었다.

"오해하지 말아. 도균씨가 우리 모두를 만나려고 중국까지 왔던 사실을 놓고 이야기한 것뿐이야. 그리고 솔직히 두 사람의 관계가 남남이나 다를 배 없잖아? 그런 의미에서 너나 내가 뭐가 다르겠니?"

단이는 가슴이 철렁 내려앉았다. 화연이의 말은 사실인데 무엇이라고 변명을 하겠는가. 하지만 여기서 지면 안 되었다.

"전에는 그랬지만 지금은 두 사람 사이가 좋아졌씀다. 언니가 모르고 하는 소린가본데 언니만 끼어들지 않는다면 우리 두 사람은 아무 문제가 없이 잘 살 수 있씀다."

"그래 알았어. 두 사람이 잘해봐."

화연이가 심드렁하게 말했다. 단이는 울적했다. 화연이는 자신이 상대할 수 있는 여자가 아니라는 생각이 들었다. 이렇게 막무가내로 들이대는 여자를 어떻게 당한단 말인가. 이런 여자들은 맞대놓고 싸워도 이길 수 없고 내버려두면 더욱 노골적으로 피해를 입힌다. 지금은 김도균이 적당히 피하고 있지만 이렇게 적극적으로 대시하는 여자를 언제까지 밀어낼지 알 수 없는 일이었다. 냉전 중에 있는 김도균에게는 매사 화끈하고 적극적인 화연이가 더 끌릴 수도 있다. 그 여자를 집에 불러들인 것이 후회되었다. 불고기 집에서 그 여자한테 김도균에 대한 자신의 감정을 숨기지 않고 이야기했던 사실에 대하여서도 자책했다.

이튿날 아침, 화연이는 또 온다는 말을 남기고 떠나갔다. 누가 오라고 하는 사람도 없는데 혼자서 온다고 억지를 부렸다. 그 여자는 다른 사람이야 좋아하든 말든 전혀 상관하지 않았다. 타인의 생각 같은 것은 아예 안중에도 없었다. 자기가 오고 싶으면 오고 가고 싶으면 가고 하고 싶은 대로 하는 여자였다. 단이는 더없이 화가 치밀었다.

화연이가 떠나자 단이가 남자에게 따졌다.

"화연이를 진짜 어디서 본 기억이 없씀까?"

"본적이 없어. 그 여자를 내가 어디서 보았겠어?"

김도균은 끝까지 모르는척했다. 화연이가 남자에게 맞선이야기를 했다는 것을 단이가 이미 알고있다는 것을 전혀 모르는 모양이었다. 왜 그 것을 숨기려고 하는지, 혹시 두 사람만이 간직해야 할 무슨 사연이라도 있는 것인지, 단이는 불쾌했다. 좋아지는 듯싶었던 두 사람의 관계는 화연이가 왔다 간 뒤로 다시 멀어졌다. 단이는 밥을 먹을 때마저 눈을 맞추지 않고 자기 밥그릇만 내려다보면서 먹었다.

나흘째 되는 날 화연이한테서 또 전화가 왔다. 그것도 단이한테로 온 것이 아니라 카운터의 전화로 와서 김도균이 받게 되었다. 남자가 먼저 받고 단이한테 넘겨주려고 하자 단이가 거절했다. 화연이란 말만 들어도 심기가 불편했다.

"카운터로 전화가 온 것을 보니 도균씨와 통화하고 싶은가본데 어째 제가 받씀까?"

"그런 말이 어딨어? 그럼 화연씨가 나하고 통화하고 싶어서 카운터로 전화했단 말이야?"

"그렇지 않다면 왜 내 핸드폰에 전화하지 않고 카운터에 했겠씀까? 당신이 늘 카운터를 보고있다는 것을 알고 있으니까 거기다 한 겜다."

"그건 당신 오해야. 그 사람이 그럴 이유가 없잖아."

"친구보다 친구 남편이 더 좋은가보죠 뭐."

단이의 말에는 가시가 돋쳐 있었다. 김도균이 난감한 표정을 지으면서 말했다.

"불쾌한 것은 알겠는데 그렇더라도 나한테 화낼 일은 아니잖아. 그 사람을 집에 끌어들인 것은 당신이지 내가 아니야."

"그럼 화연이한테 화내야 함까? 지금 내 앞에 서있는 건 당신인데?"

"그래도 난 화연이 일로 욕을 먹을 아무 이유도 없어."

남자가 비굴하게 웃었다.

"정말 아무 잘못도 없씀까? 나만 모르게 둘이서 약속을 하고 나를 속여 먹으니 기분이 좋씀까?"

그제야 남자가 정색을 하면서 말했다.

"뭘 속였다는 거야?"

"도균씨가 정말로 화연이를 어디서 본적이 없씀까? 화연이가 당신한테 중국에서 맞선을 보았단 사실을 말해서 당신도 이미 알고 있잖씀까."

"그 여자가 벌써 그 말을 했단 말이야? 입이 개차반이군."

"왜요? 나한테 알려주지 말고 둘의 비밀로 하자고 했는데 말해서 화났씀까?"

"그런 게 아니야."

"그런 게 아니면 뭠까?"

"사실 난 화연씨를 보자마자 중국에서 맞선을 보았던 여자라는 것을 알아보았어. 내가 모른다고 한 것은 일부러 그런 거야. 그 여자는 이미 나에게 잊혀진 사람이야. 그래서 알면서도 모른다고 한 거야. 나는 내가 그 여자를 알아본다는 사실을 끝까지 당신이 모르기를 바랬어…. 그날 당신이 잠깐 자리를 비운 틈에 그 여자가 맞선 이야기를 꺼냈을 때 내가 당황 했던 것은 당신이 아는 것이 두려워서였어. 두 사람이 서로 모르는 사이면 몰라도 친구라고 하는데 이 일로 하여 당신이 조금이라도 불편해하거나 신경이 쓰이게 하고 싶지 않았어. 이 말은 진심이야."

김도균이 단이의 손을 잡았다. 남자의 손은 따뜻했다. 속이 깊은 남자였다. 그의 온기를 통하여 단이는 자신의 몸 안의 차가움을 느꼈다. 미안하고 부끄럽기도 했다. 오랜만에 자신이 누군가에게 특별하고 소중한 사람이고 보호를 받고 있다는 생각이 들었다. 그리고 화연이로부터 해방되는 느낌이 들었고 마음이 훈훈하고 편안했다. 남자가 고마웠다. 그리고 처음으로 이 남자에게 의지하고 싶은 생각이 들었다.

화연이가 가고 나서 며칠 만에 비로소 그녀는 비교적 평안한 시간을 보낼 수 있었다. 스스로 자처해서 집을 나가지만 않는다면 잠자리가 없어서 거리를 떠돌아 다녀야 할 일도 없었고 입에 풀칠하려고 일자리를 구할 일도 없었다. 남자는 카운터를 비울만한 일이 있을 때만 그녀에게 부탁을 하고 그 외에는 카운터에 얼씬하지 못하게 했다. 남자는 여관에 오는 남자들이 단이의 얼굴을 눈여겨보는 것도 싫었고 단이가 그 사람들의 얼굴을 보는 것도 싫었다. 매일같이 카운터에 앉아서 여관에 오고가는 손님을 접대하다보면 점차 타성이 생겨 성을 쉽게 생각할 수 있다고 남자는 말했다. 그는 여관일은 젊은 여자가 하기에는 아주 위험한 일이라고 느끼고 있었다. 만약 돈을 벌어 집이 생긴다면 절대 단이를 이곳에 얼씬거리지도 못하게 하고 싶었다.

김도균은 무슨 일이든 혼자서 고민하고 혼자서 처리했다. 화연이의 말처럼 다리만 아니라면 정말 괜찮은 남자였다. 단이는 차츰 자신의 마음을 감싸고 있던 단단한 껍질이 한 겹씩 벗겨지는 듯 한 느낌을 가지게 되었다. 마음속의 앙금이 모두 풀려나가면, 그게 언제가 될지는 모르지만, 그때 가면 가슴으로 이 남자를 받아들일 수 있을 것 같기도 했다. 차츰 남자의 비어 있는 다리를 보아도 거부감이 들지 않았다. 그저 측은하고 안타까울 뿐이었다.

제10부 죽음의 냄새

45

10월의 마지막 날이었다.

아침부터 까마귀가 극성스럽게 울어댔다. 시골이라 시도 때도 없이 까마귀가 우는 소리를 듣기는 하지만 이날따라 그 소리가 유달리 다급하고 자지러지게 들렸다. 죽음에 대한 신탁 같다는 생각이 들었다. 시골에 있을 때 외할머니는 까마귀가 울면 안 좋은 일이 생긴다고 했다. 그래서인지 어디선가 죽음의 냄새가 풍기는 것 같았다.

'누가 죽었나? 아니면 누가 죽으려고 하고 있나?'

단이가 침대에서 일어나 창문을 열었다. 그리고 발꿈치를 들고 있는 힘을 다하여 나무위에 앉아있는 까마귀를 향해 퉤, 퉤, 침을 뱉었다. 까마귀가 울 때마다 외할머니는 그렇게 했다. 그렇게 하면 까마귀가 액운을 가져간다고 했다.

단이가 아침밥을 지으려고 주방으로 들어가는데 카운터 쪽에서 김도균이 다급히 불러세웠다.

"단단!"

"단이라고 하라니까요."

"이름도 내 마음대로 못 불러?"

"왜 불렀씀까?"

"전화받아봐."

"누굼까?"

"몰라. 중국이래."

"중국? 중국에 나한테 전화할 사람이 있었나?"

단이는 새삼스러웠다. 중국에 아버지와 찬이가 있지만 찬이는 언어구사가 잘 되지 않아 전화를 할 상황이 아니고 아버지라면 그의 전화번호를 모른다. 혹시 룡이 아버지? 떠나올 때 마지막으로 룡이네 집에 들러서 인사를 하고 오면서 한국의 연락처를 알려준 적이 있다.

"급한 일이래. 어서 받아."

김도균이 전화기를 넘겨주었다. 급한 일이라는 말에 단이는 숨이 바빠졌다.

"여보세요?"

"나다."

룡이 아버지였다. 단이는 룡이 아버지를 자기 아버지보다 더 믿고 따랐다. 어린 시절 아버지가 밖으로 나도는 바람에 집안 남자의 손이 필요할 때마다 룡이 아버지의 손을 빌었다. 그러다보니 단이는 어릴 적부터 룡이 아버지를 큰 아버지처럼 생각했다.

"무슨일임까?"

"단이야, 중국에 왔다가야 쓰겄다. 니 아부지 많이 아퍼. 죽기 전에 꼭 너를 보구싶다고 해서 전화를 했다."

"아프면 병원에 가면 되지 나는 왜 찾는담까? 전 아버지 얼굴을 보고 싶지 않씁다."

"단이야, 아무리 아버지가 마음에 들지 않아도 아버지는 아버지인거야. 천륜을 버릴 수야 없지 않겠니?"

"천륜이라 했씁까? 나는 바꿀 수만 있다면 내 몸속에서 흐르는 아버지의 피를 모두 바꿔 버리고 싶씁다."

단이가 악을 썼다.

"네 아버지의 상태가 위중해서 아마 길게 산다 해도 이삼일을 버틸 것 같지 못하다. 너한테 긴히 할 말이 있는 듯하니 속히 오너라. 오늘 내일 하면서도 숨을 거두지 못하는 것을 보면 아무래도 너를 기다리고 있는 듯하다. 네가 오지 않아서 눈을 감지 못한다 그 말이다."

일순간 방망이에 머리를 얻어맞은 듯 단이는 머릿속이 하얗게 비워졌다. 그리고 눈가가 전율하듯 바르르 떨렸다. 믿을 수가 없었다. 아버지는 평소에 아프시다고 한 적도 없이 건강한 양반이었다. 한때는 아버지가 죽어버렸으면 좋겠다고 생각한 적도 있었다. 그때에는 아버지가 너무 건강한 것도 화가 치밀었다. 그런 생각을 가졌던 것은 어머니가 죽고 나서 부터였다. 그때는 어머니가 아버지 때문에 죽었다고 생각했었다. 죽었으면 좋겠다고 생각했던 아버지라도 진짜로 죽이간다고 하니 왠지 가슴 한구석이 무너져 내리는 것 같았다.

"듣고 있냐?"

"네."

"언제 올 거니?"

가야한다고 생각하면서도 입으로는 다른 말을 했다.

"나, 아이감다. 그러니 저를 기다리지 말라고 하쇼. 아버지가 언제 저를 딸이라고 여겼기에 죽을 때 되니 저를 찾는담까?"

"네가 말은 그렇게 해도 올 것이라고 믿고 전화를 끊는다."

단이가 전화를 끊고 막연히 앉아있었다. 그 순간에 리어카를 끌고 집 마당으로 들어오던 아버지의 상기된 얼굴이 떠올랐다. 이상했다. 이런 일이 있었는데 왜 그동안 한 번도 생각한 적이 없었을까. 자신이 기억이지만 낯설었다.

그날 아버지가 리어카를 들여오던 날이었다. 몽당연필을 귓바퀴에 꽂으시고는 베네다 판떼기를 이리저리 톱질을 했다. 리어카에 짐칸을 만들 요량이었다. 한나절을 그렇게 뚝딱거리고 나자 리어카의 짐칸이 만들어졌다. 아버지는 그녀를 번쩍 들어서 짐칸에 앉히고는 동네 한 바퀴를 끌고 다녔다. 조무래기들이 와! 와! 소리를 지르면서 그 뒤를 쫓아왔고 아버지는 서지 않고 계속 달렸다. 아이들의 부러운 눈길을 보면서 단이는 행복했다. 그리고 아버지가 멋있어 보였다. 어쩌면 그것이 아버지에 대한 단이의 좋은 기억이었는지 모른다.

김도균이 정색을 하고 물었다.

"당신 혼자서 갈수 있겠어? 내가 같이 가줄까?"

"나 안 간다니까요! 아버지가 어머니를 속 썩인걸 생각하면 지금도 이가 갈림다. 혼자서 죽는 게 얼마나 슬프고 쓸쓸한 일인지 경험하게 내버려둬야 함다."

"그만 어거지 부리고 가! 마지막이라지 않아. 존경받을 인생이든 존경받지 못할 인생이든 마지막은 모두 불쌍하긴 마찬가지야. 그래도 마지막에 딸을 찾는 것이 어디야. 자식을 찾지 않고 죽는 부모가 얼마나 많은데."

"차라리 그러지. 그랬으면 이렇게 슬프지 않을 텐데."

단이가 그에 울음을 터뜨렸다.

"그런 마음에도 없는 말을 하지 말어. 그게 두고두고 살아있는 사람에게 얼마나 큰마음의 고통이 되는지 알기나 하고 그런 소리를 해? 비행기표는 내일 걸로 당장 예약을 해줄 테니까 갈 준비를 해."

남자가 금고를 열고 돈 봉투를 꺼내어 그녀 앞에 밀어 놓았다.

"오백이야. 이걸 가지고 가서 먼저 써라. 모자라면 전화를 해. 준비 되는대로 보낼게."

단이가 눈시울을 붉히더니 소리 내어 흐느꼈다.

"저한테 이러지 마쇼. 이러면 제가 너무 미안하잖씀까?"

"미안해 하지마. 내가 단이한테 무슨 짓을 했는데…이렇게 해서라도 조금씩 빚을 갚을 수만 있다면 나야 더없이 고맙지."

이튿날 새벽, 남자는 단이가 말리는데도 기어이 차로 그녀를 인천공항까지 바래다주었다. 공항에서 남자는 그녀에게 말했다.

"마지막 길인데 지나간 일은 다 잊고 후회 없이 잘 해 드려."

여자는 말없이 남자를 뒤돌아보았다. 목안에서 마른 비명이 질러질것 같았다. 이번에 가면 오지 못할 수도 있다. 아버지가 죽으면 찬이는 어떻게 한단 말인가? 싫어도 찬이는 오롯이 자기 몫이 될 것이다. 무슨 이런 기구한 운명이 다 있단 말인가.

46

단이가 연길 공항에 도착했을 때는 점심 무렵이었다.

공항 앞에서 택시를 타고 시골에까지 도착을 하니 늦은 오후가 되었다. 대문 앞에 룡이 아버지가 서있었다. 단이를 보자 무척이나 반가운 기색을 지으며 마주 달려왔다.

“단이야! 잘 왔다! 난 네가 올 줄 알았어.”

룡이 아버지가 검게 그을린 손으로 단이의 손을 다독여주었다.

“갑자기 아버지가 왜 아프신 검까? 너무 건강해서 탈이었잖씀까?”

“먼저 아버지부터 뵙고 자세한 이야기는 나중에 하자.”

룡이 아버지가 다짜고짜 단이의 손을 이끌고 대문 안으로 들어섰다. 집안은 조용했다. 사람이 있는 집 같지 않았다. 뭔가 심상치 않았다. 이미 돌아가신 건 아닌지? 가슴이 급박하게 뛰고 다리가 후들거렸다. 뭔가 모를 두려움에 머릿속이 썩은 나무의 속처럼 새까맣게 타들어갔다. 출입문은 열려져 있었다. 그 안으로 룡이 아버지를 따라서 들어서던 단이는 깜짝 놀랐다. 마치 남의 집으로 잘못 들어온 듯 낯설었다. 조선족 온돌이 어느새 중국식 온돌로 바뀌어 있었고 어머니의 손때가 묻은 찬장도 솥도 없어졌다. 그리고 부엌도 이미 중국식으로 바뀌어져 있었다. 닭의 덕대처럼 딩실하게 높은 온돌위에 머리에 흰 붕대를 칭칭 감은 아버지가 누워있었다. 찬이가 휠체어의 등받이에 기댄 채 입을 헤 벌리고 졸고 있었고 오십대 중반의 낯선 남자가 아버지의 머리맡에 앉아있었다.

룡이 아버지가 단이를 그 남자에게 인사를 시켰다.

"이 아이가 단이입니다."

"오? 네가 단단이구나. 너의 아버지한테서 너의 이름을 많이 들었어. 참 예쁘게 생겼구나."

중년의 남자가 중국어로 말했다. 단이가 룡이 아버지를 돌아다보면서 물었다.

"이분은 누구세요?"

그러자 룡이 아버지가 대답했다.

"산동에 계신 너의 아버지 사촌동생이시다. 너한테는 오촌숙부다. 아버지가 사고를 당했다는 소식을 듣자마자 득달처럼 달려오셨어."

키가 작달막하고 가무잡잡한 모습이 어딘가 아버지를 많이 닮은 듯 했다. 단이가 두 손을 앞에 모으고 큰 절을 했다.

"탕쑤堂叔 먼 곳까지 와주셔서 고맙씀다. 고생이 많으셨씀다."

졸고 있던 찬이가 어른들의 두런거리는 소리에 눈을 번쩍 뜨더니 단이를 보고 활짝 웃었다. 그리고는 혀가 목안으로 감겨드는 소리로 연거푸 그녀를 불러댔다.

"누나! 누나! 누나!"

"…"

단이는 대답을 하지 않고 그윽이 찬이를 바라보고만 있었다. 찬이의 한쪽 입귀로 늦침이 흘러내리고 있었다. 한국에 갈 때보다 덩치가 많이 커진 듯 했다. 찬이는 누나와 긴 대화를 나누고 싶은 듯 끊임없이 중얼거렸다.

"누나, 누나, 누나, 누나…"

무슨 잠꼬대를 하는 듯 했다. 너무 애틋하고 처절했다. 단이는 가슴이 먹먹하고 눈시울이 뜨거워져 올랐다. 오, 하고 대답을 한다면 눈물이 터질 것 같았다. 그래서 그녀는 대답을 할 수가 없었다. 단이는 찬이가 누나를 부르고 있지만 대답을 기다리지 않는다는 것을 알고 있다. 찬이는 그저 좋아서 부르고 있는 것이다. 그것이 그 아이의 대화법이다. 그는 자기가 알고 있는 말을 함으로서 대화를 한다. 다른 사람의 말을 듣고 대답을 하거나 말을 걸지 못한다.

"찬이야, 누나를 그만 불러라."

룡이 아버지가 찬이를 말렸다. 그러자 찬이가 이윽히 룡이 아버지를 바라보다가 물었다.

"왜?"

"찬이가 누나 이름을 너무 많이 불러서 누나 이름 다 닳을까봐 그러지."

룡이 아버지가 찬이를 보면서 웃었다. 그의 말을 이해하려는 듯 찬이는 이윽히 눈을 슴뻑거렸다. 그런데 아무리 생각해도 무슨 말인지 알 수 없는지 다시 물었다.

"왜?"

"그래 니가 그 말을 알아들을 리가 없지."

룡이 아버지가 한숨을 쉬면서 탄식을 했다.

"왜?"

찬이가 다시 룡이 아버지에게 물었다. 룡이 아버지가 찬이를 보면서 또박또박 입을 열었다.

"누나가 찬이가 부르는 것을 다 알어. 그러니깐 한번만 불러도 된다고!"

룡이 아버지의 말이 끝나자마자 찬이가 신경질적으로 소리쳤다.

"왜? 왜? 왜? 왜?"

누나란 말을 끊임없이 반복하듯이 찬이는 왜란 말만 끊임없이 반복했다. 그 아이에게 이세상의 모든 것이 알 수 없는 의문일 수 있다. 하지만 그에게 "왜"란 말은 세상에 대한 질문이 아닌 듯 했다. 다만 그 아이가 알고 있는 언어중의 하나여서 그것을 아무 곳에나 쓰는지 모른다. 사실 그 아이가 알고 있는 언어는 "누나 어디가"와 "왜"였다.

이때 조치운이 눈을 뜨더니 가래 끓는 소리를 냈다.

"단단이냐?"

단이는 아무 대답도 하지 않고 가만히 있었다. 왠지 목구멍에 커다란 솜뭉치라도 쑤셔넣은 듯 소리가 나가지 않았다. 그러자 사촌동생이 조치운의 얼굴 가까이에 입을 대고 큰 소리로 말했다.

"형님, 단단이가 한국에서 도착했어유. 무슨 하고 싶은 말이 있으면 원없이 싹 다 하세유."

그러자 조치운이 눈물을 흘렸다.

"단단아, 애비가…미안하다…네 어미한테도… 너한테도 … 나는 … 죄인이다. 천 번이고 만 번이고 죽어 마땅하다. 그런데 나는 너에게 죄를 짓고도 네가 보고 싶었다. 염치없는 짓인걸 알아. 그런데도 보고 싶었어. 내가 죽는 것보다 너를 보지 못하고 가는 것이 더 두려웠어…"

조치운은 갑자기 말을 끊고 가쁘게 숨을 몰아쉬었다. 당장이라도 숨이 넘어갈듯이 호흡이 다급했다.

"형님, 이제 그만 말하슈. 단이도 형님 마음을 다 알아들었소."

조치운은 고개를 저었다. 무엇인가 더 하고 싶은 말이 많이 남아있는 듯 했다.

"형님, 단이한테 남길 말이 더 있수?"

조치운이 고개를 끄덕였다.

"무슨 말인데 어서 하슈."

조치운이 단이를 보면서 눈짓을 했다. 가까이 오라고 하는 것 같았다.

"단이야, 아버지께서 가까이 오라고 하시는 것 같아."

단이가 무릎걸음으로 아버지의 머리맡에 다가갔다. 그러자 조치운이 단이의 손을 잡았다. 목에서는 계속하여 가래가 끓고 있었다.

"찬, 찬이가 너를 많이 기다렸어…찬이가 태어나서 가장 많이 부른 게 누나란 이름이야. 엄마, 아빠도 그렇게 많이 부르지 않았어. 찬이는 바람소리를 들어도 누나라고 했고, 빗소리를 들어도 누나라고 했어. 지난겨울에는 눈을 보고도 누나라고 하더라. 그 아이에게는 세상이 모두 누나인지, 아니면 누나가 그 아이의 세계였는지 몰라. 혼자서도 누나를 부르면서 노는 것을 보고 있노라면 이 아이는 누나를 만나자고 태어난 아이 같다는 생각이 들어."

"말도 안 되는 소리 하지마쇼! 찬이는 아버지의 아들임다. 그러니까 나한테 떠밀 생각을 하지 말고 아버지가 잘 키우쇼!"

단이의 눈가가 벌겋게 상기되었다. 울지 않으려고 했다. 그녀는 아버지가 죽는다고 해도 울지 않을 것이라고 다짐했었다. 그런데 찬이에 대한 말을 하니 기어이 눈물을 흘리고 말았다.

"내가 너한테 이런 말을 하는 것이 염치가 없다는 것을 안다. 단단아, 찬이를 부탁한다. 이러면 안 되는 것을 아는데 …정말 안 되는 것을 아는데 … 이런 부탁을 할 사람이… 너밖에 없어서, 정말 미안하다…날 용서

하지 말거라. 너한테 사과 한마디 못하고 눈을 감을까봐 무서웠는데 이제 눈을 감을수 있을 것 같다. 아무리 힘들더라도 찬이를 버리지 말아다오.…단단아, 내 사랑하는 딸아…미안하다….”

말을 마친 조치운이 눈을 스르르 감으면서 단이의 손을 놓았다. 눈가에 맺혔던 눈물이 그의 볼을 타고 흘러내렸다.

47

단이가 단말마[斷末魔]의 비명을 질렀다.

“이게 사과하는 겜까? 이건 나한테 짐을 떠맡기는 거지. 사과 아임다! 이 사과는 무효임다. 그리고 찬이는 아버지의 자식인데 아버지가 키워야지 왜 나한테 부탁함까? 그 아이를 낳겠다고 인생의 반을 밖에서 돌았잖씀까. 그랬으면 그 세월이 아까워서라도 이렇게 허무하게 죽으면 안 되잼까? 악착스럽게 보란 듯이 살아서 그 아들의 신세를 천세만세 누리면서 살아야할게 아임까?”

단이는 미친 듯이 고래고래 소리를 질렀다.

“나한테 찬이를 부탁한다고? 무슨 염치로? 난 당신한테 찬이를 낳아달라고 부탁한 적이 없씀다. 그 아이 때문에 내가 받은 상처는 어떻게 하고 나한테 그 아이를 부탁함까? 내가 무슨 죄가 있다고 이런 말도 안 되는 고통을 받아들이라고 하냐고. 난 절대 그 아이를 맡지 않씀다. 나뿐만 아니라 이 세상에 그 누구도 그 부탁을 들어주지 않을겜다. 그러니깐 일어나서 정신 똑바로 차리고 찬이를 자기 손으로 키우란 말임다. 일어나쇼. 빨리 일어나서 아버지가 찬이를 키우란 말임다."

단이는 울지 않았다. 이상하게 슬프거나 막막하거나 절망적이지도 않았다. 그저 미치고 싶도록 화가 치밀었다. 그래서 분노했다. 한 번도 아버지와 이렇게 만나리라고 생각해 본적이 없었다. 아버지가 찬이를 데리고 오고 그 아이를 낳아준 산동 여자까지 집에 데리고 왔을 때 이미 아버지와의 인연은 끝났다고 생각했다. 그렇다고 아버지를 저주한 적은 없었다. 다만 어떤 식으로든 아버지를 보지 않기를 소망했을 뿐이다. 가까이에 있으면 엮일까봐, 그것이 싫어서 한국으로 떠난 것이다.

한데 아버지란 핑계로 또다시 이렇게 그 앞에 불려 와서 어쩔 수 없이 지난날의 상처를 다시 껴안게 되었다. 이런 것이 윤리요, 천륜이라고 말하면 그녀는 그런 양심이라곤 털끝만치도 없는 개떡 같은 윤리와 천륜을 거리낌 없이 뭉개버리고 싶었다. 사람들이 자신한테 후레자식이라고 손가락질을 하고 침을 뱉는다고 해도 그렇게 하고 싶었다. 단 한 번도 자신의 마음속의 소리를 마음껏 질러보지 못했던 그녀였지만 이날만큼은 거침없이 내지르고 싶었다. 단이는 이 세상의 모든 원망을 담은 듯 한 눈빛으로 아버지를 향해 마음속의 분노를 쏟아냈다. 살아있을 때 못했던 모든 원망을 모두 쏟아냈다.

오촌숙부가 그녀를 말렸다.

"단단아, 이제 그만해라. 아버지의 고단한 인생에 마지막 가시는 길이나마 편하게 가시도록 용서해드려라."

"용서 안 함다. 절대 용서할 수 없씀다. 나 하나를 버리고도 성차지 않아서 찬이 마저 버림까? 이렇게 무책임한 아버지는 편안하게 죽을 권리가 없씀다."

이때 찬이가 그녀를 불렀다.

"누나!"

찬이가 두려움에 가득한 눈빛으로 그녀를 바라보고 있었다. 애처로웠다. 아버지의 죽음을 인식하는 모양이었다.

"누나!"

찬이가 단이에게 손을 내밀었다. 하얀 손이 약효가 떨어진 시계바늘처럼 바르르 떨렸다. 그 가엾은 손을 단이는 외면할 수가 없었다. 단이는 천천히 일어나서 찬이한테 다가가 그 아이의 손을 잡았다. 그리고 아버지의 시신을 보지 못하도록 머리를 감싸 안았다. 찬이의 눈에 아버지의 마지막 모습은 악몽으로 각인될 수도 있을 것이다. 말도 못하는 그 아이의 마음속에 또 하나의 깊은 상처가 생기게 하고 싶지 않았다. 그녀는 찬이의 등을 다독이면서 아이의 슬픔을 가라앉혀주고자 애썼다. 찬이는 기분이 좋은지 고개를 번쩍번쩍 추켜들면서 연신 누나, 누나, 누나를 연발했다.

오촌숙부가 시신의 이불을 들어내고 얼굴에 붕대도 풀었다. 그리고 이승의 인연을 모두 거두어내듯 입었던 조치운이 옷들을 하나하나 벗겨냈다. 그리고 대야에 깨끗한 물을 떠다가 시신을 닦아주었다. 오촌숙부가 습을 하는 것부터 시작하여 장례식 전부 과정을 한족식으로 하겠다고 하여 룡이 아버지는 옆에서 그냥 잔심부름이나 하면서 지켜보고 있었다. 오촌숙부는 단추가 없는 옷을 아래것 아홉견지, 위의 것 아홉견지를 한 벌씩 차곡차곡 한데 꿴 후 시신에 입혔다. 그리고 하얀 종이로 만든 모자와 신을 시신에 신기고 붉은 실로 발을 묶고 입에는 구멍이 뚫린 구리 동전을 물렸다. 제일 마지막으로 유달리 품이 너르고 긴 다부산자를 시신에 입혔다.

그것으로 한족식 염은 끝났다. 습을 마친 시신을 입관하여 서쪽 사랑채 앞마당에 모셨다. 조선족들은 시신을 안방에 모시지만 한족들은 흙바닥인 바당(바닥)쪽에 모시지 않으면 마당에 모셨다. 그들은 시신이 흙과 가까이 하여야 부패가 늦게 진행된다고 여겼다. 조선족들은 부패를 막기는 하지만 고인에 대한 존경심 때문에 맨 바닥에 모시거나 밖에 모시는 한족 습관을 좋아하지 않았다. 대신 시신의 부패를 막기 위해 시신이 집을 나가기 전에는 절대로 집안에서 익은 음식을 만들지 않았다.

시체 고별식은 밤 12시에 있었다. 이것은 죽은 사람의 혼을 하늘로 올려 보내는 의식이라고 했다. 망자와 동갑이거나 손아래 사람이 장례식을 주최하는 한족 장례식 절차에 의하여 장례식은 오촌숙부가 주최했다. 그는 검정 다부산자를 입고 머리에 흰 광목으로 된 두건을 쓰고 허리는 굵은 새끼로 묶었다. 그리고 손에 흰색의 종이 깃발을 들고 제일 앞에 섰다. 그 뒤에 휠체어에 앉은 찬이가 서고 그 뒤에 단이가 서고 그 뒤에 룡이 아버지와 마을 사람들이 한 줄로 길게 늘어섰다. 그들은 오촌숙부가 내는 소리를 한마디씩 따라하면서 시신의 주위를 빙빙 돌았다.

어허라 열렸다 / 어허라 열렸다/
하늘길 열렸다 / 하늘길 열렸다 /

망자 조치운은 / 망자 조치운은/
인간세상 하직하고 /인간세상 하직하고 /
승천길에 올랐다 / 승천길에 올랐다. /

천년집을 하직하고 /천년집을 하직하고/
만년집을 찾아간다 / 만년집을 찾아간다/

살은 썩어 물이 되고 / 살은 썩어 물이 되고/
뼈는 썩어 흙이 되고 /뼈는 썩어 흙이 되고/

망자의 혼은 춤추며 /망자의 혼은 춤추며/
하늘길에 오른다/ 하늘길에 오른다/

훨훨, 승천하여 / 훨훨, 승천하여/
천국의 복을 누리소서 / 천국의 복을 누리소서/

그 소리가 어떤 때는 높고 어떤 때는 낮게, 그리고 길게 뽑다가도 짧고 다급하게 밤하늘에 기괴하게 울려 퍼졌다. 그 소리는 가기 싫어 떼쓰는 망자의 혼을 달래는 것 같기도 하고 빨리 가라고 등을 떠미는 것 같기도 했다. 관 주위를 세 바퀴를 돌고나서 소리를 마쳤다. 사람들이 한 줄로 서 보고 있는 앞에서 오촌숙부가 관 뚜껑을 열고 시신의 입안에서 동전을 꺼내고 다리를 묶었던 붉은 실을 풀어주었다. 망자가 자유롭게 하늘로 날아가라는 뜻이라고 했다. 고인과의 고별식이 끝나고 나서 십자거리에 있는 공터에 가서 고인이 생전에 좋아하던 자전거, 라디오, 시계 등을 종이로 만들어서 종이돈과 함께 태웠다. 단이는 아버지의 옷과 베개를 태웠다. 베개가 불길 속에 들어가자 토닥토닥 낟알이 튀겨지는 소리가 들려왔다. 조치운은 평소에 베개가 가벼우면 잠이 잘 오지 않는다고 하여 베갯속에 날겨 대신 낟알을 넣곤 했었다. 그 사실을 알 수 없는 오촌숙부가 안타까워했다.

"무슨 이[虱]가 이리도 많소. 형님, 살아서 이리 많은 이를 어찌 등에 지고 다녔소. 내가 오늘 이 놈들을 말끔히 튀겨줄 것이니 저승까지는 따라가지 않을 것이요."

사람이 죽으면 그의 머릿밑에다 알을 까고 살던 이 들이 겁에 질려 베개 속으로 파고들어간다고 한다. 아마도 오촌숙부는 베개 속에서 낟알이 튀겨지는 소리를 이가 죽는 소리로 여겼던 모양이었다.

태울 것을 다 태우고 돌아올 때 오촌숙부가 누구도 뒤를 돌아보지 말고 앞만 보고 가라고 했다. 저승길로 가는 망자에게 이승에 대한 미련을 가지도록 하지 말라는 뜻이라고 했다. 오촌숙부는 마당에 모신 령구 앞에 촛불을 켜고 향을 태우면서 새벽까지 령구를 지켰다.

이튿날 오촌숙부는 날 밝기 전에 령구가 마을 밖으로 나가야 한다며 새벽부터 서둘렀다. 령구가 나갈 때는 마당에서 질그릇을 깨고 울음을 터뜨리며 장지까지 끊임없이 종이돈을 뿌리면서 갔다. 종이돈은 하늘 길을 가는 망자의 노자라고 했다. 조치운의 유언에 좇아 시신은 단이 어머니의 묘지 옆에 묻었다. 어머니가 살아계셨다면 절대 동의하지 않았을 거라면서 단이가 마지막까지 완강하게 반대했지만 오촌숙부의 주장이 하도 강해서 막지 못했다. 오촌숙부의 말에 의하면 아버지는 죽어서 어머니의 곁에 가고 싶어 했다고 했다.

찬이 어머니한테는 기별을 넣었다는데 마지막 날까지 나타나지 않았다. 단이 어머니가 돌아갔을 때 아버지가 오지 않았던 것처럼 말이다. 찬이 어머니는 마치 단이 어머니를 대신해서 조치운에게 앙갚음을 하려고 존재한 사람 같았다. 살아생전에 조치운은 자신이 단이 어머니에게 했던 것을 모두 찬이 어머니로부터 돌려받았다.

48

장례는 무사히 끝났다.

집안에는 오촌숙부와 찬이 그리고 단이만 남았다. 찬이가 휠체어에 앉아서 쉴 새 없이 자기 손가락을 가지고 놀았다. 오촌숙부는 술잔만 기울이고 있었고 단이는 아무것도 보고 싶지 않은 듯 눈을 감고 있었다. 이제 오촌숙부마저 산동으로 돌아가면 이 집에 찬이와 단이만 남게 될 것이다. 만약 단이 마저 한국으로 가면 찬이만 남는다. 혼자서는 아무것도 할 수 없는 찬이가 혼자 남겨지는 것은 죽으라고 방치하는 것이나 다름없다. 찬이를 생각하면 앞으로의 일이 아득했다. 이 아이를 어떻게 해야 한단 말인가?

오촌숙부가 혼자서 술을 마시다가 불쑥 눈을 감고 있는 단이를 불렀다.

"단단!"

"네."

단이가 눈을 뜨고 오촌 숙부 쪽을 향해 똑바로 앉았다.

"네 아버지가 생전에 입만 열면 너의 자랑을 했어."

"그럴 리가요?"

"정말이다. 산동에 오면 맨날 너의 어머니와 너의 자랑을 입에 달고 다녔어. 그래서 우리가 너의 아버지를 팔불출이라고 놀려주곤 했었지. 취중진담이라고 술을 마시면 더했어. 그 일 때문에 찬이 엄마하고도 많이 싸웠지."

"믿기지 않씀다. 우리가 그렇게 좋았으면 한평생 밖으로 돌아다녔겠씀까?"

"그건 너희들이 싫어서 그런 것이 아니라는 것은 분명해."

"아무리 이해를 하려고 해도 이해할 수 없씀다."

오촌숙부는 단이의 손을 꼭 잡더니 의미심장하게 말했다.

"이해하고 싶지 않으면 이해하지 말거라. 그렇지만 미워하지는 말아라. 어떤 인생이든지 생각하면 불쌍하지 않은 인생은 없단다. 네 어머니도 아버지도 마찬가지야. 네 아버지가 한평생 이곳에 마음을 붙이지 못하고 살았다면 우리가 모르는 당신의 고통이 있었을 게 아니냐…"

"아버지에게 고통이 있었을 리가요? 아버지는 어머니를 괴롭히기 위해 살다간 사람임다."

"고통이 없는 사람이 어디 있겠니. 어떻게 보면 고통을 받는 사람보다 주는 사람의 고통이 더 클지도 모르지."

오촌숙부의 말을 들으면서 단이는 처음으로 아버지에게도 고통이 있었을까하는 의문을 가져보게 되었다. 아버지에게 고통이 있었다면 그 고통이 무엇이었단 말인가. 단이는 아버지가 가족을 괴롭히는 것을 즐기는 사람이라고만 생각했다. 그에게 고통이 있었으리라고는 단 한 번도 생각해본 적이 없었다. 그것은 어머니도 외할머니도 같은 생각이었다. 생각해보면 오촌숙부의 말에도 일리가 있는 듯 했다. 이유야 무엇이든지간에 그렇게 살았던 아버지의 입장에서도 나름 고통이 있었을 것 같았다. 죽을 때까지 가족의 이해를 받지 못하고 지탄만 받아온 그의 고통은 오히려 어머니보다 더 컸을지도 모른다.

오촌숙부가 아버지한테서 들은 이야기라면서 오래된 이야기를 꺼냈다. 난생 처음 듣는 이야기였다.

"70년대 초반이었다. 군인이었던 아버지가 전역하여 너의 어머니와 결혼을 하였지. 연변과 산동을 오가면서 장사를 하여 목돈을 벌고 싶었던 아버지는 장사 종자돈을 마련하려고 어머니가 시집올 때 끼고 왔던 금반지를 훔쳐서 금은방에 팔았어. 그것은 너의 외할아버지가 딸한테 남긴 유품이나 같은 것이 여서 너의 어머니는 손에 끼는 시간보다 궤 속에 넣어 보관하는 시간이 더 많았단다. 네 아버지는 돈을 벌면 더 큰 반지를 사주면 될 것이라고 생각했던 모양이야. 그런데 산동으로 가는 열차 안에서 양말 안쪽에 깊이 넣어 두었던 반지 판돈을 쓰리 맞혔어. 어떤 놈이 훔쳐 간 거야. 지금도 금값이 비쌌지만 그때도 금값은 어마어마했어. 너의 외가가 원래 잘 살아서 딸이 시집갈 때 금반지를 끼워 보냈지. 사실 당시 은반지도 못 껴보고 시집을 가는 처자들이 대부분이었거든. 이 일이 있고 나서 너의 아버지는 금반지를 살 돈을 마련하기 위해 투전판에 끼기 시작했어. 그런데 투전판에 다니면서 점점 더 많은 빚만 지게 된 것이지. 그러니 집으로 돌아갈 면목이 없었던 게지. 참 인생이란 아이러니한 게야. 아내한테로 돌아가기 위해 투전판에 낀 것이 한평생 아내로부터 멀어지게 됐으니."

목이 타는 듯 오촌숙부가 술 한 잔을 입에 털어넣었다. 그리고 말을 이었다.

"그러다가 찬이가 태어나서부터는 아이한테 발목을 잡히게 된 것이다. 돈은 큰돈이던 작은 돈이던 벌면 찬이의 병 치료에 들어가게 되었고 그러다보니 집에는 땡전 한 푼도 못 보내게 되었지. 그것이 미안하다보니 너와 너의 어머니 곁으로 가지 못한 거지. 그러다보니 점점 거리도 멀어지고 나중엔 아주 남남처럼 된 것이다. 알고 보면 너희 아버지도 엄청 운이 없는 사람이다. 어떻게 하는 일마다 그렇게도 꼬이는지…"

"그러면 거기서 계속 떠돌이 삶을 살면 될 것을 왜 하필 다시 이곳에 나타났담까? 우리가 필요할 때는 우리를 외면하더니 우리가 잊어버리고 싶을 때 왜 다시 나타난 검까?"

단이가 세상의 원망을 모두 담은 표정으로 푸념을 했다.

"이곳이 너의 엄마의 고향이고 그리고 이곳에는 네가 있지 않니? 너의 아버지가 생전에 뜬 구름처럼 살았어도 마음속으로는 너의 어머니와 너의 곁을 떠나고 싶지 않았던 게지. 끝까지 가족이라고 인정하고 싶은 것은 너와 너의 어머니라고 여긴 게 아니겠니?…밖에서 산 세월은 그냥 떠돌이라고 생각한 거지."

오촌숙부가 술기운인지 아니면 진정 단이 아버지가 불쌍해서인지 눈물콧물을 쥐여 짰다. 단이는 그 말이 전혀 가슴에 와 닿지 않고 공허하게 들릴 뿐이었다. 그녀가 본 아버지는 절대 그렇게 착하고 정이 많은 사람이 아니었다. 젊어서 제멋대로 살았지만 적어도 찬이는 자기 손으로 키울 것 이라고 여겼다. 그런데 찬이 마저 버리고 먼저 떠나는 것을 보면 끝까지 자기밖에 모르는 이기석이고 잔인한 사람이라고 여겨졌나. 아무리 죽고 싶어도 찬이를 살리고 싶은 마음이 있었다면 자기가 먼저 죽지는 않았을 것이다.

"아버지가 양심이 있다면 적어도 찬이를 두고 이런 일을 저지르지 말아야 하지 않씀까?"

"너의 아버지도 전에 그런 말을 한 적이 있었어. 자신의 벌을 찬이가 받았다고…그래서 자기는 찬이보다 먼저 죽을 권리가 없다고 말이다."

"그런데 왜 먼저 갔담까?"

"글쎄 말이다. 너의 아버지가 잠깐 정신이 돌았나 봐. 당신 생각으로는 찬이를 위하여 죽음을 선택해야 한다고 생각한 거겠지."

"그게 무슨 말씀임까?"

"사실, 나도 여기 와서 룡이 아버지한테서 듣고 알았다…"

오촌숙부가 그동안에 있었던 이야기를 꺼냈다.

단이가 한국으로 떠나고 나서 한 달도 안 되어 시내에서 중년의 여자가 마을에 찾아왔다. 그녀는 마을의 빈집을 수리하고 교회를 세웠다고 한다. 간절히 구하면 하나님께서 꼭 구함을 줄 것이라는 그녀의 말을 듣고 조치운은 매일 마다 아들을 업고 교회에 나갔다. 그는 교회 온돌에 방석을 깔고 앉아서 아들의 병을 고쳐달라고 눈물을 흘리면서 간절히 기도했다. 그렇게 하기를 2개월이 지나서 혼자서 앉을 수도 없었던 찬이가 기적처럼 무엇인가 짚고 일어설 수 있게 되었다. 그의 간절함이 통했던 모양이었다. 조치운은 아들을 위하여 자기 집에서 부터 교회까지 양쪽에 나무 가름대를 대고 아들이 혼자서도 그 가름대에 의지하여 교회에 갈 수 있는 길을 만들어주었다. 그 길을 조치운은 하나님의 길이라고 불렀다. 그 뒤로부터 찬이는 아버지가 업고 다니지 않아도 혼자서 교회를 잘 다녔다. 아이가 좋아지면서부터 아버지의 기도는 더욱 깊어졌다. 어떤 날에는 아침에 들어가면 밤이 되어야 돌아오곤 했다. 신앙이 없는 사람들은 그를 미쳤다고 했다. 그렇지만 조치운은 대수롭게 생각하지 않았다. 아들의 병이 났기만 한다면 네발로 기어다니는 개가 된다 해도 마다하지 않을 판인데 그게 뭐 대수겠는가.

49

그날은 일요일이었다.

찬이는 저녁 기도를 마치고 돌아오다가 가름대를 짚는다는 것이 허공을 짚었다. 그 바람에 몸의 균형을 잃고 머리를 가름대에 박으면서 물건처럼 허망하게 나가 떨어졌다. 그 사고로 아이는 다시 운신을 못하고 들어눕게 되었다. 원래의 상태보다 더 나빠진 것은 아닌데 아이가 겁을 먹고 아예 일어나려고 하지 않았다. 일이 이렇게 되자 조치운은 자신의 죄가 커서 아들이 하나님의 용서를 받지 못하는 것이라고 자책하기 시작했다. 그것이 그의 마음에 병이 되었다. 그는 자신의 죄는 자신에게만 벌해달라며 빌고 또 빌었다. 그리고 불쌍한 찬이는 자신의 아들로 태어난 죄밖에 없으니 제발 걸어 다닐 수 있게 해달라고 빌었다. 그렇게 한 달이 지나고 두 달이 지났다. 하지만 찬이는 종시 자리에서 일어나지 못했다. 밥을 먹을 때도 누워서 먹어야 했다. 조치운은 속죄하는 데에 기도만으로는 약해서 그런 거라는 생각이 들었다. 자신의 지은 죄를 죽음으로 속죄할 것이니 찬이는 하나님의 용서를 받게 해달라는 기도를 유서처럼 써놓고 단이 어머니의 산소에 가서 자신의 몸에 뇌관을 터뜨렸다. 자신의 인생이 마치 아들을 얻어야만 완성되는 듯 전부를 걸고 살았지만 결국 아들이 그의 삶의 상처가 되고 말았다. 그는 그 상처를 씻으려고 죽음을 택한 것이다.

찬이는 계속 자신의 손가락에만 집착하고 있었다. 손가락이 빨갛게 상기되었는데도 계속 손가락을 입에 빨다가는 손으로 집어 뜯고 그러다가는 또 빨았다. 이 아이는 아버지의 죽음을 이해하지는 못할 것이다. 하지만 느끼고 있는 것은 분명했다. 찬이를 지켜보면서 단이는 문뜩 그런 생각이 들었다.

'이 아이는 자신을 낳아준 아버지에게 고마워할까? 아니면 원망하고 있을까?' 단이는 그것이 궁금했다. 하지만 아이는 원망이 뭔지, 고마움이 뭔지, 슬픔이 뭔지, 모르는 듯 했다. 조치운은 아들에게 불행을 주었지만 대신 그 불행을 인지 못하는 장애를 주었다. 불행한 일이지만 아이한테는 슬픔을 인지하지 못하는 장애가 오히려 큰 선물일지 모른다. 모든 것은 원래의 진실이 무엇인지 알 수 없다. 다만 그것을 생각하는 사람들의 생각이 존재할 뿐이었다.

단이가 오촌숙부에게 조심스럽게 말을 꺼냈다.

"찬이는 찬이 어머니한테로 옮챔까?"

오촌숙부가 한참이나 단이를 측은하게 바라보다 안됐다는 듯 어깨를 내려뜨렸다.

"그 미친 여자한테 맡길 수 있었다면 너의 아버지가 너한테 부탁했겠니? 한국에 있는 애를 불러다가? 그 여자한테는 절대 아이를 맡길 수 없어."

"찬이 엄마가 지금 어디서 사는지는 아심까?"

"모른다. 너의 아버지의 말로는 여기서도 이년인가 살다가 어디 간단 말도 없이 어느 날 갑자기 떠났다고 하더라. 그 사람도 한곳에 정착을 하지 못하고 여기저기 떠돌이 생활을 하는지라 찾을 길이 없고 찾았다 해도 정신 상태가 안정적이지 않아서 아이를 맡길 수 없다고 하더라."

오촌숙부가 답답한 듯 웃옷 단추를 열어놓으면서 풀풀 한숨을 쉬었다.

"그렇다면 찬이는 어쩌면 좋씁까? 탕쑤가 무슨 방법을 알려주십쇼."

"나라고 무슨 방도가 있겠니? 방도가 있다면 이리도 답답하지 않겠지."

말을 마친 오촌숙부가 또다시 술 한 잔을 들어 단숨에 입안에 쏟아 넣었다. 그리고는 쓰거운지 연신 입술을 쫑긋거렸다. 벌겋게 상기된 목줄에서 지렁이 같은 힘줄이 일어섰다. 그것이 곧 밖으로 튀어나올 듯 팽팽했다. 갑자기 오촌숙부가 상위에 이마를 박더니 취해서 꼬꾸라졌다. 단이가 찬이를 건너다보자 찬이가 그녀를 보면서 히히 웃었다. 누나만 있으면 즐겁고 마음이 놓이는 모양이었다. 그녀는 오촌숙부가 술에서 깨기 전에 이대로 도망이라도 가고 싶었다. 오촌숙부가 술에서 깨고 산동으로 떠나면 이 모든 것을 그녀 자신이 고스란히 떠안아야 하는 게 그것이 두려웠다. 단이는 슬그머니 자리에서 일어났다. 그리고 봉당에 내려섰다. 그런데 뒤에서 찬이가 불렀다.

"누나! 어디가?"

그녀가 돌아보자 찬이가 씨익 웃었다. 웃고 싶어서 웃는 것이 아니라 그냥 웃어야 하기에 웃는 사람 같았다.

"찬이야, 맨날 누나 어디가 하지 말고 누나, 잘가! 그렇게 말해 봐."

찬이가 이슥히 그 말을 새겨듣는 듯하더니 고개를 까딱까딱했다.

단이가 신발을 꿰고 일어서자 찬이가 자기 손가락을 신경질적으로 물어뜯었다. 그러더니 발작적으로 소리쳤다.

"누나, 어디가!"

"누나, 어디가!"

"누나, 어디가!"

그것은 절규처럼 들렸다. 아이는 분명히 자신이 혼자 남게 될 것임을 알고 있는 듯 했다. 찬이는 전혀 못 느끼는 것이 아니었다. 분명히 무엇인가를 감지하고 있었다. 단이는 차마 떠나지 못하고 도로 주저앉으면서 울상을 지었다.

"도대체 나더러 어쩌라고!"

단이가 주저앉자 금세 기분이 좋아졌는지 찬이가 빙그레 웃으면서 그녀를 불렀다.

"누나! 누나! 누나!"

마치, 노래를 부르고 있는 듯했다. 그에게는 누나가 호칭이 아니라 대화였는지 모른다.

제11부 아버지의 비밀

50

단이는 잠깐 꿈을 꾸었다.

폭우가 와서 강이 불어 집이 물에 잠겼다. 사면이 물 천지고 그 위에 떠 있는 초가집에 그녀와 찬이가 있었다. 오촌숙부가 그들을 두고 혼자서 배를 타고 도망을 가고 있었다. 단이는 살려달라고 소리를 쳤다. 하지만 오촌숙부는 돌아보지 않았다. 그를 태운 배가 점점 작아지더니 나중에 개미만큼 작아졌다. 그리고 물위에는 아무것도 보이지 않았다. 초가집 안에 물이 들어오기 시작하자 두 사람은 지붕위에 올라갔다. 하지만 물은 지붕위까지 덮쳤고 찬이가 물속에 떠내려가면서 누나를 불렀다. 단이가 찬이를 부르면서 잠에서 깨어났다. 꿈이었다.

그런데 오촌 숙부가 보이지 않았다. 그가 누웠던 자리에는 그가 덮었던 이불과 요가 포개져있고 그 위에 쪽지 한 장이 놓여있었다. 종이 장에는 다음과 같은 글이 적혀있었다.

"산동으로 가는 아침열차를 타기위해 새벽에 떠난다. 곤히 자는 너희들을 깨울 수 없어서 그냥 가니 그리 알아라."

아무리 아침 열차를 탄다 해도 새벽같이 서둘러 떠날 필요까지는 없었을 것 같은데 오촌숙부는 그렇게 했다. 아마도 찬이를 두고 떠나는 마음이 미안해서 새벽에 떠날 수밖에 없었을 것이다. 단이는 다리에 힘이 쫙 빠지는 것을 느꼈다. 오촌숙부가 이렇게 떠날 줄은 미처 생각지 못했다. 적어도 찬이의 일을 마무리 짓고 떠날 것이라고 믿고 있었다. 이제, 에누리 없이 찬이는 자기 차지가 되어버렸다. 이 일을 어찌 하면 좋단 말인가?

찬이는 꿈속에서도 누나를 부르고 있는지 빠르게 입술을 실룩거렸다. 그러다 웃었다. 단이는 찬이가 왜 자기를 좋아하는지, 이해할 수가 없었다. 한 번도 예뻐해 준적도 없는데 말이다. 찬이가 자신이 마지막에 누나와 함께 남겨지리라는 것을 미리 알고 있었던 것일까? 그래서 누나를 좋아하는 걸까?

단이는 가슴이 답답하여 종시 집안에 있을 수 없어 마당으로 나섰다. 아침공기는 시원했다. 이따금씩 비릿한 강바람이 코끝을 스몄다. 그녀는 어린 시절 추억이 담긴 강가로 걸어 나갔다. 강물은 여전히 울적하게 흐느적거리면서 활같이 휘어진 모래사장을 열심히 씹고 있었다. 그것은 마치 거대한 물고기 떼들이 먹이를 입질하는 듯 제법 빼끔빼끔 거리는 소리까지 났다. 바늘처럼 반짝이는 물결에도, 출렁거리는 소리에도, 푸르끼한 색깔에도 어머니의 모습이 담긴 듯 정겨웠다. 강물의 흐르는 소리는 어머니의 목소리처럼 도란도란했다. 강물은 어머니의 모습을 기억하는 것일까, 어머니의 목소리를 흉내는 것일까?

"단이야!"

강 어디선가 어머니가 부르는 소리가 들리는 것 같았다. 틀림없이 강은 어머니와 그녀가 이곳에서 살았던 삶의 모습을 기억하는 듯 했다. 부드러운 바람이 강위를 쏜살같이 지나갔다. 바람이 머금은 소나무의 내음이 구수했다. 단이는 바람이 불어온 곳을 바라보면서 하염없이 걸었다. 한발 내디딜 때마다 어머니, 어머니, 어머니 하고 끊임없이 불렀다. 그렇게 매지령 광산떼기 근처에서 돌아서려고 하다가 그곳에 누군가 앉아 있는 것을 보았다. 단이는 말없이 그곳으로 다가갔다.

룡이 아버지였다. 그는 무릎위에 팔로 턱을 고이고 앉아서 조용히 강중심을 바라보고 있었다. 턱을 고인 왼손의 식지와 중지사이에 불을 붙이지 않은 담뱃대가 끼어있었다. 그는 단이가 가까이 다가간 것도 모르고 무엇엔가 몰입되어 있었는데 마치 로댕의 <생각하는 사람>의 조각상 같았다.

"아저씨!"

그제야 룡이 아버지가 턱을 고인 손을 풀면서 의아하게 단이를 쳐다보았다.

"어? 단이구나. 여기까지 웬일이냐?"

"답답해서 나왔더니 아침공기가 시원하네요. 아저씬 여기서 뭐하심까?"

"통발을 놓고 기다리고 있는 중이야."

단이가 광산떼기를 둘러보면서 아련하게 말을 이었다.

"광산떼기는 여전하네요. 어릴 적에 여기서 많이 놀았는데."

"그렇지. 여기가 너희들의 놀이터였지."

이미 폐기 처분된 광산입구가 욕망에 굶주린 짐승처럼 시커먼 입을 다물지 않고 있었다. 굴 앞에는 광석을 캐느라 끌어낸 암석부스러기와 흙이

다져져서 운동장처럼 넓고 단단하게 닦여져 있었다. 어릴 적에 룡이와 함께 강에서 수영을 하고는 이곳에 나란히 누워서 등짝에 허옇게 껍질이 벗겨질 때까지 햇빛에 지지곤 했다. 그리고 굴속에 들어가서 소리를 지르며 놀기도 했다. 광산떼기는 이 마을의 역사이며 전설이기도 했다.

20세기 초에 일본 광산 업주들에 의해 개발이 된 매지열 광산은 당시에 이 지역에서는 돈줄이었다고 했다. 고용주는 일본사람이었지만 일하는 사람은 태반이 인근 조선족 인부들이였는데 그들은 이곳에서 번 돈을 술집 여자들의 엉덩이를 탐하는데 처넣지 않으면 도박 굴에 처넣었다고 한다. 그것을 막으려고 노임이 나오는 날이면 아침부터 이곳에 아기를 업고 기다리는 아낙네들이 줄을 서있었다고 했다. 광석을 다 캐고 굴이 버려지자 이곳은 젊은 남녀들이 연애를 하는 장소가 되었다. 그러던 어느 날 젊은 남녀가 이곳에서 연애를 하려 들어가는 것을 안 장난꾸러기들이 밖에서 굴 문을 막아버렸다. 그러다가 갑자기 소낙비가 쏟아지자 아이들은 굴 문을 막은 사실을 잊은 채 마을로 내려왔다. 급작스럽게 쏟아진 폭우로 산사태까지 밀려와 결국 굴이 물에 잠기게 되었다. 이튿날 마을사람들이 젊은 남녀가 굴에 갇혔다는 사실을 알고 광산떼기로 가서 입구에 막은 나무들과 돌을 치우고 들어가 보니 굴 어귀에 남자의 시체와 여자의 시체가 나란히 있었는데 남자의 얼굴에 여자의 손수건이 덮여 있었다고 했다. 여자가 남자보다 후에 죽었던 모양이었다.

그런 사건이 있은 뒤 어른들은 다시는 그곳에 들어가서 연애를 하지 않았고 아이들은 그 속에 들어가 숨바꼭질 놀이를 하지 않았다. 그리고 얼마 후부터 굴속에서 이상한 소리가 난다고 하는 사람들이 늘어났다. 그 소리를 들었다는 사람들의 말에 의하면 마치 여우의 울음소리 같기도 하고 여자의 울음소리 같기도 했다고 했다. 노인들은 그것은 사랑을 하다가 죽은 여자의 혼백이 억울해서 우는 소리일 것이라고 말했지만 그것이 사실인지 아닌지는 고증할 길이 없었다. 죽은 여자의 집에서 무당을 불러 광산떼기 앞에서 굿을 하고나서는 다시는 그런 소리를 들을 수 없었다고 한다. 차츰 이 소문은 이 마을의 전설이 되었고 이곳은 사람들이 낚시질이나 통발을 놓아 고기를 잡기 가장 안성맞춤한 지정지가 되어버렸다. 갱이 있어 갑자기 비가 오면 피할 수 있는데다가 앉을 자리가 맞춤하고 강의 폭이 좁고 깊어 낚시질에 가장 적합했기 때문이었다.

룡이 아버지가 통발을 걷어내려고 강물에 들어섰다. 그는 통발을 고정시킨 끈을 풀었다. 그리고 물에 퍼져 무거워진 버들 통발을 물위로 질질 끌고 강역으로 나왔다. 물에서 갓 건진 빨랫감처럼 그의 몸에서 물이 줄줄 흘러내렸다. 우들우들 떠는 룡이 아버지의 입술이 새파랗게 질려있었다.

"가을이라서 그런가? 물이 제법 차네."

"아침이잖씀까? 아침은 여름에도 차죠. 나무를 주어서 불을 지피람까?"

단이는 어릴 때 여기서 수영을 하거나 고기잡이를 하다가도 추우면 강역에서 삭정이를 주어서 불을 지피고 젖은 몸을 말리던 기억이 떠올랐다.

"괜찮아. 견딜만 혀."

룡이 아버지가 통발에 걸린 고기를 강역에 파놓은 웅덩이에 털었다. 은빛색의 납치들이 도망을 가려고 웅덩이 안에서 팔짝팔짝 뛰어올랐다.

"역시 통발에는 납침다."

단이의 말에 룡이 아버지가 기분 좋게 웃었다.

"그렇지. 이놈들이 물을 거슬러 올라오는 성질머리를 고치지 않는 한 말이야."

납치의 생김새는 붕어와 비슷한데 붕어보다 배가 납작하고 비늘이 적다. 사실 이 고기의 정확한 이름이 무엇인지는 모른다. 납죽하게 생겼다고 이 마을 사람들이 납치라고 부르게 된 것이다. 외지에서 온 낚시꾼들은 '납데기'라고 부르기도 했다. 이 고기는 연어처럼 떼를 지어 다니며 물을 거슬려 올라오기에 통발을 놓으면 제일 많이 잡히는 고기이다.

룡이 아버지가 모래를 한 움큼 쥐여 웅덩이에 뿌렸다. 그러자 고기들이 마치 소금사태를 만난 듯 요동을 치며 한참이나 기운을 빼더니 점점 사그라졌다.

"모래는 왜 뿌림까?"

"어, 모래를 뿌리면 고기가 미끌거리지 않아서 배를 따기가 쉽지. 원래 호박잎으로 문지르면 좋은데 갑자기 호박잎이 없으니까."

룡이 아버지가 강역에 쭈크리고 앉더니 손으로 고기 배를 훑어내기 시작했다.

"납치탕 끓일 줄 알제?"

"암다. 애호박과 풋고추와 파, 그리고 내기 풀도 넣고 고추장을 풀어서 끓이면 맛있씀다."

"그래. 그렇게 끓이면 된다. 오촌숙부한테 두만강 납치가 얼마나 맛있는지 잘 대접해라."

단이는 저도 모르게 한숨을 내 쉬었다.

"아쉽게도 오촌숙부는 납치탕을 드실 수 없게 됐씀다."

"왜?"

"이미 가셨씀다."

"가셨다고? 언제?"

"연길 가서 산동 가는 아침차를 타신다고 새벽에 떠나셨씀다. 저도 가시는 것을 보지 못했씀다. 우리가 깨기 전에 소리 없이 나가셨거든요."

"니한테 간다는 소리도 없이?"

"네. 쪽지만 남기고 갔씀다."

룡이 아버지가 한숨을 크게 내 쉬었다.

"그 양반도 그럴 수밖에 없었겠지. 얼마나 딱했으면 도망가듯 새벽에 떠났을까."

"저도 이해함다. 나도 이 상황에서 도망가고 싶은걸요 뭐."

"너는 언제 떠나려고?"

"모르겠씀다. 저 아이를 어떻게 할지."

"시설에 맡기면 어떻겠니? 복지원 같은데 말이다."

룡이 아버지가 조심스럽게 말을 꺼냈다.

"아, 그런 방법이 있씀가? 전 왜 그 생각을 못했을까요?"

단이가 반색을 했다.

"네가 동의 한다면 내가 알아봐줄게. 좋기는 가까운 곳에 보내면 좋겠다. 그래야 내가 자주 들여다볼 수 있을 테니까 말이여."

"고마씀다."

단이는 진심으로 고마웠다.

"고맙긴, 난 너를 보면 너의 엄마 생각이 난다. 네 엄마가 너를 두고 가면서 어떻게 눈을 감았을까 그런 생각을 하면 가슴이 파이는 것 같아. 니가 이렇게 집에 왔는데 니 엄마가 계신다면 얼마나 좋아하시겠니. 니 엄마가 안계시니 내가 너한테 맛있는 납치 탕이라도 끓여주고 싶어서 새벽에 통발을 가지고 나왔어. 이렇게 하면 저기에 있는 니 엄마 마음이 조금이라도 편하지 않을까 싶어서 말이다."

룡이 아버지가 하늘을 올려다보면서 웃었다. 단이도 따라서 고개를 들고 하늘을 쳐다보았다. 날이 밝아오고 있었다. 동쪽으로 빨건 구름이 번지고 있었다. 어머니의 미소 같았다.

"엄마, 보고 있씀까?"

단이는 목이 멨다. 룡이 아버지도 눈가가 촉촉해졌다. 단이 어머니를 많이 좋아하셨던 모양이다. 어릴 적에도 그런 느낌이 들긴 했어도 이렇게 깊은 감정일 줄은 몰랐다.

"사실 전 어렸을 때 룡이 아버지가 저의 아버지였으면 좋겠다는 생각을 한 적이 있씀다."

"지금은 아니지?"

"지금은 더하죠."

"그렇다면 아버지처럼 생각하고 의지해도 돼."

"그래도 됨까?"

"그럼."

"저 아버지가 생겨서 든든함다."

"그래. 우리 룡이도 좋아할끼다. 그놈이 그렇게 허무하게 죽지만 않았어도 네가 내 며느리가 되었겠지."

룡이 아버지가 납치가 담긴 대야를 들고 앞에서 걸어가고 그 뒤를 단이가 걸어갔다. 참으로 아버지와 딸인 듯 다정해 보였다. 구름 한 점이 그들을 시기하듯 빠르게 따라붙는다.

51

찬이는 아직도 자고 있었다.

찬이가 깨지 않아서 그녀는 집안 여기저기를 둘러보았다. 이미 어머니의 흔적이라곤 찾아볼 수 없게 집안은 아버지의 식대로 고쳐져 있었다. 그런데 이상하게도 출입문 위쪽에 부적은 계속 붙어있었다. 수년이 지났는데 그것이 거기에 계속 붙어있는 것이 단이는 신기했다. 그러고 보니 집안에 어머니의 흔적이라곤 부적밖에 없었다. 아버지가 집에 돌아오게 하려고 어머니가 부쳤던 부적 말이다. 집안을 다 뜯어 고치면서도 그것은 왜 그대로 두었는지 모를 일이었다. 아버지가 어머니의 뜻을 알리는 없었을 텐데. 혹시 아버지는 그것이 어머니의 삶의 유일한 흔적이하는 마음에 일부러 남겨두었을까. 오래되어 색 빠진 부적을 올려다보면서 단이는 어쩌면 그것이 저세상에 있는 어머니를 보호해 주고 있을지 모른다는 생각이 문뜩 들었다.

단이는 방으로 통하는 미닫이문을 열었다. 평소에 그 칸은 창고처럼 사용했는지 바닥에 먼지가 두껍게 내려앉아 발을 옮거 디딜 때마다 발자국 자리가 선명하게 찍혀있었다. 천정 구석구석에 거미줄이 드렁드렁 드리워져있었다. 한 쪽 벽에 나무 침대가 놓여 있었고 침대위에는 행상들이 시장바닥에 펼쳐놓은 좌판처럼 납치, 버들치, 야리 등 각종 생선을 말린 것들이 쭉 펼쳐져 있었다. 비릿한 냄새 때문인지 건어물 위에 쇠파리 떼가 윙윙거렸다.

침대 밑에는 노란색 오동나무 궤짝 한 쌍이 나란히 있었다. 그것은 어머니가 시집 올 때 가지고 온 것이었다. 열쇠가 잠겨있지 않아서 단이는 쉽게 상자를 열수 있었다. 한쪽 궤짝에는 아버지 것으로 예상되는 남자용 겨울옷들이 들어 있었다. 다른 한쪽을 열어보니 그 속에는 찬이의 옷이 있었다. 단이가 찬이에게 갈아입힐만한 옷이 있나 뒤적이는데 궤짝 밑에 작은 상자가 들어 있었다. 단이는 그것을 꺼냈다. 상자는 빨간색이었지만 이미 낡아서 색이 허옇게 바래여 있었다. 그리고 작은 열쇠가 잠겨져있었다.

'안에 무엇이 들어있을까? 돈일까? 아니면 집안 대대로 내려오는 비밀이라도 있는 게 아닐까?'

단이는 펜치로 열쇠를 비틀었다. 그리고 조심스럽게 상자 뚜껑을 열었다.

그 안에는 마분지 색의 누런 수첩이 들어있었다. 종이의 색깔만으로도 얼마나 오래된 것인지를 짐작할 수 있었다. 단이는 왠지 가슴이 후두둑 뛰었다. 그녀는 위험물을 제거하듯 조심스럽게 수첩을 꺼냈다. 수첩은 군데군데 누기가 얼룩져 있었고 곳곳에 검은 곰팡이가 피어있었다. 그리고 어떤 페이지는 몇 장이 서로 엉겨 붙은 채 누렇게 떠 있었다. 누기가 있는 곳에 오랫동안 방치해두었던 모양이있다. 단이는 조심스럽게 수첩을 펼쳤다. 첫 페이지 제일 아래 말단에 조치운이란 이름이 쓰여 있었다. 아버지의 수첩인 모양이었다.

1972년 7월 1일.

당의 생일 날 나는 결혼했다. 그녀와 결혼한 것은 내 인생에서 가장 잘 한 일이라고 생각한다. 나는 어렸을 때부터 못생겼다는 말을 너무 많이 들었다. 그래서였는지 어릴 적부터 예쁜 여자를 마누라로 맞아야 되겠다는 꿈을 가지고 있었다. 사람들은 못생긴 사람은 못난 사람과 짝을 맺는 것이 당연한 일인 것처럼 여기지만 난 그렇게 생각하지 않는다. 못생긴 사람일수록 못 생긴 것을 거부하고 아름다운 것에 대해 집착한다. 그녀와의 결혼은 나의 못생긴 상처를 한방에 날려 보냈고 나의 자존심을 세워주었다. 내가 우리 농장에서 가장 잘 생긴 미인을 얻었으니 누가 감히 나보고 못생긴 놈이라고 얕보겠는가. 나는 일약 용이 됐고 남자 중의 상 남자가 됐다. 남자들의 가장 큰 자존심은 아름다운 여자를 얻는 것이다. 이제 나는 큰소리치면서 살 수 있다.

1972년 7월 3일

내 아내는 얼굴도 곱지만 마음씨도 곱다. 남편한테 함부로 큰 소리를 치는 한족 여편네들과는 완전히 다르다. 온순하고 공손하고 남편을 하늘처럼 받든다. 한족 여편네들은 남편 앞에서 큰소리침으로써 자신을 높이려고 하지만 내 아내는 자신을 낮추고 남편을 높임으로써 자신의 격을 높일 줄을 안다. 이 못난 놈을 남편이라고 밥도 먼저 떠주고 혹시 내가 회의를 하고 늦게 귀가하면 그때까지 밥을 먹지 않고 기다린다. 이 세상에 태어나서 단 한 번도 이런 대접을 받아 본 적이 없다. 이런 것이 바로 인간 대접이라는 것이구나, 그런 생각이 들 때면 나는 다시 태어나는 기분이 든다.

1972년 7월 10일

매일 매일이 즐겁고 행복하다. 일해도 힘든 줄 모르겠다. 집에 가면 예쁜 아내가 기다리고 있다는 생각으로 가슴이 벅차다. 조선족이 예의 바르고 알뜰하고 깨끗한 민족이라는 말은 들었지만 이렇게 우수한 민족인 것은 몰랐다. 내 아내는 하루 종일 손에 걸레를 들고 다닌다. 바닥에 먼지 한 올이라도 있으면 참지 못한다. 누워있다가도 벌떡 일어나서 바닥을 문지르고야 시름을 놓는다. 그리고 하얀 빨래는 삶아서 빨며 마른 빨래에 다시 풀을 먹여 다림질을 한다. 하얀 이밥을 물에 씻어 먹는 민족이다. 깨끗해도 너무 깨끗하다. ㅋㅋㅋ 나는 진짜 횡재했다.

그런데 가끔씩 불안할 때가 있다. 내가 이렇게 행복해도 되는 건지… 슬픔은 길고 기쁨은 짧다는 속담도 있는데 기쁨을 아껴야지. 그래서 야금야금 오래오래 기쁨이 끊이지 않도록 소중하게 여겨야지. 그런데 농장 사람들의 시선이 이상하다. 나를 경계하는 것 같다. 왜지? 질투하는가? 예감이 불안하다.

52

조치운은 그 다음날 일기에 아내를 자신의 하늘이라고 썼다. 그 후에도 며칠간은 계속 아내에 대한 찬사로 이어졌다. 그러다가 어느 날인가 가슴이 섬뜩한 내용이 적혀있었다.

1973년 8월 12일

걱정하던 일은 드디어 닥치고 말았다. 일을 마치고 집으로 돌아오는데 과수농장 당지부 서기가 불렀다. 당지부 서기의 얼굴 표정이 너무 근엄해서 나는 다소 두려웠다. 예감이 좋지 않았다. 당지부 서기를 따라가면서 나는 생각해 보았다. 내가 무엇을 잘못했지? 그런데 아무리 생각해도 별로 잘못한 일이 생각나지 않았다. 일할 때 농땡이를 부린 일도 없고 지각을 하거나 조퇴를 한 일도 없고 일하기 싫어서 괜히 화장실에 가서 시간을 보낸 일도 없다. 나는 되도록이면 볼일도 최대한 빨리 보았고 성심성의로 당과 사회주의 조국을 위하여 일을 했다. 그런데 도대체 왜 당서기가 나한테 화를 내고 있는 것일까? 당지부 서기는 사무실 문을 따고 들어가더니 인상을 쓰면서 쓰고 있던 자신의 볏짚 모자를 벗어서 책상위에 탕하고 소리 나게 던졌다.

"조치운 동지!"

"네!"

"도대체 부대에서 복원한지 얼마나 되었다고 이런 시시한 소리를 듣고 다녀?"

"무엇을 말입니까?"

"몰라서 묻나?"

"정말 모르겠습니다."

"이렇게 사상이 해이해서야 쓰겠는가? 일개 공산당원으로서 사람들의 앞장에 서서 다른 사람들의 정신세계를 이끌어가야 할 사람이 이게 뭔가? 밤낮 지주의 딸과 한집에서 히히 낙낙 질타하게 뒹굴기나 하고. 그런 안

일한 사상으로 어떻게 공산주의를 실현할 수 있겠는가?"

그제야 나는 당지부 서기가 왜 화났는지를 대충 짐작을 했다. 하지만 도대체 그녀와의 결혼을 질책하는 것인지 아니면 밤 생활을 하면 안 된다는 소린지 헷갈렸다. 결혼을 했으니 당연히 한집에서 뒹굴면서 살기 마련이 아닌가. 도대체 결혼을 한 것이 잘못되었단 말인가? 아니면 결혼은 했으나 밤은 함께 보내지 말라는 말인가?

나는 당지부 서기의 비위를 거스르지 않으려고 최대한 목소리를 부드럽게 하면서 기어드는 목소리로 조심조심 물었다.

"그럼 제가 어떻게 하면 좋겠습니까?"

"그 사람이 자네의 마누라가 되었다고 지주계급이 아닌 건 아니네. 그러니 한집에서 살더라도 계급 계선은 명확히 나누고 사상이 지주 계급에 물젖지 않도록 각오를 단단히 높이도록 하게. 감시도 잘하고. 계급의 적들은 실패를 달가워하지 않고 시시각각 음모를 꿈꾸고 있소. 새로운 동향이 있으면 즉각 회보하오. 조치운, 자네는 지주 딸과 결혼한 것도 문제인데 지주 딸을 너무 좋아한다고 마을에서 여론이 파다하오. 차후 또 이런 신고가 들어오면 퇴당 처분도 불사할 것이니 사상 각오를 높이도록 하오. 그러기위해서 한주에 한 번씩 사상회보를 써서 당지부에 바치도록 하오."

당지부 서기와 담화를 나누고 집에 돌아와서 나는 한참도 자지 못했다. 내 아내를 내가 너무 좋아해서는 안 된다고 한다. 이 일을 어쩌면 좋단 말인가. 제기랄, 이 무슨 개코같은 세상인가. 제거가지고 제 마음대로도 못하다니…내가 밤새 뒤척이기만 하고 자지 못하자 아내는 걱정스러워 어디 아프냐고 물었다. 머리가 좀 아파서 그런다고 하니 감기가 올 모양이라면서 자다 말고 일어나서 생강차를 끓여서 주었다. 생강차를 마시고 땀을 내면 감기가 대번에 물러갈 것이라고 했다. 하느님 맙소사! 이렇게 예쁜 내 마누라를 멀리하라니 나는 어찌하면 좋단 말인가. 이럴 거면 차라리 결혼을 하지 못하게 막았어야지. 아내를 옆에 두고 망부석처럼 살라하니 이거야말로 당은 나에게 너무 잔인한 시련과 고험을 주었다. 아내는 내 이마를 손으로 만지면서 열이 내리지 않는다며 걱정을 했다. 나는 덥석 아내의 손을 잡았다. 당장 쓰러뜨리고 싶다. 하지만 창문가에 빼곡히 내리드리운 어둠을 보면서 그만두었다. 어둠속에서 숱한 눈들이 나를 감시하는 것 같아서 그럴 수가 없다. 자자! 아무 일도 하지 말고 자자. 나는 이불을 뒤집어쓰고 돼지처럼 코를 구르는 척 하다가 정말 잠이 들어버렸다.

1973년 8월 18일

당지부 서기와 담화를 시작한 첫 주에 사상회보를 했다. 사상회보를 할 때 아내와의 관계를 좀 상세히 쓰라고 해서 한주에 한번밖에 아내의 곁에 가지 않는다고 썼더니 한주에 한번 가는 것은 너무 많다고 비판을 받았다. 내가 “몇 번을 가면 좋겠습니까?”라고 물었더니 한 달에 한 번도 많다고 했다. 그러니 결국 아내 곁으로 아예 가지 말라는 소리였다. 나는 그 약속을 지키기로 하고 당지부 서기 사무실을 나왔다. 그런데 집에 돌아와서 아내를 보면 또다시 탐하고 싶다. 가까이 가지 말라고 하니 오히려 더 가고 싶다. 인간이란 참 이상하다. 왜 하지 말라는 일은 더 하고 싶은 건지. 사람이란 자신에게 금지된 것을 더 소망하는 모양이다. 아내와 한집에서 사는 한 나는 절대 당지부 서기와의 약속을 지키지 못 할 것이다. 아내와 헤어지는 수밖에 없다. 그렇다고 이혼은 안 된다. 아내가 없으면 나는 살 수 없다. 부모님이 중병으로 앓고 있으니 시중을 해야 한다는 핑계로 허가를 얻어내고 한동안 산동에 가 있다가 와야겠다.

1975년 x월 x일

부모님이 편찮으시단 핑계로 산동에 다니기 시작한 것이 벌써 2년째가 되었다. 그러다가 부모님이 돌아가시는 바람에 그 핑계도 댈 수 없게 되었다. 그 뒤로 조직에는 고향에 홍수가 들어 고향지원을 다닌다하고 아내한테는 장사를 다닌다고 했다. 언젠가부터 아내가 두려워지기 시작했다. 아내도 나를 기피하는 눈치다. 왜 그렇지 않겠는가. 결혼을 하고 이듬해부터 곁을 주지 않고 떠돌이 생활을 했으니… 아내를 생각하면 평생 갚아도 갚지 못할 빚을 지고 도망 다니는 죄인이란 생각이 든다. 아내가 그리워 미치겠다. 하지만 내가 미안해서 가지 못하겠다. 업고 다녀도 부족할 사람을 그리 오랫동안 외롭고 슬프게 방치해놓고 내가 남편이라고 그녀의 가까이 가면 나는 내 아내를 두 번 죽이는 것이다. 그래서 나는 아내 곁으로 갈수 없다. 가끔씩 내가 왜 그랬는 지를 아내한테 다 털어놓고 싶을 때가 있다. 그런데 그것이 무슨 소용인가. 털어놓는다고 지나간 세월을 다시 퍼담을 수가 있겠는가. 그렇게 하는 것은 나의 비겁함이다. 내가 편하자고 나의 잘못을 변명하는 것밖에는 되지 않는다. 사과 할 수는 있다. 하지만 용서하라는 말은 못하겠다. 내가 저지른 죄는 내가 짊어지고 가야 한다. …

53

그 뒤부터는 조치운의 복잡하고 혼란스러운 심기를 말해주듯 날짜도 없이 자학에 가까운 욕설과 낙서와 지저분한 그림들로 차있었다. 장사를 한다고 핑계를 대고 산동으로 들락날락할 때인 듯했다. 그러다가 다시 날자가 적힌 온전한 일기는 찬이 엄마를 만나면서부터였다.

1981년 10월 10일

산동을 가는 열차에서 우연하게 한 고향 여자와 나란히 앉게 되었다. 정말 우연이었다. 그 여자는 얼굴이 수수쌀红高粮처럼 붉고 찐빵처럼 뚱뚱했다. 산동여자들은 꾸미는 것을 좋아하지 않는다. 햇빛과 바람과 비에 몸을 들어낸 수수나 옥수수처럼 거칠지만 꾸밈없는 자연처럼 풍만하고 솔직하다. 그래서 외모만 보아도 그가 산동여자인 것을 알아볼 수 있었다. 그녀는 차에 오를 때부터 무릎위에 검은 보자기에 싼 하얀 도자기를 끌어안고 내려놓지 않았다. 불편할 텐데 짐을 의자 밑에 내려놓고 편히 앉으라고 하자 그녀는 그 속에 남편이 들어 있어서 내려놓을 수 없다고 했다. 그녀의 말을 듣고 나서야 나는 그녀가 안고 있는 것이 골회(유골)일 거란 생각이 들었다. 그래서 조심스럽게 물었다.

"남편의 골회인 모양이군요."

그러자 여자가 완강하게 머리를 저었다.

"차라리 골회이면 얼마나 좋겠나요. 그랬다면 내 마음속의 한이 이다지 사무치지도 않았을 건데 말이예요."

그녀의 붉은 뺨 위로 눈물이 주르르 흘러내렸다.

"골회가 아니면 무엇이란 말입니까?"

"이건 시멘트예요. 아마도 그럴 거예요."

"네? 시멘트요? 아마도요? 도대체 무슨 말씀입니까? 아까는 남편이라고 하더니…"

나는 횡설수설하는 그녀가 제 정신이 아니란 생각이 들었다. 미치지 않고야 어찌 그런 말도 안 되는 소리를 할 수 있단 말인가?

"제가 이상하죠? 저도 그런 생각이 들어요. 하지만 이 상황에 미치지 않는다면 그게 오히려 더 이상하지 않겠어요?"

무슨 깊은 사연이 있는 모양이었다. 나는 그 이야기를 듣고 싶었다. 하지만 진짜로 정신이 이상한 여자라면 건드리지 않는 것이 나을 것이다. 나는 더 이상 아무 말도 하지 않았다. 그리고 전혀 관심이 없는 듯 짐짓 다른 것을 물끄러미 바라보고 있었다.

그런데 여자가 조금씩 훌쩍 거리기 시작하더니 묻지도 않은 말을 꺼냈다.

"제가 안고 있는 이것은 시멘트가 맞아요. 시멘트일거예요. 남편이 이 속에 들어있을 리가 없지요. 저의 남편은 다른 사람들이 살고 있는 건물의 옥상이 아니면 천장에 붙어있을 거예요. 혹시 어느 부부의 안방 벽에 붙어있는지도 모르지요. ㅋㅋㅋ 재밌다…"

그녀는 울다가 큭큭 소리 내어 웃었다. 미친 여자가 맞았다. 나는 그 여자는 십중팔구는 미쳤다고 단정을 지었다. 그런데 웃다말고 여자가 나를 똑바로 쳐다보면서 말했다.

"차라리 그랬으면 좋겠어요. 매일 밤마다 다른 사람들이 부부생활을 하는 것을 원 없이 구경을 하게 말이에요. 그 양반이 평소에 나한테 맨날 부부생활을 해주지 않는다고 불만이었거든요. 그렇지만 보세요. 내가 이 몸집에 그 짓을 잘 해주게 생겼나."

여자의 말대로 그녀의 몸매는 조선족 물 항아리처럼 배가 불룩했다. 그녀의 옆 좌석에 앉은 남자가 그녀의 말에 급 홍미를 느꼈는지 실실 웃으면서 여자를 꼬드겼다.

"남편이 밤 생활을 좋아했나보죠?"

"저의 남편은 건강했으니까요. 그리고 그거 싫어하는 남자가 세상천지에 어디 있겠어요? 병신이나 고자가 아니고서야 그거 싫어 할리가 없죠."

여자가 옆에 남자를 흘겨보자 남자가 눈을 꼬면서 맞장구를 쳤다.

"그건 그렇죠."

여자의 말에 의하면 남편이 집 짓는 기술이 있어서 작년부터 동북지구에 나와서 집 짓는 일을 하여 돈을 잘 벌었다고 한다. 그러다가 얼마 전 연변지구에서 고층 아파트를 짓는 현장에서 일하다가 사고를 당했다고 한다. 여자의 남편이 시멘트 믹서 안에 들어가 내부를 청소하고 있는데 누가 부주의로 전기스위치를 올리는 바람에 시멘트믹서가 돌아갔고 그녀의 남편은 꼼짝 못하고 안에서 변을 당한 것이다. 그 안에 사람이 들어갔다는 것을 발견하고 스위치를 내렸을 때는 이미 그녀의 남편은 시멘트와 함께 분해되었다. 남편의 시체를 찾을 수 없게 된 그녀는 현장의 시멘트 가루를 도자기에 담아서 고향으로 가고 있다고 했다. 생각 같아서는 현장의 모든 시멘트를 퍼 가고 싶었지만, 그래야만 온전히 남편의 육신을 찾아간다고 생각되었지만 그럴 수도 없는 노릇이었다고 여자는 안타까워했다.

그러니 도자기에 담겨있는 가루는 남편의 일부일수도 있고 아니면 전부 시멘트일수도 있다고 거듭 강조했다. 그녀는 시멘트와 함께 이개진 자기 남편의 뼈와 살이 연변의 고층 아파트에 쓰였다고 말했다. 건물벽 타일과 타일 사이에 끼여 있을 수도 있고 건물 천장이나 옥상, 혹은 건물 바닥에 누워있을 수도 있다고 횡설수설했다.

나는 그러는 여자가 십분 이해되었다. 누군들 이런 상황에서 온전한 정신이겠는가. 나는 그 여자가 불쌍하다는 생각마저 들었다. 그래서 어처구니없게도 무슨 일이든 돕고 싶다고 말했다. 진짜로 내가 도울 수 있다고 생각하고 말한 것은 아니었다. 그녀의 처지가 하도 딱해서 위로해주고 싶어서 그랬다. 그런데 여자가 내 말에 크게 위로를 받았다면서 눈물까지 흘렸다. 결국 나는 그 여자를 따라서 그녀의 집으로 갔고 여자는 나를 받아주었다. 그것이 발단이 되어 나는 그 여자와 함께 살게 되었고 드디어 찬이가 태어났다.

1985년 x월x일

아들이 태어났다고 좋아했지만 그 기쁨은 오래가지 못했다. 아이가 돌이 되었는데 앉지도 기지도 못했다. 다른 아이들보다 성장이 늦은 아이로구나 생각했는데 두 살이 되어도 걷기는커녕 혼자서 앉지도 못했다. 그때에야 문제가 있다고 느끼고 병원으로 갔더니 뇌성마비라는 진단을 받았다. 아이는 근육에 힘이 없어서 온몸이 문어발처럼 흐느적거렸다. 장애는 하늘이 내린 벌이라는 말이 있다. 하늘이 나의 죄를 벌하여 내린 징벌이 틀림없다. 하나님은 이 세상에서 가장 고통스러운 벌을 나한테 내리고 싶었던 모양이다. 찬이의 아버지로 살면서 나는 인간에게 내려지는 벌 중에서 가장 고통스러운 벌이 바로 장애를 안고 사는 자식을 지켜보게 하는 벌임을 알게 되었다. 찬이는 나와 찬이 엄마의 상처와 우환으로 만들어진 아이이다. 당시 찬이 엄마는 생때 같은 남편을 갑자기 그렇게 잃고 제정신이 아니었다. 정신을 가다듬지 못하고 부엌에서 밥을 짓다가도 훌쩍 밖으로 뛰쳐나가 반나절씩 돌아다니다가 들어오고 밤에 자다가도 집을 나가곤 했다. 그런 상태에서 찬이를 잘 돌볼 수 없어서 아이를 돌보는 것은 오로지 나의 몫이 되었다. 그러다보니 단이 엄마와는 더욱 멀어지게 되었다. 하지만 한 번도 그녀를 잊은 적은 없었다. 나는 잊지 않았지만 단이 엄마는 나를 점점 잊는 듯했다. 그쯤에 나는 아내에게 다른 남자가 생긴 것을 눈치 챘다. 당연히 아내도 남자가 있어야 한다고 생각한다. 하지만 그녀에게 남자가 생겼다는 사실은 나의 눈을 뒤집히게 했다. 나는 미칠 것만 같았다. 죽이고 싶었다. 내가 이럴 처지가 아닌데 왜 이러는지 참 모를 일이다. 다른 여자와 살림을 차리고 아들까지 낳고 살면서 어찌 아내의 외도에 이렇게 독기를 품을 수 있는지 모르겠다. 남자란 동물은 원래 이렇게 이기적이고 잔인한 동물인 것 같다. 그래서 누군가 남자는 사람도 아니고 개도 아니고 그 중간의 동물이라고 했던가?

1988년x월 x일

아내가 죽었다. 내 하늘이 무너졌다. 너무도 슬퍼서 슬프다는 말도 못하겠다. 살면서 죽음을 아주 가까이서 경험해보지 않은 사람은 단 한 번도 살아있는 것의 위험을 느껴본 적이 없는 사람이다. 누군가의 죽음이 우리에게 영향을 미치는 것은 그들의 부재에서 느끼는 공허함이 아니다. 그것은 그들의 죽음 자체가 느닷없이 내달려와 삶이 얼마나 불완전하며 위태로운 것인지를 절절하게 느끼게 하고 삶의 덧없음과 죽음의 무게 앞에 살아있는 사람을 무릎 꿇게 만든다. 그리고 처절하게 그 슬픔을 십자가처럼 지고 가게 한다. 아내의 죽음은 나에게 주저앉아 버릴 것 같은 삶의 덧없음을 몸서리치며 깨닫게 했다. 언제나 살아있을 것 같은 아내가 죽었다. 다시는 돌아오지 못한다.

내가 어리석었다. 그날 내가 딸 앞에서 아내에게 모욕을 주지 말았어야 했다. 아내가 언젠가 나에게 그런 말을 한 적이 있다. 남편은 무섭지 않은데 아이는 무섭다고. 세상에서 가장 두려운 것이 아이의 해맑은 눈빛이라고 했다. 그 눈으로 찬찬히 쳐다볼 때면 그 눈에 그림자가 비칠까봐 목소리도 크게 낼 수 없다고 말했다. 아마도 아내는 자식 앞에서는 완벽하고 싶었을 것이다. 그런데 아이 앞에서 그런 굴욕을 주었으니 아내는 그 부끄러움을 참을 수 없었을 것이다.

그렇지만 살면서 한 눈 팔지 않는 사람이 어디 있다고 그런 일로 죽음을 선택할 수 있는지 참으로 독한 사람이다. 더 나쁜 짓을 한 나도 두 눈을 부릅뜨고 사는데 내가 미워서라도 보란 듯이 더 잘 살 일이지. 그렇게 죽으면 나는 어쩌라고…지독한 사람, 나에게 미안하단 말 할 기회도 주지 않고 그렇게 독하게 가버렸구려. 나는 살아있어도 산목숨이 아닐 것이요. 당신한테 진 빚을 바위처럼 등에 지고 아무리 고통스러워도 내려놓지 못할 것이요…

그 페이지는 눈물에 얼룩져있었다. 신을 속이고 기만한 죄로 커다란 바위를 정상으로 밀어 올리는 벌을 받은 시시포스처럼 아버지는 살아있는 동안에 한시도 죄의식의 바위를 내려놓지 못한 것이었다. 그 무거운 바위를 내려놓고 싶어서 급히 어머니 곁으로 가고 싶었을 것이다. 부조리는 모든 사물들이 그렇듯이 죽음과 함께 끝나는 모양이다. 그렇게도 미워했던 단이의 마음들이 허무하게 내려앉았다. 끝까지 미워하지 못하는 것이 안타까운 듯 단이는 손으로 자신의 가슴을 쳤다. 아버지는 어머니한테 영원히 잊히지 않으려고 잊을만하면 다시 찾아오곤 했었을 것이다. 그때 단이는 그것을 몰랐다. 왜 그러는지를.

단이는 그 일을 기억하고 있다. 아버지는 가끔씩 조선어 신문을 들고 들어오곤 했다. 그는 조선 글을 전혀 모른다. 그런데 조선어로 된 신문을 들고 한식경씩 들여다볼 때가 있다. 그럴 때마다 어머니는 신기해서 묻곤 했다.

"그렇게 뚫어져라 보면 뭘 알아요?"

"조선족 글은 왜 동그라미가 이리도 많아? 중국 글은 동그라미가 없어. 대신 네모가 많지. 이게 민족성인가? 조선족은 둥글둥글하고 한족은 네모처럼 각지고…. 참, 생긴 대로 산다더니 우리가 글씨대로 사는 거로구만, 안그런가?"

아버지는 얼버무리며 바삐 신문을 한쪽에 내려놓곤 했다. 알아볼 리가 없었다. 그런데 왜 그러고 있었는지, 혹시 그것을 읽을 수 있다면 아내의 곁으로 다가설 수 있다고 생각한 것은 아닌지…

54

찬이는 마을에서 가까운 복지원에 보내졌다.

아버지의 장례를 마치고 남은 돈으로 찬이의 1년 생활비와 그 아이를 특별히 시중을 들어줄 도우미의 수고비까지 계산해주고 법적인 후견인의 자리에 단이라고 사인을 했다. 이제 단이는 찬이의 법적후견자가 되었다. 원해서가 아니라 아버지의 유산처럼 억지로 떠안게 된 것이었다. 권리는 책임과 함께 동반한다. 찬이의 모든 것에 법적인 사인을 하게 되었다는 것은 찬이에 대해 책임을 진다는 뜻이기도 했다. 찬이는 열다섯 살이었다. 하지만 할 수 있는 것이 아무것도 없었다. 혼자서 밥을 먹을 줄도 모르고 옷을 입을 줄도 셔츠의 단추를 잠글 줄도 모른다. 양말을 신을 줄도 신발 끈을 묶을 줄도 몰랐다. 대소변을 보고 엉덩이 닦을 줄은 더더욱 알 수가 없었다. 그 아이는 아무것도 할 줄 모르는 헝겊인형과 같았다. 아니, 다르다. 헝겊인형은 먹지도 싸지도 않고 놓으면 놓은 대로 누워있어서 사람의 손이 가지 않아도 된다. 하지만 찬이는 하나부터 열까지 모두 다른 사람의 도움이 필요했다.

단이에게는 찬이가 이 세상에 남겨진 유일한 핏줄이었다. 한때는 자기 몸속에 흐르는 아버지의 피를 한 방울도 남기지 않고 몽땅 빼버리고 싶었던 그 아버지의 자식이었다. 당연히 찬이가 미울 수밖에 없었다. 하지만 찬이는 설거지를 마친 뒤에 축축해진 소매부리처럼 입고 있으면 축축하고 신경 쓰이는 존재였다. 벗어버릴까, 말까, 망설이다가 어느새 입은 채로 말라버려 괜찮아지면 그런대로 계속 입고 있는 그런 관계라고나 할까.

아버지가 부치던 땅은 룽이 아버지가 맡아서 농사를 짓고 집도 팔지 않고 룽이네가 관리하도록 했다. 한 달이 지나니 처리할 것은 모두 처리하게 되었다. 단이는 홀가분한 마음으로 한국으로 떠날 수 있게 되었다. 무엇보다도 어머니가 살던 집을 팔지 않고 그대로 두고 갈수 있어서 발걸음이 무겁지 않았다. 아무리 먼 곳에 떠나가 있더라도 어머니의 집은 그녀에게 영원한 안식처와 든든한 울타리가 되어줄 것이었다.

복지원을 나올 때 단이는 찬이의 방을 들어가지 않았다. "누나 어디가?" 그 말을 다시 들을 자신이 없었다. 여기서 그 말을 듣는다면 진짜로 떠날 수 없을까봐 겁이 나서였다. 찬이가 누나가 자신을 낯선 곳에 버리고 간다고 생각할지도 모른다. 그래서 되도록이면 찬이와 눈을 마주치지 않고 싶었다. 그냥 원래부터 이곳에서 살던 사람처럼 그렇게 살아줬으면 좋겠다. 가능하면 누나란 존재마저 잊어버리고 그저 아무 생각도 없이 마치 그릇에 담겨져 있는 물처럼 평온하게 살았으면 좋겠다. 어차피 인생이라는 것은 어디서 살든 마찬가지라고 단이는 생각했다. 그녀 역시 한국에 가야 된다고 생각하는 것도 무슨 뚜렷한 확신이 있어서 가는 것은 아니었다. 거기서 왔으니 가야 한다고 생각하는 것뿐이지 거기에 가더라도 어떻게 살아야 하는지는 아직 결정된 것이 없었다. 왠지 그녀는 자신의 삶은 늘 정식이 아니고 임시방편으로 느껴졌다. 찬이를 임시로 복지원에 맡기는 것처럼 말이다. 종국적으로 자신의 거처도 어디로 정해질지 몰랐다.

단이는 룽이 아버지한테 부탁했다.

"찬이는 내가 자신을 버렸다고 생각할지도 몰라요. 제발 그 생각만은 하지 말았으면 좋겠어요. 그런 생각을 한다면 아마 살고 싶지 않아서 벽에 머리를 박을지도 몰라요. 누군가에게 버림을 받는다는 것은 죽기보다 더 고통스러운 일이니까요."

"네가 무엇을 두려워하는지 내가 다 안다. 내가 자주 찬이 보러갈 거고 가면 누나가 찬이 보려 꼭 온다고 말해줄게. 걱정을 말거라. 네가 내 딸이면 찬이도 내 아들이다."

"고마워요."

"아비한테 고맙다는 말을 하는거이 아니야. 찬이 걱정은 하지 말거라."

"걱정을 하지 않을게요."

말은 그렇게 했지만 단이는 이제부터 더 열심히 돈을 벌어야 하겠다는 생각을 했다. 역시 사람은 지킬 것이 있어야 희망을 버리지 않는 법이다.

제12부 그 남자와 그 여자

55

단이는 40일 만에 한국으로 돌아왔다.

"장미여관" 이란 간판을 보니 이곳에 왔던 첫날 "이곳이 우리가 살 집" 이라고 하던 김도균의 말이 떠올랐다. 그때는 이곳이 낯설고 어색했지만 어느새 원래부터 거기서 그렇게 살아왔던 것처럼 익숙하고 편안해지는 것을 느꼈다. 단이는 도착시간을 미리 남자한테 알려주지 않았다. 먼저 알렸으면 남자가 공항에 나오려고 했을 것이지만 다리가 불편한 그에게 그런 수고를 끼치는 것을 원치 않아서였다. 단이는 갑자기 나타나서 남자를 기쁘게 해주려고 현관문을 짠, 하고 활짝 열었다. 그런데 카운터 안에서 들려온 목소리는 의외로 김도균이 아니고 낯선 여자의 목소리였다.

"어서 오세요!"

'웬 여자지?'

단이는 다른 집의 문을 잘못 연 듯 순간 머쓱하고 당황했다.

"어머나, 연락도 없이 웬일이야?"

카운터에서 놀란 기색으로 뛰어나온 것은 화연이었다. 순간 단이는 얼음구덩이에 빠진 듯 온몸이 흐느끼며 굳어지는 것을 느꼈다. 이 여자가 왜 여기 있지? 그것도 내가 없을 때?

단이의 갑작스러운 출현으로 화연이도 어지간히 당황하는 모습이였다. 그녀의 한쪽 발에만 끌신이 신겨져있었고 한쪽 발은 벗은 채였다.

"화연언니야 말로 여기 웬일임까? 저도 없는데 여기서 뭐함까?"

천만 뜻밖이었다. 이곳에 화연이가 와 있을 줄은 꿈에도 생각지 못했다. 어찌 이런 일이 있단 말인가? 화연에게도 남자에게도 뒤통수를 맞은 기분이 들었다. 배신감이 컸다.

"오, 그럴만한 사정이 좀 있었어. 이야기는 나중에 하고 피곤할 텐데 먼저 쉬어라."

화연이가 어물쩍 넘어가려고 했다. 하지만 단이는 아무리 이해를 하려고 해도 도무지 이해할 수가 없었다. 친구가 없는 기회를 틈타 일부러 친구의 남편한테 접근할 의도가 아니었다면 이럴 수는 없을 듯싶었다.

"그럴만한 사연이라는 게 뭠까? 내 상식으로는 도저히 이해할 수 없씀다."

"별거 아니야. 내가 불고기집을 그만두고 갈 곳이 없어서 잠시 여기에 왔어. 여기 말고 내가 갈 곳이 어디 있겠니. 너도 알잖아."

화연의 뻔뻔스러움에 단이는 기도 차지 않았다.

"나도 없는데 친구 남편이랑 여관에서 같이 산다는 게 이게 별일이 아님까?"

"네가 상상하는 그런 일은 없었다 그 말이야."

그 말이 오히려 더 수상했다.

"내가 뭘 상상했씀까?"

"아무튼 같이 살았다는 말은 듣기 거북해."

"그런 말을 듣지 않으려면 이런 비정상적인 일은 만들지 말아야지."

"공짜로 있는 건 아니야. 밥해주고 카운터 봐주고 방값은 했어."

"도균씨가 밥해주고 카운터 봐달라고 했씀까?"

"그런 건 아니지만."

"그럼 언니가 있고 싶어서 있는 거잖씀까?"

"뭐, 그런 셈이지. 결과적으로 여관에 도움이 되긴 했지만."

단이는 숨구멍이 다 막힐 지경이었다.

"제가 돌아왔으니 여관일은 언니가 걱정하지 않아도 됨다."

"알았어."

여관에서 어서 나가달라는 뜻을 화연이가 모를 리가 없었다. 하지만 당장 어디 갈 곳도 없는지라 나간다고 큰 소리를 칠 수가 없어 알았다고만 했다. 단이가 방으로 가려고 하다가 돌아서면서 물었다.

"도균씨는 어디있씀까?"

"주방 쪽 수도 꼭지가 고장이 났는지 아무리 돌려도 계속 헐거워서 교체한다고 하더니 아마도 새것을 사려고 나갔나봐. 이제 들어올 때가 됐어."

단이는 마치 화연이가 도균의 마누라이고 자신은 손님인 듯 한 기분이 들었다. 겉도는 이 기분은 무엇이고 허전한 이 느낌은 대체 무엇일가? 헐거워서 교체되는 것은 수도꼭지가 아니라 자신 같았다. 왠지 불길하고 불결하고 잡스러운 느낌이 들었다.

"아버지 장례식은 잘 치렀니?"

화연이가 물었지만 단이는 투명인간을 대하듯 못 듣는척하고 자기 방

쪽으로 걸어갔다. 그녀의 등 뒤에 대고 화연이가 큰 소리로 말했다.

"얼른 옷을 갈아입고 나와. 내가 저녁에 맛있는 거 만들어 줄게. 참, 오늘 시장 안 봐서 뭐 해줄라나? 오면 온다고 미리 전화라도 할 것이지. 그랬으면 미리 맛있는 걸 준비 해두었을 텐데 말이다."

단이의 화난 마음을 다 읽고 있으면서도 화연이는 아무것도 눈치 채지 못한 척 너스레를 떨었다. 그렇게 비위를 맞추면서라도 감추어야 하고 들키지 말아야 할 무슨 사연이 있기는 있는 모양이라고 단이는 생각했다.

'모르는 사람이 들으면 친 언니나 되는 줄을 알겠네. 가식 덩어리! 저 푼수!'

단이는 입속으로 욕을 퍼부으면서 방문을 일부러 쾅 소리 나게 닫았다. 그리고 옷을 입은 채로 침대에 벌렁 드러누웠다. 머릿속이 어지러웠다. 아무래도 심상치 않았다. 화연이가 왜 여기에 있는 것인지 수상쩍었다. 본격적으로 도균씨를 홀려낼 작전이라도 개시한 것인가. 갈 곳이 없어서 왔다는 말은 믿을 수가 없었다. 단이는 자꾸 껌처럼 엉겨 붙는 불길한 예감을 털어버릴 수가 없었다. 기분이 개운치 않고 비오는 날 시골길처럼 질척거렸다. 한 달 만에 아내 자리를 다른 사람에게 내어준 것 같았다. 기분이 더러웠다. 차라리 이참에 짐을 싸가지고 나가버릴까. 정작 나간다고 해도 김도균은 할 말이 없을 것이다. 자신이 김도균과 정리를 해야 한다면 이보다 더 좋은 기회는 없을 것이다.

단이가 방에 들어 온지 이십여 분이 지났을까 했을 때 여관 문에 달아놓은 방울소리가 딸랑딸랑 요란하게 울렸다. 이어 화연이가 카운터에서 뛰어나와 김도균을 마중하는지 복도가 한참 활기에 찬 발자국 소리로 소란스러웠다. 그리고 화연이가 뭐라고 말하는 소리가 다급하게 들려오더니 이어 누군가 그녀 방 쪽으로 재빠르게 걸어오고 있었다. 무척이나 급하고 반가운 걸음이었다. 남편이 돌아온 모양이다. 단이는 자는 척 눈을 감아버렸다. 방문이 열리면서 남자가 찬 공기를 이끌고 집안으로 들어섰다.

"자?"

남편의 목소리는 한껏 들떠있었다. 많이 기다렸던 모양이다. 단이가 아무 대답도 하지 않자 남자가 그녀의 침대 가까이로 발끝으로 살금살금 다가오고 있었다. 이윽히 남자가 그녀의 얼굴을 들여다보는 듯 뜨거운 입김이 얼굴 가까이에서 느껴졌다.

"깊이 곯아 떨어졌네."

남자가 아쉬운 듯 한참이나 그렇게 서 있다가 조용히 방문을 닫고 나갔다. 남자의 발자국 소리가 점점 멀어져갔다. 화연의 낄낄거리는 웃음소리가 잠깐 들리는가 싶더니 이내 사라졌다. 두 사람이 함께 있는 게 싫어서라도 일어나야 한다고 생각하면서도 종내 단이는 일어나지 못하고 진짜로 살포시 잠이 들어버렸다. 무심결에 그녀는 화연이와 남자도 자기 옆에 누워있는 것을 보았다. 자신을 옆에 두고 두 사람은 공공연히 서로 껴안고 있었다. 너무 놀라서 눈을 떠보니 방안에는 혼자였다.

모든 소음이 땅속으로 스며든 듯 아무 소리도 들리지 않았다. 작은 벌레 소리가 들릴 만치 사위가 쥐죽은 듯 고요했다. 그 고요함이 견딜 수가 없었다. 자신만 모르는 은밀함이 그 고요함속에서 도모되고 있는 것 같아 신경이 곤두섰다. 단이는 발작적으로 상체를 일으켰다. 둘이 뭐하고 있길래 이리 조용하지? 나만 빼고 도대체 무슨 짓을 하고 있는 거야? 단이는 침대에서 내렸다. 그리고 맨발바람으로 카운터 쪽으로 자취도 없이 살금살금 접근했다. 카운터 안에는 아무도 없었다.

56

두 사람이 어디로 사라졌지?

갑자기 떨어지는 빗방울처럼 가슴이 후두둑 떨렸다. 어디선가 간지러움을 타는 듯 한 웃음소리가 끊어질 듯 말듯 간간히 들려왔다. 참을 수 없는 거대한 함성이 억제된 이 수런거림의 정체는 무엇일까? 어릴 적 방에서 들었던 그 소리와 너무 흡사해서 마치 다시 어릴 적으로 돌아가 어머니와 체육선생님이 있던 방 앞에 서있는 듯 단이는 전신이 후들거렸다. 그녀는 소리 나는 쪽으로 자취 없이 걸어갔다. 걸어가면서도 어릴 적에 보았던 그 정경을 다시 볼까봐 너무 두려웠다. 보아버리면 그 배신감을 어찌하려고? 이제라도 그만둘까? 단이는 고민했다. 그렇지만 늘 그랬듯이 그녀의 의지와는 달리 발길은 계속 이상한 소리를 쫓고 있었다. 단이의 자취를 의식했는지 갑자기 안에서 소리가 뚝 끊겼다. 입안에 침이 고이는 소리가 들릴 정도로 고요한 정적이 깃들었다. 단이는 복도의 벽에 몸을 기댄 채 움직이지 않고 다시 소리가 들리기를 기다렸다.

드디어 간지러움을 타는 듯 한 소리가 다시 들리기 시작했다. 참으려야 참을 수 없이 터져 나오는 은밀한 즐거움이란 햇빛에 반짝이는 사금파리 같은 유혹인 것일까? 그래서 빠지기 시작하면 멈추지 못하고 질주하는 것일까?

소리 나는 곳은 주방이었다. 문 앞에 다가가자 안에서 쏙닥거리는 소리가 들렸다.

"아퍼, 좀 살살해."

그것은 김도균의 목소리였다. 그러자 화연이가 웃음을 머금은 듯 한 목소리로 말했다.

"알았어요. 살살 할게요. 무슨 남자가 여자들보다 엄살이 더 많아."

"안되겠어. 차라리 내가 할게."

"가만있어요. 내가 한다니까요. 내가 더 잘해요. 어때요? 안 아프죠?"

"응, 안 아파."

눈앞이 하얗게 질렸다. 남자의 "응"하는 소리가 영원한 울림처럼 단이의 귓속을 파고들었다. 그것은 소리가 아니라 질척거리는 남자의 정사인 듯이 역겨웠다. 단이는 수치심에 몸을 떨었다.

'이것들을 절대 가만두지 않을 거야!'

그녀는 이를 갈았다. 생각 같아서는 발로 문을 차고 싶었지만 손을 내밀었다. 손이 문에 닿는 순간, 단이는 화롯불에 덴 듯 다급히 손을 걷어들었다. 어렸을 때 목격했던 그 장면을 다시 보게 될까봐 두려웠다. 만일 그 장면을 다시 목격한다면 차라리 목숨을 끊거나 아니면 목숨을 빼앗을 것 같았다. 단이는 도망치듯 그곳을 피해서 자기 방으로 돌아왔다. 남자에게 다리가 없다는 사실을 알고 나서 떠나려고 했었는데 지금 와서 그가 다른 여자와 잤다고 문제가 되겠는가. 그런데 왜 이렇게 분하고 배신감과 치욕을 억누를 수가 없을까. 내가 도대체 왜 이러는 걸까? 단이는 너무 분개하여 생각의 흐름을 놓쳐버렸다. 더 이상 아무 생각도 할 수가 없었다. 그리하여 이성을 잃고 손에 닥치는 대로 아무거나 집어 던졌다. 스킨로션과 에센스 병들이 방바닥에 내동댕이쳐졌다. 단이는 거울 속에 비친 자신이 너무 초라했다. 그녀는 방바닥에서 로션 병을 들어서 분노로 가득한 자신의 얼굴을 향해서 뿌렸다.

짱! 하는 소리와 함께 유리거울이 부서져 내렸고 그녀의 얼굴도 사라졌다. 이제 좀 살 것 같았다. 그녀는 사금파리처럼 반짝이는 유리조각 위에 널브러졌다.

밥상이 뒤집혀진 봉당에서 무릎을 꿇고 아버지에게 얻어터지던 어머니의 모습이 떠올랐다. 그녀에게 어머니의 모습은 죽음의 연상이었다. 가까운 사람의 죽음을 경험해보지 못한 사람은 죽음이 먼 곳에 있는 줄로 안다. 하지만 가까운 사람을 잃어본 사람은 늘 가까이에서 죽음을 느낀다. 어릴 때 그녀는 어머니의 죽음에 대하여 원망했었다. 하지만 어른이 된 지금은 달랐다. 죽음을 선택할 수 있는 사람이야말로 가장 삶을 열망했던 사람이라는 생각이 들었다. 죽고 싶은 사람은 가장 사람답게 살고 싶은 사람들인지도 모른다. 대충 살고 아무렇게 살아도 되는 사람은 죽으려고 하지 않을 것이다. 어머니는 수치심을 이기지 못해서 죽었다. 그러하기에 어머니의 삶을 살아있는 다른 삶보다 불행하다거나 부끄럽다고 생각지는 않는다. 살아있는 삶에는 그녀의 삶보다 더 부끄러운 삶이 얼마든지 있다는 것을 단이는 얼마 전부터 알기 시작했다.

그럼에도 불구하고 단이는 그 부끄러운 세상을 열정적으로 살아내려고 했다. 운명이라고 말하는 삶을 인식하고 받아들이고 결국 그것을 살아내야 한다고 믿었다. 죽지 않고 살려면 말이다. 어머니는 죽음으로 삶의 부정함에 저항했다면 그녀는 사는 것으로써 삶의 부정함에 저항하고자 했다. 그래서 단이는 묵묵히 견디고 있었다. 그런데 자신이 살아온 삶이 결국 그 어떤 것도 아니라는 소름 돋는 진실을 마주하고 나서 과연 이렇게 사는 것이 사는 것인지, 이런 삶이 과연 죽는 것보다 나은 것인지 의문이 들었다.

김도균이 단이의 방문을 열고 들어오다 이 광경을 보고 혼비백산했다.

"왜 그래?"

남자가 쓰러지듯 그녀한테 무릎을 꿇고 물었다. 너무 다급히 다리를 굽혀서인지 그의 의족에서 삐리리- 기계음 소리가 났다. 남자는 단 한 번도 자신의 의족에서 소리 나도록 다급함을 보인 적이 없다. 남자도 아마 그 순간에 죽음을 떠올렸던 것이 분명했다. 남자 역시 아버지 어머니의 죽음을 눈앞에서 경험한 사람이니까 말이다. 아무 일도 일어나지 않을 것 같은 햇살이 쏟아지는 어느 날 문뜩, 잠에서 깨어났거나 눈부신 햇살을 보면서 길을 걷다가 무심코 자신이 가장 사랑하는 사람의 죽음을 경험한다면 그 슬픔과 고통은 평생을 그들의 가슴에서 내려놓을 수 없는 짐이 될 것이고 평생 떠밀어 올려야 할 바위가 될 것이었다.

이 바위를 내려놓을까, 말까? 그 바위를 내려놓으면 삶을 내려놓는 것이고 바위를 내려놓지 않고 계속 안고 가는 것은 힘들어도 죽지 않고 살아가는 것이 될 것이었다.

김도균은 단이가 죽을까봐 진짜로 두려워했다. 그의 눈빛은 깊은 동굴처럼 어둡게 닫혀있었다. 급발진 사고로 엄마 아버지와 함께 건축현장의 깊은 굴속에 갇혔을 때도 아마 그런 눈빛이었을 것이다. 죽음의 빛이란 어둠뿐만이 아니다. 하얗게 휘발되는 빛과 두려움과 절망의 빛이 어우러진 색이다. 단이는 김도균의 눈빛을 보고 그것을 깨달았다. 그래서 미안했다. 그녀는 죽고 싶다는 생각은 했지만 아직 정말 죽으려고는 하지 않았다.

"아무것도 아임다."

단이는 우울하게 대답했다.

"아무것도 아닌데 거울은 왜 깼어?"

"거울을 깨야 숨통이 좀 트일 것 같아서."

"그렇게 힘들었어? 그럼 나한테 말을 하지 그랬어."

"말을 하면 됨까?"

"안될게 뭐 있어? 우리는 부부인데."

"부부?"

단이가 코웃음을 쳤다. 그러자 남자가 켕기는 게 있는 듯 얼버무렸다.

"하긴 내가 부부라고 큰 소리 칠 처지는 아니지."

남자는 단이 아버지의 장례식에 가지 못한 것을 두고 한 말인데 단이는 남자가 화연이와의 관계가 켕겨서 그렇게 말하는 것이라고 단정 지었다.

"알고 있으면 됐씀다."

"저녁 먹자. 내가 당신을 위해서 탕수육을 만들었어."

"전 생각이 없으니 둘이서 먹으쇼."

"우리가 먹자고 한 것이 아니야."

"우리?"

단이가 발끈하면서 남자를 째려보았다.

"왜 그래? 갑자기 딴사람 같아."

"화연이와 언제부터 우리가 된 검까?"

"그건 무슨 다른 의미가 있어서 그렇게 말한 게 아니야."

"제가 여관에 온 손님과 우리라고 말하면 당신 기분이 어떻겠씀까?"

"그거랑 이거는 다르잖아."

"나한테는 같은 손님일 뿐임다."

"뭔가 오해를 하는 것 같은데 충분히 이해를 해. 하지만 난 당신한테 오해를 받을 일은 하지 않았어."

그녀는 자기가 보고 들은 사실을 말하고 싶었지만 꾹 참았다. 아버지가 어머니한테 했던 것처럼 까밝히고 흠집 내고 상처를 내면 누군가는 어머니처럼 죽음을 선택할 수도 있기 때문이었다. 그녀는 남자를 등지고 침대에 몸을 뉘였다.

57

단이는 약간 어지럼증이 일었다.

이튿날 오후가 되어서야 단이는 자리에서 일어났다. 어제부터 아무것도 먹지 않아서 그런 것 같았다. 라면이라도 끓여먹으려는 생각으로 주방에 들어가자 카운터를 지키고 있던 김도균이 따라 들어왔다.

"깼어?"

단이가 아무 말도 하지 않고 찬장을 열고 라면봉지를 꺼내자 남자가 뺏으면서 나무랬다.

"어제 저녁부터 계속 굶었는데 라면을 먹으면 속 버려. 잠깐만 기다려. 내가 잣죽을 끓여줄게."

단이가 밥상위에 화상연고가 놓여있는 것을 보고 집어 들었다.

"화상연고가 왜 여기 있씀까? 누가 상처라도 입었어요?"

"오, 엊 저녁에 내가 탕수육을 하다가 기름이 튕겨서 이마를 뎄어."

이때, 화연이가 주방으로 들어오면서 끼어들었다.

"내가 한다는데 도균씨가 와이프 먹일 탕수육을 자기가 직접 만든다고 고집을 피우더니 기어이 사고를 치고 말았지 뭐야. 탕수육이 아니라 하마터면 탕인육이 될 뻔 했잖아."

말을 마치고 화연이는 손으로 입을 막고 낄낄 웃었다. 그러는 화연이가 교태를 부리고 있다고 단이는 생각했다.

"어디 봐요."

단이가 남자의 앞머리를 들어 올리자 동전만큼의 크기의 물집이 잡혀 있었다. 그제야 어제저녁에 두 사람을 오해했음을 알아차렸다. 미안했다.

"약을 더 바르겠씀까?"

"그럴 필요 없어. 금방 내가 발라줬어."

화연의 말에 단이는 손에 들었던 화상연고를 내려놓으면서 한숨을 내쉬었다. 안도해서가 아니었다. 남자한테 자신은 아무 도움도 되지 않는 사람이란 생각이 들었다. 그 사실은 그녀에게 상처를 주었다. 화연이와 남자는 남이면서도 자연스럽게 잘 어울리는데 자신은 부부이면서도 남자와 가까이 하는 일이 어색했다. 결혼한 첫날밤 이후로 한 번도 잠자리를 같이 한 적이 없다. 생각해보니 자신은 말이 결혼이지 김도균 이 남자에게 아무것도 아닌 듯싶었다.

남자가 잣죽을 쓴다고 멥쌀을 씻어서 믹서에 갈았다. 잣은 눈을 떼어내고 물에 씻어서 믹서에 갈았다. 그리고 가스에 불을 올리고 냄비에 물을 붓고 멥쌀 물을 넣고 멍울이 지지 않도록 천천히 나무 주걱으로 저었다.

화연이가 남자의 손에서 주걱을 빼앗으면서 말했다.

"제가 할게요. 젓는 건 저도 자신이 있어요."

"젓는 것이 쉬운 게 아니에요. 지나치게 저으면 죽이 삭아서 묽게 되거든요."

"죽을 지나치게 저으면 삭는단 소린 처음 들어요."

"잣죽은 잣과 쌀을 함께 갈아도 삭아요. 그리고 소금을 미리 해도 죽이 삭거든요."

"자상도 하셔라. 남자가 그런 걸 어찌 그리 잘 아실까."

화연이가 감탄을 하면서 김도균이 죽 쑤는 모습을 들여다보고 있었다.

멥쌀이 적당히 끓자 남자는 갈아놓은 잣 물을 붓고 다시 살살 저었다. 그렇게 5분간 더 끓이다가 소금으로 간을 맞추었다.

"다 됐어요."

남자가 만족스럽게 활짝 웃자 화연이가 손뼉을 탁 소리 나게 마주치며 웃었다.

"완전 예술이에요."

두 사람은 쿵짝이 잘 맞는 부부 같았다. 단이는 두 사람과 함께 있을수록 자기만 외톨이가 되는 기분이 들었다. 단이의 어두운 마음과는 달리 남자는 표정이 밝아보였다. 그는 작은 그릇에 죽을 정갈하게 담아가지고 그녀 앞에 놓으면서 웃었다.

"내 솜씨가 변변치 못해서 맛은 장담 못하겠어. 먹어봐."

단이는 왠지 서러움이 울컥 치밀어 올랐다. 눈물이 쏟아질 것만 같았다. 이게 무슨 감정인지 그녀 자신도 알 수가 없었다. 단이는 아무 말도 하지 않고 묵묵히 죽을 떠먹었다.

"맛이 없어?"

김도균이 조심스럽게 단이의 기색을 살피면서 물었다.

"맛있씀다. 아주 맛있씀다."

"맛없는데 억지로 맛있다고 하는거 같애."

"아니에요, 정말 맛있씀다. 너무 맛있어서 죽을 것 같씀다."

그제야 남자가 아이들처럼 좋아하면서 앞치마를 벗더니 그녀의 옆에 앉았다.

"다행이다. 맛이 없으면 어쩌나 했어. 사실 내가 당신과 함께 장인어른 장례식에 가지 못해서 그동안 얼마나 미안했는지 몰라. 장례는 잘 치렀어?"

"덕분에 잘 치렀씀다."

이때, 카운터의 전화기가 울렸다. 화연이가 자기가 받는다고 주방을 뛰어나갔다. 둘이만 남게 되자 단이가 남자에게 물었다.

"화연 언니는 왜 여기와 있씀까?"

"일하던 집에서 나왔대. 갈 데가 없다면서 다른 일자리가 생길 때 까지만 있게 해달라고 떼를 쓰는데 남도 아니고 거절할 수 없었어."

"남이 아이믄 가족임까?"

단이의 말에 가시가 있었다.

"가족은 아니지만 당신 친구잖아."

"친구라면서 친구남편과 같이 있는 게 말이 된다고 생각함까?"

"당신이 왔으니 나갈 거야, 그러기로 하고 있으라 했거든."

화연이가 카운터에서 소리쳤다.

"도균씨, 양사장님께서 특실이 있냐고 묻는데요?"

"있다고 해!"

단이가 남자를 쳐다보면서 말했다.

"두 사람의 호칭이 왜 그렇씀까?"

"호칭이 왜?"

단이가 아직 대답을 하지 않았는데 화연이가 주방으로 들어왔다.

"도균씨는 아니지, 나도 사장님이라 부르는데 언니가 왜 도균씨라 부름까?"

그 말에 화연이가 대수롭지 않게 대답했다.

"맞선볼 때 부르던 습관이 있어서 그렇게 불렀던 것뿐이야. 거슬렸어?"

"거슬린 게 아니라 기분이 나쁨다."

"속 좁게 왜 그래? 우리가 뭐 남이야? 그런 거 가지고 기분 나쁘게"

화연이가 단이의 어깨를 툭 치면서 화통하게 말했다. 금방 남자에게서 들었던 말을 화연이에게 다시 들으니 비위가 상했다.

'이것들이 짰나?'

단이는 숟가락을 탕 소리 나게 상위에 내려놓으면서 쏘아붙였다.

"우리가 남이지, 그럼 식굼까?" 단이가 말을 놓았다.

화연이가 놀란 기색을 짓더니 금세 웃으면서 너스레를 떨었다.

"내 말은 우리가 특별한 인연이 있는 사람들이란 뜻이었어. 말하자면 너와 나는 한 남자와 맞선 본 사이지 않니? 이렇게 만나는 것이 어디 쉽니?"

"맞선을 보았다는 걸로 특별한 인연이라고 여기는데 그건 그렇다고 쳐. 하지만 맞선을 보았다고 모두 한집식구가 되는 건 아니지. 맞선에서 이루어지면 부부가 되지만 이루어지지 않은 관계는 정적의 관계이거나 더 나쁘면 서로 미워하는 사이가 될 수 있고. 한마디로 다시 만나기를 꺼리는 관계지. 맞선을 보았다는 이유로 이렇게 끝없이 엉겨 붙는 건 오버한단 생각이 아이 듬까?"

그 말에 화연이가 얼굴에 웃음을 싹 거두고 발끈 했다.

"오버는 누가 오버해. 오버는 네가 하는 거지. 넌 도균씨랑 이혼을 할 거라며?"

"그 말이 왜 여기서 나옴까?"

단이가 자리에서 발딱 일어났다. 얼굴이 구어 놓은 게처럼 빨개졌다. 자신이 없는 사이에 화연이가 서울불고기 집에서 둘이서 했던 이야기를 김도균한테 모두 고해 받쳤을 거란 생각이 들어서 부끄럽기도 하고 화가 나기도 했다. 남자의 일은 끝까지 말하지 않으려고 했는데 화연이가 잠을 자지 않고 계속 물어봐서 말을 했는데 화연이는 그것을 무기로 단이를 궁지에 몰아넣고 있었다.

"이혼을 할 거라면서 부인 생색은 내고 싶니?"

화연이가 빈정거렸다. 단이는 오기가 생겼다. 그 여자를 이기는 방법은 그 여자보다 더 뻔뻔해지는 방법밖에 없다는 생각이 들었다.

"아직은 이혼을 하지 않았으니깐 부인 생색을 내는 거지. 왜, 한국에서는 부인이 부인생색을 내면 법에 걸림까?"

화연이가 그저 입을 크게 벌리고 아무 말도 하지 못했다. 그것이 재밌는지 단이는 한마디 더 했다.

"한국에서는 간통하면 법에 걸리지만 부인이 부인생색을 내는 것은 법에 걸리지 않는담다. 그런데 화연언니는 왜 우리 여관에 와 있는지 모르겠씀다."

단이는 기어이 참으려고 했던 말을 터뜨리고야 말았다.

화연이의 얼굴에 비열하고 천한 웃음이 공공연하게 번졌다.

"네가 이혼을 하면 내가 도균씨와 결혼을 하려고 기다리고 있다. 왜?"

단이가 미처 생각지 못했던 대답이었다. 화연이 이리도 노골적이고 뻔뻔스러운 사람일 줄을 미처 생각지 못했다. 단이의 얼굴빛이 새파랗게 질렸다. 그녀는 남자를 째려보았다.

"제가 없는 사이 둘이서 그렇게 약속했씀까? 나와 이혼하면 결혼하자고?"

김도균이 주먹으로 상을 탕하고 소리 나게 내리치더니 고래고래 소리쳤다.

"다들 미쳤어? 왜들 이래? 내가 그리 만만해? 이럴 거면 둘 다 내 앞에서 꺼져!"

남자가 단이를 노려보았다.

"왜 날 노려봄까? 내가 뭘 잘 못했는데?"

"화연씨는 단이를 생각해서 탕수육도 만들고 잣죽도 써주었는데 단이는 화연이한테 왜 이러는지 모르겠어."

"제가 왜 이러는지 정말 모름까? 제가 말해람까?"

"그래 속 시원하게 말을 해봐!"

남자는 진짜 모르겠다는 표정이었다. 꽉 막힌 담벼락과 마주선 듯 단이는 가슴이 답답했다. 이것저것 고려할 것 없이 그냥 속 시원히 밝혀버리고 싶었다. 하지만 단이는 두 사람이 좋아하느냐는 말은 어떤 일이 있어도 자기 입으로 뱉어서는 안 된다고 생각했다. 그렇게 되면 모든 것이 걷잡을 수 없게 될 것이며 돌이킬 수 없게 될 것이었다. 좋은 말은 말하는 게 하지 않는 것만 낫지만 감정이 상하는 말은 말하는 것이 안하는 것만 못하다. 아버지가 어머니에게 창녀라고 했던 그 말, 그 말만 그리 쉽게 하지 않았어도 어머니는 그리 허망하게 목숨을 버리지 않았을 것이다. 단이가 자포자기한 표정으로 남자를 향해 말했다.

"그만두기오."

"뭘 그만 둔다는 거야?"

남자가 그답지 않게 언성을 높혔다.

"모른다고 했잼까? 모르는 사람이랑 말하고 싶지 않단 말임다. 됐씀까?"

말을 마친 단이가 주방을 나가자 남자가 그녀의 등 뒤에 대고 소리를 질렀다.

"불을 질러놓고 그냥 갈 거야? 나도 노력하고 있단 말이야. 노력하는 게 안보여?"

그 말에 단이가 걸음을 멈추고 돌아섰다. 노력한다는 말에 두 사람의 사이는 더 멀어보였다. 노력해야만 유지가 가능한 사이니깐 말이다. 한쪽이 조건이 기울어서 한쪽에서는 노력해야만 사랑할 수 있다는 말처럼 들려서 단이는 자존심이 상했다.

"노력하지 마쇼! 노력한다는 말 재수 없고 거슬림다."

"노력한다는 말이 왜 그리 거슬리지?"

"상대방을 자신보다 못하게 여겨서 노력해야만 사랑할 수 있다는 말로 들려서 모욕적임다."

"그게 왜 그렇게 들리지? 매사가 부정적이니깐 그렇게 들리는 거 아냐?"

"설마 모든 사람들이 자신의 생각한대로만 이해해야 한다고 생각하는 것은 아임까?"

말을 마친 단이는 남자의 대답도 듣지 않고 쾡쾡 자기 방 쪽으로 사라졌다.

"돌아오지 못해!"

남자가 뒤쫓아 가려고 하자 화연이가 말렸다.

"내버려 두세요. 좀 있으면 좋아질 거예요. 아버지의 상을 치르고 왔는데 지금 제정신이겠어요?"

화연이는 싸움을 말리고 싶어서가 아니라 남자와 단둘이 있는 기회가 더 필요했을 것이다. 분명히 두 사람은 무엇인가 함께 공유하는 게 있는 것 같았다. 단이는 자기 방 쪽으로 가다가 다시 카운터 쪽으로 발걸음을 틀었다. 그녀는 카운터 책상서랍을 열고 객방 기록부를 꺼냈다. 그곳 어딘가에 화연이의 글씨가 남아있을 것이다. 그것을 찾으면 화연이가 언제부터 이곳에 있었는지 확실히 알 수 있을 것이며 두 사람의 관계도 대충 그림이 그려질 것이다. 그녀는 자기가 중국으로 간 날짜부터 책장을 뒤로 넘기면서 체크했다. 왠지 손도 떨리고 가슴도 두근거렸다. 그녀의 마음은 두 사람을 의심하지만 진짜로 두 사람의 관계가 드러날까 봐 두려워하는 것 같았다.

'이게 뭐야?'

단이는 심장이 멎는 것 같았다. 감주가 괴듯 가슴속이 부글부글 괴여올랐다. 그리고 그 시큼한 거품이 목구멍까지 기어오르며 숨이 컥 막혔다. 자신이 중국으로 떠난 바로 이튿날부터 김도균의 글씨체가 아닌 다른 사람의 글씨체가 적혀 있었다. 이것은 단이가 중국에 가기를 기다리고 있은 듯 바로 다음날 여관에 왔다는 증거였다. 그런데 그녀가 더욱 의심스러운 것은 그들의 말이었다. 화연이도 그랬고 남자도 그녀가 여관에 온 것은 며칠이 되지 않았다고 했다. 분명히 뒤가 구린 것이 있기에 진실을 말할 수 없었을 것이다. 그러고 보면 두 사람이 보통사이가 아니란 사실이 확실해진 셈이다. 단이는 습관처럼 작은 현기증이 일었다. 그리고 가까운 곳 어딘가에서 생살이 천천히 썩어가는 냄새가 풍겼다. 그것은 죽음의 냄새와 흡사했다.

58

딸랑딸랑

출입문에 매단 방울이 야무지게 울렸다. 문이 열리면서 덩치는 크지 않았지만 말쑥하게 생긴 오십대의 남자가 카운터 쪽으로 주춤주춤 걸어왔다. 그는 얼굴에 부티에 귀티까지 흘렀다. 손님은 소심한 듯 여관 안을 두리번거렸다. 혹시 이런데서 아는 사람이라도 만날까봐 저어하는 듯 했다. 자기 신상보호에 무척 조심스러워하는 사람이었다. 대개 신분이 있는 사람들이 여관에 오면 이런 행동을 보였다.

단이와 눈이 마주치자 손님의 시선이 주춤했다. 경이로움과 당황함이 함께 어우러져 있는 그 눈빛이 마치 그녀여서 아쉬워 하는 것 같기도 하고 그녀여서 다행이다 여기고 즐거워하는 것 같기도 했다.

‘이 손님이 왜 이러지?’

단이는 이상한 생각이 들었다. 그녀는 고개를 갸우뚱하면서 인사를 건넸다.

“어서 오세요.”

“특실을 주세요.”

“쉬고 가실 거예요? 아니면 주무시고 갈 거예요?”

“자고 갈 겁니다.”

“4만원입니다.”

단이가 돈을 받고 특실의 키와 칫솔을 손님한테 내어주었다.

“화연 씨는요? 어디 나갔어요?”

손님이 물었다.

“네?…”

그제야 단이는 그 사람이 자기를 보고 당황했던 것이 화연이가 아니어서 그랬을 거란 생각이 들었다. 손님은 화연이와 아주 가까운 사이처럼 스스럼없이 그녀의 이름을 불렀다. 한 두 번 불러본 솜씨가 아니었다. 아마도 화연이와 아주 각별한 사이 같다는 느낌이 들었다. 화연이를 아시느냐고 물으려다가 손님이 싫어할 것 같아 그만두었다.

“화연 언니를 불러오겠씁다.”

“네.”

중년남자가 카운터에서 한발 물러섰다가 다시 되돌아섰다.

“아가씨는 처음 보는 얼굴인데 여기서 아르바이트를 하는 가요?”

남자가 단이한테 관심이 있는 듯 필요치 않는 질문을 하고 있었다.

“전 아르바이트생 아임다.”

“그럼, 왜 여기 있죠?”

“아, 그건…”

단이가 설명을 하려고 하는데 마침 주방에서 나오던 화연이가 중년남자를 보고 알은체를 했다. 화연의 눈길은 같잖게도 은근하기까지 했다.

"양 사장님 오셨어요? 오시면 부르시지."

"지금 부르려던 참이었어."

"먼저 올라가 계세요. 술과 안주를 가지고 얼른 올라갈게요."

"알았어."

양 사장님이라고 불린 남자가 엘리베이터에 오르기 전에 다시 한 번 단이를 뒤돌아보았다. 눈빛이 부드러웠다.

화연이가 손님방으로 가져갈 소주병과 마른안주를 쟁반에 챙기면서 기분이 좋은지 콧노래를 불렀다.

"아는 사람임까?"

단이의 말에 화연이는 경쾌하게 대답했다.

"돈 많은 사장님이야."

"언니, 손님방에 어째 들어감까?"

"그런 것은 묻지 않는 게 이곳 생리인 걸 모르니?"

화연이는 재빠르게 2층으로 뛰어갔다. 한 두 번의 일이 아닌 듯 자연스러웠다. 부끄러워하거나 난감해하거나 주저하는 기색이 전혀 없었다. 화연이가 손님방으로 올라가고 나서 잇따라 김도균이 카운터로 들어왔다.

"화연언니가 왜 손님방에 들어감까?"

김도균이 예민하게 단이를 쳐다보았다. 단이가 그 사실을 아는 것을 불쾌해 하는 것 같았다.

"당신은 모르는 척 해."

"어째서 모른척 하람까?"

"본인이 좋아서 하는 일이야!"

단이는 말문이 막혔다. 부끄러움이 더딘 봄의 보리처럼 꾸물꾸물 일어섰다. 그녀는 저도 몰래 얼굴이 빨갛게 상기되었다.

"하다하다 이런 일까지 한담까?"

"이런 일이 뭔데?'

"손님방에는 왜 들어감까? 부끄럽지 않담까? 내 얼굴이 다 뜨겁씀다."

단이가 달아오르는 자신의 볼을 식히려는 듯 연신 손으로 부채질을 했다.

"당신이 왜 부끄러워?"

"모르겠씀다. 화연이의 말처럼 함께 맞선을 본 특별한 사이여서 그런지, 아니면 같은 중국동포라서 그런지."

"부끄럽다는 말을 함부로 하지 마. 그 사람도 그럴 수밖에 없는 다른 사연이 있을 수도 있으니깐."

"사연이 있으면 다 그런 짓을 해야 됨까? 참 쉽게 말함다. 그럼 저도 그럴만한 사연이라도 생기면 그래도 됨까?"

"당신이야말로 남의 말이라고 쉽게 말하지 마. 본인의 일은 본인만이 아는 것이야. 사는 것이 죽기보다 더 어려운 사람은 죽는 일을 빼고는 무슨 일이든 다 할 수 있어. 그렇게라도 살아야 하거든. 그러니 함부로 부끄럽다는 말을 하는 게 아니야."

"당신의 말을 들어보니 당신은 화연언니에 대하여 잘 아는 것처럼 말함다. 어떻게 그렇게 잘 암까?"

"내 말은 사람마다 자신의 사정이 있다는 것이야. 그 사정이 아무리 누더기 같고 우스워도 그것이 그 사람들에게는 그들의 삶을 지탱하게 하는

끈이 될 수도 있다는 거지. 그러니깐 어떤 사람도 타인의 삶에 대해서 함부로 말하면 안 된다는 것이야."

단이는 남자가 화연이를 두둔하는 것 같아 기분 나빴다. 하지만 그의 말은 틀리지 않는다고 생각했다. 사는 것이 죽기보다 더 어려운 사람은 죽는 일을 빼고 무슨 일이든 다 할 수 있다는 말과 누더기 같고 우스워 보이는 것들이 그 사람의 삶을 지탱해준다는 말은 화연이의 이야기가 아니라 자신의 이야기나 아버지, 어머니의 이야기 같았다. 그렇게 구질구질하고 치욕스러웠던 삶들이, 그래서 어두운 곳에서 미워하고 부끄러워하면서 움츠리고 살았던 그 삶들마저도 결국 그들의 생명을 하루하루를 견디게 해준 소중하고 고마운 것이라는 생각이 들었다.

김도균이 말을 이었다.

"프랑스 철학가 카뮈는 '내 손에 있는 것은 그저 누더기라는 것을 아는 것부터 삶을 시작하라' 고 말했어. 우리의 삶이라는 것은 원래부터 누더기라는 생각이 들어. 고상하다는 생각은 그것을 갈망하는 인간들이 만들어놓은 관념일 뿐이야. 누더기를 보고 누더기라고 웃으면서 잘난척하는 생각도 사실 누더기일 뿐이야. 참으로 누더기지 않은 진실과 생각들이 이 세상에 존재하는지 의심스러워. 그러니 내 안의 누더기를 나두고 남의 누더기를 냄새난다고 웃을 수 있겠냐고?"

단이는 공감하는 듯 길게 한숨을 내쉬었다. 그래, 누구의 삶인들 누더기지 않을 수 있겠는가. 누군들 멋있고 우아한 삶을 살고 싶지 않겠는가. 그렇지만 세상에는 아무리 노력해도 되지 않는 일이 분명히 있다. 사람은 자신을 파괴하는 것을 내어놓고 무엇이든 파괴할 할 권리가 있다고 하지만 힘없고 무능한 사람이 쉽게 할 수 있는 것은 거꾸로 자신을 파괴하는 일 외에는 아무것도 없다. 위선이 주는 안락보다 자신을 파괴함으로서의 삶이 아무리 구차하고 누더기같이 보일지로도 훨씬 쉽고 편하고 빠르다는 것을 힘없는 사람들은 잘 안다. 화연이도 그래서 이곳에 왔을 것이다. 그뿐인가. 단이 역시 자신을 파괴하고 싶은 욕망이 없었다면 다리 없는 남자를 따라 이곳까지 오지 않았을 것이다.

남자는 피곤한데 어서 방에 들어가서 자라고 단이의 등을 밀어냈다. 그는 카운터에서 단이를 쫓아내지 못해서 애달아하는 것 같았다. 무슨 나쁜 일을 도모하기 위해서가 아니라 화연이의 치부를 깊이 알아버릴까 봐 경계하는 것만 같았다.

59

화연이는 밤새 손님방에 있었다.

이튿날, 주방에서 만난 화연은 하룻밤사이에 다른 사람이 되어버렸다. 얼굴은 초체하고 눈은 퀭했고 피부는 푸석푸석했다. 그녀는 완전히 파김치가 되어있었다. 밤을 꼬빡 새웠다는 표시였다. 김도균이 모르는 척 하라고 신신당부한터라 단이는 아예 화연이와 눈을 마주치지 않았다. 입맛이 없는지 이윽히 젓가락으로 밥그릇을 헤집기만 하던 화연이가 시들하게 말했다.

“한 며칠만 이곳에서 신세 지자. 갈 데가 정해지면 곧 나가도록 할게.”

그것은 김도균이 아니라 단이에게 하는 말이었다. 남자한테는 묻지 않아도 당연히 동의할 거라는 절대적인 믿음이 있는 모양이었다. 단이는 아무 말도 하지 않고 가만히 듣고만 있었다. 그러는 것이 눈치 보였던지 남자가 화연이의 심기를 거스르지 않으려는 듯 조심스럽게 말했다.

"어차피 빈 방이 많으니 있고 싶을 때까지 편하게 있어도 괜찮아."

남자는 화연이를 붙잡고 싶어 하는 것 같았다. 단이는 기분이 이상했다. 마치 자신은 화연이를 쫓아내지 못해 안달아 하는 나쁜 사람이고 화연이는 피해자인 것 같은 기분마저 들었다. 이런 상황에서 싫은 소리 한 마디라도 하면 성격에 나간다 어쩐다 할 수도 있다. 그렇다고 있고 싶을 때까지 있으라고 친절을 베풀 수도 없었다. 왜 갑자기 자기한테 너그러워 졌냐고 시비를 걸 수도 있으니 말이다. 그녀가 스스로 나갈 때까지 지켜 볼 수밖에 없었다. 그런데 이해할 수 없는 것은 남자의 태도였다.

왜 화연이를 붙잡아 두고 싶어 하는 것일까? 정말로 정분이라도 생긴걸까? 정분이 났다면 왜 화연이가 손님방에 들어가는 것을 막지 않았을까? 그리고 은근히 화연이의 행동을 부추기는 남자의 친밀감이 수상했다. 의문은 꼬리에 꼬리를 물었다. 식사를 마치고 화연이는 피곤하다며 자기 방으로 올라갔다. 그리고 점심때에 다시 나타났을 때는 화장을 곱게 한 모습이었다. 오후에는 가까운 곳에 있는 은행에 잠깐 나갔다 들어왔다. 밤에 손님에게 받은 팁을 은행에 저금을 하고 온 모양이었다. 화연이는 오후에는 카운터를 지키고 있다가 밤에는 손님의 방으로 들어갔다. 그리고 이튿날 아침에 피곤하다고 밥 먹으러 내려오지도 않았다.

아침식사를 하면서 김도균이 단이에게 신신당부를 했다.

"당분간은 화연이와 부딪히지 말도록 주의해. 요즘 신경이 엄청 날카로워 졌어."

단이가 남자를 빤히 쳐다보았다. 그러자 남자가 물었다.

"왜 그렇게 봐? 한국말을 못 알아들어?"

"화연이가 날카로워진 것만 보이고 제가 날카로워진 것은 보이잼까?"

"화연이는 손님이니깐 그렇지."

"당신의 말을 듣고 있으면 어쩐지 주객이 바뀐 것 같은 기분이 듬다. 어떤 때는 당신의 아내가 내가 아니고 화연이 같다는 생각마저 듬다."

"당신들 중국 사람들은 왜 그렇게 의심이 많아?"

"내가 중국 사람이라서 의심이 많단 말임까? 그럼 당신들 한국 사람들은 이런 일을 당해도 괜찮은지 어디 한번 밖에 나가서 물어보기쇼. 내가 중국 사람이니 이만큼도 참지, 아마 성질 급하고 영악한 한국 여자였다면 벌써 끝장을 보았을 겜다."

그 말에 남자는 반박을 하지 않고 얼굴을 찌푸리고 인상을 쓰고 있었다. 남자가 밖으로 나가려다 도로 들어와서 기어이 말을 꺼냈다.

"이 일만은 당신이 몰랐으면 했어. 그래서 끝까지 당신한테 말을 하지 않으려고 했는데 당신이 자꾸 오해를 하는 것 같아서 말하지. 화연이가 여기 온 후부터 손님이 부쩍 많아졌어. 여관 수익이 거의 한배가 더 늘었거든. 그래서 화연씨의 심기를 건드리지 말라고 한 것이지 다른 의도는 없어."

"여관 수익을 위해 그런단말임까?"

"그런 셈이지."

"단지 그 이유 때문임까?"

"그럼, 내가 화연이를 좋아하기라도 한단 말이야?"

"너무 가까이 지내는 것 같아서 거슬림다."

"거슬려? 당신 요즘 진짜 이상하다. 왜 아무 일도 아닌 것을 가지고 사사건건 시비를 걸어? 그 사람을 보고 오는 손님이 많으니 당연히 그 사람한테 신경이 쓰이게 된다는 것을 왜 몰라. 당신은 돈 버는 게 얼마나 힘든지 알기나 알아? 자본주의 사회는 망하면 그냥 죽는 거야. 살지 못해. 그러니 사업에도 사활을 거는 거야. 이렇게라도 보태지 않으면 망한다고 나도 충분히 힘들어, 그러니 그만 좀 해라."

김도균이 짜증을 내면서 주방에서 나갔다. 그 뒷모습이 단단했다. 아무리 애써도 아무리 노력해도 뚫고 들어갈 수없는 빈틈없는 단단함이 단이는 멀미가 일어날 만큼 답답했다. 김도균은 화연의 말만 나오면 단이에게 신경질을 부렸다. 억울한 생각이 들었지만 단이는 꾹 참았다. 말을 할수록 자신만 더 외로워진다는 것을 그녀는 알았다. 왠지 남자한테로 다가가면 다가 간 거리만큼 더 빠르게 멀어지는 느낌이 들었다.

화연이가 갈 곳이 정해지면 여관에서 나간다고 말 한지도 벌써 한 달이 지났다. 하지만 화연이도, 남자도 그 일을 까맣게 잊고 있는 듯했다. 잊은 게 아니라 단이가 아무 말이 없으니 그냥 눌러있어도 괜찮다고 계산하고 있는지 모를 일이였다. 화연이는 떠나려는 사람이 아니라 떠나지 말아야 할 이유를 찾고 있는 사람처럼 매일 분주했다. 오후면 카운터를 보고 밤에는 술과 안주를 들고 손님의 방에 들어갔다. 하루라도 손님의 방에 들어가지 않으면 여관을 떠나야 하는 사람처럼 매일 거르지 않고 손님방에 들어갔다. 여관을 떠나가는 것이 두려운 사람처럼 말이다. 그녀는 손님의 방을 나올 때마다 거의 초죽음이 되어 자기 방으로 돌아갔다. 그런 그녀에게 단이는 나가라는 말을 차마 할 수가 없었다. 그런 말을 꺼내면 아마도 남자는 화연의 처지를 알면서도 나가라고 하고 싶으냐고 단이를 인정머리라고는 털끝만치도 없는 사람이라고 탓할 것이다. 그렇게 되면 자신만 옹졸하고 못되고 독한 사람이 되어버릴 것이 뻔해서 속으로는 불만이 있지만 입 밖에 꺼내지 못하고 있었다.

화연이가 카운터에 있을 때마다 남자는 말없이 우유를 가져다 주곤 했다. 두 사람은 특별히 인사말 같은 것을 생략하고도 서로 깊이 신뢰하고 있는 듯 했다. 두 사람만의 암묵적인 공감이거나 약속 같은 것이 있는 모양이었다. 왠지 남자는 화연이와 단이를 다르게 대했다. 화연이는 편안하게 대하고 단이는 어렵게 대했다. 편안하게 대하는 것은 그만큼 쉬운 상대라는 뜻도 있겠지만 서로 허물없는 사이라는 뜻도 있다. 어렵다는 것은 그만큼 정중하게 대한다는 뜻이 있을 테지만 반대로 아직 터놓는 상대가 아니라는 뜻도 있다. 단이는 남자의 속내를 알 수가 없었다. 왜 아내보다 화연이를 더 편하게 대하는지를 말이다. 그것이 그녀가 화연이와 남자를 의심하는 이유이기도 했다.

화연이가 온 뒤로 마치 한집에서 한 남자와 두 여자가 사는 기분이 들었다. 밥 먹을 때나 차를 마실 때나 단이는 화연이와 남자가 단둘이 있는 것이 신경이 쓰였다. 자기가 없는 사이에 두 사람이 손이라도 잡을 것 같은 느낌이 들곤 했다. 그렇다고 함께 있으면 두 사람을 지켜보는 것 역시 부끄러웠고 체면이 구겨졌다. 속상하고 자존심이 상해서 피하지만 피한 후에는 그들이 무엇을 하는지 몰라서 속이 타들어갔다. 되도록이면 둘이 함께 있는 기회를 주지 않으려고 애쓰지만 그러는 자신이 어처구니없어 먼저 기운이 빠지곤 했다.

밤에 남자는 카운터를 본다며 단이의 방에 오지 않았다. 그것은 화연이가 여관에 오기 전부터 했던 일이니 화연이 때문이라고는 할 수 없지만 화연이가 온 뒤로는 남자의 행동을 전과 같다고만 볼 수가 없었다. 남자가 마음만 먹으면 언제든지 화연이의 방으로 들어갈 수 있을 것이고 손님들과 잠을 자는 화연이가 주인을 밀어내지는 않을 것이었다. 그렇지만 단이가 할 수 있는 일은 아무것도 없었다. 남자는 단이를 자신들의 가까이에서 자꾸 밀어내는 것 같았다. 의심을 하고 화를 내고 시비를 걸수록 문제의 해결에 도달하는 것이 아니라 문제의 중심에서 오히려 멀어지는 것 같았다.

단이가 할 수 있는 것은 화연이가 빨리 여관을 떠나기를 기다리는 일뿐이었다. 두 사람의 사이를 의심하면서 신경 쓰는 것도 이제 그만두고 싶었다. 그리고 화연이가 떠나든 말든 자신이 먼저 남자를 떠날 수도 있다는 생각을 했다. 그러고 보면 그녀는 단 한 번도 남자와 끝까지 살자는 마음은 하지 않았던 것 같았다. 계속 그곳에 머물러 있는 것은 화연이처럼 떠날 수 있는 곳이 없어서이거나 아니면 스스로 떠나기 싫은 이유를 찾고 있는 것인지도 모른다는 생각이 들었다. 그 자신도 어떤 것이 진실한 자신의 모습인지 알 수 없었다. 문뜩 자신의 주위에서 맴도는 화연이가 어쩌면 자신이 모르는 또 다른 자신의 모습이 아닐까 하는 생각이 들기도 했다.

제13부 부적

60

그해 겨울이었다.

그 어느 해보다 강원도에 눈이 많이 내렸다. 눈의 무게를 이기지 못해 나무 가지가 부러지고 전화선이 끊겼고 도로 양편의 광고판이 내려앉았다. 군데군데 길이 막혀서 교통이 끊기기도 했다. 여관에 왔던 손님들이 밖에 나가지 못하고 며칠씩 방안에 갇혀있었다. 손님들이 많아지면서 화연이의 일도 부쩍 많아졌다. 어떤 날에는 하루 밤에 다섯 번이나 손님방에 들어가기도 했다. 밤일에 무척 힘들어 보이는 화연이가 신경이 쓰였는지 남자는 몸보신용으로 개 한 마리를 사와서 압력솥에 푹 고았다. 정작 그 자신은 비위가 상한다면서 개고기를 입에도 대지 않았다. 단이도 먹지 않았다. 남자가 화연이를 위하여 개고기를 사왔다는 것을 알고 있었기에 먹을 수 있어도 먹고 싶지 않았다.

늘 두 사람이 한편이고 그녀는 혼자였다. 돈을 한 푼이라도 더 벌기위해 남자는 화연이가 손님방으로 들어가는 것을 눈감아 주고 은근히 부추기고 있었고 화연이는 화대를 더 벌기위해 밤낮으로 손님방에 들어갔다.

손님이 화연이를 찾으면 남자는 자연스럽게 화연이를 불러냈다. 화연이는 남자의 앞에서 입술을 동그랗게 말고 립스틱을 바른다. 그러고는 남자에게 어떠냐고 묻는다. 남자가 괜찮다며 고개를 끄덕이면 화연이는 마실가듯 자연스럽게 손님방으로 들어간다. 그것이 얼마나 부끄러운 일인지를 두 사람은 전혀 느끼지 못하는 듯했다. 이런 행위가 부적절하다는 것은 당사자들이 거기에 동의하지 않는 조건에서만 의미를 갖는다. 두 사람이 전혀 죄의식을 가지고 있지 않는 한 그것은 부조리가 될 수 없었다. 두 사람은 서로 공유하고 있는 것이 많은듯했다. 그래서인지 눈빛만 보고도 서로의 마음을 이해하는 듯했다. 그런 두 사람 사이에서 단이는 늘 외로웠다.

눈발이 펄펄 흩날리는 섣달 그믐날, 신정을 앞두고 단이는 중국에 가고 싶다고 남자에게 말했다. 단이는 남자를 떠나기로 마음먹었다. 남자가 한참이나 침묵을 지키고 있다가 금세 밝은 표정을 지으며 차라리 그러는 게 좋겠다고 시원하게 대답했다. 여자가 스스로 떠나기를 기다리고 있는 사람처럼 표정이 홀가분해보였다. 단이는 서운했다.

"떠나기를 기다린 사람 같씀다."

그녀가 쏘아보자 남자가 그 시선을 피하면서 얼버무렸다.

"무슨 말 같지 않은 소릴…"

바보, 마음에 없는 소리라도 한번쯤 가지 말라고 할 것이지. 그랬으면 떠나는 내 마음이 이다지 처참하지는 않았을 텐데…결국 남이었어! 단이는 그런 생각이 들었다.

남자들이란 옆에 여자가 없으면 참지 못하지만 아무 여자나 옆에 있으면 마누라가 없어도 괜찮은 사람들이다. 화연이가 그의 옆에 있는 동안 남자 역시 자신을 필요로 하지도, 그리워하지도 않을 것이다.

여관을 떠나는 날 아침, 단이는 짧게 남자에게 작별을 고했다.

"잘 있으쇼."

그리고 돌아섰다. 무엇인가 할 말이 많은 듯 했지만 솜뭉치로 목구멍을 꽉 틀어막은 듯 아무 말도 할 수 없었다. 왠지 가슴이 알알하면서 설움과 함께 눈물이 솟구쳤다. 그동안 밉고 야속했던 마음이 고작 눈물이었단 말인가? 마음 같아서는 욕이라도 한바탕 쏟아내고 싶었지만 그조차 여의치 않았다. 눈물이 앞을 가려 아무 말도 생각나지 않았다.

"잘 가!"

남자도 짧게 인사를 건넸다. 그리고 깊은 눈빛으로 이슥히 그녀를 바라보았다. 두 사람은 서로 아무 말도 하지 않았지만 이것이 마지막일수도 있겠구나, 하는 생각을 하고 있는 듯했다. 단이는 갑자기 아랫다리에 힘이 빠지면서 그 자리에 주저앉을 것만 같았다. 재빨리 트렁크를 끌고 여관을 나섰다. 남자가 따라 나오면서 침울하게 말했다.

"다시 올 거지?"

남자의 눈이 빨갛게 충혈 되어 있었다. 단이는 아무 말도 하지 않고 문을 나섰다. 남자의 그 말이 고마웠다. 그가 오라고 해서 오는 것은 아니지만 오기를 바라는 남자의 진심을 안 것 같아서 말이다. 남자는 끝까지 성의를 다 했다고 단이는 생각했다. 마당을 걸어서 나오다 그녀는 장미여관을 뒤돌아보았다. 깃발처럼 휘날리는 눈발 속에서 빨간 벽돌로 지은 오래된 건물은 마치 눈 속에 좌초된 감옥 같이 보였다. 그 앞에 서있는 남자의 모습은 외롭고 쓸쓸하게 보였다. 그의 얼굴은 오뉴월에 빛바랜 하얀 빨래처럼 창백했다.

"다시 올 거지?"

그 말이 바람소리처럼 귓가에서 오랫동안 맴돌았다. 보내고 싶지 않은 남자의 안타까움이 가슴을 울렸다. 보내고 싶지 않았다면 왜 잡지 않고 그냥 보내는지, 그 저의는 알 수 없었다. 그의 바람대로 과연 다시 돌아올 수 있을지, 그녀 자신도 알 수 없었다. 그녀는 오래 생각하고 움직이는 타입은 아니었다. 단순했다. 떠나고 싶으니까 그냥 떠나고자 하는 것이다. 앞에 무엇이 기다리고 있는지, 떠나는 그곳이 자신에게 무엇을 가져다줄지 그녀는 모른다. 만약 한 마리의 거미가 어느 한 공간에 줄을 치고 매달려있다면 그가 볼 수 있는 건 언제나 공허한 공간일 것이다.

단이가 바로 그랬다. 그녀는 자신의 앞에도 뒤에도 언제나 빈 공간만이 존재한다고 생각했다. 앞으로 나아가도 뒤로 들어서도 동일한 공간에 머무르는 것이므로 떠나는 것도 들어서는 것도 같은 일이라고 체념하는 것 같았다. 그녀는 발목까지 빠지는 눈길을 헤치면서 버스정류소를 향해 걸었다. 발밑에서는 빠드득 빠드득 눈 밟는 소리가 끊임없이 들렸다. 단이는 걸음을 멈추었다. 그 소리가 문뜩 남자의 의족에서 나던 소리와 비슷하다는 생각이 들어서였다. 의족에 부대 끼여 벌겋게 부었던 남자의 무르팍이 떠오른다. 의족이 생살과 마찰하면서 할퀸 흔적이다. 얼마나 아팠을까? 그녀는 고개를 흔들면서 중얼거렸다.

하필이면 떠나는 마당에 이런 생각이 떠오르다니…

61

귀국하여 그녀가 제일 먼저 찾은 곳은 복지원이었다. 거기는 찬이가 있었기 때문이다. 찬이는 이 세상에 남겨진 그녀의 유일한 혈육이었다. 찬이는 휠체어에 앉아서 자기 손가락을 가지고 놀고 있었다. 그녀가 문을 열고 들어서는 줄도 모르는 듯 했다.

"찬아!"

그녀가 이름을 부르면서 가까이 다가가자 그때야 건성으로 머리를 들어 힐끔 쳐다볼 뿐 금세 자기 손가락에 집착하고 있었다. 단이를 알아보지 못하는 듯 했다. 그녀는 다른 이름으로 찬이를 불러봤다.

"종지야!"

이번에는 고개도 들지 않았다. 종지는 외할머니가 생전에 그 아이의 이름을 천하게 지어주면 아프지 않고 잘 살지 않을까 싶어서 지어준 이름이다. 그전에는 종지라고 불러도 곧잘 반응을 했다. 그런데 지금은 그 모든 것을 다 잊어버린 듯 아무 반응도 없었다. 이곳에 혼자 둔지 고작 3개월인데 그새 영 딴 아이가 된 것 같았다. 누나만 보면 생글거리던 아이가 그녀를 보면서도 웃지 않았다. 기억을 잃어버린 것인지, 아니면 자신을 이런 곳에 홀로 두고 떠난 누나를 원망하고 있는 것인지 그 속을 알 수가 없었다. 복지원 원장의 말로는 찬이가 이곳에 온 뒤로 한마디도 한 적이 없었다고 한다. 첫날부터 아무 말도 하지 않았고 웃지도 않았고 그저 자기의 손가락만 가지고 놀았다고 했다. 이 아이에게는 열 손가락이 세상의 전부인듯하다고 덧붙였다.

찬이가 복지원에 와서부터 그런 반응을 보였다면 그건 분명 자신을 이곳에 두고 간 누나에 대한 원망으로 세상을 향해 마음을 꽁꽁 닫아버린 것이 틀림없었다. 하긴 아무도 모르는 이곳에 가족으로부터 방치되었는데 찬이 입장에서는 황당하고 억울했을 것이다. 사유가 온전치 않은 찬이가 갑작스러운 이 상황을 받아들이기는 어려웠을 것이다. 누나가 자기를 버렸다고 생각했을 것이고 그로 인한 배신감으로 충격이 컸을 것이다. 오죽하면 말문마저 닫아버렸겠는가. 찬이의 기억 속에서 그녀는 인정사정 없는 악마나 괴물일지도 모른다.

어떻게 하면 이 아이의 마음을 풀어줄 수 있을까?

단이는 찬이의 눈을 들여다보았다. 눈빛은 텅 비워있었다. 가슴이 서늘했다. 차라리 원망이나 미움 같은 빛이라도 보여주었다면 더 좋았을 것이다. 그랬다면 그녀는 오히려 마음이 편했을 것이다. 원망이나 미움이라는 것은 그리움의 또 다른 이름이 아닌가. 찬이는 이미 사랑도 미움도 모두 잊은 듯 했다. 성한 사람처럼 대화가 원활하지는 않았지만 감정표현은 오히려 성한 사람보다 더 적극적이고 솔직했던 아이였다. 미안했다. 찬이가 이렇게 된 것이 마치 자신의 잘못인 듯싶었다. 이제라도 이 아이를 돌보고 싶었다. 그런데 어떻게 돌보아야 하는지 방법이 떠오르지 않았다. 그의 사정을 듣고 난 복지원 원장이 마침 찬이를 돌보던 도우미가 집에 일이 있어서 한 달째 나오지 못하고 있으니 복지원에 머물면서 그 일을 대신해도 좋다고 했다.

단이는 찬이를 가까이서 돌볼 수 있게 되어 마음의 짐을 조금이라도 내려놓을 수 있게 되었다. 매일 아침저녁으로 찬이의 얼굴과 손발을 닦아주고 밥을 먹여주면서 알아듣든 말든 쉴 새 없이 말을 걸었다.

"찬이 아버지는 하늘나라로 가셨어. 그래서 찬이를 보러 오시지 못하는 거야. 그거 알아?"

들었는지 말았는지 찬이는 아무 반응도 없다. 눈길은 멍하니 자기 손가락을 바라보거나 천정을 바라보고 있었다.

"모르지? 몰라도 괜찮아. 차라리 모르고 있는 게 나아. 알면 복잡해. 넌 아무것도 생각하지 말고 그저 그렇게 살아. 그게 더 편할지 몰라."

찬이가 힐끔 그녀 쪽을 건네다 본다. 알아들은 건가? 단이는 뜨끔했다. 아무것도 모르고 살라고 해서 화가 난건가? 하지만 찬이의 눈빛에는 아무 감정도 실려 있지 않았다. 멍청한 고요가 실려 있을 뿐이었다.

"그래 네가 말을 알아들을 리가 없지."

단이는 한숨을 길게 내여 쉬고는 실성한 사람처럼 혼자서 중얼거렸다.

"사람이란 원래 혼자 왔다가 혼자 가는 거란다. 누나도 이젠 혼자야. 시집을 갔는데 가보니깐 다른 사람이랑 함께 산다는 게 참 힘들더라. 차라리 혼자 사는 게 좋을 것 같아서 다시 왔어. 이제 누나도 혼자야. 찬이처럼 말이야. 임마, 너만 혼자인 게 아니라 누나도 혼자라고. 좋니?"

단이가 찬이의 머리를 툭 건드렸다. 그의 머리가 힘없이 흔들거렸다. 찬이는 눈을 뜨고 있었지만 아무 생각도 없는 식물인간 같았다. 그래도 단이는 찬이에게 매일 같은 말을 계속했다. 찬이가 자신이 혼자 있을 수밖에 없었다는 사실을 운명적으로 받아들일 때까지 계속 할 생각이었다. 그러다보면 누나가 자신을 미워하지 않는다는 것을 몸으로 느낄 수 있을 것이라고 믿고 싶었다.

그러던 어느 날 발가락 사이를 꼼꼼히 씻겨주는데 찬이가 씩 웃었다.

"찬이! 웃었니?"

단이가 마치 신대륙을 발견한 듯 반가워했지만 찬이는 한번 웃고는 그뿐이었다. 발이 간지러웠던 모양이다. 그래도 웃는 것이 어딘가. 단이는 찬이의 발바닥을 더 세게 간질거리면서 재촉했다.

"다시 웃어! 웃지 않으면 계속 간지를거야!"

찬이가 발가락을 꼼지락거리면서 히히 길게 웃었다.

"그래 그렇게 웃으니 좋다. 네가 웃지 않아서 누나가 얼마나 속상했는지 알아? 네가 이렇게 된 것이 누나 잘못인 것 같아서 말이야…"

찬이가 고래를 아래로 떨어뜨리고 조용히 듣고 있었다. 하지만 그가 진짜로 알아듣는 것인지는 알 수 없었다. 단이는 찬이의 얼굴을 들여다보면서 진지하게 말했다.

"내 말을 알아들으면 고개를 끄덕여."

찬이가 머리를 들고 이윽히 그녀를 쳐다보다가 고개를 끄덕였다. 단이가 그를 와락 끌어안았다.

"네가 다 알아듣고 있었구나. 그렇지?"

찬이가 또다시 고개를 끄덕였다.

"널 혼자 있게 해서 누나가 미안해. 하지만 누나도 어쩔 수 없었어. 누나 신랑이 한국에 있잖아. 한국이라는 나라는 비행기를 타고 가야하거든. 아주 멀어. 그래서 너를 데리고 갈수가 없었어. 다시는 너를 혼자 두지 않을 거야. 약속할게."

단이가 찬이의 손가락에 깍지를 걸면서 약속했다. 그 후부터 찬이의 표정은 확 살아났다. 그는 기분만 좋으면 아무 때나 손가락을 내밀고 깍지 걸이하자고 성화를 부렸다. 아마도 그것이 약속을 다지는 뜻이 아니라 좋아한다는 뜻이라고 여기는 듯 했다.

예전의 찬이로 돌아왔다. 하지만 전부터 좋아했던 감정인지 아니면 전에 기억은 없고 후에 가까워진 마음인지 알 수 없었다. 상관없었다. 마음을 열어준 찬이가 고마울 뿐이다. 찬이를 통해 살아있다는 것은 즐거운 표정을 짓는 것이란 생각이 들었다. 숨을 쉬고 있어도 표정이 없으면 살아있는 것이 아니라 죽은 것이나 같다는 것을 찬이가 단이에게 가르쳐 주었다. 저도 몰래 자신이 찬이한테 의지하고 있다는 생각이 들었다. 비로소 세상에 모든 것은 그저 주어지는 것은 없음을 깨달았다. 걸림돌이라고 싫어했던 찬이가 도리어 자신을 지켜주고 참담한 삶을 견디게 해줄 줄이야. 찬이의 존재가 참으로 감사하고 소중하게 느껴졌다.

단이가 복지원에서 찬이와 함께 생활한지도 어느새 반년이 지났다. 이곳에 올 때는 겨울이었지만 벌써 산과 들에는 봄꽃이 화사하게 피어났다. 단이는 찬이에게 여름옷을 사 입히고 싶어서 어릴 때 어머니와 자주 다녔던 시장을 찾았다.

시장은 전에 비해 변화해져 있었다. 물건을 파는 사람들과 물건을 사는 사람들로 발 디딜 틈도 없었다. 시장은 언제나 부지런하고 소멸하지 않는다는 생각이 들었다. 단이는 김이 모락모락 피어나는 옥수수 한 이삭을 샀다. 한국 어느 지하철역에서 옥수수 한 이삭으로 배고픔을 달래던 기억이 떠올라서 갑자기 콧마루가 찡해났다. 손바닥이 뜨거워서 이손 저손에 옮겨 잡는 것을 보고 옥수수를 팔던 아주머니가 깨끗한 옥수수 껍질로 옥수수를 싸주었다. 깔끔하게 정리되고 밝은 조명이 눈부시게 비추는 서울의 대형마트에서는 상상할 수도 없는 일이었다. 대형마트의 옥수수는 깨끗하고 보기 좋게 미리 포장되어 있다. 하지만 따끈한 기운은 다 타버린 불씨처럼 식은 지 오래고, 그곳에서는 순박한 아줌마의 인심이나 웃음은 만날 수 없다. 게다가 옥수수를 식품코너에서 집어 들고 계산대로 가져가 값을 치러야만 비로소 맛볼 수 있다. 계산대 앞에 즐비하게 줄을 서서 차례를 기다리는 건 또 얼마나 짜증스럽고 귀찮은가. 어느 때부터인가 단이는 대형마트에서 장을 보는 것에 신물이 나 있었다. 화려한 광고 문구에 홀려 정작 사려던 물건은 못 사오고 엉뚱한 물건을 사오는 것도 싫었고 비싼 가격에 기가 죽고 욕심난 물건을 사지 못해 조바심치고 자신의 형편을 한탄하는 것도 싫었다. 반면 시장은 여유가 있고 넉넉한 인심이 있었다. 단이는 찬이의 손을 잡고 행렬 속에 떠밀려 장을 보는 것이 흐뭇했다.

시장 모퉁이에 만물상이 있었다. 단이는 그 앞에서 머뭇거렸다. 그리움이 뭉클 솟아났다. 만물상 앞에서 채칼을 집어 들던 어머니의 모습이 떠올라서 그녀도 채칼을 집어 들었다. 어머니처럼 괜히 약하게 썰어지는 채칼과 굵게 썰어지는 채칼을 들고 비교해보다가 약하게 썰어지는 것으로 샀다. 필요해서가 아니었다. 그저 어머니가 했던 것처럼 해보고 싶어서였다. 어머니를 만난 듯 반가움과 서글픔과 연민의 감정이 갈마들었다. 솔직히 말하면 대형 마트를 외면하고 시장을 가는 것도 다 이런 이유가 컸던 것 같다. 또다시 한번만 그 시절로 돌아가서 어머니를 만날 수 있다면 그 때의 그 일을 얘기하고 싶었다. 그리고 이젠 어머니를 다 이해한다고 말 할 것이다. 그때는 아직 철이 들지 않아서, 세상을 몰라서 어머니를 원망했다고, 나도 곧 어머니와 같은 나이를 먹게 될 것이라고, 어머니에게 말해주고 싶었다.

한 소쿠리 가득한 이름도 모르는 나물을 반나절 기다려도 팔지 못하고 기운 없이 앉아있는 한 할머니가 눈에 띄었다. 단이는 그 할머니 앞으로 다가가 나물 한소쿠리를 모두 샀다. 한 손에 옥수수 다른 한 손에 나물을 들고 그녀는 마치 며칠간의 식량을 비축한 사람처럼 깨알 같은 웃음을 지었다.

찬이의 운동화와 운동복 한 벌을 샀다. 날씨가 따뜻하니 이제부터 밖에 나가서 바람을 쏘이면서 세상구경을 시켜주고 싶었다. 시장 뒷골목에서 단이는 전에 다녔던 그 점집이 여직 있나싶어 두리번거렸다. 꼭 점을 보고 싶어서가 아니다. 그냥 그녀의 삶속에서 지워지지 않고 쭉 함께 살았던 기억 때문이었다. 그런데 점집은 온데간데없고 그곳에는 멋진 새 건물이 번듯하게 들어서있었다.

점집은 어디로 옮겨간 것일까? 그 무섭게 생긴 할머니는 지금도 어딘가에서 누군가의 운명을 봐주고 있는 것일까?

단이는 왠지 그 할머니가 보고 싶었다. 어쩌면 무당 할머니는 단이가 그토록 잊고자 발버둥 쳤던 과거를 기억하고 있는 유일한 사람인지도 모른다. 단이는 그 할머니를 찾아서 자신의 과거를 물어보고 싶었다. 잊지 못해 그토록 애를 썼던 자신의 과거인데 지금은 문뜩 그리워졌다. 무당할머니를 만나면 무엇인가 진실한 자신의 삶에 대하여 말할 수 있을 것 같았다. 그런데 이제는 그 할머니도 역사의 뒤안길로 사라지고 보이지 않는다. 사라지는 모든 것은 다 이렇게 아쉬운 것인 모양이었다. 단이는 과거에 점 집이였던 그곳 앞에 오래도록 서있었다.

문뜩 새 건물 안에서 낯익은 여인이 걸어 나오고 있었다. 혼인소개소 오원장이었다.

두 사람은 동시에 서로를 알아보았다.

"안녕하심까? 원장님."

"이게 누구야? 단이 아니야?"

"절 알아보시겠씀까?"

"그럼 알아보지. 정말 오래간만이야. 그런데 미안해서 잘 있었냐는 말은 못하겠어."

"왜요?"

오원장이 미안한 표정을 짓고 대답을 했다.

"내가 다 들었어. 어떻게 그런 일이 다 있다니? 나도 감쪽같이 속았어."

아마도 남자의 다리에 대하여 말하는 듯 했다.

"어디서 들었씀까?"

"화연이한테서."

"화연이요?"

단이가 깜짝 놀라면서 다급히 물었다.

"화연이가 중국에 있씀까?"

"얼마 전에 귀국했어. 그나저나 도균 씨는 왜 그렇게 박복하냐? 참…소식 들었어?"

"무슨 소식말임까?"

"여관이 다른 사람의 손으로 넘어갔대."

단이가 목젖을 삼키듯 깊은 숨을 몰아쉬었다. 너무 뜻밖의 소식이었다.

반년 전까지만 해도 나름대로 잘 돌아가던 여관이 왜 갑자기 다른 사람의 손으로 넘어갔다는 것인지…. 전혀 믿기지 않았다. 단이는 허공을 베는 어조로 급하게 말을 쏟아냈다.

"여관이 다른 사람의 손으로 넘어가다니요? 제가 오기전까지만해도 멀쩡했었는데 왜 남의 손으로 넘어간담까?! 화연이가 뭘 잘못 알고 있는 거 아임까?"

오원장이 머뭇거리는 듯싶더니 바로 혀를 찼다.

"아내라는 사람이 어쩜 이리도 모르다니. 쯧쯧. 정말이야. 화연이가 그러는데 도균 씨가 그동안 은행 빚을 갚지 못해서 이리저리 돈을 돌려댔대. 결국 부도를 막지 못했고 여관은 기어이 다른 사람 손으로 넘어갔고…."

"아…"

순간 단이가 비칠 했다. 낯선 주먹에 정수리를 과격 당한 듯 일순 멍해졌다. 그동안 남자가 은행 빚을 지고 있었다는 사실을 그녀는 전혀 모르고 있었다. 단이한테 남자는 그런 말을 하지 않았고 돈을 돌려대는 내색도 전혀 하지 않았었다.

"그럼 도균씨는요? 지금 어디에서 무얼 하고 있담까?"

"어디로 갔는지는 아무도 모른대."

"그게 무슨 말임까? 어디로 갔는지 모르다니, 그이와 함께 있은 화연이도 모른단 말임까?"

단이의 눈빛이 무너져 내렸다. 두려움이 저녁어스름처럼 까맣게 몰려들었다. 그녀는 온몸을 사시나무 떨듯 떨었다.

"나쁜 일이야 있겠어? 그저 잠시 어딘가에서 쉬면서 마음을 정리하고 있겠지."

오원장이 그녀의 어깨를 어르쓸 듯 다독이고 나서 급히 볼 일이 있다며 먼저 자리를 떴다.

오원장이 떠난 후에도 한참이나 단이는 그곳에 못박혀있었다. 화연이가 중국에 와 있는 것을 보면 여관에 문제가 생긴 것은 틀림없을 것이었다. 안 그럼 지금쯤 돈 버느라 눈이 아홉이 되어 돌아칠 화연이가 중국에 와 있을 리는 없다.

빚에 쪼들려 있은 것이 사실이라면 그건 지난 반년사이의 일만은 아니었을 것이다. 돌이켜 생각해보니 남자는 결혼해서부터 단 한 번도 편안해 보이지는 않았다. 여기저기에 전화를 하다가는 서류를 가지고 어딘가로 나갔었고 돌아올 때는 표정이 늘 어두웠다. 그때는 그저 성격이 그런가보다 생각했는데 지금 보면 일이 잘 풀리지 않아서 그랬던 것이 분명했다. 그런 상황에서도 아버지가 돌아가셨을 때 선뜻이 오백만 원을 내어주었다. 그때도 분명히 어려웠을 텐데 말이다. 단이는 남자의 어려운 상황을 전혀 눈치 채지 못했다. 김도균이 그녀에게는 단 한 번도 여관이 어렵다는 말을 하지 않았다. 그러고 보니 중국에 가는 것이 차라리 잘된 일이라고 하던 남자의 말은 이런 일을 염두에 두고 했을 거라는 생각이 들었다. 깨진 파편처럼 날카로운 현기증이 일었다. 자신은 그동안 남자에게 대체 무엇이었단 말인가? 자신의 생각에만 사로잡혀서 남자의 어려움을 전혀 눈치 채지 못한 채 그에게 전혀 도움이 되지 못했던 자신이 단이는 너무 원망스러웠다. 이러고도 내가 그 남자의 아내라고 할 수 있었던가?

단이는 그동안 남자의 시선은 늘 자신한테 머물지 않고 그녀의 손이 닿지 않는 먼 곳에 있다고 생각했다. 그것을 그녀는 불안해했고 남자는 그런 그녀의 불안을 두려워했다. 두 사람은 서로 가까이 가고 싶어 했지만 어쩌면 가까이 가는 것을 두려워했는지도 모른다. 단 한 번도 서로 가까이 갈려고 노력을 했던 기억이 없었다. 무슨 일이 생기면 그저 도망가기에 바빴다. 어쩌면 서로의 비워있는 곳을 마주 보는 것이 두려워서 그랬던 것도 같다.

그가 잠적을 했다면 대체 어디로 갔단 말인가?

무서운 환각에서 벗어나기 위해 단이는 발버둥을 치면서 눈을 떴다. 남자가 혹시 나쁜 마음을 먹은 것은 아닌지, 단이의 머릿속에는 온통 남자에 대한 걱정으로 가득 찼다. 화연이가 중국에서 돌아다니는 것을 보면 화연이도 이미 남자의 곁을 떠난 것이 분명했다. 남자의 건물에 눈독 들이고 다가갔던 화연이가 건물이 없어진 마당에 계속 남자의 곁에 남아있을 이유는 없었을 것이다.

단이는 남자를 찾아보기로 작심했다. 그녀가 남자를 찾지 않는다면 이 세상에 남자를 찾을 사람은 아무도 없다. 어디 가서 혼자 죽는다고 해도 그를 묻어줄 사람도 없을 터였다. 단이는 슬퍼서 눈물이 났다. 기가 막혔다. 그 남자를 위하여 흘릴 눈물이 남아있었다니! 미워했던 것조차도 남자를 잊지 못해서였던 것일까? 남자와 헤어지기위해 중국에 왔는데 그가 잠적해버린 지금 그를 찾아서 다시 그에게로 가고 싶었다. 어쩐지 그래야만 할 것 같았다.

참, 한치 앞도 모르는 것이 인생인 모양이다. 그러고 보면 인간에게 없는 것은 자신에게 무엇이 필요한지를 모르는 것이란 말이 맞는 것 같다. 이렇게 될 줄 일찍 알았더라면 단이는 그 남자를 떠나지도 않았을 것이고 끝까지 남자의 곁을 지켰을 것이다.

그렇게 어려웠으면 말이나 할 것이지, 얼마나 외로웠을까?

단이가 혼자서 중얼거리며 가방을 챙겼다. 옆에서 지켜보고 있던 찬이가 불안하게 자기 손을 이빨로 물어뜯었다. 손가락이 어느새 빨갛게 익은 고추처럼 달아올랐다. 짐을 챙기다말고 그녀는 찬이 곁으로 다가갔다. 그리고는 찬이의 손을 두 손으로 꼭 잡고 말했다.

"찬이야, 누나 말 잘들어. 서울에 있는 너의 매부가 부도를 내고 어디론가 사라졌대. 어디 갔는지 아무도 모른대. 찬이야, 누나가 그 사람을 찾지 않으면 아무도 그 사람을 찾을 사람이 없어. 찬이가 누나밖에 없는 것처럼 그 사람도 누나밖에 없어. 그러니 누나가 찾아야 해. 그 사람을 찾고 나서 누나가 꼭 찬이에게 올 거니까 누나를 기다릴 수 있지?"

찬이가 말똥하니 그녀를 바라보았다. 정말인지, 거짓말인지를 점치고 있는 것 같았다. 단이가 찬이의 손을 풀어주고 나서 자기의 새끼손가락을 내밀었다. 조금 망설이는가싶더니 찬이도 새끼손가락을 쑥 내밀었다. 알아들은 것인지, 아니면 깍지를 끼는 것이 좋아서 순순히 받아들이는 것인지는 알 수가 없었다. 찬이가 고개를 갸웃거리고 계속해서 그녀의 눈치를 살폈다. 단이는 그런 찬이를 안심시키려고 연신 찬이의 머리를 쓸어주었다.

"찬아, 누나는 꼭 다시 돌아올 거야. 너한테 누나밖에 없듯이 나에게도 너밖에 없으니깐 말이다. 내가 언제든 다시 중국에 돌아와야 한다면 바로 이곳에 네가 있기 때문일 거야. 너는 누나가 다시 돌아와야 하는 이유이니까. 알지?"

찬이의 시선이 불안하고 다급하게 움직였다. 찬이가 그녀의 말을 알아들었을 리는 없다. 다만 누나와 곧 헤어지게 된다는 것은 느낌으로 아는 모양이었다. 찬이가 갑자기 가시나무새가 피를 토하듯 다급하고 절절하게 소리 질렀다.

"누나… 어디가?"

쇠붙이로 유리를 긁는 소리처럼 아츠럽다. 뾰족한 물체에 뇌가 긁어 금방이라도 뇌 즙이 흘러버릴 것 같은 아찔함을 가슴 미어지게 그녀는 느꼈다. 순간적으로 그녀의 시간은 정지된 듯했다. 이곳에 온 후 찬이는 처음으로 그녀를 누나라고 불렀다. 누나인 것을 찬이가 알고 있는 것이다. 단이는 가슴이 먹먹해지면서 눈물이 났다. 덩치는 산만해도 가뭇한 솜털이 돋아있고 여드름 자국이 보이는 게 틀림없는 십대의 살갗이다.

찬이가 얼굴이 지지벌개지면서 하염없이 소리를 질렀다.

"누나 어디가 …누나 어디가…누나 어디가…"

이럴 때면 말려도 소용이 없다. 계속 묻기만 한다. 애초에 대답 같은 것은 바리지도 않는 것 같았다. 단이가 길게 탄식을 했다.

"글쎄, 나도 내가 어디로 가는지 잘 모르겠어. 누나는 도대체 어디로 가는 것일까, 찬아?"

찬이가 단이의 말에 대답을 하려는 듯 눈을 껌뻑거렸다. 무슨 대답을 할까 열심히 고심하는 것 같이 보였다. 단이가 찬이의 눈을 빤히 들여다보면서 진지하게 물었다.

"찬이야, 넌 알고 있지? 알면 누나한테 가르쳐주렴."

찬이가 턱을 뒤로 젖히고 허공을 쳐다보더니 금세 고개를 앞으로 꺾었다. 금방까지 어둡던 그의 눈이 파랗게 개여 있었다. 하늘이 비낀 호수 같았다. 단이는 문득 장애는 하늘이 주는 선물이라는 말이 떠올랐다. 과연 찬이는 하늘이 내린 선물일까, 아니면 벌일까?

찬이가 꼭 무슨 중요한 말을 하려는 듯 힘들게 몸을 비틀었다. 입이 자꾸 한쪽으로 돌아갔다.

"할 말이 있어?"

단이가 물어보자 찬이는 천천히 고개를 끄덕거렸다.

"그래 뭔지 천천히 말해봐."

찬이가 한쪽으로 돌아 가버린 고개를 걷어 들이지 못한 채 괴롭게 얼굴을 일그러뜨렸다. 그리고 각혈을 하듯 힘들게 소리를 냈다.

"누나…"

"응. 찬아."

단이는 눈을 동그랗게 뜨고 뚫어져라 찬이의 입술만 지켜보았다. 그는 한쪽으로 완전히 돌아 가버린 자기 입술을 끌어오려는 듯 안간힘을 쓰다가 기어이 다음 말을 뱉어냈다.

"누나 어디가?"

단이는 안타깝게 눈을 감아버렸다.

여름철 매미우는 소리처럼 찬이의 목소리가 귓가에서 맴돌았다. 그것은 전기를 끌어 모으는 풍차 소리처럼, 물레방아 소리처럼, 수수깡으로 만든 어린이의 바람개비 소리처럼, 외양간에서 슬피 울던 송아지 소리처럼, 외할머니의 호미 날이 돌에 부딪히던 소리처럼, 엄마의 고르로운 코골던 소리처럼 낯설면서도 신비하고 허황하면서도 익숙하게 단이의 뇌속을 파고들었다.

"누나 어디가?"

도대체 나는 어디로 가는것일까? 내가 가는 곳이 과연 내가 도착해야 할 곳이 맞는 것일까. 찬이의 그 질문은 단이에게 있어 존재의 의미를 묻는 영원한 질문이 될 것이었다. 그리고 그 질문은 찬이에게 있어 인생의 전부라는 것을 비로소 알게 되었다.

제14부 거기, 누가 없어요?

62

단이는 반년 만에 다시 장미여관을 찾았다. 남자가 거기에 있을 리는 없지만 그곳이 아니고는 달리 찾아 갈 곳이 없었다. 남자가 있었던 곳이고 남자와 그녀가 알고 있는 유일한 장소였다. 그곳에 가서 물어보면 어쩌면 용케도 남자가 간 곳을 알아낼지도 모른다는 생각이 들었다. 그녀가 강원도에 도착한 것은 오후 세시쯤이었다. 장미여관은 그녀가 떠날 때와 조금도 변한 것이 없었다. 붉은 벽돌의 건물 앞에는 푸른색의 파라솔이 펼쳐져있다. 그 아래서 누군가 금방 마시고 떠난 듯 빈 커피 잔이 놓여있었다. 모든 것이 그녀가 떠날 때 모습 그대로인데 정작 남자만 그곳에 없다는 사실이 그녀는 믿을 수가 없었다. 문을 열고 들어서면 카운터에 틀림없이 남자가 앉아있을 것만 같았다. 단이는 재빠르게 여관 현관문을 열었다. 딸라당~ 방울소리가 다급히 울렸다. 반년 전까지 이곳에 늘 들었던 소리였다. 그 소리는 마치 고향집에 온 것처럼 다정히 들렸다.

카운터쪽에서 중년의 남자가 반바지 차림으로 걸어 나왔다. 그는 더운지 연신 부채질을 하고 있었다. 단이가 중년남자의 앞으로 다가가자 남자가 부채질을 하던 손을 멈추고 그녀에게 물었다.

"어떻게 오셨소?"

"혹시 새로 오신 사장님임까?"

"그렇소만."

"그럼 여기 원래 사장은 어디로 갔는지 모르심까?"

"오, 예전 사장을 찾아오신 게로 구만. 가만, 여기 그 사람의 주소가 어디 있을 텐데. 잠깐만 기다리슈."

단이는 입가에 미소를 띠면서 고개를 끄덕였다. 남자를 찾으려고 중국 한끝에서 비행기를 타고 날아왔는데 잠깐이 아니라 열 시간을 기다린들 대수겠는가. 그녀는 남자의 연락처가 있다는 말에 일단 한시름을 놓았다.

카운터로 들어가던 남자가 금세 도로 나오면서 종잇장을 내밀었다. 거기에는 강원도 평창군 봉평면 사리평 이라고만 적혀있었다.

"이게 그 사람이 간곳이요."

"그 사람이 여기서 사는 것은 확실함까?"

"거기서 사는지 어쩌는지는 잘 모르겠소만 그 사람의 짐을 내가 그쪽으로 실어다 준적이 있소. 그 사람을 찾으려면 거기 가서 물어보면 알듯 싶구먼."

단이는 종잇장에 구멍이라도 낼 듯 뚫어져라 쪽지를 들여다보고 서있었다. 평창군 사리평이 어딘지 그녀는 알리가 없었다. 막연했다. 그녀의 마음을 헤아린 듯 주인 남자가 종이쪽지의 주소대로 종잇장에 그림을 그리면서 자세히 알려주었다.

"봉평면 사리평은 원주와 강릉 중간위치에 있어요. 버스 터미널에 가서 영동고속버스를 타면 장평 톨게이트를 지나서 버스가 서는데 거기서 내려 다시 봉평 가는 버스를 갈아타세요. 버스를 타고 한 15분쯤 가다가 봉평면 소재지에서 내려서 사리평 쪽으로 30분 정도가면 나올 거요."

주인은 자상하고도 친절하게 설명을 해주었다. 왠지 설명이 빨리 끝나는 것을 싫어하는 사람처럼 자꾸 꼬리를 달았다.

"거기 봉평면 소재지에서 내리면 남북으로 흐르는 강이 있는데 그 강을 따라가지 말고 동쪽으로 가면 되요. 아는 사람은 쉬운데 처음 가는 사람은 아무래도 어려울테니까 가다가 자꾸 물어 보슈."

단이가 고맙다는 인사를 하고 여관을 나서려는데 주인 여자가 주방 쪽에서 나오면서 심한 강원도 사투리로 남자를 몰아주었다.

"모르는 사람헌테 남의 주소를 그리 소상히 일러주었다가 문제라도 생기면 어떻게 책임질라고?"

"문제는 무슨 문제. 보니까 아주 착하디 착하게 생긴 여자더만. 나쁜 사람은 아니여."

"착하디 착한 여자?"

여자가 코웃음을 쳤다.

"지 마누라한테는 지랄같이 개살떨면서 얼굴 반반한 여자만 보면 그리 좋아하니까네 남사스러버서 내가 말하는게 아니요. 당신 말처럼 그렇게 착하디 착한 여자가 이런 곳에 와서 남자를 찾아요?"

"이런 곳이 어떤 곳인데?"

"아 몰라서 그러슈. 여관에서 좋아라 한 사이라면 그렇구 그런 사이가 아니겠소."

"여관을 하는 여자가 무신 말을 그리 가볍게 하노? 다른 사람이 들었으면 우리 여관에 발길도 안하겠다."

"요즘은 여자가 더 무서운 세월이니께니 조심을 하라는 소린데 워쩌 그리 버럭하는가? 무신 켕기는 데라도 있는감네?"

"당신도 여자야. 같은 여자이면서 왜 여자를 못 잡아먹어서 안달인가?"

"하도 남자들 등쳐 먹고사는 여시 같은 년들이 득실거려서 그러지비 어째서 그러겠수. 내사 한평생 한눈팔지 않고 일밖에 모르고 살아온 순뎅이지. 하기사 나처럼 집에 처박혀서 일밖에 모르는 년이 있음 나와 보라 그러슈."

"입만 벌렸다하믄 지 자랑이군. 더운 날씨에 그만 갈구고 배때기가 출출하니께니 국시나 한 대접 말아서 내오던지 하이소."

"국시는 저녁에 먹고 지종부리나 내올갑소?"

"그래, 그것두 괜찮겠구만."

투닥거리던 부부가 먹는 것으로 화해를 했다.

단이는 고속버스를 타려고 버스터미널 쪽으로 걸어갔다. 버스터미널에 도착하자마자 운 좋게 바로 서울에서 오는 영동고속버스를 탈 수 있었다. 여관주인이 가르쳐 준대로 영동고속버스는 장평톨게이트를 지나자마자 오줌을 지린 강아지가 부르르 몸을 떨듯 차체를 들썩거리며 도로 한편에 멈춰 섰다. 단이는 거기서 다시 봉평가는 버스를 갈아탔다. 그리고 봉평면 소재지에서 내렸다. 깊지는 않지만 꽤나 큰 강이 남북 방향으로 뱀꼬리처럼 흐느적거리며 흐르고 있었다. 단이는 사리평 쪽으로 향해 걸음을 재우쳤다. 삼십분쯤 걸어서 들어가니 주황색과 암록색 기와지붕을 얹은 야트막한 집들이 띄엄띄엄 보였다. 마을은 비어있는 듯 지나다니는 사람들이 거의 없었다.

이미 해가 기울고 어스름이 내리기 시작했다. 그녀는 자기 발자국 소리를 들으면서 걸음을 옮겼다. 먼지가 이는 흙길을 오래토록 걸어가니 뜰 앞에 작은 개울이 도란도란 흐르고 뒷산에는 참나무 숲이 우거져있었다. 제일 안쪽까지 걸어갔지만 사람의 그림자도 보이지 않았다. 그녀는 흙길을 따라 되돌아 나오다가 파란 지붕을 한 집 앞에서 걸음을 멈추었다. 울타리 안에서 사람의 기척이 났기 때문이었다. 그녀가 울바자 안을 기웃거리면서 물었다.

"거기, 누구 계심까?"

이때 울바자 안에서 양 볼이 골짜기처럼 깊이 파이고 나무껍질처럼 주름이 가득한 늙은 여인이 허리를 쭉 펴면서 되물었다. 어스름 때문인지 여인의 얼굴은 잿빛이었다.

"누 꼬?"

어디선가 한번쯤은 본 것 같은 얼굴이었다. 하지만 강원도 시골 노인을 어디서 보았겠는가. 사람이 나이를 먹으면 비슷한 모양으로 닮아가는 모양이라고 그녀는 생각했다.

"여기가 봉평면 사리평이 맞나요?"

"맞네만은."

"얼마 전에 이곳에 이사를 온 김도균이라는 사람을 혹시 모르십니까?"

"이름이 뭐라꼬? 김도균?"

"네."

할머니가 눈을 찌푸리고 한식경이나 단이를 훑어보더니 대뜸 그랬다.

"중국색시가?"

"네?"

"중국색시가 맞재?"

"저를 암까?"

늙은이가 혀를 끌끌 찼다.

"와? 벌써 잊어 뿐나? 쯧쯧. 내가 도균이 외숙모인기라. 자네 덜 결혼식장에도 가지 않았나."

"아! 그래서 보자마자 어딘가 낯이 익다 생각했씀다. 죄송함다. 이곳에 외숙모님이 계실 줄은 미처 생각지 못했씀다. 그래서 인차 알아보지 못했씀다. 정말 죄송함다."

단이는 진심 미안한 마음이 들어 거듭 사과했다. 한편으로는 참으로 다행이고 운이 좋다는 생각이 들었다. 남자의 외숙모를 만났으니 이제 남자를 찾는 일은 어렵지 않을 것이었다.

"도균이, 갸가 말하지 않드나? 내는 경상도 시골서 살다가 여기 이사 온지 몇 해 안되는기라."

경상도 시골서 살다 와서 그런지 남자의 외숙모는 경상도 말씨와 강원도 말씨를 두루 섞어 쓰고 있었다.

"도균씨가 말을 하긴 했을 텐데 제가 잊음이 헤퍼서 잊어버렸나봄다."

"아이다. 가가 원래 과묵한 아인기라. 애시 당초에 그런 말을 니한테 허지 않았을끼다."

늙은이는 손에 들고 있던 풀 몇 포기를 울바자 너머로 쏙 던지고 나서 손을 툭툭 털었다.

"지금 여서 이래하지 말고 어여 집에 들어가가 커피물이라도 마시믄서 이야기 하자. 아, 아니지라. 커피가 아니라 밥 묵어야제. 안글나?"

"아님다. 오면서 먹었씀다."

단이는 연로한 분한테 폐를 끼치는 게 싫어서 거짓말을 했다.

"진짜가? 거짓부렁아이제?"

"정말임다. 요 앞에 수제비 집에서 간단히 먹었씀다."

단이는 마을 어귀에 들어서면서 보았던 수제비집이 생각나서 적당히 둘러댔다.

"기여?"

"네."

"그 집 뜨데이국 맛이 괘안터나?"

"맛있었씀다. 아주 맛있었씀다."

"내도 밥맛이 없을 때 가끔씩 거 가서 묵는다."

단이는 남자의 외숙모를 따라 마당을 가로질러 가면서 그녀의 시들어버린 피부를 측은하게 건너다보았다. 살이 빠진 양쪽 겨드랑이 사이의 피부가 축 처져서 손짓을 할 때마다 긴 장삼 소매처럼 늘어져 흔들거렸다. 마치 박제한 박쥐의 날개처럼 시들시들하고 건조했다. 창문이 여러개 달린 긴 흙집 맨 끝머리 출입문 앞에서 외숙모가 헛헛하게 말했다.

"여가 도균이 집인기라!"

그 한마디에 단이의 마음 한구석이 젖은 담벼락처럼 아프게 무너져 내렸다. 단이는 부지중 한국에 처음 왔을 때 "장미여관"앞에서 이것이 우리가 살집이라고 얘기하던 도균의 생각이 났다. 그때 남자는 여관에서 돈을 많이 벌어서 빨리 아파트를 장만하자고 했었다. 눈물이 나올 것 같아서 단이는 고개를 돌렸다. 남자의 집은 외숙모네 옆방이었다. 여관이 다른 사람의 손에 넘어가고 오갈 데가 없게 되자 외숙모가 남자에게 방 한 칸을 내준 것이었다. 그러니 더 정확하게 말하면 김도균의 집이 아니라 외숙모의 집이었다.

남자의 방에는 커다란 자물통이 잠겨져있었다. 외숙모가 바지주머니에서 열쇠꾸러미를 꺼내더니 그 속에서 열쇠하나를 빼서 단이에게 주었다.

"이제부터는 이기 다 니끼다. 뭐꼬? 왜 시방 그리 우두망철 서 있노? 퍼뜩 문을 열지 않코서리."

외숙모는 경상도 말씨를 쓰다가도 가끔씩 강원도 말투를 섞어 썼다.

단이가 열쇠를 받아서 자물통 구멍에 꽂고 힘껏 비틀었다. 습기가 찼는지 잘 열리지 않아 그녀는 자물통을 살살 흔들어봤다. 그러자 자물통에서 녹소리가 구차하게 삐꺽 삐꺽거리더니 자물통이 억지로 열렸다. 문이 열리자 집안에서는 눅눅한 곰팡이 냄새가 고여 있던 뜨거운 열기와 함께 확 풍겨왔다. 그것은 오랫동안 치아를 닦지 않은 고열환자의 구치처럼 뜨겁고 구리 구리했다. 꽤나 오랫동안 방안의 환기를 시키지 않은 모양이었다. 외숙모가 출입문 쪽 벽을 더듬어서 전등 스위치를 올리자 집안의 윤곽이 들어났다.

"소잡제?"

집안을 들러보며 외숙모가 말했다.

단이는 외숙모를 돌아다보면서 면구스러워 어쩔 줄 몰라 했다.

"제발 그러지 마소. 제가 뭐라고 소까지 잡는다고 그램까? 저는 소고기를 별로 좋아하지도 않씀다."

안절부절못하는 단이를 보고 외숙모가 가뜩이나 꼬부라진 허리를 더 앞으로 폴싹 꼬꾸라뜨리며 앙천대소를 했다.

"뭐꼬? 소를 잡는다꼬? 아이고 중국색시땜시 내가 배꼽이 빠지겠다. 이거는 소 잡는다는 말이 아이고 갱상도 말로 집이 좁다는 말인기라. 알았나?"

"아, 그래요? 그런 걸 전 소를 잡겠다는 줄 알고 황송해서 죽는 줄 알았씀다."

"그랬드나? 하긴 내사 중국색시 왔는디 소라도 잡고 싶은 심정이다만은 보다시피 내 형편이 요 꼬라지이까니 이해해도."

외숙모가 웃자 단이도 따라서 웃었다.

63

방안의 남쪽 창문 밑에는 여관방 창문 밑에 있던 피아노가 놓여져 있었다. 그것은 마치 남자를 이끌고 다니는 부적인 것 같았다. 피아노를 보니 왠지 그녀의 마음이 조금은 놓이는 것 같았다. 어머니가 쓰시던 피아노를 잘 건사하고 있다는 것은 남자가 아직도 삶의 의욕을 버리지 않았다는 의미일 것이다. 남자에게 어머니의 피아노는 어머니의 온기를 느끼게 하는 유일한 물건이자 그가 부모님으로부터 받은 유일한 유산이었다. 죽고 싶도록 힘들고 어려울 때마다 남자는 어머니의 손때가 묻은 피아노를 보면 아무리 힘들어도 살아내야 한다고 타이르는 따뜻한 목소리가 들리고 머리를 쓰다듬는 듯 한 하얀 손을 느끼게 된다고 했었다.

그런데 텔레비전과 이불, 그리고 밥솥과 간단한 식사도구들이 보자기에 싸여서 풀지도 않은 채로 방 한복판에 덩그러니 놓여있었다. 그것은 이사 온 짐이라기보다는 언젠가 또다시 어딘가로 가기 위해 잠시 놓은 짐 같았다. 방바닥 여기저기에 먼지가 앉아있고 개수대에는 주홍색 고무장갑 한 짝이 걸쳐져 있을 뿐이었다. 한 번도 누군가 이방에서 밥을 끓여먹었거나 잠을 잤던 흔적은 보이지 않았다.

"도균 씨는 어디 갔슴까?"

단이의 말에 남자의 외숙모가 걱정스럽게 대답했다.

"우야꼬? 너그 서방이 집에 없는기라."

"없어요? 어째 없슴까? 이게 도균씨 집이라 그러시지 않았슴까?"

단이가 의아하게 물었다.

"짐만 요래 가져다 놓고 몸뚱아리는 어디로 숨카뿐는지 코빼기도 안 보이는기라."

외숙모가 가스 불을 켜고 물주전자를 올리면서 연속 '우야꼬'를 연발했다.

"내도 일이 우예 돌아가는지 모르것다. 하지만서도 걱정하지 마라. 내가 같이 있으이까네 니 혼자서 욕보거로 내빌두지는 않으까네 걱정을 하지 말그라. 쫌맨 기달리면 가가 틀림없이 돌아 올기다. 내는 그렇게 믿는다. 그러이끼네 니도 그렇게 믿으면 된다. 내 말이 무슨 말인지 알아들었나?"

"외숙모님!"

단이가 급히 외숙모의 말을 잘랐다. 그녀에게는 외숙모가 하는 말이 전혀 스며들지 않았다. 이미 나빠질 대로 나빠진 상황을 억지로 좋은 상황으로 생각하게 하려고 스스로 채면을 거는 주술 같았다. 하지만 그것이 위로가 될 수 없었던 것은 그 말이 전혀 그럴만한 근거가 뒷받침되지 않은, 주관적인 판단과 맹목적인 믿음뿐이었기 때문이었다. 외숙모의 그런 근거 없는 믿음 때문에 단이는 오히려 더 두려워졌다. 사람들은 보통 전혀 근거도 없고 아무 희망도 없을 때 허망한 믿음과 맹목적인 희망을 말한다는 것을 알고 있었기 때문이다.

"와?"

"그이가 지금 어디에 있는지 대략 짐작 가는 데라도 없씀까?"

"가가 어디로 갔는디 짐작카는데가 있으믄 이러코롬 속앓이를 하지 않을기다. 나도 몰러. 너거 서방이 고직커로 아니라카모 영 아인기라. 여관을 망해먹고 남의 손에 넘어갔으니께 이제 죽었다하고 어디 사람이 없는 데가서 디베져 있을기다."

"전화는 해보셨씀까?"

"백번도 넘어 했는기라. 긴데 죽은 아이 콧짐만큼도 꼼짝도 안 하드라."

"혹시 무슨 일이 생긴 것은 아임까?"

"하마, 새아그야, 농담이라도 그런 재수없는 소리는 하지 말그라."

외숙모가 팔짝 뛰었다.

"도균이 가는 나쁜 생각은 절때 안 할기다. 하마, 가가 어떻게 살아난 놈인디 쉬이 죽겠노? 차사고로 다 죽어가다가 살아남은 놈이니께 목숨만큼은 질긴 놈이여. 니는 괘안나?"

"제가 뭘요?"

"니가 아파서 중국에 갔다카던데 아픈 데는 괘안난말이다."

남자가 숙모한테 그녀가 아파서 중국에 갔다고 둘러댔던 모양이다. 단이는 곧 눈물이 쏟아질 것 같았다. 남자는 끝까지 그녀를 지켜주려고 했다. 모든 것이 끝났다고 여겨졌을 텐데 그런 상황에서도 거짓말까지 해가면서 그녀의 지켜주고 싶었을까. 단이는 남자한테 너무 미안한 생각이 들면서 명치끝이 아렸다. 사실 그동안 무늬만 부부였지 그녀는 남자와 사마귀처럼 서로 등만 바라보고 살았다.

"와 울라카노?"

외숙모가 그녀의 빨개진 눈가를 들여다보면서 물었다.

"아님다."

"아인데 눈이 와 고추먹은 모애로 빨개졌나?"

"눈이 가려워서 비볐더니…"

외숙모가 고무줄 바지를 허리께로 추슬러 입으면서 중얼거렸다.

"쪼매 기다리거라이. 내가 퍼뜩 나갔다 들어올거이까네."

외숙모가 고무신을 끌고 집을 나갔다. 십 분이 채 안 되어 외숙모가 손에 수박과 커피를 들고 나타났다. 그녀는 수박을 도마에 놓고 먹기 좋게 잘라서 한 토막을 단이에게 건네주었다.

"무라. 이게 수박이라는기다. 엄청 시원하고 달제? 중국에는 이런 것이 없제?"

"수박이요?"

대답대신 단이는 입을 오므리고 작게 웃었다. 어이가 없었다. 외숙모는 중국에서 수박도 못 먹고 사는 줄로 여기는 모양이었다. 그녀가 대답을 하지 않고 웃기만 하자 외숙모는 신이 난 모양이었다.

"없제? 그렇제? 수박을 처음 보는갑네?"

"그리 큰 대륙에 왜 수박이 없겠씀까?"

"있나?"

"수박뿐만 아니라 사과, 바나나, 배, 귤, 암튼 한국에 있는 건 다 있씀다. 한국에 없는 것도 다 있씀다."

"중국이 춥다면서 더운 지방에서 나는 과일들이 어디서 나오는기가?"

"중국은 땅이 커서 북방은 추운 겨울에도 남방은 따뜻한 여름임다. 그러니 중국에서는 겨울에도 따뜻한 여름철에만 나오는 과일들을 마음껏 먹을 수 있씀다."

외숙모는 중국에 수박이 있다는 사실에 힘 빠지는 모양이었다. 한참이나 아무 말도 하지 않고 오물거리면서 수박을 먹고 있다가 갑자기 일회용 커피를 손에 들고 눈을 빛냈다.

"그럼 커피도 있는기가? 커피는 없제? 커피는 없을끼구만. 이게 원래 양놈들 것이니께. 양놈들은 전쟁통에 지들도 묵으야 데니께 빨리 들어온 것이여."

외숙모는 한사코 한국에만 있고 중국에는 없는 것을 찾아내고 싶어하는 것 같았다. 그 마음을 알 것 같아 단이는 대답을 피하고 작게 웃었다. 그러자 외숙모가 환하게 웃으면서 말했다.

"하모 커피는 없을끼다. 그라고 본께. 중국은 양놈들과 친하지 않찮여? 커피는 미국에서 들어온 물건이란께."

"중국 사람들은 커피보다 차를 많이 마심다. 한국과 수교한 후부터는 커피를 마시는 사람들이 점점 많아지긴 하지만요."

"그래? 중국에도 커피가 있어?"

"네."

"그럼 중국도 많이 좋아졌다그지?"

"네."

"그래도 한국이 중국보다 살기 좋제?"

외숙모는 수박 한쪽을 먹고 나서 휴지로 손에 묻은 물기를 닦았다.

이번에도 단이는 대답을 하지 않고 시물시물 웃기만 했다. 그러자 외숙모가 손을 휙 내저으면서 말했다.

"하모, 물어보나마나지, 안 좋으믄 중국 사람들이 밀항까지 하면서 한국에 오겠능가? 그런디 우리도 잘 산지 얼마 안 된다. 박정희 대통령이 새마을 운동을 하고 독일에 간호사를 파견하고 광부를 파견하고 월남전에 나가고 어려운 시기를 많이 거쳐가 우리나라가 이만큼 잘 사는기다."

외숙모님은 한국에 대한 자부심이 대단했다. 말끝마다 우리 대한민국이란 말을 입버릇처럼 달곤 했다. 외숙모뿐만 아니라 나이든 한국 사람들의 습관인 듯했다. 같은 한국 사람끼리 대화할 때도 사람들은 「우리 대한민국」이란 말을 자주 쓰는 듯했다. 그런 부분은 중국 사람들과 확실히 달랐다. 애국심이 대단해서 그렇다고 볼 수도 있겠지만 해석하기에 따라서는 대국과 소국의 국민성 차이라고도 볼 수 있다고 단이는 생각했다.

단이는 도균이의 어린 시절에 대해서 물었다. 사실 김도균이라는 남자에 대하여 아무것도 아는 것이 없었다. 어렸을 때의 사진 한 장도 본적이 없었다. 이번에 중국에서 다시 오면서 단이는 그런 생각이 들었다. 남자에 대하여 하나씩 하나씩 다시 알아가야겠다고 말이다. 그가 어릴 적에 어떤 아이였으며 무엇을 좋아했고 무엇을 싫어했는지.

"가는 아이 때부터 엄청 착했어."

남자가 여섯 살 때의 일이라고 했다. 아버지는 지방에서 근무하고 집에서 어머니와 단둘이서 살았는데 갑자기 엄마가 열이 펄펄 끓어서 약을 사러 약국에 갔다고 한다. 그런데 가지고 간 돈이 부족해 약을 살수가 없자 부족한 돈만큼 청소를 하겠다고 걸레를 들고 어기적거리다가 양동이에 담긴 물을 바닥에 쏟아놓았다고 한다. 주인이 가라고 야단을 쳤지만 아이는 약을 주기 전에는 안 간다며 물걸레를 들고 바닥에 물을 닦아냈다고 한다. 약국에 간 아들이 올 시간이 되었는데 오지 않자 아들을 찾아 약국에 갔더니 아들이 조막만한 손으로 약국 땅바닥의 물걸레질을 하고 있었다고 했다.

"그뿐이 아이라. 가가 은행빚 때문에 이 몇 해를 엄청 고생하고 있은 것을 자네도 알제? 그런디 그렇게 고생하믄서도 나한테는 매달 용돈을 보내줏다 안 카나. 배아파 낳은 자식도 지 부모 모른다카는 세월에 외숙모한테 매달 용돈을 주는 아가 대한민국에 도균이말고는 엄따. 하모, 없지. 그러니까네 중국색시는 시집을 잘 온기다. 내 말을 명심혀. 절때 고무신 거꾸로 신을 생각을 허덜 말고 여기서 꼼짝 말고 우리 도균이를 기다리그래이? 그랄 수 있제?"

단이는 남자가 은행빚 때문에 고생하고 있었다는 사실도, 그러면서도 외숙모한테 용돈을 보내주었다는 사실도 까맣게 모르고 있었다. 그동안 정말 무늬만 부부였다는 생각에 또 한 번 단이는 가슴이 내려앉았다. 그를 조금이라도 이해하려고 들었다면 이렇게 남자를 모르고 살지는 않았을 것이다. 미안해서 얼굴을 들 수가 없었다.

한참이나 혼자서 떠들던 외숙모가 졸린다면서 엉금엉금 엉덩이를 끌며 신발장 쪽으로 다가가더니 씽하니 옆방으로 나가버렸다. 원래는 벽과 벽 사이에 문이 있었는데 남자가 온 뒤로 외숙모가 신문지로 도배를 해놓아 그곳으로는 다닐 수 없게 해 놨다. 단이는 「도균의 집」으로 불리는 그 낯선 방에 식은 밥 덩어리처럼 덩그러니 혼자 남게 되었다.

바람이 부는지 밖에서 옥수수 잎이 서걱거리는 소리가 들려왔다. 그것은 마치 누군가 마당 안으로 쑥 들어서는 기척 같았다. 으르르, 옥수수 잎이 서걱거릴 때마다 단이는 바깥동정에 귀를 기울였다. 그리고 남자가 성큼 문을 떼고 들어서기라도 할 것 같아 소스라치며 문 쪽을 바라보았다. 하지만 허사였다. 빈 들판을 훑고 지나가는 바람소리만이 애꿎게 그의 빈 가슴을 후벼댔다.

지금쯤 어디서 무엇을 하고 있는지, 혹시 나쁜 마음을 먹는 것은 아닐지….

단이는 창문 밑에 놓여있는 낡은 피아노를 바라보면서 돌아가신 어머니의 유품을 이토록 챙기는 것을 보면 남자가 쉽게 죽지는 않을 것이라고 거듭 생각했다. 죽을 생각을 하는 사람이 어머니의 유품을 이토록 알뜰히 챙기겠는가. 하지만 사람의 일은 모르는 것이었다. 어린 시절에 외할머니 집에 갔다가 돌아온 하루사이에 어머니가 싸늘한 시체가 되었던 그 믿을 수 없는 기억을 가지고 있는 그녀는 아무리 편하게 생각하려고 애를 써도 그럴 수 없었다. 외숙모는 사람은 그리 쉽게 죽지 않는다고 말했지만 그녀는 사람의 목숨이야말로 풀잎에 이슬처럼 눈앞에서 사라질 수 있다고 생각했다.

단이는 방바닥에 물걸레질을 하고 이삿짐을 풀어 이불과 옷가지들을 정리했다. 그리고 압력밥솥을 주방 싱크대 쪽으로 옮겼다. 밥솥은 어디에 부딪혔는지 어금니가 떨어져나간 턱처럼 삐딱하게 엇갈려서 뚜껑이 잘 물리지 않았다. 부엌의 가재도구는 하나같이 길에서 주어온 것처럼 허망했다. 쇠 국자는 손잡이가 날아갔고 냄비는 바닥이 까맣게 기름이 눌어붙어 있었다. 여관에 있을 때 쓰던 것들일 텐데 거기서 볼 때보다 이곳에서 보니 훨씬 더 초라해보였다. 그때는 여관 건물 때문에 주방 도구들이 좀 낡아도 괜찮아보였던 모양이다. 아무것도 없이 빈털터리가 된 지금에는 기름이 눌러 붙은 냄비와 손잡이가 부러져 나간 쇠 국자들이 처참하고 궁상맞아보였다.

단이는 대충 정리된 방바닥에 담요를 깔고 옷을 입은 채 드러누웠다. 피곤했다. 하지만 잠은 오지 않았다. 유리창에는 어둠이 빼곡히 내려앉았다. 어둠이외에는 아무것도 존재하지 않는 것 같은 시골의 밤이었다. 낯설고 무기력한 느낌이 들었다.

단이는 마치 자신이 웅덩이에 고여 있는 빗물 같다는 생각이 들었다. 웅덩이에 고여 있는 물은 시간이 지나면 언젠가는 햇빛이나 바람에 마르고 증발되어 존재했었던 흔적도 없이 사라져 버릴 것이다. 남자를 따라서 여관에서 자던 첫날밤에도 단이는 그런 생각을 했었다. 강원도의 깊은 시골의 낯선 공간에 혼자 누워있으리라고는 꿈에도 생각해 본적이 없었다. 이것도 자신의 운명에 미리 내정된 수순일지가 궁금했다. 문뜩 족집게 무당이라고 자화자찬하던 그 늙은이의 생각이 났다. 그 노인네라면 남자의 행방을 알고 있을지도 모른다는 생각이 들었다. 하지만 그런 생각 역시 바람과 함께 사라지고 말았다. 어쩌면 남자를 찾기 위해 그 늙은 여자를 찾아내는 일은 남자를 찾는 일보다 훨씬 더 어려울지도 몰랐다.

단이는 잠이 오지 않아서 남자의 핸드폰 번호를 눌렀다. 뚜뚜뚜- 신호는 가는데 받는 사람은 없다. 그렇게 한 번, 두 번, 세 번, 끊임없이 눌렀다. 전화기에서는 고객이 전화를 받을 수 없으니 음성사서함에 메시지를 남기는 말만 되풀이 되었다.

64

단이가 아침에 눈을 뜨자 뒷산 어딘가에서 까치가 울었다.

단이는 좋은 일이 있을 것 같다는 예감이 들었다. 제발 오늘은 남자와 전화 통화가 이루어지기를 바라면서 핸드폰 번호를 눌렀다. 그런데 전화기에서는 어제와 똑 같은 말을 되풀이 할 뿐이었다. 그러든 말든 단이는 끊임없이 전화기 번호를 눌렀다. 남자가 살았는지 죽었는지도 모른 채 이렇게 손 놓고 앉아있어야 한다는 것은 그야말로 참담한 일이었다. 그래서 이렇게 끝없이 전화번호라도 눌러야 조금이나마 견딜 수 있을 것 같았다. 그녀는 1분에 한 번씩 눌렀다. 그 1분을 기다리는 것이 너무 길고 지루해서 마치 한 세월이 지나가는 것만 같았다. 단이는 마치 피가 마르는 듯 했다.

단이는 자신이 왜 이토록 남자 때문에 안달아 하는지를 알 수가 없었다. 마지막으로 남자를 떠날 때는 그와 영영 헤어질 생각까지 했었다. 남자의 무관심에 화가 난 것도 있었지만 남자의 곁에 화연이가 붙어있는 한 자신은 남자에게 아무것도 아니라는 열등감이 더 컸던 것 같았다. 그런데 가진 것을 다 잃고 이젠 아무것도 남아있지 않는 남자에게 아이러니하게도 단이는 다시 돌아가려하고 있었다. 남자를 위해서 자신이 무엇인가 할 수 있을 것 같다는 생각이 들어서였다. 무엇을 해야 하는지는 아직 잘 모르지만 아무튼 자신이 더 이상 남자에게 무의미하고 소모적인 존재가 아니라 무언가 도움이 될 수 있다는 자신이 생겼다. 그래서 단이는 남자를 찾아왔고 남자를 위해 기다려 주고 싶었다.

남자를 기다리는 동안 시간은 너무 느리게 흘러갔다. 시간이 꽤나 지난 것 같아 전화기를 집어 들면 그새 5분도 흐르지 않고 있었다. 단이는 남자를 만나면 무슨 말을 할까 생각해 보았다. 그가 죽지 않고 살아오기만 한다면 그 서운하고 역겨웠던 한쪽 다리가 오히려 감사할 것 같았다. 다리 한쪽밖에 갖고 있지 않지만 역경 속에서도 포기하지 않은 그 다리가 대견하여 그곳에 뜨거운 키스를 할 수 있을 것 같았다. 남자가 살아서 돌아오기만 한다면 말이다.

그날 밤, 늦은 시간까지 단이는 포기하지 않고 전화기를 눌렀다. 그러다가 갑자기 전화기의 너머에서 귀에 익은 목소리가 흘러나왔다.

"여보세요?"

기다리고 있었지만 뜻밖이었다. 남자의 목소리에 단이는 갑자기 말문이 막혀버렸다. 눈물이 주책없이 흘러내렸다. 남자는 은근히 여자의 전화를 기다리고 있었던 모양이었다. 그런데 전화를 받는 남자의 목소리가 의외로 꼬장꼬장했다. 그리고 옆에 누가 있는지 남자의 목소리에서 산만한 허구와 허세가 느껴졌다.

"왜 말이 없어? 할 말이 없으면 끊는다."

남자 말에 단이가 조급한 마음에 버럭 소리를 질렀다.

"잠깐만! 거기가 어딤까?"

"그걸 알아서 뭐하게?"

"나 당신 마누라임다. 당연히 당신이 어디 있는지 알 권리가 있씀다."

"나와 헤어지고 싶어서 중국에 갔던 거 아니었어?"

"그건…"

그건 미안하다고 단이는 말하고 싶었다. 그런데 잠깐 뜸을 들이는 사이에 남자가 퉁명스럽게 쏘아붙였다.

"이제 다 끝났으니 당신이 가고 싶은 데로 가! 말리지 않을 테니. 하긴 내가 말릴 자격이나 되는 사람인가 뭐."

남자의 말투는 무책임하고 싸늘했다.

"저도 그러고 싶은데 당신이 와서 이혼을 해주고 호적을 정리해주어야 가든지 할게 아임까? 이것을 안 하면 나는 어디가든 김도균이란 남자의 껍데기에 불과하니까 나도 이제부터 나다운 나로 살고 싶씀다. 그러니 빨리 오소."

왠지 단이는 화를 내고 있었다. 왜 그랬을까? 그에 대한 원망과 화는 이미 사라졌다고 믿었었다. 다만 남자가 돌아오기만 하면 감사할 것 같았다. 그런데 왜 마음에도 없는 말을 해버렸을까.

그동안 남자에게 하려고 준비했던 말들은 정작 다 잊어버리고 생각지도 않던 엉뚱한 말을 해버린 것이다. 그녀는 후회가 막심했다. 하지만 이미 뱉은 말이니 다시 주어 담을 수도 없었다. 차라리 이렇게 나가는 것이 남자를 불러들이기 쉬울지도 모른다는 생각이 들기도 했다. 한심하기는 했지만 두 사람이 싫어도 꼭 한번은 만나야 하는 확실한 이유는 바로 이혼이란 명분뿐이었다. 이혼이란 말에 남자는 충격을 받은 듯 한참이나 아무 말도 하지 않고 있었다. 거친 호흡이 전화기로 전해질 뿐이었다. 남자는 단이가 이렇게 강경하게 나올 줄은 미처 생각지 못했던 모양이었다. 그런데 침묵을 깨면서 남자가 한 말은 너무도 시치름했다.

"그냥 가서 살어!"

이 무슨 황당한 말인가. '마음대로 가서 살아'라면서 이혼하는 것은 싫은 모양이었다. 아무튼 남자의 무책임한 태도에 여자는 화가 났다. 그녀는 처음보다 더 강한 태도로 남자를 자극했다. 어떻게 해서든 남자를 돌아오게 하고 그 다음 붙잡고 설득하면 될 것이라고 생각했다.

"가고 싶은 데로 가서 살라면서요! 그러면 와서 이혼을 해줘야잼까! 그래야 온전히 떠날 수 있을 거 아임까! 아이 그렇씀까?"

또다시 침묵이 흘렀다. 그리고 다시 남자가 입을 열었다.

"알았어."

남자가 한숨처럼 짧은 한 토막을 토하듯 털어냈다. 이때, 어떤 여자의 목소리가 날아들었다.

"도균씨! 거기서 뭐하세요. 어서 와요!"

그 소리와 함께 전화가 끊겼다. 갑자기 온 세상이 미궁 속으로 굴러떨어지듯 아득한 단절감을 느꼈다. 남자는 여자와 함께 있었다. 늦은 시간까지 무엇을 하고 있었을까? 술을 마시고 있었던 것일까, 아니면 또 다른 무엇을 하고 있었던 것일까?

야속한 생각이 들었다. 절망과 체념사이를 저울추처럼 시시각각 오르내리면서 졸아드는 탕약처럼 속을 끓였던 안타까웠던 시간에 비해 어쩌다가 어렵게 연결된 남자와의 통화는 너무나 짧고 허망하게 끝나버렸다.

그것도 정체 모를 어떤 여자의 재촉으로 말이다. 남자를 기다리는 자신의 마음이 이토록 부질없고 아무것도 아니었다는 것이 단이는 혀를 깨물고 싶을 만큼 처절했다. 마치 금방 남자와 대화를 나누었던 일이 실제로 있었던 일인가 싶을 정도로 믿기지가 않았다. 멍한 기분에 사로잡혔다. 사람들이 현재라고 믿고 있는 소중한 현실이 사실은 머릿속에 떠올리기 무섭게 지나가버리고 잊혀져버리는 미분의 찰나에 지나지 않는 짧은 소음에 지나지 않는 다는 사실이 허망하기만 했다.

세상의 모든 소리가 억겁의 시간 너머로 물러간 듯 사위가 괴괴했다. 다만 뒤울안 숲속 어딘가에서 작은 풀벌레 우는 소리가 찌르륵찌르륵 길고 처량하게 들려왔다. 외로운 밤이 슬퍼서 우는 것인지 아니면 짝짓기를 하며 사랑을 속삭이는 것인지, 풀벌레들의 대화는 길고도 길었다. 그녀는 우울하기 그지없었다. 알았다고 한 남자의 말은 그녀의 말을 받아들인다는 뜻이 아니었다. 남자는 하던 말을 끝내고 싶을 때는 습관처럼 알았다고 했다. 그러니 그 진정한 의미는 올수도 있다는 말일수도 있고 오지 않겠다는 말일수도 있다. 그리고 이혼을 해준다는 말일수도 있고 이혼을 하지 않겠다는 말일수도 있다. 그리고 그 모든 것 어느 것도 아닐 수 있다.

함께 있었던 여자는 누구일까? 그새 또 다른 여자가 생긴 걸까?

어느 것 하나도 확실한 것은 없었다. 남자와 통화는 했지만 여전히 통화하지 않았을 때와 다를 바가 없었다. 언제 온다는 것도 모르고 무엇을 하고 있는지도 모르고 어디에 있는 것인지도 모른다. 오히려 걱정거리 하나가 더 생긴 셈이다. 그러면서도 그나마 다행스러운 것은 그가 아직 죽지 않고 살아있다는 사실이었다. 죽지 않고 살아있으니 언젠가는 돌아올 것이라는 외숙모의 말에 근거가 생긴 것이다.

이튿날 단이에게 도균과 통화를 했다는 말을 들은 외숙모가 다그쳤다.

"지금 있는 데가 어디란가? 잘 있기는 하단가? 언제 온단가?"

"모르겠씀다."

"몰러? 전화를 했담서 왜 그것을 모른단가?"

"물었지만 알려주지 않았씀다."

"어땠어?"

"무스거 말임까?"

"목소리는 들은거 아닝가 ? 잘 있는거 같았능가?"

단이는 아무 대꾸도 하지 않고 시무룩해 있었다.

"물어보나마나지. 하모, 부도내고 도망간 놈이 잘 있음 얼마나 잘 있겠노. 있는 곳이라도 알았으면 퍼뜩 댕겨오믄 쓰겄구마는…"

"옆에 여자들도 있고 잘 있는 것 같았씀다. 혹시 어딘가에 살림을 차린 것은 아닐까요?"

"살림이라니?"

외숙모가 황급히 두 손을 내 흔들었다.

"가는 절때 그럴 애가 아니여. 하늘이 두 쪽이 나도 그럴 일은 없을팅게 그런 오해는 하들 말어. 내가 아니라카믄 아닌게니께 믿어. 기다리고 있음 언젠가는 돌아올 것이여."

"돌아올까요?"

"하모, 말이라고? …살아있으니 언제든 돌아올 것이여."

외숙모가 옷섶으로 눈을 문질렀다.

"내사 눈땜시 어째사쓸랑가 모르겄다. 작년부터 아픈것을 냅싸뒀더마는 요즘에는 실없이 눈물이 자꾸 나와. 칠칠치 못하게서리."

외숙모가 허리를 구부정한 채 자기 방으로 건너갔다. 눈 탓을 했지만 도균 때문에 눈물을 흘린다는 것을 단이는 알고 있었다.

"알았다고 했으니 곧 돌아올 겜다."

외숙모 등 뒤에서 단이가 위로했다. 그것은 기실 흔들리고 있는 자신의 마음에 하는 말이기도 했다. 살아있다는 것을 알았으니 돌아올 수 있다는 희망이 생긴 것이고 돌아올 수 있으니 기다리는데 확실한 이유가 생긴 것이다. 그녀는 그렇게 생각하기로 했다. 그것이 도대체 어떤 마음인지 그녀는 알 수가 없었다. 요즘은 어머니의 생각이 자주 났다. 딸은 엄마를 닮는다고 해도 이렇게 신통히 닮을 수가 있을까? 밖으로만 나돌았던 아버지를 기다리며 어머니는 밤마다 칠흑같이 어두운 창가에 붙어서 한숨을 짓곤 했다. 어릴 적에는 아버지를 떠나지 못하는 어머니를 원망한 적도 있었다. 하지만 미워하면서도 기다리고 떠나고 싶어 하면서도 끝내 떠나지 못하고 그 자리를 지켰던 어머니도 아마 지금의 자신과 같은 마음이었을 거라는 생각이 들었다.

65

그렇게 또 한 달이 지나갔다.

알았다고 했던 남자는 다시 연락이 오지 않았다. 낯선 시골에서 남자를 기다리는 그녀의 마음은 점점 지쳐갔다. 언제까지 이렇게 기다려야 하는 건지, 기다리지 않으면 또 어떻게 해야 하는지, 단이는 알 수 없었다. 그저 매일 매일 습관처럼 남자를 기다리고 있을 뿐이다. 남자를 기다리고 있는 건지 아니면 갈 곳이 없어서 그냥 머물러 있는 것인지 조차도 분간이 가지 않았다.

단이는 먹을 것이 있으면 먹고 없으면 먹지 않았다. 어떤 때는 하루 종일 먹지 않고 누워만 있을 때도 있었다. 외숙모마저 부산 어딘가에 있다는 친척집으로 가고 없었다. 하루 종일 찾아오는 사람도 없고 말을 거는 사람도 없다. 차라리 그것이 더 편했다. 단이는 낮에도 창문 커튼을 거두지 않았다. 사람이 없는 빈방처럼 보이고 싶었다. 누군가 찾아와서 관심을 보이는 것에 일일이 반응하는 것이 귀찮고 부담스러웠다.

어쩌다 화장실에 가기 위해 밖으로 나갈 때가 있다. 그럴 때면 필요이상으로 화장실에서 시간을 많이 보냈다. 누군가의 눈에 띄는 것이 싫어서 볼일을 다 보고도 화장실에 더 머물러 있곤 했다. 화장실에 있는 것이 그녀의 유일한 바깥 생활이었으니 말이다. 그곳에 앉아서 바람에 떨어지는 나뭇잎도 바라보고 마른 옥수수 잎새에 앉아 짝짓기를 하는 잠자리도 본다. 그리고 또 저녁노을이 동그랗게 전기 줄에 머물다 사라지는 것을 보며 뒤뜰에서 우는 귀뚜라미 소리에 귀 기울이기도 한다. 그리고 뒤뜰 안에 가득 고이는 귀뚜라미의 발자국을 찾으려는 듯 살금살금 뒤뜰을 돌아다닌다. 그러다가 문뜩 그사이에 남자가 돌아와 있을지도 모른다는 생각으로 정신없이 문을 열어본다. 하지만 나갈 때와 아무것도 달라진 게 없다. 문을 열었을 때의 비어있는 방의 그 허전한 느낌은 슬픔으로 고스란히 그의 가슴을 아리게 한다. 오로지 자신의 비명 소리만 들릴 뿐 아무것도 보이지 않는 안개 속으로 미끄러져 들어 가는듯한 실의와 막막함은 그녀의 심신을 허약하게 만들어갔다.

그날은 아침부터 비를 머금은 구름장들이 게트림을 하면서 오락가락하고 있었다. 그러다 점심때쯤 되자 광풍이 일기 시작하더니 굵은 빗줄기를 마구 쏟아내기 시작했다. 나뭇가지가 해초처럼 흔들렸고 작은 새들이 비를 피해 쏜살같이 숨을 곳을 찾아 낮게 날아가고 있었다.

그렇게 한 시간을 정신없이 쏟아낸 비에 앞 도랑물이 불어나서 울바자 안으로 흘러들어왔고 금세 앞마당에 싯누런 흙탕물이 고여 남자의 외숙모가 일할 때 신던 고무신이 둥둥 떠다녔다. 집안에는 눅눅하고 불쾌한 습기가 우울하게 퍼졌다. 오랜만에 단이는 마음먹고 창문커튼을 걷었다. 이런 날에는 누구도 찾아 올 일이 없을 것이다. 그녀는 창문까지 열어놓았다. 찬 공기가 답답한 가슴을 일시적이나마 시원하게 식혀주는 듯 했다. 비 때문에 갇혀있는 사람은 자기 한사람이 아닐 것이란 생각에 마음이 흐뭇했다.

그때 대찬 빗줄기속에서 한 남자가 검은 우산을 들고 서있었다. 남자는 울바자 안으로 들어올지 말지를 고민하는 듯 가만히 서있었다. 갑자기 불어친 광풍이 남자의 우산을 뒤집어 놓았다. 거꾸로 뒤집혀버린 우산을 놓치지 않으려고 남자는 안간힘을 쓰면서 저만치 바람에 끌려갔다. 쓸어질듯 말듯 허리를 활처럼 휘어뜨리 면서도 남자는 우산을 놓지 않았다.

"도균 씨다!"

여자가 오열하며 집밖으로 뛰어나갔다. 신발을 신는 것조차 잊은 채 맨발 바람이었다. 마당에 물은 어느새 발목을 올라와 있었다. 순식간에 옷은 젖어 단이는 물병아리가 되었다. 하얀 물보라를 마구 일으키는 폭우에 눈을 뜰 수가 없어서 그녀는 연신 얼굴의 빗물을 훔쳤다. 어느새 남자가 한쪽 죽지가 부러진 우산을 머리위에 쓴 채 울바자 안으로 천천히 걸어 들어오고 있었다.

"도균씨…"

단이는 속으로 환호하면서 뜨거운 눈물을 흘렸다. 글쟁이들은 기다리는 삶이야말로 생명이고 활력이고 즐거움이라고 한다. 하지만 그녀에게 기다림이란 사포처럼 살살 생명을 갈아내는 아픔이었고 고통이었고 죽음 그 자체였다. 그녀는 늘 밖에서 살았던 아버지를 기다리면서 살았던 아픔이 있었기에 남자를 기다리는 아픔이 얼마나 지독한지 이미 알고 있었다. 그래도 이렇게 살아서 돌아왔으니 그것으로 되었다. 더 이상 무엇을 바라겠는가. 사람이 죽지 않고 돌아왔는데 그것으로 만으로도 충분히 축복받을 일이었다.

암, 그렇고말고…사람이 살아있으면 된다.

그녀가 남자를 향해 뛰어갔다. 비가 오면 어떤가. 그녀는 빗속에서 남자를 부둥켜안고 이제 영원히 헤어지지 말자고 말하리라 마음먹었다. 이때 세찬 바람이 남자의 부러진 우산을 휙 날려 보냈다. 남자도 두 손으로 얼굴에 흐르는 빗물을 훔치면서 여자를 바라보았다.

그런데 이런 말도 안 되는 일이라니. 그는 남편이 아니었다. 그는 남편의 친구 경석이었다. 그를 알아본 그녀도 놀랐지만 맨발에 속옷만 입고 서있는 여자를 본 남자가 더 놀랬다.

"제수씨!"

여자가 아무 말도 하지 못하고 망부석처럼 굳어졌다. 벌어진 입으로 빗물이 흘러들어가는 것도 미처 의식하지 못하는 듯 했다. 아, 하느님이시여! 이럴 때는 무슨 말을 해야 합니까? 그녀는 부끄럽고 창피하고 당황스러웠다. 하마터면 경석을 도균으로 알고 달려가 품에 안길 뻔 하지 않았는가?

"제수씨, 왜 이렇게 비를 맞고 서있어요? 감기 걸리면 어쩌시려고요."

경석은 큰소리로 말했지만 그 소리가 마치 먼 곳에서 들려오듯 아득했다.

"제수씨! 비가 오는데 왜 여기 이러고 서있어요?"

"아, 경석 씨…"

그제야 단이는 정신이 든 듯 경석을 아는 척 했다.

"경석 씨야말로 어쩐 일임까?"

"아, 저는 이 근처 산속에서 사진 촬영을 하다가 비를 만나서 딱히 갈데도 없고 해서 여기로 뛰어왔죠."

"아, 그랬씀까. 전 도균씨가 돌아온 줄 알고 막 뛰어나왔씀다."

"도균이가 아니어서 미안해요. 괜히 이렇게 비를 맞게 했네요."

경석은 미안해서 어쩔 줄을 몰라 했다.

"아님다. 비가 오는데 얼른 안으로 들어가요."

두 사람은 젖은 채로 방으로 뛰어 들어갔다. 하지만 단칸방이라 옷을 갈아입을 수도 없고 어떻게 해야 할지 몰라 두 사람은 맨봉당에 선채로 쑥스럽게 서로 쳐다보기만 했다. 옷에서는 빗물이 줄줄 흘러내려 방바닥을 어지럽혔다.

"어쩌죠?"

여자가 몸에 찰싹 달라붙은 실내복을 몸에서 떼어내면서 미안해했다.

"제가 밖에 나가 있을 테니까 제수씨가 옷을 갈아입으세요."

"이대로 있어도 금방 마를 겜다."

"안돼요. 감기에 걸리면 큰일 나요."

남자가 밖으로 나가고 단이는 젖은 옷을 벗고 감색에 하얀 물방울무늬가 있는 원피스로 갈아입었다. 급할 때는 원피스가 편했다. 한 장으로 걸칠 수 있으니 말이다. 그녀는 남편의 옷 보따리에서 티셔츠와 바지를 꺼내놓고는 밖으로 나갔다.

"어서 들어와서 도균 씨 옷으로 갈아입으쇼. 맞을지 모르겠씀다."

"맞을 겁니다. 도균이가 장가가기 전에는 가끔씩 옷을 서로 바꿔 입고 돌아다녔어요. 그럴 때마다 자기옷보다 상대방의 옷이 더 잘 어울리는 것 같았거든요."

경석은 웃으면서 집안으로 들어갔다. 그리고 얼마 안 있어 밖에다 소리쳤다.

"다 입었으니 들어오세요."

들어오다가 단이가 경석을 보고 피식 웃었다.

"왜요? 이상해요?"

"이상해서가 아니라 도균씨와 너무도 비슷해서 착각이라도 하겠단 생각이 들어서 웃음이 났씀다."

"오늘 제가 여러 가지로 민폐를 끼치네요."

경석은 면구스러워하면서 뒤통수를 긁었다.

"민폐는요. 오랜만에 집에 말할 사람이 있어서 좋기만 함다. 요즘은 외숙모마저 부산에 가셔서 진짜 하루에 말 한마디도 못하고 삼다. 이러다가 실어증이라도 걸릴까봐 두렵씀다."

"제수씨는 착하면서도 참 강한 사람인 것 같아요. 이런 어려운 상황에서도 잘 버티는 것을 보면 말입니다."

"여자들은 원래 좋은 환경보다 어려운 환경에서 강하담다."

"남자들은 그 반대죠. 좋은 환경에서는 강한척하다가도 문제가 생기면 도망을 가죠. 제수씨가 만약 한국여자였으면 부도내고 도망간 남자를 기다린다고 이런 곳으로 찾아오겠어요? 오히려 더 멀리 도망을 갔을걸요. 그러고 보면 중국여자들은 순정파인 것 같아요."

"저도 하루에도 수십 번씩 도망가고 싶다는 생각을 함다. 사실 순정파여서가 아니라 이러지도 저러지도 못하고 그저 이러고 있는 거지요. 어떻게 하는 게 옳은 판단인지 잘 모르겠씀다…. 보는 사람들은 왜 저러고 사나하겠지만요. 당사자가 아니고는 누구도 이런 상황을 이해할 수 없을 겜다."

"그 심정이 어떤 것인지 잘은 모르겠지만 조금은 이해할 것 같아요."

"이러지도 저러지도 못할 때는 원래의 상황을 유지하는 게 또 다른 어려운 상황을 만드는 것보다 낮다 그저 그런 생각으로 버티는 거 같씀다."

"그런 생각을 한국여자들은 못 한다는 거죠."

"못 하는 것이 아니라 안 하는 검다. 중국 사람들은 새것보다 본래의 것을 선호하는 가정문화가 많씀다. 그래서 쉽게 가정을 깨지 못하는 것 같씀다."

"요즘 세대들은 좀 변하지 않았어요?"

"물론 변하기는 해도 그 민족성이야 어디 가겠씀까? 한국남자들은 사회적 체면보다 집안 체면을 중히 여기지만 중국남자들은 집안의 체면보다 사회적 체면을 중히 여긴답다. 그래서 한국 남자들은 사업이 망하면 집안 체면을 지키려고 밖에 노숙자가 되지만 중국남자들은 가정에서는 부인 앞에서 무릎을 꿇고 부인의 발을 씻겨주더라도 절대 집을 나가지 않씀다. 문제가 생기면 진심으로 감싸줄 수 있는 곳은 집밖에 없다는 것을 중국남자들은 잘 아는 거예요. 그런 것을 보면 가장으로서의 체면을 지키려고 집을 나가는 한국남자들은 허당인 셈이죠. 가족에게 이해를 받지 못하는 사람이 밖에 나간다고 이해를 받겠씀까?"

그녀의 말은 도균을 두고 하는 말인 것을 경석은 대번에 눈치 챘다.

"도균이한테 많이 서운하시죠?"

"저한테 돌아와 봤자 제가 도움이 되지 않을 것이고 오히려 짐이 될 테니깐 오지 않는 거지 않겠씀까?"

"아니에요. 그 반대일거예요. 도균이가 제수씨한테 도움이 되지 않고 짐이 될 것이 두려워서 안 오는 거예요. 도균이의 마음은 제가 잘 알아요. 그 자식의 마음속에는 제수씨밖에 없어요. 절대 다른 여자는 없어요."

"다른 여자요?"

"네."

단이는 경석을 바라보았다. 이 남자는 언제나 도균의 편에 섰고 자기편이었다는 것을 그녀는 잘 알고 있었다. 결혼을 하고나서 경석이 처음으로 장미여관에 들렀던 적이 있다.

늦은 오후였다. 그날도 경석은 강원도에서 사진촬영을 마치고 서울로 돌아가는 길이라고 했다. 그전에는 사진촬영이 있을 때마다 오갈 때 자기

집처럼 장미여관에 들리곤 했었지만 결혼을 하고나서는 처음으로 발걸음을 했다. 때마침 도균은 출타를 하고 여직 돌아오지 않았다. 경석이 정원에 있는 파라솔 밑에서 시원한 음료수나 한잔 마시고 간다고 하여 단이가 음료수 잔을 건네주면서 말했다.

"미안해서 어쩜까? 미리 연락을 주지 그랬씀까? 그랬으면 도균 씨가 외출을 하지 않고 기다렸을 텐데 말임다."

경석은 목이 마른지 단번에 음료수를 모두 들이마시고는 사람 좋게 활짝 웃었다.

"괜찮아요. 그냥 지나가는 걸음에 들렀습니다. 장사는 잘 됩니까?"

"그냥 그렇씀다."

"금방 보니 카운터에 보지 않던 여자 분이 있던데 새 직원인가요?"

"직원으로 쓰는 것은 아니고 임시로 와 있는 사람임다."

"직원도 아닌데 임시로 와 있는 사람이라니요? 그게 무슨 뜻이에요?"

경석이 희미하게 웃었다. 아마도 단이가 중국 사람이어서 한국어 표현력이 부족하다고 생각하는 모양이었다.

"저도 뭐가 뭔지 잘 모르겠씀다. 도균씨가 하는 일이니 자세한 것은 도균씨에게 물어보세요."

어두워 보이는 단이의 얼굴에서 무슨 기미를 챈 듯 경석이 급히 되물었다.

"제수씨 얼굴이 안 좋아 보입니다. 무슨 걱정이라도 있습니까? 혹시 도균이가 속을 썩이면 저한테 말을 하세요. 제가 이번에 왔던 김에 그 친구 버릇을 단단히 고쳐놓고 갈 테니까요."

희떠운 소리처럼 큰 소리를 쳐놓고는 자신도 우스운지 경석이 큰소리로 웃었다. 그런 경석의 말에 단이는 울컥했다. 금세 눈물이 쏟아지려고 했다. 마치 오랜만에 친정집 오빠를 만난 것 같이 설움이 북받쳐 올랐다. 그러자 경석이 당황해서 어쩔 줄 몰라 했다.

"왜 그러십니까? 제가 뭘 실수라도 했습니까?"

"아님다."

"그럼 진짜 무슨 일이 있는 겁니까?"

"저, 요즘 너무 속상함다."

단이가 흘러내리는 눈물을 손끝으로 훔치고 나서 억지로 웃었다. 되도록이면 심각하지 않은 척 보이려고 안간힘을 다했다.

"사실, 카운터에 앉아있는 저 여자는 저와 함께 중국에서 도균씨와 맞선을 보았던 여잠다. 제가 중국에 갔다 오니 저 여자가 여기에 와 있었씀다. 40일이나 넘게 둘이서 이 여관에 함께 있었다는 것도 속상한데 더 속상한 것은 도균 씨가 저 여자와는 편안하게 지내면서 저와는 남처럼 어렵게 대함다. 어떤 때는 제가 손님이고 저 여자가 도균 씨의 와이프 같다는 생각마저 듬다."

말없이 컵만 들여다보고 있는 경석의 눈빛에 어둠이 빼곡히 내려앉았다. 단이는 경석이 이런 무거운 표정을 짓는 것을 처음 보았다. 불안했다. 늘 낙천적이고 긍정적이어서 무슨 말을 해도 모두 받아줄 듯 싶은 그런 사람이라고 여겨서 마음속의 고민을 털어놓았는데 갑자기 실언을 한 것 같은 생각이 들어 바짝 긴장해 났다. 경석이 자신한테 늘 우호적이고 친절하였던지라 가깝다고 생각한 것은 어쩌면 자신만의 착각일수도 있다. 경석은 필경 도균의 오랜 친구이고 친구 앞에서 남편에 대한 흉을 본 것은 어쩌면 경박한 행동으로 비칠 수도 있겠다는 생각이 들었다.

"제가, 괜한 말을 한 것 같씀다. 경석 씨는 고민을 들어줄 수 있을 것 같아서 말씀드렸는데 경솔했던 것 같씀다. 죄송함다."

경석이 다급히 손을 흔들었다.

"아니에요, 제수씨. 말씀 잘하셨어요. 전 제수씨의 속상한 마음을 충분히 이해해요. 그리고 한국에 와서 살면서 답답한 마음을 털어놓을 사람도 없이 그동안 얼마나 속상했을까 하는 그런 생각이 드네요."

단이가 고개를 숙이자 눈물이 쭈르르 흘러내렸다.

"제가 실수를 했나싶어서 바짝 긴장했는데 이해해주신다니 고맙씀다."

"무슨 말로도 위로가 되지 않을 것이란 걸 잘 알아요. 신이 작은 고통은 발가락만이 안다고 다른 사람의 아픔을 제삼자가 어찌 알겠어요. 다만 참고로 말씀드리고 싶은 것은 남자들이 자기 와이프보다 다른 사람을 더 편안해 하는 것은 그 사람을 와이프보다 더 좋아해서 그러는 게 아니라는 것입니다. 남자들은 자기 와이프 앞에서는 권위적이고 싶어 해요. 남편으로서의 위엄을 잃지 않기 위해서겠죠. 그래서 다소 어렵게 보일 수 있어요. 그런데 그것은 사랑하지 않아서가 아니라 가족의 어떤 위계질서 같은 것을 만들어가야 하기 위해 일부러 그러는 거구요. 바꾸어 보면 다른 여자한테 편안하게 대하는 것은 그 여자를 좋아해서가 아니라 미래가 약속되지 않는 타인이기에 특별한 위계질서를 세워야 할 이유도 없어서예요. 솔직히 남한테는 아무 요구도 기대도 안하게 되잖아요. 그러니 그냥 편안하게 대하는 거죠. 반대로 자기 와이프한테는 자기 식구이기에 요구도 많고 기대치도 높죠. 그래서 어떤 땐 먼 사람처럼 차갑게 보일수도 있겠죠.

물론 저의 해석이 절대적인 것은 아니겠죠. 특별한 사람과 특별한 케이스는 늘 존재하니까요."

"남자들에게 그런 심리가 있다는 건 전 전혀 몰랐씀다. 그런데 요즘 도균 씨와 화연의 관계는 심상치가 않씀다. 어떻게 해야 할지, 화도 나고 때로는 저도 악에 받쳐서 미치겠씀다. 저도 제정신이 아님다."

"일단 남녀의 관계에서 골치 아픈 일이 생기면 뭔가 해보려고 성급히 서두르지 마세요. 아무리 많이 생각하고 절묘하게 연습하고 전문성 있게 준비를 해도 가장 완벽하고 효율적인 전략은 아무것도 안하는 것이라는 생각이 들어요. 속 시원히 말을 하고 나면 가슴이 후련할 것 같죠? 전혀요. 그 반대예요. 화난다고 해서 할 말 안 할 말을 다 뱉고 하고 싶은 대로 부셔버리고 뭉개 버리고 나면 다음에 다시 어떻게 해보려고 해도 손을 쓸 수가 없어요. 그러니 일이 생기면 무엇인가 하려고 하지 말고 그냥 아무것도 하지 않고 묵묵히 기다리는 게 어쩌면 해결을 보려고 악을 썼던 결과보다 더 좋은 결과로 돌아와요. 그래서 때론 아무것도 하지 않는 것이 가장 많이 하는 것이라는 말도 있죠."

"그렇군요. 전 제가 아무것도 못하고 손 놓고 있는 것이 바보 같다고 생각하고 있었씀다."

"바보가 아니라 지혜로운 거예요. 사실 그렇게 하는 것이 가장 어려운 일이거든요. 오죽하면 현자들의 말에 보면 인내하는 것이 가장 큰 배움이다, 자신의 감정을 통제하는 것이 가장 큰 재산이다 그러겠어요."

"경석 씨의 말을 듣고 보니 답답하던 가슴이 많이 열리는 것 같씀다. 경석 씨는 참 좋은 분 같씀다."

"단이 씨가 잘못 짚었어요. 중이 자기머리를 깎지 못하듯이 제 와이프한테 저는 세상에서 제일 나쁜 남자인걸요. 저희 부부도 서로 얼굴 안보고 말 안하고 산지가 3년이 됩니다."

경석은 다른 사람의 마음을 열고 공감을 얻어내는 데에 있어서 자신의 아픔을 털어놓는 것이 가장 빠른 길이라는 것을 아는 듯 했다. 경석의 말을 들으면서 단이는 적잖이 놀랐다. 이렇게 좋아 보이는 사람도 싸우면서 산다는 것이 그녀로선 선뜻 이해가 되지 않았다. 사람이란 누구나 특별하지 않고 모두 비슷하게 살며, 사노라면 이런저런 곡절과 고통을 겪는 것은 필연이라는 생각이 들었다.

"경석씨도 아내분과 싸운다는 것이 너무 뜻밖임다."

"사느라고 싸우는 것이지요. 다시 말하면 살기위해서 싸우는 거지요."

경석이 계면쩍게 대답했다. 단이가 살풋이 웃자 경석도 따라서 웃었다.

"저는 언제든지 제수씨의 편입니다. 아무리 참기 어려운 고통이라도 그것은 우리들의 삶을 지탱해주는 동기가 될 수도 있어요. 마치 더러운 담요가 더럽지만 추운 사람들에게는 추위를 막아주는 것처럼 말이에요."

이것은 단이가 중국에 가기 전에 있었던 일이었다.

66

"도균이한테서는 아무 연락도 없습니까?"

"한 달 전, 제가 여기로 온 이튿날에 딱 한번 통화를 했씀다."

"뭐래요?"

"저보고 기다리지 말고 살길을 찾으라고 했씁다. 제가 다른 데를 가더라도 이혼을 해주어야 가지 이런 상태로는 어디를 가도 자유롭지 못할 거 아니냐고 했더니 알았다고 했씁다. 그리고 전화를 끊었는데 그 뒤로는 아예 전화를 안 받씁다."

"아마도 당장은 돌아오기 힘들 거예요. 아버지 어머니께서 돌아가시면서 남긴 전부나 다름없는 건물이 남의 손에 넘어갔으니 그 속이 오죽하겠어요. 제정신이면 오히려 이상하죠. 그렇지만 제수씨가 기다리고 있으면 꼭 돌아올 거예요."

"저도 잘 모르겠씁다. 제가 언제까지 기다려 하는지…"

"무슨 말씀이세요?"

"저도 저의 마음이 어떤 것인지 잘 모르겠어서 장담할 수 없다는 말임다. 요즘은 중국으로 돌아가고 싶다는 생각이 자주 든담다."

"제수씨까지 없으면 도균이 이 자식은 완전 죽은 목숨인데 이걸 어떻게 하죠?"

경석은 단이가 당장 떠나기라도 하듯 불안해했다. 단이는 차마 그러는 경석의 눈을 마주 볼 수가 없었다. 절대로 이곳을 떠나지 않고 도균을 기다리겠다고 말하기를 바라는 경석의 앞에서 그가 기다리는 그런 말을 할 수가 없어서 진심으로 미안했다. 단이는 경석의 시선을 피하기 위해 괜스레 가스레인지에 불을 올리고 물주전자를 얹었다. 그리고 물이 끓자 찻잔에 물 한 컵 따라서 경석한테 건넸다.

"죄송함다. 커피가 떨어져서 맹물 뿐임다."

사실 커피가 떨어진 것이 아니라 처음부터 없었다. 그녀는 이렇게 궁한 모습을 차마 경석한테 그대로 내 보이는 것이 부끄러워 일부러 거짓말을 했다. 경석은 아무 말 없이 뜨거운 물을 마셨다. 물이 목젖을 타고 지나가는 소리가 아주 짧고도 다급하게 들렸다. 그리고 경석은 입맛을 다셨다. 덜덜 떨리던 몸이 조금씩 녹는 듯 더는 떨리지 않았다.

비는 계속 내리고 좀처럼 끊을 기미가 없었다. 단이는 무엇이든 손님한테 대접하고 싶지만 집에 아무것도 없어서 못내 안타까웠다. 그녀는 괜히 주방 쪽에서 서성거렸다. 이사 올 때 도균이가 가져다 놓은 쌀도 거의 떨어지고 반찬거리는 외숙모가 가져다 준 콩자반과 멸치볶음이 전부였다. 맛있는 반찬을 해먹고 싶은 마음도 없었지만 슈퍼나 시장에 가서 반찬거리를 사올 돈도 없었다. 통장에 얼마 안 남았던 잔고도 오래전에 이미 바닥이 나버렸던 터였다. 단이가 조심스럽게 입을 열었다.

"경석 씨, 저 라면이라도 끓일까요?"

습기를 먹은 집안 공기가 마치 장마철 솜이불처럼 무겁고도 무거웠다.

"라면은 있습니까?"

경석이가 의례 사람 좋은 미소로 웃어 보였다.

"네."

단이가 쑥스럽게 웃었다. 손님한테 라면을 대접할 수밖에 없는 처지가 부끄러웠다.

"어디 한번 봅시다."

경석이 씽하니 주방 쪽으로 내려가더니 싱크대 아래 위 서랍을 열어보려고 했다. 단이가 다급히 경석의 옷자락을 부여잡았다.

"그러지 마쇼. 부끄럽게 왜 이램까?"

"도균이는 저한테 형제 같은 친구입니다. 제수씨의 어려운 상황을 그냥 보고만 있으라하면 저보고 도적놈이 되라고 하는 것이나 같습니다."

단이는 말리고 경석은 기어코 살림을 보겠다고 고집을 부리니 어느 샌가 두 사람은 서로 엉킨 모습이 되었다. 그런 채로 두 사람은 서로 쳐다보았다. 여자는 남자로부터 거역할 수 없는 힘을 느꼈다. 받아들여야만 하는 무언의 힘에 눌려 이 사람의 도움을 받는 것도 나의 운명인가 하는 생각이 머릿속으로 재빠르게 지나갔다. 운명이라면 받아들여야 할 것이다. 하지만 이상하게 가슴이 두근거렸다. 왜이지? 그녀는 저도 몰래 얼굴이 달아올랐다.

"이게 누꼬? 도균이 아이가?"

하필이면 그때 부산에 내려갔던 외숙모가 문을 떼고 들어섰다. 외숙모는 단이와 묘하게 엉켜있는 남자를 도균인줄로 알았다. 하지만 그것이 도균이가 아니고 경석인 것을 알아보고는 얼굴 표정을 대뜸 일그러뜨리며 못마땅해 했다.

"경석이, 니가 도균이 색시를 끌어안고 뭐하고 있노? 그 손을 당장 놓치 못하겠노?"

그제야 두 사람은 다급히 엉켜있던 손을 풀며 이구동성으로 소리쳤다.

"아니에요. 아무것도 아니에요."

"아무것도 아니문 내가 허깨비라도 보았단 말이가?"

"오해에요. 내가 싱크대를 열어보려는데 제수씨가 없는 살림이 부끄럽다고 그러지 못하게 말리고 있던 중이였어요."

"니는 남의 싱크대는 왜 열어보려고 했노?"

"뭐가 부족한지 알고 싶어서요… 도균이도 없는데 작은 도움이라도 드리면 안 될까 싶어서…."

경석이가 머쓱해서 애꿎은 뒤통수만 긁적거렸다.

"내가 괜한 오해를 했는갑지. 늙으면 난래 죽어야지."

많이 언짢은 듯 외숙모가 홱 뒤돌아서 방을 나가려고 했다. 하지만 그 순간 바닥에 젖은 채 한데 뒤엉켜져 있던 경석의 옷과 단이의 옷을 보고야 말았다. 외숙모의 얼굴은 금세 충격과 배신감, 공포와 혐오감으로 가득 찼다.

"이게 뭐꼬? 둘이서 어디를 쏴 다니고 뭘하고 왔길래 옷이 이 모양이여? 내사 이제 알았데이. 그 채털리 부인의 사랑인지 뭔지 카는 그 영화를 보이까네 채털리부인이 정원 가꾸는 남자하고 비오는 날에 진흙탕에서 미친 개마냥 이리 뒤집고 저리 뒤집고 하더니 니들이 그 흉내라도 했던기고?"

"아니에요. 숙모님. 어찌 그런 말씀을 하세요. 저와 도균이가 형제보다 더 극진한 사이라는 것을 숙모님께서도 잘 아시잖아요."

경석의 말에 외숙모가 더욱 발끈했다.

"그러니께 내가 더 화가 난다 아이가. 진짜로 아이라카면 아인 이유를 내가 알아먹게 시원하게 한번 설명을 해보라카이."

경석이가 두 사람 모두 비에 젖은 자초지종을 설명했다. 그러자 외숙모의 노여움이 어지간히 가라앉는 듯 했다.

"그게 사실이가?"

외숙모가 깐깐하게 단이를 쳐다보면서 단도리를 하듯 캐물었다.

"네. 정말임다."

거짓말이 아니고 전부 사실임에도 불구하고 마치 거짓말을 하고 있는 것처럼 불편하고 부자연스러워서 단이는 외숙모를 쳐다보지 못했다. 어색했다. 다른 마음이 있어서가 아니라 그런 일로 남녀가 서로 엮어진다는 사실은 아무 일도 없어도 별로 떳떳한 일은 아닌 것 같았다.

"그럼 됐데이. 늙은이가 미안타."

외숙모가 옆집 축사소식을 알리듯 툭 말을 던져놓았다. 팽팽하던 긴장감이 조금씩 나른하게 풀어졌다.

소나기가 갑자기 끊겼다. 비가 지나간 시골의 작은 마을에는 하얗게 안개가 감돌고 새들이 잠에서 깬 듯 시끄럽게 지저귀었다. 외숙모네 집 뒤울안에 있는 오동나무 잎에서 커다란 물방울들이 투닥투닥 소리를 내며 땅에 떨어졌다. 하늘은 어느새 말갛게 개여 있었다. 경석이가 떠나야 한다며 자리에서 일어나자 외숙모가 따라서 일어났다. 그리고는 따라서 일어서는 단이에게 손짓했다.

"니는 가만있그레이. 내사마 나가면 됀데이!"

단이가 경석이의 가까이에 가는 것을 경계하는 것 같았다. 단이는 창문가에 서서 묵묵히 경석을 배웅했다. 괜히 따라 나가서 외숙모의 오해를 사고 싶지 않았다. 경석이가 울바자 밖에서 홀연 뒤를 돌아보았다. 단이가 그 모습을 놓치지 않고 자그만하게 손을 들었다. 그러자 경석이도 짧게 손을 들었다 놓았다.

외숙모가 뒤에서 재촉하였다.

"더 늦기 전에 어여 가그레이!"

발걸음을 옮기면서 경석은 유리창에 붙어서 숨죽여 손을 흔들던 단이의 생각에 골똘했다.

저 여자는 지금 무슨 생각을 하고 있을까? 저 유리를 깨고 유리 밖의 세상으로 나오고 싶어서 어떻게 하면 나갈 수 있을지, 그것을 생각하고 있을까? 아니면 저 안에 있는 것이 편안하고 안전하다고 생각하고 있을까?

경석이 떠나고 외숙모도 자기 방으로 건너갔다. 어둑시그레한 방안에는 그녀 혼자 남게 되었다. 하지만 그녀는 이상한 느낌이 들었다. 분명 혼자인데도 전혀 혼자라는 느낌이 들지 않았다. 경석이 앉았던 자리, 그가 마셨던 컵, 그리고 그가 했던 이야기와 그 하얀 웃음이 방안 곳곳에 남아있는 듯 했다. 그런 흔적들이 전혀 낯설지 않았다. 오래전부터 그곳에 있었던 것처럼 그의 체취가 아련하게 가슴에 젖어들었다. 경석은 도균과는 전혀 다른 스타일의 남자였다. 도균은 속마음을 겉으로 드러내지 않는 묵묵한 남자라면 경석은 잘 들어내는 편이었다. 자상하고 친절해 그냥 그의 목소리만 듣고 있어도 가슴이 따뜻한 남자인 것을 느낄 수 있었다.

남자들은 자기를 좋아해주는 여자를 좋아하고 여자들은 자기가 좋아하는 남자를 좋아한다고 한다. 그렇다고 여자들이 자신을 좋아하는 남자를 싫어하는 것은 아니다.

그날 이후로 단이는 늘 잠을 설치곤 했다. 경석에 대한 생각을 거부 할 수가 없었다. 이것이 도대체 무슨 감정일가? 경석은 늘 그녀의 가까이에 있는 듯 했다. 그의 숨소리가 들리고 그의 체취가 느껴졌다. 그의 체취는 매일 밤마다 눈을 뜨면 들을 수 있는 시계의 초침소리처럼 단이의 곁에 남아있었다. 숨소리가 들리는 사람이 곁에 있다는 것은 외로운 시간을 외롭지 않게 버틸 수 있게 해준다. 그건 사랑과는 다른 또 다른 힘이라고 그녀는 생각했다. 그토록 짧은 시간에 이토록 많은 흔적을 남길 수 있다는 것이 참으로 놀라운 일이었다.

실제로 벌어졌던 사건들이 잊어지는 것과 마찬가지로 결코 일어난 적이 없는 일들이 마치 일어났던 것처럼 오래도록 기억 속에 자리 잡을 수도 있다는 사실에 그녀는 당황했다. 외숙모님이 오해를 하는 순간까지도 억울하다는 생각이 들었고 아니라고 극구 해명을 했었는데 지금은 오히려 그 해명이 거짓인 것처럼 느껴져 외숙모를 만나면 단이는 괜스레 어색해졌다.

제15부 누가, 나 좀 데려가 주세요

67

그동안 경석은 봉평 사리평에 두 번이나 다녀갔다. 한번은 쌀과 라면을 차에 싣고 왔고 다른 한번은 세종문화회관 갤러리에서 개인 사진 전시회를 한다는 소식을 알려주러 왔다. 그런데 사진전시회의 타이틀이 "중국색시"라고 했다. 그 말을 들으면서 단이는 기분이 묘했다. 자신의 이야기를 사진으로 만들었을 거란 예감이 들었다. 경석은 예술가의 영감으로 그녀를 위하여 무엇인가 하고 싶었을 테지만 그녀는 남자의 호의와는 무관하게 참담한 기분이 들었다.

경석이가 시무룩한 그녀에게 물었다.

"중국색시란 타이틀을 좋아할 줄 알았는데 그렇지 않은가 봐요?"

"그 이름이 나쁜 것은 아닙다."

"그럼 뭐가 문제예요?"

"저도 잘 모르겠씁다. 그저 기분이 그다지 유쾌하지 않은 것 같씁다."

경석이가 무척 놀라워했다. 그는 「중국색시」란 제목에 엄청 자부심을 가지고 있는 것 같았다. 그래서인지 그녀의 반응에 못 마땅해 하는 눈치였다. 단이는 중국 색시인 것이 싫은 것은 아니었다. 소외되는 느낌이 싫었을 뿐이다. 중국에서 한국색시라고 불렸을 때도 마찬가지였다. 어떻게 불려도 완전하지 않은 것은 마찬가지였다. 그녀는 늘 담장을 타고 양쪽에 다리를 걸치고 어느 쪽에도 속하지 못하는 어정쩡한 호칭이 싫었다. 그는 확실하게 한곳에 편입되어 살고 싶었다. 그렇게 불렸으면 좋을 것 같다.

"왜 기분이 유쾌하지 않죠?"

남자가 몹시 서운해 했다. 아마도 그 소식을 알려주면 단이가 방방 뛰면서 좋아할 줄 알았던 모양이다. 한국에서 한국인으로만 살았던 남자가 그녀의 마음을 알지 못하는 것은 당연한 일이다. 단이는 남자한테 미안한 생각이 들었다. 그의 입장에서는 서운할 수도 있겠다 싶었다. 그래서 억지로 웃음을 지어보였다.

"사실 중국색시라는 말을 들을 때마다 저는 한국에서 살아도 한국 사람일수는 없구나 하는 서운함이 들어요. 그곳에서 살면서 그곳 사람이 될 수 없다는 것이 얼마나 위축되는 일인지 모르실 겝다."

"아, 미안해요. 제가 경솔했군요. 다른 사람의 아픔을 예술소재로 삼으려는 생각은 전혀 없었어요. 다만 제수씨를 처음에 보는 순간에 너무 아름다워서 그 자체로 예술이구나 생각했죠. 그래서 "중국색시"로 사진 전시회를 하려고 준비한 거예요. 제수씨가 반대하면 이제라도 제목을 바꾸겠습니다."

"반대하려고 말씀드리는 것은 아닙니다. 이왕 「중국색시」란 타이틀로 사진 전시회를 준비했다면 화사한 느낌보다는 "중국색시"가 느끼는 소외감이나 슬픔마저도 작품에서 들어낼 수 있다면 더 좋겠씁다."

그녀의 말을 듣는 순간, 경석은 자신의 안에서 거대한 광풍이 일면서 자신을 함몰시키는 것과 같은 강렬한 힘을 느꼈다. 예술이란 계시의 섬광이고 반응의 섬광이다. 예술을 한다는 것은 어둠속에서 빛을 찾아내는 것이고 그 빛으로 다시 다른 어둠을 밝히는 것이다. 그리고 빛이 곧 색깔이다. 남자는 그녀의 말 한마디로 "중국 색시"란 이 타이틀의 또 다른 공간을 획득했다고 생각했다. 그의 주제는 더 넓어졌고 깊어졌다. 그리고 새롭고 참신했다. 그 감동에 압도되어 남자는 여자를 격렬하게 포옹하고 싶은 충동을 느꼈다. 하지만 그녀는 친구의 아내였다. 그는 거친 숨을 가다듬으면서 머릿속의 광풍을 밀어내려고 안간힘을 썼다.

"전시회에 꼭 나오세요. 나오셔서 저 좀 도와주세요."

"제가 무엇을 도울 수 있겠씀까? 아마 방해만 될 겜다."

"제수씨가 나오기만 하면 그 자체로 저에게는 큰 도움이 될 거예요. 중국색시의 모델이잖아요. 전시장에 나오시는 거죠?"

남자는 여자를 세상 밖으로 끌어내고 싶어 했다. 전시회의 타이틀을 굳이 <중국색시>라고 한 것도 그녀의 관심을 끌어내기 위해서라는 것을 단이가 모를 리가 없었다.

68

11월의 마지막 날이었다. 그날은 경석의 사진 전시회가 있는 날이다. 단이는 서울로 가는 첫차를 타려고 아침 일찍이 집을 나섰다. 경석의 제안은 외면해야 된다고 마음먹었지만 마음 한편에는 늘 그를 받아들이고 싶은 마음이 서식하고 있어서 그것을 거역할 수 없었다.

그녀가 전시관에 들어서자 경석이가 그의 앞으로 다가왔다. 굳건한 미소로 믿음을 주는 것을 잊지 않았다. 그의 옆에는 검은색 레깅스 위에 무릎까지 오는 크림색 스웨터를 입은 젊은 여자가 서있었다. 경석은 단이에게 그녀를 제자라고 소개했다. 손으로 짠 스웨터에 알록달록한 머플러를 목에 자연스럽게 둘렀는데 자유롭고 발랄해 보였다.

경석은 젊은 여자에게 단이를 "중국색시"라고 소개했다. 그리고 두 사람은 마주보면서 신비하게 웃었다. 그 웃음이 단이에게는 소외감을 느끼게 했다. 왠지 그랬다. 외로웠다. 그들 앞에서 단이는 왠지 부끄러웠고 한없이 초라한 생각이 들었다. 주눅이 들었다. 오지 말아야 하는데 하는 생각이 잠깐 스쳤다. 신경이 쓰였다. 전시회에 와보기는 처음이라 사진 작품을 어떻게 관람해야 하는지 망설여졌다. 그렇게 한동안 한자리에만 서 있는 그녀를 힐끔힐끔 쳐다보는 사람들이 있었다. 사람들의 시선이 부담스러웠다. 집에만 있던 사람들이 어쩌다 사람들 속으로 오면 제일 힘들고 어려운 것이 사람들의 시선이다. 손을 어디에 두어야 할지, 눈빛을 어디에 두어야 할지, 혹여 눈빛이라도 마주치면 웃어야 할지 모른 척 해야 할지, 부자연스러움 투성이다. 그때 경석의 제자라는 아가씨가 다가오더니 웃으면서 물었다.

"전시회에는 처음이세요?"

"네."

"그래요?"

여자의 얼굴에 순간이었지만 놀라는 기색이 역력했다. 아마도 그 나이를 먹도록 사진전시회가 처음이라는 사실을 이해하지 못하는 듯 했다.

여자는 친절하게 그녀에게 전시회 관람을 도와주었다. 여자는 당차고 거침이 없어보였다. 친절하거나 겸손해보이지 않고 오히려 도도하고 거만해보였다. 단이는 자신이 촌스럽고 어리숙해서 티가 난 모양이라고 생각하며 아가씨가 묻는 말이 거슬렸다. 여기서도 자신은 스며들지 못하고 겉돌고 있는 것을 느꼈고 이곳에서 어서 떠나고 싶다는 생각이 들기 시작했다.

그녀는 전시회에 걸려있는 자신의 사진 앞으로 걸어갔다. 작품제목이 "중국색시"였다. 맨살위에 슬립하나만 받쳐 입고 발끝까지 오는 긴 원피스를 걸치고 있었다. 표정이 묘했다. 무엇인가 보고 있는 듯하면서 보지 않고 보지 않는 듯하면서 보고 있는 듯 한 표정이 기쁨도 아니고 슬픔도 아니고 열정도 아니고 무심함도 아니고 그 중간 어느 쯤 인가 싶으면서도 어정쩡하지 않은 완벽한 분위기를 연출하고 있었다. 경석이가 참으로 탁월한 예술가란 생각이 들었다. 어떻게 표정하나로 이렇게 많은 세계를 보여줄 수 있는지 소름이 돋을 지경이었다. 존재하는 듯 존재하지 않는 그녀의 모든 것을 표정하나로 모두 살려내고 있었다.

스스로 자신을 바라보는 느낌은 자기 스스로 자기의 이름을 부르는 것 만큼이나 어색했다. 그녀는 슬그머니 사람들의 뒤로 물러서 있었다. 많은 사람들이 "중국색시" 앞에서 발길을 멈추고 감탄을 했다. 사람들은 실생활에서 습관 되고 익숙한 것을 선호하지만 예술작품으로는 늘 새롭거나 이색적인 것을 선호하는 모양이었다. "중국색시"는 극명히 다른 작품과는 대조되었다. 다듬어지지 않은 청초함은 본능적인 섹시함이 있었다. 현실생활에서의 촌스러움이 예술에서는 과거 회귀의 본능이나 향수를 자극하는 깊음이 있었다.

경석은 손님들을 맞이하고 아는 사람들에게 사진에 대한 설명도 하고 바쁘다보니 그녀를 챙길 틈이 없어 보였다. 그녀는 혼자서 구경을 하다 슬그머니 남들이 주의 하지 않는 틈을 타서 전시장을 빠져나왔다. 당장이라도 어딘가 갈 것처럼 나왔지만 어디도 가지 않고 한곳에 가만히 서있었다. 자기가 없어진 것을 경석이가 알아차려주기를 바랬다. 자신이 거기 없음으로서 자신의 존재를 알리고 싶었던 모양이다. 그런데 누구도 그녀가 그곳에 없다는 것을 눈치 채지 못한 모양이다. 아무도 그녀를 쫓아 나오지 않았다.

그녀는 전시장 쪽을 바라보았다. 들어가는 사람은 보여도 나오는 사람은 보이지 않았다. 이제라도 누군가 발견해주어 왜 이러고 있나, 어서 들어가자, 그러면 못이기는 척 하고 따라 들어갈 것인데… 무리에 적응하지 못하고 겉돌기만 하는 자신이 못마땅했다.

경석의 말로는 문자를 보냈으니 도균이 전시장에 나타날지 모른다고 했다. 하지만 결국 도균은 그곳에 나타나지 않았다. 곁에 도균이든 경석이든 한사람만 있어도 이 거리에 이렇게 혼자 서있지 않아도 될 텐데 하고 생각했다. 하지만 지금 그녀의 곁에는 아무도 없었다. 부지중 집 생각이 났다. 강원도 시골집이 아니라 찬이가 있는 중국에 가고 싶었다. 찬이는 매일 자기 손가락을 물어뜯으면서 누나가 오기를 기다리고 있을 것이다. 빨리 찬이에게로 가야한다는 생각이 썰물처럼 가슴을 무너뜨리며 지나갔다. 갑자기 마음이 조급해졌다.

단이는 다급하게 층계를 내렸다. 너무 급했던 모양이다. 그녀는 층계를 올라오는 사람과 부딪히고 말았다. 머리가 하얀 여인이 어이쿠 하면서 층계에 무너져 내렸다. 단이가 달려가서 부축하자 여인이 눈이 휘둥그레져서 쳐다보더니 소리를 내여 깔깔 웃었다.

“하하하하!”

섬뜩했다.

왜 웃지, 혹시 미친 여자인가?

여자의 행색은 초라했다. 머리는 길었고 파마기라곤 전혀 없었다. 그리고 앞니가 두 대가 빠져있어 웃을 때마다 그 사이로 빨간 혀가 들어나 보였다. 여자는 층계에 주저앉아서 일어나지 않은 채 계속 실실 웃고 있었다. 뭔가 우스워서 참을 수 없다는 표정이었다. 단이가 여자의 곁에 앉으면서 물었다.

“어디 다친 곳은 없씀까?”

여자가 웃음을 멈추지 않고 고개를 가로저었다.

“그런데 왜 자꾸 웃으심까?”

“왜 웃냐고?”

여자가 도리어 단이에게 물었다. 그러자 단이가 고개를 끄덕였다.

“나 말이야. 오늘 기분이 짜지게 좋거든. 살면서 이렇게 기분이 통쾌해 본적이 없어.”

단이는 의아하게 여자를 바라보았다. 어디를 보아도 운이 좋아보이지는 않았다.

“엎어진 김에 쉬여간다고 아가씨도 여기 앉아요. 보아하니 아가씨도 중국에서 왔지? 나도 중국 사람이야."

여자가 웃음을 거두고 단이를 자기 옆에 억지로 눌러 앉혔다.

"어쩐지…"

단이가 말끝을 흐렸다.

"그쪽도 내가 중국 사람이라는 것을 눈치 챈 모양이네? 나도 그쪽을 보자마자 알아챘어."

"티가 났씀까?"

"티가 난 것은 아니고."

"그럼 어떻게 알아보셨다는 겜까?"

단이가 적잖이 놀랬다. 한국 사람들은 그가 말만 하지 않으면 중국에서 왔다는 것이 전혀 티가 나지 않는다고 했다. 외모만 보아서는 오히려 한국 사람보다 더 한국사람 같다고 했다. 그런데 중국 사람끼리는 중국 사람을 더 잘 알아보는 모양이었다.

"표정에서 풍기는 정서 같은 거? 암튼 한마디로 말할 수 없는 묘한 것이 있어."

"그게 무엇일까요? 저도 아주머니를 보자마자 중국 사람인 것을 알아챘씀다."

"겉도는 듯 한 막연한 표정이라던가, 어렴풋한 두려움과 희망이 적당히 어우러진 묘한 분위기, 뭐 그런 거 아니겠어? 아, 또 있어. 이것이 결정인 힌트야."

"그게 무스겜까?"

단이가 재밌다는 듯 눈을 깜빡거렸다.

"너무 단순하고 순수해서 오히려 서툴고 촌스러워 보이지. 그러니깐 아무리 한국 사람처럼 하고 다녀도 바로 들통이 나는 거야. 하하하"

"왜 자꾸 웃씀까?"

기다렸다는 듯 여자가 말문을 열었다.

"내가 말이야. 오늘 보험사에 갔댔지 뭐야…그런데 거기서 무슨 일이 있었는지 알아? 아이고 생각만 해도 고소해서 죽겠네…"

그녀의 남편은 한국 건설현장에서 일하다가 사고로 돌아갔는데 보험사에서 받아야 할 보험료를 받지 못해서 한국에 왔다고 했다. 한국에 도착하자마자 보험사로 갔는데 이미 퇴근 시간이 십여 분이 남아있어 보험사 직원이 다른 날 오라고 했다. 마침 다음 날은 토요일이라 월요일까지 기다리려면 이틀이나 더 기다려야 했다. 조급한 마음에서 그녀는 월요일에는 출국해야하니 꼭 오늘 수속을 마쳐야 한다고 사정했다. 이윽히 그녀의 아래위를 훑어보던 직원이 그녀에게 무려 다섯 장이나 되는 서류를 건네주면서 다짜고짜 퇴근시간 전에 작성하라고 했다. 퇴근시간은 십분 밖에 남지 않았다.

서류는 모두 영문으로 되어있었다. 여자는 낮잠에서 깬 사람처럼 어리둥절한 표정을 짓더니 금세 얼굴색이 구새 먹은 나무의 속살처럼 까맣게 질려있었다.

여직원이 고소해하는 말투로 말했다.

"영문으로 작성해야 해요.!"

여자가 땀이 흐르는 벌건 얼굴을 손등으로 문지르면서 사정했다.

"한국어로 쓰면 안될까요?"

"안돼요!"

여직원은 칼로 무를 자르듯 딱 잘랐다. 손톱눈도 들어가지 않게 단단했다.

"이것은 국내용이 아니고 국제법으로 처리해야 할 안건이기에 반드시 영문으로 써야 해요."

"그럼 중국어로 쓸게요."

"안돼요!"

"중국 사람이 중국어로 쓰겠다는데 왜 안 됩니까? 한국에서 볼 때 중국어도 외국어가 아닙니까?"

직원이 꽥 소리 질렀다.

"안된다는데 왜 이러십니까? 본인이 영문으로 작성할 수 없으면 다른 사람한테 시키던지 하세요."

"아가씨가 대신 써줘요. 제가 수고비를 드리겠소."

애원조로 말했으나 고집을 부리진 않았다. 직원이 눈을 동그랗게 뜨고 그녀를 노려보고 있었다.

"여기는 고객의 서류를 대필해주는 곳이 아닙니다. 아무래도 오늘은 서류를 작성할 수 없을 것 같으니까 다른 날 오세요."

여직원이 서류를 탁 소리 나게 접으면서 자리에서 일어났다. 그리고는 퇴근을 하려는 듯 서둘러 책상 위를 정리했다.

"잠깐만요. 내가 십분 안에 다 쓸테니까 조금만 기다려주시오."

"십분 안에 다 쓰신다고요?"

여직원이 놀란 강아지같이 올롱하게 눈을 뜨고 그녀를 바라보았다. 십분 안에 영문으로 작성한다구? 이 초라한 여자가? 여직원은 믿기지 않는 듯 고래를 갸웃거리더니 도로 자리에 앉으면서 선심을 쓰듯 시원하게 말했다.

"그렇게 하세요."

말을 마친 여직원이 입가에 알 수 없는 미묘한 웃음을 머금었다. 행색을 보아선 영문을 알지 못할 것 같은데 대체 어떻게 십분 안에 작성한다는 건지, 이건 말도 안 되는 일이었다. 영문을 잘 안다고 해도 십분 안에 서류의 질문을 읽기에도 부족한 시간이 아닌가? 그녀는 팔짱을 끼고 흥미로운 시선으로 탁자위에 매미처럼 납작 엎드려서 정신없이 무엇인가 적고 있는 여자를 바라보고 있었다. 옥수수 수염처럼 나시시 하고 메마르고 풀기가 없는 머리카락들이 땀이 내려 번들거리는 이마에 찰싹 붙어있어 긴 장마 뒤에 밭때기 처럼 어수선했다.

정확히 십 분이 되자 여직원이 자리에서 일어나며 물었다.

"시간이 다 됐습니다."

여인이 직원을 보면서 멋쩍게 웃었다. 비어있는 앞니사이로 혀가 부끄러운 듯 살짝 겹쳐져있었다.

"이렇게 쓰는 것이 옳은지 모르겠네."

여인이 자신이 없이 물었다.

"어디 봅시다. 분명히 말씀 드렸지만 영어가 아니면 안돼요."

"알죠."

"안다구?" 여직원이 재빨리 서류를 훑어보았다. 다섯 장 모두를 펼쳐보고난 직원이 눈이 휘둥그레졌다.

"손님이 쓰셨나요?"

"내가 쓰지 그럼 귀신이 썼겠어요? 눈앞에서 보고서도 물으면 나더러 어쩌라우."

"어떻게…어떻게 이럴 수가."

여직원이 놀라움을 감추지 못한 채 어떻게를 연발하자 다른 직원들도 모여들었다.

"왜 그래?"

"이걸 봐요!"

여직원이 그들 앞에 서류를 넘겨주었다.

다섯 페이지의 서류에는 빈자리가 없이 정확히 영문으로 답이 적혀있었다. 그들은 당혹감을 감추지 못한 채 서로의 얼굴만 빤히 쳐다보았다.

"영… 영어를 아세요?"

여직원이 맥주거품이 새어나가는 소리로 물었다.

"알았으니 쓰지 않았겠어요."

"전혀 뜻밖이군요. 중국에서 무슨 일을 했습니까?"

"무슨 일을 하긴. 그냥 집에서 살림이나 하던 늙은이지."

여자는 대수롭지 않게 말했다…

단이가 참지 못하고 끼어들었다.

"살림만 했다는 것은 거짓말이지요? 딱 보면 알겠구만."

"아가씨가 볼 때 내가 무엇을 했던 사람같애?"

"영어선생님을 하다가 퇴직했을 것 같씁다."

"쪽집게네. 내가 이래봬두 중학교 영어교원이었어."

"딱 보니깐 알겠는데요 뭐."

"그런데 보험사 사람들은 내 행색이 하도 초라하니깐 아무것도 모르는 까막눈인가 하더라구. 나한테 서류를 주면서 영어로 쓰라고 재촉하던 그 직원이 나에게 그러더라구. 중국 사람들은 모두 이렇게 영어를 잘하느냐고?"

"그래서 뭐라 그랬씀까?"

"나도 그 사람을 골려주고 싶더라고. 그래서 그랬지. 나같이 이렇게 늙고 볼품없는 노친네가 이리 영어를 잘하는데 젊은이들은 오죽하겠느냐고. 그러자 그 직원이 진짜 기가 팍 죽더라구."

여자가 기분이 좋은지 자꾸 웃었다.

69

또 하루가 지나간다.

도균이는 여전히 소식이 없다. 어떻게 된 것인지 전화도 없다. 창백한 겨울햇빛이 집안에 멀뚱멀뚱 고여 있다. 홀연 울컥하고 설움이 북받쳤다. 아무도 없는 방에서 낮잠을 자다가 깨였을 때 느꼈던 그런 고요함과 정막감이 몰려들었던 것이다. 그것은 두려움이었다.

그녀는 겨울이 지나고 봄이 오면 곧 떠날 것이라고 생각했다. 떠나리라 마음을 먹은 것은 이번이 처음이 아니다. 여름이 끝날 무렵 이 여름이 끝나면 떠난다했는데 그 여름도 지나고 가을이 왔고 가을이 끝나고 곧 겨울로 접어드는데 또 봄이면 떠날 것이라 다짐한다. 매번 떠나려고 마음먹지만 다음날이면 남자가 나타날 것 같아 떠나지 못했다.

이렇게 오래 기다리게 될 줄은 미처 몰랐다. 알았더라면 지금처럼 손을 놓고 앉아만 있지 않았을 것이다 하다못해 단추 구멍을 뚫는 일이나 인형에 눈을 붙이는 일이라던가 아무것이라도 했을 것이다. 경석이가 일감을 얻어준다고 했지만 엄두를 내지 못한 것은 문밖으로 나가는 것이 두려워서였다. 누군가를 만나서 무엇을 한다는 것은 주눅이 들고 위축되고 소외되는 일이었다. 원래도 사람들과 있는 것을 별로 좋아하지 않았지만 화영이한테 신고를 당해 고생을 하고나서는 누구와 만나는 자체를 꺼렸다.

하루 종일 집안에만 있다가 밖에 나가는 일은 겨우 슈퍼에 갔다 오는 일이 전부였다. 답답해 앞마당에 나가서 바람을 쏘이다가도 먼발치에서 사람이 보이면 집으로 들어와 버렸다. 남자를 기다린다고 하는 것은 어쩌면 밖으로 나가지 않으려는 그녀의 변명인지 모른다. 다시 말하면 혼자 있기 위해서 남자를 기다린다고 핑계를 대고 있는 것일지도 모른다는 얘기다. 그녀는 입으로는 세상에 섞이고 싶다고 누차 말하지만 실제로는 세상으로 나가는 시간들을 밀어내고 있었다. 낮에도 커튼을 치고 있었고 밥을 먹을 때는 문을 걸어 잠그기도 했다.

누군가가 자신이 무엇을 먹는지를 아는 것이 싫었고 어떻게 사는지를 엿 보는 것이 싫었다. 혼자만 있다면 오히려 잘 견딜 수 있었다. 이렇게 사는 것이 화연이와 남자와 셋이서 장미여관에서 살 때보다 훨씬 마음이 편했다. 함께 있어도 온전히 내 것이 아닐 때 생기는 상실감은 차라리 눈에 보이지 않을 때의 비어있는 자리보다 더 큰 모양이다. 눈앞에 보이지 않는 빈자리는 다른 무엇으로 채우려는 마음의 있는 모양이다. 남자를 기다리는 안타까운 마음이 불에 지지는 듯이 타들어가지 않는 것은 분명이 경석이란 남자로 채워지는 부분도 있기 때문인 것 같았다. 누군가가 그 빈자리를 채워줄 사람이 있으면 사랑 따윈 두렵지 않았다. 그러고 보면 사람들이 그토록 사랑한다고 믿는 건 사랑이 아니라 결국은 혼자 있기 두려워서인 것 같았다. 그녀는 자신은 기다리는 것 외에는 아무것도 할 수 없다고 여겼다. 아무것도 할 수 없다는 생각이 그를 멍한 상태에 빠뜨렸지만 그 멍한 상태가 탈출구 없는 이 길고 어두운 터널을 참고 견디게 하는 모양이었다.

외숙모가 더 추워지기 전에 김장준비를 한다며 시장에 가고 집에는 단이가 혼자 있었다. 마당에서 누군가 부르는 소리가 들려 단이는 외숙모가 온줄 알고 뛰어 나갔다. 외숙모가 그리 일찍 올 리가 없었다. 사십대 초반쯤 되어 보이는 낯선 여자가 마당에 서있었다. 아이보리색 바바리코트에 목이 높은 부추를 신고 있었다. 꽤 도도하고 기가 새 보이는 여자였다. 외숙모를 찾아온 손님 같았다. 단이가 마루에서 내려서지 않은 채로 말했다.

"외숙모님은 시장에 가고 안 계시는데요."

여자의 입가에 조소가 스쳤다. 표정이 거만하고 무례해보였다.

"그쪽이 중국색시예요?"

단이는 눈을 하얗게 치떴다. 자신을 중국색시라고 부르는 사람은 대한민국에서 외숙모와 경석뿐이다. 그런데 초 하루날 장날에서도 본적이 없는 이 낯선 여자가 갑자기 찾아와서 다짜고짜 중국색시냐고 묻는 것이 의아스럽고 괴이했다. 낮잠을 자다가 뺨을 맞은 기분이 들어 당혹했다.

"누, 누구십까?"

단이가 말을 더듬었다.

"내가 먼저 물었잖아? 경석이란 남자를 알아?"

여자는 반말을 쓰고 있었다. 얼굴은 푸르딩딩하고 눈에 살기가 번뜩이는 것이 당장이라도 후려칠 것 같은 태세였다. 경석의 이름을 들먹이는 것을 보아선 필경 그와 관계된 사람인 것은 분명했다. 문뜩 경석씨 아내일지도 모른다는 생각이 들었다.

"경석 씨는 저의 남편의 친구인데 무슨 일임까?"

단이는 불쾌한 생각이 들었지만 애써 공손하려고 했다. 그것은 경석을 의식해서였다.

"남편의 친구? 앙큼한 것 같으니라구!"

기어이 여자가 단이의 귀뺨을 후려쳤다. 눈에서 번쩍하고 불꽃이 튕기는 듯했다. 너무 갑작스럽고 순식간에 일어난 일이라 단이는 한동안 아무 생각도 할수 없었다.

"네가 꼬셨지?"

"꼬시다니 누가 누구를 꼬셨단 말임까?"

단이가 빨갛게 상기된 한쪽 볼을 만지면서 망연자실한 표정을 짓고 있었다.

"돈 벌려 왔으면 곱게 일이나 할 것이지 주제도 모르고 어디 와서 함부로 남의 남자를 꼬셔?…여기는 한국이야! 그렇게 함부로 몸을 놀리겠거든 너의 나라로 가서 굴려."

"함부로 몸을 놀려요? 제가요?…"

단이의 얼굴이 대뜸 새파랗게 질렸다. 그녀는 온 몸을 사시나무 떨면서 그녀의 말을 곱씹을 뿐이었다. 억울했다. 이런 행패가 어디 있단 말인가!

"억울해?"

"네. 억울함다. 도대체 나한테 어째 이럼까?"

"왜 이러느냐고? 남자를 꼬시는 데 선수이면서 순진한척 하기는! 꼭 너 같이 생긴 애들이 뒷구녕으로 호박씨를 까더라. 왜 이렇게 빨리 뽀록나서 억울해?"

"…"

단이는 아무 말도 하지 않았다.

"그래 할 말이 없겠지. 바람난 주제에 무슨 할 말이 있겠어! 내가 어떻게 해줄까?"

"뭘 어떻게 한다는 겁까?"

"남의 남자를 꼬셨으니 그 대가를 치러야 할 거 아니야?"

"내가 남의 남자를 꼬셨다는 근거라도 있씀까?"

단이도 지지 않고 대들었다.

여자가 비스듬히 자세를 바꾸더니 피 하고 입귀를 비틀었다.

"근거? 주제에 꼴값을 떠네."

가증스러워 못 보겠다는 듯 여자가 이죽거렸다.

"사진 전시장에 가보니 아주 가관이더라. 타이틀이 무슨 "중국색시?" 유치해서 말이 안 나가! 이게 무슨 인력시장이야? 중국색시를 팔아먹는 광고를 하는 것도 아니고 말이야. 그건 그렇다치고 전시회 한번 하는데 돈이 얼마나 들어가는지는 알아?"

"…"

"니까짓 게 그것을 알리 없지. 한번 전시회를 하려면 적어도 수백이 쓸어 들어가. 그런데 경석 씨가 미쳤다고 공짜로 이런 짓을 했겠어?…그냥 해주었을 리는 없잖아! 대체 얼마를 받고 얼굴 판거야?"

단이가 안타까운 듯 어깨를 내려뜨리며 길게 한숨을 지었다.

"돈을 받고 한 일이 아닙니다. 제가 해달라고 한 것도 아니구요."

"그 말을 나보고 믿으라구?"

"믿지 못하겠으면 경석 씨한테 가서 직접 물어보시던지."

"경석 씨? 아, 이년 봐라. 이제 대놓고 경석 씨라고 하네."

여자가 악을 쓰면서 단이의 머리채를 확 잡았다.

"네년이 손가락 하나 까딱하지 않고 경석씨 등을 쳐 먹고 사는 것을 내가 다 알아! 한국 남자 등골을 빼먹으니 좋디? 재밌디? 조선족 주제에 주제도 모르고 어디 와서 까불어!"

"조선족 조선족 하지 마세요! 조선족은 사람이 아닙까?"

단이가 머리채를 잡힌 채 끌려가면서 소리 질렀다.

"그럼, 떼놈이라고 부를까? 그래, 그게 좋겠다. 중국에서 왔으니 짱개 아님 떼놈이지."

"그렇게 부르기 소원이라면 그러시던가."

"그래 실컷 불러줄게. 이 짱깨 갈보년아!"

경석의 처가 두 손으로 단이의 머리채를 부둥켜 잡고 태를 치듯 이리저리 휘둘렀다. 그럴 때마다 단이의 가는 허리가 꺾일 듯이 휘어지면서 질질 끌려다녔다. 단이는 저항을 하지 않았다. 머리카락이 한줌씩 뜯겨나가도 이상하게 아픔이 느껴지지 않았다. 머릿속에는 아버지한테 머리채를 잡혀 흔들리면서도 아무 저항도 하지 않고 눈물만 흘리던 어머니의 생각으로 가득 차 있었다. 그때는 그러는 엄마가 이해되지 않았다. 왜 아니라고 말을 하지 못하는지. 왜 그냥 일방적으로 얻어터지는지… 세상에는 아무리 아니라고 변명을 해도 안 되는 것이 있다는 것을 그녀는 처절히 느꼈다. 그리고 때리고 싶어 하는 사람이 있는 한 매를 피할 수 없다는 것도 알았다.

단이는 끝까지 저항하지 않았다. 다만 속으로 부르짖었다.

차라리 죽여요. 죽고 싶었지만 스스로 죽을 수 없어 못 죽었는데 죽여주면 너무 너무 고맙겠네요.

상처가 가려울 때 긁으면 덧나지만 시원하다. 그 순간의 시원함과 통쾌함, 그 짜릿함으로 피가 흐르지만 긁는다. 단이는 그런 심정으로 참고 있었다. 아픈 것이 더 아프고 허약함이 더 허약해지고 낮은데서 더 낮게 가라앉아 영원히 떠오르지 않는 수심 깊이로 꽁꽁 잠수해 버리고 싶다.

아버지의 폭행에 아무 저항 없이 견디었던 어머니도 아마 이런 심정으로 자신을 내 맡겨버렸을 거란 생각이 들었다. 맞고 사는 어머니가 싫어서 어머니처럼은 살지 않겠다고 수없이 다짐했고 그런 삶에서 벗어나려고 작심을 하고 한국에 왔는데 결국 어머니의 운명을 벗어나지 못했고 오히려 그의 삶을 그대로 닮아가고 있었다. 자신이 벗어나고 싶었던 세계로 자신을 되돌려 보낸 셈이다.

한참이나 악을 쓰던 경석의 처가 단이의 머리채를 놓고 씩씩거리며 황소숨을 몰아쉬고 있었다. 그녀의 손아귀에서 풀려난 단이는 물에 젖은 흙담처럼 마당 한 가운데에 무너져 내렸다. 처절했다. 사정없이 쥐어 뜯긴 머리채가 삼검불처럼 헝클어져 작은 얼굴을 덮었고 머리카락 사이로 들어나 보이는 두 눈은 초점 없이 풀어져있었다. 실내복이 뜯기여 여기저기 생살이 드러나 있었다.

단이는 땅바닥에 반듯이 누운 채로 꼼짝하지 않았다. 낮게 떠있는 희뿌연 하늘이 게트림을 하듯 꾸물거리고 있었다. 곧 눈이 쏟아질 것만 같다. 날 겨를 문 것처럼 입안이 깔깔하고 아리다. 초겨울이라지만 날씨가 제법 차가웠다. 땅 밑에서 냉기가 올라와 살 속을 파고들어 몸속 여기저기로 벌레가 기어 다니는 듯 스멀거렸다.

문뜩 자신이 벌레 같단 생각이 들었다. 무슨 벌레일가? 지렁이, 딱정벌레, 방아깨비, 풍뎅이, 귀뚜라미, 매미… 자신을 닮은 벌레의 이름을 생각하느라고 그녀는 골몰했다. 문뜩 어머니의 시체 안에서 나왔던 쇠파리가 생각났다. 그리고 그것이 어머니라고 쫓아다녔던 일도 어제일 처럼 떠오른다. 뭐가 되든 무슨 상관인가. 죽으면 끝인 것을….

어서 눈이 내렸으면 좋겠다. 눈이 펑펑 쏟아져 온 세상을 눈 속에 묻어주었으면 좋겠다. 그 속에서 꽁꽁 얼어붙었다가 봄이 되어 눈이 녹으면 지렁이나 풍뎅이가 아닌 인간 동충화초로 태어나고 싶다. 그랬으면 참 좋겠다. 단이는 스스로 눈을 감았다. 이대로 다시 눈을 뜨고 싶지 않았다. 어디선가 벌레들이 날개 부딪히는 소리처럼 마른 잎새 소리가 쏜살같이 달려가는 바람소리에 실려서 바스락거린다.

사람들은 살면서 힘든 일을 만나면 보통 어떻게 사는 게 잘 사는 것일까를 고민한다. 하지만 가까운 사람의 죽음을 경험한 적이 있는 사람들은 어려움에 부딪히면 이렇게 사는 것이 과연 죽는 것보다 나은가를 먼저 고민한다. 적지 않은 사람들이 자살도 내력이라고 꺼린다. 내력이라고 함은 그런 집안의 유전자에 자살 DNA가 있다고 생각하는 것이다. 사실 그것은 유전자와는 별개다. 바로 가까이에서 죽음을 경험한 사람들은 그렇지 않은 사람보다 죽음을 더 많이 생각하는 차이가 있을 뿐이다. 이 세상에서 더 이상 붙잡을게 없을 때 인간은 스스로 생명의 끈을 놓고 싶어 한다.

김장배추를 사려갔던 외숙모가 돌아왔다. 마당 한가운데에 죽은 듯이 널브러져있는 단이를 보더니 대뜸 경석의 처한테 삿대질을 했다.

"이게 경석이 색시아이가? 와? 야한테 무슨 짓을 한기가?"

경석이처가 한풀 누그러진 목소리로 외숙모를 나무랬다.

"외숙모님도 그러는 거 아닙니다. 경석 씨가 여기를 들락거리는 것을 알았으면 뜯어 말렸어야죠. 일이 이렇게 될 때까지 어른이 돼 가지고 뭐 하셨어요?"

"야가 지금 무신 말을 하는기고? 도무지 무슨 말을 하는지 알아듣지를 못허겠구먼."

"설마 저 여자와 우리 경석씨가 좋아한다는 것을 모른다고 하지는 않겠지요?"

경석이 처가 외숙모를 노려보았다. 막무가내였다. 외숙모가 어처구니없어했다.

"저 아이가 중국에서 와서 한국 실정을 몰라서 그렇지, 명예 훼손으로 다 법에 걸면 자네가 어떻게 할끼고? 솔직한 말루다가 경석이가 여기 찾아 왔지 이 아이가 경석이 찾아간 것은 아닌기라? 그러니께니 서운하면 경석이 가한테 가서 따져. 개를 차도 주인보고 차랬다고 이 아이는 도균이 색시고 내게는 조카며느리인기라 함부러 이러지덜 말고 어여 서울로 올라가."

"외숙모님 말씀 한번 서운하게 하시네요. 명예훼손으로 법에 걸어요? 모르는 사람이 들었으면 내가 가해자인줄 알겠어요. 저는 피해자라구요. 피해자."

"아이고 무시버라. 한대 칠 테세네. 경석이 그 아가 왜 자기 마누라 싫어하는지 아이봐도 비디오다. 니 그리도 화풀이 할데가 없드나? 니하구니 서방문제는 니 서방한테 가서 풀어야지 와 여기와서 지랄이고. 자는 니가 와서 도와주지 않아도 죽지 못해 사는 아이니께니 자네까지 보태지 말고 퍼뜩 서울로 올라가라잉."

경석의 처가 이를 사려 물고 아무 말도 하지 않고 서 있다가 단이를 향해 기어이 독설을 쏟아냈다.

"남의 남자를 꼬시고도 무사한지, 내가 그 매운맛을 보여줄테니 기다려. 그때 가서도 그 착한 얼굴을 하고 있는지 내가 두고 볼 거다."

경석이처가 코트자락을 날리며 대문을 나섰다.

70

경석의 처가 왔다간 그날부터 단이는 온 몸이 불덩이처럼 열이 오르며 가끔씩 헛소리를 하면서 앓기 시작했다. 눈만 감으면 검은 옷을 입은 사람들이 흉기를 들고 쫓아온다. 죽을힘을 다해 도망가지만 결국은 그들의 손에 잡히게 되며 검은 옷을 입은 사람들은 예리한 칼끝으로 그의 목을 찌른다. 쇠붙이가 목에 닫는 그 차갑고 서늘한 느낌이 너무 생생하여 눈을 뜨면 한참씩 목 부위를 잡고 만져보거나 거울에 비쳐보았다.

꿈같기도 하고 환각 같기도 한데 너무 자주 같은 일이 일어나자 차츰 그것이 꿈인지 환각인지 아니면 현실에 있는 일인지 분간이 가지 않아 낮에도 문을 잠그고 있었다. 외숙모가 잠깐 들어간다고 문을 열어달라 해도 나쁜 사람들이 쫓아온다면서 열어주지 않았다. 밖에 아무도 없다고 말해도 단이는 외숙모 뒤에 검은 옷을 입은 사람들이 숨어있는데 외숙모만 보지 못한다고 했다. 열병으로 헛소리를 하는 것이라고 여긴 외숙모가 약국에 가서 해열제와 진정제를 사다가 먹였지만 아무 소용도 없었다. 약을 먹으면 먹는 순간에 모두 토해냈다.

이렇게 한주가 지나도 차도가 없자 외숙모는 아는 사람을 통하여 강원도에서 제일 용하다는 역술인을 모셔왔다. 오십대 말 정도 되어 보이는 여자였다. 그녀가 단이를 쳐다보자마자 여자가 서슬이 퍼래서 삿대질했다.

"사람을 죽였구만!"

"아니에요! 전 사람을 죽이지 않았어요. 당, 당신은 누구예요? 그 사람들이 보냈어요? 맞죠? 검은 옷을 입은 그 사람들이 보냈죠? 그 사람들도 내가 사람을 죽였다고 그랬어요."

단이가 학질 환자마냥 사지를 벌벌 떨더니 갑자기 그 자리에 푹 꺼꾸러졌다. 그렇게 될 줄 알았다는 듯 여자가 당황하지 않고 외숙모를 돌아보면서 차분하게 말했다.

"그릇에 찬물을 떠오세요."

외숙모가 급히 일어나다가 아랫다리에 힘이 빠져서 다시 주저앉았다.

"할마이도 이제 골로 갈 때가 됐구만."

여인이 비시시 웃자 외숙모가 겁에 질린 표정으로 물었다.

"내가 진짜루 갈때가 된겨? 그게 언제간디?"

"갈 때 가시더라도 조카며느리부터 살려야할게 아니에요? 어서 물이나 떠오세요!"

그 말에 외숙모가 기신기신 일어나더니 냉장고 문을 열고 물통을 내렸다. 그리고 플라스틱 바가지에 찬 물을 받아다가 여자한테 주었다. 여자가 입에 냉수를 한 모금 물더니 그대로 단이의 얼굴에 팍 뿜었다. 연거푸 세 번을 뿜자 단이가 눈을 떴다. 그러더니 잠에서 금방 깨어난 사람처럼 부시시 일어나 앉았다. 좀 전과는 달리 얌전했다. 거짓말이라고 여길 정도로 아무렇지도 않았다. 다만 염병을 앓고 난 사람처럼 얼굴이 유난히 핼쑥했다.

여인이 부채를 한손으로 착 소리 나게 펼치면서 한껏 누그러진 목소리로 물었다.

"자네가 정말 사람을 죽였나?"

"아니에요. 전 사람을 죽인 적이 없씀다."

단이가 또박또박 대답을 했다.

"그런데 왜 그 사람들이 자네가 사람을 죽였다고 하는가?"

"저도 모르겠씀다."

"꿈에 대하여 자세히 말하게."

"눈만 감으면 검은 옷을 입은 사람들이 칼을 들고 저를 쫓아오는데 숨을 곳이 없었어요. 집이라고 숨어들지만 이칸 저칸 모두 문이 안으로 잠겨져 있어서 들어갈 수 없어요. 결국 그 사람들의 칼에 목이 찔리거나 가슴을 찔리고 말아요. 매일 매일 죽는 연습을 하는 것 같아요."

여인이 혀를 차더니 말했다.

"자네를 괴롭히는 것은 다른 사람이 아니라 자네 자신이네."

"무슨 소린지…"

단이가 멀건 눈빛으로 바라보았다.

여인이 짱짱한 목소리로 자신 있게 말했다.

"꿈이란 자신의 소망과 응징이 함축되어 나타나는 것이야. 흉기를 들고 쫓아오는 꿈은 자신이 또 다른 자신을 두려워한다는 의미고. 말하자면 지금의 자신이 아닌 또 다른 자신한테 쫓기고 있다는 뜻이지."

"뭔 말인지 통 알아듣지 못하겠구만. 내가 아닌 또 다른 내가 있다는 것은 뭔소링감?"

외숙모가 끼어들자 여인이 힐끔 째려보았다.

"모르시면 가만히 듣고만 있으세요."

"알았은께 계속하시우."

외숙모가 머쓱해서 몸을 한껏 움츠러들었다.

"이와 같은 증세는 출구를 찾지 못한 자아의 분열증이라고 하는데 자기 내면에 있던 불만과 증오가 오랫동안 참고 견디다가 참지 못해 분출되는 현상이라고 하지. 다시 말하면 지금의 자신이 아닌 다른 자신으로 살고 싶다는 마음의 표시지…."

그 말을 이해하려는 듯 단이가 고개를 끄덕였다.

"달라지고 싶은 생각은 늘 가지고 있었씀다. 그런데 변하는 것이 두려웠어요."

"꿈속에서 계속 숨고 싶은 곳을 찾아 이칸 저칸 문을 열어보아도 모두

문이 잠겨있어서 들어갈 수 없은 것은 의지는 있으나 변화에 대한 두려움이 크다는 뜻이지. 자네의 마음만 굳건하다면 두려움에서 곧 벗어날 거네. 그렇게 되면 다시 그런 꿈도 오지 않을 것이고. 무엇보다 자아실현을 위한 삶을 살아가는 것이 바탕이 돼야 모든 관계가 건강할 수 있지!"

자신의 문제라는 말에 단이는 안도했다. 불안하던 마음이 안정되면서 핏기 없던 그녀의 얼굴에 화색이 돋아났다.

71

단이는 점차 안정을 찾아갔다. 이상한 꿈도 다시 꾸지 않았다. 이제 시름을 놓았다 싶었는데 어느 날 갑자기 단이는 노래를 부르기 시작했다. 아침부터 저녁까지 계속 한곡만 반복하여 불렀다. 마치 반복 녹음테이프를 틀어놓은 것처럼 끊임없이 되풀이했다. 한국노래도 아니고 중국노래도 아니고 연변노래도 아니었다.

이건 행복이 아니잖아?
하염없이 눈물짓는 사람아
꼼짝없이 죽은 사람아
어디 멍청이 역을 할 광대가 없나요?
그런 광대한테나 이 짓을 하라고 해요.

문 열기를 주저했던 바로 그 순간
나의 소원은 그대의 사람이 되는 것

쉽지 않게 그런 결심을 했어요.
내가 늘 그랬듯이
내 생각을 분명히 다지면서
다시금 들어섰지만,
아무도 없었죠…

“다 나은가 싶더니 또 도진기가?”

“병이 도진 거 아닙다.”

“그런데 웬 노래를 이리 해쌌노? 듣도 보덜 못한 노래구만. 고만 좀 불러싸.”

외숙모가 건너와서 말렸다.

“이 노래는 엄마가 즐겨 부르던 노래임다.”

“연변 노랜겨?”

“아뇨?”

“그럼? 중국 노랭가?”

“어리광대를 보내주오!”

단이가 고개를 힘 있게 젓고 나서 쓸쓸하게 말했다. 눈가에 물기가 고여 있었다.

“참말로 왜 계속 같은 노래만 해싸는겨?”

외숙모가 빤히 단이의 눈을 쳐다보았다. 진짜 병이 도진건지 아닌지를 알아내려는 것 같았다. 단이의 눈빛이 초점이 없이 풀어져있었다.

‘정말 미친갑네. 눈빛이 흐린 뜨물 모냥으로 저리 풀어져 있으니까네 정신줄을 놓은 게 틀림이 없는 것이여.’

외숙모가 단이의 시선을 피하며 고개를 숙였다. 계속하여 그녀의 눈을 들여다보기가 두려웠다. 단이가 침통하게 말했다.

"그러게요. 저도 잘 모르겠씀다. 제가 정신줄을 놓은 건지. 제가 어렸을 때 엄마가 자꾸 이 노래만 불렀던 적이 있었씀다. 제가 짜증나서 물었씀다. 왜 계속 같은 노래만 부르냐고… 그때 엄마가 그러데요. 왠지 이 노래가 엄마 노래 같다구… 지금 제가 이 노래를 부르면서 엄마가 왜 그랬는지를 알 것 같씀다. 이 노래가 마치 저의 노래 같단 생각이 듬다."

외숙모는 단이가 무슨 말을 하는지 알 수 없어 그저 꺼무룩한 눈을 숨뻑일뿐이였다.

"뭔 씨나락 까먹는 소린지 알덜 몬하겠어."

단이가 어머니에게서 들었던 기억을 되살려서 이 노래에 대하여 차근차근 설명을 했다.

"어머니가 그러셨는데 이 노래는 주인공의 엇나간 사랑에 대한 슬프고 회한에 찬 정서를 표현한 노래람다. 1970년대 리트 나이트라는 뮤지컬에서 나오는 노래인데 곡이 슬프면서도 주인공의 아련한 사랑이, 올리브향기처럼 묻어나 선율이 너무 아름답씀다. 어머니께서 하도 이 노래만 불러서 저도 배웠씀다. 가만히 들어보면 가사가 기가 막힘다… "

단이는 스스로 자신의 말에 도취된 듯 노래를 불렀다.

당신 이런 어처구니없는 연극 안 좋아하잖아?
내 잘못이야, 이런 게 너무 싫어.
내가 하는 선택을 당신도 좋아할 줄만 알았지.
미안해요, 당신.

어디 멍청이 역을 할 광대들 없나요?
꼭 그런 광대들이 할 일이죠.
어서요, 그런 광대들한테 이 짓을 맡겨요.

이거 볼 만하지 않나요?
이거 얄궂지 않나요?
살다가 이다지도 빗나가는 내 팔자 말예요.

어디 멍청이 역을 할 광대들 없나요?
어서요, 그런 광대들한테 이 짓을 맡겨요…

단이의 목소리에는 물기가 어려 있었다. 노래를 하고 있는 것이 아니라 자신의 얄궂은 운명에 대한 하소연을 하는 것 같았다. 그리고 이런 운명에서 벗어나게 해달라는 애원이나 살풀이 같기도 했다.

그러던 어느 날, 갑자기 단이의 노랫소리가 끊겼다. 계속 부를 때는 귀찮았지만 정작 조용해지자 외숙모는 이상한 생각이 들었다. 혹시 또 무슨 엉뚱한 마음을 먹은 것은 아닌지 불안했다. 아침준비를 하다말고 그녀는 젖은 손의 물기를 옷섶에 쓱쓱 문지르면서 서둘러 단이의 방으로 건너갔다.

단이가 이곳에 올 때 끌고 왔던 까만색 트렁크에 자기의 소지품들을 주어 담고 있었다. 서두르지 않고 차분한 모습이었다. 외숙모가 들어서는 것을 보고 단이가 씩 웃었다.

"외숙모 오셨씀까?"

"괜찮아?"

"괜찮지 뭐 무슨 일이 있겠씀까? 사람이 그리 쉽게 미치겠씀까?"

두 손을 싹 털어버린 듯한 홀가분한 표정이었다.

"무슨 좋은 일이 있는가벼? 기분이 좋은걸 보니."

"기분이 좋을 것은 없지만 이제부터는 여기서 있었던 일을 다 털어버리려고요."

"그래. 듣던 중에 반갑다야. 밤낮으로 노래를 불러쌓더니 시체말로 힐링인지 뭔가 한거여?"

"네에. 힐링했어요."

"그 노래가 그리도 좋았든 겨?"

"엄마가 부르던 노래를 자꾸 불렀더니 엄마의 목소리가 들렸씀다. 엄마가 나더러 남자만 바라보지 말고 자기의 인생을 살라고 하더군요."

말을 마친 단이가 씽하니 트렁크를 들어 문 앞에 세워놓았다. 당장 떠날 준비를 하는 사람 같았다. 외숙모가 의아하게 트렁크를 바라보았다.

"근디 갑자기 짐은 왜 챙기는 거여?"

"이제 광대노릇 그만 할랍니다."

"자네가 왜 광대인가?"

"남의 정신에 살았으니 광대지요. 그래서 이제 정신 바짝 차리고 살려고 왔던 데서 다시 시작하려구요."

"왔던 데로 가믄 중국으로 도로 가는가?"

"네."

"여-엉 간다꼬?"

"…"

단이는 대답을 하지 못했다. '영' 이란 말에 왠지 목이 멨다. 떠나려고 마음을 먹었지만 아주 가는 것인지는 자신도 알지 못했다. 이곳에 올 때 영 있는 다는 생각을 하지 못한 것처럼 가는 것도 그랬다. 그냥 가야한다고 생각하니 가는 것이다. 외숙모가 혀를 찼다.

"그렇게 가뿔면 도균이는 어떻게 하고?"

"그 사람은 오지 않을 겁니다."

"기다리던 바에 쪼매만 더 기다리라카이. 도균이 그 아이는 꼭 올 것인께…"

"올 거면 벌써 오지않았겠씀까?"

"어쨌든 내가 안 된다카모 안 되는 기라. 도균이가 오기 전까지는 절대 안 보낼끼라."

외숙모가 문가에 세워져있는 트렁크를 질질 끌고가더니 옷장과 벽사이의 좁은 공간에 밀어 넣는라고 낑낑거렸다.

"외숙모님, 그쪽에 자리 잡으면 전화를 드리겠씀다. 오시고 싶을 때 언제든 놀러오세요."

"기어이 갈라꼬? 하긴 자네는 할 만큼 했다. 하모, 넘치게 했어. 자네 같이 착한 사람이니 여태 기다렸지 나 같아서도 벌써 고무신을 꺼꾸로 신었다. 그놈이 복이 없는 놈인걸 어떻게 하겠나. 도균이가 오믄 자네가 기다릴만큼 기다리다 갔다꼬 내가 전할테니께니. 시름 놓고 가! 아이고 그놈이 천하의 나쁜 놈이여. 하마 그놈이 지랄 같은 놈이지."

"그 사람 잘못이 아님다. 모두 제 잘못임다."

"자네가 뭘 잘못했는디?"

외숙모가 버안해진 눈으로 단이를 바라보았다.

“여기까지 따라온 것은 저니까 다 제 잘못임다. 그러니 도균씨 욕하지 마세요.”

“야가 도균이를 좋아하긴 했꼬만. 이 마당에도 그놈을 감싸는 것을 보니께? 하긴 그자가 부도나서 그렇지 사람은 착허지. 안그르나?”

단이가 씁쓸히 웃었다.

그 남자를 좋아했을까? 그래서 여태 기다린 걸까? 그녀는 자신의 마음을 알 수 없었다. 좋아서 기다린 건지 아니면 상황에 밀려서 여기까지 온 것인지….

가만히 생각해보면 그가 있어달라고, 기다려 달라고 부탁한 적도 붙잡은 적도 없다. 사람은 아무것도 할 수 없을 때 비로소 자신의 본 모습을 볼 수 있는 모양이다. 그녀는 자신의 마음속 한구석에 도균이란 남자에 대한 애정이 남아있었다는 것을 의심하지 않았다. 그런 마음이 전혀 없었다면 그렇게 오랜 시간을 어찌 기다릴 수 있었겠는가?

이때 느닷없이 그녀의 핸드폰이 부르릉 거렸다. 단이는 불에 덴 듯 손에서 핸드폰을 떨어뜨렸다. 그리고 다급히 외숙모를 쳐다본다. 이곳에 온 이튿날 딱 한번 울리고는 그 뒤 한 번도 울리지 않았던 핸드폰이다.

“어여 받어! 도균인가벼!”

외숙모가 얼굴에 화색을 띄우고 재촉했다. 하지만 단이는 핸드폰을 주어들기 두려웠다. 김도균이 아닐까봐서가 아니라 김도균일 것 같아서 무서웠다. 그의 전화를 기다리느라 습관처럼 울리지도 않는 전화를 매일 손에 들고 다녔던 그녀다. 그런데 왜 두려운 것일까? 타이밍이 기막히게 절묘하단 생각이 들었다. 남자도, 한국도 모두 털어버리고 떠나려던 순간이었다. 전화소리가 다리를 잡을 것 같은 예감이 들었다. 언제나 그랬다. 끌어안고 있을 때는 희망을 주지 않다가 포기하고 놓아버리려고 하면 희망을 주었다. 그게 그녀의 일상이었다.

그녀는 옳은 선택을 해본 적이 없다. 늘 우유부단했고 단호하지 못했다. 상황에 떠밀려 끌려다니다가 도저히 안 되겠다 싶어서 어렵사리 다른 선택을 할라치면 또 새로운 상황이 만들어 지면서 그것이 마치 기회인 것처럼 그녀를 흔들었다. 그렇게 여기까지 오게 된 것이다. 또다시 같은 상황을 만들어지는 것이 두려웠다. 그녀는 남자를 너무 오래 기다렸고 이미 지쳐서 더는 같은 상황을 되풀이하고 싶지 않았다.

"어여 받지 않고 뭐혀?"

외숙모가 다시 재촉했다.

"안 받고 싶씀다."

외숙모가 펄쩍뛰었다.

"갑자기 왜 그런디야?"

"그냥 떠나고 싶씀다."

"그렇게 많이 기다렸는디, 그 시간이 아깝지도 않은가?"

아까웠다. 하지만 그 시간이 헛된 것이라고는 생각지 않았다. 그 긴 시간 동안 자신의 마음을 치유하고 진정한 자신과 만나는 시간이기도 했다는 생각에 아쉬움은 없었다. 방바닥에서 핸드폰이 흐느끼듯 부르르 떨며 계속 울린다. 몸부림을 치는 듯 절박하게 울렸다.

"자네가 안 받는다카믄 내가 받아야 쓰겄네. 그아가 집에 돌아올라고 전화를 했을텐디 집에 받는 사람이 없으믄 얼마나 실망해뿔겠나."

외숙모가 전화기를 냉큼 주어 들었다. 그리고는 단이가 미처 손 쓸새도 없이 전화기 케이스를 열고 재빨리 통화버튼을 눌렀다. 전화기에서 남자의 웅글진 목소리가 다급하게 흘러나왔다.

"제수씨!"

"이게 누구여? 도균이가 아니고 경석이아이가?"

외숙모가 한손으로 전화기에 말이 들어가지 않게 막으면서 실망한 눈빛으로 단이를 건너다 보았다.

경석 씨….

단이는 가슴이 뛰었다. 다른 사람은 몰라도 그에게는 작별인사를 하고 싶었다. 마침 잘됐다싶었다.

"제가 받겠씀다."

외숙모가 전화기를 넘겨주면서 아니꼬운 시선으로 단이를 꼬아보았다.

그러는 외숙모를 등지고 단이는 작게 말했다.

"말씀하세요!"

"창문을 열어봐요! 어서요!"

경석이의 목소리가 들떠있었다.

"왜요?"

"글쎄요! 빨리요!"

그녀가 전화기를 들고 창문께로 다가갔다.

"아!"

단이의 입에서 예기치 못했던 깊은 탄성이 터졌다. 하늘에서 거위털 같은 하얀 눈이 서로 갈 길이 바쁜 듯 아우성을 치며 마구 쏟아져 내리고 있었다. 새 한마리가 은빛 화살처럼 눈발을 헤가르며 쏜살같이 날아가고 있었다. 하얀 꽃가루들이 부서져 내린다. 그것은 영원에로 빠져드는 하얀 넋인듯 아득했다. 눈물이 쏟아질 것만 같았다.

"아!"

단이가 연신 신음소리 같은 탄식을 했다.

"아름답죠?"

"슬픔다."

"원래 아름다운 것은 슬픈 거예요."

"저에게 흰색은 어머니의 색임다."

"아…그렇군요."

경석이가 깊은 탄식을 지어 올렸다. 그리고나서 미안한 듯 한층 가라앉은 듯 한 목소리로 말했다.

"집사람이 거기 갔다면서요."

"그러던가요?"

"왜 아무 말도 하지 않았어요?"

"더 복잡해질 것 같았씀다."

"집 사람이 마구 퍼 대고 왔다면서요? 그런 말을 듣고 억울하지도 않았어요?"

"억울했씀다. 하지만 가만히 생각해보니 제가 그동안 그분이 생각하는 것 이상으로 경석 씨한테 의지했더랬씀다. 모두 제 잘못임다."

"그렇지 않아요. 모두 제 잘못이에요."

경석은 자기 잘못이라며 미안해서 쩔쩔매는 모습이 전화기 넘어로 보이는듯했다.

단이는 서운한 생각이 들었다. 물론 경석이가 그녀를 위로하느라고 자기 잘못이라고 말했을 수도 있지만 그녀가 듣기로는 그동안 그녀에게 베풀었던 친절을 후회하는 것 같이 들리기도 했다.

"제수씨!"

경석이가 다급하게 그녀를 불렀다. 무슨 말인가 하지 않으면 안 될 것 같은 격렬함과 절심함이 목소리에 묻어있었다.

"어째 그럽까?"

여자의 목소리는 차분했지만 남자에 대한 원망을 감추지 못하고 있었다. 이제 그가 무슨 말을 해도 감동하지도 감사해하지도 않을 것이다. 남자들이란 비겁하다는 생각이 들었다. 그런데 남자는 하려던 말을 도로 걷어 들였다.

"아니에요."

잔뜩 부풀어있던 목소리가 시무룩 가라앉아 있었다. 남자도 갈등을 하고 있는 것을 단이는 눈치 챘다. 그가 하고 싶은 말이 무엇이었을까? 궁금했지만 묻지 않았다. 긁어 부스럼을 만들기가 싫었다. 떠나는 마당에 그것을 알아서는 무엇 하겠는가? 이미 있었던 사연들도 털어내야 하는 마당에 말이다.

"왜냐고 묻지 않아요?"

남자가 참지 못하고 되물었다. 마치 단이가 궁금해 하지 않아서 말을 하지 않는다는 듯 목소리가 부어있었다.

"무슨 말을 하고 싶은검까?"

단이가 마지못해서 물었다.

"맞춰봐요."

"제가 그걸 어떻게 암까?"

"자신의 마음을 잘 들여다보면 내 마음이 뭣인지 알거예요."

경석은 자기의 마음도 늘 그녀와 같았다는 것을 넌지시 알려주고 있었다. 단이는 그가 하고 싶었던 말이 무엇인지 알것 같았다.

'우리, 콱 살아버릴까?'

아마도 그 말을 하고 싶었을 것이다. 단이도 그런 생각을 했던 적이 있다. 경석의 와이프가 갑자기 찾아와서 있지도 않은 사실을 있는 사실처럼 마구 퍼붓는 폭언 앞에서 그녀는 차라리 콱 저질러 버릴까, 그런 생각을 했었다. 경석 와이프에 대한 화풀이만은 아니었다. 마음속 깊은 곳에서 늘 잠재해 있었던 생각임을 단이는 부인하지 않았다. 아마도 경석이도 터무니없는 와이프의 행패 앞에서 그런 생각을 했음 직했다. 사람이란 그런 법이다. 하지 않은 일을 했다고 우기면 오히려 정말 그 일을 저지르고 싶어 한다. 억울하니까 억울하지 않으려고 찾는 대안이기도 하니까.

단이와 경석이 사이가 이상했던지 외숙모가 무릎걸음으로 바투다가앉으면서 전화기에 귀를 바짝 기울였다.

"경석이가 시방 뭐라는가?"

단이는 손으로 전화기를 살짝 가리고 외숙모로부터 조금 떨어졌다. 단이는 그에게 무슨 말인가 하고 싶었다. 두 번 다시 그와 만날 기회가 없다는 것을 알고 있었기 때문이었다. 하지만 무슨 말을 해야 하는지 알 수 없었다. 심경이 복잡한 것도 있지만 바로 앞에 외숙모가 턱 버티고 있다. 떠난다는 말을 할까 망설이다가 그만두었다. 그렇게 되면 이야기가 길어질 테고 일일이 설명을 하기엔 다소 지쳐있었다.

외숙모가 정색을 하고 단이의 얼굴을 뚫어져라 보고 있었다. 그녀의 표정에서 두 사람의 관계를 정탐이라도 하려는 것 같이 눈빛이 집요했다.

단이는 애써 담담하게 말했다.

"경석 씨!…."

단이가 그를 불러놓고 이윽히 다음 말을 잇지 못했다.

"왜요? 할 말 있음 어서 하세요."

"전 이제 모든 것을 내려놓고 싶씀다."

떠난다는 말을 그렇게 하면서 그가 그 뜻을 알아차리기를 바랐다. 하지만 경석이는 눈치를 채지 못하는 듯 했다.

"힘을 내세요. 도균이 그놈이 제수씨를 아주 많이 사랑했습니다. 아시죠?"

"위로하려고 애쓰지 마세요. 그 반대인 것을 저 다 암다."

"제 말을 믿으셔야 돼요. 중국에서 제수씨를 만나고 한국에 온 며칠 후였어요. 자고 있는데 갑자기 도균이한테 전화가 온 거예요. 그놈이 다짜고짜 경석아, 나 사랑에 빠졌어. 그러는 거예요. 자다 말고 웬 봉창 뚜드리는 소리냐고 하자 그러더라고요. 나, 그 여자를 사랑해! 하는 거예요. 내가 그랬죠. 그래서 나더러 어쩌라고! 그런데 그놈이 그러는 거예요. 넌 상상도 못할 거야. 난 눈을 뜨나 감으나 그 여자 생각뿐이야. 이런 감정 처음이야. 나, 어떻게 하지? 어떻게 하긴, 장가들면 되지. 했더니 그자식이 그런데 무서워, 단이가 날 싫어할 것 같아서 말이야. 난 그 여자 가까이에서 그 여자 얼굴만 보면서 살아도 좋을 텐데 말이야 하고는 울더라고요. 사내자식이 여자 때문에 훌쩍거리는데 닭살이 돋더라고요. 미친놈이라고 해주고 싶었지만 울고 있어서 그 말을 차마 못 했어요…"

단이는 가만히 듣고 있었다. 그러자 경석이가 물었다.

"듣고 있어요?"

"네."

"감동이지 않아요?"

"이제 와서 감동되면 뭐함까? 이미 지나간 일인걸요."

"지나간 일이 아니라 진행형이에요. 도균이가 지금 어려운 사정이라서 그렇지 절대 제수씨를 못 잊을 거예요."

"하지만 저는 잊고 싶씁다."

"사람을 잊는 일이 말처럼 쉬우면 얼마나 좋을까요?"

경석이가 무겁게 한숨을 쉬는 소리가 이쪽까지 들려왔다.

이것은 무슨 뜻일까?

그는 도균을 두고 한 소리였을 것이다. 하지만 단이는 그가 자기의 속마음을 말하는 것 같이 들렸다. 단이는 그동안 경석한테 도균의 친구이상으로 기대어왔다. 경석과 함께 있을 때 자신이 살아있음을 치열하게 느끼곤 했다. 자신의 삶은 늘 충분치 않은 밑그림처럼 분명치 않았고 그와 같이 있을 때만이 완전한 자신으로 채워지는 듯 충실감을 느꼈다. 한집에서 함께 자지 않고 함께 눈을 뜨지 않아도 늘 함께 있는 사람한테서 느끼지 못하는 그런 깊은 감정을 그에게서 느낄 수 있었다. 그를 통하여 세상에는 보지 않고 생각만 해도 좋아지는 사람이 있다는 것을 알았다. 한국에서 유일하게 좋아했고 가슴을 떨리게 했던 사람이었다.

그녀를 처음으로 사진전시회에 데려다 주었던 사람이고 처음으로 그녀를 세상에 내 세워주었던 사람이기도 하다. 그리고 가장 어려웠던 시기에 곁에서 지켜주었던 사람이다. 그런데 그가 왜 갑자기 도균의 사랑을 들먹인 것일까? 그녀에 대한 자신의 감정을 정리하고 단이를 온전히 도균한테로 보내고 싶었을까. 그런 것 같았다. 이제 복잡한 관계에 얽혀서 아내의 시달림에서 해탈하고 싶었을 것이다.

"답답할 때는 밖으로 나오세요. 햇빛은 사용료가 없습니다. 마음대로 쓰셔도 되죠. 허허허."

경석은 큰 소리로 웃었다. 그 웃음이 허탈하게 울렸다. 갑자기 아주 먼 사이처럼 느껴졌다.

모두 다 떠나려고 하는 구나….

단이는 쓸쓸했다. 도균은 그녀에게 고독을 주었다면 경석은 그녀에게 고독을 견디게 해준 사람이다. 그가 없었다면 아마 벌써 미련을 버리고 이곳을 떠났을지 모른다. 남편이 없는 빈집을 오롯이 지키게 한 것은 어쩌면 경석이가 있다는 위로 때문이었는지 모른다.

그와의 인연도 여기서 끝이라고 단이는 생각했다. 그녀는 자기마음속에 갈마든 서운한 마음을 지우고 경석을 이해하려고 노력했다. 마누라와의 타협, 그것은 경석의 어쩔 수 없는 선택이었을지도 모른다. 사랑하지 않는다고 말했지만 결국 부인을 떠날 수 없었을 것이다. 부부의 삶이란 사랑이 전부가 아닌 또 다른 무엇인가가 있는 것은 분명해보인다. 그것은 서로의 끌림이나 자극이 아니라 자신들도 모르는 사이에 서로 몸에 밴 어떤 습관 같은 것인지 모른다. 감기에 걸리면 어쩔 수 없이 하게 되는 재채기나 기침 같은 그런 것 말이다.

밖에서는 계속 눈이 내리고 있었다. 경석의 전화로 단이의 기분은 무겁게 가라앉아버렸다. 부실 부실 내리는 눈발들은 또 다른 세상으로 그녀를 가두는 창살인 듯 했다. 한때는 누군가 이 지루한 고통의 고리를 끊어버리고 이곳에서 자신을 다른 곳으로 데려다 줄 것이라고 믿었다. 경석은 가까이에 있는 한 말이다. 하지만 지금은 그 꿈도 버려야 했다. 아무도 자신을 여기서 데려가 주지 않을 것이다. 그녀는 스스로 이곳을 떠나야만 했다. 단이는 오랜 덫에서 발을 빼어내려는 듯 고개를 들었다.

눈이 그치면 곧 이곳을 떠날 것이다. 교통사정을 알아보려고 그녀는 마을 입구에 있는 외할머니 손칼국수집으로 갔다. 갑작스럽게 쏟아지는 눈 때문인지 손님이라곤 없었다. 주방 안에 앉아있던 주인 할머니가 반색을 하면서 엉거주춤 일어섰다.

"아, 중국색시 워쩐 일인겨? … 아, 아이지비. 내 이정신보게. 하도 오랜만이라 헛소리가 막 나가는구먼. 수제비 집에 왔으면 당연히 수제비 먹으러온 것이겠지비. 안그런가 중국색시?"

할머니가 스텐으로 된 컵에 뜨거운 물을 부어서 그녀에게 내밀면서 길게 수다를 떨었다. 단이는 서울 가는 버스가 언제부터 통하는지 그것만 물어보고 그냥 가려고 했었다. 그런데 식객인줄 알고 기뻐하는 할머니의 마음을 서운하게 하고 싶지 않아서 의자를 당겨 앉았다.

"맞아요. 수제비 먹으러 왔어요."

"뜨신 물 마시면서 쪼매 기다리이소. 칼국수 한 그릇 퍼뜩 말아다 줄 것이께네."

할머니가 활짝 웃었다. 그동안 사람이 많이 그리웠던 모양이다. 단이가 뜨거운 물 컵을 두 손으로 이리 저리 옮겨 잡으면서 물었다.

"혹시 서울 가는 버스가 언제부터 통하는지 아십니까?"

"마, 차승 개통이 어렵다고 하든디. 이번에 나리는 눈이 어지간해서야 말이지. 버스는 왜? 서울 갈라꼬?"

"네."

"우리 영감이 내일 서울 가는 데 급하면 내일 우리 영감의 오토바이 뒤에 앉아서 퍼뜩 갔다 오이소."

할머니가 사람 좋게 웃었다.

"아니에요. 버스가 통하면 가도 돼요."

이제 가면 영가는 것이기에 급히 서두를 필요는 없었다. 오히려 잘 됐다는 생각이 들었다. 그런 자신이 우스웠다. 가려고 하면서도 가지 않으려고 이유를 찾는 사람 같다는 생각이 들었다.

이때, 출입문이 열리면서 젊은 여인이 휠체어를 이끌고 식당 안으로 들어왔다. 휠체어에는 여섯 살이 될까 말까한 남자아이가 앉아있었는데 아이의 손과 팔이 제가끔 뒤로 비틀어지고 있었다. 아이가 그녀를 보고 웃는 듯했다. 단이는 깜짝 놀랐다. 여섯 살의 찬이가 휠체어에 앉아서 집에 왔을 때의 모습을 보는 것 같았다. 단이가 불쑥 일어서면서 찬! 하고 불렀다. 전혀 예상하지 않은 일이다. 아이의 어머니가 그녀를 바라보았다.

"불렀어요?"

아이의 어머니가 물었다.

"아, 아닙다."

단이가 다급히 손을 흔들었다.

"아, 그런 걸 난 우리 아이를 부르는 줄 알았어요. 우리 아이가 찬이거든요."

"아, 이럴 수가…"

단이가 기절할 듯 놀랬다.

"왜 그렇게 놀래요?"

"제 동생 이름도 찬이거든요."

"아, 그래요? 그래서 우리 아이를 보자마자 찬이라고 했군요."

아이의 엄마가 하얀 수건으로 아이의 입가에 줄줄 흘러내리는 침을 닦아주었다. 그러자 아이가 빙그레 웃으면서 다시 혀로 침을 밀어냈다.

"장난 좀 그만 쳐!"

아이의 어머니가 웃으면서 눈을 흘겼다.

단이가 눈시울을 붉혔다. 찬이를 닮은 이 아이는 얼마나 행복한가. 어머니가 곁에 있으니…세상을 몰라도 세상을 다 가졌구나. 우리 찬이는 지금 무엇을 하고 있을까? 아직도 누나를 기다리고 있을까? …아마도 나처럼 누군가가 와서 어딘가로 데려가주기를 기다리고 있을 거야. 그 아이를 어딘가로 데려가 줄 사람은 이 세상에 오직 자기 한 사람뿐이었다는 생각을 하면서 가슴이 철렁 내려앉는다.

내가 과연 찬이를 다른 세상으로 데려다 줄 수 있는 것일까? 도망가지 않고 끝까지 그 아이와 함께 갈수 있을까? 왠지 자신이 없었다.

제16부 낯선 두 남자

72

이튿날 정오가 될 무렵, 고즈넉한 시골 마을의 입구가 경적을 울리며 까만 차 한대가 천천히 들어오고 있었다. 시골에서는 보기 드문 고급승용차였다. 차는 마을 안으로 깊숙이 들어갔다가 다시 머리를 돌려 되돌아 나오다가 외숙모네 울타리 앞에서 멈추었다. 단이는 유리창에서 눈을 떼지 않고 차를 주시했다.

누가 온 것일까? 도균이 이리 좋은 차를 타고 올 리 없다는 것을 그녀는 잘 안다. 도균의 차는 녹색이다. 그것도 여관과 함께 이미 다른 사람의 손으로 넘어갔다. 그렇다면 경석? 그 사람의 차는 검은색 에쿠스다. 하지만 그가 연락도 없이 갑자기 찾아올 리가 없다. 그렇다면 이 시골로 그녀를 찾아올 또 다른 사람이 있었단 말인가? 그녀는 알 수 없는 기대와 두려움에 사로잡혔다.

까만색의 짧은 바바리코트를 입은 남자가 차에서 내렸다. 뒤에 따라 내리는 남자는 아이보리색 실내의에 푸른색의 자켓을 입고 있었다. 낯선 남자들이였다. 얌전한 차림새로 보아선 두 사람 모두 공무원들 같았다. 그들은 신발에 묻은 눈을 털고는 곧추 울바자 안으로 들어왔다. 점점 가까이로 다가오는 그들의 표정에는 어딘가에서 보았던 것 같은 느낌이 들었다. 딱딱하게 굳어있는 듯하면서도 날이 선 차가운 느낌, 갑자기 홍대입구에서 신고를 받고 법무부에 끌려갔던 일이 되살아났다. 너무도 닮았다는 생각이 들었다. 하지만 그들이 올리는 없었다. 그 일은 이미 원만히 마무리 되었고 그 이후로 한 번도 돈 버는 일을 한 적이 없었기에 불법취업으로 끌려갈 일은 없을 것이니 말이다.

고급승용차를 타고 이 깊은 강원도 시골까지 그녀를 찾아올 사람은 확실치는 않지만 그래도 남자와 관련된 사람들일 확률이 높다고 생각했다. 그녀는 밖으로 나가 손님을 맞았다.

"도균 씨의 소식을 가지고 온 분들이 맞지요?"

두 낯선 남자는 서로 얼굴을 빤히 쳐다보면서 대답을 하지 못했다.

"왜요? 혹시 도균 씨한테 무슨 사고라도 생긴 검까?"

단이의 목소리가 지레 겁에 질려있었다.

까만 바바리코트를 입은 남자가 입을 열었다.

"무슨 오해를 하시는 것 같은데 우리는 도균 씨라는 사람의 소식을 가지고 온 것이 아니라 중국에서 온 조단이란 사람을 찾아 왔습니다."

"저를요? 저를 왜 찾는데요?"

"법무부에서 신고를 받고 왔습니다. 저희들과 함께 잠깐 법무부에가 조사를 받아야 되겠습니다."

두 사람은 역시 법무부에서 신고를 받고 나온 사람들이였다. 지난번에는 불법 취업이었는데 이번에는 결혼을 빙자하여 불법 매음을 한다는 신고를 받고 나왔다고 했다. 어이없었다. 누가 이런 있지도 않는 신고를 한단 말인가? 아무리 생각해도 이번 일은 경석의 마누라와 연관이 있을 것 같다는 예감이 들었다. 그 여자가 이를 갈면서 돌아갔으니 가만있지는 않았을 것이다. 하지만 전혀 없는 사실이여서 두려울 것은 없었다.

까만 바바리코트를 입은 사람이 다시 입을 열었다.

"죄송하지만 잠깐 살림을 보여줄 수 있겠습니까?"

법무부에서 나왔다면서 왜 남의 살림을 보자고 하는지 알 수 없었지만 마음대로 보라고 대답했다. 집안 살림이라 해봤자 이불 한 채, 옷 몇 견지에 밥그릇 몇 개뿐이다. 두 사람은 수저통을 뒤적여 젓가락 몇 모인가, 숟가락이 몇 개인가를 꼼꼼히 살피더니 노트에 적었다. 다음에는 싱크대위에 있는 칫솔 통을 뒤적이다가 하나인 것을 확인하고 나서 또 노트에 적었다. 그리고 찬장을 쓰는 서랍을 열고 그릇들을 살폈다. 주방을 이 잡듯 뒤지고 나서 이번에는 옷장을 보자고 했다. 단이가 천으로 만든 이동식 옷장을 가리키면서 말했다.

"옷들은 모두 이곳에 있씀다."

푸른 자켓을 입은 남자가 옷장 쟈크를 열었다. 그런데 손에 힘이 너무 많이 들어간 탓인지 배를 가른 짐승의 몸에서 내장이 흘러나오듯 옷장 안에서 옷들이 와르르 밖으로 쏟아져 나왔다. 흘러나온 옷 중에는 남자의 옷은 한견지도 없었다. 푸른 자켓을 입은 남자가 옷들을 하나하나 살피더니 바바리를 입은 남자에게 말했다.

"남자의 옷은 한견지도 없습니다. 속옷도 그렇고요."

그 사실을 수첩에다 꼼꼼히 적고나서 검정 바바리를 입은 남자가 여자에게 말했다.

“수저도 하나고 칫솔도 하나, 그리고 옷장에는 남자의 옷은 하나도 없는 것으로 보아 남자와 같이 산다는 것은 거짓인 듯싶습니다. 저희들과 함께 법무부에 걸음을 하셔야 하겠습니다.”

단이가 바삐 설명했다.

“저는 위장결혼이 아니라 정식 결혼임다. 서류를 보면 알거 아님까?”

“위장결혼도 서류는 진짜로 작성한다는 것을 모르십니까?”

푸른 자켓을 입은 남자가 야유조로 말했다.

“그렇긴 하지만 저의 결혼은 진짜입니다.”

푸른 자켓을 입은 남자가 얼굴살을 찌푸렸다. 그리고 짜증 섞인 목소리로 말했다.

“결혼했는데 왜 신랑이 집에 없습니까?”

“신랑이 사업에 부도를 내고 잠시 집을 나갔슴다.”

“어디에 있는지는 압니까?”

“그건… 아직 모름다.”

그것을 보라는 듯 깐깐하게 생긴 남자가 입 꼬리를 한쪽으로 끌어올리며 힐끔 옆에 남자를 바라보았다. 옆에 남자도 눈가에 실 웃음을 지었다. 자신들의 판단이 틀림없다고 자부하는 눈치들이였다.

“남편도 없는데 여기서 무엇을 하고 있었습니까?”

깐깐하게 생긴 남자가 취조하듯 물었다. 여기서 사는 게 무엇이 잘못되었단 말인가? 단이는 그들이 왜 이런 질문을 하는지 알 수 없었다.

“남편을 기다리고 있었씀다.”

"도망을 간 남편을 기다려요?"

두 남자가 서로 쳐다보며 허 하고 웃었다.

"왜요? 남편을 기다리는 것이 그렇게 우습씁까?"

"왜 그러죠?"

그들은 이해할 수 없다는 듯 고개를 갸웃거렸다.

"남편이니까요."

"참, 순수하네… 한국 남자들은 한번 집을 나가면 쉽게 돌아오지 않아요."

"한국 남자들은 왜 그러죠? 왜 집을 두고 밖으로 나가죠?"

"그게 한국남자들이니까요. 돌아올 것 같으면 나가지도 않았겠죠. 그리고 지금 단이 씨 같은 상황에서는 진정 사랑해서 결혼했다기보다 한국에 오기 위해서 선택한 결혼이잖아요. 그러니 남편이 돌아올 확률이 거의 제로죠."

마른 남자가 냉소했다.

전혀 그렇지 않다고 떳떳하게 말하기는 어렵다. 하지만 그녀에게 남자의 아내로 살려고 했던 것은 진심이었다. 결혼했다가 마음에 들지 않으면 도망가자 그런 마음은 처음부터 없었다. 결혼하면서 헤어질 생각이었다면 아마도 결혼을 선택하지도 않았을 것이다. 그녀는 한번 결혼을 하면 끝까지 가는 것이 자신을 위해서도 옳은 선택이라고 생각했었다. 물론 사랑해서 결혼을 한 것은 아니지만 그 진정성까지 의심받거나 부정 받아야 할 이유는 없다고 생각했다. 속인 것은 남자이지 그녀가 아니었다. 남자를 만난 과정이 다른 사람들에게는 황당하게 보일 테지만 그녀의 처지에서는 최선의 선택이었다. 그런데 그들은 그녀의 결혼을 한국에 오기위한 선택이라고 폄하했다. 단이는 화가 났다. 왜 이 사람들은 이리도 사람의 진정성을 믿지 않는 것인지, 왜 나쁜 쪽으로만 상황을 몰아가는 것인지.

"그렇게 쉽게 말하지 마십쇼. 사람들이 사는 것은 서로 비슷하지만 사정은 서로 다를 수 있죠. 그 사정을 알지도 못하면서 다른 사람들이 그러니 이 사람도 그렇겠거니 하고 당신들이 믿고 싶은 대로 단정을 짓지 마십쇼. 당신들이 아니라고 생각하는 것이 진실일수도 있다는 것을 왜 생각 못 함까? 당신들이 그런 편견 때문에 억울한 사람이 생길수도 있다는 것을 왜 생각 못 함까? 대한민국의 법은 도대체 누구를 위한 법임까? 힘없는 사람들에게 함부로 하는 것이 대한민국의 법임까?"

단이가 급하자 심한 연변말투로 고래고래 소리를 질렀다. 고사포를 쏘듯 다급하고 빠른 말투에 두 남자가 일순 당황해 했다. 솔직히 경석의 처한테 당한 뒤로 단이는 완전히 다른 사람이 된듯했다. 할 말은 어디서나 또박또박 했고 가끔씩 소리를 지르기도 했다.

검은 바바리코트를 입은 남자가 누그러진 목소리로 달래듯 말했다.

"우리도 이러고 싶지 않습니다. 하지만 지금 우리가 보고 있는 이 상황은 정당한 결혼이라고 볼만한 상황이 아닙니다. 그리고 당신이 시골에서 매음을 했다는 제보자가 있습니다."

"그게 도대체 누굼까? 제가 매음을 했다고 한사람이? 이 나라는 그딴 사람잡이 제보를 듣고 사람을 잡아감까?"

"할 말이 있으면 법무부에 가서 하시지요. 억울하면 법무부에 가서 진실을 밝히면 될 거 아닙니까? 자, 함께 갑시다."

두 사람은 그녀의 말은 아예 들으려고도 하지 않았다. 남자들이 먼저 나갔다. 이번에 따라가면 무조건 강제출국을 면하지 못할 것이었다. 지난번에는 남편이 와서 데려갔지만 지금은 남자가 어디에 있는지도 모르고 전화도 받지 않으니 그녀는 자신의 진심을 증명할 길이 없다. 누구도 그녀의 말은 믿지 않을 것이다. 스스로 자신을 증명할 수 있는 아무 힘도 능력도 뒷배도 없었다. 자신이 누구인지, 왜 이 강원도 시골에 와 있는지, 그것을 온전히 증명해줄 사람은 다리가 없는 그 남자뿐이었다. 만약 남자가 끝까지 나타나지 않는다면 그녀는 자신을 증명하지 못한 채 위장결혼으로 한국에 와서 매음을 하다 적발되어 강제 출국당하는 범죄자로 낙인이 찍혀질 것이다.

여자는 이 사실을 경석한테는 알려야 될 것 같아서 핸드폰을 열었다. 하지만 자칫 이일로 그의 부인한테 또 다른 오해를 불러올까봐 주저했다. 그녀는 전화기를 가방 안에 도로 넣고 종이에 간단히 메모를 하여 거울에 붙여두었다. 그리고 이것이 마지막이고 다시는 돌아오지 못할 것이어서 중요한 소지품을 트렁크에 챙겼다. 여자는 어깨를 힘없이 내려뜨리며 흐느낌 같은 탄식을 하고는 집을 나섰다.

흰 눈을 뒤집어쓴 산들이 성큼 다가섰다가는 부끄러운 듯 뒷걸음치고 있었다. 뒷걸음치는 저 산처럼 그녀는 언제나 자기 앞에 일이 닥칠 때마다 마주 다가간 적이 없다. 한번쯤 부딪치자는 마음도 없었다. 그저 미리 알아서 도망가면서 살았다. 혼자서 삭이고 혼자서 손해를 보면 편안하다고 생각했다. 생각해보니 이번에는 피하고 싶지 않았다. 아닌 것은 아니라고 말하고 싶었다. 그래서 쫓아낸다면 왔던 곳으로 가면 되었다. 가진 것도 없는데 잃을 것이 무엇이겠는가? 기껏해야 강제 출국일 것이다. 가라고 하면 가면 될 것이다. 별로 나쁘지 않았다. 돌아가는 것, 그것은 그가 바랬던 것이 아닌가.

73

심사관은 지난번에 만났던 사람이 아니었다. 그는 등과 어깨 그리고 배와 얼굴에 적당히 살이 후덕하게 붙어있었다. 그래서 그런지 까다롭지 않고 편안한 느낌이 들었다. 단이는 몸을 낮추며 자그만하게 깊은 숨을 몰아 쉬었다. 이 사람이라면 진심을 말하면 들어 줄지도 모른다는 생각이 들었다. 남자가 턱을 조금 추켜들고 단이를 쳐다보았다. 눈꼬리가 아래로 휘여서 그런지 남자가 웃는 것처럼 보였다.

"이름이 조 단이 맞습니까?"

"네."

"두 번째로 신고 당했군요."

"네."

생각했던 대로 남자는 예전 사람처럼 깐깐하고 까다롭지 않고 편안하게 조사를 진행했다.

"왜 신고 당했는지 아세요?"

"네."

"그럼 말이 쉬워지겠군요. 결혼을 빙자하여 한국에 와서 매음을 한다는 신고가 들어왔습니다. 사실인가요?"

"결혼을 빙자한 것이 아니라 결혼을 했씁다. 그것이 진실이구요. 매음을 한 적은 맹세코 한 번도 없씀다.”

“없어요.”

심사관이 묻는 것이 아니라 단이의 말을 그냥 따라 반복하고 나서 두 손을 깍지 껴 책상위에 놓았다. 그리고 잠깐 뜸을 들이는 듯싶더니 다시 입을 열었다.

“좋아요. 그럼 다시 묻겠어요. 우리 직원들이 조사한데 근거하면 지금 기거하는 곳에 남자와 함께 산 흔적이 아예 없습니다. 어떻게 된 일인지 설명해보세요.”

“남편이 사업을 하다가 실패하고 집을 나갔씀다. 그래서 제가 혼자 살게 되었씀다. 혼자 사는 게 무슨 죄임까? 누구는 혼자 살고 싶어서 혼자 살았겠씀까?”

여자의 목소리가 격앙되어 있었다. 남자가 경계하는 눈빛으로 그녀를 째려보았다. 처음보다 사뭇 다른 표정이었다. 그녀는 아차, 하는 심정으로 어깨를 움츠렸다. 괜히 인상이 좋다고 편안사람으로 간주하고 목소리를 크게 키웠던 것이 그의 비위를 거스르게 했다는 것을 알아차렸다.

“지난번에는 조 단씨가 집을 나갔고 이번에는 남편이 집을 나갔씀다. 부부가 함께 있지 못하는 이유가 우연치고는 너무 공교롭지 않습니까? 무슨 말인가 하면 거짓말도 그럴듯하게 해야 믿을 수 있단 말이지요. 이것은 어딘가 너무 어설퍼요. 그렇게 생각되지 않아요?”

“어설퍼도 할 수 없씀다. 이것은 사실이니까요. 어떤 이유에서도 진실이 외면되어서는 안 된다고 생각함다.”

“좋습니다. 그럼 구체적인 질문 하나 드릴게요. 남편이 집나간 시간이 언제입니까?”

"남편이 부도를 내고 집을 나갔을 때는 제가 중국에 있었씁다. 남편이 부도났다는 소식을 듣고 제가 한국에 왔을 때는 남편은 이미 집에 없었고요. 그러니 그 사람이 집을 나간 시간을 정확히 모릅다."

"부인이라면서 남편에 대하여 아는 것이 도대체 무엇입니까? 아무것도 모르지 않습니까?"

그 말에 여자는 고개를 숙였다. 그 말은 사실이었다. 입이 열 개라도 할 말이 없었다. 부끄러웠다. 정직하게 결혼을 했고 그것이 진심이라고 발끈했지만 그녀는 남편에 대하여 아는 것이 전무했다. 그동안 부부로 살았지만 남편을 알기위해 산 것이 아니라 오히려 비켜가려고 노력하면서 살아왔으니 말이다.

"남편에 대하여 아는 것이 없다는 말씀에는 할 말이 없씁다. 그가 부도가 났다는 소식을 그에게 너무 무심했던 저의 잘못을 깨닫고 처음부터 다시 시작해 해보려고 다시 한국에 왔는데 와보니 그 사람이 떠나고 없었씁다."

단이가 처연하게 말했다.

"그럼 부도난 줄 알고 다시 찾아온 겁니까?"

"네."

"특이하군요. 어떤 사람들은 부도가 났다면 같이 있다가도 도망간다는데."

"그이가 그렇게 된 것이 저의 잘못도 있으니까요."

"무슨 잘못이요?"

단이가 이윽히 고개를 숙이고 있다가 대답했다.

"생각해보니 제가 남편을 위해서 해준 일이 하나도 없었씁다."

말을 마치고 나서 단이는 다시 고개를 깊숙이 숙였다. 진심으로 남편한테 미안해하는 것 같았다. 심사관이 안타까운 듯 그녀를 바라보면서 물었다.

"지금 살고 있는 곳에서는 한 번도 남편을 만나지 못했습니까?"

"네."

"혼자 생활한 시간은 얼마나 됩니까?"

"일 년이 좀 넘습니다."

"알아본데 의하면 조 단씨는 아무 생산적인 활동도 하지 않고 있다고 들었습니다. 맞습니까?"

"네."

"그리고 남편이 부도나서 남긴 돈도 없을 테고 그러면 생활비는 어떻게 해결하셨습니까? 혹시 다른 곳에서 나오는 돈이 있습니까?"

혹시 그동안 쓰고 있는 생활비가 매음행각으로 생긴 돈이 아닌가 하고 의심을 하는 것 같았다. 사실 그동안 외숙모의 신세도 입었지만 외숙모 역시 비 생산자였으므로 주로 경석의 신세를 졌다. 그의 도움이 없었다면 며칠 버티지 못했을 것이다. 그런데 그 사실을 말하면 또 다시 그 남자와 무슨 관계인가고 물을 것이 분명했다. 여자는 사실대로 말해야 하나, 거짓을 말해야 하나를 두고 고민했다. 사실대로 말해도 그들은 믿지 않을 것이고 그렇다고 거짓을 말해도 그들은 믿지 않을 것이다. 단이 생각에는 그들이 중국 조선족들에게 대한 절대적인 편견을 가지고 있는것 같았다. 이미 그럴 것이란 결론을 가지고 심문하고 있기 때문에 어떤 말을 해도 믿지 않을 것이다. 그럴 바에는 경석이란 남자를 끌어들이지 말고 혼자 안고가자는 생각이 들었다. 경석의 도움을 받았다는 사실을 말하면 경석을 불러들여 조사 할지도 모른다는 생각에 단이는 경석의 이름은 말하지 않기로 했다. 사실을 말하지 않기 위하여 그녀는 거짓 증언을 할 수밖에 없었다.

"저의 아버지가 돌아가셨을 때 남편이 저에게 장례를 치르라고 오백만 원을 준적이 있습니다. 장례를 치르고도 많이 남아서 그 돈으로 생활했습니다."

심사관이 그녀를 쳐다보자 여자는 다시 고개를 숙였다. 절반은 사실이고 절반은 거짓이었다. 그녀는 마음이 켕기었고 은연중 얼굴에서 그것이 들어 날까봐 고개를 들지 못했다.

"5백 만 원 사용처에 대하여 좀 더 구체적이고 자세하게 진술해주세요."

그녀는 고개를 들지 않은 채 우물우물 대답했다.

"오백만 원에서 아버지 장례를 치르는데 백만 원이 들었습니다. 그리고 소아마비의 동생을 시설에 맡기는데 이백만 원이 들었습니다. 그리고…"

사실, 장례를 마친 돈을 그녀는 전부 복지시설에 맡겼다. 다시 동생한테로 돌아오지 못할 수도 있다는 생각으로 그렇게 했다. 그래서 나머지 돈은 있을 수 없었다.

"그리고 나머지 돈은 제가 생활비로 썼습니다."

"한 달에 생활비로 얼마나 사용했습니까?"

"5만원…"

"5만원? 그게 말이 됩니까? 아무것도 하지 않고 그냥 가만히 있어도 5만원은 더 나오겠습니다."

단이가 고개를 들고 심사관을 빤히 쳐다보다가 다시 고개를 숙였다. 불쑥 눈물이 쏟아져 내렸다. 그녀는 물기가 어린 목소리로 항변하듯 말했다.

“그래요. 심사관의 말씀대로 전 아무것도 하지 않고 살았씁다. 죽은 듯이 말임다. 한국에 와서 만 원짜리 옷이나 신발도 산적이 없고 쌀과 된장 간장만 있으면 산다고 생각했씁다.”

그것은 진실이었다. 단이가 한 달에 5만 원을 썼다고 했지만 사실 5만 원도 자기의 손으로 써 본적이 없다. 쌀, 간장, 된장 같은 기초 생활용품들 모두 경석이가 사다주었다. 자기의 손으로 단 천원을 써본 적이 없다.

왠지 심사원은 고개를 몇 번 끄덕 거렸을 뿐 더 이상의 질문을 하지 않았다. 그리고 심사가 끝났으니 나가도 된다고 했다. 한 달에 5만원도 못 쓰고 산 사람 앞에서 매음을 운운하는 것이 적이 미안했던 모양이다. 자리에서 일어날 때 단이는 다리가 휘청했다. 세상에 나서 처음으로 그런 거짓말을 해보았다. 그런데 심사관의 표정을 보아서는 그의 말을 믿는지 믿지 않는지 알 수 없었다.

그녀는 다시 법무부 5층에서 생활하게 되었다. 모든 조사가 끝나고 확실시 되면 강제출국이든지, 풀려나던지 어떤 처분이든지 내려지게 된다고 했다. 두 번째라 그녀는 이곳의 생활이 견딜만했다. 지난번에는 내주는 밥을 먹지 않았는데 이번에는 아무렇지 않게 밥을 받아다 먹었다. 그 밥을 먹으면서 그녀는 문뜩 그런 생각이 들었다. 집도 없고 밥도 없는 사람은 일부로 죄를 짓고 감방 밥을 얻어먹으려 들어가는 사람이 있다는 말을 들었을 때 과연 그런 사람이 있을까 했는데 그럴 수도 있겠다는 생각이 들었다. 집에서 먹는 반찬보다 이곳의 반찬이 훨씬 맛있고 풍요로웠다.

단이는 이번에 다시 풀려나기는 어려울 것이라고 생각했다. 남편이 선화를 받지 않는 한 그녀를 증명하고 꺼내줄 사람이 없다는 것을 알고 있기 때문이다. 어떤 희망도 가지고 있지 않아서 그런지 마음이 되려 편안했다.

74

갇혀서 지낸지 닷새째 되는 날 아침이었다.

식사를 마치고 할 일 없어 그냥 멍하니 앉아있는데 법무부의 여직원이 그녀를 불렀다. 강제출국을 시키려는 모양이었다. 단이는 천천히 걸어서 문 쪽으로 갔다. 여직원이 얼굴에 알릴 듯 말듯 미소를 짓더니 짧게 말했다.

"따라오세요!"

단이가 따라가면서 물었다.

"오늘 중국에 가는겜까?"

"중국에요?"

여직원이 걸음을 멈추고 물었다.

"중국에 가고 싶으세요?"

단이가 그 말의 뜻을 이해하려는 듯 아무 말도 하지 않은 채 그저 빤히 쳐다만 보고 있었다.

"남편 되시는 분이 데리려 오셨어요."

여직원이 하얀 이를 드러내고 웃었다.

"뭐라고요? 남편이 왔다고요? 말도 안됩다."

"네."

믿을 수 없었다. 남편이 올 리가 없다. 일 년이 넘도록 찾지 못한 남편을 법무부에서 어떻게 찾아냈단 말인가? 혹시 경석이 소식을 듣고 찾아온 것은 아닐까? 오히려 그쪽이 더 가능성이 있었다. 단이는 여직원에게 정말 남편이 맞냐고 묻고 싶었지만 그만두었다. 괜히 긁어 부스럼을 만들 것 같아서였다. 경석이가 와서 남편이라고 거짓으로 증언을 하고 자신을 빼주려고 찾아왔을 가능성이 더 있기 때문이었다. 단이는 여직원의 안내를 받으며 법무부의 문을 나섰다.

일층 홀에 거지 행색을 한 남자가 서있었다. 긴 장발에 수염이 텁수룩한데 옷까지 꾀죄죄해 서울역에서나 볼 수 있는 노숙자를 방불케 했다. 남자가 천천히 그녀 앞으로 걸어오자 단이는 뒤로 물러섰다. 남자가 피식 웃었다. 이 사람이 도대체 누구인데 나를 보고 웃지? 그녀는 당황한 표정으로 여직원을 바라보았다. 그러자 여직원이 더 황당한 표정을 지었다.

"남편이 아니세요?"

"남편이요? 누구 말임까?"

여직원이 수염이 텁수룩한 남자를 턱짓으로 가리키면서 말했다.

"저분이요."

단이가 어처구니없어서 목구멍으로 허, 하고 김빠진 소리를 냈다. 남편은 안 올 줄은 알았지만 그렇다고 경석이도 아니었다. 그때 남자가 그녀의 가까이에 와서 오른 손을 쑥 내밀었다.

"고생했어!"

묵은 텃밭에 쑥대가 무성하듯 귀밑으로부터 턱밑까지 온통 검은 수염으로 덮여있었다. 그 속에서 유난히 슬퍼 보이는 눈이 웃고 있었다. 그제야 단이는 그가 김도균임을 알아보았다. 너무 놀라운 일을 당하면 놀라지도 않는 것일까. 그녀는 아무 말도 없이 그저 지나가는 행인을 쳐다보듯이 남자를 막연히 바라보았다. 감동도 아니고 슬픔도 아닌 그런 감정이 바람처럼 그의 가슴을 스치고 갔다. 그저 놀랍고 한심하고 어이없을 뿐이었다. 그가 올 줄은 꿈에도 생각지 못했다. 일 년 넘게 매일같이 전화를 하면서 애타게 기다렸지만 나타나지 않았던 사람이 제 발로 나타나리라고 누가 상상이나 하겠는가. 여자는 굵은 올로 짠 니트 스웨터자락을 안으로 여미면서 몸을 움츠렸다. 그리고 남자한테서 시선을 떼고 자기 발끝을 바라보았다. 크지 않은 그의 몸이 더욱 작아보였다.

"춥지?"

남자가 물었다.

"아니."

여자가 알릴 듯 말듯 고개를 저었다.

"아니긴, 입술이 파란데."

그제야 여자는 추위를 느낀 듯 몸을 부르르 떨었다.

"가자!"

남자가 앞에서 걸었다. 늘 여자의 뒤에서만 걸었던 남자가 원래부터 그랬던 것처럼 아무렇지 않게 걸어가고 있었다. 한 다리로도 걸음이 잽싸고 빨랐다. 여자는 그런 남자를 바라보면서 이 남자는 전생에 새였을 거란 생각이 들었다. 한 다리를 가진 새말이다. 새는 새장에 가두어야만 함께 살 수 있지만 그냥 나두면 언제든 날아가 버리고 말 것이다. 이 남자를 잡을 수 없다는 생각은 오늘 한 생각이 아니다. 결혼해서부터 그런 생각을 하지 않은 적이 없다. 오늘은 그녀를 꺼내주기 위하여 여기까지 걸음을 했지만 또다시 어딘가로 사라져 버릴 것이다.

남자가 옷가게 앞에서 그녀에게 말했다.

"여기 잠깐만 기다려. 다른데 가면 안 돼!"

단이는 아무 말도 하지 않고 물끄러미 옷가게 간판을 쳐다보고 있었다. 남자가 가게 안으로 들어서면서 힐끔 뒤돌아보았다. 그녀가 어디론가 도망이라도 갈까봐 두려워하는 눈치였다. 치, 자신도 떠날 것이면서 누구를 신경 쓰고 있어?

골목길로 승용차 한대가 들어오고 있었다. 단이는 차를 비키느라 가게 왼쪽 골목으로 들어섰다. 그곳에서 단이는 남자가 나오기를 기다렸다.

한참 후 남자가 손에 빨간 목도리를 들고 가게에서 나왔다. 단이가 보이지 않자 남자가 당황했다. 다급하면 다리를 젓는 모양이었다. 남자는 심하게 다리를 절뚝거리면서 앞으로 뛰어가고 있었다. 단이가 그쪽으로 도망이라도 간줄 알았던 모양이었다. 단이가 골목에서 나오면서 남자를 불렀다.

"도균 씨!"

뛰어가던 남자가 돌아섰다. 단이가 가게 건물 앞에 서있는 것을 보고 남자가 그 자리에 풀썩 주저앉았다. 그녀가 다가가서 손을 내밀자 남자가 웃으면서 일어섰다.

"도망간 줄 알았잖아."

"왜 그런 생각을 했씀까?"

"나도 몰라. 그냥 눈앞에 보이지 않으면 그 생각부터 들어."

나도 그런데. 단이는 그런 생각을 하면서도 내색은 내지 않았다.

"차를 피하느라고 골목 안으로 들어가 있었씀다."

남자는 단이에게 목도리를 둘러주고 나서 웃었다.

"빨간 색이 잘 어울리네."

여자는 아무 말도 하지 않았다. 그녀는 오랫동안 떨어져 있었던 그 시간의 어색함이 아무렇지 않은 듯 맞장구를 칠 수가 없었다. 그렇게 하는 것은 오히려 자신의 그 간곡했던 기다림에 대한 예의가 아닌 것 같았다. 그래서 아무렇지 않게 입을 열수가 없었다. 남자도 결국 하고 싶은 말은 따로 있었을 테지만 그것은 숨겨둔 채 필요 없는 말만 했다.

고속버스에서도 말이 없었다. 그 어색함을 참을 수 없었던 단이가 입을 열었다.

"그동안 어디 숨어있었씀까?"

마치 아침에 나갔다가 돌아온 사람에게 묻듯 물음이 단순했다.

"산속에."

"산속 어디?"

"절."

"아, 절…"

단이가 혼자소리처럼 나직히 중얼거리다 갑자기 생각난 듯 까칠하게 물었다.

"저한테 전화할 때는 여자랑 같이 있는 것 같던데요?"

"그땐 절에 들어가기 전이였어."

남자가 어정쩡하게 대답했다.

"함께 있던 여자는 누굽니까?"

"누군지 내가 어떻게 알아?"

"그 여자는 도균 씨 이름을 알던데…도균 씨 어서 오세요– 그날 들은 그 목소리는 지금도 생생하게 기억하고 있씀다. 당신을 기다리는 것보다 그 여자의 목소리를 잊는 게 더 힘들더군요."

단이의 목소리가 다소 격앙되어 있었다. 남자는 그것이 싫지 않았다. 다소 당황스럽기는 하지만 자신에 대한 단이의 마음을 조금이나 안 것 같아 위안이 되었다.

"방황할 때라 술집에 가끔씩 가곤했었어."

"도망다니면서도 여자가 그리웠씁까?"

단이의 말투가 비꼬듯 했다.

"여자가 그리워서 간 것은 아니야."

"술만 마시려고 거기 간 건 아니잖씁까?"

"그래. 술만 마시려고 간 건 아니야. 갈 곳이 그곳밖에 없었어. 살고 싶어서 실낱같은 희망이라도 붙잡고 싶어서 그곳으로 간 거야."

그날, 여관이 다른 사람의 손에 넘어간 날, 남자는 속상하여 야산에서 혼자 술 세병을 마셨다. 그리고 그곳에 꼬꾸라져 자다가 깨어나니 사위가 어둠으로 뒤덮여 있었다. 정신을 가다듬고 산에서 내려왔지만 갈 데가 없어서 할 수 없이 이미 다른 사람의 손으로 넘어간 여관으로 갔다. 하지만 차마 그곳으로 들어갈 수 없어서 대문 앞에서 되돌아 나왔다.

어디로 가야하나? 한참이나 서있었지만 그가 가야 할 곳은 없었다. 차라리 죽어버리자. 그는 독한 마음을 먹고 약방을 찾아다니면서 수면제를 모았다. 수면제가 오십 알정도 모여지자 남자는 여관방을 두리번거렸다. 약을 먹을 장소로 여관방을 찍은 것이다. 그런데 단란주점 앞에서 한 여인이 남자를 보고 열심히 손짓하고 있었다. 웬일인가 싶어서 갈까 말까 망설이고 있는데 여자가 가까이에 와서 그의 팔을 잡았다.

"우리 집에 가요."

"우리 집?…"

남자가 어정쩡해 있다가 금세 눈치를 채고 허거프게 웃었다.

"그래… 우리 집 좋지."

우리 집이란 말에 끌렸던 모양이다. 남자는 지친 몸을 흔들거리면서 여자를 따라 단란주점으로 들어갔다. 그날 밤 남자는 호주머니에 있던 돈을 다 털어내고 나왔지만 그 여자를 원망하지 않았다. 만약 그때에 여자가 나타나지 않았더라면 남자는 지금 살아있지 못했을 것이다.

그 뒤에도 남자는 한 번 더 그곳으로 갔다. 밖에서는 천둥이 치고 번개가 번쩍하였고 그렇게 폭풍이 치는 동안 남자는 처음으로 술집에 불려들였던 그 여자와 정사를 했다. 그리고 생애 처음으로 여자를 정복했다는 쾌감으로 눈물을 흘렸다. 여자는 남자를 최상의 남자였다고 추켜 주었고 남자는 여자를 세상에 가장 아름다운 여자라고 칭찬을 해주었다. 남자는 행복했다. 그가 행복한 것은 슬픔을 무릅써서가 아니라 슬픔 덕분이었다. 이제 죽지 않고 살아갈 수 있다는 느낌, 바로 그 한가지만으로도 남자는 충분히 축복을 받았다고 여겼다. 그런 곳에서 행복이라니, 당치도 않다고 말하는 사람도 있겠지만 행복은 느끼는 사람의 권리가 아닌가.

그는 결혼의 첫날 이후로 정사에 대한 치욕과 모멸감을 안고 있었다. 그 기억으로 하여 의도적으로 단이를 피해왔다. 이러다 진짜 남성을 상실하면 어쩌나 하는 두려움 또한 성에 대한 모멸감만큼이나 그를 괴롭혔다. 그가 두 번째로 그곳을 찾은 이유는 순전히 그 두려움에서 벗어나기 위해서였다. 결국 남자는 그곳에서 자신감을 다시 찾게 되었고 당당하게 살아갈 이유를 찾게 되었다.

75

“제가 기다리는 줄 몰랐씀까?”

“알았어.”

“그런데 왜 돌아오지 않았씀까?”

“이혼 하고 싶지 않았어!”

“그게 무슨 말임까?”

“그날 단이가 이혼을 하자고 했잖아.”

그제야 여자는 자기가 남자를 빨리 돌아오게 하려고 이혼을 하자는 말을 했던 생각이 났다.

“제가 이혼하자고 한건 그 말을 하면 당신이 자존심이 상해서라도 빨리 돌아올 것이라고 생각해서였씀다.”

“당신이 나한테 그런 말을 하지 않았어도 나는 당신이 나와 살 것이란 생각을 하지 않았어. 그래서 당신이 나를 찾아 외숙모네 집까지 왔다는 소식을 듣고 틀림없이 이혼을 하려고 온 것이라고 생각했어. 그래서 돌아올 수 없었지.”

그의 말은 너무 뜻밖이었다. 그가 돌아오지 않은 것이 이혼이 두려워서였을 거라는 생각은 미처 못 했다. 화연이와의 관계를 의심했을 때는 이혼을 생각하고 떠난 것이 맞다. 하지만 그가 부도를 냈을 때는 오히려 그와 함께 있고 싶어 찾아오지 않았던가. 서로의 마음을 곡해하고 이해하지 못한 것이 안타까웠다.

“법무부의 호출을 받았을 때에야 비로소 알았어. 내가 당신에게 너무 못할 짓을 하고 있다는 것을 말이야. 나하고 엮어있는 한 당신은 영원히 자유스럽지 못할 것이고 늘 곤경에 빠질 것이란 생각이 들더군. 그동안 내가 너무 이기적이고 비겁했어."

단이는 그저 묵묵히 듣고만 있었다. 솔직히 아무 생각도 하고 있지 않았다. 그가 왜 이기적이라고 하는지, 왜 비겁하다고 하는지 알 수 없었다. 그저 멍한 상태로 앉아있을 뿐이다. 왜 우리 두 사람은 늘 이렇게 엇갈리기만 하는 것일까?

남자가 갑자기 그녀 쪽으로 돌아앉았다. 그리고 누구한테 쫓기듯 다급하게 말했다.

"사랑해!"

그 소리가 머릿속을 하얗게 비우며 가슴을 아프게 파고들었다. 단이는 두 손으로 얼굴을 가리고 울었다. 마치 그 말 한마디를 들으려고 여태 버티고 있은 사람마냥 단번에 무너져 내렸다.

"많이 아프드나? 그래 많이 아팠겠지."

남자가 조심스럽게 그녀의 머리를 쓰다듬었다. 단이는 더욱 흐느끼면서 울었다. 그 말이 이처럼 깊고 따뜻할 줄은 몰랐다. 가슴이 미어지는 것 같았다. 그녀 자신은 서럽게 우는 자신의 마음이 어떤 것인지 알 수 없었다. 이미 사랑은 떠났다고 생각했는데 이 눈물은 대체 무엇이란 말인가. 남자와 여자에게는 사랑이 식어도 함께 지내야 할 이유가 필요한 모양이었다.

남자가 두 손으로 그녀의 머리를 감싸 안았다.

"당신을 사랑하지만 당신을 위해서 해줄게 없네.… 그래서 말인데 당신이 그렇게 원하는 … 그거 해줄게…에이, 내가 선심을 썼다."

남자도 울었다.

"뭘?"

"…이혼 말이야."

남자가 혀를 잘라내 듯 아픈 마음으로 그 말을 꺼냈다. 단이는 그의 가슴에서 몸을 일으켰다. 그리고 남자의 옆모습을 바라보았다. 그 어느 때보다 남자의 턱은 완강해보였다. 이혼을 해주겠다는 그 말은 진실인 것 같았다. 결혼한 첫날밤에 남자의 빈 다리를 발견한 그 후부터 단이는 이혼을 생각하지 않은 날이 없었다. 함께 있어도 마음은 시시각각 저울추처럼 흔들렸다. 그렇게 5년을 살았다. 그동안 살기도 무섭고 이혼도 무서웠다. 하지만 이혼을 해준다는 말은 그가 바랐던 말이 아니었다. 서운한 마음이 들었다. 그와 앞으로 계속 살 것이라는 확신은 없었지만 굳이 이혼을 하고 어디로 가야 하겠다는 확신이 있었던 것도 아니었다.

그녀는 그의 말을 듣지 못한 사람처럼 서서히 회색빛으로 사그러지는 정경을 바라보았다. 유리창에 비친 자기의 얼굴은 마치 다른 세상에 존재하는 또 다른 타인처럼 자신을 물끄러미 바라보고 있었다. 다른 차선에서 버스한대가 속도를 내며 그들이 타고 있는 버스를 앞질러갔다. 그녀가 갑자지 윗몸을 일으키며 버스에서 뛰어내릴 듯 한 위험한 자세를 취했다.

"왜 그래?"

남자가 당황한 표정으로 물었다.

"금방 앞질러 간 버스에 나하고 똑 같은 사람이 타고 있었어."

"지금 무슨 말을 하고 있니?"

"정말임다. 나하고 너무 똑같아서 순간 그것이 나이고 나는 허깨비 아닌가 싶었씀다."

"당신 모습이 그쪽 버스유리창에 비친 것이야."

"아니에요. 틀림없이 내가 타고 있었다니까요."

"나도 당신처럼 착각한 적이 있어. 그러니 내말을 믿어."

남자가 그녀를 자리에 눌러 앉혔다. 여자는 혼란스러웠다. 마치 자신의 몸과 혼이 갈려 제각기 딴 길을 가고 있는것 같았다. 그쪽 버스에 타고 간 것이 자신인지 아니면 이쪽 버스를 타고 있는 것이 자신인지, 어떤 것이 그림자이고 어떤 것이 진정한 자신의 모습인지 헷갈렸다.

집에 도착하자 외숙모가 앞마당에 나와 있었다. 오랫동안 기다렸던 모양이다. 그의 몸에서 찬 기운이 느껴졌다.

"이눔아, 외숙모가 아무리 오라캐도 죽은 듯이 안 나타나더니 색시가 잡혀갔다카니 바로 나타난 것을 보니까니 색시 중헌 것은 아는가벼. 아무튼 잘한겨. 니가 없는 동안 저 아이가 얼마나 고생했는디 이루다 말헐수 없어야. 이 독하고 모진눔아! 저 아이가 무슨 죄가 있어서 너 때문에 이런 고생을 허야하는디 모르겄다. 이제부터라도 정신을 똑바루 챙기고 니 마누라 니가 챙겨."

외숙모가 도균이의 팔을 잡고 넋두리를 했다.

"걱정 끼쳐서 죄송해요."

남자는 그 한마디만 하고는 아무 말도 하지 않았다. 몹시 지친 듯 보였다. 외숙모는 그의 잔등을 툭 치면서 나무랐다.

"그래, 피곤할테이니까네 오늘은 일찍 자고 내일 아침은 니가 좋아하는 김치찌개를 끓여줄 것이까네 나와서 먹으라.”

외숙모가 두 사람을 따라서 방으로 들어가려다가 가스 불에 물을 올려놓고나왔다며 옆방으로 가버렸다. 남자는 방에 들어서자마자 말없이 피아노를 어루만졌다. 그가 어머니에 대한 생각을 하고 있다는 것을 단이는 알았다. 두 사람은 아무 말도 하지 않았다. 기다릴 때는 할 말이 많았던 같은데 정작 만나고 나니 할 말이 없어진 것 같았다.

여자가 생각이 난 듯 불쑥 물었다.

“어떻게 그곳에 나타난 것임까?”

“연락은 하지 않았지만 당신 소식은 계속 듣고 있었어.”

고마운 말이었지만 고맙기만 한 것이 아니었다. 그렇게 소식을 다 알면서 그동안 나타나지 않은 그가 야속했다. 소식을 다 듣고 있었다면 경석이의 처와의 일도 다 알 것이었다. 그녀는 말없이 걸레로 바닥을 문지르고 자리를 폈다. 경석과 아무 일도 없었다지만 왠지 부끄러운 마음이 들었다. 그 일만은 그가 몰랐으면 하는 생각이 들었다.

“피곤할 텐데 쉬세요.”

남자가 눕자 여자는 남자와 조금 사이를 두고 자기의 자리를 펴느라고 허리를 굽혔다. 하얀 허리가 옷 사이로 수줍게 드러나 있었다. 남자가 말했다.

“우린 아직 부부야!”

따로 이부자리를 펼 필요가 없다는 뜻이었다. 단이는 못 듣는척하고 딴청을 부렸다.

“그럼 제가 무슨 일로 신고 당했는지도 알겠씀다?”

“몰러.”

"정말 모르겠슴까!"

"응."

"결혼을 빙자로 한국에 와서 매음을 했다고 누가 신고했답니다."

"누가 신고했어?"

"모르겠씁다."

"짚이는 사람이 있을 텐데?"

"없씁다. 혼자 산다고 누가 의심을 했나보죠."

단이는 경석의 아내가 의심스럽다는 말을 하지 못했다. 그 말을 하면 경석의 아내가 한바탕 소동을 피우고 간 사실을 말해야 하고 그렇게 되면 경석이에 대한 말도 해야 하는데 일을 괜히 복잡하게 만들고 싶지 않았다.

"경석이 처가 당신하고 한바탕하고 갔다며?"

"누가 그럽디까?"

그녀가 예민하게 남자를 돌아보았다. 그러자 남자가 와이셔츠의 단추를 풀면서 대수롭지 않은 듯 말했다.

"외숙모한테서 들었어."

"언제요?"

"법무부의 전화를 받고 외숙모한테 전화를 했었어. 그랬더니 그런 말을 하더군. 외숙모는 당신을 신고한 게 경석이 마누라가 아닌가 의심하더군."

"당신 설마 그 여자의 말을 믿는 건 아니죠?"

"내가 바보야?"

남자가 자리에 들어 눕더니 말했다.

"그동안 경석이도 여기 자주 다녔다며?"

여자는 망설였다. 그 사람의 신세로 여태 버텼다고 말할 수도 없고 그렇다고 그동안 물심양면으로 성심성의껏 도와준 경석의 일을 그냥 모른 척 할 수도 없었다. 그녀는 답답했다. 도와주었다고 말해도 문제고 도와주지 않았다고 해도 문제가 될 것 같았다. 이럴 때는 그냥 숨기지 말고 솔직하게 말하는 것이 좋을 것 같아서 그녀는 입을 열었다.

"경석 씨가 쌀도 가져다주고 다른 먹을거리도 가져다 주었씀다. 내가 그러지 말라고 말렸는데 친구로서 못 본척하면 나중에 당신의 얼굴을 어떻게 보냐고 합디다. 사실 그가 먹을 것을 가져다주지 않았으면 난 아마 굶어 죽었을지도 모름다."

"그 말은 나중에 하고 피곤한데 얼른 자자."

남자가 먼저 눈을 감았다. 눈을 감고 있는 자세가 조용하면서도 결연했다. 그 옆에 단이가 누웠다. 그녀는 누운 자세 그대로 사마귀처럼 고개만 조금 돌리고 남자의 얼굴을 훔쳐보았다. 남자가 눈을 감은 채 팔을 뻗어 그녀의 손을 잡았다. 여자가 가만히 있자 남자가 그녀의 이불속으로 들어왔다. 남자의 몸은 뜨겁게 달구어져 있었다. 그는 여자를 품고 싶어 했다. 그동안 이럴 기회는 충분히 많았다. 그런데 결혼첫날 그런 일이 있은 후로 남자는 그녀를 피했다. 그런데 하필이면 그것이 왜 굳이 오늘일까.

단이는 이상했다. 오늘 남자는 그녀에게 이혼을 하자고 했다. 이혼을 말하면서 여자를 품고 싶어 하는 남자의 심정을 그녀는 알 수 없었다. 두 사람은 늘 이렇게 엇갈리는 행보를 해왔던 것 같다. 서로 엇갈리는 시간을 통과하면서 답답함과 고독감이 절정에 다다랐던 것이다.

그 절정이라는 것은 치열함이 아니라 오히려 적당히 물러섬 인 듯 했다. 그녀는 남자를 뿌리치지 않았지만 그를 원하고 있는 것은 아니었다. 남자가 가쁜 숨을 몰아쉬면서 다급히 여자를 더듬었다. 남자의 뜨거운 입김이 그녀의 볼을 달구었다. 더 이상 젊지 않은 한 남자의 서툼이 그의 허둥거림에서 느껴졌다. 두 사람은 그동안 서로 소유하고 싶었지만 서로에게 자신을 진실로 내준 적이 없었다. 오르가즘이 지나고 나면 공허감이 밀려오고 그러고 나면 더 이상 할 말이 없어지고 서로 빨리 밀어버리고 피하고 싶은 자신을 위해서 핑계거리를 찾고 싶고…그런 마음이 단이한테도 생길까봐 그것을 남자는 두려워했다.

단이는 남자와 잠자리를 하려고하면 먼저 남자의 없는 다리가 먼저 떠오르면서 마음을 열수 없었다. 그런데 오늘은 그렇지 않았다. 그 없는 한 쪽 다리 때문에 오히려 자신이 더 흥분하고 있다는 것을 발견했다. 이건 도대체 무슨 심리일까? 무섭고 두려워서 도망가고 싶었던 그 비어있는 다리가 그녀에게 무엇인가 가득 채워주는 느낌이었다.

두 사람은 미친 듯이 서로를 탐했다. 파고 들수록 더 깊게 파고들지 못해 안타까운 듯 광기를 부렸다. 광기가 오히려 그녀를 편안하게 해주었다.

오랜만에 단이는 남자를 느꼈고 또다시 여자로 다시 태어나는 소리를 들었다. 그때 그녀는 섹스란 사랑을 얻지 못 할 때 가지는 위안에 불과한 것이라는 생각이 들었다. 여자는 눈을 감고 자신의 몸 안을 휘젓고 다니는 남자의 불순물들을 조용히 바라보았다. 그리고 수많은 생명체가 빛의 속도로 자기 몸속으로 흘러가는 소리를 듣고 있었다.

이 남자는 도대체 나에게 무엇일까?

간다는 말 한마디 없이 홀씨처럼 사라졌던 사람, 홀씨보다 더 가볍게 다시 왔지만 또다시 떠나고자 준비하는 이 사람, 그는 사람의 손에 잡힌 잠자리가 산란을 하며 마지막 알을 쏟아내듯 몸을 부르르 떨며 긴 사정을 한다. 여자도 남자와 함께 길게 몸을 떨었다.

제17부 패랭이 꽃

76

영원처럼 길게 느껴졌던 하룻밤이 지나갔다. 단이는 모든 것이 꿈만 같았다. 그녀가 눈을 뜨자 기다렸다는 듯이 남자가 침울하게 입을 열었다.

"갈 데는 있어?"

"왔던 데로 가야죠. 뭐"

단이가 시무룩하게 대답했다.

"그곳에는 기다리는 사람이 없잖아."

"나를 신경 쓰게 하는 놈이 하나 있씀다."

"그놈이 누구야?"

도균은 비스듬히 뉘였던 몸을 바짝 세웠다. 그 모습이 단이는 우스웠다. 이혼을 선포한 마당에 누구한테 가든 예민하게 굴 필요가 뭐가 있다고 새삼스럽게 구는지 이해할 수가 없었다. 남자는 찬이의 존재를 벌써 잊고 있은 모양이었다. 단이가 어처구니없어 하면서 대답했다.

"나를 누나라고 부르는 귀찮은 놈이 있네요."

"아, 그 이복동생?"

그녀가 고개를 끄덕였다.

"그 아이한테로 간다고?"

"네."

"힘들지 않겠어?"

"내가 힘들 때마다 오히려 그 아이가 나를 붙잡아주었답니다. 어쩌면 그 아이가 더 힘들었을 거예요, 나 때문에."

단이가 남자를 건너다보면서 희미하게 웃었다. 남자는 그녀가 패랭이꽃 같다고 생각했다. 경계의 끝까지 가야만 만날 수 있다는 패랭이 꽃, 영원히 저만치 떨어져 있어 만지려야 만질 수 없다는 패랭이꽃말이다. 그래서 남자가 말했다.

"패랭이꽃을 아오?"

"갑자기 그건 왜 묻씀까?"

"당신이 패랭이꽃 같단 생각이 들어서…."

단이는 깜짝 놀랐다. 경석도 그녀를 패랭이꽃에 비유한 적이 있다. 어떻게 두 사람이 똑같은 생각을 할 수가 있지…소름이 돋았다. 두 사람은 너무나 다르면서도 너무 많이 닮았다.

"내가 미안해. 당신이 얼마나 힘들었으면 그 아이한테 의지했겠어."

"당신 때문만이 아니라 이젠 제가 진심으로 그 아이가 좋아졌씀다. 어쩌면 그 아이는 또 다른 내가 아닐까라는 생각이 들 때마저도 있어요. 모든 것을 포기하고 싶을 때마다 나를 기다리는 그 아이를 생각하면서 포기할 수가 없었씀다. 내가 당신을 기다린 것처럼 그 아이는 나를 기다려주었어요. 그러니 그 아이와 나는 서로 다른 방에 머물고 있는 쌍둥이인지도 모르겠씀다."

남자가 깊은 고민을 하는 듯싶더니 이윽고 무척 신중한 태도로 조심스럽게 입을 열었다.

"이렇게 하면 어떨까?"

무언가를 의도하는 남자의 시선에 앙상한 죽지 뼈 같은 희망이 실려 있었다. 단이는 그런 남자의 입을 무심히 쳐다보았다.

"우리 여기서 함께 살자. 동생이랑 다함께 말이야."

조용히 있던 단이가 단호하게 고개를 흔들었다. 남자가 어렵사리 내린 결정인 것을 그녀도 잘 알고 있었다. 하지만 그렇다고 남자의 말을 따를 수 없었다. 이곳에서 다시 시작하는 것에 자신이 없었다. 남자가 갑자기 그녀 앞에 무릎을 꿇었다.

"이제는 사랑에 빠질 수 있을 것 같아. 내가 가진 모든 것을 당신에게 줄 수 있을 것 같다고."

여자는 목울대가 뜨거워났다. 서로에게 건너가려고 애썼던 수많은 시간들, 그 시간들을 밀어내면서 둘은 부단히 서로에게 상처를 주었었고 그로 인한 고독이나 자학의 시간들을 겪었다. 그 지독한 시간들을 살아남을 수 있었던 것은 결코 그것들을 이겨내서가 아니다. 오로지 묵묵히 견디어 냈기 때문임을 그녀는 잘 알고 있었다. 다시 시작을 한다면 그런 힘든 순간들이 또다시 그들을 찾아올 것이었다. 죽을 고비를 넘기면서 죽지 않고 살아남은 것, 그것으로 그녀는 감사했다. 더 이상 다른 욕심을 부리고 싶지 않았다. 왜냐하면 그것은 더욱 큰 상처를 남길 것이기 때문이었다. 욕심을 부린다면 아마도 남자를 미워했을 것이다. 지금은 아무 욕심도 없어서인지 남자가 밉지 않았다. 그리하여 떠나는 그녀의 마음이 홀가분했다.

단이는 침울하게 말했다.

"난 당신을 사랑할 자신이 없씀다."

"미안해."

"미안해하지 않아도 됨다. 우린 서로한테 빚이 많은 사람들이니까요."

"우리가 어쩌다 이렇게 됐지?"

"누구의 탓도 아니라고 생각함다. 서로 어긋났을 뿐이라고 생각합시다."

"아니야. 내가 너무 이기적이었어. 다 내 탓이야."

"당신의 잘못이 아님다. 당신은 그저 운이 나빴을 뿐임다."

"단이는 끝까지 나를 부끄럽게 하는 구만…가! 가라고. 잡지 않을게. 내가 무슨 염치로 당신을 잡겠어."

한없이 유약하고 우유부단한 내면을 들키지 않으려는 듯 남자가 급하게 자리에서 일어났다. 그리고는 뒤도 돌아보지 않은 채 밖으로 뛰쳐나갔다. 단이가 남자를 따라서 일어섰다.

"어디 감까?"

남자는 대답 없이 사립문을 나서고 있었다. 마치 도망가는 사람 같았다. 솔직히 남자는 도망을 쳐서라도 단이와의 이혼을 막고 싶었다. 이렇게 헤어지면 영영 남이 될 것이었다. 남자는 단이가 자신을 영영 잊어버릴까봐 두려웠다. 그동안은 헤어져있어서 괴로웠지만 그래도 언젠가는 다시 만날 수 있다는 미련이 남아있어서인지 이만큼 고통스럽지는 않았다. 남자는 고개를 아래로 떨어뜨리고 묵묵히 걸었다. 회오리바람이 남자의 헐렁한 바짓가랑이 한쪽을 들어올렸다. 의족을 한 남자의 바짓가랑이가 나무꼬챙이를 꽂은 깃발처럼 펄럭였다. 단이는 그 모습이 서글펐다.

77

어디로 간 것일까? 이대로 영원히 잠적을 해버리는 것은 아닐까? 단이는 오전 내내 불안했다. 점심때가 될 무렵 남자가 손에 검은색 비닐봉투를 들고 돌아왔다. 그의 얼굴이 굳게 닫혀져있었다. 단이가 비닐봉투를 받으려고 몸을 일으켜 세우는데 남자가 뒤를 돌아다보면서 퉁명스럽게 말을 했다.

"들어와!"

그제야 단이는 남자의 뒤에 또 한사람이 서 있다는 것을 알아차렸다. 뜻밖에도 그 사람은 경석이었다. 이게 어떻게 된 일인가? 경석이가 어떻게 남자와 함께 오는 것일까? 너무 갑작스러워 단이는 시선을 어디에다 두어야할지 몰라 허둥거렸다. 경석이도 당황스러워하기는 마찬가지였다. 두 사람을 번갈아보던 남자가 마른 나뭇가지를 분지르듯 툭하고 말을 던졌다.

"서로 인사 안 해?"

그제야 단이가 얼굴을 들어 경석을 마주 보았다.

"여기는 어떻게…"

"하다 보니 그렇게 되었습니다."

경석이가 도균을 째려보면서 말했다. 마치 도균이가 단이나 되는 듯이 말이다.

"내가 오라고 했어. 당신이 가는데 마지막 인사는 온전히 해야 되지 않겠어?"

생각해주는 말인지 아니면 다른 뜻이 있는 것인지 단이는 그 기미를 알아채려는 듯 남자에게서 눈길을 떼지 않았다.

남자가 검은 비닐 봉투에서 돼지족발과 소주병을 꺼내놓더니 싱크대 옆에 접어 세워두었던 작은 밥상을 가져다 방 한가운데에 펴놓았다. 그리고는 목석처럼 어색하게 서있는 단이와 경석을 불렀다.

"자, 자, 앉자고. 오늘은 지난 일 모두 잊어버리고 코가 삐뚤어지도록 술이나 마시자고."

경석이가 남자와 마주앉았다. 여자도 남자의 성화에 못 이겨 난감한 표정으로 상모서리 가까이에 자리를 잡았다.

"만나자마자 이별이라고 내가오니 단이가 떠나겠다네. 이럴 줄 알았더라면 나타나지 말걸 그랬어…그랬다면 헤어지는 불상사는 없었을 텐데 말이야."

남자가 잔에 술을 따르면서 속내를 드러냈다. 경석과 단이도 잠자코 있을뿐 아무런 대꾸도 하지 않았다. 두 사람은 이 상황에 대해 아직 파악이 안됐다. 남자가 무슨 목적으로 이런 자리를 만든 건지 알 수가 없어 함부로 입을 열수조차 없었다.

경석에게 술잔을 건네주면서 남자가 다시 입을 열었다.

"외숙모한테서 들었는데 내가 없는 동안 자네가 고생이 많았더군. 단이를 돌봐주느라고."

경석은 술잔을 들어 한 번에 입안에 털어 넣고 아무 말도 없이 잔을 내려놓았다. 칭찬은 맞는데 왠지 칭찬처럼 느껴지지가 않았다. 기분이 더러웠다. 남자가 못 마땅한 표정으로 단이와 경석 두 사람을 번갈아 노려보고 있었다. 단이는 남자의 시선을 피하여 멀리 다른 곳을 바라보고 있었다. 다른 무언가에 다다르려고 안간힘을 쓰는듯해 보였다.

경석이가 술병을 잡으려하자 남자가 휙하니 빼앗아갔다.

“그럴 필요가 없어!”

순간 경석이가 소스라치게 놀라며 남자를 쳐다보았다. 남자의 밀고 들어오는 듯 한 거친 말투와 술병을 빼앗아가는 손아귀에서 느껴지는 완력에서 적의, 살의까지 느껴졌기 때문이었다. 경석은 남자한테서 시선을 떼지 않았다. 남자는 그런 경석에게 눈길을 주지 않고 자신의 빈 잔에 술을 따르더니 머리를 뒤로 젖히고 입에 털어 넣었다.

“내 술은 안 받겠다는 건가?”

경석이가 못마땅해 남자를 꼬나보았다.

“자네 술을 받을 면목이 없어서 그래.”

“면목이 없는 게 아니고 심사가 비뚤어진 것 같네 만은.”

“심사가 비뚤어졌다? 그래, 그럴 수도 있겠네.”

남자가 다시 술병을 잡자 이번에는 경석이 술병을 빼앗아다가 자작을 했다. 그렇게 두 사람의 기 싸움을 하듯 서로 술병 빼앗기를 하면서 술을 들이켰다. 소주병이 다섯 병정도 동이 나자 경석이가 취기가 오르는지 벌겋게 된 얼굴로 남자를 쏘아보더니 심한 말로 삿대질을 했다.

“넌 도대체 뭐하는 놈이야?”

“그런 거 묻지 말고 술이나 해라.”

“니가 뭐하는 놈인지 대답하지 않을 거야?”

“쪽 팔리니깐 고만 해라.”

"쪽팔려? 진짜 쪽 팔리는 게 뭔 줄이나 알어?"

"그만하라잖는가?"

"그만 못해!"

경석이의 눈이 해롱거렸다. 도균이가 술잔을 탕-하고 소리 나게 내려놓더니 상체를 일으켜 밥상너머로 경석이의 목덜미를 잡았다.

"이 새끼, 죽고 싶어 환장했나?"

경석이가 눈을 부라리며 덤볐다.

"네가 사람이야?"

"그래 나는 사람이 아니다. 넌 사람이냐?"

"네가 사람이면 나는 사람하기 싫다."

경석의 말이 끝나기 무섭게 남자의 주먹이 날아갔다. 그러자 경석은 다른 한쪽 뺨을 들이밀면서 빈틈없이 차가운 미소를 지었다.

"이쪽도 마저 때려라. 이 비겁한 놈아!"

"그래 나는 비겁한 놈이다. 넌 뭐냐?"

"적어도 너보다는 좋은 놈이다, 왜."

"좋은 놈이 친구의 여자를 넘보냐?"

남자가 다시 주먹을 휘둘렀다. 경석은 피하지 않았다.

"내가 두 대를 맞아주었으니 이번에는 니가 맞아줄 차례다."

경석은 연속 두 번이나 남자의 얼굴을 향해 주먹을 날렸다.

"일 년도 넘게 무책임하게 숨어 있다가 불쑥 나타나서 고작 한다는 소리가 뭐? 친구의 여자를 넘보냐구? 내가 넘보는 것을 네가 봤어? 그동안 네 마누라가 어떻게 살았는지 알기나 하니? 도와주고 싶어도 네놈의 눈치가 보여서 마음 놓고 도와주지도 못했다. 그게 미안하고 죄송해서 제수씨 얼굴을 온전히 쳐다볼 수가 없어. 이 나쁜 놈아! 니가 그 마음을 알어?"

경석의 눈빛은 두려움도 망설임도 없이 단호하고 강렬했다. 그는 무척 격한 감정에 빠져있어 보였다.

"내가 너한테 미안하고 죄송하라고 했어? 난 그러라고 한 적이 없어. 니가 왜 미안하고 죄송한데? 누구 마음대로… 착한 척 하고 싶었겠지. 난 그런 네가 싫어. 그건 오지랖이야. 아니지. 알량한 동정심이겠지. 상대의 슬픔으로부터 느끼는 상대적 우월감? 그런 것을 맛 보구 싶었겠지 아니야? 아니면 어디 반론을 해보든가… "

경석은 갑자기 주먹으로 남자의 면상을 내리찍었다.

"네가 어쩌다 이렇게 망가졌냐! 너 같은 놈을 친구라고 믿은 내가 잘못이다."

말을 마친 경석이가 많이 취했는지 몸을 제대로 못가누고 밥상에 머리를 틀어박았다. 그리고는 안타까운 듯 주먹으로 밥상을 여러 번 내리쳤다. 단이는 혼란스러웠고 도무지 머릿속이 수습이 되지 않았다. 이런 분위기는 그녀로 하여금 수치스러움과 부끄러움을 느끼게 했다.

두 사람을 남겨둔 채 단이는 집을 나섰다.

"잡아! 지금 잡지 않으면 넌 한평생 후회할거야!"

"잡을 수 없어!"

"왜?"

"내가 해줄 수 있는 게 아무것도 없는데 어떻게 잡어?"

"정말 안 잡을 거야?"

"못 잡는 다구."

"네가 못 잡으면 내가 잡는다!"

"잡을 거면 잡아라! 이 개새끼야!"

단이는 그들의 하는 말을 뒤로 하고 말라버린 개울을 가로질러 집 뒤에 있는 숲으로 걸어갔다. 눈물 같은 산골짜기가 처량하게 드러누워 있고 오래 묵은 나뭇가지들이 눈의 무게를 이기지 못해 뚝뚝 소리를 내며 부러지고 있었다. 바람에 뒤척이는 나무들의 소리가 무수했다. 서툴고 불안한 호르래기 소리였다가 성난 짐승들의 울부짖음으로 들리기도 했다. 때로는 애절한 비파소리처럼 간간하면서 처연했고 때로는 마지막 숨을 몰아쉬는 여인의 흐느낌소리처럼 간절했다.

그녀는 마른 나뭇잎더미위에 앉았다. 두 무릎을 가지런히 세우고 그 위에 턱을 고인 채 산 아래를 내려다보았다. 멀리 산 아래 골짜기들에 하얗게 눈이 가득 쌓여있었다. 봄이면 눈이 녹고 그 자리에 고운 꽃들이 피어나겠지…그리고 그곳 어딘가에 패랭이꽃도 함께 피어나겠지…

봄날의 어느 하루, 민들레, 양지꽃, 씀바귀, 애기 똥풀이 지천에 깔려있다. 유난히 시선을 끄는 한 송이 꽃이 있었는데 잎은 다섯 잎인데 잎사귀가 톱날처럼 삐죽삐죽했다. 꽃잎 안쪽은 흰색이고 밖으로 번지면서 짙은 분홍색을 띠고 있었다. 달랑 한 송이가 피어있었지만 주위의 그 어떤 꽃보다 뚜렷하고 선명하고 예뻤다. 주위를 아무리 둘러보아도 유독 한 송이뿐이었다. 외롭게 핀 이 꽃은 대체 이름이 무엇일가? 그녀가 신기하여 하염없이 꽃 속을 들여다보고 있는데 나무숲사이로 바스락거리는 소리가 들려왔다. 그녀가 고개를 들고 두리번거리는 사이에 가까운 곳에 한 남자가 나타났다. 경석이었다. 그는 한손에 사진기를 들고 서있었다.

저 남자가 왜 여기 있지? 단이가 당황스러워하며 일어서려는데 경석이가 다급히 손을 저었다.

"가만, 잠깐만 그러고 계세요."

"어째 그램까?"

"아, 너무 아름다워서요…죄송해요. 한 컷만 찍을게요. 죄송해요."

뭐가 그리 죄송한 건지 경석은 계속하여 죄송해요를 연발하였고 한 컷만 찍는다더니 수십 번도 넘게 셔터를 눌렀다. 단이가 웃었다. 그랬더니 경석이가 물었다.

"왜 웃어요?"

"죄송하단 말 얼마나 많이 했는지 암까?"

"아, 죄송해요."

"뭐가 그렇게 죄송함까?"

"그냥요."

경석은 애매하게 웃었다. 그러고 보니 경석은 죄송하다는 말을 특별히 많이 쓰는 것 같았다. 경석은 그날 찍은 사진 제목을 패랭이꽃이라고 달았다. 홀로 한 송이로 피어 있는 그 꽃의 이름은 패랭이꽃이었다. 경석은 패랭이꽃에 대하여 이렇게 설명했다.

"패랭이꽃은 끝까지 가봐야만 만날 수 있는 꽃이죠. 늘 손에 닿을 듯 말 듯 저만치 떨어져서 피어나는 꽃이어서 시인들은 사모하지만 쉽게 만날 수 없는 여자를 패랭이꽃에 비유하기도 하죠……단이 씨는 패랭이꽃을 정말 많이 닮았어요."

경석에게는 단이가 패랭이꽃이었던 모양이다. 늘 저만치 떨어져서 바라보아야 했던 꽃말이다. 잊어질까 하면 찾아와서 라면이며 쌀이며 생필품들을 가득 놓고 사라졌다. 그녀의 아픈 마음을 감싸주고 토닥토닥 다독이듯 했던 경석의 말을 단이는 잊을 수가 없었다.

"아프지 않은 사람이 어디 있겠습니까? 하지만 때로는 그 아픔과 고통이 우리의 삶을 지탱시켜주기도 하죠. 마치 더럽고 낡은 담요가 추하긴 해도 추위를 막아주는 것처럼 말입니다."

단이는 지금도 그 말을 기억하고 있었다. 누군들 힘들지 않겠는가. 그 말은 힘들 때마다 그녀에게 힘을 주었다. 경석을 통해 단이는 때로는 아픔과 고통이 우리의 고달픈 삶을 지탱해줄 수도 있음을 깨우쳤다. 경석과의 추억은 애잔했고 도균과의 추억은 아픔이고 고통이었다. 기약 없는 도균을 기다릴 수 있게 그녀를 이곳 시골에 붙잡아 둔 사람은 경석이었다. 고통을 준 남자와 그 고통을 견디게 한 남자가 둘이서 싸우고 있다. 이들이 왜 싸우는 것일까? 서걱거리는 지난날의 감각들 때문에 단이는 깊은 수렁에 빨려 들어가는 듯한 아득함과 무기력함이 몰려들었다. 두 사람 중 누가 옳고 누가 틀린 것일까? 시비를 가리고 싶지 않은데 자꾸 두 남자의 모습이 눈앞에서 씨름을 한다. 결국 누가 옳은 것일까? 그녀는 또다시 선택을 해야 하는 일은 없기를 바랐다. 자신은 선택하는 일에는 영 소질이 없다는 것을 그녀는 잘 알고 있었다.

살면서 한 번도 이렇게 하는 것이 옳은지, 그른지를 생각하고 선택 했던 적은 없는 것 같았다. 순간순간 그때의 느낌에 따라 최선을 다 하면 된다고 생각하면서 살았었다. 하지만 정작 최선을 다 해본적도 없는 것 같았다. 늘 처한 환경에 떠밀려 천 조각으로 구멍을 둘러대듯 이리저리 꿰매면서 살았다. 그녀는 지금도 흔들리고 있었다. 남자는 같이 살자고 하고 경석은 같이 살아 라고 하고 있다. 남자는 가지고 있는 것을 모두 내주겠다고 하고 경석은 믿어보라고 했다. 하지만 남자가 가지고 있는 것은 아무것도 없다. 송곳을 꽂을 땅이 아니라 송곳조차 없다. 달팽이처럼 떠이고 다닐 집도 없다. 그녀한테 그가 줄 수 있는 것이 뭐가 있겠는가. 그렇다고 단이가 가야 하는 그 곳이 원만한 것도 아니었다. 그곳 역시 텅 빈 사막이나 다름없다.

어떻게 하면 좋을까? 이럴 때 엄마라도 곁에 있으면 참 좋을 텐데… 엄마를 향한 그리움이 사무쳤다. 그런데 정작 어머니가 아니라 아버지의 얼굴이 떠올랐다. 어느 날 학교에서 돌아오니 마당에 웬 리어카가 세워져있었다. 아버지께서 몽당연필을 귓바퀴에 꽂으시고 넓은 베네다를 이리 저리 톱질을 하고 있었다. 짐칸을 만들 요량인 듯싶었다. 단이는 책보를 툇마루에 던져버리고 아버지 곁에 쪼크리고 앉아서 아버지의 손놀림을 지켜보았다. 아버지의 표정은 무척 상기되어있었다. 그날처럼 아버지가 자랑스럽고 든든하게 느껴졌던 적이 없었다. 아버지에 대한 좋은 기억은 그날의 기억이 전부였다. 하지만 단이는 지금 그 짧은 기억만으로도 충분히 아버지를 느낄 수 있다는 사실에 놀랐다. 아니다. 그토록 미워했던 아버지를 좋은 기억으로 떠올리는 사실에 더욱 놀랬다.

아버지의 리어카에 대한 기억이 있는 한 아버지를 잊지 못할 것이란 생각이 들었다. 게다가 아버지의 불편했던 인생을 대변하듯 찬이가 그곳에 있다. 그 아이는 자신이 누구인지도 몰랐다. 자신이 왜 그녀를 기다려야 하는지는 더구나 모른다. 그러면서도 그것이 마치 자신의 숙명인양, 존재의 이유인양 하염없이 단이를 기다렸다. 어쩌면 처자를 버리고 밖으로만 방황했던 아버지의 죄를 속죄받기 위해 태어난 아이는 아닌지. 찬이는 태어나서부터 유일하게 할 줄 아는 일이 누나를 기다리는 일이었다. 솔직히 단이도 그게 참 이상했다. 그 아이에게 기다리라고 약속한 적도 없고 그 아이가 기다릴 수 있게 정이 들만한 시간을 가져본 적도 없었다. 함께 있는 짧은 시간에도 아버지에 대한 미움으로 그 아이를 구박하고 눈치를 주었다. 그런데 왜 그 아이가 해바라기처럼 누나만 기다리는 걸까

바람이 거센 소리를 질러대고 있었다. 구름 한 점이 갈 길이 급한 듯 빠르게 흘러가고 있다. 단이는 스웨터에 붙은 마른 데꼬리를 떼여내고 나서 자리에서 일어섰다. 그리고는 천천히 산에서 내려왔다. 발자국을 한번씩 옮길 때마다 주위를 둘러보았다.

바람이 헤어지기 아쉬운 듯 단이의 발목을 휘감았다. 그리고 옷자락을 들어 올리며 그녀의 몸속으로 스며들었다. 그녀는 속이 빈 수수깡처럼 온몸에 바람소리를 챙겨 넣으면서 곧 여기를 떠날 것이었다. 떠나는 일은 아픔인 것일까? 단이는 가슴이 아리고 코등이 시큰해났다. 하지만 사라지는 것보다 더 무서운 것은 사라진 것이 남긴 상처임을 그녀는 잘 알고 있었다. 어머니, 외할머니, 아버지가 떠나면서 차례로 남긴 고통을 그녀가 고스란히 지고오지 않았던가. 그때 겪었던 아픔에 비하면 떠나는 지금은 오히려 홀가분한 기분마저 들었다.

새 한마리가 겨울의 창백한 하늘로 날아오르면서 끼룩끼룩 울어댔다.

저 새는 왜 홀로 구슬피 우는 것일까? 단이는 새가 날아가는 쪽을 하염없이 바라보았다. 어머니가 죽어서 새로 변했다는 외할머니의 말을 곧이곧대로 믿고 한동안 새만 보면 쫓아다녔던 지난 일이 떠올랐다. 갑자기 그녀는 돌이킬 수 없는 일을 저지르고 싶어졌다. 그 생각을 하는 순간 가슴이 쿵쿵 뛰면서 거부할 수 없는 힘에 사로잡혔다. 할 만큼 했고 살만큼 살았다는 생각이 문득 들었다. 어머니가 눈앞에 삼삼 거렸고 자신도 한시 급히 어머니 곁으로 가고 싶다는 생각이 간절해났다. 미리 예견했거나 오랜 시간을 두고 고민했던 것도 아니었다. 그저 순간적으로 그래도 좋겠다는 생각이 들었다. 언제가 갈 길인데 좀 늦게 가거나 좀 앞당겨 가거나 별 차이가 없다고 생각되었다.

그녀가 떠나도 그 고통을 짊어질 사람이 없다는 사실이 다행이라면 다행이었다. 찬이야 계속하여 누나를 기다리고 있겠지만 기다린다는 것이 오히려 그 아이의 삶의 동아줄이 될 것이니 어쩌면 잘된 일일 것이다.

남자는 어떻게 될까?

그녀가 빠져나간 공간에 남자는 갇히게 될 것이고 그녀가 경험했던 고독과 외로움을 똑같이 체험하게 될 것이다. 남자는 그녀가 겪었던 고독의 자리에서 삶이란 단지 끝없이 되풀이하는 회전임을 알게 될 것이다. 그것으로 남자가 받을 벌은 받게 된 것이리라.

그녀는 발길을 돌려 다시 산위로 올라갔다. 앙상하게 잎사귀를 털어버린 하얀 봇나무 등거리 아래에 그녀는 비스듬히 드러누웠다. 누워서도 산 아래가 보였다. 일 년 넘게 살아왔던 외숙모네 지붕꼭지도 보였다. 그 안에서 남자와 경석은 술을 마시느라 정신이 없을 것이다. 단이는 아무 생각도 하지 않기로 마음먹었다. 지나간 모든 시간과 기억을 깡그리 지워버리고 싶었다. 이젠 아무것도 하지 않아도 된다는 생각을 하니 마음이 편안해졌다. 그녀는 하얀 알약 봉지를 찢어 한 알 한 알 약을 삼켰다. 그동안 틈틈히 모아두었던 수면제였다. 죽기 위해 그것들을 모아둔 것은 결코 아니었다. 살아남기 위해서였다. 죽음보다 더 괴로웠던 그 하루하루를 단이는 이 하얀 알약을 먹으면서 버텨냈다. 하지만 오늘은 모든 것을 끝내고 영영 일어나고 싶지 않았다. 한 알 한 알 천천히 삼키면서 그녀는 생각했다.

누가 나를 제일 먼저 발견할까? 아마도 도균 씨가 아니면 경석 씨겠지. 두 사람이라면 누가 먼저 발견하든 별 상관이 없었다. 그런데 마음이 이상했다. 죽음을 앞두고도 크게 슬프거나 억울하다는 생각이 들지 않았다. 죽는 사람의 마음은 그지없이 슬프고 처참하고 불행하고 우울할 것이라고 생각했었다. 그런데 정작 닥쳐보니 전혀 그렇지가 않았다. 다 털어버리고 싶다는 생각이 들었을 뿐이다. 마지막으로 누군가를 만나보고 싶은 절실한 마음도, 애달픈 추억이나 가슴 저린 아픔도 없었다. 자살 동기란 살아있는 사람들이 말하는 것처럼 그렇게 거창하지도 슬프지도 않고 훨씬 단순하고 즉흥적이라는 사실에 단이는 놀랬다. 슬프게 울며 지나가는 새를 보면서 어머니를 생각하게 됐고 그러자 무작정 어머니를 따라가고 싶다는 생각이 갈마들었고 그러다가 문득 살아있는 것들의 모든 관계들이 시시하고 재미없고 무의미하게 느껴졌다. 오로지 그것뿐이었다. 굳이 평소와 다른 것이 있다면 조금 더 흥분했고 서두르고 싶었다는 것뿐이었다.

겨울 해가 서서히 저물어가고 있었다. 각혈을 하듯 석양이 빨갛게 불타고 있다. 어느새 어둠이 기여와 식어가는 그녀의 뺨에 내려앉았다. 그녀는 꼼짝하지 않고 누워서 어둠이 짙어가는 하늘을 응시했다. 노곤해지면서 땅속에 몸이 잦아드는 것 같았다. 끼룩끼룩하는 새의 울음소리가 희미하게 들려온다. 검정단추만큼 작은 것이 잿빛하늘을 배회하다가 유리조각처럼 부서지면서 자신의 몸 위로 떨어져 내린다. 그녀는 약간의 현기증을 느꼈다. 차츰 속이 더부룩해나더니 메스껍기 시작했고 급기야 위장이 터질 듯 부풀어 오르기 시작했다. 시간이 지날수록 심장 속으로 시큼한 거품이 차올라 숨이 쉬어지지를 않았다. 몹시 고통스러웠다. 가물가물해지는 의식 속에서 단이는 화연이를 보았다. 내가 죽는다는 것을 어떻게 알고 왔지? 마치 기다리고 있었던 것처럼 빨리도 나타났네. 화연이는 단이의 죽음이 자신의 큰 고통이라도 되는 듯한 표정을 짓고 있었다. 얄미웠다. 단이는 자신이 죽음을 앞둔 순간에 화연이를 보게 될 줄은 꿈에도 생각지 못했다. 사람은 죽을 때 마지막에 본 사람의 얼굴을 눈에 담고 간다고 했다. 단이는 화연이의 얼굴을 자신의 눈에 담고 가기가 싫었다. 화연이는 죽어가고 있는 그녀를 보면서 삶이 자신한테는 꽤나 관대했다고 속으로 즐기고 있을지 모른다는 생각이 들었다. 그녀는 눈을 감아버렸다. 얼마만큼 시간이 흘렀는지 알 수 없지만 그녀는 입과 코에 연결된 플라스틱 튜브와 목구멍 깊숙이 박힌 튜브 때문에 질식할 것만 같았다.

"왜 구랬노? 똥무지에 굴러도 이승이 좋다카는디 젊디 젊은것이 왜 죽을라코한겨?"

외숙모의 울음소리가 멀어져가는 새의 울음소리처럼 끼억끼억 막연하게 들려왔다. 침대 양쪽머리에 한쪽에는 도균이, 다른 한쪽에는 경석이가 서있었다. 술 탓인지 벌겋게 달아오른 두 사람의 얼굴에서 알 수 없는 물기가 번지고 있었다. 그것을 마지막으로 기억하면서 단이는 점차 의식을 잃었다.

마치 물밑에 깊이 가라앉아버렸거나 계곡 깊은 곳에 누워있는 듯 주위가 고요하고 적막했다. 아무런 소음도 아무런 빛도 보이지 않았다. 몸이 서서히 어딘가로 떠오르는 듯 했다. 그녀는 가슴이 하얗고 등이 녹차빛색으로 푸른 새를 쫓아가고 있었다. 하늘과 땅이 맞닿아있는 수평선에서 푸른 새가 갑자기 사라지고 하얀 소복단장을 하고 곱게 쪽지 머리를 얹은 어머니가 춤을 추듯 하얀 장삼을 휘저으면서 천천히 그녀를 향해 다가오고 있었다.

"어머니!"

"단이야!"

"어머니!"

단이는 어머니를 끌어안고 흐느꼈다. 그리고 어떤 일이 있어도 다시는 어머니를 떠나보내지 않으리라 다짐했다…….

에필로그

담벽을 타고 줄기를 뻗은 들장미가 싱그러웠다. 댓살이나 되어 보이는 여자아이가 담 벽에 붙어 앉아 꼬챙이를 들고 땅에다 무엇인가 열심히 그리고 있었다. 그 옆에는 휠체어를 탄 남자아이가 있었다.

"그 아저씨는…키가 엄청 크단 말이야."

여자아이가 말했다.

"어…"

휠체어에 앉은 아이가 어눌하게 대답하며 고개를 끄덕였다.

"아참, 수염도 있었어."

여자아이가 씩 웃더니 수염을 그렸다.

"그리고 손에 총을 들고 있었어."

"어…"

"허리에는 칼도 차고 있어."

"어…"

남자아이가 연신 고개를 끄덕였다.

"또 발이 엄청 커. 이따 만큼!"

여자아이가 통통한 엉덩이를 추켜들고 나무꼬챙이로 동그랗게 발을 그렸다. 아이가 그린 그림은 완성하지는 않았지만 옛날 그림책에나 나올 법한 장수의 모습이었다.

"삼촌, 이게 누구~게?"

손에 묻은 흙을 털어내면서 여자아이가 장난기어린 표정으로 남자아이에게 물었다.

휠체어의 남자아이가 문어발처럼 온몸을 비틀면서 힘겹게 대답했다.

"몰~러."

그 아이는 말을 입으로 하는 것이 아니라 온몸으로 하는 것처럼 힘들어 보였다.

"바보! 그것도 몰러. 아지 아빠잖아!"

여자아이가 재빨리 말을 마치고는 수줍은 듯이 오동통한 두 손으로 입을 가리면서 뱅그르르 웃었다. 남자아이도 히히 따라서 웃었다. 여자아이는 유달리 눈이 까맣고 입매가 단정했다. 도균은 이 아이가 단이를 너무도 많이 닮았다는 생각이 들었다. 도균은 여자아이의 옆에 무릎을 꺾고 앉으면서 물었다.

"아가야, 넌 이름이 뭐니?"

"아-지!"

"이름이 참 예쁘구나. 얼굴도 예쁘고."

"아저씨는 누구예요?"

아이가 고개를 갸우뚱하고 말똥말똥 남자를 올려다보았다.

"나? 어…나는 말이야…김…"

남자가 이름을 말하려고 하는 찰나에 손에 양푼을 든 여인이 담 쪽으로 걸어오면서 아이를 불렀다.

"아지야!"

"엄마!"

아이가 손에 들고 있던 꼬챙이를 내동댕이치고 엉덩이를 삐뚤거리면서 여자 쪽으로 뛰어갔다. 아이가 신은 신발에서 삐약삐약 병아리 울음소리 같은 소리가 바지런히 났다. 남자가 자리에서 일어나자 여자가 남자를 쳐다보았다. 단이었다. 그녀는 여전히 아름다웠다. 두 사람은 서로 마주보면서 한참동안이나 아무 말도 하지 못했다. 남자는 마치 몸 안에 있던 피가 모두 빠져나가고 새로운 피로 채워지는 느낌이 들었다. 여자도 마찬가지였다. 거대한 파도와 같은 전율이 온 몸을 타고 흐르는 것 같았다. 남자가 여기까지 찾아올 줄은 미처 생각지 못했다. 아지라는 여자 아이가 호기심 어린 눈빛으로 두 사람을 말똥말똥 올려다보고 있었다.

"아지, 이 아이는…"

남자는 누구의 아이인지 묻고 싶었다. 하지만 차마 물을 수가 없었다. 아이의 출생은 환호할 일이지만 아무런 준비가 못돼 있는 남자에게는 일종의 거대한 두려움이기도 했다. 여자는 양푼에 담긴 미숫가루를 아이한테 내어주면서 찬이 삼촌하고 나누어 먹으라고 했다. 아이가 찬이한테로 가는 것을 보고나서 여자가 남자를 집으로 안내했다.

마루에 커다란 남자의 신발이 가지런히 놓여 있었다. 한 번도 신어보지 않은 신발처럼 새 것이었고 윤기가 흘렀다. 도균은 가슴이 철렁 내려앉았다. 남자가 있었구나! 그녀에게 남자가 있을 수 있다는 생각을 하지 않은 것은 아니었다. 그렇지만 정작 남자의 신발을 보니 오히려 믿을 수가 없었다. 여기까지 찾아오는데 장장 5년이란 시간이 소요되었지만 그 긴 시간동안 남자는 한 번도 그녀를 잊어본 적이 없었다. 언젠가는 만나야 할 사람이고 꼭 그래야만 한다고 믿고 있었기에 긴 시간을 기다릴 수 있었다. 자기 마음이 그랬으니 여자도 그럴 것이라고 믿은 게 잘못이었던 모양이다. 남자의 신발이 무엇을 뜻하는지 다 알면서 남자는 뻔한 질문을 했다.

"이 신발은?"

"아이 아빠 신발임다."

여자는 조금도 망설이지 않고 당연한 일인 듯 거침없이 대답했다. 그런 그녀를 보면서 남자는 두 사람이 서로 따로따로의 공간에 나뉘어 있는 것 같은 깊은 단절감을 맛보았다.

여자가 남자에게 미숫가루를 풀어서 건네주면서 아무렇지 않은 듯 물었다.

"그동안 어떻게 지냈씀까?"

"그럭저럭…"

남자의 마음은 심란했다. 자꾸 마루에 놓여있는 신발이 마음이 쓰였다.

"이렇게 찾아올 줄은 생각지 못했습다. 쉽지 않았을 텐데……"

남자가 절망에 섞인 한숨을 내어쉬었다.

"내가 너무 늦게 찾아온 것 같구만…그때도 그랬지만 이번에도 또 한발 늦었군."

남자는 고개를 숙였다. 그리고 마치 시를 읊조리듯 말했다.

"나는 당신에게 아무것도 아니지만 당신은 나에게 모든 것이었소… 나는 아무것도 아니기에 그 모두였고 … 모든 치유는 온전히 있는 그대로 받아들이는 것이고… 내가 꿈꾸지 못한 당신은 나의 하나뿐인 치유였소."

"시를 읊는 것 같씀다."

"시가 맞소. 내가 좋아하는 시인의 <치유>라는 시인데 당신이 나의 하나뿐인 치유임을 깨닫는데 무려 5년이란 시간이 걸렸소."

남자가 풀이 죽어 대답했다. 그는 그동안 단 한 번도 그녀에게로 다가가기 위한 노력을 못한 채 문제가 생기면 도망부터 가려고만 했던 지난 시간을 후회했다. 이제 다시 그 시간으로 되돌아갈 수만 있다면, 그럴 수만 있다면 더는 그런 바보짓을 하지 않을 것인데…그렇지만 그런 기회는 영영 사라지지 않았는가. 그런 남자를 여자는 따뜻한 시선으로 어루만지듯 바라보았다.

"우리가 진정 꿈꾸지 못했던 것은 우리의 아이임다. 아지, 그 아이가 하나뿐인 나의 치유인 것처럼 당신한테도 치유가 되기를 바람다."

여자의 목소리는 마치 안개서린 호수 건너편에서 들려오듯 몽롱했다. 남자는 막혔던 혈관이 뚫어지듯 갑자기 핏기가 돌기하면서 전신에 싱싱한 기운이 흘러넘침을 느꼈다. 그는 고개를 번쩍 들고 생기 있게 여자를 바라봤다.

"그게 무슨 …?"

그의 눈빛이 집요하고 간절했다.

"…아지는 당신의 아이임다."

"그럼 저 신발은?"

여자가 냉큼 일어나더니 마루에서 신발을 들고 들어왔다. 그리고는 의미심장하게 웃었다.

"아지가 아기 때부터 이상한 버릇이 있었씀다. 남자 신발을 유달리 좋아했지요. 남의 집에 가면 꼭 남자의 신발을 자기 발에 끼고 놀았지요. 그리고 집에 돌아올 때면 그 신발을 집에까지 가져오려고 떼를 쓰곤 했씀다. 그런 일이 반복되자 너무 성가셔서 아예 남자 신발을 사다가 집에다 놓아뒀죠. 아지는 이 신발을 누구도 건드리지 못하게 한답니다. 이 신발이 저 마루에 가지런히 놓여있는 것을 보고서야 잠을 자곤 했씀다."

"신발이 뭐라고…"

남자의 목소리는 물에 잠긴 듯 무거웠다.

"아지에게 이 신발은 아빠였으니까요."

"그게 무슨…"

"아지는 이 신발을 아빠라고 불렀씀다."

"아, 아…"

남자가 가슴을 도려내듯 아픈 신음을 토해냈다.

"아지야! 아지! 불쌍한 내 새끼! 신발이 어찌 아빠더란 말이냐!"

더는 참을 수 없어 남자가 두 손으로 얼굴을 가리고 꺼억 꺼억 울었다.

살아남기 위해서는 환상이 필요하다는 것이야말로 생존의 무시무시한 본질이다. 아이는 남자의 신발을 아빠라 생각하면서 스스로 아빠에 대한 그리움과 아빠의 부재의 두려움을 극복하고 있었다.

"우리 아지가 너무 불쌍해. 얼마나 아비가 그리웠으면 신발을 보고 아빠라 불렀겠어…아, 세상에 이런 일이라니…내가 죽일 놈이야!…"

"제가 더 나쁜 년이죠."

"아이를 이렇게 잘 키운 당신이 왜?"

"아버지가 있다는 사실을 알려주지 못했으니까요."

"알려줄 수가 없었겠지…"

"아이한테 더 큰 상처가 될 수도 있겠다 싶었씁다."

"그랬겠지. 나라도 속였을 거야."

두 사람은 서로 떨어져 있었지만 헤어져있는 동안에도 이 비극적인 현실을 서로 향유하고 있었음을 깨달았다. 그리고 서로가 서로의 사소한 몸짓과 습관 속에 고스란히 남아 있었음을 눈치 챘다.

갑자기 생각이 난듯 단이가 바가지를 긁었다.

"예전에 당신은 내가 하는 말에 한 번도 귀 기울이지 않았씁다."

"우리는 서로 아픈 사람들이였고 서로 자기 상처만 몰두하다보니 다른 사람의 상처를 들여다보지 못했던 것 같아."

두 사람은 마주보면서 웃었다. 그들은 슬픔과 눈물이 때론 기쁨과 웃음일수도 있다는 것을 비로소 깨닫게 되었다.

여자가 남자의 손을 잡으면서 말했다.

"아지한테 이름을 지어주쇼."

"아지란 이름이 예쁜데 왜?"

"아지가 예뻐요? 그럼 계속 아지라고 부르던지, 하지만 그건 강아지이름이거든요."

"강아지 이름이라고?"

"강아지라고 부르다가 강만 빼고 그냥 아지라고 부른 겜다."

"그런거였어?"

남자가 앙천대소했다. 웃고 있었지만 눈가에는 여전히 눈물이 흘러내렸다. 인생이란 거창한 것이라고 생각하고 살았지만 결국 이런 작은 것에도 눈물이 있었고 웃음이 있었다. 그는 비로소 깨달았다. 큰 가치라고 여겼던 것이 아니라 평소에 하찮다고 여겼던 것들이 바로 삶의 본질이었음을 말이다. 그런 것들이 인간의 삶을 붙잡아주고 견디게 하는 거라는 것은 틀림이 없었다.

그는 웃으면서 멋쩍게 생각했다.

삶을 지배하고 있는 것은 우연일가, 아니면 운명일가? 운명이라고 여기고 지금 함께 웃고 있는 두 사람도 그날의 황당한 맞선이 아니었다면 오늘까지 긴 만남이 이루어 지지 않았을 것이었다. 아무리 진지한 사건도 대개는 아주 사소하고 아무렇지 않은 인연으로 이루어진다. 다만 사람들이 그 사소한 것에 큰 의미를 부여했을 뿐이다. 두 사람도 마찬가지였다. 질기고 긴 세월동안 서로 헤어지려고 했지만 헤어지지 못하고 또다시 만나게 된 것은 두 사람이 서로의 일부를 나누어 가졌기 때문이라고 의미를 부여하고 싶어 했다.

울안으로 들어오던 아지가 마루에 신발이 없어진 것을 보더니 아빠가 없어졌다면서 하늘이 떠나갈 듯 대성통곡을 했다.

"아빠가 없쩌 졌떠! 내 아빠가 없쩌 졌떠!"

뒤따라 들어오던 찬이도 휠체어가 뒤 짚일 기세로 위태롭게 몸을 좌우로 흔들면서 목 놓아 울었다.

"찬이, 넌 또 왜 우니?"

단이가 묻자 찬이는 몹시 서러운 듯 잔뜩 안으로 비틀어진 손가락으로 아지를 가리키며 흐느꼈다. 찬이는 아지와 마치 한 몸인 듯 그 아이가 울면 같이 울고 웃으면 같이 웃는다. 지금도 아지가 왜 우는지 모르면서 덩달아 울고 있는 것이었다.

중국색시(中国媳妇)

초판 1쇄 인쇄일 | 2016년 7월 22일
초판 1쇄 발행일 | 2016년 7월 25일

지은이 | 허련순
펴낸이 | 정진이
편집장 | 김효은
편집/디자인 | 김진솔 우정민 박재원
마케팅 | 정찬용 정구형
영업관리 | 한선희 이선건
인쇄처 | 국학인쇄사
펴낸곳 | 북치는마을
등록일 2006 11 02 제2007-12호
서울특별시 강동구 성안로 13 (성내동, 현영빌딩 2층)
Tel 442-4623 Fax 6499-3082
www.kookhak.co.kr
kookhak2001@hanmail.net

ISBN | 979-11-87488-04-0 *03800
가격 | 14,500원